新时代中国文学大系

中短篇小说精选

吴义勤／主编

2012—2022

新锐作家卷 上

小说选刊／选编

中国书籍出版社
China Book Press

图书在版编目（CIP）数据

新时代中国文学大系. 中短篇小说精选. 新锐作家卷: 上、下 / 吴义勤 主编；小说选刊选编. — 北京：中国书籍出版社，2024.1
ISBN 978-7-5068-9555-2

Ⅰ.①新… Ⅱ.①吴… ②小… Ⅲ.①中篇小说—小说集—中国—当代 ②短篇小说—小说集—中国—当代Ⅳ.①I217.1

中国国家版本馆CIP数据核字(2023)第171720号

新时代中国文学大系·中短篇小说精选·新锐作家卷: 上、下

吴义勤 主编　　小说选刊 选编

出品人	刘向鸿　徐　坤
图书策划	武　斌　文苏皖
统　筹	成晓春　李云雷
责任编辑	牛　超
责任印制	孙马飞　马　芝
封面设计	东方美迪
出版发行	中国书籍出版社
地　址	北京市丰台区三路居路 97 号（邮编：100073）
电　话	（010）52257143（总编室）　　（010）52257140（发行部）
电子邮箱	eo@chinabp.com.cn
经　销	全国新华书店
印　刷	三河市富华印刷包装有限公司
开　本	710毫米 × 1000毫米　1/16
字　数	508千字
印　张	41.5
版　次	2024 年 1 月第 1 版
印　次	2024 年 1 月第 1 次印刷
书　号	ISBN 978-7-5068-9555-2
定　价	148.00元（全二册）

书写新时代文学的新篇章

——"新时代中国文学大系·中短篇小说精选"序

吴义勤

  党的十八大以来,中国特色社会主义进入新时代。在新时代新征程上,广大作家积极投身火热的社会实践,深入生活,扎根人民,积极探索创新审美表达方式,热忱描绘新时代的恢宏气象,主题积极向上,现实开拓深广,艺术探索成熟,人性刻划细腻,城市文学、生态文学、脱贫攻坚文学、女性文学、军事文学等各种类型、各种题材的文学百花齐放,竞相生辉。老、中、青几代作家同台献艺,充满朝气和锐气的新人辈出,新时代文学呈现出勃发盛放的繁荣态势。而在新时代文学的整体格局中,中短篇小说的成就尤为突出,精品力作不断涌现。

  城市书写渐入佳境。随着城市化进程的加快,城市生活及城市文化更加丰饶多姿,新时代中短篇小说围绕城市这一现代主体而展开的城市文学书写更加多元和深入。一方面,对于新的城市文化内涵特征以及由此而型塑的城市生活形态进行细致描写,着力展现新时代城市文化新变及城市生活新貌;另一方面,对于城市化所带来的内在问题及其对人的影响进行深刻的反思和探讨。这些内容构成了当下城市文学书写的主要

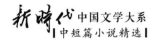

面向。石一枫的中篇小说《世间已无陈金芳》塑造了在北京摸爬滚打的女性陈金芳的形象，她的生命故事蕴含着现代都市中文化、资本、权力、艺术等等诸多元素的倒影；弋舟的短篇小说《出警》从警察的角度写老奎的独特生命经历和复杂人格，同时也折射出当下警察的工作生活状态；蔡东的《月光下》充满诗性，在城与乡、回忆与现实的二元结构中细细描摹那些既亲密又隔膜的亲人之间的情感波动，也藉由小姨这个人物呈现了乡村女性在"进城"后的命运起伏与自我成长。

现实题材小说正能量充沛。脱贫攻坚、全面小康是人类减贫史上的伟大奇迹。在这场攻坚战中，全国各族人民在党的领导下齐心协力，共克难关，涌现了许多可歌可泣的英雄人物和英雄故事。许多当代作家一方面身体力行到脱贫攻坚的一线积极参与行动，另一方面也以他们手中的笔为这场伟大的事业立传，为那些英雄人物画像，书写新时代的山乡巨变。马平的《高腔》讲述了四川省的一个小山村在两年内摘掉贫困帽子的故事，作者融合个人参加脱贫攻坚工作的经验，塑造了丁从杰、牛春枣、米香兰、柴云宽等一众鲜活的乡村人物形象；李司平的《猪嗷嗷叫》以幽默诙谐的笔调巧妙书写了少数民族地区脱贫攻坚的艰辛历程以及置身其中的各类人物的复杂内心世界。

女性文学风景独好。现代以来，女性作家始终是中国文学发展的有生力量，从丁玲到杨沫到铁凝，历史上各个时期的中国文学都闪现着女性作家的动人身影。在新时代，女性作家有着更为积极主动的参与性和更加强大的建构能力，她们以女性的敏锐与独特体验，细腻书写新时代生活的斑斓图景，形成了别具特色的女性文学图景。铁凝的《信使》以小见大，通过两位女性的成长故事强调了诚信品格的重要价值和意义；黄咏梅的《父亲的后视镜》从一个女儿的视角来写父亲，写出了一位带着时代印痕的平凡父亲的不凡一生；潘向黎的《兰亭惠》将一位青年女性面对不同物质条件、不同情感观念时的艰困状态浓缩在一顿简短又漫长的晚餐中，精巧而精彩。

军事文学主旋律高昂。新时代以来，和平与发展是时代的主题，军旅作家们一方面致力于展现和平时代的军营生活和军人精神风貌，另一方面对于历史的回望也构成了他们的重要写作面向。徐贵祥的《红霞飞》重回历史现场，生动书写了红军宣传队的革命故事，塑造了何连田、杨捷惠等鲜活生动的典型人物；陆颖墨的《金钢》讲述了一只技艺高超又颇通人性的军犬的故事，在茫茫南海上，军人与军犬在军营中结下的友谊令人感动；董夏青青的《在阿吾斯奇》书写了新时代发生在西部边防的精彩故事，新时代的军人以新的励志故事展现着当代军人的精神风采。

生态文学异军突起。新时代以来，党中央高度重视生态文明建设，提出"绿水青山就是金山银山"的生态理念，生态文明建设更是被提升到国家战略的高度。广大作家自觉吸纳新生态理念，并以文学的方式进行新的审美表达和理念弘扬，生态文学创作成为新时代文学的一道独特风景。阿来的《蘑菇圈》延续了其一贯对于生态问题的思考，通过对机村故事的书写，强调了建设一种有机平衡的生态关系的重要性；林森的《海里岸上》是新时代的海洋故事，通过海里与岸上的两域空间书写，传递了一种新的海洋生态观念；少数民族作家潘灵的中篇小说《太平有象》以巧妙的视角书写边地村庄在现代化进程中所遭遇的难题，彰显了人与自然和谐共生的重要性。

青年小说家崭露头角。青年作家是中国文学的未来和希望，也是新时代文学的有生力量。在新时代文学的舞台上，在新时代小说的百花园中，"80 后""90 后""00 后"青年小说家纷纷崭露头角，并正在走

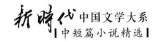

向成熟，不断推出精品力作。"80后"作家张悦然始终保持着稳定的创作状态，持续推出新小说；2015年前后涌现的"铁西三剑客"（班宇、双雪涛、郑执），以新的主题书写和审美风格快速登上新时代小说的舞台，并正在成为文坛瞩目的中心；来自内蒙古的"00后"作家渡澜在近几年以一系列灵动而充满才气的作品迅速进入大家的视野。此外，孙频、文珍、三三、陈春成、杨知寒等青年小说家的崛起，更是给新时代小说增添了无限的文学可能性，他们青春的身影、青年的力量给新时代文学带来了更多的活力和锐气，也承载着新时代文学的未来和希望。

总之，新时代文学的广阔天地正在我们面前浩浩荡荡地展开，新时代文学正在书写中国文学的崭新篇章。《小说选刊》编辑部编选这套"新时代中国文学大系·中短篇小说精选"丛书可谓正逢其时，既是对新时代小说发展历程的一种回顾与检视，也是对新时代小说家队伍的一种检阅，丛书遴选党的十八大以来各报刊所刊发的优秀中短篇小说，某种意义上，它们既是新时代中国的一个文学镜像，又是新时代中短篇小说发展成就的一个缩影。通过这套丛书，广大读者一方面可以了解和领略新时代文学的发展状貌和突出成就，另一方面也可以通过作品更好地了解新时代以来我们党领导人民所走过的不平凡的道路，了解我们的祖国在新时代正在发生的翻天覆地的变化。

本丛书所选的大都是《小说选刊》选载过的优秀作品，需要特别说明的是，尽管丛书篇目的遴选，经过了认真的研究和反复的讨论，但文学作品的认定和选择本来就是一个见仁见智的话题，每个人心中都有自己的艺术与审美标准。因此，这套丛书代表的仅仅是编辑部的一种眼光和判断，一种选择和强调，这不是评奖，入选与否不是小说水平高低的证明，我们无意也不可能取代其他各种小说选本，而由于丛书体量和篇幅所限，遗珠之憾更是在所难免，但无论如何，对文学本身的虔诚与敬畏、对作家劳动的尊重、对小说艺术可能性的期待，是始终贯穿编选全过程的。恳请读者朋友们理解，也期盼大家批评指正。

还要说明的是，本丛书是徐坤主编率领《小说选刊》的全体编辑同志辛勤编选出的，我只是盛情难却被邀请挂名主编，并没有参与具体的工作。在此，还要特别感谢中国书籍出版社感谢对文学事业的大力支持，感谢出版社领导在文学出版方面的敏锐与魄力，感谢责任编辑的劳作与辛苦。

是为序。

2023 年夏于北京

（作者为中国作家协会党组成员、副主席、书记处书记，中国作家出版集团党委书记、管委会主任，鲁迅文学院院长。）

目录

CONTENTS

新 锐 作 家 卷

我认识过一个比我善良的人

笛安

从前，有一个人，她比我善良。可是这又有什么奇怪的，比我善良的人很多。说恒河沙数那是夸张了，但是车载斗量应该是不错的。只是，这些比我善良的人，大隐隐于市——要遇到他们，也没有想象中那么容易。

　　我骨子里是个刻薄的人，所幸我知道这个。有时候，我不打算帮助别人，或者打算给别人行个方便，并不是因为我有没有同理心，只是因为，我怕麻烦。比如，我的房客已经拖欠了十个月的房租，我却依然若无其事，因为我不知道赶走一个活人要怎么操作，难道真的像电视剧里演的，趁他不在，把他的东西打包丢在楼下么——一个已经租住了这么些年的人，打包他的所有家当，工作量太大了。于是电视剧里的画面至今没有发生。不过我的房客，章志童，他是个要脸的人。在第十个月零一周的某个晚上，他给我发了一条语音信息："橘南姐，实在不好意思，我搬去朋友家借住一阵，押金你先留着，欠你的房租我一定会还的。"

　　他很体贴，没有直接打电话给我，这样就避免了双方的尴尬——他害怕我说"不行"而引起的等待的沉默，或者我因为害怕他为恳求我做出不得体的举动，而不得不说"那好吧"。于是我在半个小时后打了一行字给他：你当时交了两个月的押金，所以你还欠我八个月的房租，总计是××元，没问题的话，你写个欠条给我。先拍张照发过来，然后快递到我家。

　　我知道即使拿着这张欠条，也没有什么用，可我总不能什么都不做吧。章志童当然不是那种业内有名字的编剧。他经常会遇到的情况是：辛苦

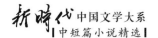

工作了几个月，好不容易写好了一份大纲，然后这个戏不打算开机了，他已经写完完整的十集剧本，却只能拿到最初的那点定金。或者是：他耗费了一年的时间，算是跟着各位"老师"写完了一个戏，而播出的时候"编剧"那栏里没有他的名字，你会在"联合策划"之类的分类下面看见"章志童"三个字，他还不一定收得到尾款——过去的那十个月里，一定是连这样的工作机会也没了。

房屋中介只用了48小时，就替我找到了下一位房客。过去签合同的路上，我想到了章志童，也不知道那个朋友能收容他多久，也不知道这个朋友是否真的存在。其实他不是一个多事的房客，如果不是我近来很需要钱，我可以再等等他。三个月前，我的老板正式通知我们几个，接下来的半年里，他每月只能付给我们一半的薪水，想辞职的他会理解，愿意留下来挨过这段日子的——就挨着吧，谁还需要他的感谢呢。我没有跟徐丰说起过这件事，三个月来，照旧用我减半了的薪水负担家里原本归我负责的那些开销，不够的部分用我自己之前的存款来补。我甚至没告诉他章志童拖欠房租的事，跟自己的老公，为什么不能说呢——总之我就是没说，我没想刻意隐瞒，也一直没找到合适的说出来的时候。

租给章志童的那套小房子，在花家地。听起来跟名震江湖的美术学院处于同一个街区，但其实，我买下这里八年了，从不知道美术学院究竟在哪儿。小公寓一室一厅，不到六十平方米，在十五层上。八年前，我站在狭小的厨房里，远远地看到"宜家"的黄色字母，觉得这一带怎么这么荒凉——那时我还年轻，八年前这一带的房价也还没有后来那么夸张。我相信用不了多久，这里会变成一个像CBD一样有城市样子的地带；我还相信，这间不到六十平方米的小公寓不过是我繁花似锦的人生的第一步——月供还很艰难我知道，可是我在这么年轻的时候就拥有自己的第一个物业了，往后的日子只会有各种各样想象不到的好时光在等我，不会出什么岔子的。

八年过去了，当初相信的两件事情，都没有发生。

房产中介小哥姓梁，他站在章志童留下的书桌旁边："孙姐，这就是咱们新的租户。"我其实特别讨厌他叫我"孙姐"，但是我一时也想不出该用什么称呼来取代这个。那女孩坐在小客厅的一角，可以打开变成床的沙发明明空着，她却坐在地板上，一只小小的箱子在她身旁。她穿着一件很普通的粗花呢外套，牛角扣子散着，我的第一感觉是这姑娘会不会在发烧，因为她脸上的红晕看起来很突兀。她是那种谈不上漂亮但也绝对不是难看的长相，留给人深刻印象的便是脸颊上的红晕以及开口说话时候的某些颠三倒四的造句方式——让我以为她在发烧的，也许是她讲话的习惯。小梁指指摊在桌上那两份见惯了的租房合同，招呼她过来签字，她像是没听见那样直直地看着我，然后一笑："房东姐姐，房租一定要年付不可吗？可不可以先付半年的？"

她笑起来的样子像只猫。可惜我不喜欢猫。

小梁有点窘迫了："您看，年付房租是说好的，您也没有跟我表示过不同意……您不知道，这位孙姐是吃了上一任租户的亏——那个人连着十个月都不交房租，您换位思考一下——"她又笑了，一只五官端正的杂毛花猫突然成了精："你真幽默，我哪好意思想象自己在北京做房东——怎么换位？"我就看着她，静静地看了两三秒钟，问她："你签还是不签？"她收起了笑容，站起身来，不作声地走到桌边——还算识相，不过，她怎么会这么瘦，我甚至怀疑她那条牛仔裤会不会是童装品牌，她拉开书桌前面唯一的那把椅子，坐下，研究着合同上面的条款，然后把我的身份证拿起来，慢慢地端详。见她已经侧过脸来仰视我了，我不由得稍稍后退几步——她想在仰角的视觉里把我的脸变得庞大臃肿，不能叫她得逞。她这一次的语气里是真的好奇："你是一九八×年的……真看不出来，房东姐姐你好美呢。"

为了少付两万多块钱，不惜昧着良心到这种程度，并且毫无障碍，这样的年轻人——我扫了一眼她的身份证——这个叫洪澄的年轻人不能小看。"没问题就在这儿签字，还有这儿……"小梁的脸红了，我知道他不知道该如何应付这莫名其妙的对话，于是我也配合着小梁，问："章志童的这些家具确定不要了是吗？"

门开了——刚刚我进来的时候没有把门带上——像是现世报一样，章志童出现在门口。十个多月困顿和窘迫的生活也并没有让他瘦下来，那件我见惯了的绛红色冲锋衣下面，依旧勾勒出那个略微悲凉的肚子。他身上带着一点户外深秋的清寒，那副黑色圆框眼镜的镜片蒙了一点雾气，他也不管，径直地望住了我："橘南姐，我现在有钱了！去年那个制片方终于给我结了一半稿费，你看……"他突然安静了下来，惶恐地看着两个陌生人，然后立刻明白发生了什么。我看到小梁放在桌面上的那只手暗暗地攥起了拳头，人们比较容易对一个失望的大块头心生警惕，也是没办法的事。章志童像过去那样懂事，一言不发地，把一沓簇新的现金放在桌上："十个月的房租。"他没有直视我的眼睛。大家安静了片刻，我真害怕那个洪澄此刻说出几句让他更尴尬的话，于是我抢着说："要不要数一下，我看着，这一沓……好像多了点？"他恍然大悟地抬起头，额头已经渗出一层细密的汗珠，章志童的额头格外宽阔，把他的眉毛眼睛都逼得挤在一起瑟瑟发抖："哦，我忘了，这里面本来还有我打算给你的下半年的房租……既然这样，就……"像是放弃了寻找合适的词，他开始颤抖着手指想从那一沓钱里拿走一部分，但是他不知道该不该一张一张地数，于是他只能试探性地拿起几张，放进衣兜里，再估算着下一次能不能多拿几张。他庞大的身躯弯了下来，为了避免尴尬，他的头快要磕到桌面上去了，冲锋衣的后背上有个巨大的"蜘蛛侠"，"蜘蛛侠"的身体跟着他隐隐地晃动着。

"用不用我帮你啊？"洪澄试探性地问。章志童充耳不闻，费力地一张张拈着钞票，洪澄果然笑了，一边笑，一边看了小梁一眼，嘲笑同盟就这么轻而易举地达成。小梁没有笑，但是却不得不看着洪澄年轻而生动的脸。若是换个场合，不是在这个空荡荡灰扑扑的小公寓里，而是在某个光线暧昧的酒吧——洪澄对这个男孩子的摆布就已经完成得七七八八了。内向的人总得接受生活的教育，无论男女。

"喂，这样好不好？"章志童似乎听出了我这句话是在对他说，立即抬起了头。我流畅地从那沓钱里数出来三个月的房租，放在他面前。然后我看着洪澄："你不是只想付半年的吗？现在可以，你的房租减半了，原先一年的房租你只需要给我一半。但是前提是，你和他合租。"洪澄和章志童的眼神立即对撞到了一起，像是同时被吓坏了。"你考虑一下。"我看了一眼放在章志童眼前的那点钱，"你身上不能不留一点过日子，房租减半了，原来三个月的现在变成六个月的，半年以后，你再转给我另外六个月的。"

"凭什么他就可以只付半年的，我还是得年付？"洪澄嘟起了腮帮子，一看便知这个的确有媚态的小动作她早已烂熟。"因为他租我的房子好几年了，可是我不认识你。"我知道我的语气酷似一个令人生厌的教导主任，但是吧，管用，"——章志童，你把卧室让给女孩子，你睡客厅，反正你需要书桌工作。至于怎么轮流打扫，怎么摊水电费，你们俩自己商量。"

　　他们俩依然面面相觑，洪澄把腮帮子鼓得像是含了两只乒乓球。但是我知道，问题已经解决了。我把章志童迟来十个月的房租收进随身挎包里，心里盘算着如果徐丰今天不需要加班，就跟他去吃一顿我们都喜欢的寿喜锅。可以考虑告诉他这笔钱是奖金，好让他相信我们公司一如既往。果然，小梁如释重负地叹气："你们真是碰到了好人。"当我走到电梯口的时候，洪澄和章志童一起出来与我挥别的样子，像是一对不那么般配，却有人愿意真心祝福的小夫妻。

　　这就是故事的开始，我，和那个比我善良的人。我知道，根据每个人对"故事"的经验，这个人要么是洪澄，要么是章志童，只有很少一部分人会以为是小梁——当然不是，我们后来谁也没再见过他。别笑，这其实是一件非常残酷的事。在任何一个场景，一个事件，或者一个片段的画面里，我们大多数人，一望而知就是配角。但问题是，有的时候我们知道这个，有的时候未必。十一年前，当我第一次看见雪夜，她也就是像今天的洪澄那样坐在出版社那张老沙发的一角。说回眸一笑百媚生那是有点不要脸了，但你就是明明白白地听见了，在她开始微笑的时候，满室寂静了下来。寂静也是可以被听到的，有点像一种自然现象。她好奇地看着桌上一个牛皮纸的大信封，那上面的收件人是我，她的眼睛有一瞬间的迷离："孙橘南——你的名字真比我的更像个作家。"那是我们所有人好运的开始——我成了雪夜的责任编辑，从文字校对，到销售方案，完整地跟完了她的第一本书。然后就在某个毫无准备的时候，知道自己做出来了一个畅销女作家。一个如她一般的人物，算不算是绝对的主角了呢？你猜。

　　雪夜的文字水准其实很烂，人物形象的塑造也是一塌糊涂——当然还是有"但是"，在她那个你读完了未必好意思讲给别人听的故事里，却有一种非常真实的激烈，和一种看似偶尔为之却恰到好处的冷漠。她的性格里确实有那种把激烈和冷漠巧妙地糅合在一起的能力，这会有效地传达给看她书的人一个信息：那些扁平的地方，那些糟糕的描述，那些不知所云的桥段，全都像是故意为之，她一边深爱着这个故事，一边又真心蔑视着这些人物们。她的作品能让你相信——真的可以写得又糟又动人的。当年那家出版社很多老编辑不愿意做她，就是因为不相信这回事。于是，运气就留给了当时刚刚工作两年的孙橘南。不，有一个人不动声色地赌对了，就是我当年的直接领导，我们那个选题小组的负责人，他就是我现在的老板。

雪夜的第一本单行本刚刚下厂的时候，他从那家老牌出版社办完了离职手续，不知从哪里扎来了一笔钱，开办了我们现在的文化传媒公司。当众人回过神来之后，才发现，他已经带走了雪夜，还有我。雪夜成了我们的第一个作者——她的第二本缔造销量神话的小说集，和第三本略显颓势但依旧表现很好的长篇小说都是我们做出来的，其中第三本卖给了一个如今已销声匿迹的网游公司。也就是在那几年，我存够了花家地小屋的首付。然后——就没然后了，八年下来，我们看似不断地壮大，却再也没遇到一个像雪夜那样的作家。更要命的是，就连雪夜自己——第四本的滑铁卢之后，她想必也知道，运气既然来得莫名其妙，那它要走的时候，与其百般努力还不如含笑目送——于是这四五年她不肯再写一个字，宁愿去视频平台那些没人看的美妆节目当嘉宾，也拒绝再写新书。虽然老板咬牙切齿，但从我内心深处，却觉得，她也许不是一个天生的创作者，却能凭着直觉在命运面前不撒泼，也不抵赖，也是种功德。

当然，有时候也真的很想有个人能替我揍她，吊起来拷打的那种都可以。那天下午，我坐在她的客厅里，耐心地给她解释我帮她找到了一个我认为非常不错的机会。一个跟我关系很好的制片人说，他们想要做一个纯爱电视剧，我提出来能不能让雪夜根据她大概的想法和人物关系先写一个小说，这个小说的影视改编权可以用一个合理的价格卖回给他们公司——反正他们手上一时也找不到原创能力过硬的编剧，而且，有了雪夜的名字，至少能保证她的一部分忠实老读者对这个戏的关注。对方正式同意了，我还在为这个计划兴奋不已的时候，雪夜轻松地拒绝了我。

"我对这种纯爱的故事已经没兴趣了。"她坐在我对面的地毯上，抱紧了膝盖，一脸无辜的神情。

"你感兴趣的那个题材不好卖，乖，这几年行情不好，先把这个写了，你自己想写的那个小说可以慢慢来。"

"你怎么知道不好卖？而且那些影视公司会从一开始就干涉故事的情节，这还有什么自由？"

我总不能说"你写得那么烂还要自由干什么"，因为从法理上讲她的确有这个权利，于是我只好换一个说辞："是这样，你知道你现在想写的这一本麻烦在哪儿？读者想要的是，他面前的那个故事能告诉他：他是无辜的，他没有任何错，错的都是别人是社会是什么什么……你还不能直截了当地跟他讲，必须得巧妙设置一些困境让他自己得出这个荒谬的结论——可是你的这个故事满足不了读者的这个需求……"一边说，我一边在心里请求神明别拿我的话当真，对于真正有才华的人来说，上述那些完全不能成立。

"算了吧，橘南，"她轻松地冷笑，"你要是真的知道读者想要什么，你们公司还能做成现在这个鸟样么？"

谈话结束。

就是在这个傍晚，洪澄热烈地邀请我去跟她和章志童吃晚饭，在一腔怒火的驱使下，我立即回复她：好。

我顺便在路上买了瓶酒。

珍惜地把酒瓶抱在胸前，迈进小区的时候，正好赶上黄昏。童年时我就觉得，在天冷的时候，那种漫长下午的末尾，行走在户外的所有人，身上都带着一种"不想再活下去"的气息。小时候，黄昏总是让我如芒在背，我为我自己"还有一点想要活下去"而感到不好意思，我总是自我安慰，快了，很快就过去了，夜晚马上就会来，夜市、大排档、烧烤摊冒起来的带着肉味的青烟，二楼阳台上的炒菜声，临街小酒馆有人划拳——当这些声音降临，"尘世"与"坟场"之间便又重新泾渭分明。

然后我惊讶地察觉，已是初冬。我抱紧了怀里那瓶酒，在它温暖我之前，先温暖它。

"晚来天欲雪——"章志童坐在一个冒着白气的砂锅后面，给他自己夹了一只鸡翅，他开始吟诗的时候通常是发自内心的惬意。"能能能。"洪澄挥挥手截断了"白居易"，"你都不知道给橘南姐盛个汤，有点眼色没有？""拜托——"我做出求助的手势，"你能不能不要这么说话，你现在太像他老婆了。"章志童非常憨厚地一笑："那怎么行，怎么行？"

"洪澄，"我认真地说，"我给你科普一个关于你室友的背景知识，他的意思是说，你配不上他。"

"我懂我懂，"喝了一点酒以后，洪澄的眼睛变成了浅浅的湖水，"我住进来的第二天，就听他讲过他女朋友的事儿了。"

"你真客气，那算什么女朋友。"我笑了。

"我总不好意思说，是打飞机时候的幻想对象吧——"洪澄清脆地说了出来，没听出有任何的不好意思。章志童的脸已经涨得通红，快要染红他面前的白色瓷碗了，于是我们三人用力地碰杯，反正暂时没有别的去处。

　　章志童的"女朋友"，是一个奇妙的存在。起初我完全不相信的，但是经过他多年来反复地提起与描述，我开始觉得也许不全是无稽之谈。章志童和我相识于七年前，那时候我一个人还月供实在有点吃力，就拜托朋友们帮我找个知根知底的人，把客厅租给他，能替我分担一部分。第一个房客就是章志童，第二个房客洪澄——是七年后，不久前的事情。七年前章志童就在这张宜家书桌上熬夜伏案写剧本——虽然他多半情况下写的都是大纲或分集大纲，我自然会应他邀请，试读他的各种作品或半成品——那个时候我就知道，章志童如果想在他的行业里出头，不是完全没可能，但估计会很艰难。他写的故事里，该有的都有，起承转合乍一看都挑不出来什么硬伤，可是也真没有什么令人印象深刻的地方。往往，像他这样的文字从业者，最看不起的就是雪夜那种人。在他们眼里，就是因为雪夜们这些欺世盗名的货色的存在，才阻碍了他们前进的道路。你无法让他们彻底明白事情并非完全如此。

　　那是章志童最让人讨厌的一段时间，刻薄，激愤，但是对任何事情的批判都不得要领。若不是因为他的房租的确让我的生活轻松了下来，我一定将他扫地出门——基本上，每隔72小时就要闪一次这个念头吧。我想那是一个夏夜，我站在窄小的厨房里思考究竟是切一半西瓜还是切四分之一，章志童突然非常激动地叫我："橘南姐，橘南姐，你来看，快来！"我从没听过他如此特别的语调，就好像他在欣喜地宣布房子要塌了，不得已，我只好举着菜刀冲进客厅。电视屏幕上在播一个我至今说不上名字的武侠剧，章志童像个烟囱那样矗立在画面前面，顺着他微颤的手指，画面上正在播放一群人在树上翻着跟头顺便拼一拼剑法的画面，我不明所以，直到下一个画面，一个姑娘扭曲着一脸勉强算是焦急

的神情，问反派："师兄，你有没有受伤？"

"就是她。"章志童讪讪地看着我，"算是我的——女朋友吧。"

我一言不发，转身回去切西瓜。章志童不甘心地跟了进来："我是说真的——好吧，不算是那种确定关系的女朋友，但是——她偶尔会到我这儿来，我们是中学六年的同学，自从来北京以后——有时候会见见——她有时候，留我过夜……"他的声音羞涩得像个小媳妇，"我也知道，这个事，反正就是她有空了就给我打个电话，她有男朋友了就通知我，我不会去打扰她，反正她都谈不长，反正她分手了会来找我……"

我默默地切完了一整个西瓜，出于对弱势群体的同情，打算请他一起吃。

那个武侠剧里的小师妹——我们姑且叫她郑小姐吧，对于章志童描述的郑小姐的故事，我一直都没有完全相信——我知道同班同学肯定是真的，偶尔留他过夜也不是没有可能——但是这个故事依旧有一些难以置信的部分。直到有一天，章志童不声不响消失了三个星期，回来的时候人居然开天辟地地瘦了一圈——郑小姐正在拍的一个玄幻戏，已经进组了才知道剧本根本无法如期完成——于是郑小姐紧急把章志童叫到横店去，三个星期，那个狗屎一样的电视剧终于有了狗屎一样的后十五集——章志童的名字第一次被打进"剧本统筹"那个分类里，第二年这个戏播出了以后，他强迫我和他一起收看，尤其是最后十五集。

在剧组里，章志童当然，必须，只能是郑小姐的一位临时救火的"老同学"，就像在片尾名单里，他只能是"剧本统筹"一样。

再后来我和徐丰要结婚了，我搬了出去，我和徐丰的住处在海淀，离他上班的地方近一点。那几年，拜"剧本统筹"的最后十五集所赐，章志童接工作的运气一直还可以——至少我打算搬走以后，直接把他的

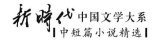

房租翻倍了，他也愉快地接受。收拾行李的那些天，我总是跟章志童说，这下好了，当郑小姐偶尔宣他进宫的时候，可以把地点定在花家地。他不置可否地笑，玩笑开得次数多了，我自己也有点当真。

当洪澄终于在此刻正式分享了这个秘密时，郑小姐已经从武侠剧里的女四号变成了偶尔也能在热搜上看到的女明星。所以，我能想象，当洪澄听说章志童的"女朋友"是郑小姐的时候，感受到的震撼远远胜过我当年。这些年里，据章志童说，他依然被紧急召唤去替郑小姐改过几次惨不忍睹的剧本，有一个是电视剧没拍，另一个剧是还没播出。还有一个是播出了并且播得还很不错的网剧，章志童那一次被分到的 title 是"策划"，那个戏的"策划"，总共有七八个人吧。

"章志童，你知道我觉得她哪里不地道吗——"洪澄已经醉意蒙眬了，但是说话的逻辑却比平时清晰，"她已经是个大明星了——就算你是她的碎催，是她的奴隶，是她的杂役都好——她至少能给你争取一个'编剧'的名头吧？这有什么难的……又不是让她承认她和你睡过。"

洪澄这个才搬来没几天的局外人，说出了我这几年来一直想说的话。

"你一个姑娘，"章志童放下了酒杯，"别张嘴闭嘴就是睡过呀打飞机呀这些粗话。"

"好，文明一点。"洪澄托着腮想了想，"那她现在还临幸你么？"

"她的意思是问，你醒着的时候……"我加了一句。

章志童回答什么完全不重要了，反正已被淹没在洪澄一连串笑声里。她笑起来的声音很好听，像个八九岁的小男孩。章志童尴尬地一转身，一个小小的酱油碟子被他庞大的身躯带得飞了起来，再无力地落在地上。我冲进厨房去拿抹布，不期然地，闯进一片橙色的灯光里。

厨房的灯泡应该是已经换过了，这个光线前所未有地舒服，无论是煤气灶旁边的架子，还是窗台，还是冰箱旁边那张矮凳，都满满地填上了调味品、水果、成串的大蒜、盛满了泡菜的罐子和不知放着什么的粗陶瓶子。就连那个瓷砖已经裂了缝的洗手台，被这满满的家当簇拥着，都有了股娇羞气。洪澄在门边探了个头，我发自肺腑地对她笑了一下。

"章志童怎么会有这么好的运气，"我关上了水龙头，"能时不时被女明星临幸，家里还搬进来一个田螺姑娘。"

"不会啊，平时都是我做我自己的饭，我吃的时候他看着。"洪澄打开了冰箱——冰箱里当然也是一副井然有序的盛况，"这盘中午的泡菜炒饭可好吃了，你要不要尝尝？我可以在微波炉里热一下下。"

"你是哪儿人？"我问。

"小地方，不值得一提，说了好多人也没听过。"她不太愿意谈论自己，即便是在半醉的时候。

章志童已经伏在一堆剩菜之间睡着了，脸上有种幸福的神情。

2019 年的春节，章志童和洪澄两个人都没有回家。我嫉妒他们。因为去年春节，徐丰已经跟着我回父母家了；所以按照约定，今年我必须跟他回去。随着启程的日子渐渐逼近，我每天几乎是一睁开眼睛就想去花家地跟他们俩混在一起——那会让我产生一瞬间的错觉，我可以跟他们一样，哪儿都不用去。北京这个城市，一年到头，就是春节那几天最让人舍不得。整座城都空了——只要你不去庙会，如果那个关于"年兽"的传说是真的，那这头巨兽该是多么自由地奔跑在东三环或者三环辅路上，长驱直入，耳边掠过的风声遮盖了炸裂的鞭炮。

那晚我脸上敷了一张蜗牛面膜，靠在床上刷手机。徐丰坐在书桌前面，也刷手机。这样的安静其实挺好，我不在乎结婚五年来我们已经渐渐地没什么话题可说。朋友圈里，我爸和我婆婆几乎同时转了同一篇营销号的养生科普文，我给我爸留言"别信这些，都是胡说八道"，然后给我婆婆点了个"赞"——反正他们俩并没有加对方为好友。

"你看这个，"徐丰笑了，"有个社会新闻——一个医院的副院长，也是心脏外科专家，被他女儿举报了——因为他常年吃回扣，医院进的心脏支架好多质量都不合格……这都叫什么事儿，"他笑着摇了摇头，"这个王八蛋养出来一个可怕的女儿，也是报应。"

"我们公司状况不好，这几个月薪水都减半了，一半人辞了职。"我若无其事地说。

"实在不行你也别耗着了，该走就走，在家休息一阵子，我还养得起。"我听见他手指间的鼠标按键隐隐地响动。

"没事，工资减半，工作量减了一多半，正好休息。章志童的房租按时交着呢，没什么大问题。"

"明年我这边状况要是能好一点，咱们把花家地那里卖了吧——就能买个大点的——我是烦死咱们现在这个房东了，三天两头的，一点破事就要来敲门。据说她周一到周六，每天去不同的房客家里敲门。"

"咱们要是真的把房子换了，你妈就更得催着咱们生孩子。"

"说得也是，还是算了。不过好久没看见章志童了，他怎么样？还能接得到工作？"

众人都说行业惨淡，但章志童还真的接到了一个活儿——可能是因为他便宜吧，各家都在压缩预算，于是更容易地想到了他。他的工作内容是把一个原本长度为七十五集的剧本压缩成四十集，更妙的是，他现在有了个助手，就是洪澄。洪澄不工作，也几乎不出去玩，没有任何称得上社交的行为——因此，除去做饭，她这些日子以来就成了章志童的第一读者，以及，兴致来了她会照着章志童的剧本，一人分饰几角地演一遍，用力嘲笑写得过于尴尬或者荒诞的台词，章志童会默默地拿回去修改。洪澄好像突然发现了新玩具，热情异常，除了自愿帮忙试演，还主动提出建议，比如哪条情节线可以压缩乃至删除——当然，她的建议全部被制片人骂了回去。

"你不工作，靠什么生活？"有一次，章志童问她，彼时我正坐在地板上打开外卖比萨的纸盒。

"以前也存了点钱，从家里带出来了一点，花完了，就去死。"洪澄的语气像是在说，如果明天有太阳就去晒晒被子。

"你有没有想过试着学学写剧本？"章志童小心翼翼地问。

"等你名满天下了，如果我还活着，你招我到你这里来打下手吧。做你徒弟。前提是——我还活着哦。"

"你这么讨人嫌的人，才不会早死。"章志童悻悻地结束了对话，"喂，你过来，你把这场给我读一遍……"

"喂，要是节前他们不给你结算工钱，你怎么办？是不是得我来帮你买春节的新衣服？"

把这样的两个人丢在北京过年，我很放心。

令人欣喜的事情偶尔也会发生。徐丰他们公司春节假期内需要有技术人员值班，负责后台的维护，徐丰被安排在初五，所以我们初四就可以如释重负地上高铁。临出发前我迫不及待地打电话给洪澄，告诉她我老公初五会加班至凌晨，我们三人可以在花家地"破五"。

"好呀，吃饺子。"她笑嘻嘻地说，"哎，我真的给章志童买了件过年的衣服。"

"速冻的就行，楼下超市应该开门。"

"这叫什么话！"洪澄像是在维护受损的自尊，"我会包，你不用管。"

那是我第一次看到洪澄出现在室外，她戴着一顶灰色的贝雷帽，裹着巨大的橙色围巾，在小区超市的门口极力地冲我挥手，脸上全是惊喜的笑意："橘南姐，先别上去，咱们在这儿埋伏一会儿，看看等会儿从楼里出来的人是不是郑小姐。"

小超市里没有顾客，老板娘漠然地看着电视，电影频道在放一部喜剧片，可是老板娘完全不笑。我们站在一排货架后面，一人买了一罐加热过的雀巢咖啡，无所事事地盯着落地窗。

"章志童求我出去转两个小时再回去，还要我转告你晚两个小时再来——你不知道他都快给我跪下了。"洪澄瞬间就把脸上的表情调成一副可怜巴巴又有点迟钝的样子，惟妙惟肖。

我笑出了声音。

"你没看到有人进去吗？"

"章志童那个人鬼头鬼脑的，说人已经在咱们楼里了，非要我坐电梯下去以后，才放人进去——而且还亲手给我按了电梯——所以咱们在这儿等等，能看见咱们的楼里都有什么样的人出来……"洪澄皱了皱眉头，"女明星真的会自己一个人出门吗？我刚刚也没看到长得像保镖那样的人过来开道……"

"章志童肯定也给你看过那张照片吧？"我问。

"初中毕业集体照。"洪澄用力地点头，"可是那张照片上的姑娘——怎么说，说是15岁时候的郑小姐我相信，可是你说她不是，我也相信……"

漫长的等候可以让一切目标都失去意义，十五分钟以后，我已经开始完全不在乎郑小姐会不会走出来；半个小时后我开始产生幻觉，觉得推开单元门走出来的那位大妈一定是郑小姐乔装打扮的，反正她是个演员。洪澄已经离开了落地窗，到货架的另一端去打开了冰柜的门，她悠

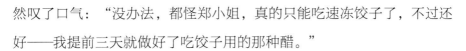

然叹了口气："没办法，都怪郑小姐，真的只能吃速冻饺子了，不过还好——我提前三天就做好了吃饺子用的那种醋。"

"还存在那种东西？"我大惊失色。

"我用醋把蒜瓣泡起来，有点像腌咸菜那样，泡几天，蒜的味道全都进去了，到咱们的饺子上桌的时候，可以剁一点姜末进去，再加上一点点辣椒油……"

除了食物的烹制方法，她从来没有提过她自己的生活，只有在像对牛弹琴一般给我们解释什么菜怎么做的时候，我才能从她不小心的措辞里听出一点她往日的痕迹——做关东煮的时候她提起过她的大学宿舍，煲汤的时候解释过她吃过的最美味的火腿来自实习的时候办公室里一个可爱的姐姐的家乡……诸如此类，我和章志童早已有了默契，不再追问细节，比如"你学的是什么专业""你在哪儿实习"——章志童是害怕她尴尬，而我则已习惯了就当她是《聊斋》里来的。一阵寒风从我身体的侧面袭来，超市的门开了，老板娘不满地朝这边看了一眼，在埋怨来人破坏了好不容易积攒起来的一点热气。洪澄专注地盯着冰柜里那些色彩缤纷的袋子，无视那对走进来的中年男女。

"请问一下，这儿的物业——"男人的普通话比较标准，听不出来是哪里的口音，他身边那个女人的声音立即就把他的声音拦在了半路："澄澄——这么巧？还正想着怎么找你住在哪个楼呢……"洪澄静静地关上冰柜的门，转身就跑，动作娴熟得就像她已经在脑子里演练过很多次，我呆呆地看着那个冰柜，柜门附近盘旋着隐隐约约的几缕白气，中年夫妻来不及反应，愣了片刻才想起来追出去，那个女人一边奔跑，一边叫喊，导致声音有种奇怪的凄厉："澄澄，澄澄，你等一下——"我没能从落地窗那里看到郑小姐，却能看到轻盈得像只小鹿的洪澄，那两个追赶她

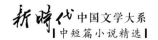

的人完全不是对手，只是快要跑到小区门口的时候，洪澄自己停下了，鲜艳的围巾滑了下来，胡乱搭在她身上，那两个人笨拙地靠近她，我无法知道她脸上究竟是什么表情。我看着他们三人上了小区门口的一辆出租车，洪澄没有抗拒。老板娘继续面无表情地看电影频道，好像每天都会有顾客这样仓皇地从她的冰柜旁边跑掉。我不知道该做什么，于是重新拿出来那几包洪澄选好的速冻饺子，过去付了账。

那是一个漫长的夜晚，我和章志童一起等着洪澄回来，而我们俩也没什么话说。我终究没能看到郑小姐从我们的楼里出来，章志童说，她应该是直接按电梯下了地下停车场——我和洪澄太笨了，果然不适合盯梢。

"那两人是什么人？"章志童一边煮饺子，一边问。已经快要九点了，我们决定不顾礼数先吃完我们那份——洪澄也不是计较这些的人。

"我觉得是她家的人。"我靠在冰箱门上，不小心碰掉了冰箱贴。

"我一直都怀疑，她是从家里偷偷跑出来的。"章志童笑笑，"不过这个小孩的厨艺真好，比好多主妇都厉害太多……"

我认为他是在暗讽我，不过我不在乎。

"郑小姐今天来干吗？"我故意认真地看着他的表情，"又是有剧本紧急要你救火，顺便临幸一下？"

他静静地把饺子捞了出来，摆满了几盘，我故意不过去帮他——因为此时装作我什么都没问过地帮忙摆桌，也太尴尬。章志童按照洪澄的配方把酱汁调好，终于抬起头招呼我："趁热吃吧。你要不要香菜？她是来找我改剧本的——不过实话和你说了吧，我的女朋友不是郑小姐。"

我也不好催他，只好看着他一连串吃了六七个饺子之后，再开始跟我讲来龙去脉。那个多年以来偶尔出现，常年奴役他的女孩确实是他的初中同学，那几个叫章志童去写的剧本也的确是真实存在的，只不过——女孩是郑小姐拍动作戏或者危险场景时的替身——俗称"武替"。仔细想想的确如此，章志童被叫去参与剧本的那几个戏，要么是古装仙侠，要么是民国谍战，还有一个是当代缉毒警——总之，都存在武打、格斗、爆炸这些场景，所以——这也解释了为何章志童总是不能正大光明地挂"编剧"的 title，如果真是郑小姐推荐的"老同学"，怎么说也得给个面子——可是武替小姐只能凭靠自己多年来与制片人或者执行制片人相熟的关系，引荐一个物美价廉的熟人，能否顺利拿到这个工作，就全靠章志童自己了。

"所以，你们俩在她介绍你去干活儿的时候睡两次，也是真的了。"我今天带来的"松竹梅"很甜，完全是照顾洪澄这种不懂酒的小女孩的口味——可是，这个小女孩在我眼前消失了。

他的眼睛四处搜寻着酒瓶，不看我。

"所以，原来不是她利用你，是你需要她。"

"也不能那么说，"他取下眼镜，额头上又是一层细密的汗粒，"她已经是郑小姐固定的武替了，她们长得确实还有点像——她是这么想的，如果剧本能有信得过的人来调一下，郑小姐的戏份出彩了，对她来说也是好事。你想啊，郑小姐越来越贵了，她的价钱也会跟着稍微涨一点的，我愿意为她做这些，没有关系——你知道吗？今天她过来，是郑小姐本人要她来找我的——这是一个电影，郑小姐是女一号，郑小姐觉得一个纯粹的动作片里，她这个角色太花瓶了，所以才想找我，把这稿剧本润一遍，给她加两三场有点意思的戏就好……这是我第一次写电影……"

"你想跟她结婚吗？"

章志童看着我，我知道他被吓了一跳，然后他把眼镜戴回去，动作缓慢得像个老人："她想嫁个更好的人，她也应该嫁个好点的人，我也这么看——不过她眼光其实挺高的，也没那么容易。"

"你这家伙，表面老实，其实蔫坏的。"我笑笑，"骗我这么多年，你是大明星的男宠——"

"没有！"他急了，"你还记不记得那时候我跟你说让你来看她，在树上飞来飞去挥剑的那个确实是她！你出来的时候镜头就给到郑小姐脸上了，你第一时间先入为主，我也就……没有纠正你。"

其实我知道他为什么将错就错地撒谎这么多年，因为如果那个对他召之即来、挥之即去，弃之如敝屣，想起来的时候才打个响指——如果那个女人是郑小姐本人的话，这个情节，听起来，或许就能合理一点，或者说，听起来会让他好过一点。这么想着我心里很难受，我对他伸了伸右手："烟，也给我一支好了。"

"不好吧。"他为难的眼神特别像动画片里的小熊，"不是要备孕？"

"备你妹的孕。我养得起吗？"

于是他就乖乖地从烟盒里拿了一支给我。那支烟由他的手指传递到我的手指间，然后我就看不见它了，周遭突然一片漆黑，我只是凭借着手指间的触觉以为我还看得到那支烟在何处。章志童从桌子边上起身的时候带起来阵阵噪音："可能是这一层跳闸了。"他往门边走。我坐在彻底的黑暗中，按下了打火机。

这其实是我一直以来不敢说的梦想——我希望世界末日能如此干脆利落地降临，就像是停电那样，一片漆黑突如其来，不要给任何人向任何人告别的机会，要是能有运气，给我多出来两三分钟的时间，我就安静地坐在那片永恒的黑暗中，珍惜地呼吸一口自由的空气。若有一支烟就更好了，抽一半，我就去死，绝对不讨价还价。

章志童回来了，我听见门口那张凳子又被碰出了巨响。"橘南姐？"他像是要确认我是不是已经融化在了黑暗里，"应该是楼上某家人，不知道用了什么电器——很快就能恢复了，跳闸。"然后他默默地坐回桌前，我们二人的眼睛已经逐渐适应黑暗了，他拿起手机打开手电功能，另一只手倒满了两个酒杯。我们静静地碰了个杯，谁也没再和谁说一句话。

　　我隐约听见他又开始吃东西了，我靠在椅背上把眼睛闭上，此时的寂静让我感觉真好。"章志童，"我的声音很轻，"你有没有幻想过，要是认识你的人全体一起死掉就好了，你就自由了？"

　　他不回答。任何正常人都不会回答这种神经病的问题吧。因为这静默，我觉得室内的空气都开始清新了起来。几分钟后，灯亮了，冥冥中，像是有声音在提示我：十分钟的休息时间结束，现在你该回去好好活着。

　　眼皮上弥漫着一种橘子皮的颜色，我总算不情愿地睁开眼睛，章志童面前的那盘饺子已经空了，他死死地望着那个一片狼藉的调料碟子，脸上全是眼泪。

　　"我想过，"他用力地拿左手的手掌在脸上胡乱抹一把，"有段时间，我每天都想。"

　　"你想过什么呀？"一个突兀的、清亮的声音，犹犹豫豫地从门那里进来。洪澄慢慢地靠近我们，"门怎么半开着？"

　　章志童这个笨蛋刚刚忘记了把门带上，洪澄在空椅子上坐了下来，没脱外套，浑身寒气，看起来就像是刚刚跋山涉水。

　　"没什么，他喝多了。"我站起身，"我去给你再煮一包热的。"

　　"不用，这个就行。"她也不拿筷子，直接抓起盘子里一个冷透了的饺子，狼吞虎咽，"过完年，我可能就得搬家了，橘南姐。"

　　"咱俩的这个戏还没写完呢，你搬去哪儿？"章志童傻傻地问。

"是因为今天那两个人找到你了？"我问。

"那是我舅舅和我舅妈，他们坐明天一早的航班回去。"她舔了舔手指，又抓起另外一个，"你们俩——这几天，有没有看过一个新闻？有个医院的副院长，他拿了不该拿的钱，用的都是质量不合格的支架给病人——然后这个人被他女儿举报了？"她再舔舔手指，热烈地一笑，"那个女儿就是我。"

有一天晚上，我们认真地讨论过，在我们三个人里，谁是最善良的，或者说，谁比自己善良。

章志童把他宝贵的一票投给了我，因为他觉得在今天的北京没有第二个房东会忍耐他拖欠那么久的房租，洪澄啐了一口："这票是因为钱，不算数。"但是洪澄又把自己的票投给了章志童，因为她觉得章志童对武替小姐的爱恋太惨了，惨到她已经不好意思再去羡慕武替小姐。最后轮到我了，他们俩一左一右，认真地盯着我，洪澄补了一句："请珍惜你手中神圣的权利。"我想了想，做了比较艰难的决定：因为章志童欺骗了我很多年，并且他的所作所为客观上已经影响了女明星郑小姐的名誉，所以他扣分很多，洪澄胜出。我们三个人难分胜负，各自得了一票，于是只好碰杯，一饮而尽的时候洪澄突然含了眼泪，当她哭起来，脸上没有半点委屈的神态，让人不知该如何对待她。她用力眨眨眼睛，说："除了你，已经没有人觉得我是好人了。"

那个刚过去没多久的春天，真是一言难尽。洪澄没有搬走，因为她的问题已经不再是需不需要躲着家人。二月末的时候，一篇字数很多的"深度报道"突然之间席卷了我的朋友圈，那个作者用一种将煽情遮掩得很巧妙的冷静笔法描述了那对新闻里的父女。在那篇文章里，他采访过很多人，除了洪澄本人——他倒是澄清了社会新闻里的各种谬误，比如——

洪澄并没有主动去举报她爸爸，而是在公安局开始调查取证的时候——说出来了她看见听见并且知道的事情，其中包含着一些实质性的证据吧。如果你真的相信这篇文字里的一切，那个父亲是一个常规的在小城市获得一席之地的中国父亲，那个女儿是一个随处可见的叛逆且人生挫败的中国女儿（所谓挫败指的是高考失利，然后无法适应父母给安排的工作）——父亲和女儿之间缺乏必要的情感交流，他就差直说出来巨婴女儿需要做点什么来引起父亲的注意了，但是字里行间已经表达得很清晰。父亲的奋斗与折戟酷似《红与黑》里的于连，女儿的反叛与弑父酷似某位我没记住的日本作家笔下的谁谁，文章的最后结尾落在女儿的母亲身上。"我问她：如果女儿明天回家了，你能不能原谅她？她什么都没说，她在流泪。"——非常好，他没有捏造任何事实，只是，他已经不需要捏造了。

我急急地发信息给章志童，想让他阻止洪澄去看这篇东西，可是已经来不及了。随着这篇文章的迅速扩散，那个"举报父亲的女儿"成为微博的热门搜索词条——身后没有任何团队的运作，凭自己本事上了热搜，也算洪澄人生里的一个勋章。至此，就连特稿作者亲自出来写声明说"我从来没有说过这个女儿是去主动揭发父亲的"，完全无用。各家自媒体已经开始就这个"举报父亲的女儿"推送了各种角度的解读；粉丝将近千万的大号痛心疾首地质问今天的年轻人为何跟几十年前的那群疯狂的年轻人越来越像；为"女儿"辩护几句的人立即在社交媒体被打成众矢之的，然后咒骂"父亲"的人和咒骂"女儿"的人在任何帖子下面都能迅速撕咬起来，就像两群野狗；洪澄旧日的照片成绩单都被人肉了出来，万幸的是他们没有人肉出来花家地的地址……

我让洪澄当着章志童的面，把她的手机交给我，寄存三天。我们把花家地小屋的路由器拔了，章志童也兴高采烈地放下了剧本，除了外卖小哥，我们约好不给任何人开门。那个星期徐丰出差去杭州，我躲进花家地的防空洞里，无限自在。网线一拔，哪管外面洪水滔天。自从薪水减半之后，我们公司原有的将近三十个员工已经只剩下了七个——到九月，办公室租约到期，我们要么搬到一个小一点的地方，要么原地解散。我的意思是说，我无故缺席几天完全不是问题，反正我已经很久没有看到老板了。

我跟洪澄反反复复地保证，只要熬过这三天，最多一个星期，就能一切平静，因为那时候自然会有其他的热点供众人喧嚣，为了让她相信我，我拖着她出了一次门，我们到楼下那间小超市去采购，老板娘一如既往地没有表情地看综艺节目，对我们的出现无动于衷。只是对于洪澄来说，这样的无动于衷就是极为珍贵的馈赠。所以她一高兴，把冰箱里剩下的RIO全都买走了。每种颜色三瓶。

"姐姐，你有没有像章志童爱武替小姐那样，爱过什么人？"不知从何时起，洪澄对我的称呼从"橘南姐""房东姐姐"，直接变成了"姐姐"。她抱紧了膝盖，蜷缩成一个球体，膝头那两块凸起的骨头，正好盛放她的下巴。

"她肯定没有，"章志童不知为何像是在跟谁生气，"她那么厉害，一看就是从小就一直有男生被她差遣得像狗一样的。"

"我有。"承认这个可真是有点叫人羞涩，但是我决定对洪澄说实话，"是我初恋。"

"我24岁了，"她把笑容埋在手肘里面，"我从来没爱过什么人，也从来没有跟谁谈过朋友，有时候我也想——谈恋爱是不是就像小时候去游乐场一样，是一件长大以后回忆起来也许没什么，可当时就是特别特别高兴的事儿。不过，像我这样，出卖爸爸的人——以后的日子没有特别特别高兴的机会，也是正常的吧？"

"这么说——你还是处女？"我恍然大悟地看着她。

"哎呀，很丢脸是吧？"她一边笑，一边脸红了。

"处女，大义灭亲，亲爹化为恶龙于是手刃她……太厉害了，这简直是'冰与火之歌'。"章志童一条一条地数，滑稽地伸着三根手指头，"童贞女洪澄，请受在下一拜。"

"你怎么不去死啊！"洪澄顺手拿起一个坐垫冲着章志童的脑袋丢过去，我在一旁笑得肠子扭成了一团。他们俩喧闹的厮打持续了一会儿，突然安静了。我试着直起身子坐好，看到章志童头发很乱，神情茫然地在四周的地面上寻找着他的眼镜，洪澄像是一下子断了电，双手交叉着举过头顶，舒展地躺在地板上一动不动，感觉就像一只猫，在伸懒腰的时候突然被放倒了做成了标本。她用一种犹疑不定的语气，继续问我们："那，你们俩有没有看见过，一个人在你眼前，从活着到死掉，全过程不超过一分钟，那种死法，你们见过没？"

章志童诚恳地摇头。

"我就见过。"她的眼神恍惚，像是野营的孩子在看星星，"那个人是我初中同学的婆婆，我小学里的老师，只不过没有教过我，我三年级的时候她教的是一年级，在我们那儿，好多人都能间接地搭上点关系。五六年前她找我爸做过手术，装了两个支架。她不知道那两个支架不好用。那天我们小学同学聚会，我那个初中同学送她过来，聚会的酒楼是我舅舅开的，那时候还是寒假里，没到正月十五，酒楼每天都很火爆——我就让我舅舅给她们专门预留了一个车位，怕她们找不到，我就到那个停车场去等。我同学倒车的手艺很差，歪歪扭扭倒不进去，那个老师也不急，她把车窗放下来看着我，她说哎呀澄澄都多少年没见了你长这么大……然后她的眼睛就突然睁得好大，说不出话来，脸孔颜色也深了，一只手死死地抓着车窗好像是想让我去拖她出来。我那个同学，阵脚全乱了，哭着让我赶紧打120，然后她就忘记了拉手刹，她的车慢慢地滑，慢慢地撞在了一根柱子上，那个老师的手就从车窗上垂下来了，那个时候我脑子里只有一件事——她还没问我后来去哪儿读了大学呢，她一定想要问的。"

章志童的手机屏幕闪亮了起来，他把这通电话按掉了。那个人再打，他又按掉了。

"那个写稿子的人说得不对。"洪澄笑笑，"我不恨我爸爸，我跟他的关系不好不坏，很多人跟自己的爸爸都是那样的——我知道他爱我，我也从来不觉得我从小到大被人忽略，我本来就不喜欢别人特别关注我……我就是觉得，就是觉得一个人不应该像那样死在停车场里。她以为自己已经治好了，她根本没怀疑过，让她那样去死，是不对的。"

"我懂你想说什么。"我深呼吸了一下，"你想说无论怎么样，导致她这样去死的那个人都该付出代价，即使那个人是你爸爸。"

她用力地点点头，然后像是困倦袭来了那样，闭上了眼睛。

那天晚上有月亮，我和洪澄坐在飘窗上面，盯着那轮四分之三的月亮看了好久。远处"IKEA"的灯光亮着，月亮把自己的身体慷慨地借了四分之一给他们，好让他们切割出来这几个字母，月亮满意地打量着这片夜晚中幽暗的大陆，很久很久以前，有人问过她：江畔何人初见月，江月何年初照人？这个声音传递得很慢，当月亮听到的时候，已经是几百年后了。月亮淡淡地笑一笑，自言自语：能不能别烦我？也是在那天晚上，我第一次教洪澄尝了龙舌兰的味道。她有些紧张地伸出舌尖，颤

巍巍地舔了舔，随即一愣，完整喝下去第一口的时候，难以置信地笑了。

"你记得，"我告诉她，"等你有天真的谈恋爱的时候，你脸上的表情，就会跟现在一样。"

章志童终于打完了那个长长的电话，从厨房里走出来。飘窗已经没地方了，他顺势坐在那张用来睡觉的沙发上，捡起身边那瓶被洪澄喝掉了一半的 RIO，紧紧地捏在手里端详着。然后他跟我们说："那个电影不拍了。就是郑小姐演女主角的那部。"

刚刚进入四月的时候，章志童死了。那个早晨我在半睡半醒间看见了窗帘缝隙透出的一缕阳光，我想今天的天气应该不错。然后徐丰推门冲进来，把手机塞给我："这个人已经给你打了六个电话，可是你静音了。"他语气里带着埋怨，我知道他是嫉妒我现在可以睡到十点再慢吞吞起床去办公室。那一端，洪澄的声音带着奇异的颤抖："姐姐，你快点来。警察来了，章志童在卫生间里，警察说他已经死了。"

非常简单明确的"自杀"的结论，章志童把自己吊死在了浴室里。一个阳光明亮的日子，我和洪澄一起坐上了高铁，去往一个我们都没去过的城市，是章志童的家乡，我们去参加他的葬礼。我也是因为章志童的死，才获得了一些新知识——比方说，北京是不允许任何人将遗体带出北京的，一个死在北京的人，必须就地火化。所以，章志童的这个家乡的葬礼，其实就是埋葬那个小盒子。

第二个新知识就是，葬礼也有司仪，而且葬礼司仪就像婚礼司仪一样，有一些套路的发言和串场词。我和洪澄都没哭，因为置身于四周此起彼伏的悲声中，我就突然间麻木了。章志童的爸爸——那个循规蹈矩的人事科科长，在众人没有准备的情况下，突然走上去抢走了司仪的话筒，司仪瞠目结舌地看着他，他白发苍苍，穿了一身簇新的中山装，清了清嗓子："今天我非常感谢大家来给章志童送行，所有的殡仪馆的同志们，你们也都辛苦受累了。"他朝向司仪深深鞠了一躬，导致司仪更加尴尬，然后他继续，"下葬之前，我有几句话要说，我非常惭愧，我的儿子给你们诸位添了这么多的麻烦。他是个一事无成的人。对社会没有任何有益的贡献，对自己的小家庭甚至做不到承欢膝下给父母送终，需要我们白发人送黑发人，他没有勇气面对生活的困难和波折，才走出这懦夫的最后一步。我作为父亲，深深地感到抱歉，是我教育的失败……"

"我操你妈！"洪澄像个饱满的弹簧那样轻盈地弹了出去，我只好追在她身后抱住她，她奋力地挣扎，嘴里喊出来的话我已经完全听不清楚，我只记得周围人都用一种打量瘟疫患者的眼光看着她，那个司仪更加不知所措，保安好像冲过来了。我的耳朵里像是灌进了水，有一种奇怪而遥远的、隐隐的浪涛声。我记得我那时候翻过章志童的朋友圈，他总给他爸爸的书法作品点赞。那是他爸爸退休之后最大的嗜好。他说过，他爸爸最喜欢写的是两句陈寅恪的诗："一生负气成今日，四海无人对夕阳。"这两句新鲜的行草就像是幻觉那样在我脑子里闪过，配合着耳边的浪涛声。一生负气成今日，四海无人对夕阳——你是认真的吗？你也配。

我应该是没有把这句心里话说出口吧，我也不确定了，但我知道我的脸上露出了非常诡异且真诚的微笑，于是保安把我和洪澄一起赶了出去。章志童的妈妈和姑妈悠长的号啕声给这场混乱结了尾，我和洪澄狼狈地跌撞着出了墓园的大门，一走到外面，洪澄就恢复成一个神色正常的人，我的听觉也渐渐地回来了。火车上我们没怎么聊天。洪澄靠着椅背假寐，在我途中从洗手间回来的时候，她和我说："姐姐，我爸的案子下个月开庭，检察院那边希望我上庭作证。"我说："嗯。"她接着说："我真的该搬家了，我不想让我家的人三天两头地找到我，也不想让他们麻烦你，我一个人待一段时间，我到底去不去出庭，我还没想好。那天我还想着，这个事情我得和章志童商量一下……可是我忘了。"

隔了一会儿，她又轻声细语地说："章志童那个家伙，最后留给我的信，就写了那么短的几行，可是给你写了那么多，不公平。"

章志童把几封遗书整整齐齐地放在客厅的书桌上。给他爸妈的那封只有一句"对不起"。给我的那封，写了满满两页纸，他的字很好看，他若能活得到退休，估计也会练习书法的。

橘南姐：

真是不好意思，不辞而别，给你添麻烦了。

有些话我只跟你一个人说。我不是一时冲动想要这么做的。早在我一直没法付房租给你的那十个月里，我就想做这件事了。我实在拿不出钱，我也没办法从拖欠我稿酬的制片方那里要到钱，最重要的是，我确实没有勇气再这样下去了，那个时候，我跟你说我去朋友家住，是谎话，我去了一个很破的小旅馆，我打算死在那里。

事情就是这么巧。我坐在那个又脏又臭的地下室里思考用什么办法去死痛苦最少的时候，有一个垃圾号码给我打电话，告诉我不需要任何抵押，就可以借到钱。我知道这后面都是陷阱，可是那个时候，看着我空了很久的账户真的一下冒出来几万块钱的时候，我感觉是有什么东西在鼓励我，要不要再努力尝试一下？不然就把欠橘南姐的房租还完再去死吧。然后我又去找到了过去带我工作过的一个编剧老师那里，跟他说能不能借我一点钱周转，我以后可以免费给他干活儿来还——就这样，一个本来打算去死的人，带着两笔借来的钱又回到了花家地，然后就遇见了洪澄，就有了咱们三个人那段非常愉快和开心的日子。

　　那个贷款公司当然是高利贷，但是，没有几天，我就接到了一个工作。跟洪澄合租的这大半年时间里，我的运气突然就好了起来，我一直能有刚刚够的钱来还贷款公司每个月的额度，我也替那位老师免费干了一些足够抵债的活儿，利息肯定是越滚越多的，我早就想好了，等到我还完我当初借的本金以后，我再去死，虽然他们是坏人，可是他们毕竟——算是救了我一命。

　　我不停地工作，洪澄也帮了我很多，这段日子可能是我成年以后过得最幸福的一段时间了。但是剧情居然还有反转——跟命运相比，我这个编剧真是输得心服口服。春节前，好像就是除夕的前一天，那家借给我钱的公司老板跑路了，好像有很多人去报了案，总之，我的债，到此结。看到这个消息的时候我第一个念头居然是：我已经还完当初的本金了，我也还了不少利息，虽然还没达到他们的标准——那么，对于那些买了这家公司产品却损失惨重的人来说，我应该也不算是坏人，对吧？那么好像，留住我必须活在这个世界上的理由，又少了一条。

　　我把我最后的那个电影剧本也留给你，我觉得这是我写过的最好的作品。原本只是要求我帮忙加两三场戏，结果我不小心重写了一整个剧本。本来我还想好好润色一下，但是电影不拍了。武替小姐今后要怎么样才能活得更好，我也真的帮不了她什么了。更重要的是，这个电影不拍了，像是一个信号，在提醒我，生命里这段美好的福利时光差不多了。不要贪婪。谢谢上帝或者魔鬼，他老人家帮助我拥有了这么一段回光返照的日子，谢谢你和洪澄，当然我也得谢谢我哥——有他在，可能我爸妈那里会好过一点。

　　如果这是我自己写的剧本，我会让主人公在经历了和你和洪澄这段相依为命的生活之后，重新获得活下去的勇气。但是吧，世事难料，我从你们俩身上，获得的是此刻——因为忠于自己最初的选择，而带来的平静。

再见啦，你要幸福。

还有一件事，冰箱里的那瓶龙舌兰，还剩下一半，你把它拿走，洪澄这个熊孩子好像是对它上瘾了。

章志童

2019 年 4 月 8 日

但是他写给洪澄的那封，却是只有寥寥数语。

洪澄：

你现在深呼吸一下，数到十，再打开卫生间的门，然后报警。

以后千万别动不动就说你想去死的话了。你看到了，死是很可怕的。

请你相信，我永远都会支持你的，要勇敢一点，你一定会遇到更好的人和更有意思的事情。

不要和橘南姐学喝酒。

章志童

2019 年 4 月 18 日

回到北京的第三天，洪澄就搬走了。然后那个临时的号码也停了机。我再也没有她的消息。我想要把她在我这里的押金退给她，但是微信转账的时候，发现我已不再是她的好友。于是我把那笔钱通过银行转到了她写在合同上的那个账户，并没有被退回来，这让我稍稍放了心，她至少能安然无恙地活一阵子。

还有一件事我必须要去做，那个倒霉的，需要章志童从七五五集压缩到四十集的剧本，章志童和洪澄一起完成了它。我已经通过我所有的关系，知道了这个电视剧的制片方是谁。我会一直地，不停地，非常有耐心地替章志童讨债，然后把这笔钱转给洪澄，这一定也是章志童希望的。

初夏降临的时候，我们公司奇迹般地迎来了一点转机。七年前，我们把雪夜的一个短篇小说卖给了一个导演，在这个六月，电影公映了，获得了非常好的票房和口碑，制片方赚到了钱，男主角据说一定会获得某个电影奖项的提名，而我们的雪夜，也重新开始抢手。我们仅剩的七个员工，再加上老板，一共八个人，今年唯一的任务就是把雪夜小姐伺候开心了，能换来一些为我们赚钱的机会。雪夜最终同意了我去年跟她提出的那个计划，她已经跟对方的制片人一起开了几次会，要着手写那个以拿去卖钱为目的的小说。

导演邀请了雪夜参加自己的私人庆功Party，我被雪夜拖着一起参加，对外的身份是雪夜的经纪人。导演住在顺义，天竺一带的某个别墅区。一栋说是托斯卡纳风格的三层小楼，我倒觉得，说是温泉度假村风格，也可以。但是那个小小的庭院被导演设计得很有味道。晚饭之后，人们三三两两地开始社交了，我就拿了一杯香槟，独自坐在了那个日式小灯笼的旁边，离人群略远。哦，对了，导演的夫人已经非常热心地科普过，这个严格地说只能叫起泡酒，因为并非来自香槟产区——管他的，其实我有一点眼馋那几个男人们分享的威士忌，好的威士忌喝下去，耳边真的听得见风的呼啸声。于是我想起章志童对洪澄的叮嘱：不要和橘南姐学喝酒。

来宾里也有郑小姐，因为是非常私密的场合，她的经纪人也没有紧盯着她。她此刻坐在离我很近的一把铁艺椅子上，对我一笑，遥遥举了举杯子，然后我们不约而同地拖动了身下沉重的椅子，坐得靠近了一点。

"雪夜的新书在写什么？"她问我。

"跟以前的也差不多。明天我把雪夜的全套书都寄到你工作室去。"

"好呀。"她笑了，轻巧如尘埃的飞虫慢慢地在我们身边的灯光那里聚拢，"导演的下一部电影正在跟我谈合作，不过我自己很希望有一天能演雪夜的作品——她的女主角都写得太可爱了。"

"我们求之不得。"我回答，"其实——我认识一个姑娘，她是您的武替。"

"武替？"她脸上的困惑倒不像是装的，"我拍的好多戏都有替身，她们来来往往的，我都记不得谁是谁了。"

日式灯笼里的灯灭了，一片绝对的黑暗突然降临。我听见导演洪亮的嗓音从某处传来："没事没事，诸位少安毋躁，一定是哪里跳闸了……"

日式灯笼突然闪烁了一下，映亮了郑小姐娇艳的侧脸，然后熄灭，然后重归黑暗。在黑暗中，我喝光了自己的杯子。好啦，章志童，我不问了行不行？反正郑小姐根本不记得她——我原本是想把你最后那个剧本拿给郑小姐本尊看看，算了算了，话题到此为止，我知道，你要面子的。

那晚我的睡眠很浅，天色微明的时候便睁开眼睛，身边的半张床铺已经空了，徐丰已经在浴室里开始盥洗。我能趁这短暂的几分钟躲到阳台上去抽一支烟。淋浴喷头的水声让我的意识表层逐渐模糊，我愣愣地凝视着指间那一缕烟雾，我问自己，洪澄究竟有没有回去出庭。真是太不像话了，就连章志童都知道用一片黑暗和突然闪烁的灯笼来给我报个平安，她一个活人，却能销声匿迹到这个程度。洪澄你这样真的好意思？

浴室里"嘭"的一声，随后徐丰隐隐地在叫我："橘南，橘南——"我厌烦地深呼吸了一下，继续吸了口烟，然后水声停了。"橘南——橘南——"这一次他的声音里掺杂着痛苦。我慢慢地吸完最后两口，细心地把烟蒂掐灭丢进垃圾桶，然后转身走往浴室，直到推门的那一刻，才开始让自己的声音里带上惊慌："怎么啦？出什么事了？"他半坐在浴缸里，手捂着肋下，费力地吸气："没事，我摔了一跤，可能肋骨磕坏了，你别慌啊，扶我一下。"

医生拿着他的 X 光片告诉我们是肋骨骨裂的时候，我开始流眼泪，医生狐疑地看着我，可能是觉得这个家属的戏未免太多。走出诊室，我扶他坐下，我说我去药房拿药，眼泪持续不断地往外涌，我用力地拿手臂蹭了蹭脸颊。

"媳妇儿，你看你这是干什么……"徐丰的表情被疼痛撕扯得有点扭曲，我想他一说话可能会更疼，"别哭啊媳妇儿，没事的，大夫都说了没事儿，我正好休息两天不用卖命了，你看你这么傻——"他的语气虽然夹杂着因为疼痛导致的呼吸的混乱，可我听得出，充满了幸福与满足。

"对不起，我忘了把浴缸里那个垫子放回去，对不起。"哭泣的欲望像一头横冲直撞的小野兽，在我的身体里胡乱地奔跑着，想要找个出路。

"我媳妇儿是心疼我，我知道——"

对不起，我不爱你了。我的初恋，我的如意郎君。对不起，我永远不打算让你知道这个。

初秋的某日，雪夜打电话给我，她非常直接地说："把你花家地那个小房子卖给我，怎么样？"

"你还看得上那个小破屋子啊？"

"便宜啊，已经是凶宅了，我知道你连租都租不出去，已经空了快半年了吧？我跟你们那里的房产中介打听过，凶宅比正常的市价便宜三分之一还多。我不怕凶宅，那个章志童我以前也见过的，不是坏人。"

"我替他谢谢你。"我笑了。

"我漂了这么多年，乱花了好多钱，现在打算安定下来了，你不应该祝福我吗？而且，就算按凶宅的价钱卖给我，跟你当年比，也还是赚的。"

"那好吧，找个时间跟中介约一下，我也不大了解这些手续。"

"我会好好把它装修一下，找真正有名头的设计师，装修成那种能上杂志的蜗居——不过这么一折腾，我可真的没钱了。必须努力写作。"

"非常好。"我心情顿时愉悦了起来，"好像是尼采说过的吧，人一生最幸福的状态就是保持适度的贫困——我不确定是不是尼采说的，可是我觉得有道理。你只有没钱了，才能安心地写好作品。"

"别提尼采，跟海德格尔那种真正的大师相比，尼采最多算是个豆瓣写书评的。"

怎么回事？肤浅的雪夜小姐偶尔也有金句。

我愿意把那个小屋转手给她，因为万一某日，洪澄回来了，开门的是雪夜，她也不会觉得惶恐，她知道雪夜是谁，她也能轻易地通过雪夜找到我。

可能天道如此，有人命中注定要在决定去死的那一刻才不再卑微，有人命中注定要辱没门楣，还有人命中注定要假装依然爱着她的初恋，他们最终都要回到那个身边全是陌生人的城市。这城市需要祭品的时候，会毫不犹豫地从他们中随机抽取一人，可是，这城市也真的是他们最后

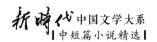

　　的容身之处。所以我相信，洪澄一定会回来的，她必须回来。

　　我希望雪夜住在那里，最终会进化成一个比我善良的人。

　　所有住过花家地小屋的人，都应该比我善良。

新　锐　作　家　卷

大乔小乔

张悦然

1

上瑜伽课前，许妍接到乔琳的电话。听说她到北京来了，许妍有些惊讶，就约她晚上碰面。电话那边沉默了片刻，乔琳用哀求的声音说，你现在在哪里，我能过去找你吗？

她们两年没见面了。上次是姥姥去世的时候，许妍回了一趟泰安，带走了一些小时候的东西。走的时候乔琳问，你是不是不打算再回来了？许妍说，你可以到北京来看我。乔琳问，我难过的时候能给你打电话吗？当然，许妍说。乔琳总是在晚上打来电话，有时候哭很久。但她最近五个月没有打过电话。

外面的天完全黑了，她们坐进车里。照明灯的光打在乔琳的侧脸上，颧骨和嘴角有两块淤青。许妍问她想吃什么。她转过头来，冲着许妍露出微笑，辣一点的就行，我嘴里没味儿。她坐直身体，把安全带从肚子上拉起来，说能不系吗，勒得难受。系着吧，许妍说，我刚会开，车还是借的。乔琳向前探了探身子，说开快一点吧，带我兜兜风。

那段路很堵。车子好容易才挪了几百米，停在一个路口。许妍转过头去问，爸妈什么时候走？乔琳说，明天一早。许妍问，你跟他们怎么说的？乔琳说，我说去找高中同学，他们才顾不上呢。许妍说，要是他们问起我，就说我出差了。乔琳点点头，知道，我知道。

车子开入商场的地下车库。许妍拉下手刹，告诉乔琳到了。乔琳靠在椅背上，说我都不想动弹了，这个座位还能加热，真舒服啊。她闭着眼睛，好像要睡着了。许妍摇了摇她。她抓起许妍的手，放在自己的肚子上，低声说，孩子，这是你的姨妈乔妍，来，认识一下。

在黑暗中，她的脸上露出微笑。许妍好像真的感觉到什么东西动了一下。像朵浪花，轻轻地撞在她的手心上。她把手抽了回来，对乔琳说，走吧。

许妍捂着肚子蹲在地上。明晃晃的太阳，那些人的腿在摆动，一个个翻越了横杆。跳啊，快跳啊，有人冲着她喊。她用尽全身力气站起来，横杆在眼前，越来越近，有人一把拉住了她……她觉得自己是在车里，乔琳的声音掠过头顶，师傅，开快点。她感到安心，闭上了眼睛。

许妍已经忘记自己曾经姓乔了。其实这个名字一直用了十五年。

办身份证的时候，她改成了姥姥的姓。姥姥说，也许我明年就死了，你还得回去找你爸妈，要是那样，你再改成姓乔吧。从她记事开始，姥姥就总说自己要死了，可她又活了很多年，直到许妍在北京上完大学。

许妍一出生，所有人听到她的啼哭声，都吓坏了。应该是静悄悄的才对，也不用洗，装进小坛子，埋在郊外的山上。地方她爸爸已经选好了，和祖坟隔着一段距离，因为死婴有怨气，会影响风水。

怀孕七个月，他们给她妈妈做了引产。据说是注射一种有毒的药水，穿过羊水打进胎儿的脑袋。可是医生也许打偏了，或者打少了，她生下来是活的，而且哭得特别响。整个医院的孩子加起来，也没有她一个人声大。姥姥说，自己是循着哭声找到她的。手术室没有人，她被搁在操作台上。也许他们对毒药水还抱有幻想，觉得晚一点会起作用，就省得往囟门上再打一针。

姥姥给了护士一些钱，用一张毯子把她裹走了。那是个晴朗的初夏夜晚，天上都是星星。姥姥一路小跑，冲进另一家医院，看着医生把她放进了暖箱。别哭了，你睡一会儿，我也睡一会儿，行吗，姥姥说。她在监护室门外的椅子上，度过了许妍出生后的第一个夜晚。

许妍点了鸳鸯锅，把辣的一面转到乔琳面前。乔琳只吃了一点蘑菇，她的下巴肿得更厉害了，嘴角的淤青变紫了。

怎么就打起来了呢，许妍问。乔琳说，爸在计生办的办公楼里大吼大叫，保安赶他走，就扭在一块了，不知道谁推了我一把，撞到了门上。许妍叹了口气，你们跑到北京来到底有什么用呢？乔琳说，我只是想来看看你。许妍问，那他们呢，你为什么就不劝一下？乔琳说，来北京一趟，他俩情绪能好点，在家里成天打，爸上回差点把房子点了。而且有个汪律师，对咱们的案子感兴趣，还说帮着联系"法律聚焦"栏目组，看看能不能做个采访。许妍说，采访做得还少吗，有什么用？乔琳说，那个节目影响大，好几个像咱们家这样的案子，后来都解决了。许妍问，你也接受采访吗，挺着个大肚子，不觉得丢人吗？乔琳垂着眼睛，抓起浸在血水里的羊肉扑通扑通扔进锅里。

过了一会儿，乔琳小声问，你在电视台，能找到什么熟人帮着说句话吗？许妍说，我连我们频道的人都认不全，台里最近在裁员，没准明天我就失业了。她看着乔琳，是爸妈让你来的吧？乔琳摇了摇头，我真的只想来看看你。

许妍没说话。越过乔琳的肩膀，她又看到了过去很多年追赶着她的那个噩梦。上访，讨说法。爸爸那双昆虫标本般风干的眼睛，还有妈妈磨得越来越尖的嗓子。当然，许妍没资格嫌弃他们，因为她才是他们的噩梦。

她爸爸乔建斌本来是个中学老师，因为超生被单位开除了。他觉得很冤，老婆王亚珍是上环后意外怀孕，有风湿性心脏病，好几家医院都不敢动手术，推来推去推到七个月，才被中心医院接收。他们去找计生委，希望能恢复乔建斌的工作。计生委说，只要孩子活下来，超生的事实就成立。孩子是活了，可那不是他们让她活的啊。夫妻俩开始上访，找了各种人，送了不少礼，到头来连点抚恤金也没要到。

乔建斌的精神状况越来越糟，喝了酒就砸东西，还总是伤到自己，必须得有人看着才行。虽然他嚷着回去上班，可是谁都看得出来，他已经是个废人了。王亚珍的父母都是老中医，自己也懂一点医术，就找了个铺面开了间诊所。那是个低矮的二层楼，她在楼下看病，全家人住在楼上，这样她能随时看着乔建斌。乔琳是在那幢房子里长大的。许妍则一直跟着姥姥住。在她心里，乔琳和爸妈是一个完整的家庭，而她是多余的。乔建斌看见她，眼睛里就会有种悲凉的东西。她是他用工作换来的，不仅仅是工作，她毁了他的一切。王亚珍的脸色也不好看，总是有很多怨气，她除了养家，还要忍受奶奶的刁难。奶奶觉得要不是她有心脏病，没法顺利流产，也不会变成这样。每次她来，都会跟王亚珍吵起来。她走了以后，王亚珍又和乔建斌吵。这个家所有人都在互相怨恨。没有人怨乔琳。她是合情合理的存在，而且总在化解其他人之间的恩怨。那些年她做的最多的事，就是劝架和安抚。她在爸妈面前夸许妍聪明懂事，又在许妍这里说爸妈多么惦记她。她一直希望许妍能搬回来住。可是上初中那年，许妍和乔建斌大吵了一架，从此再也没有踏进过家门。

许妍骑着她那辆凤凰牌自行车经过诊所门前的石板路。乔琳从二楼的窗户探出头来，朝她招手。快点蹬，要迟到了，乔琳笑着说。许妍读初中，她读高中，高中离家比较近，所以她总是等看到了许妍才出发。有时候，她会在门口等她，塞给她一个洗干净的苹果。

许妍的手机响了。是沈皓明，他正和几个朋友吃饭，让她一会儿赶过去。许妍挂了电话。面前的火锅沸腾了，羊肉在红汤里翻滚，油星溅在乔琳的手背上。但她毫无知觉，专心地摆弄着碟子里的蘑菇，把它们从一边运到另一边，一片一片挨着摆好。她耐心地调整着位置，让它们不要压到彼此。然后她放下筷子，又露出那种空空的微笑，说刚才是你男朋友吗？许妍嗯了一声。乔琳说，你还没跟我说过呢。你什么都不跟我说，从小就这样。他是干什么的？许妍说，公司上班的白领。乔琳又问，对你好吗？许妍说，还行吧，你到底还吃不吃？乔琳说，有个人让你惦记着，那种感觉很好吧？

餐厅外面是个热闹的商场。卖冰淇淋的柜台前围着几个高中女生。许妍问，想吃吗？乔琳摸了摸肚子，好像在询问意见。她趴在冰柜前，逐个看着那些冰淇淋桶。覆盆子是种水果吗，她问，你说我要覆盆子的好，还是坚果的好呢？那就都要，许妍说。我不要纸杯，我想要蛋筒，乔琳笑着告诉柜台里的女孩。

那是九月的一个早晨，许妍升入高中的第一天。乔琳撑着伞，站在校门口。见到她就笑着走上来，你怎么不把雨衣的帽子戴上，头发都湿了。她伸出手，撩了一下许妍前额的头发说，真好，咱们在一个学校了，以后每天都能见到。放学以后别走，我带你去吃冰淇淋，香芋味的。

路过童装店，乔琳的脚步慢下来。许妍顺着她的目光望过去，亮晶晶的橱窗里，悬挂着一件白色连衣裙。发光的塔夫绸，胸前有很多刺绣的蓝粉色小花，镶嵌着珍珠，裙摆捏着细小的荷叶边。乔琳把脸贴在玻璃上，说小姑娘的衣服真好看啊。许妍问，你希望是男孩还是女孩？男孩吧，乔琳说，如果是男孩，说不定林涛家里能改变主意。许妍问，他后来又跟你联系过吗？乔琳摇了摇头。

汽车驶出地下车库。商业街灯火通明，橱窗里挂着红色圣诞袜和花

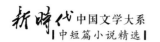

花绿绿的礼物盒。街边的树上缠了很多冰蓝色的串灯。广告灯箱里的男明星在微笑，露出白晃晃的牙齿。乔琳指着他问，你觉得他长得像于一鸣吗？许妍问，你这次来联系他了吗？乔琳说，我没有他的手机号码了。许妍沉默了一会儿，说快到了，我给你订了个酒店，离我家不远。乔琳点点头，双手抓着肚子上的安全带。

于一鸣走过来，坐在了她和乔琳的对面。他 T 恤外面的衬衫敞着，兜进来很多雨的气味。空气湿漉漉的，外面的天快黑了。于一鸣抹了一把脸上的水，冲她们笑了。他的下巴上有个好看的小窝。

到了酒店门口，乔琳忽然不肯下车。她小心翼翼地蜷缩起身体，好像生怕会把车里的东西弄脏。许妍问，到底怎么了？乔琳用很小的声音说，别让我一个人睡旅馆好吗，我想跟你一起睡……她抬起发红的眼睛，说求你了，好吗？

车子开回到大路上。乔琳仍旧蜷缩着身体，不时转过头来看看许妍。她小声问，旅馆的房间还能退吗，他们会罚钱吗？许妍说，我只是觉得住旅馆挺舒服的，早上还有早餐。乔琳说，我知道，我知道，对不起。

车窗起雾了，乔琳用手抹了几下，望着外面的霓虹灯，用很小的声音念出广告牌上的字。直到车子开上高架桥，周围黑了下去。她靠在座椅上，拍了拍肚子，说小家伙，以后你到北京来找姨妈好不好？许妍没有说话，她望着前方，挡风玻璃上也起雾了，被近光灯照亮的一小段路，苍白而昏暗。

乔琳盯着于一鸣，说你的发型真难看。于一鸣说，我知道你剪得好，可我回去两个月不能不剪头啊。乔琳揽了一下许妍说，来，认识一下，这是我妹妹，亲妹妹。于一鸣对乔琳说，走吧，该回去上晚自习了。乔琳说，你先去，我跟我妹妹坐一会儿，好久没见她了。于一鸣说，咱俩也好久没见了，说好去济南找我也没有去。乔琳笑了，明年暑假吧，我跟我妹妹一起去。于一鸣走了。许妍说，别跟人说我是你妹妹行吗，非得让所有人都知道家里超生的事吗？乔琳垂下眼睛，说知道了。许妍问，你们在谈恋爱？乔琳说没有。许妍说，别骗我了。乔琳说，真的，他来泰安借读，高考完了就走了。许妍说，你也可以走啊。

乔琳笑了一下，没说话。

2

许妍找到一个空车位，停下了车。刚下来，一辆车横在她们面前，车上走下一个戴着黑框眼镜的男人。他说，又是你，你又停在我的车位上了。许妍认出他就住在自己对门，好像姓汤。有一次他的快递送到了她家，里面是一盒迷你乐高玩具。她晚上送过去，他开门的时候眼睛很红。她瞄了一眼电视，正在放《甜蜜蜜》。张曼玉坐在黎明的后车座上。

许妍说，我不知道这个车位是你的，上面没挂牌子。她要把车开走，男人摆了摆手，说算了，还是我开走吧。他钻进车里发动引擎。

乔琳笑着说，他一定看我是孕妇吧。现在我到哪里都不用排队，一上公交车就有人让座，等孩子生下来，我都不习惯了。

许妍打开公寓的门。她的确没打算把乔琳带回家。房子很大，装修也非常奢侈，就算对北京缺乏了解，恐怕也猜得出这里的租金一般人很难负担。但是乔琳没有露出惊讶，也没有发表评论。她站在客厅中间，低着头眯起眼睛，好像在适应头顶那盏水晶吊灯发出的亮光。

过了一会儿，她回过神来，问许妍，你主持的节目几点播？许妍说，播完了，没什么可看的。乔琳问，有人在街上认出你，让你给他们签名吗？

许妍说，一个做菜的节目，谁记得主持人长什么样啊。她找了一件新浴袍，领乔琳来到浴室。乔琳指着巨大的圆形浴缸问，我能试一下吗？许妍说，孕妇不能泡澡。乔琳说，好吧，真想到水里待一会儿啊。她伸起胳膊脱毛衣，露出半张脸笑着说，能把你的节目拷到光盘里，让我带回去吗？放心，不告诉爸妈，我自己偷偷看。

乔琳的毛衣里是一件深蓝色的秋衣，勒出凸起的肚子。圆得简直不可思议。她变了形的身体，那条被生命撑开的曲线，蕴藏着某种神秘的美感。许妍感觉心被什么东西蜇了一下。

电话响了。沈皓明让她快点过去。听说她要出门，乔琳的眼神中流露出恐惧。许妍向她保证一会儿就回来，然后拿起外套出了门。

许妍睁开眼睛，看到自己躺在病房里。墙是白的，桌子是白的，桌上的缸子也是白的。乔琳坐在床边，用一种忧伤的目光看着她。许妍坐起来，问乔琳，告诉我吧，我到底怎么了。乔琳垂下眼睛，说你子宫里长了个瘤子，要动手术。子宫？许妍把手放在肚子上，这个器官在哪里，她从来没有感觉到它的存在。乔琳说，你才十七岁，不该生这个病，医生说是激素的问题，可能和出生时他们给你打的毒针有关。

……医生站在床前，说手术很顺利，但瘤子可能还会长，以后可以考虑割掉子宫，等生完孩子。但你怀孕比较困难。他没说完全不可能，但是许妍知道他就是那个意思。

医生走了，病房里很安静。许妍望着窗外一棵长歪了的树，岔出去的旁枝被锯掉了。乔琳说，我知道我说什么都没用，可是我以后真的不想生孩子。不知道为什么，想想就觉得可怕。

许妍赶到餐厅的时候，沈皓明已经有点喝多了，正和两个朋友讨论该换什么车。上个月，他开着花重金改装的牧马人去北戴河，半路上轮轴断了，现在虽然修好了，可他表示再也无法信任它了。

他们有个自驾游的车队，每次都是一起出去，十几辆车，浩浩荡荡。许妍跟他们去过一次内蒙古，每天晚上大家都喝得烂醉，在草地上留下一堆五颜六色的垃圾。有一天晚上，许妍和沈皓明没有喝醉，坐在山坡上说了一夜的话。他们两个就是这么认识的。许妍跟所有的人都不熟，是另外一个女孩带她去的，那个女孩跟她也不熟，邀请她或许只是因为车上多一个空座位。到了第五天，许妍坐到了沈皓明的那辆车上，他们一直讲话，后来开错路掉了队。两个人用后备厢里仅剩的烟熏火腿和几根蜡烛，在草原上度过了一个难忘的夜晚。

回北京那天，许妍有些低落，沈皓明把她送回家，她看着车子开走，觉得他不会再联系她了。她知道他是那种有钱人家的孩子，周围有很多漂亮女孩，只是因为旅途寂寞，才会和她在一起。也许是玩得太累了，第二天她发烧了。她躺在床上，觉得自己像一根就要烧断的保险丝，快把床单点着了。她感到一种强烈而不切实际的渴望。帮帮我，在黑暗中她对着天花板说。每次她特别难受的时候，就会这么说。

傍晚她收到了沈皓明的短信，问她要不要一起吃晚饭。她摇摇晃晃地从床上爬起来，化了个妆出门了。那不是一个两人晚餐，还有很多沈皓明的朋友。她烧得迷迷糊糊的，依然微笑着坐在沈皓明的旁边。聚会持续到十二点。回去的路上，她的身体一直发抖。沈皓明摸了摸她的额头，怪她怎么不早说，然后掉头开向医院。在急诊室外面的走廊里，他攥着她的手说，你让我心疼。她笑着说，大家都挺高兴的，这是个高兴的晚上，不是吗？

那个夏天，沈皓明时常带她参加派对。那些派对在郊外的大房子里举行，总有穿着短裙的女孩带着她的外籍男友。直到夏天快过完，她才确定自己成了沈皓明的女朋友。那时她已经学会了自己卷头发，并且添置了好几条短裙。到了九月末，她和几个从前要好的朋友坐在路边的烧烤摊，意识到自己以后也许不会再见他们了。来北京八年，一直在认识新朋友，进入新圈子，那种不断上升、进化的感觉，给她带来一些满足。

你想去莫斯科吗，沈皓明扭过头来看着她，春天的时候咱们开车去莫斯科吧？好啊，许妍说。她想到旷野上的星星，以及那些因为喝醉而感觉自由一点的夜晚。

饭局散了，许妍开车把沈皓明送回他爸妈家。当初租房子的时候，他是准备跟她一起住的。后来觉得上班太远，多数时候就还是住在他爸妈家。那边有好几个保姆伺候，饭菜又可心。他爸妈也不希望他搬出来，好像那样就等于认可了他和许妍的关系。

你表姐安顿好了？沈皓明忽然问，明天我妈让你来家里吃饭，喊她一起吧。许妍说，不用，她自己有安排。沈皓明说，后天律师所没事，我可以陪你带她转转，买买东西。许妍说好。

回到家已经是凌晨一点。乔琳还没睡，正靠在床上看电视。她好像在哭，抹了抹脸，对许妍笑了一下，说你看过这个节目吗，把一个城里的孩子和一个农村的孩子对调，让他俩在对方的家里住几天。结果那个农村孩子把城里的"爸妈"给她买早点的钱都攒下来，想给农村的奶奶买副新拐杖。许妍说，都是假的，节目组安排好的。乔琳说，怎么会呢，那个农村孩子哭得多伤心啊。

许妍换上睡衣，在床边坐下，说你怎么会失眠呢，孕妇不是应该贪睡吗？乔琳说，我每天睁着眼睛到天亮，看什么都是重影的，好像那些东西的魂全跑出来了。许妍问，去医院看过吗？乔琳回答，说是精神压力大，可他们不让吃安定。许妍沉默了一会儿，问你后悔吗，把孩子留下来？乔琳笑着说，怎么会呢，我把衣服都买好了啦，白色的，男女都能用。

半年前乔琳打来电话，说自己怀孕了。男的叫林涛，比乔琳小两岁。和她在同一家商场当售货员。他父母一直告诫他，不能跟乔琳谈恋爱，沾上她爸妈，一辈子都别想安生。得知乔琳怀孕，他吓坏了，休假躲了起来。乔琳厚着脸皮找到他们家，林涛的母亲给了一些钱，让她把孩子打掉。乔琳爸妈说，怎么能打掉，就去林家闹，还跑到商场去找乔琳的领导。乔琳把工作辞了，跟她爸妈说，你们要是再闹，我就死在你们面前。

那段时间，乔琳常常给许妍打电话。她在那边问，为什么我的生活里总是有那么多的纠纷呢？

十月的一个早晨，两个女生在学校门口拦住了她，说你就是乔琳的小跟班吗，最好离那个狐狸精远点，别沾得自己一身骚。许妍不算意外。她已经发现乔琳在学校里非常有名，追她的男生很多，背后说闲话的也很多。

放学后她和乔琳碰面，没有提起这件事。走到大门口，那两个女生又来了。她们低着头，哭丧着脸说，我们说错话了，对不起，你千万别放在心上。乔琳皱着眉头，一言不发。

她们又去了冷饮店。于一鸣很快也来了。乔琳瞪着他，你的眼线挺多啊。于一鸣说，怎么了？乔琳说，别装傻，你让王滨去吓唬李菁菁了？于一鸣说，太嚣张了，不给她们点颜色看看怎么行。乔琳说，你要是真拿王滨当哥们，就别让他干这种事。他身上背着两个处分，再有一回就得开除。于一鸣说，我绝不允许她们这么败坏你。乔琳笑了笑，我才不在乎呢。

许妍对乔琳说，如果我是你，大概会把孩子打掉。乔琳显得很惊恐，说怎么可能，它是个生命啊。许妍说，这个世界上有很多错误的生命，生下来只会受苦。乔琳说，别说了，我绝对不能那么做。

许妍很清楚，乔琳不能那么做是因为爸妈。他们最初是反对计划生育，后来变成连堕胎也反对。特别是王亚珍，成为了这方面的斗士。她经常守在医院门口，拦截去做流产的女人，讲各种怨灵的故事，还去吓唬医生和护士，让他们放下手术刀到寺庙里超度。有那么几个女人听了她们的话，没做流产，生下孩子以后拍的满月照片，被王亚珍扩印得很大，拿在手里到处宣传。她还爱讲自己的故事：我的小女儿，当时被他们逼着流掉，又打激素又打毒针，我有心脏病，差点死在手术台上。可孩子不是照样健健康康地活下来了吗？你们现在什么困难都没有，有什么理由不要孩子？她以后一定也会把乔琳当成单亲妈妈的典范。至于乔琳该如何抚养那个孩子，她根本不去想。这几年一直都是乔琳在养家，现在她还没了工作。

她们的不幸，最终都会变成爸妈上访的资本。就像许妍子宫里生瘤，也被他们到处宣扬，无非是为了多要一笔赔偿金。许妍心里的愤怒，如同休眠的火山，这时又燃烧起来。所以或许并不完全是为了乔琳，更多的是想反抗爸妈的意志，给他们沉重一击，——她又给乔琳打了电话。乔琳有点受宠若惊，说你从没给我打过电话。许妍说，你最好再考虑一下，留下这个孩子，一生可能都完了。乔琳说，可它是活的啊，在我身体里动，真的很奇妙，那种感觉你不会懂的……许妍冷笑了一声，是啊，那种感觉我不会懂的。以后你的事我也不会再管了。

乔琳没有再打来电话。许妍偶尔想起来，会在心里算算月份，想一想孩子还有多久出生。

乔琳坐在操场的看台上，咬着一根棒冰，嘴上都是鲜艳的色素。许妍走过去，说你躲到这儿有用吗？乔琳不说话。许妍问，你是不是特别喜欢看男生为了你打架？既然你不想跟他们谈恋爱，为什么还要对他们好，让他们围着你团团转呢？乔琳说，可能害怕孤独吧，她抬起头，咧开橘色的嘴唇笑了，你是不是很讨厌我这样的女孩？

许妍在床上躺下，伸手关掉了台灯。但黑暗不够黑，窗帘的缝隙间夹着一道颤巍巍的光。她正犹豫是否要去消灭那簇光，乔琳的手穿过阻隔在中间的被子，找到了她的手。她说，你还记得吗，从前姥姥生病我把你领回家，咱俩挤在我那张小床上。许妍说，那是很小的时候，上了初中我就没再去过。

乔琳握紧了她的手，说我知道上回我说错话了，一直想给你打电话，可是真怕你再劝我把孩子打掉……许妍说，承认吧，你现在后悔了。乔琳说，没有，我想通了，不管我给这个孩子什么，给多给少，他都是奔着他自己的命去的。你小时候受了不少苦，现在不是也过得挺好吗？许妍问，你自己呢，你是奔着什么命去的，干吗非要背那么重的担子呢？乔琳在黑暗中笑了一声，我爱逞能，老觉得没我不行，其实我有什么用啊？她捏了捏许妍的手心，上访的事我早都不抱希望了，就是跟林涛呕一口气。当时他说，你家里要真是讨到了说法，再也不闹了，我就娶你。其实怎么可能啊，人家肯定早交了新女朋友。

许妍翻了个身，闭上眼睛。她感受着乔琳滞重的呼吸。如同一艘快要沉没的船。一个显而易见的却一直被她忽略的事实是，她的姐姐过得很糟，而且也许再也不会好了。她能帮她做什么吗？

她能。沈皓明自己就是律师，而且热心，爱帮朋友。他爸爸又有很多政府关系。

她不能。她根本无法开口。从一开始她就隐瞒了家里的事，说爸爸走了，妈妈死了，她是跟着姥姥长大的。这不是撒谎，她对自己说，只是出于自保。谁能接受一对不停闹事，总是被保安驱逐和扭走的父母呢？不过，既然她一直说乔琳是她的表姐——是不是可以让他们帮一帮这个表姐呢？但是也有风险，她爸妈曾在采访里提到过小女儿的名字，还说她现在在北京生活。一旦那些资料被翻出来，她的身份就掩饰不住了。

许妍勉强睡了几个小时，天快亮的时候醒了。她感觉到乔琳在耳边呼吸，嘴巴里的热气涌到她的脸上。她睁开眼睛，乔琳在曦光中望着自己。她一时想不起来从前什么时候，她也是这样望着自己，用那双圆圆的大眼睛，好像明白了什么重要的事要告诉她。但是她并没有开口。

你看我也是重影的吗？许妍问。

乔琳说，不，我看你看得很清楚。

于一鸣站在她的教室门口。他说乔琳三天没来上课了。许妍说，我爸把腿摔断了，她得照顾他。于一鸣说，我知道，快考试了，这样下去不行。你带我去找她。

外面下着雪，马路结冰了。他们推着自行车往前走。风很大，雪乱糟糟地降下来，天空像个马蜂窝。于一鸣的头发又长长了，他的脸很白，下巴上有个好看的小窝。他神情凝重地说，帮我劝劝乔琳，让她好好复习，跟我一块儿考到北京。许妍说，她不想走。于一鸣说，她在这里没有出路。许妍问，北京什么样？于一鸣说，北京的马路特别宽，到处都是商店，还有很多咖啡馆。你好好学习，两年以后也考过去。许妍问，我？于一鸣说，是啊，我们在北京等你。

许妍怔怔地看着他。他口中呼出的白气在空中上升，然后散开了。

3

第二天，许妍录节目到下午五点，然后匆匆忙忙赶去买甜点。那家蛋糕店是从巴黎开过来的，最近上了不少时尚杂志。她每次都为带什么礼物去沈皓明家而伤脑筋。

小巧的纸杯蛋糕陈列在玻璃柜里，上面镶着翻糖做的高跟鞋和花环，像是一件件奢华的珠宝。价格当然也贵得离谱，她最终决定买四个。这时乔琳打来电话，问她什么时候回来。许妍说，冰箱上不是有外卖单吗，你先叫东西吃啊。乔琳说，我不饿，你家门怎么锁，我在屋子里喘不上气，想出去走走。许妍把门锁的密码告诉她。她重复了一遍，说要是我等会儿忘了，能再给你打电话吗？

挂了电话，许妍扫视了一圈玻璃柜，目光落在一个有跳舞小人的纸杯蛋糕上。小人单脚支地，抬起双臂，好像正准备起跳，飞离地面。我要这个，她跟柜台里的女孩说。

许妍听到乔琳在身后喊自己。她追上来，把手里的布袋递给许妍，说裙子我帮你借好了，领子有点大，你别两个别针就行了。许妍说，我真的不想主持了。乔琳说，你要是不主持，我就也不跳舞了。晚会咱俩都不参加了。许妍问，干吗要费那么大力气帮我争取呢？乔琳笑了，大乔小乔要一起出风头才好。当时在学校已经有很多人知道她们是姐妹，并且叫她们大乔小乔。

保姆开了门，要帮许妍拿东西。许妍捧着蛋糕盒说，我自己拿到客厅吧。三个女人坐在客厅的沙发上喝香槟。其中一个短发女人笑盈盈地看着她，对另外两个说，皓明就喜欢这种瘦瘦高高的女孩。旁边披着披肩的女人说，现在的男孩都喜欢这种身材。

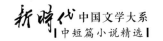

一个八九岁的男孩跑出来，是沈皓明的弟弟沈皓辰。他手里牵了一只短腿腊肠狗。那只狗穿着蓝色羽绒坎肩，背后有个帽子，跑快一点帽子就扣过来，盖住了它的脸。沈皓辰把狗拽到沙发边，向大家介绍，它叫贝利，有点感冒了。挑高细眉的女人问，你上次那条狗呢？沈皓辰说，送走了，妈妈嫌它老翻垃圾桶。短发女人说，你妈一开始可是爱它爱得不行啊。男孩耸耸肩，我妈妈是个很难捉摸的女人。三个女人笑起来。披着披肩的女人说，皓辰，过来，让阿姨抱抱。男孩勉为其难地向前走了两步，把头转向一边，阿姨，我也感冒了。披着披肩的女人摸了摸他的后脑勺，都那么大了，真是有苗不愁长啊。挑高眉毛的女人放下香槟杯说，后悔了吧，当时都劝你跟于岚一起去，还可以做个双胞胎。

谁在说我坏话呢，我可是听到了，一个矮胖的女人走进来，穿着深蓝色香云纱裙子，腰部有一朵白色荷花，是沈皓明的妈妈于岚。你儿子，短发女人说，他说你是个很难捉摸的女人。于岚笑起来，对男孩说，宝贝，你昨天不是还说我不用开口，你都知道我要说什么吗？男孩说，我知道你要说什么，但我不知道你在想什么。挑高细眉的女人说，你儿子是个哲学家。

男孩抬起头问于岚，我能让许妍姐姐陪我去玩吗？于岚说，好啊。她笑吟吟地朝许妍走过来，说我都没看到你来了。许妍微笑着说，我买了甜点，饭后可以吃。太好了，于岚说，那我就不让大李再去买了。许妍在心里飞快地算了一下，四块蛋糕，自己不吃，刚好她们四个女人一人一块。

她跟着沈皓辰来到后院。那里有几簇假山和一个凉亭，前面是一小片结冰的水塘。沈皓辰问，你说贝利能在上面滑冰吗？许妍说，不行，它会掉下去。玩点别的吧，我陪你去插乐高。沈皓辰摇摇头，我想陪着贝利，它太孤单了。许妍说，它感冒了，需要休息。沈皓辰说，都是我妈，非让它睡在花房里。许妍问，为什么不让它到屋子里去？沈皓辰说，我妈说我们还不了解它的脾气，要观察一段时间，惠惠姐姐刚来的时候，她也不让她跟我们一起吃饭，说她嘴巴臭，可能有胃病。

许妍通过这个男孩知道了他们家不少事。包括沈皓明刚和她在一起的时候，于岚还给他介绍一个银行行长的女儿。没准他们见了面，她没问过沈皓明。以后恐怕还有律师的女儿，医生的女儿，她显然不是理想的儿媳，不过他们也没公然反对。有一次沈皓辰说，我妈说哥哥带什么女孩回来都没所谓，谈谈恋爱又不是当真的。许妍相信沈皓辰不至于蠢到不知道这些话不该讲给她听，他是故意的，好让她心里难受。他也会把他妈妈讲保姆小惠的话告诉小惠，然后站在门外听小惠在房间里偷偷哭。这是一种什么爱好，许妍不知道，用沈皓明的话来说，他弟弟是个内心阴暗的小孩。

他们相差十八岁，沈皓辰叼着奶嘴的时候，沈皓明已经系着领结跟爸爸去参加慈善晚会了。他对弟弟没太多感情，一开始甚至忘了跟许妍讲。后来有一次随口讲到他，许妍惊讶地问，为什么？什么为什么，沈皓明问。许妍说，为什么能生两个孩子。沈皓明说，哦，我爸妈都入了加拿大籍。其实不入也可以，罚点钱就是了。

沈皓明推门走出来，对许妍说，我到处找你呢。他冲着沈皓辰的屁股拍了两下，别老缠着别人，你就不能自己玩会儿吗？沈皓辰哀求道，我们等会儿出去吃冰淇淋吧。沈皓明不理他，拉着许妍走了。

沈皓明的爸爸沈金松和几个男客坐在偏厅的沙发上。沈皓明带着许妍走过去，把她介绍给两个没见过的客人。他爸爸说，皓明，给你李叔叔拿支雪茄来。走出房间，沈皓明咕哝道，他怎么还有脸来。你说谁，许妍问。沈浩明说，那个戴鸭舌帽的男的，做生意把周围的朋友坑了一个遍，大家都不跟他来往了。沈皓明返回偏厅的时候，许妍拉住他，说笑一下。沈皓明皱着眉头，干什么？许妍说，你的怒气都写在脸上，让别的客人看到不好。沈皓明勉强露出一个微笑。许妍也给他一个微笑，进去吧，我去问问你妈妈那边有什么需要帮忙的。

许妍回到大客厅，发现又来了两个女客人。蛋糕不够分了，她有点不安地盯着桌子上的白盒子。开饭了，于岚对她说，我们过去坐下吧。

这种家宴是沈家的传统，每个星期都有一两回。客人彼此相熟，不会感到拘束。许妍环视四周，低声问沈皓明，高叔叔没来？沈皓明说，他开会，晚点来。披着披肩的女人问，皓辰呢？于岚说，让他跟保姆吃，那孩子絮絮叨叨的，大人都没法好好说话了。

戴鸭舌帽的男人挨着女人们坐，一直保持沉默，每当那碟花生米转到面前的时候，他都会夹起一颗。你的古董店还开着吗，旁边的女人问他。没有，他回答，停顿了几秒说，不过我正打算重新开起来。女人问，还在原来的地方吗？啊，对，他说。一个男客人笑了笑，你确定吗，那一带盖了新楼，租金涨了四五倍。所有的人都看向戴鸭舌帽的男人，屋子里一时很静。许妍觉得自己所分担的那份尴尬比其他人更多。她理解那个戴鸭舌帽的男人，他一定很渴望成功，只是运气差了点。

饭吃到一半，高叔叔来了。许妍也弄不清这个高叔叔到底在政府做什么工作，只知道他权力很大，帮人铲了不少事。戴鸭舌帽的男人忽然来了精神，一直看着高叔叔，听他跟周围的人讲话。他们笑起来的时候，他也跟着笑了。

晚饭结束后，大家移到偏厅喝茶。沈金松和高叔叔去了另外一个房间，戴着鸭舌帽的男人也跟了进去。沈皓明对许妍说，他肯定有事要让高叔叔帮忙。许妍问，他会帮吗？沈皓明说，不知道，我们去看电影吧？许妍说，早走了你妈妈会不高兴。沈皓明说，管她呢。许妍笑了一下，你可以不管，我不能不管。她拉着沈皓明来到客厅，女人们正坐在那里聊天。沈皓明听到她们都在谈论衣服和包，就说我还是去男士那边吧。

许妍在于岚旁边坐了一会儿，发现桌上的水果叉不够，就起身去拿。让佩佩把甜酒打开，于岚在她身后说。经过走廊，她看到沈金松他们还在那个房间里，好像在说什么房子的事。

她拿着叉子从厨房出来，听到旁边的房间里传来奇怪的声音。好像是干呕，伴随着细小的嘶叫声。她敲了两下，推开门。是沈皓辰，正仰面躺在地上哭。那间屋子长期闲置，空荡荡的，只有一只书柜立在墙边。她蹲下来，说你可真会挑地方。沈皓辰不理她，闭上眼睛继续哭。许妍问，就因为没陪你去吃冰淇淋？沈皓辰抹了把眼泪，说我早就习惯了。许妍问，为什么不叫你的朋友来家里玩呢？沈皓辰说，你要是整天转学，还会有什么朋友吗？他摇了摇头，说这个家里没有一个人真的关心我。许妍说，不要对别人有什么期望，你自己得变得强大起来。沈皓辰撇了一下嘴，我还是个孩子呀。许妍说，孩子怎么了？沈皓辰哀求道，你能让我自己静一会儿吗，我不想回房间，惠惠姐姐像只鹦鹉，一直说个不停。

许妍带上了房间的门。她确实没想过沈皓辰会有什么痛苦。生在这样的家庭，不是应该从梦里笑出声来吗？但是现在看起来，他或许也是一个多余的孩子。他爸妈要他不过是为了装点生活，其实已经没有耐心再陪他长大一遍了。于岚不能放弃太太们的聚会和旅行，沈金松不能放弃打高尔夫和应酬。沈皓辰总是和保姆待在一起。一任又一任保姆。他满意的他妈妈不满意，他妈妈喜欢的他不喜欢。

许妍回到客厅，她的蛋糕盒子打开了，摊在桌上，里面的蛋糕一个也没有动。有两个上面的花蹭在盒子上，变成了一坨红色烂泥，只有立着跳舞小人的那个仍旧完好。小人踮着脚尖，好像正从一堆废墟里往外爬。

戴鸭舌帽的男人出现在门口，咧开嘴冲着于岚笑了笑，说我来跟你说一声，我要走了。于岚点点头，让司机送你一下？男人说，我叫了辆车，司机好像迷路了。于岚说，坐下等一会儿吧。鸭舌帽迟疑了一下，走过来坐在沙发上。许妍把自己那杯没有动的甜酒放到他跟前，对他笑了笑。

快去把你的貂皮大衣拿来！短发女人把手搭在于岚的肩上。还有那个绝版的蜥蜴皮，挑高细眉的女人说。于岚去取了灰蓝色的貂皮大衣，还有几只包。女人们走上前，有的试穿大衣，有的摆弄着包。只有许妍和鸭舌帽坐在沙发上。鸭舌帽探身向前，目光呆滞地盯着茶几上的东西。他忽然伸出手，拿起那个有跳舞小人的纸杯蛋糕，整个塞进了嘴里。

乔琳走到舞台中央，射灯的光不偏不斜地打在她的脸上。她天生知道光在哪里。她趋着步子，荡着纤长的腿，将裙摆转得飞快。每次她双脚离开地面的时候，许妍都感觉到心里一紧。她不知道自己是在担心，还是在希望发生点什么。直到乔琳平安地弯腰谢幕，她才松了一口气，然后忽然难过起来。她想，很多年后，台下的人不会记得是谁主持了这场晚会，但他们一定记得乔琳跳舞的样子。

十点过后，客人陆续离开。许妍帮保姆收酒杯，被沈皓明堵在厨房门口。他搂了一下许妍的腰，眨眨眼睛，说不如今晚你就睡在这里吧？许妍挣脱开，一脸正色地说，跟我说说，你是从多大开始，留女生在家过夜的？沈皓明耸耸眉毛，十七？你爸妈也答应吗，许妍问。沈皓明笑着说，他们到我房间来了好几次，我估计是想看看有没有准备避孕套。你准备了吗？许妍问。沈皓明收住笑容，神情变得凝重，我想向你坦白一件事……其实我有一个……年轻时候总会犯些错误对吧……他低下头，双手捂住脸。许妍想把他的手拉开，他拼命躲闪，直到迸发出笑声，他一边笑一边摆手，我实在是憋不住了……许妍推了他一下，自己还觉得演得挺像是吧？沈皓明笑着问，要是我真从外面领回来个孩子，你帮我养吗？许妍说，那得看长得好不好看了。沈皓明说，好看，比我还好看。许妍说，养啊，为什么不养，省得自己去生了。沈皓明伸出双手兜住她，不行，你至少还得生两个。许妍望着他，笑了笑。她说，我还是回去吧，表姐一个人在家。沈皓明说，好吧，我明天陪你们，给你们当司机。许妍说，不用，她脾气怪，你在她会不自在。

许妍穿上外套，拢了一下头发，转过身来问，对了，刚才那个人找高叔叔什么事？沈皓明说，前些年他在郊区找了块地盖房子，当时和乡政府签过合约，但是不作数，现在地要被收走了……许妍问，这事难办吗？沈皓明说，嗯，不过高叔叔去想办法了。许妍说，所以还是会帮他？沈皓明说，不然呢，他住哪里呢？

回去的路上，许妍在心里掂量，是鸭舌帽拆房子的事难办，还是她爸妈的事难办。他既然连那个名声不好的人都愿意帮，是不是也意味着他可以帮她呢？不，不是她，是她的表姐乔琳。再找机会吧，她想，应该多和高叔叔见几面，让他觉得自己是沈家的一员。

许妍回到公寓，发现乔琳坐在楼下大堂的沙发上。她抬起头，抱歉地冲许妍笑了一下，我把密码忘了，你的手机关机。许妍问她坐了多久。她说没多久，我一直在院子里转悠，把开着的小商店都逛了一遍。这里真好，人都很和气，还借给我厕所用。

许妍看着她，乔琳，你能别把自己弄得那么惨兮兮的吗？

乔琳从三轮车上跳下来，笑着对她说，我把写字台给你拉来了，反正我以后再也不用学习啦。许妍打量着那张写字台，桌腿上的贴画已经斑驳，她还记得贴画刚贴上去的时候，上面那张明艳的赵雅芝的脸。她确实觊觎这张书桌很久。姥姥在窗台上搭了块木板，她一直在那上面写作业。

许妍问，成绩出来了？乔琳吐了吐舌头，连那个破烂煤炭学院也没考上。她们把写字台搬下来，乔琳拍了拍手上的灰，说我已经找到工作啦，明天就去华联商场上班，以后你买"美宝莲"都是员工价。她的手指上涂着藕粉色的指甲油，穿着低腰牛仔裤，长头发在胸前甩来甩去。她身上的美丽还在增加，但她好像并不把自己的美丽当回事。那股潇洒的劲特别令男孩着迷。

4

第二天，十点不到她们就出门了。往常的周末，许妍会和沈皓明在床上赖到十一点，然后去吃个早午餐。但是这一天，天刚亮许妍就醒了。失眠大概传染，她就没见乔琳闭过眼睛。但是乔琳坚持说自己睡了一会儿，还做了梦，梦见自己生了个罐子人。罐子人？许妍皱起眉头。对，乔琳说，就是那种马戏团里的小孩，养在罐子里，手脚都萎缩了，只有头特别大。她打了个激灵，跳下床，说我去做早饭了。

厨房里传出葱油的香味。乔琳用平底锅烙了两个葱花饼。这是小时候最熟悉的食物，许妍来北京以后就没有再吃过。要不是再闻到这股味，她已经忘记世界上还有这种食物了。

许妍想带乔琳先去景山，那附近有一段红墙她很喜欢。街上的车不多，她们静静听着广播里的歌。乔琳抿着嘴唇，似乎很悲伤。许妍说，别想了，那只是个梦。乔琳点点头，知道，我知道。没事的，我在等汪律师的电话，他说今天会打给我的。许妍觉得乔琳在把某种压力传递给自己,这令她感到很烦躁。

车子剧烈地震了一下,许妍回过神来,猛踩刹车,可是已经撞上了前面的车。乔琳拱起身体,护住了肚子。前车的女人对着许妍一通抱怨,然后给交警打了电话。交警来了,许妍把车上翻遍了,也没找到行驶证,只好给沈皓明打电话。过了几分钟,沈皓明拨过来,说在家里找到了,上次司机修车取出来,忘记放回去了。沈皓明说,我给你送过去,你在哪里?许妍沉默了几秒钟,说出了自己的位置。

她回到车里。乔琳头靠着车座,双手还放在肚子上。许妍说,我男朋友正赶过来,我跟他说你是我表姐,你不要提爸妈的事。乔琳点点头,知道,我知道。许妍还想交代几句,见她闭上了眼睛,就没有再说。

沈皓明到了,处理完事故,他坐上驾驶座,侧过头来冲乔琳笑了笑,表姐,我开车可稳了,你安心睡会儿吧。

已经过了十一点,沈皓明提议先去吃午饭。他把车开到附近的购物中心。三楼有家粤菜馆,于岚常约人在那吃早茶。沈皓明把菜单交给乔琳,让她看看想吃什么。乔琳看了一下,又把它递给许妍。许妍低头翻菜单,总觉得乔琳在看自己。一屉虾饺上百块,显然不是白领能负担的。乔琳大概早就把她识破了,借来的车,租的房子,一切都充满破绽。她抬起头来的时候,乔琳微笑着说,我吃什么都可以,辣一点就行。

我就知道许妍得撞,沈皓明说,不撞个两三回哪算真会开车?可是车上坐着你,不能有半点马虎。我早就跟她说今天我来给你们当司机……乔琳笑了笑,已经很麻烦你了。沈皓明说,她以前不也常麻烦你吗,她说上高中的时候你很照顾她,给她买雨衣,陪她打吊针……乔琳淡淡地说,那不算什么。沈皓明说,有时候表亲反倒更亲,我和我表姐的感情

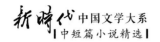

就比跟我弟好……乔琳问，你有个弟弟？沈皓明说，对啊，一个爱哭鬼，烦死人了。乔琳说，怎么能生第二个孩子呢？沈皓明笑了，你怎么跟许妍问得一模一样，我爸妈拿了加拿大护照。乔琳喃喃地说，哦，外国人……沈皓明说，以后我跟许妍至少生三个，你的小孩不愁没人玩。乔琳点点头，好啊。许妍埋头吃着刚上来的石斑鱼。生三个？她似乎听到乔琳在心里暗笑。

乔琳的手机响了。许妍很怕她会在沈皓明面前接起电话，但她站起来，离开了桌子。许妍对沈皓明说，下午你不用陪了，我就带她在后海逛逛。沈皓明说，我跟任国栋吃晚饭，上次他女儿百天不是没去吗，没事，五点出发就行。

乔琳回来了，脸色凝重，失神地盯着面前的盘子。她不吃，许妍也不劝。直到听到沈皓明说，那我们走吧，她站起来，驱着腿往外走。沈皓明喊住她，把落在椅背上的羽绒服交给她。

乔琳跟在他们后面，双手抓着她的羽绒服。里子朝外，破了个洞，钻出一簇棉絮。许妍简直怀疑她是故意的，想要他们给她买件新大衣。沈皓明说，我是不是应该给任国栋的女儿买点东西？买什么呢？他们绕着商场走了半圈，沈皓明忽然停住脚步，指着橱窗说，就买这个吧。小小的白色纱裙被云彩簇拥着，跟上回许妍和乔琳看到的那件一模一样。应该是连锁店铺，橱窗布置得也一模一样。沈皓明问乔琳，知道你的宝宝是男孩还是女孩吗？乔琳摇摇头。沈皓明说没事，转身进了那家商店。

乔琳立即告诉许妍，汪律师说他接不了这个案子。她咬了咬嘴唇，又说，他去开会了，我等会儿再打个电话求求他。许妍说，别这样，乔琳，你以前不这样。乔琳眼泪涌出来，说我真没用，什么事也办不成。沈皓明拎着纸袋走出来，把其中一只递给乔琳，说我买了个礼盒，里面什么都有，白色的，男女都能穿。乔琳把头扭到一边，抹着脸上的眼泪。沈皓明尴尬地拿着纸袋。过了一会儿，乔琳才回过头来，挤出一个微笑，说谢谢，真的谢谢你。

他们到后海的时候，天已经很阴。空气中零星飘着一点凉丝丝的小雪。河面结着厚实的冰，是青灰色的。沈皓明说，出来走走心情是不是好点了？乔琳点点头，说谢谢你们。许妍转过脸，朝河的方向看去。河中央有一辆鸭子形状的船，冻住了，船身倾斜，鸭头望着天空。

乔琳说，我们那里也有一条河，叫奈河，比这个还宽。沈皓明说，我以为你们那里都是山呢，我还跟许妍说什么时候去爬一次泰山。乔琳说，小时候有一回，我和许妍亲眼看到一个放风筝的小孩掉到水里，淹死了。他妈妈在岸上大哭，围了很多人。许妍说，我不记得了。乔琳说，你站在那里，我怎么拽都不肯走。一直等到人都散了，你用竹竿把那个孩子的风筝挑下来，拿着回家了。沈皓明问，那个小孩是她朋友吗？她想要那个风筝作纪念？乔琳笑了笑，她就是想要那个风筝。许妍盯着乔琳的脸。乔琳没有看她，好像还沉浸在回忆里，说那孩子的妈妈后来每天在岸边哭，抱着经过的人的腿，求他们去救她儿子。再后来岸边的树都砍了，盖起一排楼房。她沉默了一会儿，对沈皓明说，许妍想要什么是不会说的。沈皓明说，对，她什么都憋在心里不说。乔琳说，不要紧，只要你一直在那里，默默支持她就行了。

许妍看着面前的湖。午后的太阳照着水面，淬起一片金光。于一鸣放下桨，让他们的船在水上漂。乔琳忽然开口说，我看见过水怪。有个放风筝的小孩掉到河里，水面上升起一团白烟。那团白烟朝我们这边飘过来，我吓坏了，拉起许妍的手就跑。可她好像定住了似的，站在那里一动不动。我就也没跑，挽住了她的胳膊，心想要是水怪过来，就把我们一块带走吧。乔琳俯身向湖面，撩了几下水说，于一鸣，什么时候教我们游泳吧。

雪越下越大，河显得更灰了，冻住的鸭子船在身后变小，拐了个弯，看不见了。路边有间咖啡馆，他们决定进去坐一会儿。推开门，里面都是人。沈皓明说，嘿，整个后海的人全都躲到这儿来了。许妍付了钱，在等饮料的地方排队。做咖啡的男孩像是新来的，把热牛奶打翻了。沈皓明从背后戳了戳许妍，说你表姐把手机落车上了，我陪她去拿一下。许妍说，等买了咖啡一起去吧。沈皓明说，没事，很近，然后转身走了。

隔着玻璃窗，许妍看到他们朝来的方向走去，乔琳好像在说什么。她烦躁地看着那个做咖啡的男孩，把手中的收据折成小块，又摊开。

乔琳也许是故意的，汪律师不帮她，她就慌了神，觉得沈皓明没准能帮忙，就想跟他说一说。许妍气恨地用力一挣，把收据撕成了两半。

做咖啡的男孩拿过撕碎的收据，仔细辨认着上面写的是什么饮料。你们连基本的培训都没有吗，许妍气呼呼地问。她把咖啡放在桌上，拉开椅子坐下。乔琳会跟沈皓明说什么呢？事情万一败露了，她应该怎么解释呢？她脑袋一片空白，什么说辞也想不出来，只是不断去按手机，看时间的数字变化。

他们终于回来了。乔琳没坐下，她看了许妍一眼，说我再去打个电话。许妍看着沈皓明，想从他的表情里读出一点信息。但他一直在低头看手机。许妍碰碰他的胳膊，拿起桌上的咖啡递给他。他喝了一口，皱起眉头说，真难喝。乔琳回来后，脸色依然凝重，她喝了两口水，捧着杯子发愣。沈皓明看了看外面的雪，对许妍说，你就别开了，我让司机来接你们。

车来了，她们先坐上，沈皓明去取了先前在童装店给乔琳买的东西，让司机放在后备厢。他凑到车窗前对乔琳说，表姐，这两天你要是不走，到我家来玩。乔琳点点头，一直望着沈皓明走过去，钻进车里。他人真好，乔琳对许妍说。

路上她们没有说话。司机拐了个弯去加油。发动机熄灭，广播里的音乐停止了。乔琳望着窗外纷飞的雪说，我明天就回去了。许妍说好。

太阳从头顶移开，风吹着湖面，水的气味升起来。船从午睡中醒了过来，一点点动起来。许妍、乔琳和于一鸣不约而同地向后靠，蜷缩着腿躺下去，仰脸望着天空。也许是在等晚霞出现，但是渐渐地不重要了。许妍合上了眼睛。湖水像一双温暖的手臂环绕着自己。它的脉搏一起一伏，节律微小而有力。船在缓慢地动着，可他们没什么地方要去。不去对岸，也不回去。他们三个好像可以一直那么待着，谁也不会离开。

好像什么都不重要了。许妍松开了眉头。她不再计较他们到底有多么爱彼此。她只是知道她爱他们。那股强烈的感情使她觉得自己并不是多余的。她是他们当中的一员，即便是微不足道，可以被舍弃的，她也不在乎。

她睁开眼睛的时候，晚霞已经来过了。只有几块很小的云彩挂在天边。湖面一片金色，望不到尽头。但只是一瞬间，湖水转眼就开始变灰。当她转过脸去的时候，看到乔琳正望着湖面，似乎已经注视了很久很久，又好像是她的目光使湖面暗了下去。于一鸣还没有睁开眼睛，嘴角带着一丝淡淡的笑意。不要睁开眼睛，许妍在心里这样祝福着他。因为随即他会发现太阳已经落下去，船要往回开了。他们的旅行结束了。

晚饭许妍叫了外卖。乔琳没怎么吃，她说想去床上躺一会儿。许妍吃完看了会儿电视。她到卧室的时候，乔琳正坐在床上发呆。许妍走过去拉窗帘。路灯下，有个穿着羽绒服的男人在遛狗。是对门那个姓汤的邻居，他仰起头看了一会儿月亮，从地上抱起狗，夹在胳膊底下，走进了楼洞。

　　许妍听到乔琳在身后轻声问，沈皓明能帮上咱们吗？许妍转过身来看着乔琳，说你自己没问他吗，你们两个去拿手机的时候。乔琳摇了摇头，我什么也没跟他说，他问我想不想来北京工作，他可以安排，我说不用了。哦，许妍应了一声。乔琳说，他是律师，又认识挺多人的，没准还能托上政府的关系……许妍问，你怎么知道他是律师的？乔琳说，他自己说的，我真的什么都没问。她低下头，看着拱起的肚子，汪律师不接我的电话了，电视台那边也没回信，我实在没有办法了。这事折腾了那么多年，总得有个了结……许妍笑了一声，你为我考虑过吗？你是不是觉得我想要什么就有什么，过得很容易？你想过几天安稳日子，我不想吗？你小时候至少有个完整的家，我有什么？她的眼圈红了，这么多年了，你们就不能放过我吗？乔琳也哭了，对不起，对不起，我不该来打扰你……她仰起脸，吸了几下眼泪说，你没看到爸妈现在什么样子，爸早晨醒了就喝酒，手抖得已经拿不住筷子，妈整天守着电脑，到各种论坛发帖子求助，隔一会儿发一遍，那些人骂她是疯子，把她踢出去，她就重新注册了再发……我真的管不了了，我的身体垮了，在街上晕倒过好几回……她停住了，定定地看着前方，好像要把什么东西看清楚。

　　桌上的台灯照着乔琳，但她的脸是暗的，腮颊被阴影削去了。许妍望着她，她容貌的改变令她感到惊讶。那些青春时的光彩消失了，这也许是必然的，可它们好像从来没有存在过。没有人可以通过这张脸，想象出她少女时代的模样。许妍仿佛从二楼教室的窗户里看到那个总是微微扬起脸的长腿姑娘正穿过校园，她从那扇大门走出去，然后消失了。她去了哪里？

　　许妍走到床边，握住乔琳的手。那只手很烫，热量从指缝间汩汩流出来。乔琳的手指很长，这肯定不是许妍第一次注意到这一点，或许在漫长的青春期的某一天，她偷偷打量过这双手，暗暗惊讶于它们的美。但是现在，她第一次意识到，这双手很适合弹钢琴，要是它们能在童年的时候遇到一个钢琴老师的话，他肯定会这么说。要是那时候遇到一个舞蹈老师，可能也会说她适合跳舞。这具承载着苦难的身体，或许同时蕴藏着某种天赋。但是天赋不重要，对有些人来说，一生中没有任何一个时刻，会有人坐下来讨论一下她的天赋。许妍想起大三的时候，她得到了去电视台实习的机会，后来被留下了，那个频道的主任对她说，我并不觉得你很有当主持人的天赋，知道为什么选你吗？因为你身上有股劲，想从人堆里跳起来，够到高处的东西。

许妍握着乔琳的手，坐下来。她感觉自己在靠它取暖。但屋子里很热，地板也是热的，一点都不像十二月。她说，我答应你，我会去问问沈皓明。具体怎么说，我要想一想。我这么做不是为了爸妈，只是为了你，你明白吗？许妍攥了一下她的手说，给我一些时间好吗？乔琳点了点头。

十点过后，沈皓明打来电话。他说你猜怎么着，礼物拿错了，给你表姐的那袋才是给任国栋女儿的裙子。许妍夹着手机打开纸袋，解掉奶油色的缎带。那件缀满珍珠的小礼服折叠着，静静地躺在盒子里。要我现在送过去吗，她问。不用，沈皓明说，反正给你表姐买的礼盒任国栋女儿也能用。我打赌你表姐生女儿，他在电话那边笑起来，我买的裙子肯定能派上用场。

5

从北京回去不到一个月，乔琳就生下了一个女儿。比预产期早了一个多月，但是孩子很健康。她发过来几张照片，小小的一团，手脚却很长。沈皓明看了两眼说，跟你长得有点像。

那个月许妍很忙。台里在筹备一个新节目，过年的时候开播。每天连着录十来个小时，一段话反复说。这期间她去过沈皓明家一次，沈金松没在，只有于岚和几个太太在打麻将。许妍替了几圈，输掉六千块。临走时于岚说，咱们过年再打。许妍想这倒是个讨于岚开心的法子，于是许妍说服沈皓明过年不去苏梅岛，而是留下陪他爸妈。到时没准还能在家宴上遇到高叔叔。

许妍接到电话的时候是傍晚。还有三天就过年了，下午她和沈皓明去买了一堆烟火。回来的路上有点下雨，据说到了后半夜会转成雪，气温降十度。此前一些天北京都很暖和，让人有一种春天来了的错觉。

手机响了，跳动着一个陌生的号码，当时她正站在沈皓明家的花房里，指挥保姆把兰花搬到屋里去。沈皓辰也被喊来帮忙，许妍觉得让他干点体力活有好处，至少没那么多时间胡思乱想。他撇了撇嘴，说这些花可真丑。她双手叉腰看着他，你觉得什么花好看？假花，他回答。她让沈皓辰把面前这一盆搬到客厅，然后接起了电话。

是她妈妈。在那边大声号哭，告诉她乔琳自杀了，晚上一个人出门，跳进了城边的那条河。还在抢救吗，还在抢救吗，她连着问了好几遍。她妈妈说是昨天的事，人已经没了。许妍挂断了电话。

周围一片寂静。她搓了搓手上的泥巴，搬起一盆兰花往外走。

天气湿漉漉的，好像已经下雪了，仿佛有些凉飕飕的东西，带着爪子，紧紧地揪住了她的头皮。她伸出手，想触碰到空中的雪花。砰的一声，花盆跌落在地上。瓷片在地上打转。嗡嗡，嗡嗡。

沈皓辰走过来，看着她脚边的花盆。哈哈，他有点得意地说，假花就不会摔成稀巴烂。走开，她冲着他喊，蹲下把兰花从碎瓷片里捡起来。沈皓辰吓坏了，站在那里没有动。许妍敛起兰花磕了磕土，抱着它们走了。

她把花放在旁边的座位上，驶出了别墅区的大门。窗外是呼啸的大风，雪花如同决绝的蛾，砸在挡风玻璃上。她紧握方向盘，浑身发抖。泪水在眼眶里转悠，她蹙着眉头，盯着前面的路。为什么乔琳要这样做？她感到很愤怒，在北京的最后一个晚上，她不是答应得好好的，回去等着她的消息。她为什么就不能等一等呢？

车子冲下高速，擦着一辆卡车开过去，横冲直撞地拐了几个弯，在一片空旷的停车场停住。她狠狠地砸着方向盘，喇叭发出尖锐的鸣响，她不是说会想办法的吗，为什么不相信她呢？她靠在椅背上，大声哭起来。

手机在旁边座椅上响了好几遍，是沈皓明。她坐在黑暗里，等屏幕最终暗下去的时候，才对着它喃喃地说，我姐姐死了。

她没有回去参加追悼会。

除夕夜下着小雪。她站在院子门口，看沈皓明点着了烟花。她仰起头，望着光焰绽放，坠落。天空又黑了下去。几片雪落在她的脸上。

她给家里打了个电话。她妈妈一直在哭，不停地说，乔琳为什么那么狠心抛下我们？那边传来婴儿的啼哭，还有她爸爸的咒骂声，盆碗掉在地上，发出叮叮咣咣的响声。她妈妈问，你到底什么时候回来啊？这好像是她第一次对许妍表达需要。再过几天吧，她回答。你永远都别回来！她爸爸吼了一声，电话挂断了。

许妍一直没有回泰安。她心里有股怒气无法消退。她觉得乔琳不理解她，不相信她，甚至根本不希望她过得好。她这么做是为了让她永远感到内疚。在很长一段时间里，这股怒气有效地抑制了悲伤，使她可以正常入睡。

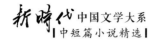

　　四月的一天，她去沈皓明家吃晚饭。那天只有他们自己家的人，吃了巴黎运回来的生蚝和新西兰鳌虾。于岚抱怨生蚝没有上次的新鲜。你下个月不就去巴黎了吗，沈金松拿着遥控器换台，屏幕上出现了一个穿白色西装的女主持人。她看了一眼手中的稿子，抬起头来：

　　"一九八八年，在泰安的一家医院里，患有风湿性心脏病的王亚珍生下了第二个女儿。她没有一丝做母亲的喜悦，只是感到很恐慌。在她的身旁，那个只有三斤八两的女婴睁开眼睛，好奇地打量着这个世界。那一刻她是否知道，这个世界等待她的不是温暖的祝福，而是无情的责罚呢？手术室的门外，乔建斌坐在长椅上，一夜没有合过眼。在经历了辗转于计生委和医院之间的几个月后，他已经疲倦不堪。然而他们家的厄运才刚刚开始……"

　　许妍盯着屏幕，一只手攥着毛衣领口，感觉自己就快要窒息。

　　这个"聚焦时刻"有时候还能看看，沈金松说。于岚说，有什么可看的，不是钉子户就是超生。妈妈，妈妈，沈皓辰说，你算超生吗？于岚说，宝贝，生了你加拿大政府还给我奖励呢。

　　"……记者来到乔建斌家。乔建斌被开除以后，全家人就以这家诊所维持生计。现在门口依然挂着'平安'诊所的招牌，但是已经好几年没有来过一个病人了。一楼的诊断床上堆满了各种保健药。有的早已过了保质期，王亚珍就留给家里人吃。她拿起一瓶药给记者看，这个是帮助睡觉的，我大女儿老睡不着，我就让她吃……在过去二十多年里，乔建斌和王亚珍一直通过各种途径寻求帮助，希望单位能恢复乔建斌的工作……"

　　镜头掠过他们家。角落里的蜘蛛网，桌子上油腻的桌布，泛着黄渍的马桶，最后停在墙上的照片上。那是一张他们全家的合影，可能也是唯一一张。当时许妍大概四五岁，站在最右边，乔琳的手搭在她的肩膀上。

许妍感觉所有人的目光好像都朝这边涌过来。她几乎就要从座位上弹起来，冲出房间了。

随后，主持人讲述了这些年乔建斌家的生活，也讲到那个超生的小女儿，因为早产和用药的原因导致不孕。但她的去向并没有提及。也没有提到乔琳的女儿，只是说乔琳这些年，一直在为这件事奔波，导致恋爱失败，也失掉了工作。两个多月前，有天晚上她像往常一样，哄孩子睡了觉，然后离开家走到河边，跳了下去。

画面切回演播室。女主持人说："就在自杀的前一天，乔琳还给本节目的编导发过一条短信。在短信里，她这样说：'陈老师，我恳求您给我们做一期节目。这不是我们一家人的问题，很多家庭都有类似的遭遇。我相信节目播出以后，一定会引起很大的反响。如果还需要什么材料，您随时找我。给您拜个早年！'"主持人垂下眼睛，停顿了几秒，"我们将这期迟到的节目献给乔琳，希望她能安息。同时，我们也希望热心的律师朋友能跟乔建斌一家联系，帮助他们走出困境。感谢您的收看，我们下期再见……"

沈皓明气呼呼地说，这也太操蛋了。于岚看了他一眼，你想干吗，这种案子又不是你管的。沈皓明说，我可以去问问我同学，说不定有人愿意接。沈金松说，犯不着打官司，这种事找对了人，就是一句话的事。于岚说，有捐款电话吗，直接给他们打过去点钱就是了。

保姆端上水果。电视里已经在播连续剧，但许妍不敢去看屏幕，仿佛先前的画面下一秒就会再跳出来。她缩着肩膀，低头盯着面前的盘子，直到听到沈皓明说，我们走吧，就站了起来，跟随他走出大门。

她抱着自己的包坐进车里，身体一直在发抖。你的外套呢，沈皓明问。

她才发现忘记穿了，别回去拿了，她几乎用哀求的语气说。车子停了，她走下来，发觉自己在一个空旷的院子里，周围都是深红色的砖墙。她打了个寒战，问这是哪里？沈皓明说，苏寒有个生日派对，我不是跟你说了吗？

屋子里很吵，拼起来的长桌两边坐满了人。除了苏寒，她一个都不认识。沈皓明挨个介绍，她一直点头，却记不住任何一个名字。这是方蕾，沈皓明指着右边的女孩说，她跟我在英国一个学校，也读法律，算是我学妹。女孩笑了，你没念几天就转走了，也好意思自称是学长？沈皓明说，嘿，学校的校友录可是有我。女孩耸耸眉毛，那是为了让你捐钱好吗？沈皓明笑起来。许妍也跟着笑了一下。笑意在她的脸上一点点消失，泪水突然涌出来。

乔琳拉着她的手往山上走。许妍说，快下雨了，回去吧。乔琳说，你要去北京了，我得给你求个护身符。许妍说，可是摆摊的都回去了啊。乔琳说，再往上走走看嘛。

大雨降下，她们跑进一座庙里。两人抖着身上的雨水，乔琳长头发上的水珠溅在许妍的脸上，她咯咯笑起来。许妍说，严肃点，菩萨会生气的。乔琳收住笑，环视了一圈大殿，低声问，这个庙是求什么的啊？

许妍支起手肘，托住腮悄悄抹去眼泪。沈皓明正在问那个叫方蕾的女孩，你什么时候搬回来的？方蕾耸耸眉毛，你怎么知道我搬回来了呢，我看起来不像是回来度假吗？沈皓明摇了摇头，我才不信你在英国待得下去呢。

她们并排站在大殿中央。菩萨的脖子伸进黑暗里，看不见脸，但许妍能感觉到，有一簇白光从上面照下来。

乔琳小声问，你说那么多人来求她，她能帮得过来吗？许妍说，只帮她喜欢的人吧。乔琳笑了，说那她肯定喜欢我。当时我一直盼着妈妈能把你生下来。而且我还说，想要个妹妹。你瞧，菩萨就把你给我了。许妍说，当时你才两岁，就知道求菩萨了？乔琳说，我说不出来，但心里想的东西，菩萨一定能知道。许妍说，你要是知道后来发生的事，当初就不会那么希望了。乔琳说，我还是会那么希望的。我从来都没觉得不该有你，真的，一刹那都没有，我只是经常在心里想，要是我们能合成一个人就好了。她握住了许妍的手。她的手心很烫，仿佛有股热量流出来。

给我们拍张照片好吗？许妍听到有人在喊自己。是苏寒，她正站在方蕾和沈皓明的身后。许妍接过手机。苏寒笑着问沈皓明，还记得吗，那阵子每个周末我们三个都开车到郊外 BBQ。后来过了一个暑假，回来大家都变得很忙，就没有再聚。也可能你们两个聚了，没有叫我。方蕾斜了她一眼，你说对了，我们在瞒着你谈恋爱。沈皓明点点头，后来她把我踹了，我伤心欲绝，就回国了。苏寒笑起来，小心你女朋友当真，回头跟你吵架。沈皓明说，她才不会呢。

大殿里飘过几丝凉飕飕的风，雨好像停了，有个人靠在门边看着她们。那人穿着一件破袄，逆光里看不到脚，还以为是坐着，后来才发现，脚被袄盖住了，他是个矮人。很老，布满皱纹的脸像一团揉搓起来的废报纸。她们往外走，他在一旁开口说，你们想知道自己的命运吗？她们对望了一眼，没停下脚步。他说，不收钱，我就当给自己解闷。

他走到她们跟前，仰起脸盯着乔琳，说你早运不顺，有一些坎，三十岁以后越来越好。乔琳问，怎么个好法？他回答，儿孙满堂，有人送终。乔琳笑起来，有人送终就算是好吗？矮人没回答，把头转向许妍，你啊，想要什么东西，都得跟别人去争。许妍问，那最后能争赢吗？他摇了摇头，说我不知道。许妍问，你也有不知道的事啊？他点点头，有一些。

苏寒用手指戳了戳沈皓明，说你可得劝劝方蕾，她现在是个愤怒少女，什么都看不惯，整天批判社会。沈皓明说，这叫回国综合征，过一段就好了。方蕾问，就像你吗，坦坦荡荡地做着你的沈家大少爷？沈皓明有点激动，说别把我想得那么麻木不仁好吗，我一直都想做点事啊……

然后他讲起出门前看的电视节目来：有对夫妻意外怀了二胎，按规定应该打掉，忘了为什么拖了好几个月，反正不是他们自己的责任，七个月才去引产，孩子生下竟然活着……苏寒感慨道，命可真大。沈皓明说，可是这算超生，男的丢了工作……讲到乔琳自杀的时候，方蕾摇头，这是我觉得最可悲的，因为上一辈的问题，子女的一生都毁了。苏寒说，这个故事有意思的地方是，合法生的姐姐死了，不合法出生的妹妹倒是活下来了。现在他们不就只有一个孩子了吗，还算超生吗？

许妍离开座位，走进洗手间，反锁上门。

乔琳不是不相信她，而是对世界不抱什么希望了。许妍记得最后一次乔琳打来电话，是一天清晨。她说，我今天出月子了。许妍问，你的奶够吃吗，现在能睡着觉了吗？乔琳没有回答，只是说，都挺好的，我就是跟你说一声，你去忙吧。她的声音淡淡的，没有高兴，也没有悲伤，只是有种解脱的感觉。她好像一直在等这一天。等孩子出生，等她过了满月……她那么迫切地希望解决爸妈的事，不是期盼能过什么新生活，只是希望有一个让自己心安一点的结果。如果没有，她也不能再等了。她已经松开了双手。

外面的人在不耐烦地敲门。许妍拧开水龙头，把脸伸到水柱底下。外面的声音消失了。好像沉入了河中，耳边只有汩汩的水声。我就是想来看看你，乔琳转过脸来笑着说。那双有点发红的眼睛在黑沉沉的水底望着她。然后熄灭了。

许妍回到座位上，跟沈皓明说自己可能着凉了，想先回去。沈皓明说，我们一起走吧。在车上，他说，方蕾听我讲了新闻里那个事，也挺来气，说她有几个从国外回来的律师朋友，没准有谁愿意接。我回头再给高叔叔打个电话，让他跟泰安那边的人说一下。这事反响很大，不解决一下，他们自己也难交代。许妍怔怔地望着他，这是乔琳拿命换来的，她想，眼泪掉下来。沈皓明很惊讶，这是怎么了？他抓住许妍的手，你不会是当真了吧，以为我和方蕾谈过恋爱？我们在开玩笑啊。许妍摇头，没有，没有，我只是有点感动，你真的心肠很好，她望着沈皓明，伸过手去，摸了摸他的脸颊。他拿下巴蹭了蹭她的手心，笑着说，我忘刮胡子了。

6

五月初，许妍回了一次泰安。学校已经给乔建斌恢复了工作，按照退休教师的待遇发工资。据说那期"聚焦时刻"惊动了北京的大人物，出面给计生委打了电话。但是乔建斌和王亚珍对结果并不满意，因为赔偿金的事没有落实。他们还在继续上访。

自从节目播出以后，他们接受了不少采访。乔建斌的口才练得越来越好，见到摄影机镜头，眼睛就放光。他有些得意地告诉许妍，那些记者都挺佩服我的，觉得这个社会就缺我这种有点轴的人。王亚珍开了个微博，在上面写这些年他们家的遭遇，被几个有名的记者和学者转发了，很多人在下面留言。王亚珍每条留言都会回复，有的谈得来的，还加了QQ。

这些外界的关注使他们一天到晚都很忙碌，暂时缓解了丧女之痛。但是一旦他们回到眼前的生活，意识到乔琳永远不在了，情绪就会再度崩溃。家里的灯坏了，没有人修。冰箱里臭烘烘的，还放着乔琳买的蛋糕和酸奶。桌上的婴儿奶粉敞着盖子，已经结成了疙瘩。一到天黑，蟑螂就变得猖狂，在桌子上到处爬。于是王亚珍又哭起来。乔建斌的情绪比较两极。有时候安静地坐在那里，对着桌上的酒瓶发呆。有时候暴跳如雷，大骂乔琳没良心，白白把她养到那么大。王亚珍哭完了，就在那台陈旧的电脑前坐下，开始写微博：

"你们不知道我的大女儿有多好，长得漂亮又懂事，性格活泼，所有的人都喜欢她。我难过的时候，她总是安慰我说，妈妈，都会过去的。这个世界上没有过不去的事……"

她写着写着又哭了起来。许妍走过去坐在她的旁边。她转过身，搂住了许妍。许妍轻轻拍着她的背，让她安静下来。电脑发出叮咚一声，王亚珍从许妍的怀里坐起来，抹了一把眼泪，有人回复我了，她说，连忙握住鼠标点击了两下。

回来的最初两天，许妍住在附近的旅馆里。第三天晚上，乔琳的孩子有点发烧，她留下来照看她，睡在了乔琳的床上。枕巾没有换过，上面还有乔琳没带走的香波的气味。许妍枕着它，想起小时候的愿望，从未被她承认过的愿望，那就是她可以睡在这张床上，不，不是和乔琳一起，而是她自己。这个破烂不堪的家，对她有一种吸引力，她渴望自己能作为一个合法的女儿，住在这幢房子里。在漫长的童年和青春期，她见过不少优秀的女孩，富有的，美丽的，聪明的，可是她一点也不想成为她们。她只想成为乔琳。她想取代她，占有她所拥有的东西。即便那些东西包含痛苦和不幸，也没有关系。因为她觉得那是本来应该属于自己的东西。

如果没有乔琳……她无数次这样想。小时候她和乔琳站在河边，一样的太阳照着她们，可是她感觉到乔琳在阳光里，而自己在阴影里。如果没有乔琳……她可以向右挪两步，走到阳光底下。

小时候的愿望是如此真挚和恐怖，被她一直揣在心里，缓缓向外界释放着毒素。很多年后，它实现了。乔琳不在了。现在她睡在乔琳的床上，作为爸妈唯一的女儿。许妍把脸埋在枕巾里，失声痛哭。她可以撤销那个愿望吗，这一切是否会有不同？乔琳会幸福一点吗，而她是不是能长成另外一个人？乔琳不在了，她并不能走到阳光底下。她将永远留在阴影里。

婴儿发出响亮的啼哭。许妍抱起了她。黑暗中，孩子皎洁的脸上没有泪痕，也没有难过的表情，好像先前发出的哭声只是为了把许妍从痛苦里拉上来。她静静地看着许妍。小巧的眼仁里像是蓄满宽广的海水。许妍想对着它忏悔，但更想把所有的祝福都给它的主人。如果她的祝福也像她童年的愿望一样有法力，她希望她能得到自己和乔琳永远无法得到的幸福。

许妍从于一鸣身旁醒来，时间是凌晨三点钟。旅馆的窗户关不严，寒风钻进来。立冬了，北京很冷。许妍约于一鸣吃了晚饭，然后又去喝酒。快结束的时候，乔琳忽然在他们的谈话中消失了。许妍记得于一鸣怔怔地望着自己。随后的记忆一片模糊。许妍不记得自己说了什么，于一鸣说了什么。他们有没有接吻。她好像有点疼，也可能没有，只是她觉得自己应该有点疼。

她把于一鸣叫醒了。他从床上翻下来，抓起地上的衣服。女朋友还在家里等他，喝醉之前他就强调过这一点。他一边穿衣服，一边对许妍说，我知道是因为你刚来北京，有点想家，过些日子就好了。

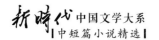

　　走到门口，许妍喊住了他，拿起背包伸进手去掏索。他问怎么了。许妍说，乔琳有个东西让我带给你。他站在那里等了一会儿，她还是没有找到。他说，我真得走了，以后再说吧，然后拉开门走了。

　　那支钢笔一直放在书包的隔层里，许妍前两回见于一鸣总是忘记给。也许是想有个和他再见面的理由。但是现在，她非常想把那支笔给他。她打开灯，把包里的东西倒在地上。

　　乔琳的孩子特别安静。在度过最初那段离开母亲的日子之后，她很快适应了新生活。每次喝完奶就睡着了，醒来只是轻轻哭几声，然后安静地等着。许妍抱起她来的时候，孩子把头贴在她的胸口，好像在听她的心跳，脸上露出一丝微笑。每次放下她，她都会嘤嘤地发出两声，许妍心里一紧，又把她抱了起来。

　　外面已经很暖和，她抱着孩子走到太阳底下。槐花开了，地上落了厚厚的一层花瓣，被风吹着，散了又拢到一起。她走到河边，在石阶上坐下，想让孩子睡一会儿。但是孩子不睡，和她一起注视着面前的河。你闻到你妈妈的味道了吗？她问孩子。孩子笑起来。

　　孩子叫乔洛琪，名字是乔琳取的，但是好像没有人记得她的名字，爸妈都管她叫孩子。乔琳的孩子。他们好像仍把她看作是乔琳的一部分。她的圆眼睛和乔琳很像。有时候望着它们，许妍会有一种想和乔琳说话的渴望。但她不知道该说什么，她想说的乔琳应该都知道。现在乔琳知道世界上所有的事。知道许妍回来了，知道她和孩子在一起，知道她很想念她。

　　离开的那天清晨，许妍又抱着孩子出去散步。路过火车站，她对孩子说，这里面有火车，呜呜呜，汽笛拉响，然后哐唧哐唧开走了。以后等你长大了，坐着它去找我，好不好？孩子没有笑，静静地看着她。她心里一紧，攥住了孩子的手。她无法想象孩子如何在那样一个破败的家里长大。

回到家，许妍把晾在门口的婴儿衣服叠起来，放在柜子里。她看到了那只纸盒，压在柜子最底下，露出一个角。打开盒子，那件白色连衣裙和她记忆里的样子不一样，塔夫绸没有那么硬，荷叶边也没有那么复杂。她给孩子穿上，把她抱到窗口。阳光照在胸前的那些小珍珠上，像雀跃的音符。你知道你很漂亮吗，她小声对孩子说。孩子软软地趴在她的肩上，用脸蛋蹭着她的脖子。

许妍坐在火车上，听到鸣笛声一阵心悸。她合上眼睛，想睡一会儿，但是耳边都是嗡嗡的噪音。她心烦意乱地拧开水，咕咚咕咚喝下去，然后盯着窗外飞快掠过的树和房屋。她一点点安静下来，并且做了个决定。回去以后，她要把所有的事都告诉沈皓明。他早晚有一天会知道的。她想跟他商量，等孩子大一些，把她接到北京住。要是有可能，她想收养她。

司机在车站等她，接她去吃晚饭。沈皓明订了一间日本餐厅。刚谈恋爱的时候，他们来过一回，从榻榻米包间的玻璃窗望出去，能看到小小的日式园林，但是现在天色太晚，覆盖着青苔的石头都变黑了。喝点酒吧，她跟沈皓明说。我正想说呢，沈皓明拿起酒单翻看。

清酒端上来，盛在圆肚子的蓝色玻璃瓶里。她和沈皓明碰了一下杯子。沈皓明问，片子什么时候播？她怔了一下。沈皓明说，这次出差拍的片子。她说，哦，下个月吧，还不知道剪出来什么样。然后她问沈皓明，你妈妈去巴黎了吗？沈皓明说，没呢，下周走，她们非要坐徐叔叔的私人飞机。许妍说，挺好，她们四个可以在飞机上打麻将。沈皓明撇了撇嘴说，无聊透了。

窗外园林的轮廓被夜色吞噬，只剩下灯光照亮的一角，石头发出幽绿的光。许妍喝了一杯酒，抬起头看着沈皓明，说你知道吗，我一直觉得你身上有很多可贵的品质……她笑了笑，说你知道我不擅长表达，可我真的觉得你特别善良，有正义感……沈皓明问，你干吗要说这个呢？她说，而且你对我很包容，我们的家庭情况不同，生活习惯也不一样，我身上肯定有很多地方让你不舒服……沈皓明打断她，别说这种话行吗？许妍又给自己倒了一杯酒，把发烫的脸贴在杯子上，说我十八岁来到北京，谁也不认识。课余时间我当家教，做导购，帮人主持婚礼，赚了钱给自己买衣服，去西餐厅吃饭。我就是想过体面一点的生活，你明白吗，我小时候家里什么都没有，连写字台也没有，要在窗台上写作业……我特别珍惜现在的生活，珍惜你，所以我一直……许妍哭了起来。沈皓明蹙着眉头望着她，她心里一凛，不知道怎么说下去。

服务员送进来甜点。两人默默吃着。沈皓明给她倒了酒，又把自己那杯添满。许妍喝了一口，鼓起勇气说，我表姐，冬天来北京的那个……沈皓明啪的一下把杯子放在桌上。许妍愣住了。他沉了沉肩膀，说我这两天，在方蕾那里过的夜，嗯，他又倒了一杯酒，说我本来想过几天再说，可是你把我说得那么好，让我很惭愧，我没打算瞒你，你知道我最讨厌骗人的。许妍茫然地点点头。她攥住酒壶，想再倒一杯酒，但始终没有把它拿起来。瓶壁上有很多细小的水滴，像一种痛苦的分泌物。她轻声问，你们俩的事是刚开始，还是已经结束了？沈皓明不说话，点了一支烟，白雾从他的指缝里升起来。许妍用手臂支撑着从榻榻米上站起来，说我先走了，等你想清楚了，告诉我你打算怎么办吧。

她拉开门向外走，沈皓明追出来，把外套披在她身上，说你又忘了穿大衣。然后他张开双臂拥抱了她。这是最后的告别吗，她一阵心悸，推开他跑到路边，拦下一辆出租车。

回到家，她发觉自己浑身滚烫，好像在发烧，就设了闹钟，吞了两片药躺下来。帮帮我，她在黑暗中说。外面天空发白的时候，她感觉乔琳来了，背坐在床边，扭过头来望着自己。她的目光并没有应许什么，却使许妍平静下来。

闹钟响了很多遍，她挣扎着坐起来，看了看另外半边床，很平整，没有坐过的痕迹。她洗澡，烤了两片面包。手机上跳出一条短信。她没有看，走过去拉开窗帘，外面下雨了。她把杏子酱涂在面包上，慢慢吃起来。吃完才拿起手机，点开短信。

沈皓明：我们还是分手吧，对不起。

她喝光杯子里的牛奶，拿起伞出门了。

请假十天，积压了很多工作，她一口气录了三期节目。中场休息的时候，编导进来跟她聊节目改版的事：活泼一点，别死气沉沉的行吗？要是收视率再这么低，节目就得停播了。许妍说，那我就去主持一档新闻节目。编导朗朗地笑起来，"聚焦时刻"那种吗？真没看出你身上还有社会责任感。

许妍换了一套衣服，坐在镜子前补妆。她问化妆师，你觉得我剪个短发怎么样？化妆师说，嗯，挺好。别再留齐刘海了，挡着额头影响运势。许妍笑了笑，说听你的。

回家的路上，许妍拐进一家美发店。从那里走出来，天已经黑了。夏天的风吹着脖子，很凉爽。她去便利店买了两个面包，然后往家走。路边有一家酒吧，或许是新开的。她朝里面张望了几下，有很温暖的灯光。她推开门走进去。

酒吧很小，只有一个男人趴在角落里的桌子上。她坐上吧台，点了一杯莫其托。角落里的那个男人走过来，要添一杯威士忌。是对面那个

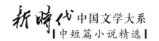

姓汤的邻居。他冲她点了点头，然后回到自己的座位。

店里放着暗哑的电子乐，像是有什么东西发霉了。喝完第三杯，她觉得自己应该醉一次。她从来没有试过，交过的几个男朋友都很爱喝酒，她必须保持清醒，好把他们送回家。有人在敲桌子。她抬起头来。店主面无表情地说，我要关门了，我女朋友在家等我呢。然后他走到角落里，把她的邻居叫醒，站在那里看着他把口袋里的钱摊在桌上，一张张地数着。

许妍坐在姥姥家门口。明天就要动身去北京，箱子已经装好，还有很多小时候的东西要处理。她把纸箱拖到外面，坐在门槛上慢慢挑。乔琳朝这边走过来，手里举着两个蛋筒冰淇淋，融化的奶浆往下淌。她坐在许妍的旁边，把香草的那只递给她。

乔琳说，我买了支钢笔，你帮我送给于一鸣。她们默默吃着冰淇淋。一个住在隔壁院子里的小男孩走过来。约莫十来岁的样子，站在那里看着她们。乔琳指着冰淇淋说，下回我给你买一个，好吗？男孩没说话，仍旧站在那里。地上散着从箱子里拿出来的乱七八糟的玩意儿。装风油精的瓶子，雪花膏的铁皮盒子，一块毛边的碎花布……这些不成为玩具的玩具，曾是许妍童年最心爱的东西。乔琳说，雪花膏盒子好像是我给你的。许妍说，我拿纽扣跟你换的。什么纽扣，乔琳问。许妍说，那是我最喜欢的纽扣，你竟然不记得了。她把蛋筒塞进嘴里，起身进屋洗手，忽然听到背后发出叮咣一声响。

隔壁的小男孩从地上那堆东西里拿起一只风筝，转身就跑。乔琳对她说，走，我们把它抢回来！

男孩到了胡同口，转了个弯，朝大马路跑去。她们给一辆车拦住，落下了很远。但她们还在往前跑。乔琳脚踝上的链子发出丁零零的声响。她的长头发在风里散开了，许妍闻到香波的气味。小男孩消失在马路的尽头，但她们没有停下。头顶上翻卷着乌云。许妍恍惚发现这一会儿的工夫，把小时候整天走的那些街都走了一遍。如同是快进的电影画面，一帧帧飞过，停不下来。乔琳拉了她一下，伸手指了指天空。在天空的最远端，一只绿色的风筝，正在一点点升起来。

许妍停下来，和乔琳仰头望着天上。那只风筝垂着两条长长的尾巴，像只真正的燕子。它在大风里探了个身，掠过低处的黑云，又向上飞去。

许妍和她的邻居站在酒吧的屋檐下。邻居说，好像又下雨了。她笑着说，有什么关系呢。邻居说，我希望下雨，这样土能好挖一点。许妍晃了晃她的短发，你说什么？邻居说，我的狗死了，我等会儿去埋它。它现在在哪里，许妍哈哈笑起来，你不会把它冻在冰箱里了吧？邻居的脸抽搐了一下，说我真的不想回家，我们能再喝一杯吗？许妍说，好啊，我家里有酒。邻居问，你男朋友呢？许妍说，分手啦。邻居说，遗憾。对了，什么时候能尝尝你做的饭吗，经常在走廊里闻见，特别香。许妍说，也可能是外卖。邻居说，不是，周围所有的外卖我都吃过。许妍问，你没有女朋友吗？邻居说，我喜欢的都不喜欢我。许妍说，你肯定有很多怪癖。邻居想了想，喜欢在浴缸里泡澡的时候吃橙子算吗？

雨下大了，他们跑起来。许妍踩到一个大水洼，雨水溅了一身。她笑起来。来到屋檐底下，邻居抖了抖身上的雨水，转过头来问，对了，你的表姐怎么样了？她的孩子好吗？许妍不笑了，望着他。

他说，有天晚上我下来遛狗，拿着手电乱扫，结果忽然在灌木丛边看到一个女人，躺在那里跟死了似的。我刚想喊保安，她睁开了眼睛，说没事，我只是晕倒了。我想扶她起来，但她说想再躺一会儿。我也不好意思丢下她，就坐在旁边，陪她聊了一会儿天。许妍问，她都说什么了？邻居说，忘了……哦对，她说，我肚子里的小家伙好像很喜欢北京，不想离开这儿，我就跟它说，你很快会回来的，你以后会在这里长大的……嗯，你表姐还说，让我到时候别忘了带我的狗和她玩……

许妍哭起来。乔琳从未说过要把孩子托付给她。然而她却知道孩子会来北京的，大概是笃信自己和许妍之间的感情，并且因为她了解许妍是什么样的人，也许比许妍自己更了解。那颗在掩饰和伪装中裹缠了太多层，连自己都无法看清的心。

许妍看向天空，好让眼泪慢点掉下来。她点点头说，孩子很快会来的，跟你的狗一起玩……

邻居说，狗死了啊，我今晚要去埋它……

许妍喃喃地说，你不知道那孩子有多乖，一点都不吵，你一逗她，她就咯咯笑个不停，是个女孩，很漂亮，眼睛圆圆的，穿着白裙子，像个小公主……

邻居说，哦，那我再养一条狗吧……

雨声淹没了他的话。许妍站在楼檐底下，静静听着外面的雨。她不知道能否照顾好孩子，以后会不会为了前途想要抛弃她。她对自己完全没有把握。可是此刻，她能感觉到手心里的那股热量。有些改变正在她的身上发生，她的耐心比过去多了不少。也许，她想，现在她有机会做另外一个人了。

新 锐 作 家 卷

骨肉

马小淘

1

我十二岁那年，我妈妈和我亲生父亲私奔了。我知道这听起来好像一个颇具喜感的病句，好像二人转里那句——我只知道生我那天我妈没在家。这要是句玩笑倒好了，可是我妈真就那么潇洒地跑了。十二岁，被她和命运一起归纳成我人生的分水岭。从此，我从一个动辄唱着"请把我的歌带回你的家，请把你的微笑留下"的无知少女，变得满脸不苟言笑的早熟。后来我读大学时，一个室友一边谈起私奔的浪漫色彩一边做少女怀春状，我特想给她一嘴巴。私奔有什么浪漫的，私奔就是自私自利，自己酒池肉林，把别人扒光了扔到雪地里。

我记得那是个平凡的傍晚，爸爸骑着自行车接我放学，我们一路有一搭无一搭地聊着，没有电视剧里的诡异配乐提醒接下来会有节外生枝的情节发生。

妈妈不在家，屋里灯黑着。餐桌上早饭的碗筷没有收拾，小碟子里一块吃了一半的酱豆腐几近风干，委屈巴巴地暗红着。碟子下边压了一张撕得参差不齐的牛皮纸，上边七扭八歪地写着：

张老师，我走了，先不带走张函，对不起。

没有落款，但显然是妈妈留下的。她走得太仓促，乍一看，那一行潦草的字迹简直如同涂鸦，而压根不像一张离别的便签。最精彩的是，她可能是太着急了，写了一个错别字。我叫张涵，她写错了我的名字。

　　如果是侦探剧，大抵会有人依据这错误的名字嗅到蛛丝马迹，推测出这是妈妈刻意留下的线索，她是被胁迫的，故意写错女儿的名字，便于展开推理。然而，她没有这么缜密的心思，她只是跑路心切。

　　那一刻我觉得挺好笑，感觉逮住了妈妈的把柄，她随随便便写错了我的名字，下次她再批评我做题马虎，我要拿这个作为有力的还击。我没有清楚地意识到发生的到底是什么。这事是有点不寻常，但是好像也没什么大不了的。我妈本来就是嚣张任性天马行空的角色。所谓离别，是在一次次对那个傍晚的回忆中逐渐清晰的。

　　爸爸颓然坐在餐桌旁。忽然很有点蔑视地盯着我。

　　"你不是我亲生的。"他有几分恶狠狠地说。

　　我不知道该接点什么，他一语道破的不是天机，对我来说却比天机更骇人。

　　"你妈，和你亲生爸爸跑了，我被甩了。"他接着说。

　　"那我呢？"

　　"看不出来吗？你也被甩了。还他妈甩给我了。"

　　"我会为你养老的，请别杀掉我。"我一时不知道该说点什么，还无师自通地学会了为生存担忧。

　　"你以为我缺人送终啊？你这种苟且劲儿真像你妈！"他朝我大喊。

　　"什么叫苟且？这个词我好像没学过。"

　　"苟且就是，为了活，过一天算一天，什么事都干得出来。

　　"嗯，懂了。但是我妈她跑了，她没过一天算一天。我才是真苟且，我不跑。你对我动点恻隐之心吧。恻隐之心，我新学的。"

　　"我在你说这些废话之前已经动了，我是成年人，不跟没用的人清算。我现在没什么心情吃饭，也不想给你做饭。"他犹豫了一下，接着说，"其

实，我现在不太想面对你，你回屋睡觉吧。明天还要上学。"

时间也就是五六点，这个人竟然让我回屋睡觉，但是我不敢反驳。我知道我妈疯了，他说的应该都是真的。

"晚安。那个，我以后还叫你爸爸吗？"

"你觉得呢？"

"晚安，爸爸。"

然后我就真洗漱上床假装睡觉了。事情发生得太突然了，我根本还没理清头绪，就被裹挟进了肃杀的氛围里。在此之前，爸爸说话的方式并不如此刻薄。他绝对是个慈父，在每一个该讲原则的瞬间都会板不住脸。妈妈说他一直以来的做派叫作惯子如杀子。当然，那时候我以为他是我亲爹，对我多好都是应该应分的。所以当我被通知，他不是亲爹的时候，我忽然意识到自己遭遇了什么。之前和美幸福的家，原来一直是个危机四伏的肥皂泡，两个大人彼此心知肚明，只有我一直活在假象里。我妈和我亲生父亲跑了，而我叫了十二年爸爸的人，和我没有血缘关系。我竟然是个非婚生子，身份不仅尴尬，简直还有点肮脏。现在他们不管不顾跑了，还没带我。

爸爸让我上床睡觉，我根本不敢提出其他意见。我还是有些惶惶然，生怕他还没考虑清楚。对他来说，我就是个狼崽子，也可以算作仇人之女，留着我干吗？当人质？慢慢折磨？越想越觉得凶多吉少。或者他万一图痛快，明天一睁眼，我已然被他扔到垃圾箱里，或者被送到孤儿院了。反正送回姥姥家姥姥也不会要我的，我感觉她连我妈也不怎么喜欢，她心思都在我舅舅身上。平心而论，这些年最喜欢我的还真就是我爸爸，但他现在已经成了我养父，还是被我妈戴了顶硕大绿帽子的养父。我以后的日子能好过吗？就算他不会追究我，我也不好意思再像以前那样在家里又作又闹，要漂亮衣服、要高级钢笔了。我得像《鹤的报恩》那样，把自己的羽毛拔下来织到布里，报答养父的大恩大德。

我真是无家可归，被亲生母亲抛弃，又忽然多了个素未谋面的生父。这种凄楚的身世在武侠小说里大概还要更夸张，我可能还会被生父的仇人打下山崖，但是又会大难不死，很快在山崖下获得秘籍，最后还会有可能不止一个侠客英雄无缘无故地爱我，非要为我肝脑涂地。然而生活不是主角开挂的武侠小说，就算是，我也未必是生活的主角。我可能就是那种命不好，一直不好，到最后也没什么转机的配角。

我只是短暂地哭了哭。后续的眼泪要涌来时，我竟然劝住了自己。以前我只要一哭就停不下来，非要别人好言相劝或者赔礼道歉。这回我陡然明白了什么叫欲哭无泪，所谓一夜长大，真不用提前练习。真他妈时势造英雄。

第二天我起来做了早餐，其实也不能算做，我就是把冰箱里的面包、果酱拿出来摆了摆，又冲了两碗芝麻糊。我收起了桌上那张边角参差的牛皮纸，我要永远记得那个错字。从前我根本起不来床，从来没用过闹表，都是妈妈叫我，第一次只能叫醒两根手指。我会从被里伸出两根手指，哀求：再睡两分钟，就两分钟。

那一天我学会了用录音机定闹钟，以便早早出现在客厅。

爸爸起来看了一眼餐桌，又看了一眼我。

"少来这一套，除非坚持一辈子。"他说。

我放下手里的面包就回被窝了。我已经很难准确描述出当时的心情了，愤怒、羞耻，还有点放心。我大概一直知道他其实是个君子，越表现得委曲求全只会显得自己更滑稽，不如就死猪不怕开水烫吧，应该不会被撵到大街上的。

2

我上学，他上班，我们像一对普通的单亲家庭的相依为命的父女。郁郁寡欢一点也是正常的，至少外人看来，我们这种有变故的家庭，总要有点垂头丧气才符合剧本，我妈抛夫弃女和野男人跑了，我和我爸都是受害者，我们一时半会儿还没法从打击中走出来。

爸爸以前也不是个话多的人，现在变得格外少了些。他表达苦闷的方式也真没什么新鲜的——少说话，多喝酒。他的举止做派都和电视剧里那些被绿了的好人差不多，让我怀疑他到底是真想喝，还是在模仿那些人。

他依然每天接我放学，虽然那时候我大多数同学都自己回家，不用家长接了。他没有提出不接了，我也不敢说，每天放学，他扶着自行车和一群低年级学生家长挤在一起，等我出来。有一天我甚至看到他在吃冰激凌，是那时刚刚流行起来的美登高，比小时候的冰棍卖得贵一些。车筐里放着一根，大概是留给我的，我走过去，他递给我。我们之间形成了某种别别扭扭的默契，可以不说话的时候就尽量不说。谁也没有通知谁，但是就这样仿佛一蹴而就地形成了，十二年的欢声笑语顷刻间灰飞烟灭。

他会在离家最近的仓买买两瓶啤酒，也不多喝，但是和从前的不喝比起来，还是有借酒消愁的意思。有时候他做饭，我就跟着吃。有时候他懒得做，就给我两块钱，能买一个面包一根火腿肠。

我绝对没有遭到任何虐待，也不是冷暴力。只是我们心情都不太好，或者说是非常不好，谁也不知道说点什么合适。好像彼此的伤口都还没有结痂，如果非要拥抱在一起，可能粘连，重新流出鲜血。淡漠、冷硬的气氛正搭配我们的心情，如实呈现痛苦比假装开心容易多了，毕竟我们在学校、单位多少都要做戏，表现出一切尽在掌握的勇气。

奶奶作为外围的当事者，表现得异常暴躁。她只要一看我俩就克制不住大骂我妈，一骂就停不下来，很多时候以哭声收场。她总是用重复的词语声讨妈妈，数落爸爸无能，说不知廉耻的儿媳妇和窝囊废儿子让她抬不起头来。一想到儿媳妇和人跑了，她就吃不下睡不着，好像最为这件事困扰、可能一生也走不出阴影的是她。我们因为不想反复面对她的愤怒，降低了去奶奶家的频率。

"奶奶知道我的真实身份吗？"一次从奶奶家回来，我问。

"你有什么身份不身份的？"

"你明白我的意思。"

"不知道。"

"一直不知道？"

"原来只有我和你妈知道，现在加上你，应该就三个人知道。不对，也许你亲爸也知道。"

"你就是我亲爸。"

"忠心不要表得太早，显得很虚伪。"

"你不告诉奶奶吗？"

"算了。让她多骂几句窝囊废也没什么不好意思的。她挺喜欢你的，这个让她知道了，比你妈跑了打击大多了。她本来也不喜欢你妈。告诉她对咱俩都没什么好处，不仅你，我也会更艰难。咱俩就忍辱负重吧，别给你奶奶添堵了。"

后来我每次见到奶奶都觉得特别鬼鬼祟祟。尤其是她刀子嘴豆腐心，比以往更勤地给我买新衣服穿。我知道她觉得我没妈可怜，比以往更怜惜我。可这一切的前提是，我是她亲孙女，我是她儿子的亲女儿。她不是没事瞎关心全世界，给没妈的孩子送温暖。她只关心她的一亩三分地，关心她孙女。而我其实是个冒牌货，哪怕我妈没跑，我也不是她亲孙女。揣着明白装糊涂，骗吃骗喝，我的心里并不舒服。

我们家的情形就是《红灯记》：爹不是你的亲爹，奶奶也不是你的亲奶奶。你姓陈，我姓李，你爹他姓张！

据爸爸说，我爹他姓刘，叫刘雨刚，和我妈青梅竹马，两家住得不远，是小学同学、初中同学。我妈高中毕业时，他已经进了工厂，顺道因为游手好闲而小有名气。据说我姥姥顶看不上他，说他三岁看到老的没出息，一脸倒霉相。所以妈妈和他谈恋爱也是偷偷摸摸的，俩人不到二十就眉来眼去，二十二岁出双入对，在工厂是一对引领潮流的流氓。这是爸爸原话——一对引领潮流的流氓。搁在别人嘴里，可能是一对璧人，在他这儿归类为一对流氓，也算合情合理。后来的岁月里，我发现了他对"流氓"这个词的偏好，几乎稍有点出格之举的，他都会以流氓两字相赠。说回我亲生父母，据说两人山盟海誓认定了彼此，我姥姥纵使一百个看不上刘雨刚，也架不住自己姑娘铁了心，也就睁一只眼闭一只眼了。可这时候我爸爸，也就是我养父杀出来了。我爸爸作为群众艺术馆的新职工，被派去我妈他们工厂体验生活。他从师大美术系毕业，彻底结束了画家梦，浑浑噩噩被分配到群众艺术馆，彼时正沉浸在无法实现理想的苦闷中。不过说实话，即使我对他充满敬仰，我也必须承认，他的画乏善可陈，无非一些中规中矩的临摹，和所谓艺术毫不沾边。体验生活中唯一的亮点就是我妈了，爸爸说妈妈那时喜欢穿粉红、明黄、宝蓝、葡萄紫等等饱和度很高、存在感很强的颜色，在当时的女工中并不多见。因为色彩的关系，她站在人群里永远是出挑的，当然，肯定更因为长得好看。

一个美人如此张扬，才叫耀眼。

"我那时候刚看了个外国电影，叫《叶塞尼亚》，女主角是个美艳奔放的吉卜赛女郎。那气质和你妈妈太像了，热情、大胆、野路子，还有种娇憨，和周围其他的人不一样，尤其和学校里的女孩不一样。"爸爸如是说。

可能是受了这番言论的影响，后来我看到妈妈年轻时的照片，觉得她一眼望去就是个浪迹天涯的人。这种人不该被娶回家，她不是安居乐业的命。

"然后，你就频频示好，从刘雨刚那儿抢了我妈？"

"默默示了示。你妈肯定能感觉，她一看就是心思不往正地方使，对男女的事却非常敏感。我心里清楚她肯定看不上我，而且人家已经有了男朋友，我还硬往上冲就不太道德了。"

也不能算是卧薪尝胆，反正在工厂体验生活半年，本就要天天去上班。然后就不知道是劫还是缘地赶上刘雨刚出事了，他偷了车间的配件拿去卖，尝到几次甜头变得越发大胆，多次铤而走险，终于被逮了个正着，直接就被开除了。那时候正赶上"严打"，刘雨刚怕开除还不算完，再被抓进去蹲个十年八年，越想越害怕，就跑路了。在那个街口看公用电话的王大妈帮喊一下，没有手机、BP 机，没有网络的年代，好像没来得及和我妈告别也是合理的。于是，骑着自行车下班的我爸，碰到了在长椅上哭的我妈。他劝了一会儿，把我妈送回了家。这一送不要紧，立马就被我姥姥盯上了，一个一看便知是知识分子的纯良小伙子，还在群众艺术馆搞绘画，不知道比偷东西被开除的刘雨刚强了多少倍。我姥姥对我爸异常殷勤，再加上刘雨刚的消失，我爸备受鼓舞，仿佛看到了某种希望。

而真正促成我爸妈结合的，其实是我。这时候我已经悄悄来到了人世，静静藏在我妈的肚子里。很荒诞的是，恰恰是我的到来，把我妈推向了不是我亲爸的男人。

"刘雨刚跑的时候知道我妈怀孕了吗？"

"这很重要吗？"

"当然重要了。知道不知道能决定他是臭不要脸还是不要脸。"

"他好像知道，你妈告诉他了。"

"真他妈不是个东西。"

"不要轻易说脏话。你是个女孩。"

这是几年后我通过断断续续的谈话梳理出的他们三小无猜的故事。时间的流逝终于使我们可以越来越平静地谈论那个离开的女人，我也终于解开了好奇，我怎么可能另有生父。他们结婚十二年，我十二岁，而我却是其他人的孩子。原来，用现在的话说，我爸就是备胎、接盘侠、喜当爹。由于我的迅速壮大，他俩闪婚了。在这桩看似郎才女貌、速战速决的婚姻中，我爸飞快地成了一个神不知鬼不觉的后爹。我想起电视剧里夫妇不和时，总有那么句台词——孩子是无辜的。我太讨厌这句台词了——废话，我当然是无辜的。可是我好像又不太无辜，因为我来了，我妈才火速嫁给了我爸。

"你从一开始就知道，我是刘雨刚的？"

"知道。你妈这点倒是磊落的，我追她，她就告诉我她怀了刘雨刚的孩子。我怀疑她和我结婚主要就是为了合理合法生下你。她掌握着全部的主动权，利用了我对她的迷恋。你妈妈就是那个工厂的巨星，她在那儿虽然是个工人，却比厂长得到的爱还多。我相信不是我，还会有别人愿意。所以即使在那个时候，她的姿态也没低过。"

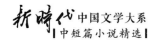

"你难受吗？"

"说实话，我有点记不得年轻的自己是怎么想的了，好像也痛苦过，但更多是一种幸福，我为了得到你妈而感到由衷的幸福。更重要的不是婚姻，而是美。劳特累克说过：美丽女人的曼妙身姿并非为爱而生，它太精致了。"

"谁？"

"我喜欢的法国画家。你别打断我，我要说的是，我被你妈妈的美折服。她爱不爱我不那么重要，我为自己可以合法地、近距离地欣赏她的美而满足。尤其是你出生的瞬间，我觉得你就是我的孩子，我甚至觉得你长得像我。人要是渴望活在假象里，有一丝一毫的可能，他也不想戳破。我一度觉得，你妈妈可能已经爱上我了，你抱着娃娃跑来跑去，她边嗑瓜子边看电视，周末带着你去公园转转，没什么太新鲜的，平顺、踏实，我觉得这就是我想要的全部。直到你亲生父亲回来了，我察觉到你妈神不守舍，电视照样看，饭照样做，但是我能感觉到她微妙的紧张。她甚至开始像刚认识时那样，不由自主地管我叫张老师，我知道一定发生了什么。"

"你知道？"

"我没料到是刘雨刚阴魂不散，我以为是你妈外边有了别的什么人。结果我一问，她就说了，是刘雨刚。我真是五雷轰顶，你们完完整整一家人都凑齐了，我这位置不是一般的尴尬啊！因为你也是他的，我好像连打他都不合适。你妈也不是完全不痛苦，她两边跑，但是她对咱俩都还可以，请原谅我按驻地划分，把你归为我这伙。我都知道的，事情就是这么棘手，我得装君子啊！我也是太自信了，觉得十几年过去了，我们过得不能算恩爱，也至少是和谐，这么安逸，这是谁也舍不下的。我还鼓励她，说忠于自己的心，人是可以爱两个人的。可是她自己坚持不下去，她说她太难受，决定舍一个。没想到她那么果断，舍的是我，还没怎么犹豫。出局的是我！我细想这还真有点不对，虽然道德是可以超越的，但法律还是顾忌顾忌得好。我是合法夫妻啊，我是受保护的那个，她按先来后到，那可是街道大妈的逻辑啊！"

3

我学习成绩特别好，因为心里装着低人一等的秘密，我知道我必须要成为学业上的佼佼者。唯有所谓优秀，才能掩盖某些先天不足，我的身世已经是一个巨大的失败，我只能在能掌控的部分赢回一分。至少我希望，开家长会的时候，爸爸可以感到一丝骄傲。这个原本和他毫不相干的乱七八糟的孩子，吃他的，喝他的，哪怕让他有一刻觉得值得。

小学毕业后，我和爸爸搬离了那个邻里邻居鸡犬相闻的家属区，住进了商品房。爸爸虽然无缘成为大画家，但是画点油画把家境搞到殷实的地步还是可以的。我是非常雀跃地搬家的，毕竟作为那条街的重点保护对象，我始终无法以昂首挺胸的姿态出现。连号称格外古怪乖张的自行车棚看车大爷都对我格外关照，别人存车他正眼都不看，我和我爸一去，他总是关切地问，晚上吃点什么啊？两个人的晚饭不好弄啊。干吗老强调两个人，您这儿还一个人呢！商品房的好处就是永远不需要和邻居社交，再也没有人以过度关切的目光看我了，我知道大家都是好意，但是那些悲悯的目光好像一种提醒——你妈和别人跑了。而这提醒每次又会触动更不为人知的部分，不仅是跑了，她还是和我亲爸跑的呢。有时候我觉得，邻居们的好意也带着某种站着说话不腰疼的成分，政治正确地看别人家的笑话，只要掩饰好猎奇，假装悲悯就好了。

随着远离旧环境，伤口也在慢慢愈合。我与爸爸除了那些简明扼要的对话，也会有许多其实没什么特别，却意趣盎然的瞬间，我们越来越像一对真正的、毫无可疑之处的父女。我初中的班主任姓熊，报到第一天我看到长得怒气冲冲的熊老师，第一次觉得有人能和自己的姓氏神来之笔的匹配。回家我与爸爸提起，他兴致勃勃和我说起很多可以做姓氏的动物名，比如马、牛、虎、鹿、燕、龙、骆，甚至我们翻起了字典，查了猫、驴、鸭、猪等等，竟然发现鸡和狐也是可以做姓氏的。从来没遇到过姓这俩姓的人，鸡小姐、狐先生，哈哈，听着好像有什么别的意思似的。他也经常带去我公园、游乐场，我被指挥着在各种景点到此一游、笑对镜头。那时候相机还是胶卷的，一卷二十多块钱，才三十几张，拍完还要拿去冲洗，挺金贵的。洗出来要是哪张闭了眼睛，他还要怪我浪费钱。

"下次别照了，我不怎么喜欢照相。"

"你这是像谁啊？你妈最喜欢照相了。下次你好好配合配合，省得有人说我苛待你，有照片为证。"

"我当然是像你了。"

这中间我妈回来过一次，大概是我十四岁时，她回来和我爸办了离婚手续。据说民政局周六周日不办公，所以她是工作日回来的，只停了一天。而那天我正上学，回家后发现床上放了两件新外套，一件新马甲。非常明艳的粉色和黄色，它们无一例外都小了。我偷偷试了试，腋下非常紧迫，不及时脱下来可能会撑变形。看来，我真是比她想得顽强，在没有母爱的地方，我成长的速度已经超出了她的预测。爸爸问三件衣服是送给姑姑家的妹妹还是要留着做个纪念。我反问有什么可纪念的呢？

他还是默默留下了一件，收在了我衣柜最下边。

那时候我已经开始来例假了。我还记得初潮的情景。有天早晨我正在刷牙，爸爸欲言又止地出现在门口，他咬了咬下嘴唇说："你看看你内裤上有没有血？"说完转身退到了客厅。

我狐疑地脱下内裤，真有血。我意识到自己是来了生理健康课本上的月经。

"怎么办？"

"我去买。"

我回到卧室，发现床单上有血，爸爸一定是看到了床单，推测出了我的情况。

彼时女孩都很回避这个话题，生理健康课上老师讲到月经，大家都讳莫如深，有的还做出夸张的懵懂，都急着和月经划清界限，一副谁也没发育那么早的奇怪模样。

"所以这个东西要多长时间一换？"我指着卫生巾问爸爸。

"具体我也不知道，可能几个小时吧。"

"能坚持一天吗？我不想在学校换被同学看见。"

"又不是在操场换，你在厕所弄谁能看见？"

"我们学校厕所是开放式的，没有门。"

"你等会儿，我打电话问问你姑姑。"爸爸犹豫了一下，"你自己打电话问问你姑姑呗……算了，还是我打吧。"

那是个没有网络的时代，现在不成问题的事，都要颇费一番脑筋。和姑姑通完话，他说中午去学校接我吃饭。

"我上午先去学校周围几个公共厕所转转，当然只能以男厕所的情况为参考。我接你出来吃午饭，顺道带你去上厕所。"

"那卫生巾你带着行吗？"

他冲我翻一个白眼，答应了。

中午他站在学校门口等我。

"你走路的姿势太吓人了。是想告诉全世界你用了卫生巾吗？"他撇着嘴说。

"有那么明显吗？"

"是的。两条腿劈着，非常不自然。"

初中余下的两年，每个月都有几天爸爸会到学校接我吃午饭。虽然很多时候是翻着白眼来的。

接下去的周日，姑姑带着她女儿和我逛了街。给我挑了好几件内衣，还嘱咐要轻轻用手洗。我其实不太情愿，和背心比起来，胸罩真是十分不舒服，有一种强烈的束缚感。姑姑说，现在不穿，以后胸会下垂，而下垂就不像年轻姑娘，会非常显老。

我能感觉到爸爸面对我发育时的束手无策和慌乱。他没有经验，甚至也没有立场，一个没有血缘的父亲，面对一个来月经的别人的亲姑娘，进退两难。他吞吞吐吐地告诉我，血不能用热水洗，不然容易洗不掉；特殊时期不要吃凉的东西，不要剧烈运动，不然容易肚子疼。我不知道这是姑姑告诉他的，还是他自己偷着查的资料，只是永远忘不掉他极力掩饰难为情的神色。有一次，我坐在沙发上看了两集电视剧，起身离开时，他很有些讽刺地瞧着我说："自己有什么病，自己不知道吗？"我回头看到沙发上隐隐约约的血渍，赶紧冲进卫生间换裤子。

时间久了，好像这个家从一开始就只有我们俩，一切自然而平衡，仿佛不曾缺少什么。我的文具和衣服都是最高档的，都是百货大楼里最新的款式，好像某种较劲，别人家孩子有的，爸爸都会买给我。甚至初中三年级，我们家买了当时非常尖端的电脑——奔腾486；我成了同学里第一批玩上《大富翁》的；周六，他还送我去学计算机，我至今记得几个 WPS 的命令，可惜好像一直也没派上过用场。有些时候，我觉得他简直有些过分小心翼翼，比如同学们常常会说起家长下班回来气不顺，和他们发一顿无名火，我却从来没有遇到过。他表达苦闷的方式就是默默喝酒，喝多了就睡了，没发过酒疯，那种隐忍克制仿佛某种程序，不会被轻易破解。而我，感到一种并未被当成自己人的失落。至亲之间，总要有胡搅蛮缠的瞬间，因为骨血相连，不会被拆散，所以不必顾及什么。

有时候我觉得他对我有些过度保护，比如他坚持接送我上学，即使偶尔出差把我送到姑姑家，也叮嘱姑姑接送我。比如他不喜欢我参加集体活动，总觉一个老师管好几十个学生会有照顾不周的危险。有一年学校组织去市郊的飞机制造厂参观，他不想让我去，觉得来回两个多小时大巴不安全。

"破飞机零件有什么好看的啊？在家看电视不行吗？"

"你不是不愿意我看电视？"

"我现在愿意了。"

"大家都去，我想去，我要参加集体活动。"

"不去的话，我给你买一套新衣服，不低于三百块钱。"

三百块在那时绝不是一笔小数目，对于一个中学生诱惑算得上巨大。

"你知道我是班干部吧？"

"两套，不低于三百。"

"你当年是这么跟我妈谈条件的吗？"

"她不值这么多。"

4

我十六岁那年，姥姥死了。她硬硬朗朗了六十多年，突然就脑出血去世了。邻居们都说她是不敢缠绵病榻，一双儿女都不在近旁，真得了卧床不起的病，怕是也无人照顾。她年近四十就开始守寡，也可以说是忍辱负重，也可以说是独断专行地拉扯一双儿女。话说我妈那时候也快上高中了，正是叛逆期，姥姥却重男轻女，把节衣缩食的钱都投资在舅舅身上，所以母女俩多年来心有嫌隙。再加上她当初不同意我妈和刘雨刚，十几年后我妈又和刘雨刚跑了，她始终不肯原谅我妈。这也只是姥姥的一面之词，好像我妈一直十分忏悔，一心求得她原谅一样。在我看来，我妈根本不在乎她妈原不原谅她。她才不需要上有老下有小恶心她呢，她没妈也没女儿，她只有刘雨刚。

小时候我觉得姥姥挺看不上我的。我成绩一直好，她却总说女孩都是早慧，过几年就会被男孩追上。也不知道她说的男孩是指全部男孩，还是特指我舅舅家那个后进生。我和表弟每次起争执她都要拉偏架，义正词严搞出一些姐姐要让着弟弟，男孩小时候会格外好胜的歪理邪说。最精彩的是有一次我们动起手来，她竟然一把推开了我，怕我伤到表弟。那时候爸爸妈妈舅舅舅妈都在，气氛让除了我姥姥的其他人都有些窘，四位家长都不知道该说点什么好，我记得舅妈冲我妈笑了笑，我妈也回以微笑，没一会儿大家就都各自抱起孩子起身告辞了。

我虽然年龄尚小，却对长辈的不友善的瞬间记忆犹新，一提起姥姥，就想起她推开我的画面。其实我妈跑了之后她对我特别好，但我对那种充满歉疚的好都充满了警觉，仿佛那种好与我的自尊相抵触，让我感到非常不舒服。她会经常买几本不着四六的书送我，还会不自然地夸我聪明、漂亮。有时候她会推心置腹地给我讲一些人生哲理，可是听起来都没什么切实的意义。姥姥不仅对我心怀愧疚，对我爸更是时刻准备着道歉。以至于她谨小慎微的态度让我爸感到非常难堪，总是把我送去就找理由告辞。而我爸越是要走，我姥姥就越感到抱歉，两人的互动陷入恶性循环，我都能感到两人的狼狈。

我不知道姥姥知不知道我到底是谁的孩子。她肯定不知道我知道真相。这么惊悚的问题，我必然不敢问她。

"其实你姥姥是个好人。虽然重男轻女，没什么文化，没什么分寸，有点势利，但是大理儿上是个好人。"我爸曾经这么评价她。

"重男轻女，没什么文化，没什么分寸，有点势利，这听起来简直已经一无是处了！"我觉得这几个归纳倒是挺到位的。

"大是大非上有数。就比如她看我那眼神，全是对不住。"

"看你也接不住啊，你根本不敢看她。"

"我一看到那些所谓知情者对我的抱歉，就感到屈辱。"

"我姥姥倒是一直对你挺好的。我觉得她不怎么喜欢我妈，也不太看得上我，就对你这个女婿还挺满意。"

"可惜还是个假的。我就是说双簧前边抹着白鼻子的家伙，发声的还是你爸，我只是在前边假装跟着动。"

"我说过一百次了，不要把那个人叫作我爸。"

那是秋天，北方的秋天特别短。那些高大的树，叶子却格外不结实，一阵风过，就稀里哗啦全掉下来了。树一秃，冬天就名正言顺地来了。姥姥好像瞅准了时辰，死在了那个转瞬即逝的秋天。踩在满地落叶上，咯吱咯吱的响声，好像姥姥平素那些没什么道理的絮叨。我发现自己非常想念她，想起她经常擦的花牌手油，我之前一直觉得那个气味太香了，却忽然很想再闻闻它。爸爸帮着舅舅操办了姥姥的葬礼，我觉得他完全有理由不参与，但是他被推进了一个逆来顺受大好人的轨道，不由自主去掺和那些让自己不痛快的事。姑姑说，毕竟妈妈和舅舅都在外地，他如果不帮着张罗张罗，自己心里过不去。

我妈赶回来的时候，已经是葬礼过后的一个深夜。据说她去了香港旅游，联系不上。这个人就是这么神奇，把女儿扔给别的男人，妈妈去世时正在香港潇洒。

她好像也没特别伤感，至少第二天她出现在我面前时看起来。她对我露出一个谄媚而热烈的笑容，继而向我扑来。

四年来我第一次见她，说平静是假的，但也绝不是激动。我偷偷打量了她，如果再高个几厘米，再瘦个十几斤，才更像我记忆里的她。她好像变矮变胖了，也许是爸爸的讲述里不断强调她年轻时的动人美貌，让我的记忆也出现了偏差。

我下意识地躲了躲，她也警惕地在扑空前收了手，那个拥抱在即将成型时不了了之了。

"涵涵，想妈妈吗？"

我都不知道她怎么好意思问出口的。

"这位女士，你是出差了三天吗？问出这么撒娇的问题。"

"我也是没办法，我们那时候条件太差了，什么都没有规划，根本没法带你走的。带你走就是让你吃苦遭罪。"

"所以呢？你是因为心疼我才抛弃我的？你就宁可吃苦遭罪也要追求自己的爱情，把我扔给没有血缘的人，留下一张草稿一样的便条，就人间蒸发了？"

"你知道了？谁告诉你的？这个王八蛋为什么要告诉你！"

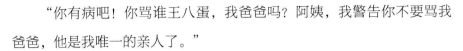

"你有病吧！你骂谁王八蛋，我爸爸吗？阿姨，我警告你不要骂我爸爸，他是我唯一的亲人了。"

"你那么小，怎么可以告诉你这些！我以为他是个好人，他那么喜欢你，不会忍心伤害你的，我没想到他会和你说这些。都是妈妈不好，是妈妈做错了，妈妈应该带你一起走的，让妈妈弥补你吧，涵涵。妈妈现在就去和他说，妈妈带你走……"

她像电视剧里歇斯底里的被侮辱与被损害的妇女一样，边说边哭，语无伦次。如果不是从第一集开始看她这出大戏，还真以为她是受害者呢。

"我亲生妈妈都抛弃我，我有什么权利要求一个养父珍惜我！还要求他不会忍心伤害我，你伤害我们的时候怎么不问问你自己啊？"我挣脱了她的手，不想继续这我埋怨她、她埋怨我爸的对话，"我不走，我和我爸爸相依为命。你回你的苟且之地吧，阿姨。"我已经学会了"苟且"另外的用法，并且活学活用在了合适的语境。

我本来应该到此为止，但是我忍不住号啕大哭。我与她一脉相承，用哭嚎回应着她的哭嚎。被命运吞噬的人，却一副要吞噬什么的姿势。我们两个都长着血盆大口，看起来一定非常丑陋。

5

据说我妈还真去找我爸兴师问罪了，她觉得我爸揭破真相是对她的报复。她不擅长反思自己，却敢于第一时间追究别人。仿佛把小女孩遗弃荒野，却回过头来责难收留孩子的人为何没早点赶到。我爸还轻描淡写地对我道了歉，他说他那天告诉我就后悔了，也确实是失去了理智、确实是心怀报复才口不择言的。

"我永远不会忘记那天的情景，也会永远记得自己说过的话，我不会离开你的，爸爸。"我在心里对他说。

很多年以后我还是没想清楚，他没有直接把我送回姥姥家是出于习惯还是同情，还是他自己也没想清楚。

他其实无儿无女，离了婚可以轻手利脚地再找一个，可是却好像全无这方面的心思，一副除了含辛茹苦把我抚养大别无所求的架势，一心一意演着现实版《搭错车》。苦情程度简直超越了《搭错车》，毕竟我其实还是情敌的女儿。

我学业所迫，每天忙得睡眠不足，他一天天上班、下班、买菜、做饭、画点画赚点外快，日子好像复制粘贴一般日复一日，根本没什么乐趣可言。他绝对有大块空白的时间谈个女朋友，但是却丝毫没有这方面的迹象。他当然也不会像电视剧里的慈父，说出什么"看着你慢慢长大就是我最大的乐趣"之类的感人宣言。他就是默默地活着，好像没什么不开心，但是隐约透着一股黯然。

"你真是为了我不找女朋友吗？"我忍不住问。

"没有合适的。"

"有人喜欢你吗？"

"不多。"

"那就还是有呗。你为什么看不上人家？"

"不好看。"

"你还真是好色啊！都一把年纪了，二婚还要找好看的！"

很多时候我觉得我们的对话更像一种较劲，好像简单粗暴，又好像离真实无比遥远。爸爸真的依然执着于美人吗？遇到我妈那样一个不管不顾的蛇蝎美人，几乎直接摧毁他的一生，他却还觉得美色是第一要义？

那他还真是吃一百个豆不嫌腥。

我转念又想，我是真诚地希望他开始下一段感情生活吗？如果他谈了恋爱，顺利，要结婚，一个女的搬进我家，然后这屋檐下，我切实意义的后爸给我领来一个后妈，后妈还以为后爸是我亲爸，也许他们还会再生个孩子，他们才是骨血相连的一家，姥姥也不在了，好像最后的后路也被堵死了，真有那一天我该何去何从啊！

结果，有一天，他真领回来一个女的。我放学回家，看见桌上已经炒了三盘菜，一个女的扎着围裙从厨房走出来，对我笑。那真是恍如隔世，那女的不是我奶奶，不是我姑姑，虽然全然不像，却让我想起了我妈妈。那是平凡家庭每天都发生的事，一个扎着围裙在厨房的妈妈，我十二岁之后却只在梦里见过。

不只是全然不像，简直是截然相反：那女人矮而白胖，一头直发；妈妈高而黑瘦，最喜烫头。上帝造人的时候一定用妈妈和那女人互相参照了，不然怎么可以背道而驰得如此极端。再加上她糟糕的化妆技巧，那张白脸真是和美搭不上什么关系。

"涵涵，这是牟阿姨。"爸爸一脸假笑看着我。

我笑容可掬地叫了牟阿姨就看向餐桌。一个烧茄子、一个酱鸡翅、一条鱼，都是家常菜，但摆盘颇有讲究，尤其是那条鱼，还像饭店里一样在盘里放了一朵白萝卜雕出来的花。好像是鱼的追悼会，尸体旁边配白花。

"你们艺术馆搞雕刻的？"我小声说。

"闭嘴。"爸爸也小声说。

牟阿姨又做了一道拔丝红薯，说是专门为我做的，女孩都爱吃。这道菜还是有点难度的，连我姥姥都不是百分百成功，搞出过吃起来一样、就是拔不出丝的版本。牟阿姨不知是出色发挥还是原就是零失误的高手，

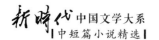

一盘拔丝红薯，块块能拔出老长的细丝，供我假装天真，掩饰不自在。

"你和爸爸长得真像。"牟阿姨微笑地对我说。

我和爸爸相视一笑，好像认同着牟阿姨对我们父女外貌的归纳。爸爸迅速地朝我眨了一下眼，只有我们知道这笑容里藏着我们共同的秘密。

"不仅仅是长得像，说话的神态、举手投足简直一模一样。"牟阿姨作为房间里话最多掌握情报最少的人，滔滔不绝。

"他们都说我们长得像。"我像是捣乱地配合着，心里却真感到一阵温暖。我希望真可以像他，希望朝夕相伴可以替代遗传，让我们变成一对一眼望去便是亲生骨肉的父女。

一顿饭，她轻声细语对我嘘寒问暖，还弄了一双公筷礼貌地为我夹菜，一种并不仅仅是出于认生的别扭弥漫全身。她好像面面俱到，真诚友善，但那张若有所思的脸和过于准确的动作又透着一种隔阂。一个非常不恰当的感觉——她像个太监，再温驯和阴柔，也有一种毫无女性魅力的男性气质。我很多年没有猛烈地想起妈妈了，那一晚，很多和她有关的画面涌入脑海——她教奶奶跳迪斯科，把录音机调到最大声，不顾奶奶的羞怯和厌烦一顿狂扭；她急三火四地冲进我房间，大喊着：快换衣服，街角新开了一家锅烙店，咱们背着你爸去尝尝；她买西瓜人家多找给她五块钱，她捏着意外横财走了两条街，左思右想又给人送了回去；她看《渴望》边哭边骂刘慧芳，这女人有病，谁也救不了她，她自己有病……我必须承认，这个丧心病狂抛弃我的女人有超出常人的感染力，她不管不顾，欢快，幽默，有一种与生俱来的热情。只要她在家，各处都回荡着她制造出的各种响动，那时的家庭氛围与现在完全不同。

"你觉得牟阿姨怎么样？"晚上，爸爸问。

"萝卜花雕得不错，祖上是御膳房的吗？"

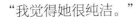

"我觉得她很纯洁。"

"你是一朝被蛇咬十年怕井绳吗？二婚不是要找大美人，就是要找完全不一样，以纯洁为第一标准。"

我忽然意识到我爸好像还没走出我妈的阴影。他对女人的判断，我妈依然是一条隐隐的线，像她那么好看，或者干脆迥然不同。他还没有忽略她、忘掉她，他心里总有个隐隐的她。也包括我，那个牟阿姨真没什么不好的，她有可能贤惠、顾家、温文尔雅，而我对这个家女主人的认识是被妈妈定型的，所以我觉得正常的牟阿姨那么奇怪。

"说真的，你接受我和她交往吗？"爸爸继续问。

"哪找来的，简直如同定制一般，从头到脚和我妈南辕北辙！我无所谓。没给我留下什么确凿的印象，和大马路上任何一个稍微有点体面的人一样，嗯，她像一个工作人员，对，就是这个词，不知道干什么的，但肯定有工作，工作人员。你想和她好就和她好吧，好像不是多讨厌。我有什么权利反对啊，我一个寄人篱下的。你就是找个叔叔回来，我也会祝你幸福的。"

牟阿姨没有再出现过，我后来回想她做的鱼还挺好吃的，虽然煞有介事了点。奶奶说他俩肯定根本没谈过恋爱，是我爸随便领回家试探我的。可我觉得牟阿姨好像挺卖力表现的，不像一个随便搭戏的群众演员。

6

一晃我十九了，这中间我妈妈问过几次我要不要去南方和他们一起生活。我爸也问过几次，我确定他不是为了甩掉我这个包袱之后，就彻底拒绝了。我们俩过得挺好，虽然磕磕绊绊，也有些莫名其妙的冲突，但是感觉最大的挑战已经过去了，灾难也已经是虎头蛇尾的尾巴阶段。

听他自己说，他也和女人喝过咖啡，看过电影，只是最后都不了了之，他对异性能使出的全部勇气都用在追我妈顺道接纳我上了，现在只剩下把天聊散的能力，坐在一个女人对面，说着说着就无话可说了。喝完咖啡，无言以对；看完电影，面面相觑。

"你可以不说话，直接抓她手。"

"你以为我是你那个流氓亲爸呢！"

连我也哑口无言了，他果然具有让人不想再说话的能力。

这中间我倒是谈了一次比较走心的恋爱，高中同学，学习不好，长得帅。一起逃课，看过电影，放过风筝，也畅想过未来。当然，像我这样长大的孩子，肯定不是一头栽进去的懵懂少女，我知道我们成不了，我还小。但我也是真诚的，虽然带着扫兴的理智。

老师知道后按照惯例找了家长，见到是个负责的爸爸便更加苦口婆心。说是对我给予了厚望，没想到高考前夕我会犯这么致命的错误。我心说我成绩也没有下降，不过就是正常的异性相吸，怎么就错误了？更谈不上致命！

我爸回到家竟然怒不可遏。

"只注意了你拿回来的成绩单，没想到你已经学坏！"

"我怎么学坏了？我卖淫了？不就是和男同学看个电影吗！"

"你听听，你高中都没毕业，就和男同学看电影，一副情理之中的样子。你的嘴脸非常丑陋，现在。你分得清你是干什么的吗？你是学生，不是流氓。你就应该好好学习，电影院就不是你该去的地方。"

"我给你考上好大学不就得了。"

"不行。你考上好大学是正常，你还得规规矩矩的。你不学好，考上哪也是没用！你可以收敛一点吗？我对你要求不十分严格，那是相信你自觉。我养你，是为你妈行个方便，不是要把你放任成女流氓报复她。麻烦你替我考虑考虑，没人知道你是遗传的堕落，都以为是我教唆你学坏呢！你还真来了上梁不正下梁歪的那一套！我不同意你谈恋爱，坚决不同意！"

"从我妈身上你看不出吗？家长喜欢的不一定行。家长不同意的，可能还过得不错！"

"你住口。"

"你又不是我亲爸爸。"我小声嘀咕。

"我是王八蛋！"他竟然听到了，暴怒地摔门而去。

"你他妈现在知道我不是你爸爸了，早干吗去了？"大概二十分钟之后，他在隔壁大喊。

我没敢接茬。我知道我说错话了，但是我也不太想道歉。

除了我小声嘀咕的那句之后，这样表面上看起来通情达理，其实非常上纲上线的暴君训话，后来还发生了很多次。他总是能火眼金睛挑出我历任男朋友的缺点，毋庸置疑地指出，那个人配不上我。在他的认识里，我每段恋爱都是幼稚，是头脑一热，是自取其辱。

我记得有一次看台湾综艺，一个男艺人说自己剪了难看的发型，着急让头发快点长，就会把避孕药磨成粉加在洗发水里，屡试不爽。当时我正急于留长发，就到药店买了避孕药加进了洗发水。本来没当个事，可是被爸爸发现垃圾桶里的避孕药包装，又是一顿大闹。他先是以为我吃了那药，近乎歇斯底里地呵斥我。我说我只是希望头发长得快点，在尝试偏方。他将信将疑，以自以为严峻的目光注视了我半天，试图通过对视检验我是否慌乱。发现我非常淡定之后，他如释重负，一丝好奇飞快地从他脸上掠过，又迅速变为严肃与恨铁不成钢。但是发现我没吃，只是洗头，声调明显变低了，估计训诫强度也比之前准备的有所下降。他批评我愚昧又大胆，说避孕药有各种副作用，虽然不吃，随着洗发水和头皮接触，谁知道对身体有没有伤害。训诫之余，他还雷厉风行到卫生间把洗发水扔了。我其实还挺心疼的，毕竟避孕药也不便宜，还没怎么用，就被他给处理了。

他还偷听我和同学的电话，生怕我和男生搞出什么把持不住自己的亲密接触，重蹈我妈的覆辙。他没有明说，但他那紧张兮兮的样子，让我一眼看穿无谓的担忧。

我的高考志愿也和他冲突、拉锯了一阵。我想学英语，他认为英语只是工具，学别的专业也不耽误我好好学英语，我应该学法律、建筑，或者其他什么更像一个专业的专业；我想留在本地，他坚决认为我应该到北京、上海去读书，说大学不仅仅是学习，还有氛围，说我一定要去看看世界的磅礴和复杂，才能摆脱他们人生的局限。最后，我的第一志愿四个学校清一色报了北京，中文系。这是我们不断商量、彼此妥协的结果。

毫无意外，我被第一志愿录取了。仿佛人生某种平衡，在学业上我不曾遭受什么挫折，带着"穷人的孩子早当家"的努力，我总在分数上得到丰厚的回报。学习也确实让我快乐，好像因为觉得这世界太复杂，我竟然真的有很旺盛的求知欲和好奇心。每每弄懂了一些稀奇古怪的难题，都让我异常兴奋。我那个被爸爸棒打鸳鸯的男朋友，勉强考上了本地的三本。成绩出来后，我们对彼此的未来都有了大方向的估量，便心有灵犀地疏远了。

7

去北京报到前的暑假，我妈盛情邀请我去她家住几天。之前的寒暑假，她也发出过类似的邀请，我都以冲刺高考学业为重为由拒绝了。也不是全然没动过心思，只是拒绝她给我带来一种快感。多年前她抛弃我，如今我冷淡她。我不会可怜地等她回头，她一转身便哭着扑向她的怀抱。我已经牙打掉咽进了肚子里，我要用我的拒绝和桀骜来惩戒她，提醒她：她是个道德有污点的人。

"我觉得你应该过去住几天。她毕竟是你妈妈。"我爸很有些深明大义地说。

"她抛弃我的时候，就应该预料到有这一天。我又不是卖火柴的小女孩，怎么会饥寒交迫等在原地！"

"她抛弃的主要是我。你只是暂时被留下，人家没说不接你。革命必然会有牺牲，委屈你一个，成全你亲爹亲妈，这点觉悟都没有吗？"

"凭什么？她走的时候连我名字都写错了！我恨她。"我竟然哭了。

"你都这么大了，不能用书本上简单的感情来面对世界。不是只有爱和恨这么简单，人人都有难处。你妈妈不是故意的，她做事就那样心不在焉，当时又那么匆忙，你又不是判卷老师，写个错字没必要揪住不放。她后来一直给我单位汇款，尤其是每年你生日前后，我都能收到钱。你想想他们在外边生活也不容易，她在尽自己所能，在经济上弥补你。"

"你要了吗，那些钱？不是都退回去了嘛！咱们缺钱吗？"

"我没要，是因为早几年我也有气，而且确实咱们也不缺钱。如果，我是说如果，我下岗了，我们处在经济上的困境，她的钱可是救命的。"

"没有如果。如果我们那么惨的话，我只会更恨她。"

"你马上要变成一个大人了，不能总用受害者的身份想问题。你小时候确实过早经历了一些人生的不公平，包括你妈，包括我，都给了你一些伤害。但是我希望这些不要影响到你对世界的判断。不管是和我，还是和任何人，都不要成为互相舔舐伤口的人。而且你不能要求你遇到的人和事都是标准的、正确的，谁也没有做错，所有人对你轻拿轻放。我不希望你把自己当成一个弱者，别人做错了，你也要有能力去宽恕和原谅。我培养出来的孩子，要襟怀广阔。"

"对别人太过仁慈，那就是对自己残忍。"

"她永远不能算是别人，她是你妈妈。"

爸爸似乎说完了，我们沉默了一会儿，他忽然摸了一下我的头。

"你缺什么吗？你妈妈虽然不在，但我觉得我做得可以，所以你应该是个健康的孩子。要上大学了，要有精神上的成长，别没事老想着惩罚别人，那样还有工夫想自己吗？去吧。回来我们去海边玩。"

于是第二天，我襟怀广阔地、以一个强者的姿态上了飞机。一睁眼，行李都被收拾好了。我确实受了那番话的触动，也觉得人活得这么高洁活该吃亏。

飞机上隔壁坐着一个严重鼻炎患者，好像呼吸十分不通畅，几秒钟抽一次鼻子。一路被哧哧啦啦的抽鼻子声搅乱着思绪，好像什么都没有想，又觉得非常疲惫。

一出机场，就看到我妈在出口奋力朝我挥舞手臂，她依然动作夸张，看起来充满活力。我走近，见她身形没有多大变化，但当年的美艳已被生活撕扯得七零八落，原本肤色就黑，还不润，竟有了几分黑瘦老太的前兆。只有那生动劲儿一成不变，她大笑起来，眼角挤压出几条细碎的纹路，嘴里一颗虎牙也露了出来，一瞬间我觉得记忆里有过和这一模一

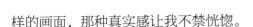

样的画面，那种真实感让我不禁恍惚。

"你男人呢？不急于看看自己早年的作品吗？"我不知道为什么冷如冰霜的语调从嗓子里冒出来，人有时候不能完全操控自己，本能无处不在。

"爸爸在家等你，他犹豫了很长时间，还是觉得在家里等合适。"

"我有爸爸。我不会叫那个人爸爸的。正常人都只有一个爸爸，请别为难我。"

"涵涵，你不叫也可以的。但是对他别太刻薄好吗？"

"你记得我是哪个'涵'吗？"

妈妈有些糊涂地看着我。算了，她根本不知道我在说什么。我要是斤斤计较，早活不下去了。

去她家的一路上，她嘴都没有停过，如同一个导游，尽力介绍着这个城市的景点和地标。这和我有什么关系，我又不是来旅游的。她那副自顾自说话的样子，让我觉得非常熟悉。纵使七年空白，我依然可以自如地想起当年她还在的情景。

到门口的时候，我突然间却步，之前努力营造出的平静一扫而光。我将迈进的房子，原本是我理所当然的、亲子鉴定的家吧，爸爸妈妈都是医学上的如假包换。而我十九岁了，从未踏入过这个家门。

门陡然打开，一个六七岁的男孩向我扑来。一看就经过了动员、演习，训练有素的架势，让人想起领导来学校检查时门口那些挥动塑料花、喊着"欢迎欢迎，热烈欢迎"的孩子。他是我弟弟，来之前已经被做过了心理建设，要有姐姐的样子，大人的心结，不能拿弟弟出气。对了，我忘了说，他们私奔的第二年春天，又生了一个孩子。也就是说，我妈抛弃我的时候已经怀孕了。多么完美，新的孩子已经来了，旧的还有什么可留恋。她每一次都是怀着同一个男人的孩子奔向新生活的。刘雨刚优秀的繁殖能力也是让人佩服，不管在多么不合时宜的当口，他都能精准地入侵她，恶毒地发送一枚精子，变成我，变成弟弟，让他的女人以生育的方式和他建立紧密的羁绊。不被祝福的恋情，勾引有夫之妇，两次狗血的相遇，都以怀孕达到不得不有个转折的高潮。

"你叫什么名字？"我故作亲切地问。

"刘凯新。"

真难听。刘雨刚、刘凯新、张涵，听起来八竿子打不着，一点关系没有。我想起高中开学的第一天，老师点名，一个女孩叫刘涵。听到那个名字我心一惊，如果不是阴差阳错，我也应该是刘涵吧。

客厅不大，有一股贫贱夫妻百事哀的衰朽的味道，廉价的空气净化液把那味道吞噬了，但是还残存了一点点，被我捕捉到了。

沙发上坐着一个没有必要描述外貌的男的。仔细想想他当时也就四十多岁，却有一种非常苍老的姿态。我不得不承认，我曾经无数次在想象中描画他的样子，这个 DNA 上的父亲，我对他没有正向的情感，却充满了好奇。我以为他一定非常健硕，或者习惯性带着吸引低级女性的邪魅狂狷的笑容；或者喷着廉价发胶，把头发弄得硬邦邦的自以为很帅；或者就算长得不济，也应该目露凶光，有个亡命徒的样子，可是他竟然就是个头发稀疏的中年人，看起来毫无兴风作浪拐跑别人老婆的能力。他强作慈祥状，却没有一张与之配套的平静的面目，一脸被生活苛待的生硬线条，可以想见平时骂骂咧咧的模样。也没有形体可言，发发糟糟，像一块学徒做出来的不成形的面包。我忽略了时光，我的想象里他一直是二三十岁和我妈反复纠缠的样子。而他现在，已经是个发福的隔壁老刘，一点不像流氓，简直有一种"樯橹灰飞烟灭"的幻灭感。

他站起来，犹豫了一下，竟然向我伸出了右手。然后我那个弟弟也冲过来对我伸出了手，我妈不知是热衷展示一家人的团队意识还是短路了，也过来和我握了握手。难道有记者吗？难道本次会晤要上新闻？竟然会出现一一握手的诡异画面。寻亲电视节目到了这个段落都会哭天抢地，而我们竟然像领导人会面般握起了手。撒手之后，又都有些不知所措，表现得近乎冷场。毕竟我们的主题不是失散和重逢那么简单。

他们的手都不热，也都有点湿，生命气息微弱，散发着一家人的统一质感。我觉得我是个闯入者，摸了三条奄奄一息的搁浅的鱼。

"涵涵，别拘束，就像到自己家一样。"刘雨刚没有看我，声音不大地说。

听到他叫我涵涵，我一个激灵，涌起一股被陌生人无事献殷勤的不适。他的声音像是从鼻毛丛生的鼻孔里飘出来的，可怜巴巴，听着难受，让我想起初中时那个腿脚不太利索的生物老师。他的样貌、声音都让我反感，抛开前情，也不想相信这是我血缘上的父亲。

"就像到自己家一样"，这句待客的套话，用在这儿太准确太精彩了，简直是小说家也想不出的场景，可以分析出一百个微妙的意思。

相顾无言了一阵，还是我妈一惊一乍地带我参观了整间房子。两居室，比起我和爸爸现在的家，寒酸了太多。他们看起来像三个受害者，带着我参观他们并不宽裕的生活，我好像是代表我爸来访贫问苦的。所有关于奸夫淫妇的刻板印象轰然倒塌，一对私奔的男女，难道不该过得放纵糜烂、腐化堕落吗？可是他们竟然活成了一对可怜虫，像一对老实巴交、安分守己的中年夫妻。这就是妈妈背井离乡飞蛾扑火重新选择的生活吗？她应该早就追悔莫及了吧！这日子简直像一块嚼了一天的口香糖，无味到令人想吐。人有时候会产生非常上不了台面的小心思，某个瞬间，我

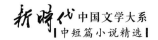

脑中竟划过一丝庆幸：没有带着我一起跑，没把我拉进这拮据的生活，留我和我爸吃香的喝辣的算掏着了。

餐桌上，妈妈对我异常热情，几乎指着每一道菜都说是特意为我做的。还有据说我最爱吃的爆炒鱿鱼，我有点模糊了，最近这些年都是爸爸做什么，我吃什么，我最爱吃的已经变成了番茄牛腩。按说，我重新吃到妈妈做的菜，应该瞬间被拉回童年的记忆。然而好像我的味蕾都失忆了，嘴里的味道那么陌生，像是正处在一个新开张的餐厅，迎面而来的都是新的刺激。对面坐着一个六岁的男孩，上下唇迅速的碰撞表达出他的津津有味。这是属于他妈妈的味道，属于这个三口之家的味道，这间房子不大，却装满了他成长的印记，这里从未留下过我这个不速之客的蛛丝马迹。我，一个素未谋面的陌生姐姐，一个遥远而难缠的客人，一个他们复苏良心的安慰剂，他们一定早和他说好了，要对我好，对我笑，让我乘兴而归。

可能是房间的采光不太好，每个人的脸都很黯淡，他们都是满面尘灰烟火色；也可能是错觉，我觉得他们都很累，连小小年纪的刘凯新脸上也有疲于应付生活的沧桑。他长得像妈妈，眉眼浓重，鼻梁高挺。按照这个逻辑，我应该像刘雨刚，但是我不敢仔细看他，我希望他在我心里模糊着。

我们一家人整齐地坐在一起——不幸的是——已经太晚了。我与他们仿佛一个整体，却横亘着一道看不见的结界。尴尬的儿女双全，我比任何时刻更感到自己孤苦伶仃，我其实非常多余，我不应该被生下来，当初如果我妈把我做掉，老老实实等着刘雨刚回来，正常地结婚，生下刘凯新。而我爸也可以不出现在他们的故事里，他年轻时喜欢过她，然后她嫁给了一个流氓，他也许会难过一阵子，但是很快会过去，然后他会遇到一个真心喜欢他的女孩，有一个属于自己的孩子。这样两家人毫不相干，各过各的日子。只是这貌似完美的方案里，我消失了。我虽然很努力，也挺聪明，可我到底是个有点多余、给所有人埋下不幸悬念的孩子。好可惜！

晚上，妈妈底气不足地询问是否可以跟我一起睡。我拒绝了，不是多么恨，或者故意冷淡她。而是可以预见的窘迫让我没有和她亲热的勇气。况且，他们只有两间房，我和她一起睡，难道要睡在他们夫妇的大床上吗？我无法允许自己踏足那个男人的私人领地，不能坦然躺在他睡过的床上，我们之间必须有清晰的界限。

妈妈讪讪地走了，我理解她急于与我亲近的心，却也替她感到狼狈。如果我同意了，我们难道要互相搂着一秒睡去吗？如果不能马上入睡，要说些什么呢？只有些不咸不淡的话可说吧，如果真敞开心扉，哭一夜可能都是不够的。

我自然失眠了，躺在弟弟的单人床上，感到一种意念中的浑身瘙痒。妈妈说床单都是特意新换的，但我还是忍着抓狂钻进被窝的。睡在别人家的那种不适应席卷着我，即使我努力做到刘雨刚说的那样——像在自己家一样。他们一家三口挤在隔壁，以显而易见的低姿态表达着对我的歉意。我在这儿像个钦差大臣一样被敬着，却时刻体会着如芒刺在背。我知道，此刻自己是不由分说的VIP，即使现在起身到他们房间去砸东西，那所谓的父母也并不敢呵斥我。可这可悲的VIP，是拿举目无亲换来的，我曾经被弃之如敝屣，曾经像一只旧拖鞋被轻易抛弃。不管是他们，还是我，都不知道如何拿捏那种假装亲昵的分寸，以显示我们可以忘了过去。

第二天傍晚，刘凯新坐在写字台前做数学题，据说为了迎接即将到来的小学生活，学前班都开始有作业了。我看见他的屁股在椅子上挪来蹭去，一会挠头一会吃手，压根无法沉下心五分钟。我竟有些优越地想起"蓬生麻中，不扶而直。白沙在涅，与之俱黑"。他大概不会太爱学习吧。

一礼拜终于度日如年地结束了。临走时，妈妈把我拽进卫生间，塞给我一万块钱。那沓钱是连着号的新票，显示是特意准备的。她说那是她和刘雨刚的一点心意，让我上了大学买点可心的东西。我和她推搡了半天，彼此的手都有些红了。我觉得她好像要哭了，于是我的手软下来，把钱捏住了。

收下钱，她和刘雨刚战战兢兢把我送到机场，不知是否为这救赎团圆之旅的圆满结束长出一口气。我想象着他们回到家瘫倒在床上、终于不必再强打精神的松弛模样。不仅他们，其实我也是小心翼翼的，那个家好像很普通，却让我觉得每一个细节都不对劲。我们根本就不是一家人，都在克制自己容忍对方的奇怪，所谓对方，是指我和他们仨。十二岁时，我以为我会终生恨他们。直到一周前，我还非常鄙视他们。但是那一刻，我没办法统计出心里有多少个情绪，这对琐碎、邋遢、不敢招惹我的夫妻，我的价值观告诉我，他们是一对烂人，可是我竟产生了巨大的怜悯之情。但是我的愤怒还在，我感到胸口有一个冷风嗖嗖的窟窿，挤压着年深日久的寒气。

飞机慢慢滑行至跑道，我忽然发现自己在哼歌——终于可以走了，我是一个幸存者，逃离了他们家。我打开前座靠背里塞着的杂志，我需要读一些字，不管内容是什么，我不想思考。

8

"你们家人怎么样？"爸爸问得平静，我却觉得听出了一丝幸灾乐祸。

"他们家就那样。"

"你觉得你长得像刘雨刚吗？"

"他真的特别丑。"

我好像在爸爸脸上看到一抹得意之色，但也可能是我想多了。谈起那家人时，我的心态变得十分复杂，有一种家丑不可外扬的羞于启齿。

"人家一家人和和美美的，你会有些不是滋味吧。毕竟这些年没有共同生活，你可能会觉得有点别扭。你上飞机她给我来了电话，说感觉你有些拘谨，说你真像是我的骨肉，和我一样又聪明又刻薄，说话不那么招人喜欢。"

"我觉得他们特别可怜，房子那么小，俩大人看起来孱弱、无能，孩子也就那样。"

"你这都是什么逻辑？听来听去都是物质生活不好、人长得不好看，你怎么这么势利？难道他们住大别墅，你就觉得自己吃亏了，应该早点去投奔？你所谓的优越感竟然是人家物质条件不如咱们？他们要是真过得那么不好，你妈怎么不回来啊？至少她真没你这么嫌贫爱富！"

"我嫌贫爱富也是你教育出来的。她也得有脸回来啊！我的优越感难道不是因为他们是一对地地道道的小人吗？"

"不要这么说你妈！我挺佩服她的。至少人家追求真爱的时候是真果断，敢顶着坏女人的名声。道德不是法律，并不是完全不能超越的，比如为了爱情。爱情让人一往无前。我后来仔细想了，我们可能一直挺貌合神离的，只是我当时不敢往深了想，不敢面对，一直在伪装某种其乐融融。你妈叽叽嘎嘎和我说的事，我都觉得没什么意思；我感兴趣的事，我也不会跟她说。别人送我两张画展的门票，她说我得请她吃顿好的，才肯陪我一起去。我一直回避我们精神世界的不匹配。我对她，既奉若神明又居高临下，我没有真正在乎她在想什么，觉得她只要美就足够了。你想想，那是十二年啊！她和我过了十二年，还是不计得失地和刘雨刚跑了。说明她舍得，她知道哪个更好！可能她和刘雨刚确实更合适，他们之间才有交流，才有真正的吸引和理解。"

"灵魂伴侣，是吧？他们哪有灵魂，他们就是被肉体左右的人。别反省了，都是受害者太爱自我反省，坏人才越来越猖獗的。"

"我说过，咱们别把自己放在受害者的角度想问题。你失去的永远不可能是全部。你妈很单纯，单纯的人有时候能更坦然地面对自己的内心，包括不好的企图。我当然也翻来覆去地恨过，但是我后来明白了，她吸引我的就是那份天真，她就不具备瞻前顾后、患得患失的能力。一个成年人，别人为了责任和你继续在一起是一种羞辱，我又不是不能自理，没理由不让她走啊。虽然听起来不太周全，但她有权利追求自己的爱情。你是以一个标准形象要求她的，含辛茹苦克己复礼，但是这本来就是一个虚幻的、过于严格的标准。谁也不会得到教科书式的母爱。谁规定的妈妈一定要陪在身边？妈妈也有自己的选择，不能陪在你身边的妈妈也是妈妈。"

"我不是成年人！我不能自理！而且她追求的什么爱情，日子过得稀巴烂，还生个孩子叫凯新，是有多不开心，才要这么心理暗示！"

"你怎么知道人家不开心？没有很多钱，并不意味着不开心。人家守着自己的爱人，也许非常满足。其实我并不想听到她过得不好的消息。她可以走，但是刘雨刚毕竟我也认识，好像是差了点意思。"

"你刚不是说他们才有交流？"

"能交流的大有人在啊！不是我，也不该轮到刘雨刚，在能交流的人里，也能找到更好的。行了，咱俩别在这儿马后炮了，你妈自己不后悔就行吧。一个没什么能耐的大美人，她根本不了解这个世界；或者说，没能耐的大美人都是人到中年不那么美了，才知道世界的本来面目的。不过你看，她看人也不是一直不准，至少她看准了我是一个好人——她坚定地相信我会善待她的心肝宝贝。"

"她哪有心肝？她这是不负责任。"

"她真没有心肝就好了。每一个你觉得草率的决定背后，都可能有撕心裂肺的煎熬。她快刀斩乱麻舍的是我，你始终是她的心病。你妈真不是坏人。你忘了，你小时候咱们家二楼老头养的猫把麻雀咬死了，你妈还带着你去安葬小麻雀，她挺善良的。"

"你意思她对我还没对那麻雀好呢呗？"

9

几天后我们就去海边玩了。我好像对水边并没有特别的感受，爸爸似乎对江河湖海情有独钟。十五岁时的十一和爸爸一起去杭州，长假的西湖边人山人海，游湖的船上黑压压全是人头。爸爸试探地问我是去排队还是再等等。我说你给我买个冰激凌，吃完咱俩回宾馆吧。

当然，我还是在作文里把西湖美景大书特书了一番，对着苏堤、白堤、雷峰塔一顿抒情。我一直挺擅长写作文的，有一套勇敢的修辞技巧。我记得唯一写得有点艰难的一次，是赶上作文题目是《我的妈妈》。

夏天的北戴河竟然不热，吃海鲜、玩水也算是惬意的。我不会游泳，学了两次都以鬼哭狼嚎的喊叫告终。我坐在岸边看着水里的爸爸。他穿着我选的大花泳裤，看起来还是有些老了，肩膀和手臂都有点松弛，即使是背影，即使他不胖，依然和年轻人的紧致差异明显。

说好了第二天早晨去看日出，我们却默契地睡过了，他来敲我房门时已经八点多了，既然已经错过，就索性继续睡吧。如此恶性循环晚睡晚起了四天，吹吹海风吃吃海鲜，好像看不看日出也不那么重要。

书面语一般说海水是蔚蓝的，但是我觉得我看过的每一片海颜色都不太一样，一滴滴近似透明的水汇在一起，组成了各种微妙的颜色。按照那种很肤浅的联想，爸爸喜欢海大概是他有大海般宽广博大的胸襟吧。爸爸的确比我更享受这次旅行，他说这也许是我们最后一次一起旅行了，我长大了，会有自己的朋友和世界。我觉得他有点煽情了，我们的日子还长着呢。

海滩上拿着立拍得相机的商贩吆喝着生意，十块钱一张。

"给你们爷俩来一张吧？"

于是我们来了一张。

"都不爱露牙，爷俩一模一样。"照相的一手交钱一手交货，不忘对我们拍照的表情即兴点评。

我看着照片，也觉得我和爸爸一模一样，并且想起了一个风马牛不相及的例子——《葫芦娃》。七娃被蛇精、蝎子精养大，所以不认爷爷和六个哥哥，被蛇精的三观操控了对世界的第一反应。这样比我就成了七娃，我爸就成了妖怪。

临走最后一天，我挣扎着起来看了日出。爸爸以不容置疑的口吻要求我务必完成这项任务，说是要以一个温暖的日出结束我的毕业旅行。

睡眼惺忪地来到公园，比当年杭州的情形还吓人。天空没有几颗星，黑暗中，四处是只有轮廓、看不清面孔的人影，看来不辞劳苦也要逮住太阳上班的人还真是不少。我望向远处的大海，其实是一片隐约的深蓝。如果四下无人，可能还会有种寂静的美，可在百十来号人并不安静的注视下，我感到的只有焦躁和困倦。

当太阳像一个金色的气球蹿出海面时，我和爸爸异口同声地说，好圆啊！在周围激动地喊叫声中，我们竟然同时奇葩地先注意到了形状。

太阳桀骜、自带节奏地离开了大海，橘红色的光一层层铺洒在海面上，那的确是不可思议的景象。仿佛的确是一种强大的明亮和希望，君临天下般战胜这残夜，是严格意义的光芒万丈。

很快天就亮了起来，几乎算得上不由分说。好像瞬间的痊愈，黑夜荡然无存。周围原本模糊的面孔清晰起来，在短暂的激动过后，大部分脸上浮现出倦怠，甚至有怅然若失的神色。我和爸爸静静朝海边走去，轻微的浪打湿了小腿，我们有一搭无一搭地闲聊着。无外乎嘱咐我到了大学别和同宿舍的人太计较，花钱也不必太节省，学习可以适当放松但是要心里有数之类的。一只喜鹊飞过来，停在离我们大概五六米远的地方，它叽叽喳喳，两条细腿小范围来回溜达着，仿佛念念有词，把爸爸的良苦用心用鸟的语言重复了一遍。我们不敢贸然移动，怕喜鹊飞走。

爸爸忽然说："我想吃咸鸭蛋。"

"你看日出时候想的吧，我也想到了鸭蛋黄。"

10

我大学四年，谈了俩男朋友。爸爸支持我恋爱，一改高中时的严防死守，变成了青春岁月不花前月下着实可惜的开明嘴脸。然而他对我选的那俩人都嗤之以鼻，他说一看就是没什么根基的东西，不值得托付。有一天他指着电视里播着的矿泉水广告问我，那个小伙子长得怎么样。我一看是王力宏。

"当然好看了。"

"要是他追你，你能甩了现在那小子吗？"

"能啊！王力宏当然行啊。"

"那我想想办法，看能不能联系到他。他叫什么？"

"王力宏！"

一度，他和他们艺术馆一个收集少数民族民歌的女的出双入对了一阵。那女人比我爸小九岁，也是离异。我爸屁颠屁颠陪她田野调查，也是相当投入。不过最后，女的着急结婚，软硬兼施，我爸忽然就嫌烦了。据说一个人独惯了，很难和另一个人再组装成一个统一思想统一行动的整体。

大学毕业，我被保研了，只是把行李打包好，寄存到学姐的宿舍，等到开学再搬到研究生宿舍。原本大三时也想过毕业要留在北京还是回家，如今继续上学的机会送到眼前，好像抉择就可以再拖三年。每每面对未来，我都思前想后，全然没有我妈的果敢。

本以为可以轻轻松松玩一个假期，还计划了和本科的同学去旅行，可是又被我妈给搅和了。我上大学时有了手机，还是当年颇为流行的诺基亚蓝屏8250，我妈隔三岔五会给我发一些不痛不痒的短信，有些就是那种转来转去的段子，有些是只要敷衍便可回答的"注意身体""要穿外套"一类的叮咛。在我常常莫名想哭的青春期，她一直缺席，我第一次来例假她不在，我的第一套内衣是姑姑给买的，我从一米三五长到一米六五，她不曾看见。我一米六五三年了，一夜不睡依然红光满面，二十出头，刚刚变成了一个大人，身体好到了人生的巅峰，她让我注意身体。雪中送炭的时候不见人，这锦上添花的关怀对我又能有什么意义？

她得了乳腺癌的消息是爸爸告诉我的。大概她缺乏通知我真正消息的勇气，奇怪的是她好意思告诉我爸爸。人有时候很神奇，吃柿子拣软的捏，一捏就敢捏一辈子。她觉得她对我无比亏欠，对爸爸却定性为不过是有点突兀的好合好散。

爸爸勒令我立马回家，坐第二天的飞机去看妈妈。不知是出于什么心理，他订了两张机票，和我一起去。

"你是去看笑话吗？"

"住口。"

我站在病房门口，不想进去。几乎已经确诊了，还有个小检查要做。

爸爸拉了拉我的衣角，我还是没动。他把我叫到楼梯间，没有说话，给了我一巴掌。我十二岁之后他第一次打我，也没有多疼。

然后我默默跟着他进了病房。

妈妈已经垮掉了，她的眼角、法令纹、整个人都耷拉着，据说从来没感到过有什么不适，一发现却已经是晚期了。

刘雨刚和刘凯新都在，再加上我和爸爸，好像迅速勾勒了妈妈的一生。由于场合特殊，没有人表现出尴尬。妈妈吃力地朝我们笑了一下，我以前一直觉得她最让男人无法免疫的就是她的笑，特别完整，特别灿烂。而这个笑容很是勉强，几乎是哭的另一种表达方式。她还是不擅长掩饰情绪，绝望爬了满脸，有一种不会好了的气息。她的两任丈夫和两个孩子平和、友善地站在她旁边，仿佛她全部的爱和任性都已被接纳和原谅。可是她拿人之将死换来的，这看似和解的时刻，她只能靠在医院灰扑扑的枕头上，谁也无法真正体会她的疼痛、疲惫和孤独。

我当晚查了资料，网上说即使是晚期的乳腺癌，也有人又活了十几二十年。化疗、放疗虽然要遭罪，却不是没有存活的希望。

然而一直咋咋呼呼的妈妈迅速地死掉了。我开学不到一个月，就请假奔赴她的城市，去参加了她的葬礼。医生说发现得太晚了，治疗方案刚定下来，就又发现了脑转移。她有时表现得很积极，说相信自己会战胜癌症，有时候又说太煎熬，想直接跳楼。呕吐、头晕，后来不断晕倒，神志不清，越来越嗜睡。据说在弥留之际，她不让刘雨刚给我打电话，说不想我看到她不成人形的惨样，希望我记忆里一直是她年轻时的模样。

可是我还是看了她的遗体。在太平间冰冷的铁柜子里，她整个人变得干瘪而黄，好像头发也不似原先的黑亮，我不知这是人断气后的相同症状，还是癌症夺走了她发丝的光亮。在那个小格子里，她的脸如同戴了个失真的面具，是真正意义的死气沉沉。她好像一个陌生的大婶，筋疲力尽，僵硬又冰冷，不是我记忆里盛放的妈妈。那个被爸爸比作叶塞尼亚的女人，那个狠心抛弃我们去追求真爱的人，那个最炙热的人，就这么冷了，没有活过五十岁。

刘雨刚说，她的最后时刻曾经反反复复断断续续地说，要把连衣裙留给涵涵。他不知道说的是哪条连衣裙，也不确定这是她清醒时最后的托付，还是已经是意识模糊的胡话。他有些怯懦地看着我，说这段时间太忙了，等整理出来，如果有连衣裙，一定会给我。即使是这样悲伤的时刻，我们也忘不掉彼此的生疏。他在我心里始终是个扁平、混沌的形象，永远也无法立体、真切起来。

我也不知道什么连衣裙，是我十四岁同桌穿的那条？还是十八岁忽然流行的那条？我都曾默默希冀，却没有对任何人提起。面对这个世界，我早已有了深深的自知之明。我张嘴爸爸会买给我，但是我知道我不该享受得那么仗义。

难道她知道欠了我多少条连衣裙吗？她已经死了，说这些又有什么意思。

她的葬礼非常热闹，我、我舅舅舅妈，我们像外地的亲友团，被观摩和议论着。除了刘雨刚和刘凯新，我谁也不认识。那些可能是妈妈生前有着亲密关系的朋友、同事，与我毫不相干。我们是一对早已没有共同世界的、名义上的母女。我听见他们小声称呼我为"和前夫生的"，他们都搞错了，不是同母异父，我妈这辈子可忠贞了，她只为一个男人生过孩子！我觉得有点好笑，那个安详躺在棺材里，并不富裕又并不长寿的女人，看起来好像一事无成，却有着这么搞笑的秘密。她其实是个特工！一个打入我爸家内部，又全身而退的特工。

刘凯新眼睛像两个烂桃子，作为更名正言顺的孩子，他也并未被命运优待。他只有十一岁，就彻底成了丧母的孩子。比我当年还要小一岁。

爸爸也来了，他没有去葬礼。他说其实该送最后一程，但万一是添乱就没劲了。

我回到酒店的时候，他已经喝了不少。桌上一瓶古井贡，只剩三分之一了。

"我买了店里最贵的酒。清醒太难受。"

"你觉得她是不是特别负疚？所以积郁成疾了？"我也喝了一口。

"我听过你和你男朋友打电话，你骗人的技巧和哄人的手腕都是一流的，和你妈一样。你还读了那么多书，不是自以为是，你是真行。你妈没什么文化，自负都建立在幼稚上，我挺喜欢她那种无知而富有主见的劲儿。她以为她弹无虚发，她其实都脱靶了。你是升级版，你更厉害。但是你们最大的短板就是，你们其实挺有良心的，你们绝对受折磨。你妈没得选，她真爱刘雨刚，你看刘雨刚看她的眼神，你必须承认，他们之间有爱情。她是为爱情跑的，她跑的时候肯定血脉偾张，可能还笑出了声。但是跑只是一个时刻，跑了之后，她会不断地想，不断地检讨自己对不起你，对不起我。她绝对受着良心谴责。"

"我也是啊，我没有一天不在谴责她！我小时候好像诅咒过她得癌，可她真癌了，我又特别后悔。"我哭了。

"不管她是不是骗了我，根本没喜欢过我，但是她是你妈妈，你小时候不睡觉整夜哭，她就整夜抱着你，腰都累坏了……她没有陪伴你整个童年，但是她始终爱你。"

"别人家妈妈不都这样嘛！你什么时候这么艺术人生范儿了？"

"我后悔没把你早点还给她，我觉得她过不去的主要是没陪着你。这事可能最折磨她。"

"你是懒得再恋爱，再生孩子吧，万一再被骗呢！我听说外国人好像喜欢这样，他们不介意孩子不是自己的，说不用自己忙活完还得等十个月了，来了个现成的，前人种树后人乘凉。"

"哎哟，你怎么这么愚昧啊，跟那《大清炮队》里的清朝老百姓似的，觉得外国人腿不会打弯！他们是懒啊还是傻啊？孩子都麻烦别人生？人都差不多，外国人也不是神经病，还是想要亲生的。"

"《大清炮队》？干吗的？"

"一电影，刘晓庆演的，你小时候看过。"

"那你干吗不要个亲生的？"

"计划生育啊！再说不是装作你就是亲生的嘛！"

"那不计划生育，你要吗？"

"当然了。"

"那你对我和对他会一样好吗？"

"至少表面上一样。我也是有城府的。"

第二天我俩眼睛全肿了，我不知道我们聊到了几点，哭了多长时间，我爸又喝了多少。我失去了妈妈，他失去了唯一和他领过结婚证的女人。

11

我博士二年级时，我爸得了癌症。

我周围的同学基本都是父母双全，我们好像根本没到要面对父母离世这件事的年纪。接连遭遇两个癌症，我真觉得自己是天选之人，二十几岁就一次次和命运短兵相接。

好在是早期胃癌，只要切除彻底，五年之后不复发，就算基本脱险了。

然而我爸和我妈表现出的绝望不同，他非常崩溃，以近乎亢奋的方式表达着自己的不甘心，用前所未有的反常释放出巨大的能量。

"别人女儿听说家长得了癌症都会号啕大哭，你竟然如此冷漠！因为我不是你亲爸爸对吧？你这个孽障！"他手握病历对着我大喊。

"你很快会康复，你只要把手术做了，好好吃饭就会好的。"

"放屁！好好吃饭就会好的？癌症，你知道什么叫癌症吗？我得了癌症！"

"别人女儿知道，别人女儿号啕大哭，觉得得了癌症就肯定活不了了，对吗？我是博士，我比她们有文化。我可以负责地告诉，你八成死不了！"

"我怎么早没看出来你是个白眼狼！"

"你现在到底需要什么？希望受到怜悯吗？因为我没有哭哭啼啼地同情你，让你感到不悦了吗？"

"没一个好东西。"他瞥了我一眼，健步如飞地走了。

这样的咆哮一直持续到他手术前一周。仿佛破罐破摔，他一改之前的彬彬有礼，以各种歇斯底里博取我的关注。他甚至无来由地对我大喊："你为什么越长越像刘雨刚？"妈的，我要是真越长越像他，我也没有办法啊！比如他让我倒杯水，如果我十秒钟没有起身，他就会厉声指责，对我军事化要求，令行禁止。我都怀疑他是不是得了躁郁症，过几天胃癌割掉了，这个躁郁症可不是那么容易好治的。但是我也理解他，自小没和他分开过，奶奶说我性格像他。我们都是孤僻的人，用教养掩饰内心深处的喜怒无常。看起来很好相处，其实非常挑剔。如今，他怀疑大限将至，再不放飞自我，大概来不及了。

直到手术即将来临，他好像才认清形势，平静下来。他把存折和银行卡都找了出来，一一写下密码。

"万一我下不了手术台，你就都取出来存到自己名下，不要告诉男朋友。你奶奶需要钱的时候，你自己衡量着给，觉得超出承受力也可以拒绝。我要是下来了，你主动还给我，我还要挥霍！"

"哎呀，别一副金山银山的架势好吗？就这么点遗产也好意思交代吗？还是再多赚些一并给我比较拿得出手！"

手术预料之中的成功，我想起我高中的教导主任就得了胃癌，切了三分之一，休息了俩月就回来上班了，体罚逃课的男生时依然孔武有力。冥冥之中，我预感爸爸不会什么事都不顺，既然是早期被发现的，就该顺利被切除。

之后的寒假，我陪他去了法国和荷兰。他说他画了一辈子油画，却只是早年被组织去过一次意大利。欧洲那么多博物馆、美术馆都没有亲眼见过。他说，在画画上他没什么天赋，少年时有过狂热，工作以后就变成了讨生活的营生，如今都快以所谓画家的身份熬到退休了，还是要去看看真正的艺术。

然而整个旅行对我如同噩梦，如果说有什么比我妈不告而别对我刺激更大，那就是这次旅行了。他一路或是抱怨我订的酒店贵，或者嫌便宜的酒店小，每天吃早餐都要拿走一袋糖——理由是怕自己低血糖晕倒，以备不时之需，虽然他根本没有这个病。在卢浮宫、奥赛、橘园、蓬皮杜，他瞻仰大师之余不忘以眼神维持秩序——对大声喧哗的国人挨个投以不忿的目光。我订了红磨坊最前排的票，可以边吃晚餐边欣赏无上装的康康舞，这个号称喜欢劳特累克的家伙却在抱怨芦笋煎得难吃。在阿姆斯特丹，我问他要不要来点大麻，在荷兰咖啡馆里吸大麻合法。他暴跳如雷，怒目金刚地瞪着我："你太让我失望了！我辛辛苦苦培养你这么多年，到头来你还是个流氓，竟然说出这么无耻的话！"他的脸因愤怒而变形，像是已经偷偷吸完了。在海牙莫瑞泰斯皇家美术馆，他觉得一个外国老头插队了，企图用中文和人家理论理论。整个旅程，他身兼纪检委和纠风办，对我以及全世界的不文明现象展开了激烈的批判。我非常怀疑，医生把他长了肿瘤的胃切掉了一部分，是不是还顺道加了点什么。这个总是嘟嘟囔囔的人，真的是我爸爸吗？

矛盾在回程的飞机上到达巅峰。空姐来发水，他要了香槟，我不渴，就什么也没要。

"你怎么什么都没要？"

"我不渴。"

"你要一杯。"

"我不想要。"

"你要一杯，备在这儿，万一我要喝呢！"

这时候发水的车已经走到后一排了。

"人家问我要不要，我说我不要，现在要我追着去要吗？你渴了我再给你要呗，水随时都有。"

"你怎么这么做作？我不就是不懂外语嘛，让你要杯水，就这么费劲！我可真是不配给你当爸，也不能给你当爸了……"保守地说，我省略了三四百字吧。

我没接话，只是在心里说：不当拉倒。那时候我觉得自己没错，即使我应该对你感恩戴德，你让我不爽我也有权不配合。坦白说，我挺想要一杯水泼到他脸上的，就当养育之恩涌泉相报吧。

12

并没有什么涌泉相报的机会。四年后，胃癌没有复发，爸爸死于酗酒过度引发的心脏病。

毫无预兆，没有留下只言片语。他去世的那晚，我正在看话剧《恋爱的犀牛》。已经是换过多少轮演员的老戏了，起初我迷恋那文艺而美的台词，后来我忽然觉得马路像爸爸。我坐在剧场里哭了。我不知道具体在哪个瞬间他不在了。

整理他的遗物。他的衣柜里一切按颜色分类，整整齐齐，像他自律、克制、单调的人生般一目了然，没有冗余。这个家已经二十几年没有个女主人了，我始终是个四体不勤的小崽子，里里外外都是他一个人操持。

我想起我们唯一的一次出国旅行。在蒙马特高地的小丘广场，他看着一群热闹的肖像画师在做游客的生意，不无自嘲地说："我要是在这儿摆个摊，不知道能不能开张。"还有他执意要去的拉雪兹神父公墓，要去看埋葬着肖邦、王尔德、巴尔扎克的地方。由于看不懂园区地图，我们原计划两小时的公墓拜谒之旅变成了一个上午。在顺利找到了莫里哀之后，我彻底迷路。这里虽然有众多的名人墓地，却埋葬着更多普通人。细想有点滑稽，为了寻找名人，我们在普通人的墓园焦急地穿梭，好像即使死也有明显的区别。终于找到了王尔德。我曾在电影里见过他的墓碑，斯芬克斯的雕塑，被密密麻麻的唇印包裹。据说有一位女士情不自禁亲吻了他的墓碑，然后全世界的人都受了启发，要把香吻献给王尔德。过剩的爱总会变成一种负担，饱含深情的口红腐蚀了他的墓碑，花了九千欧元清洗、修复后，墓园决定用玻璃挡板隔离了墓碑。贫病交加、寂寥地死在巴黎拉丁区一个小酒店里，死后迎接着四面八方的一往情深，好不荒诞。面对着已被修整干净的墓碑，我想起他说过，"人生是一件蠢事接着另一件蠢事，爱情则是两个蠢东西追来追去。"这话简直是特意对我爸说的。他还说，"二十年的浪漫使一个女人看起来像一座废墟，二十年的婚姻使她像一座公共建筑之类的东西。"这句好像为我妈准备的，和刘雨刚二十多年的孽缘，两段加起来二十多年的婚姻，她既像一座废墟，又好像是一座公共建筑的废墟，那场浪漫的私奔最后也不过是一桩柴米油盐的婚姻。

告别王尔德，继续抓狂地面对地图寻找肖邦。沿路我看到一个中年女人手扶墓碑默默流泪，对于我们这可能是个庄严的景点，对于她却是长眠着亲人、生死两隔的地方。那段时间热爱气急败坏的爸爸却平静地走着。他默默地看着一座座墓碑，感慨着这个墓碑好美，那个逝者太过年轻。我一边不信邪地研究着公墓的地图，一边等他，却见他在一座墓碑下驼着背、一动不动。看名字，那墓属于一个女孩，生卒年份相减的数字仅仅是七。墓碑上的雕刻是一双手，展开的手像一双翅膀，轻轻托着一颗蓝色的珠子。难道法文里也有掌上明珠这个词？我看了一眼爸爸，他已经泪如雨下。

我意识到自己是个无赖，一直有多么自私和放肆，在他那么脆弱无助的时刻，我却全无体恤之心，要求他永远温和得体。而我，这个来路诡异、假冒伪劣的私生子，却一直心安理得地做着他的掌上明珠。我一直记得我妈欠我的，却选择性地忘了我欠我爸的。我竟然从没有认真想过，作为负心人留下的野孩子，他是以怎样的胸怀对我呵护备至，我哪来的底气对得了癌症的他挑三拣四。他默默消化了爱恨情仇，我却要求他时时刻刻保持优雅，即使和死神擦肩，也不能有一丝松懈。许多年前，我说"我会为你养老的"，结果我有恃无恐啃老读到博士，不曾有过经济上的担忧；我大学离家后，只在寒暑假短暂地回去。十几年他孤零零一个人，告诉我要襟怀广阔，而我心里只有自己，近之则不逊，远之则怨。他先是被我妈扔在半路，又被我渐渐忽略。我们真是一对背信弃义、赶尽杀绝的母女，我曾经轻蔑她的利己，却终于发觉我们如此相像。我好像看到了遗传的力量，我到底是我妈和刘雨刚亲生的，别人对我的好照单全收，别人稍微自我一点，我立马翻脸，我的基因里带着遗传的缺陷——自私、冷酷。我一直以为，父女一场，我给予爸爸的是克制里的深情，而其实我只是一只白眼狼。爸爸的整个人生被我、我妈，还有这不讲道理的生活彻底围剿。他原本可以丰富辽阔地生活，却被我们紧紧禁锢，变得可以轻易概括—— 一个沉默的好人。多少次泣不成声也遮掩不了我的无耻。但愿有来生，我们能做一对名副其实、血脉相连的真正的父女。愿他那时可以长寿，给我机会报以搀扶和陪伴。

虽然那个提供精子、血浓于水的刘雨刚还依然安康，可是我心里空茫一片，切实地感到双亲死去溃不成军的悲恸。从此，我是一个彻头彻尾的孤儿了。

新 锐 作 家 卷

小铃铛的算法人生

文 珍

整个十一月份小铃铛都在买买买。

她甚至从九月份就开始加购物车了，倒是不太用亚马逊或者网易海淘，基本只光顾某东某宝，最近两年还加上微店和小程序。没办法，消费诱惑实在太多，方方面面无孔不入。世界充斥着各色广告，哪怕看自媒体娱乐八卦，读着读着画风也急转直下，不是卖包包口红，就是卖吹风机减肥仪，要么就是对东亚女性永恒有效的美白护肤广告，也不知道那些网站怎么就能根据大数据精准算出一个人想要什么，又最可能对什么动心——在上班、开会、出差高铁上，随时随地可纵身投入一个人买买买的战役。铃铛妈有一次十一月下旬从老家来北京小住数日，被家门口每天川流不息的快递包裹惊呆了：自家女儿，真没看出来长大后有这么强烈病态的购物欲！

小铃铛听后只笑笑，暗想自己只是小巫，她妈还没见着大巫呢。她有个闺蜜基本每年都要在各大网站豪掷十几廿万，不光自己买，也美其名曰帮全家买，说网购最省钱。小铃铛有一次"6·18"后去她家里玩，进门就差点被一个巨大的纸箱子绊一跤，打开才发现里面全是没拆开的黑胶快递袋，活像发货仓库。她问这些都是些什么好宝贝。闺蜜看了那纸箱子一眼目光就飞快地收回来，像被什么烫着了：不过就是些……网购的衣服。

怎么不打开袋子试试？

太多了有点拆不过来。先放那儿搁着吧。

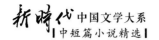

对于一个如假包换的购物狂而言，购物乐趣仿佛仅限于挑选和决定下单的那一刹那。而之后是否能用、好不好用以及退换不合用货品的麻烦则全然不在考虑范围之内。倘若说都市青年女性普遍都被广告洗了脑，中了消费主义的圈套，似乎又太强化性别刻板印象了：事实上，明明男性剁手党也不少，只是血拼领域不同，男性显然更中意名表、电子玩具乃至于汽车用品，消费金额总数也未必就比不上女性。还有一点，就是男性总是偷偷下单，并不习惯狂欢得那么明目张胆；否则闲鱼上也不会挂满了卑微又搞笑的"老婆不让买急售"系列。

而小铃铛历经双十一、返场屠城以及黑五狂欢后，终于短暂发泄完了购物力比多，一天晚上——在没日没夜的下单中赫然发现时间已快进到十一月最后几天，突然在办公室抽屉里发现一张单位老早前发的超市购物卡，小小的荧光不干胶标签写着两千元。以小铃铛在金钱方面惊人的记忆力，她记得里面的钱还没用完。先上网站查明余额——竟然还有四百多块钱。说多不多，也可以在天猫超市买整整一箱日用品了。但购物卡不能线上使用——那么，就再去一次实体超市？可是最近想要买的东西都已经网购了，一时之间也想不出到底需要什么。

就因为这事先筹划的线下购物，小铃铛对学生时代的复古之幽情油然而生。当年刚到北京，她还真的曾把逛学校附近的超市当过娱乐项目。虽然花不起什么大钱，最常购买的东西不外乎广合腐乳，四川自贡盐菜，绿豆和安徽老奶奶花生米——但超市琳琅满目满坑满谷的货架总让她有一种物质极大丰富、共产主义预备提前实现的错觉。学校食堂的北方菜吃腻了，她就在宿舍里熬点绿豆粥放点盐和腐乳，让自己的南方胃得到最廉价温暖的安慰，因此这两样东西消耗得总是最快。

有次她好不容易得了一笔外快，正预备去超市大肆采购一番，在校

门口偶遇同班某君：我陪你去吧，帮你拎袋子也好。

时隔多年小铃铛差不多忘记了那热心某君的名字，却清楚记得那天自己多出风头：在巨型超市如图书馆博物馆一般应有尽有的各种货架间昂首阔步，看到任何想要的东西就直接往购物车里扔，逛完不假思索直接推去收银台结账，等快结完了，一路亦步亦趋跟着她的某君才后知后觉指着收银台上方的招牌提醒道："购物满 99 元送一盒鸡蛋！"——话音未落，就听收银台的大姐说：99.05 元，姑娘你用现金还是刷卡？喏这是送的鸡蛋。

小铃铛这才回眸对某君一笑：一进门就看到那告示了。

某君站在一旁叹为观止，但见她一路闲庭信步随逛随扔貌似不假思索，不料竟运筹帷幄心算如神全然成竹在胸。小铃铛笑得像个不世出的高手：我小学四年级心算竞赛得过全国总冠军。

原来如此。因此学外语外贸的小铃铛在各种买买买的大比拼中，永远能轻而易举地薅尽店家有限的羊毛。——这同样也解释了小铃铛超凡入圣，从不畏惧任何错综复杂的满减优惠政策，甚至有棋逢对手正中下怀的喜悦。比起翻译的本职工作而言，当一名职业买手显然是她更擅长的领域，同时是店家最怕也最爱的那种消费者：每次为了实现跨店满减组合利益最大化，她总不惜花大量时间精力在好几家心仪的店里精挑细选，而下场越久，当然消费数额越高：买家永远不如卖家精。这点小铃铛自然也心知肚明，只是依旧乐在其中：一方面也是因为一个人一旦拥有一项出众天赋，总舍不得藏诸名山，弃而不用。

早先还不怎么流行网购的时候，小铃铛的天赋异禀还只在商场购物计算如何使用返券时初露圭角。大学四年下来，经过若干次在收银台前彷徨踌躇运筹帷幄之后，她终于练就每次去商场就能把前一次的券正好用光的独门绝技。也正因为此，后来同班甚至包括邻班外院慕名而来排成长队哭着喊着求跟小铃铛一起逛街的女生越来越多：那种锱铢必较一分钱优惠都不肯浪费的快感，没试过这种高潮的人永远不会懂得。

至此，小铃铛心算冠军的声名算是无远弗届。可惜她机关算尽，却始终没给自己算到一个适婚伴侣，视之为人生大憾。那位陪她去超市的某君虽对她的心算能力啧啧称奇，从此有事没事常在 MSN 上找她神侃，研二也曾对她半真半假地暧昧过一阵，但小铃铛嫌他专业成绩差又身无二技，一直还在考察考虑阶段，不料他毕业前夕却闪电般追求到了系里党委书记的千金，果然得以顺利留校。小铃铛得知此事后紧紧咬住下唇：没看出来啊！一直还以为是个千年备胎，竟然也是一个算盘打得啪啪响的隐藏同道！

当晚宿舍门口便赫然贴上手写对联：找称心工作，嫁如意郎君。

也不知是不是小铃铛的符箓大法起了作用，舍友们最后的对象和工作当真都找得不错。四个人中倒有两个在毕业两年内相亲结了婚，分头请同学喝了喜酒，连请客档次都差不多：一家在中关村的江南赋，一家在三里屯的张生记，都是那两年炙手可热的高级餐厅。剩下舍长虽然不声不响，却一直在隔壁理工大学有个青梅竹马，毕了业共赴亚美利坚深造三年后，双双归国领了证，也没请客：说是把摆酒的钱用在了去瑞士希腊蜜月游，正是时下最时髦的旅行结婚。

只除了贴对联的小铃铛一直茕茕子立顾影自怜。就仿佛月老给她系绳时开了小差，算来算去没算清绳子那端该系在哪位才俊身上。

她们宿舍毕业五周年聚会选在光棍节当天其实是个巧合。那一年某宝还没有一统江湖，各地小店也并没有争相挂出"马云逼我上绝路，亏本跳楼大清仓"的血泪控诉。出国的俪影双归，没出国的两对也分别要

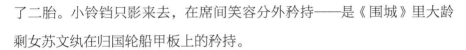

了二胎。小铃铛只影来去，在席间笑容分外矜持——是《围城》里大龄剩女苏文纨在归国轮船甲板上的矜持。

她毕业后在一家外企，虽然工资月月光，但也还算基本够花，不至于寅吃卯粮——业余爱好仍旧是逛街购物，后来就习惯了网购——也好在没结婚，不用养孩子，而且也从来不怕折腾，不间断地买买买，东西放不下了就设法攒钱换大一点的房子，旧的家什出让，又从头开始买家具家电和各种装修材料，如此周而复始几套房产过手，十年之后竟然也积攒了不小的家当，一个人住在市区上百平方的高档小区里，过上了人人称羡的金领生活。

毕业第十年，舍长 A 又号召大家聚会。时间仍沿袭往日传统，定在双十一。

然而今时不同往日，十年之后这一天早已变成购物年终盛典，所有人不买点啥都对不起荷包。小铃铛差点以要留在家中大肆购物为由拒绝，转念又想，这借口太 Low，太精打细算，显得毕业这么多年还没混出来，不好。而且刚买的一身杨幂同款小香风礼服还没机会上身，同学聚会倒是难得的展示机会；以及刚买的那个限量铂金包也正可考考舍友们的火眼金睛——就算有人认出是高仿 A 货，她也留了后手：大可从容不迫报出一个举世无双的低价，同样足以让所有人惊呼一片——就还是答应了。不料打了老远的专车款款而来，刚落座就闹了笑话：她习惯性地问服务员今天有没有优惠，小姑娘翻了个天大的白眼：咱们餐饮业不过双十一。满座粲然，小铃铛倒落了个大红脸，连高仿 LV 都忘了第一时间供上桌了。

一顿饭间，大家都在嘻嘻哈哈地说怎么花钱，不提怎么省钱。小铃铛让她们赏鉴自己的新欢，看了立刻有人说："假的吧？"她还没接话，另一人立刻报出一个比她买的还低三成的价，足以让她急火攻心，当众喷出一口老血。看来舍友们时隔多年，对她的武功路数已了然于胸，早想好了用什么招数化解她满腔喷薄欲出的购物攻略。更可恶的，是以前自称丁克的她们此刻注意力全在各种无聊的婴幼儿产品上。海淘奶粉，严选童鞋，符合国际安全标准的 PU 玩具，男士服饰，老人保健品。人家的购物车俨然藏有整整一个家庭宇宙。比起来，小铃铛的个人购物经不免就显得落伍、幼稚且自私，仅仅达到一人吃饱、全家不饿的消费主义初级阶段。想想看，买那么大的房子有什么用，她甚至没有可以为之花钱的男人和小孩！

聚会结束后她又叫了个车。刚上车，撑了一整晚的巧笑倩兮立马垮台，望着窗外的繁华夜景车水马龙一阵发呆。几分钟后，她拿出手机，打开 App 先给外甥女买了一双比卡丘毛绒运动鞋，又给远在海南老家的爸爸买了件长款羽绒服。给不化妆的闺蜜和自己买了一模一样的韩妆——因为两套满减折上折。路程遥远，还没到家小铃铛已百病全消周身通泰：生活中没什么烦恼是买买买化解不了的。如果还有，那就再买。

紧接着她想起当高中地理老师的表弟可能需要一个进口发光地球仪。常年神经衰弱的二婶收到买二送一的进口褪黑素一定感激涕零；外婆用来按摩腿脚的活络油不必再去香港买了，网购才是店里一半的价，只不知真假；鬓角微霜的妈妈没准想试试据说日本销量第一的纯植物染发膏？美国深海鱼油对爸爸的心脏病有莫大好处；小铃铛热爱的广合腐乳现在实体超市不好找了，上网也能轻易搜到旗舰店——双十一最后一小时，她在脑海里地毯式反复搜索了几遍所有能想起来的亲朋旧友有可能喜欢或需要的东西，一一下单买之。有地址的直接填地址，没问到地址的先寄回自家或爸妈家，再让亲戚们逐一上门认领：爱心普照雨露均沾慨当以慷，既烧了钱，又对双十一的购物数据做出了自己的充分贡献——最后一单是给姑婆买的治疗便秘的澳洲百花蜜，买五赠三，一瓶五百毫升，如果无人可送，保守估计足够她吃六年。

当月小铃铛被自己的花呗账单吓一大跳。往常每月账单金额也不小，但这次格外夸张，是往常的五倍多。看来献爱心刷存在感也不是那么容易的——太费钱了。但她乐意用一次性消费偶尔占据亲友们的心——哪怕只有收到礼物的那一刻念句好，也值了。

一晃到了毕业十五周年。这一年刚过春节，全世界就遭遇百年难遇的疫情黑天鹅，在这样严峻的情势下，国内外网购数字不降反升，物流股价一再创下新高。街道空空荡荡的城市道路上最早重新出现的身影，就是各种送快递、送外卖的小哥。毫不夸张地说，正是他们使得小铃铛和其他所有人居住的人类城市仍得以高效有序地运转。他们就是这个时代真正自由流动的血液，水，空气。

在这样全民网购的狂欢氛围中，小铃铛当然也不例外。因宅在家里做饭，她首先网购了一大批足以囤到明年冬天的食材和够用到下辈子的各种进口锅具；其次因为看到朋友圈人人学会新技能，遂又购入一大批至少能用到十年后的文体用品，毛笔字帖篆刻工具水彩颜料，连飞镖盘都买一送一；最后，她再次奋不顾身地跳入了家居改造的大坑，短短数月时间，差不多把家里能换的家什全换了一溜够，旧家具再在闲鱼上出清，这次虽然没换房，也胜似搞了一次全新大装修。现在铃铛妈要再上京，估计连女儿家门都认不出了：连门都换了，从之前的数字指纹锁，换成了最新科技的瞳孔锁。

这一年的宿舍聚会改成了七夕——宿舍姐妹淘一起乞巧倒也应景，尤其经历了上半年国内外疫情，下半年牛市强劲反弹之后，大家都有劫

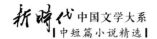

后余生之感，地点也变成了某私房菜馆。席间小铃铛先滔滔不绝介绍了自己家居改造、购买古董家具保值的各种经验，随后听大家闲聊才知道，这大半年所有人都家里蹲，听说班上倒有好几对相看两厌，疫情一解禁就火速预约离婚了。留过学的舍长 A 老公常去硅谷出差，年前最后一次滞留美国回不了国，光自费住酒店的钱都快刷爆信用卡，回航机票涨到近八万，还一票难求——A 笑道：这么贵，我劝他干脆就别回来了，反正他在家也没什么用。他会做饭吗？能辅导神兽上网课吗？肯帮做其他家务吗？他不在家，我落得轻松不说，他也能少听几句唠叨——但想不明白的是他还是疯了一样想方设法买了高价票回来。我就纳了闷了，至于这么离不开我们母子吗？还是被"黑人命也是命"的全美大游行吓坏了？

大家聊着聊着，还从"庆渝年"的当当大瓜说到了之前争论得沸沸扬扬的离婚冷静期。女人们一阵唏嘘，争相用异彩纷呈的范例佐证"男人没什么用"的单一观点。这时候不知谁目光突然转向小铃铛：还是心算冠军有远见，压根就不谈什么劳什子恋爱结什么婚，一切麻烦都省了——

小铃铛笑了笑，没说话。

然而那天聚会结束唯一有人来接的，竟然是小铃铛。

包厢门口的高大男生穿着日式青年服，看上去像是个二次元的 Cosplayer 走错了门。昏暗灯光看不真切面容，他自我介绍："我是来接铃铛小姐的。"

所有人惊诧莫名，还没搞明白状况就纷纷尖叫起来：这狗粮撒得太有创意了，小铃铛是盖章认定的购物狂，男朋友就故意打扮成宅急送快递员！

小铃铛早有准备，笑着起身，仪态万方地走过去：你怎么来这么晚？

我骑平衡车过来，路上遇到六个绿灯、十个红灯，不好意思让铃铛小姐久等了。

哎呀这么危险，没出事就好。

没关系的，只要能够顺利找到你。

啧啧啧啧。大家啧声一片。不过刚才在门口没太听清，进屋之后却不太对劲。怎么说呢，那男生有点瓮声瓮气，让人想起来某种……人工合成的汽车导航仪声音。莫不是感冒了？但明明疫情暂告一段落，这个男生也并没戴口罩。当然脸是好看的，如刀削斧劈一般的英俊轮廓在昏暗灯光下，比公交车站广告牌上那些流量小生还好看得不像真人。

小铃铛！你什么时候找了这么帅的男朋友竟然没和我们一个人说！舍友 B 脱口而出。

天哪这都是在哪找的小鲜肉啊，咱们那届校草也不过如此吧？舍友 C 紧随其上。

舍长 A 怕小铃铛面子挂不住，赶紧说：小铃铛也是美女啊，这么多年了，总算有人懂得欣赏她啦，恭喜恭喜！

吉吉，稍等片刻，我和她们道个别。

小铃铛羞涩地回头笑着对惊掉下巴的众人道：他不是人。

啊？惊呼声又像水烧开一般此起彼伏地响起来。但这些惊呼声中，飞快掺杂了"原来如此"的释然，以及等着进一步解释的安心。

刚忘和你们说了。这次装修房子之所以能这么快这么省心，还多亏有了吉吉——他比我更擅长大数据分析，帮我把好些用不着的闲置包括旧家具都在闲鱼上卖了好价钱。

你刚才说他……舍友 B 欲言又止。

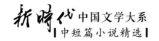
你们这还看不出来？

小铃铛轻笑起来，伸出右手食指轻点了一下男生前胸——或许因为涂着最新裸粉色钻石指甲油的缘故，这个小动作看上去既性感又俏皮。他的胸口亮了。

我把房子抵押贷款，倾家荡产换了这款最新机器人买手男友，硬盘里存的全是网购大数据，随时能联 5G 网，简单地说就是专门帮我买东西的——能告诉我同一商品不同卖家的最低售价，如果是大牌过季打折产品，还会根据以往价格变动趋势画出可变曲线图，给我最合理的建议购入时间。自从有了吉吉，买东西更划算了！再也不用想方设法凑单了！反正根据他的算法，只要我想买的，绝对能找到全世界最低价。

舍友 B 瞪圆眼睛听了半天，感慨道：果然男人都是没用的，好不容易来个有用的，还是个机器人。

只有这一种型号吗？舍长 A 好奇地问：如果我网购需求并不那么强烈，那么还有什么型号可选择？有专门辅导孩子做作业的机器人吗？

舍友 C 笑得邪性：作为老司机，我比较在意有没有舞男机器人，像《人工智能》里帅破天际的裘·德洛那种。

据说真会有。小铃铛笑着说：这是第三批推出的加强款，帮忙做作业的和恋爱梦幻型还在研发期间，上半年疫情期间用户留言需求量激增，据说已和疫苗一样加速研发过程，今年内计划全推出。我回头给你们他们公司的网站地址，你们上去不时留意下新品信息。

那像吉吉这样的一款多少钱？

这是最新款，推广期满百万打八折，再加上活动期间购物券，实际到手价七十三万，保修五十年。除了会帮我尽可能开源节流之外，还有问必答，体贴温柔，嘘寒问暖，会在我下班到家前把热水器、地暖、香薰加湿器、空气净化器统统打开，大脑——也就是机械硬盘里还存储有全世界上千家博物馆的名画奇珍、上万部中外电影和上百万本经典书籍，凝视他双眼时可选取图像门类自动投影到最近的幕布或墙上，一旦开启这个功能，我眨一下眼就代表按键一次，眨两次眼进入下一级菜单，眨三次眼代表确定选择，闭上眼则彻底黑屏。主机连线我手机，一旦发现我打算进行不理智消费立马启动远程规劝程序：同款白衬衣您已经有八件了，分别放在一号柜子第三层最右边，二号柜第四层最左边，和床底第十三号储物箱里……倘若我一意孤行，他则会迅速放弃阻止，默认进入下一步程序，自动帮我寻找最合适的穿搭图片，以及之后闲鱼可卖出的价格波动区间。不购物时，他随时可以陪我聊天，天南海北包罗万象，从证券行情分析，到中美贸易战前景展望，再到最新中外明星八卦，还能直接搜索我想看的电子书并比价——也就是说，我小铃铛终于从消费主义的陷阱爬出来啦！从此以后再也不用考虑怎么买，去哪买，买什么了！反正只要下单，绝对全网最低！

举座皆寂。又过了一会儿，大家都回过神来，说小铃铛不愧是前心算冠军。这真是她买过最划算的大件，比找任何经济适用男、暖男、多金男都可靠，还能保证永不出轨。

要不要试试让他帮买你们最想要的东西？今天可是七夕购物节。小铃铛笑道。

一下子哪能想到买什么。大家纷纷遗憾道：早知今天凌晨不清空购物车了。

说大的品类就成。吉吉还有一个功能，就是能帮你盲淘。只要告诉他想要什么大类就成，其他个人信息不用填，只需输入自己的手机号码，他能自动搜索到你曾经买过的所有订单，迅速了解你的个人偏好和性价比需求，提供可选择方案。

舍长Ａ将信将疑按下了一串数字：最近刚好想买个新包，看你家吉吉猜不猜得到我想要哪款。

吉吉胸口的灯亮起，随即发出轰隆隆的声音。少顷，答案出来：最适合您的包是 2019 年秋季款爱牛仕拼色鳄鱼皮限量手包——不过您可能买不到了。国内特供的最后一个孔雀蓝撞明黄限量版，有位先生五个月前已经买走了。

哎呀真的太准了！这个包包我种了好久的草，但没有放进任何购物车里。舍友Ａ花容失色：这个机器人是怎么知道的？那我能不能再多问一句，那个该死的购买者究竟是谁？为什么他会买下全世界我最想要的包包？

吉吉的机械合成声音透出无辜：也许那位先生想送给同样喜欢这个包的另一位女士。

那男的是中国的还是外国的？能看看他长什么样吗？——啊，我真嫉妒那个收到包的女的！

可以。吉吉说：近年爱牛仕限量版因为一包难求，都会留存六个月完整的销售记录，收银台的摄像头甚至还会记录线下购买者的付款视频——当然脸部会打马赛克处理——以防其他顾客不相信包业已卖出继续纠缠店员。而这个视频信息在后台数据库都是公开流动的。稍等片刻，我给您调出影像。

一个男人影像随即出现在包厢的墙壁上。大家看后都震惊得久久不能说话：即便打了马赛克，所有人依然能够一眼认出那张脸就是Ａ的丈夫，之前曾羁留在美有家难归的Ｄ先生。

舍长 A 的声音突然变得苦涩了：怪不得有天他突然问我，像我这样的轻熟女最想要什么礼物。我就开玩笑地说了这个包，心想他反正也不知道在哪买，知道肯定也舍不得买下来——但他竟然买了。而且，并没有送给我。

小铃铛同情地说：会不会……他想哪天给你一个惊喜？

不会的。我刚才留意购买时间了，他是出国前三天在国内专柜买的。那时我生日早过了，情人节还没到，他那么多天和我们视频，直到回来也从没提过他买了这个包，只是一门心思地想早点回国——估计和那个收到包的女人一直隔着太平洋见不了面，他回不来人也过不去，急眼了吧。呵呵。

舍长 A 是宿舍公认的高才生，心算虽比不过小铃铛，逻辑推理能力却是一流的。她的声音由苦涩迅速变得冷静客观，大家一时间都不知道说什么好。

终于舍友 B 打破了僵局：换我说吧。我最想要的——是全北京性价比最高、离重点中学最近的学区房。这几个月研究得焦头烂额，已经快黔驴技穷了。

电话号码一个个输入了。吉吉这次用的时间比上次更长，也许是为了安抚 B，他一边搜索一边开口道：您之前已经在二十七家中介公司看了超过五十套房并都留下了自己的联系方式……但这么多套房子您并没有看中一套，第一因为能买得起的房子条件太差，第二是另一些符合您心目中居住要求的房子都超过了您目前的预算。近三十名房产中介短时期内持续给您打了超过两百个电话。

没错，打过来的电话确实多。但那些房子真的都不太行。B 烦恼道：不是太贵，就是太小太旧。找个合心意还能买得起的学区房，太难了。

吉吉胸口的灯黑了很久，终于重新亮起。他清晰地说：最适合您的学区房，是樵乐路丽都花园 7 号楼 3 单元 602。

搞错了吧？这分明就是我家现在的地址！B 震惊地转向小铃铛：你的机器人男朋友是不是出故障了？

还没等小铃铛回答，吉吉就说：我没弄错。您家东东的成绩虽然谈不上特别拔尖，但目前您居住的区有四所普通中学，只要不过度补课和发生概率极低的摇号意外，按学区分配上其中任何一所都不成问题。我刚才根据您的手机号，从后台数据库调出了您孩子从小学到现在的所有成绩单，各科成绩均衡，德智体美全面发展，您是根据什么得出他读普通中学没有前途的结论的呢？

B 面露喜色随即将信将疑，本来早站起来了，此刻重新跌坐回之前的座位：你们不知道我们朝阳区的鸡娃老母压力有多大……

舍友 C 说：轮到我了——吉吉，吉吉，我想要世界上最爱我，而且不求任何回报的男人——我猜你一定会推荐贵公司的另一款恋爱型新品，不过我要有血有肉有灵魂的，机器人可不行。

其他人听了相视一笑。所有人都知道 C 的丈夫虽然和她是相亲认识的，却一直非常爱她，导致她一大乐趣就是在班级群里疯狂撒狗粮，晒她老公给她和孩子做的各种烘焙点心，包括最复杂的牛角包和马卡龙。

吉吉沉默片刻，胸灯也随之熄灭。大家都以为机器人生气了，不料灯又很快亮起，脸转向墙壁，投出一张老人饱经沧桑的脸。

C 捂住脸哭了，那是她的父亲，前年已经在养老院得胰腺癌离开了这个世界。

那第二爱我的男人呢？她不甘心地问。

墙壁上很快出现了她儿子幼年的照片。吉吉降低音调，平静地说：

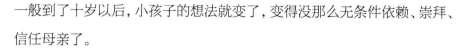

一般到了十岁以后，小孩子的想法就变了，变得没那么无条件依赖、崇拜、信任母亲了。

那么第三爱我的呢？

第三张出现的脸依然不是她那位热衷烘焙的丈夫——墙壁上是一个看上去心事重重的中年秃头男士。吉吉在一旁说明：这个人每月都会固定一到三次匿名访问您的微博主页，浏览最新动态。我猜想他自从十五年前和您分手后，至今还没有完全忘记您。当然他也已经结婚多年了。

钱小南呢？——这是舍友 C 丈夫的名字。

叫这个名字的用户几乎没有打开过您的主页。吉吉用毫无感情的机器合成声音答道。

现在三个舍友终于每一个都涕泪涟涟地坐在自己的座位上。大家看上去都经历了某种小型的人生崩溃。终于舍长 A 红着眼睛开了口：好了亲爱的，现在你终于知道我们各自不完满的人生了，你也问你的机器人一个问题吧。

小铃铛为难地说：可今天我真的什么都不想买。

不行。B 说：我们都这么丢人了，你一定得说一个。

小铃铛说：不是你们丢人，是每个人问这种看似有正确答案的问题，也许都会得到意想不到的结果。

C 说：哎你就问吧，有点娱乐精神嘛——既然所有答案都是薛定谔的猫，那问什么又有什么关系呢？

吉吉在一旁无比忠诚地站立着。小铃铛皱着眉头深思熟虑了半天，终于问：吉吉，你知道我最需要什么吗？

这其实她在家就问过一遍，是个安全问题。不过和上次问的稍有不同，上次是"吉吉你猜我此刻最需要什么？"而吉吉的回答则相当令人满意：

"主人您此刻最需要我。我来到这世上的使命，就是为了更好地服务你，给你提供万物的答案，让你感到安心与快乐。"他十分了解她需要爱，陪伴，安全感，和无微不至的体贴温柔。

但今天的问题问完后，吉吉胸口的灯突然亮起，持续发出刺耳破碎的声音，终于彻底熄灭了。

他对这个问题报以了最永恒的缄默——他宕机了。

所有心碎者都回到家中后，小铃铛打电话问客服才明白，都怪她没有仔细看说明书，这是一个被严格禁止的问题，因为机器人永远无法代替人类思考人生的终极使命。而根据她购买过的成千上万种产品，他实在无法得出她真正需要什么的结论。是的，她极度匮乏爱，而机器人也能提供某种爱的替代品，但"需要"和"此刻需要"仍然有本质区别——"此刻需要"，可以根据这个人历年来习惯购买什么、最近又浏览过哪些网站得出精确答案；而问及"需要"，则必须要提供一个解决问题的终极方案。

小铃铛到底需要什么呢？豪宅，华服，靠谱的男人，形态完整的家庭，一两个聪明健康的孩子，众人歆羡的目光——或曰爱，友谊，事业与虚荣——还是仅仅是一个最新款机器人？

但吉吉到底只是机器人而不是神，无法提供终极方案，回答不了这些难题。他由此只能得出最直接的结论：小铃铛其实并不需要这样一个自己。

他的算法系统彻底瘫痪了。

小铃铛后来对女友们说：我就是那一刻真正感激吉吉的。他如此认真地替我思考究竟需要什么，甚至不惜为之付出系统崩溃的代价。他永远不会骗我，也永远不会对任何人撒谎。

　　但一个月后她还是在闲鱼上把一键恢复出厂装置的吉吉转掉了。才两个月就折旧七万，成交价六十六万。因为这笔巨大的损失，她好一阵不再网购，只在家附近的小卖部买广合腐乳、绿豆和自贡盐菜。

1987 年的浆水和酸菜

马金莲

羞脸鬼，羞脸鬼，端个瓦盆要浆水。

这是我们编的顺口溜儿。

快做晚饭的时候，二奶奶来了。她个子小腿短，走路慢悠悠的，微微撇着脚。她的鞋永远是不会穿起来的，不管是烂鞋还是刚上脚的新鞋，她一律将后跟踏倒，像拖鞋一样趿拉着，奇怪的是她这个样子走路，竟然没有一点声息，像一只猫儿在轻轻走过。我也曾将自己的鞋子故意踩倒试过，一迈步鞋子就在脚后跟上拍打着，呱嗒呱嗒作响。有一回她脱了鞋坐在我们家炕上和我妈说话，我趁机穿了她的鞋走路，还是呱嗒呱嗒响，像一个饶舌的妇女跟在脚后聒噪。可见二奶奶她这穿鞋走路已经练出了境界，不是一般人能达到的。她还会在裤脚上挂一根乱线头，要么是几点碎草屑儿，这一路轻飘飘拖拉拉来了，身后跟着最小的女儿玲子，像一个小尾巴长长拖着。

二奶奶来了还会有什么事儿呢，肯定是来借东西了。我们的目光习惯性地去看她腋下，看见一个瓦盆夹在那里。这就对了，又要浆水来了。

我们的浆水卧在一口大缸里。

秋天萝卜挖回来后，将叶子全部切下来，拣好的串起来晒干菜，为以后卧浆水埋下伏笔。

总是奶奶在做这些事情。

一个头戴白帽的老奶奶，坐在一大片绿叶丛中，用一个冰草绳子串菜叶。这种绳子必须用冰草拧，最好是连根带叶拔起来的那种冰草，韧

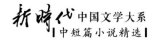

劲大，才能承载一大串菜叶的重量。

冰草很常见，只要有黄土的地方它们就会生长，无孔不入，顽强不屈。

奶奶自己拔一抱冰草，拧出两根绳子，后面不用她再忙活了，我和姐姐早就跟在她身后也各自拔了一大抱冰草，抱回来坐在萝卜上搓绳子。冰草绳子很好搓，我们一会儿工夫就搓出一根给奶奶。奶奶将萝卜叶子一把一把整理好，放在草绳上将草绳打一个结，一大把菜叶被草绳拦腰捆住了。再整理一把，再打结。工夫不大，身边堆出一大串串起来的绿叶。深绿的萝卜叶，草绿的冰草绳，一堆绿色还在不断膨胀。奶奶两手沾满了绿汁，站起来，提着草绳一头抖一抖，索拉拉提起了一大串，这种大超出了我们的预料。很沉，母亲过来帮忙，和奶奶抬着菜叶子搭到了早就准备好的木架子上。架子很简单，是两个巨大的长条板凳上支一根扁圆的木棍子。自然，这棍子是榆木的，结实。

半个下午，母亲把所有的萝卜叶子切下来，将萝卜运进后面窑里储藏起来。奶奶也串了十几串萝卜叶的干菜。其实还没有干呢，但是我们已经将它们叫干菜了。好像这些绿叶一上绳子就和散堆在地的叶子不一样了，有了特别的意思。

奶奶还要串，母亲喊够了够了，多了咋吃得光呢？

奶奶小声反驳说你们年轻人就爱偷懒，怕麻烦！我们多多地串点，到了冬天卧一大缸酸菜，看你们咋吃呢！奶奶的口气是肯定的，那意思就是你们想咋吃就咋吃，由着性子吃，没人会给你限量。

秋风干爽，艳阳高照，萝卜叶子很快就干了，比原来萎缩了很多。奶奶一串一串取下来挂到后窑墙上的木橛子上去。

我们宽大高深一直寂寞的后窑顿时变得拥挤热闹起来，显得很富足。墙上的干菜串子一串挨着一串。地上堆着农具和一些很破旧但还是舍不得扔掉的东西。本来木橛子上还留着几串去年的老干菜，对比之下，老干菜更像是一串串破抹布。上面落了尘土吧，在窑洞墙上吊死鬼一样挂了一年吧，总之是面目陈旧得让人伤心。我过去摸一摸，拽一下，干爽枯衰的叶子顿时碎了，化为粉屑，扑簌簌往下落。手碰到一片，就碎一片。顷刻间化为乌有，只剩下枝干挂在那里，光秃秃，孤零零。空气都变浑浊了，有点呛人，有点让人喘不过气来。我从尘屑团里抬起头来喊，奶奶，这还是我们去年挂的那些干菜吗？咋老成了这个样子？奶奶很忙，不回答我，我也没十分渴望她回答。因为我记得十分清楚，这些干菜除了我们去年此时挂上去，难道还会自己冒出来吗？

木橛子数目有限，要挂下所有的干菜明显有困难。奶奶歪着头想，像一个贪玩的孩子面对着一道不确定答案的选择题。她终于下了决心，动手往下取旧菜，取一串旧的，挂一串新的，一番新陈更替后，所有的木橛子上挂满了新鲜的干菜。

旧干菜串子被堆积在门口，一串一串死尸一样仓皇地躺着，奶奶看着它们有点作难，扔吧，舍不得；再收起来？没地方放了嘛。这取舍真是成了一道难题，横在那里把奶奶挡住了，去年的时候她用双手把它们一片一片择出，一束一束捆扎起来，现在又由她的手来扔掉，好像在叫她扔掉一些贵重的东西一样作难。

我用脚踢着干菜串子。它们实在太陈旧了，好像叶面在失去水分的过程中，颜色也跟着蒸发、褪掉了。

奶奶弯腰把它们提起来，我看着她提了两串不怎么重，就也过去试着往起提，它比我的身高还长，干枯的菜叶子轻飘飘的，一串干菜很轻易就被提起老高。我吓了一跳，踮着脚尖再往高提，还是那么轻。当初那些重量都哪儿去了呢？刚串起来的菜叶子奶奶一个人拿不动一串；现

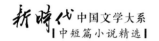

在奶奶提了三串还不重，又往左手里再增加了一串。

奶奶叹一口气，十分惋惜地说：拿去给牛吃吧。我们就真的放进了牛槽里。

新鲜的菜叶子挂在木橛子上，一天天变干，终究也会变成去年一样的干枯吧。就像我有一天终将会长成奶奶一样的衰老。时间是一把刀子，悬在头顶上，一直一直地削切着我们的生命，虽然这刀子隐藏得很深，可是它削砍的结果确确实实摆在每一个人面前。

有一天，家里没酸菜了。不等我母亲动手，奶奶已经坐不住了，她先换了一个大水，坐在炕上梳了头，就去沟里担水了。头发没干，把帽子湿了，裹在帽子外面的手巾也透出一坨子湿痕。她顾不上管，小跑着去担水。奶奶一辈子都是跑着干活的，好像不抓紧干，活儿就会自己消失了一样。所以得尽快地干，干完了才能坐下歇缓。

腾缸是一件麻烦事。水缸自然好清理，把残余的水舀出来，拿净抹布擦了缸底，再舀一马勺清水冲一冲就成了。麻烦的是另一口缸。那是专门装浆水的缸。吃到最后，酸菜捞完了，缸底里残留着最后一点浆水，里面飘满了白花。奶奶趴在缸沿上看一下，吸一口凉气，先去后窑里取来两串干菜。秋后挂的干菜，已经泛出旧色来了。混杂在菜叶中的偶尔残留下的萝卜头的白顶儿也干了，一片一片，抽搐收缩得像老人的脸，皱纹里落满了尘土。奶奶坐在门槛上往下解冰草绳，当时那么新鲜的冰草也枯旧了，黄黄的，松垮垮的。很快就解下来了。堆在地上，像一团解剖的肉，再也回不到当初赖以生长的骨架上去。锅里水开了，奶奶动作节奏加快了，一边洗干菜，一边往开水锅里投。一会儿满满压了一锅。盖上大草锅盖，往灶膛里加紧烧火。

奶奶一辈子没啥本事，针线茶饭没一样能拿得上台面的，只有这卧浆水是她的拿手活。我母亲那么能干的女人，可以包揽锅灶上所有吃吃喝喝的活儿，但是到了卧浆水的时候她自动退到一边去了。她很放心，不用进来看一眼，奶奶能顺利独自完成所有的工序。

水汽大起来了，从方圆升起，渐渐地包围了锅顶，直到地方完全包围了中央，形成一股很明显的合力，森白的气体打着旋儿离开热腾腾的草锅盖，扑向屋顶。大的檩子小的椽子交错、竹席泥巴凑合垒成的屋顶变得朦胧了，奶奶早就退尽了软柴，灶膛里架着几根硬木柴棍，火势也形成了合力，稀里哗啦笑着，像个瓜女子在傻笑。那口缸终究是要清洗的，奶奶忽然下了最大的决心，本来就有点下驼的脊背弯曲下去，用大马勺往出舀那些残余的浆水，倒在一个盆子里。刮干净缸底，用清水洗缸的底部和侧壁，将笨重粗黑的家伙扳斜了洗，里外都洗了。缸像一个蒙垢已久的女人，忽然换了一个大水，同时那里外的衣裳也给换了，穿得一簇新，要不是缸沿上有一个豁口，它就是个刚买回来的新缸了。焕然一新的水缸边，那半盆子浆水的陈旧让我心里直翻跟头，浅灰色的表面上那层白惨惨的颜色和霉味，都是沉甸甸的。我赶紧把鼻子缩回来，奶奶，奶奶这就是我们天天都吃的浆水啊，咋这么难看？还臭烘烘的？

奶奶将灶火门口快要掉下来的木棍往里推一下，伸手赶苍蝇一样赶一下我：快要去，这是剩下的一点缸底，才两天没吃就臭了！你那个懒婆子妈，就知道等着吃现成的，一缸的酸菜浆水吃光了，还等着我拾掇缸底哩——

伸右手在锅盖顶上甩几下，赶散了一团白汽，一把揭了锅，一团白得发黑的汽哗啦一声腾起来，奶奶消失了，被血盆大口吞没了。可是我不会喊人来救命，因为大口又把奶奶吐出来了。她的脸上挂了一层绿油油的水雾，她用大勺子翻搅一番，盖上盖子又开始烧火煮。大团水汽很快消散，只留下一股菜腥味不散，往黄土墙壁、椽子檩子和更细小的泥皮深处渗透，也钻进我的鼻子眼儿耳朵碗儿头发丝里来了。我觉得自己也快变成一根被煮得湿塌塌的干菜了。可我不走，绕着锅台打转。奶奶把缸底腾出的坏浆水端出去倒给老牛喝。

这会儿干菜煮好了，用铁笊篱大马勺搭出来泡进凉水里。黄得发白的菜叶在水里一泡，散开了，颜色慢慢变成了深绿。清水也跟着绿了。我瞅准一个白中泛绿的萝卜片儿去抓，凉水也被泡热了，烫手。我嗖地收回手，萝卜片儿夹在手心里，吹一吹，就往嘴里送。老萝卜的那种苦味儿被开水煮透过滤了，咬一口，柔韧劲道，熟得很好，一点不硬。闭上眼慢慢品尝，呵，像鸡爪子？像羊蹄筋？还是牛耳朵？

奶奶倒掉煮菜水，又烧一锅开水。然后蹲在地上捏菜里的水。捏出一疙瘩一疙瘩熟透的干菜叶子，垒放了半个案板。

我乐坏了，趴在案板边捡萝卜片儿吃，噌噌噌大嚼大咽。奶奶不骂，拉一把我胳膊，说：把菜弄脏了！我才不怕她呢，她从来不会打娃娃，连一巴掌都没有打过我。我把手伸进泡过菜的水里扑晃一下，捞出来，湿淋淋举着喊：看看，我洗手了。

奶奶顾不上理我，将菜疙瘩往那口腾出的大缸里投，我也抱一个菜蛋，从奶奶胳肢窝下钻过去，双手举着砸进了缸里。缸里发出扑通扑通的声响。案板上渐渐地空了，缸里满上来，奶奶将那锅烧开又晾了一会儿的开水倒进去，再抓两把荞麦面，用长擀杖慢慢地搅散在缸里。清水浮上来，菜叶沉下去，面粉打散了，水不那么寡淡了。一层温暖的乳白冒着热乎乎的水泡儿浮在最上面。奶奶剥两根葱，不用切，囫囵个儿投进去。已经能闻到一股奇特的香味儿了。

下午的饭跟平常一样，洋芋面。但是那饭舀在碗里显得寡白寡白的，等吃进口里，更是寡淡。调一筷子盐，再调一筷子头辣椒。还是不香，饭嚼在口里一股面腥味，汤喝进嗓子眼里痒痒的，咽不下去。我们的饭量都比平时减少了，爷爷有点懊恼地质问奶奶，为啥把饭做成了这个味道？

奶奶胸有成竹地说，没浆水了嘛。爷爷一拍筷子，那就快卧一缸啊。没浆水还叫人咋吃这个饭？

奶奶还是不惊不慌，说：卧上了，晌会就卧上了。爷爷响亮地叹一口长气，无奈地端起碗来，继续往嘴里填碗底的那些饭。我们每一个人都无奈地刨拉着自己碗里的饭。爷爷都没话可说，我们还有什么可说的呢？

浆水就是这样，旧的吃完，到新的做成，有一个交替的等待的过程。这期间我们肯定有好几顿饭是缺失了浆水和酸菜的。因为我们只有一口卧浆水的缸，没有人提议再添一口进来。日子一直这么过着，浆水也一直是这样的卧法，这样的吃法。没人想过要改变它存在的形式，因为它太普通了，普通到我们总是忽略了它们的存在。只有新旧交替这几天中，我们才感到了浆水在我们生活中是多么重要。它们就像家庭里的一个女人，这女人长相一般，挣不来大钱，养不了家，所以大家很容易忽略掉这个女人。忽然一天这女人没在家里，大家才发现这个家没有她真是不方便，饭谁做呢？脏衣服谁洗呢？鸡和狗饿得乱跳，窑洞门口的干柴和牛粪乱成了一团糟，这个家的细微的秩序完全混乱了。这一混乱的乾坤男人自己是无法扭转过来的。

第二天吃干粮的时候爷爷发了脾气，瞪着眼问奶奶咋没有酸菜？奶奶照旧一副神定气闲的样子，慢悠悠说：浆水昨天才卧上嘛，还没酸呢。女人生娃娃还都有个十月怀胎的过程呢，你急的啥？爷爷神情一呆，默默地吃一口咸菜，放下筷子，早饭就这么草草收了场。我们都没吃好，因为本来就单调的早饭中少了最重要的一项内容：拌酸菜。

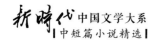

晚饭时候奶奶不敢四平八稳地等待了，把我妈刚烧开的面汤舀一些，掺点凉开水，然后均匀地投进浆水缸里，再用长擀杖耐心地搅动，这一过程叫投浆水。

投浆水看着轻松，其实很累人的，奶奶双手撑着擀杖，像老渔翁在划动一艘沉甸甸的木船。渐渐的，热面汤被均匀地搅散到各个角落里，奶奶的鼻梁上挂了一层毛毛汗。

我说奶奶咱去旁人家要点浆水吧，没浆水的饭，甜死人了。

奶奶有点犹豫，要不要去呢？

其实要浆水是一个很可行的办法，二奶奶不是动不动就拿着瓦盆来我家里要浆水吗？奶奶每卧一大缸浆水，可以说都被我家和二奶奶家平分着吃掉了。二奶奶要是有三天时间不来我家要浆水，我们就会觉得有点反常了，心里反倒会不踏实了。

这不，不等我们做出要不要到外面去要浆水的决定，二奶奶已经来了，短腿上的裤子有点长，拉到了脚后跟上，给人感觉她只穿了半截鞋，就脚尖跳着，所以她不能更踏实地走路，一步一步都走在了泥坑里。我们的目光被一种无形的东西牵引，去扫她的腋下，那里果然夹了一个东西，鼓鼓的，胳膊窝被撑开了，有点害羞地露出一个瓦盆羞惭的脸面来。

羞脸鬼，端个瓦盆要浆水！

果然又来了。

二奶奶本人却比她的瓦盆放松一些，她在嘴里蓄积起一口痰，扭着脖子吐在了脚后跟处。一只鸡看见了，点着头飞快跑来捡痰吃。瓦盆从二奶奶腋下探出脸来，二奶奶懒散，这种瓦盆要是被勤快人经常擦洗，一定会长久保持一种锃黑明亮的光泽。可这个瓦盆就像个没娘娃，猛一看和旁人家娃没啥区别，细看，脸有点脏，衣裳有点烂。它主人的懒散，完全可以通过这个瓦盆来体现。其实我们的二爷爷是一个很爱干净的男人，他的衣着要比我爷爷讲究，只是他的女人在不断地拖他的后腿。

有时候，爷爷看见二奶奶又端着一盆浆水走出门去，他就不无幽默地感叹：真主呀，世上的人要是能活活懒死，最先完蛋的可能非得是这个女人了。

二奶奶自然不会因为懒惰而死，相反活得好好的。因为好吃懒做，她的面目显得远比岁数年轻。把她和我们的奶奶放在一起，我们就能看到艰苦的劳作对一个女人容颜的损害有多可怕。而相对的懒惰就能稍微避免这些东西。

二奶奶在她家里要奸溜滑，地里的活儿更是很少参加也就罢了，针线上缝缝补补、锅灶上洗洗刷刷的活儿她也不好好干，坐在炕上指挥着女儿干。女儿才有多大呢，站在地上比炕沿高不了多少。她这些行径我们真的很看不惯。不过也只能看着在心里犯嘀咕罢了，我们管不着，那是人家家里的事儿。

然而说起这要浆水，就不仅仅是她自家的事情，她这么天天天天地来向我们要浆水，我们就不厌烦吗？卧浆水是多麻烦的一件事，担水烧火，累人，费柴火，不是件轻松活儿。我们辛辛苦苦做好了，她就来吃现成的。况且这不是一年两年的事情，十几年以来都是这样的。谁受得了啊？

我妈受不了了，凉着脸接过瓦盆放在案板上，不说话，只是薄薄地笑着。二奶奶不说话，从这笑的神态里闻出了和平时不一样的味道，她走过去自己揭开缸盖，踮着脚往里瞅，哟，新卧了浆水啊？

一股煮干菜微微发酵后的酸味儿飘散了出来，谁都闻得出这是真正的浆水味儿，只是还没有发酵好，浓郁的菜腥味还没有消退。

二奶奶的脸上闪过了一丝失望。她悻悻地夹上瓦盆离开了。

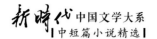

这是我们家唯一能理直气壮地拒绝二奶奶讨浆水的理由，说出来不怕得罪她。

平时我们是不敢这么直接回绝这个二奶奶的。爷爷和二爷爷是亲兄弟，他们从小没娘，兄弟间的关系要比别人亲厚得多。爷爷常在强调，要我们对二爷爷一家好一点。二爷爷手头紧困的时候就来向爷爷借钱，爷爷每次都不会让他空手而回。

有一年，爷爷缝了个二毛皮大衣，穿着去寺里礼拜，看见二爷爷穿着单薄，冷得脸色都白了。兄弟两个边走边说话，走到家门口，爷爷脱下皮衣披到兄弟身上，说送给他了，自己再做一件就是。

直到第二年冬天来临，爷爷也还是没能够穿上新做的皮衣。因为二毛皮很贵，我们家宰的羊皮一般拿出去卖了，就算留下两张，也还得再请毛毛客去做，那一笔手工费很高呢。家里哪有那么多闲钱去干这个。

多年后，奶奶说起来还有着怨言，其实心有怨言的不止奶奶一人，只不过那第二个人没敢说出来罢了。

这就是我们的母亲，她十分有意见呢。

一来这皮衣确实贵重，是我大舅舅亲手做的。大舅舅干了半辈子皮毛活儿，说到了后来只要闻到硝水泡皮子的味道就恶心得直想吐。所以他早就洗手不干这又脏又累又差的活计了。但是他又重操旧业为我爷爷做了一件皮衣，我不知道这其中有着怎样的具体原因和过程。但是能叫他重入江湖，可见他对这件皮衣是何等的重视。爷爷一时兴起，将皮衣拱手送人，这件事让我母亲觉得尴尬，她将事情瞒住了不叫传到娘家人耳朵里去。你说真要是传到了舅舅的耳朵里，舅舅会怎么想呢？所以爷爷还能开口让舅舅给他再做一件二毛皮衣吗？

自然是不能的。这些年爷爷就一直穿着那件黑棉袄去寺里做礼拜，

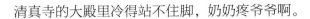

清真寺的大殿里冷得站不住脚，奶奶疼爷爷啊。

二来嘛，二爷一家人拿去了我爷爷的二毛皮大衣，却一点感激的意思都没有，好像这本身就是件理所当然的事，不值得他们记恩。所以二爷爷穿着那件二毛皮衣走亲戚、出远门、去寺里的时候，我们看见了都觉得心里酸酸的，有点不是滋味。

要知道这样的二毛皮大衣穿在身上，会让一个男人马上变样，他的架子一下子就立起来了，变得和平时不一样了，显得高大、尊贵了起来，被一层富贵的气息笼罩。所以穿了皮衣的二爷爷和爷爷走在一块儿，给人感觉他的气度风范俨然就是兄长，而爷爷反倒成了猫着腰的兄弟。这一份像样的衣着带来的体面就这样被爷爷拱手让给了他的兄弟。

奶奶是个老实人，但是为着这件皮衣，她很多年都耿耿于怀，说起来就忍不住抱怨爷爷。

还是说浆水和酸菜吧。它们是同一口缸里待着的，但不是同一个事物。从浆水缸里捞出的菜，就是酸菜。泡着酸菜的水，就是浆水。可见酸菜和浆水是骨肉相连水乳相融的关系，就像一家人中两口子的关系，就像我家和二爷爷家的关系。

爷爷以一个长兄的耐性和宽厚呵护着二爷爷一家人，我们就得忍耐，二奶奶来要浆水的日子就一遍又一遍，永无止境。而我们的忍耐一再地纵容了二奶奶懒惰的性子，所以她从来没有产生自己动手卧一缸浆水的念头。

晚饭还是白水洋芋面。面汤刚翻了一个滚儿，奶奶就舀出半盆子热腾腾的面汤来，晾一晾，投进浆水缸里。

饭桌上爷爷终于无法忍受，拍着筷子不看奶奶，说家里有两个女人呢，连一口浆水都做不好，要你们是做啥的？

奶奶一看这场面，气短了，一点都不敢犟嘴，给爷爷调一筷子油辣子，说新磨的胡麻油，滚滚的热油泼的辣椒，闻着都香！你不尝一口？

爷爷气哼哼端起了碗。第二天的干粮时节，除了煮洋芋、蒸馒头，爷爷拿起一个馒头念一句：必思敏俩习 [①] ——掰开了刚要吃，奶奶端着一大碟子酸菜上来了。碟子一落桌，一股酸菜伴着胡麻油的清香味道散开了，白生生的萝卜条，翠黄的叶脉，碧绿的菜叶，杂拌在一起，上面还抹了红红的辣椒油。不用吃，光是看着，口里就泛起一层水，喉头很响地抽搐起来。昏睡的肠胃被唤醒了，蠢蠢欲动。

爷爷眼神不好，没看清是什么，但是抽了一下鼻子，酸菜吗？酸菜成了吗？呵呵，你这老奶奶，酸菜已经成了咋不早说呢？

边说边夹起一大筷子，一口馒头，一口酸菜，吃得滋味绵长。两个馒头不见了，一碟子酸菜也消失了。

奶奶不高兴了，你咋一个人把酸菜吃光了呢？也不知道给我们留点。

爷爷放下筷子，朝阳的光从向东的窗口照进来，光斑洒了爷爷一脸，他一脸金黄，很快这层金色绽开了花，冰面破裂了，爷爷笑呵呵说：没了再调一碟子嘛，你这死老奶奶，吃酸菜还能把家里给吃穷了——

说着端起碟子，把最后残余的一筷子菜也吃了，连碟子底里那点汤水也喝了。

奶奶彻底不高兴了，嚷了起来：谁叫你把汤也给喝了？

爷爷摸一把胡子，呵呵笑个不断，站起身拍打一下屁股，溜下炕去，他要收拾一番骑着骡子去赶集了。

奶奶再去捞一碟子酸菜，这一回舍不得拌清油了，多多地撒了一点干辣子面。然后一口洋芋一口酸菜地吃起来。

---

① 必思敏俩习：回民群众日常口语中的祈祷语。

我和姐姐在院子里跳绳。被我们绕着跳来跳去的草绳，正是串过干菜的冰草绳。它们和萝卜叶子绑在一起后，一起变干了。现在干菜卧出了酸菜，草绳没什么用处了，我们每人一根，在院子里乱舞着。惊得鸡不敢到房门口巡逻了，远远地躲在大门洞下，用小眼睛偷偷窥视着我和姐姐的疯狂举动。

我们终于跳乏了，感觉没意思了，将草绳搭在牛圈门上，看着牛一点一点往大嘴巴里叼。牛很笨，明明已经吃进去了，可是舌头在那里乱搅，忽然又吐出来，只能又往进吃，白白长了个簸箕一样的大嘴巴，连一根草绳都不能吃得利索点。

姐姐抓着手里残余的一点草绳头儿不丢，看看牛已经吸进了嘴里，她忽然发一声力，双手拼命往后撤，刚才已经咽进肚子的绳子却又从牛嘴里拉出来了，沾满了湿漉漉的草沫子。我们的惊讶不亚于看见从一个人的肚子里抽出了他那原本盘卧着的热乎乎的肠子。

老牛嚼出了草绳的滋味，舍不得就这样松口，姐姐就像也要吃这根绳子，牛和小女孩较上劲了，他们两个隔着一道木框门拉锯。草绳子全被拉出来了，它在牛肚子里走了一趟，竟然没有断，但是颜色已经不是原来的样子了，刚才那灰沉沉的旧绿，变成了浅黄的新翠。

奶奶吃完了，端着洋芋皮要倒给老狗，老狗眼睛一直盯着她手里的碟子，跳着脚催促，神情迫切极了。

奶奶看着老狗可怜，干脆捞一碟子酸菜倒进了狗食盆子里。老狗欢快地呜咽一声，大口狂吞，喉头深处发出咣咣咣的吞咽声。

姐姐终于没心思捉弄老牛了，懒懒地松开了手心里的那最后半截草绳，拉上我的手，走，上山拾呱呱牛去。

据说这个被我们喊做呱呱牛的东西有一个学名叫蜗牛。耕过的山地

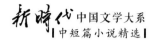

里随处可见白色的蜗牛壳。小指甲壳大小，上面盘旋出一圈圈好看的螺纹。

呱呱牛，海巴巴，爷爷把奶奶揣一把。

谁发明的谁又流传开来的童谣呢？不知道。像北山上的风，你知道它从哪里来，要刮到哪里去？

我们每人捡一大把呱呱牛，回家坐在屋檐下抵仗。姐姐拿一只，我拿一只，互相抵住了最尖的部分，然后同时用力，像斗鸡或者斗蛐蛐儿。总有一只会破裂的，肚子里流出一摊碎裂的沙土。蜗牛早就爬走了，这只是被它们丢弃的一个壳儿。

我们边破坏着呱呱牛，边高声喊叫：呱呱牛，海巴巴，爷爷把奶奶揣一把——

母亲在初冬的风里晾晒破布。这些破布都是从旧衣衫上拆下来的，洗了一大堆，一片片晾晒在一片塑料布上。她要用这些布，在这个漫长的寒冬给我们一家人做出明年一年的鞋子。

呱呱牛，海巴巴，爷爷把奶奶揣一把——

干燥的风里含着很多肉眼看不见的细刀刃，把我们的手和脸划开了无数细密的小口子，手背和脸蛋又疼又痒。但是这有什么呢，从我们来到这个世上，从我们离开娘怀在地面上爬行的时候，开始在土院子里一步一步学步的时候，风吹日晒的自然磨砺就开始了。我们早就不是娘肚子里初次出来时候的那个娇白细嫩的模样，而且我们还知道，终有一天，风刀子毒阳光，会把我们变成母亲一样的女人，再后来，肯定也会雕刻成奶奶那样的老婆婆。

母亲转过脸来，眉眼跳跃着，有点坏，说：你爷爷把你奶奶揣一把？揣哪儿了？你们看见了吗？

她的口气有着纵容我们的味道。

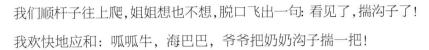

我们顺杆子往上爬,姐姐想也不想,脱口飞出一句:看见了,揣沟子了!

我欢快地应和:呱呱牛,海巴巴,爷爷把奶奶沟子揣一把!

我们得意得忘了形。一串蹄声踏进门槛,哒哒哒,脆生生的,喧闹又寂静。爷爷回来了。我们还在喊:爷爷把奶奶揣一把——爷爷把奶奶揣一把——

母亲赶紧狠狠咳嗽两声,试图用咳嗽声压制我们的放肆。

我们疯了,像春雨后的麦苗子,噌噌噌往上蹿,母亲镇压不住,慌了,丢下未晾完的湿破布仓皇逃进屋去。奶奶迎出来,脸红红的,她好像年轻了十几岁,简直和她的儿媳妇一样年轻了。

爷爷还骑在骡子背上,咳嗽一声,喝道:胡喊啥呢?大人都哪去了,娃娃没人指教吗?不要怪我用皮鞭子帮你们指教了!

皮鞭哐一声丢在台子上。我们嘻嘻哈哈笑着,不喊了,跑过去拉骡子接爷爷。很快地每人口里噙上了爷爷送的一颗糖,甜到肺里去了。

爷爷进门上了炕,有点吃力地靠住被子,伸手敲着窗玻璃喊:老婆子啊,快给我舀一碗浆水来,渴死了,心都干透了——

奶奶双手端一碗清凉凉的白水来了,我们家的蓝边粗瓷碗,像一个清爽干净的女人,肚子里荡漾着一池清凉,看得炕角的猫也动了心,薄刃片一样的红舌头一亮一亮舔着小巧的嘴唇。

奶奶双手一直递到爷爷面前,爷爷不接,埋下头就在奶奶手里牛喝水一样一口气喝干了一大碗。喝完了摸一把胡子上的水珠儿,长叹:从头发梢儿舒坦到脚后跟了啊老婆子——这一趟啊,可把我老汉一把老骨头累散花了——

他完全地松弛下来了,身子像一串从干草绳上解下来的陈旧干菜,全身慢慢地散开了,连下巴上的那些皱纹也都舒展得平平整整的。

　　我和姐姐的心思完全在桌子上的那个黑挎包里。那里面还有糖吗？还装了些什么好吃的东西呢？

　　鼾声响起来了，轰隆隆——轰隆隆——这声响完全压过了猫儿的呼噜，它可能觉得太吵，懒洋洋爬起来，四个爪子叉开了撑住，将腰身慢慢地伸长，拉松紧一样往长拉。就在我们担心快要拉断的时候，它毫无征兆地打一个哈欠，噗——跳下炕，一眨眼就溜走了。

　　爷爷鼾声如雷。真让人不敢相信，这串干菜一样的身躯里会发出这么震天的轰鸣巨响。

　　姐姐手快，已经从包里摸了两颗糖，我们捏上糖往外溜，跨过门槛，姐姐忽然回过头来看着我，目光怪怪的，问：爷爷那么老的人，会摸奶奶的沟子吗？我们是不是唱错了？

　　我的目光飞一般抓一下爷爷的手，是啊，那手比老干菜发霉的菜帮子还旧，还会和风花雪月有关吗？

　　出门撞上奶奶端了一大盆浆水，她这是要给隔壁的二奶奶家送去。

　　每次新的浆水卧成，奶奶都要这么送一回。一来叫二奶奶一家赶紧尝一尝新浆水；二来等于在告诉二爷一家，可以继续来我家要浆水吃了，我们已经做好了准备。

　　一缸浆水的馨香滋养两个家庭的日子又开始了。

新 锐 作 家 卷

集美饭店

李晁

　　饭店老了。在这处背靠山崖的凹洼地带，四十年前植下的法国梧桐越发壮硕，枝叶覆盖起这栋三层小楼。几年前旅游规划，政府统一修缮，原先的红色砖墙被白色灰浆包裹，打了古怪的格子，架起了新的屋檐，屋旁的停车处也被匆忙铺上渗水砖，那一片曾被姑姑开成菜地，插着棍子，夏天是四季豆和玉米，冬天是白菜和萝卜，现在都消失了。从前的店招在二楼的侧边，"集美饭店"，父亲取的名字，曾名动一时，也透露出往日秘密，不仅仅为了解决长途司机们的温饱，也指向身体的其他满足。父亲为此入狱，店名却奇迹般保存下来，黑底金字的书法门头，在这前后一公里没有人家的地方，着实更像一家黑店。

　　她回到这里，在父亲死后第三年，她离婚后的第二年，原以为再也不会回来，可时间改变了什么，她重新面对了召唤——父亲终于离开，她可以独自支配这里。

　　姑姑递来钥匙时，表示父亲走后她很少去那里，就是父亲在时，她也不再去了，这对兄妹相处了太长的时光，长到令人起疑。她决定回来，姑姑震惊，长久地望着她，仿佛她在外间遭受了什么比待在小镇更糟糕的磨难。她的事姑姑早就清楚，她从不对她隐瞒什么，在她心里姑姑是父母之外亲戚之内的第二种亲人。她的婚姻曾被姑姑念在嘴里，也念在小镇人的心上，可又如何，她宁愿从未离开这里，她总幻想着和姑姑生活在江南，也开一爿这样的粉面店，挣将将足够的钱，没什么出息，但安稳。

你还年轻，怎么就要回来？姑姑难以理解，在她看来，回到这里是人生最无奈的选择。你爸那笔赔款，我还给你存着。姑姑当然知道她不是来要钱的，那二十万倒像是父亲的礼物，在他可怜的遗产里，也算笔得体的款子了。

那笔钱是留给你的，姑姑。这样的话她说过不少次了，每次都很厌倦。

女人说，我生意好得很，你不用挂牵。

她知道姑姑的能力，饭店靠着她经营下来，父亲的野心永远不在这里，这个好斗的男人开过黄磷厂，养过鸡，包过工程，可样样惨淡收场，黄磷厂死过工人，养鸡场闹过鸡瘟，工程承包更是灾难，父亲被手下工人绑架过，是姑姑凑了二十万现金一个人远赴外乡把那个总梦想发财的男人赎回来的。即便这样，回到饭店的父亲仍不安分，主意不断，直到入狱，父亲才消停。那五年，她每年去看他，看这个男人一次比一次苍老，出狱后第二年，父亲遭遇车祸身亡。

姑姑说，那里很久没人住，灰都起堆，你怎么住得下去？

所以我来投靠你啊姑姑。她说。

女人沉默，知道她的决心不易改变，她不是那种心血来潮的人，像当初她送她走，她头也不回。

她将车泊下，在饭店门前，没有进门。她绕着饭店走，陈年的落叶在屋子周边堆积，野草侵占了这里，一大片苦蒿和斗鸡草，屋后的桑树还在，叶子没人摘，肥肥地挂在枝头，通往山顶铁厂的小路还是那样幽深，铁厂早已倒闭，再没有工人出没，两旁是松林，就算白日阳光也稀疏得怕人。她退到国道边，国道也老了，脚下的沥青剥落，再没有沥青车在春秋两季过来铺设新的路面，泛白的道路经过之字形拐弯，下坡过桥，就是小镇，那一片徐缓的丘陵地带，从西边的水电站到东边江水拐弯的铁路桥，一道完美的月牙形。视野里只有新的高速碍眼，特大桥直接从山巅上跨越，高达一百九十米，那曾是小镇天空的位置。

她再次俯瞰小镇，曾经的心愿不过是离开这里，住到对岸去。那里还出产一眼优质氡泉，水量极大，唯一的国营疗养院衰败多年，终于在新的拯救中重生，欧式洋楼盖了起来，红黄相间，那片茂林里出现了一洼洼水池，远眺时能看见无数耀眼的反光，像一面面镜子。她记得没有这一切时，父亲带她去过，泉水滚烫的记忆还留在她心里，可长达半月的感染与过敏让她对那里心怀畏惧，她可能是镇上唯一不适合泡温泉的女人。

母亲离开时，她小学还未毕业，一个古怪的高个儿女生从此变得更不合群。母亲的病一年前就查出，身体里的恶性因子突然让女人失去了所有光华，生命急遽萎缩，她像本图画书一样躺在床上，每一秒都在翻页变形。所有人都瞒着她和弟弟，可她预感母亲再也无法发出爽利的笑声，那些饭后时光，母亲站在柜台后嗑瓜子盯着一屋打牌人的场景也会一去不回。母亲的眼泪也只有看见姐弟俩在门口一晃而逝时才会掉下来。父亲匆匆出现几面，又离开，直到葬礼开始，一家人才短暂团聚。

姑姑是之前出现的，在这栋歇业半年的小楼，可这挽救不了什么，高大健壮的姑姑看上去和母亲那么不同，她的出现宣告了屋内女主人的更替。小四岁的弟弟迅速接受了她，悲伤在他身上过去得那么快，这让他狠吃了一些苦头。弟弟从小怕她，就因为她总会在他毫无戒备的时候给予惩罚与反击，哪怕时间久到摩擦与仇恨从另一个人心里完全消退，不留痕迹。

那时的她住在二楼左手边的房间，四壁雪白的墙，家具都是老的，上一代人的东西，笨重难看，一部分是母亲的嫁妆，几个大红漆带铜环

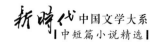

铜锁的柜子，钥匙也是古怪的长柄，像蛇精的如意，可柜子里没有宝贝，掀开能闻到樟脑丸的臭气，里面全是大红的花布棉被，厚重得每一床都能压死人。弟弟是分给她的，屋正中两张小床，中间隔一道帘子，更小的他睡在她身旁，这让她有种做小妈妈的感觉，可很快厌烦，她更像个"后妈"。父母住在右侧当头的屋里，稍大的面积，摆满了组合家具，隔成两间，外间做成小客厅，里间睡人。父母对面的屋子空着，直到姑姑来填满。楼下是餐厅，大厅加三个包房，厨房是后院加盖的单砖屋，父亲的爱犬德国黑背锅盖就住在那里。楼上的三间房用来堆杂物，也空落落的，好在有一处平台，装着栏杆，视野极好，对岸的小镇尽收眼底。尤其夏夜，一家人在楼顶纳凉，夜风很大很柔和，蚊虫需要花费比平日更大的力气才能在这里停留，找准每个人的血管。那时的星空璀璨，父亲开设的黄磷厂在离小楼五公里远的山头上日夜喷火，熏黄了附近的松林，夜间有运输车驶过，落在路上的黄磷用脚一踩会蹦出好看的火星，这是她和弟弟乐此不疲的游戏，那间厂子父亲却从未带他们去过。

母亲在家中停了三天，碰上她上课，没人给她和弟弟请假，放学时父亲才会派摩托来接。到了饭店门前，会有老人给他们换上孝服，一整匹白麻布，中间掏个眼儿，她把脖子伸进去，腰间草绳一拴，前短后长，可整片布仍是鼓鼓的，胸前卧着一团空气像老太婆们空荡荡的乳，脚后跟那一块不断翻飞，走起路来竟像是戏台上的人。母亲的灵棚也像另一种戏台，由红白蓝的彩条布扎成，门前挂着道场用的诸天神佛像，加上花圈拱卫，竟也是花团锦簇的。她瞥见外公愤愤然坐在大厅里，在省城做油画老师的舅舅木木地杵在门前，好像还没弄明白这是场什么活动。只有父亲守在棺材旁，一个显眼的悲伤角色，有人前来吊唁，或跪或拜，她也跟在父亲身后还礼，在那只填了稻草的米袋上不断磕头，头低低的，弟弟也傻傻地跟在一旁，头一点一点的，同样没有眼泪。更晚时候，她躲在被子里听楼下的哀乐和道士们隔一小时就唱念起来的经文，密集的锣鼓声中眼泪都吓得要缩回去。弟弟躺在一旁，帘子拉开，这个小大人屡次想钻进她的被窝都被她踹了下去，她也任他号，哭够了，弟弟才会挺身立在自己床头，灯光投影出巨大的身影，那影子在她看来也是无知的。那截小身体抽动，声音也是一段一段的，爸爸——还要找—— 一个——妈妈。她就晓得是楼下那群老太婆又在给他灌迷魂汤了，不是他问起，她竟也忽略了这问题，跟着惶恐，觉得这是顺理成章的事情，他们就要有个后妈了！

放屁！她到底不服气说，妈妈只有一个。

弟弟惊恐地望着她，感受着她的怒气，不过这怒气很快转为了安慰，那截身体逐渐矮下去，一抽一抽地睡着了，跟着发出梦呓，妈妈抱抱，妈妈抱抱……她想起更早前，母亲和婴儿期的弟弟，她吞够了嫉妒，可眼下还是眼泪不停。恐惧也最终替代了悲伤，几乎是第二天她就活在另一个女人即将要到来的幻觉里了，甚至饭店在姑姑掌舵下重新开业后，她仍然警惕食客中的年轻女性，只要父亲和其中几位搭上话，她的心就擂鼓般震动起来，还是怕呵。

令人疑惑的是，父亲总没带想象中的女人回来，他每日一早到黄磷厂处理事务，中午才回家。饭店照例是中午萧条，晚上热闹，晚饭后饭店也不打烊，那是牌局时间，一楼顿时沦为小赌场，什么人都往里钻。姑姑曾建议父亲停掉这项危险又混乱的业务，可父亲说这才是他的生意秘诀。

女人迟迟未现，她却满心想离开，哪怕去投奔外公。外公的家在电厂，那里有大片的草坪、荷花池、体育馆和游泳池，通往大坝厂房的林荫路上更有着长长的花坛。等到汛期放闸，那里就更好看了，巨大的水流白龙般涌出，天气晴好的日子，河谷里总挂着彩虹。可父亲与外公交恶，她和弟弟不常去那里，逢年过节也只是母亲领着姐弟俩去匆匆拜会，吃一顿饭，从不留宿的，外公操一口浓重的湖南话，他们也不大听得懂。他们这一家是从长沙来的，外公四十年前随工程局来这里参建雾水流域第一座大型水电站，后转入电厂，从此扎根下来。这些年，她和外公总共也没说过几句话，她还有些怕他。父亲和外公更不来往，两人在小镇碰面也是尴尬的，父亲人立定，冲着外公的方向，也不上前，仿佛等着外公召唤似的，外公呢，从来只顾走路，对男人和男人手里的她视而不见，那份骄傲她看在眼里。只有母亲常说起外公，说他从前在工程局时曾在谭院士手下做过技术员，这是了不得的事情，她却默然，觉得老头儿看不起人，就算从前当过皇帝也没什么了不起。

她到底无处可去。

女人的风潮一过，她也小学毕业了，好像身份瞬间转变，有了成年的资格，她开始要求和弟弟分房睡，她再不想这屋里还有个磨人的小拖油瓶。她郑重对姑姑提出来，姑姑讲，好呀，也该分了，让弟弟跟我睡，我们可以搭个伴。弟弟却不乐意，明知她对他不怎么样，有时还动手打人，可真要分开了，也还有几分忠心的，嘴里说着，我不要我不要，我要和姐姐睡。姑姑笑，刮一记他鼻子讲，羞羞脸，姐姐已经是中学生啦，怎么好和你一起住的。弟弟说，就是大学生我也要。姑姑就笑得更厉害，转述给父亲听，父亲下了决心，说分吧，都大了。弟弟才恨恨地看了她一眼，没几天，就黏着姑姑了，许是尝到甜头，撒娇到不行，恨不得整天吊在女人身上，看她的眼神也是淡漠的，还有些躲闪，没准儿他已说了一通她的坏话，作为投靠的诚意，她感到好笑，又觉得弟弟是故意做给她看的，简直鬼得很。

这时间父亲更少与他们交流，姑姑的存在解了他的燃眉之急，他整夜都在这栋楼里，却隐身般难见，很晚才上楼来。好几次她碰巧醒来，听见父亲在走廊上小声呵斥锅盖，滚回去，老子要睡觉了。大厅不住人，看守只好是狗，这是父亲养它的原因。锅盖呜呜叫着，粗大的尾巴甩在墙壁上叭叭作响，跟着才传来狗爪子叩击楼道的声音，连贯的，有些清亮，声音消失之后，才是父亲在走廊尽头的浴室解手，门没关，那尿声就格外响亮，咕噜咕噜的，像煮一锅开水。

姑姑的店开在老街，一栋狭长的二层小楼，是离开饭店后姑姑盘下来的，一晃好些年了，其间姑姑作为老姑娘结婚，嫁给了施工局一个张姓的大龄灌浆工，两人还没来得及要孩子，那人就死于一次意外事故。都说姑姑命不好是父亲的缘故，是他耽误了妹妹的青春。那之后姑姑就单着，可她知道想娶姑姑的人很多，姑姑有钱有产业，是不少人觊觎的对象。

粉店是两层经营，原先楼上住人，婚后才被姑姑清空，置了新的桌椅，辟成店面，姑父在留守处有套小三室的房子，姑姑就栖身那里，从粉店斜对过的职工医院背后穿过，很快就到了。

店子只做半天，主打是肠旺粉和鸡丁米皮，中午一过就打烊，堆叠的碗筷摆在塑料大脚盆里，一个妇女清洗着，另一个在店里帮忙多年的老刘在门前的水龙头下翻着猪肠，烫好的猪血和细粉被冷水浸着，姑姑在清理灶台，葱花芫荽蒜苗散落四处。粉店早晨七点营业，姑姑六点即起，在灶前烫粉，配制汤料，一站六七个钟头，没有片刻休息，等歇下来又快到张罗晚饭的时候。她平日晓得姑姑忙，只是没想到会这样没有喘息。她想起多年前，姑姑就是这样，她醒来，她已去镇上买菜，不像母亲会搭一辆三轮回来，双手拎满塑料袋，母亲是从不背背篓的，觉得形象不好，土里土气。姑姑却不，背篓里层层叠叠装到顶，人也是走回来的，短衬衫里满是汗，她总见她拿毛巾往背心和胳肢窝里匆匆一抹又下楼来。

父亲每次说，也坐个车嘛，才几块钱。

姑姑也只是笑，说，才几步远。

这一幕还像是昨天。

她回来，姑姑特意煮了豆腐鱼，是那些年从胖老三手里学到的手艺，经过加工，味道变得迥然不同，多了家常的味道，可她吃得没有滋味。她问姑姑，有没有想关了店，盘出去也好啊。姑姑说，关了我吃什么，你养我啊。她笑，姑，你就不要哭穷了，都晓得你有钱，一年能挣这个数吧。她伸出一只手，五个指头在女人眼前果断地晃一晃。想得美，我又不开黑店，哪能挣这么多，姑姑讲。一半总有吧？她问。女人看着她，扑哧笑出声，你倒调查起我来了，怎么，想打主意啊。她笑，不行啊。女人跟着问，你回来到底做什么？上次找你把饭店卖掉，现在这里火了，人家都出了那个数，你有什么犹豫的？

她说，不是出了那个数，我也不知道饭店这么值钱啊。

姑姑说，现在不一样了，哪像以前——现在人怎么这么闲的！

她说，就该挣这帮人的钱啊。

姑姑讲，世道真是变了，你爸要是还在，指不定又会打什么主意呢，他这辈子就梦想发大财，到头来也没剩下几个，倒是你们一个个出息了，也算有了交代。姑姑哀叹几声，她知道姑姑不是想在她面前邀功，这个家能挺下来，全靠忍耐。她知趣地岔开话题，问，饭店怎么选那个地方，开在江南多好，我以前几多想住这边的。

姑姑说，谁不想呢，那块地是你爷爷的，以前是土坯，你都没见过，是你爸关了赌场才慢慢盖起来的，位置也不坏，生意做得走，只是开始时是真苦，你爸哪里开过饭店，毛焦火辣的，这么折腾，还不是想让你妈过安稳点，不用提心吊胆，在你外公面前也好抬得起头，哪想到呢……

姑姑还是把话题兜回来，不吐不快。她只好顺着讲下去，妈妈还好吧，那时候都没你这么累的。

我哪能和她比哟，你妈妈的手，怎么讲的，十指不沾阳春水，都是你爸惯的。姑姑笑，也该，谁让你爸死乞白赖追过来，我们那时都说他娶了个菩萨回来。

什么意思？她问。

拿来供着啊。姑姑说。

两人笑。母亲的毛病她是知道的，大小姐一个，几乎什么都不会，脾气还不好，就一张脸还可以看，有时散着云鬟，有时在脑后盘一只大髻，对穿着也讲究，会自己动手裁衣，她夏天的裙子冬天的毛衣都出自母亲之手。

妈妈也是，不像个老板娘。她说。

姑姑不接话，许是不想显得自己才是那个老板娘，转而问她，你外公还在电厂吧，你也不去看看？

她回答，早住到舅舅家去了。关于外公，她确实没什么好讲的，儿时的芥蒂还在，父亲的葬礼，外公也没能出现，她这才发现外公对父亲其实敌意很深，他还是怨父亲毁了母亲的前程，拐跑了他的掌上明珠，更别提母亲的早早病故。母亲的死直接切断了两家的联系。

唉，你爸和你外公真是一对冤家，讲起来，你爸爸没有哪里对不住老人家的，老头儿也真是，看不起人就是一辈子，连①不变的。她就更不懂了，那一代人的事，她没什么好说。

---

① 方言用语，表程度。如：这个人连没有意思，意为"这个人很没有意思"。

　　她正要说点什么，姑姑又开口了，语气一转，目光直直盯着她，有了拷问的神色，你回来到底做什么，不会想继续开店吧，我提醒你啊……

　　八月的小镇很热，门前国道上的沥青快要化掉，踏上去软绵绵的，不是铺得薄，她和弟弟的塑料凉鞋都要陷进那层黑浆里了。如果你把这条路捅得像蜂窝煤的话，我们就不用烧煤气了。胖老三对门口拿棍子捅着路面的弟弟说。那棍子一上一下，从路面中拔起不少黑丝。弟弟认真地问，为什么？胖老三夹一支烟，坐在门廊的竹躺椅上，背后的电扇摇个不停，可这也没有阻止他的汗流浃背，他几乎是在用汗水洗这件背心。胖老三没有作答，等她再看时，他已睡了过去，手中的烟蒂掉到地上。姑姑很快下楼来让他们上楼睡午觉，热死人了，有什么好玩的，小心晒脱皮。姑姑小心地绕过打起呼噜的胖老三，金丽还趴在椅子上看午间播出的《新白娘子传奇》。

　　只有黄昏来了，饭店才变得宜人，山上的风率先搅动了空气，带来凉爽，镇子却还处在白日的余温中，像关火后的开水，需要时间的冷却。这时的饭店早早亮起灯火，陆续有人停车吃饭，三轮车来了一趟又一趟。父亲站在大厅和人讲话，有时也帮着递一递盘子，但让他这么做的食客可不是一般人，他们要么是镇上的官员，要么是和他一样做着生意的人，也就是他口中的老板，他视自己也是其中一员。姑姑才不分什么身份，每个人她都笑脸相迎。客人出现后，姐弟俩就得腾出空间，在屋后的葡萄架下和锅盖待在一起。可要不了多久，她就会上楼，山林里的蚊子成群结队地飞来，她总是被咬得最惨的那个，手臂、脚杆，甚至脚板心都会被钻进去的蚊子亲上一口。她浑身都是包，涂了花露水也不管用，弟弟却例外，他身上难得有什么包。看着她手舞足蹈到要发疯的样子，弟弟问，它们为什么喜欢咬你？

因为我的血比你的香。她不屑地看一眼弟弟，看到一只蚊子在他手臂上盘旋，又很快不感兴趣般掉头，她立即跳起来，伸手去抓那蚊子，想问问它是不是瞎了眼。

弟弟却无视她的焦躁，好奇地问，你的血是什么味道的？

也许是芒果味。她丢下一句就走进屋子，再不走，蚊子就会把她抬走。她匆匆跳上二楼，姑姑已准备好一锅艾叶水。从前洗澡，母亲都会让姐弟俩坐在一只大脚盆里，一起洗完，现在不同了，总是她先洗，弟弟还要磨蹭好一会儿。

她一次次坐在这盆里，感受着浅浅的水在身下摆动，母亲的手再也不会伸过来，短短时间，她竟想不起那个人的更多内容。她恨自己的粗心，也恨所有人都不再提起母亲，母亲像道穿堂风一样飘荡在她不牢靠的记忆里。一个人死了也许什么都不剩了吧，她想。有时门外传来姑姑和弟弟的笑声，她会无比惊讶，觉得母亲还在这里，可很快意识到这是个幻觉，母亲的笑声不是这样的，她要么大笑，要么冷笑，而门外那含蓄和迁就的笑声从不属于母亲，至少对姐弟俩来说得到母亲的笑是一件奢侈的事，而对父亲那更像是奇迹。

她就是这时开始讨厌笑的，但比起来，她更讨厌哭。在她的认识里笑很肤浅，哭则更蠢。不声不响，才是她觉得唯一合适的状态。

她很快施展了这一本领。

是个周末的清晨，她和弟弟一如往常坐在大厅里吃姑姑煮的面条，一个男人就这样闯了进来，没有预警，锅盖不知野到哪里去了，空空的大厅里只有沉默的姐弟俩和更加沉默的桌椅板凳，这让对方愣了愣神，毫无准备。直到更多人挤占了这不大的空间，像乌云翻滚般使屋内光线黯淡，男人才有了底气似的，指着姐弟俩说，骆老大在哪里？话音刚落，

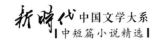

背后就有人纠正，什么狗屁老大，是骆明生！

对，骆明生这个狗日的，躲得了初一躲不了十五！另一个人跟着吼起来。

人群开始骚动，为首的男人也有些无可奈何，她一眼看出他的勉为其难，跟着才注意到背光的人群里还夹着一个女人，一个瘦弱的浑身挂孝的女人，起初女人不声不响，直到背后有人死劲扯了扯她的孝服，嚷了声，你还不哭，等什么时候！女人这才抽抽搭搭地悲伤起来，经过过渡，声音逐渐走高，最终迎来了号啕，只是那声音在她听来也是虚弱的，又被一片莫名其妙的声讨声干扰。

骆明生，你个龟儿子，给老子滚出来！有人起头，众人也跟着喊，骆明生，滚出来！

这极像排演然而演砸的一幕，看得她只想笑，又不知这拨人到底想做什么。姑姑随后出现，她走出厨房，一下站在姐弟俩身后，看清了形势，竟也不乱的。你们要做哪样！姑姑的声音掷地有声，并不软弱，这让她心安。她也用目光牢牢盯着来人，没有退缩，弟弟却"哇"的一声率先哭起来，这扰乱了她的心，她立即狠狠剜了他一眼，左手在桌子下死死拧了他一记，可适得其反，弟弟的哭声更响亮了，甚至盖过了女人的哭腔。

有人指着姑姑说，骆幺妹，不干你的事，把你哥叫出来，今天他休想跑脱！

姑姑斜睨一眼对方，哼出一句，你是哪根葱，跑哪样跑，你们有事不要在这里谈，我这里是饭店。

我看是家黑店！有人回应，那人一脸得意，话音刚落，一个人捵起了饭店的椅子。砸的就是你家店！可屋里人多，动手的人一时施展不开，只好将椅子往跟前摔去，险些砸到一个同行人的脚，那人迅速跳了一下，说，搞哪样，不要误伤！

这句话无疑暴露了这群人的成色，屋里的气氛随之走低，还有人笑起来。父亲是这时走下楼来的，大厅霎时安静，她顺着众人的目光回头望了一眼，看见父亲天神般从楼梯间步下来，毛糙的头发耸立在脑门儿，父亲的面容有些憔悴，可目光仍然炯炯，似乎还有些生气，好像这群人只是打扰了他的晨觉。父亲平静地下到大厅，无视众人的存在，第一句话是对姑姑说的。把小孩带上去。父亲的声音有些嘶哑，许是烟抽多了，他跟着清了清嗓子，面对众人也不急于给出什么交代。

姑姑很快牵起了受惊的弟弟，将他从椅子上拉下来，又给了她一个手势，她只好跟在身后，甚至对弟弟说了句，不要哭了，丢脸！可一转身，大厅又炸开了锅，辱骂、恐吓及女人的哭诉立即缠绕上来，她都要听不见父亲的回答了。

一上楼，姑姑就把楼道的门带上，嘱咐姐弟俩无论发生了什么都不能打开。姑姑转身下楼，弟弟仍抽噎着，还拽起她的手，眼巴巴地问，他们会杀了爸爸吗？

她简直不想回答这么幼稚的问题，在小镇她还不知道父亲怕过谁，也许除了外公。大厅的混乱一直持续，要求偿命的口号喊了出来，很快，警车的笛声一路响来，这过程里，她没听到父亲说什么，她甚至有些失望。接着是另一阵混乱，好一会儿人群才被驱散，父亲跟着消失，回到饭店已是三天之后。

其间，姑姑闭口不提，她是听胖老三和金丽讨论才摸清了事情的缘由的。因为操作失误，一个中年民工在父亲的厂子里死掉，父亲赔了一笔钱，本来事情平息，可不知什么人鼓动，才纠集起了那一伙人。

胖老三忿忿地说，不就想多要几个钱吗。金丽却不同意，她和死者是同一个村的，金丽说，人都死了呀，有什么办法，骆老板不赔谁赔？胖老三说，这么说淹死在河里，也要找河赔咯，还要赔两次！吴老七我认得，酒鬼一个，屁本事没有，一天只晓得打婆娘，现在是老天收了他……金丽短了气，她从来讲不过胖老三，最后干脆不耐烦说，反正人都死了。

父亲回来，一进门，她就察觉到了，那道沉闷的身影，总在不声不响中给旁人制造着压力。那几天她和弟弟都知趣地没有打扰他，好在饭店照常营业，父亲看上去也更关心起这里，他竟放下架子出现在不同食客的酒桌上，和人喝酒、大声谈论，好像突然间只剩了饭店老板这一个身份，不得不顾及。

一次她穿过大厅，父亲正背对她和一桌人讲着什么，她毫无防备地听到一句，可可不愧是我女儿！语气里透着得意，她却听得脸颊一红，心跟着狂跳，她不知是该保持步速上楼，还是转身回到后院让蚊子再咬上一会儿。这一刻她无比难堪，甚至有些恼怒，使人难过的不是父亲在背后夸奖她，而是他竟如此轻易地对一帮不配听这夸奖的人夸奖她。

她觉得委屈。

变故还在后头。

那是个雷暴天，雷声一串串在山顶炸响，从山前滚往山后，弟弟还没来得及抱头，胖老三就起身喊，没客咯，我先走了。金丽跟在身后，送我回去呀。胖老三说，我又不是你老公。金丽就垮下脸来，就势踢了一脚眼前人，滚！两人笑着出了门。金丽躲在摩托车的伞架下对她挥了挥手，她也摇了摇手掌，父亲却不动，他背对大堂，望着屋外迅疾降下的雨幕和雨幕中离开的人。世界模糊不堪。她突然有了家的感觉。

来，我们玩牌。父亲转身，面对她和弟弟，弟弟正痴痴对着电视，傻傻笑着，她却低下头来，发现凉鞋里的趾甲又长了许多。姑姑也下楼来，手里一张毛巾搓着湿答答的头发，她的声音也像被什么东西揉搓过，起了静电，你倒教得好，这么小玩什么牌！父亲笑，说，下雨无聊嘛。她不动，弟弟却叫起来，电视也不顾，我要玩，我要玩。姑姑把毛巾往椅背上一搭，蹲下来捏弟弟的脸，你会玩什么？弟弟说，我会打麻将。姑姑就不高兴了，睃着父亲，你教的？父亲哈哈大笑，说，我还用教吗。

姑姑很快被父亲拉过来，她和弟弟早已端坐，父亲洗着牌，一套炫目动作，纸牌在空中钻进了彼此的缝隙，又落成一副完整的新牌。

父亲问，玩什么？

姑姑说，我什么都不会。

父亲说，争上游总会的。

弟弟插嘴，会，我会。

她不说话，目光仍笼着姑姑，生怕她会起身离开，直到女人说，只玩一下，我还有事。

四人抓着牌，父亲坐她下手，故意说，摸快点哟，不然我就摸手了。

她想笑，姑姑却看不惯，把你那套收起来，你以为这是什么地方？

父亲讨了没趣，闭了嘴，只对她眨了眨眼，那意思她明白，他嫌姑姑不好玩。

果然，才玩了几把，姑姑就不耐烦地推了牌，说，不玩了，我还有衣服要洗。

父亲说，急什么，明天也来得及。

她一脸失望地望着姑姑，不懂她为什么要拆散这好不容易出现的氛围，她和弟弟多久没有这样和父亲围坐了，父亲的俏皮话她还没有听够呢，她知道这都是说给她听的，可姑姑很不耐烦，一再出口打击父亲，只有弟弟无知无觉，还在用有限的智慧算着手里的牌。

姑姑起身，父亲搁下牌问，又怎么了，谁惹你了？转而盯着姐弟俩，你们谁惹姑姑不开心了？

她和弟弟彼此望望，完全莫名其妙。

姑姑冷笑一声，关他们什么事，你不问问你自己？

父亲说，我又怎么了？

姑姑说，我就不说你了。

姑姑转身，父亲冒出一句，别听外面胡说八道，累了就休息一下，饭店我来管。

姑姑飞快扭转脑袋，肩头的发丝还未干透，几粒水点立即溅到她脸上，她听见姑姑冷冷地说，这是你讲的。

父亲笑，他们可以作证嘛。

姑姑说，好，那我明天就走。

父亲倒抽一口气，这是闹哪样，又听不懂话了。弟弟也跟着跳起来，不要，我不要姑姑走！说着用哀怨的眼神望着她，仿佛她能挽留似的。

姑姑看也没看这一家人，径直上了楼，那扇门被关得一点声音都没有，一句话却从门缝里挤出来，你以为我想待在这里——

屋内安静，只有锅盖从厨房里探出头来，看到人都在，又知趣地缩了回去。她偷眼看父亲，父亲想尽力表现出不在乎，她瞧出来，只是那表情逐渐走形，变得比哭还要难看了。

她不明白父亲为什么要这样对待姑姑，或者倒过来。

第二天姑姑果然消失，是弟弟哭着寻到她这里来的，起先她以为姑姑只是去镇上买菜，却怎么也没等回那个人。她洗的衣服还吊在后院的麻绳上（只剩她和弟弟的），太阳要落山，也没人来收。弟弟整天啼啼哭哭，弄得她心很烦，父亲也吼过弟弟两句，哭什么哭，又没死人！

姑姑就这样不见了，一天两天三天……

还是胖老三问，知道你们姑姑为什么走吗？

她和弟弟摇头，胖老三说，你爸爸，就要娶别的女人啦，你们姑姑当然要让位子了。

这消息像根针一样扎进她身体，在这燠热的午后，她简直要打起寒战，母亲去世时的忧虑卷土重来。父亲果然没有兑现承诺，守在饭店，这个人连日不见，她想他一定是去找那个女人去了。

金丽却反驳胖老三，你懂什么，骆老大你还不知道，这些女人谁能进得来呢，都是玩玩而已。

玩玩？你怕是不晓得苏小妹的厉害。

苏小妹，你说骆老大裹上苏小妹了？金丽有些惊讶。

满大街都知道，就你脑壳打铁。胖老三点起一支烟，万事在胸的样子。

金丽也不恼，只是张皇地说，完了完了，骆老大这次……见她在，金丽欲言又止，跟着踱到胖老三跟前，不会的，骆老大不会这么傻，苏小妹是个……

是个什么，她没有听清。

她又一次想逃离，在姑姑离去之后。可姑姑消失的悲伤还没能持续多久，她就发现了前所未有的自由。她和弟弟一连几天跑去河边，在沙滩上，她第一次感受到了盛夏河水的冰凉，他们等待了几天，这消息也没有传到父亲那里，胆子就更大了。她跟着一个叫幺鸡的初中生过了一次河，俩人坐在一只T20轮胎的内胎上，抵达河心时，她听见岸边锅盖的狂吠，连它也不敢跟过来，那时她还不会游水，还没体会到一个男人挨着她的快乐。

只有一天的星光越来越盛时，她才会想到姑姑，想到那个尚未上门的拥有传说美貌的女人。金丽说那是个脏女人，弟弟就呆呆地问，有多脏？这句话让胖老三当场喷出一大口苦丁茶。她很快让弟弟闭嘴，她不想家丑外扬，不想任何人再谈论这件事。如果父亲让她选，她宁愿姑姑回来，可父亲从未提过。

是金丽对父亲抱怨起来的，她一个人要去买菜要给胖老三打下手还要喂狗，忙前忙后，意思很明确，要涨工资，父亲没有吭气，所以他不在时，金丽的嘴巴就有点不客气，她和弟弟忍气吞声，仿佛这个女人已摇身一变，成了饭店新的女主人。父亲央求金丽暂时住在店里，金丽也没有答应。有几晚她和弟弟去推父亲的门，午夜的饭店除了锅盖的鼾声，别无声响，窗外的虫鸣都是寂静的，父亲的门没有锁，一推就开，他们摸黑走了进去，屋里哪里有男人的影子，她是闻出来的，那张空床很快验证了她的嗅觉。

爸爸去哪里了？弟弟惶恐地问。

也许是另一张床。她记得自己如此回答，却不知道这语气越来越像另一个女人。

姑姑，你还记得苏小妹吗？提起这个女人，她也没有准备。

女人望着她，沉默一会儿，说她做什么，现在人家是富婆，桥头饭店就是她开的。

爸爸真的和她在一起过，那时候她是不是在做那个？

是胖老三和金丽告诉你的吧？还有什么好说的，我跟你讲，那时候你们好险知不知道，不是我走了一步险棋，你们现在还不知道在哪呢。姑姑笑，真是危险啊，那时你爸被她弄得五迷三道的，差一点，就一点点啊。

她真的那么漂亮？她不想知道父亲的风流韵事，那些她后来听多了，

可没有一个女人像苏小妹那样让姑姑如此严阵以待。

漂亮，真漂亮，不光是你爸，我都会多看几眼。姑姑大笑，这地方出这么一个人，也难得啊。

你不恨她？她差点……

姑姑笑声变冷，她要是来了倒好，我哪用这么累。

她自知问偏，只好闭嘴。

姑姑接着讲，还有什么恨的，什么年代的事了，现在她还常过来关照我生意，说起来倒不坏，她也是命不好，不对，现在命倒不错，不过，她现在也是一个人。她看出姑姑的激动，面对昔日敌人，女人还很得意，得意中还掺杂些同情，许是想到自己。

我想见见她。她听见自己这么说。

为什么？姑姑问，就因为她差点成为你妈？

她哑笑，摇头，我想看看她有多美，我没有见过她。这是实话，她连女人的影子都没见过。

你怎么会见过，你那么小就出去读寄宿，见过几个人？姑姑嘀咕，后来你算见过世面啦，什么美女没见够，非要见她！

她笑，也是，又补一句，姑姑，你也很美啊。

女人脸色一沉，哼一声，我美什么美，我没有美过！

她这才发觉唐突，又伤了姑姑的心。

她还记得姑姑是消失一个月后重又出现的，她不知道父亲与姑姑达成了怎样的协议，一定是父亲退让吧，苏小妹被挡在了门外，那以后，姑姑的话父亲言听计从。记得再见到她，是弟弟胆怯地往她身后一缩，仿佛没有认出这个人来，是她带头喊起来的，姑姑——女人的回答她永远记得，家里出了叫花子吗，你看你们的邋遢样儿……

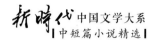

弟弟打来电话时，她还在想要不要去桥头饭店，兴许真能见到苏小妹，这念头还是和姑姑聊天时升起的，却没能行动，见到那个女人又如何呢？弟弟的电话更打断了她的幻想，她有事做了。

姐，我们到了，我没带钥匙，手下人把门砸了。弟弟的声音仍怯怯的，害怕她生气，这么多年他还是有些憷她，哪怕他们之间隔了一个电话的距离。

她很快将车猛甩进饭店门前，弟弟发现了她的红色 MINI，兴奋地从二楼窗口朝她挥手，她按了声喇叭，算作回应，却没有下车。

弟弟走出屋子，来到车前，他知道如果自己不亲自下来，姐姐可能会这样一直坐下去，他敲了敲车窗，姐——

她眉头一紧，最听不得弟弟这样叫她，一道拖音，女里女气，她怀疑这是父亲对他放任不管而姑姑对他百般溺爱的原因，但追根究底，是母亲过早地离开，有时她也会怨自己对弟弟还不够严厉，不能培养他的男子气概。

姐。见她皱眉，弟弟很快改了腔调，这一次他收住了拖音，让那个字变得干脆利落。她这才下车，可弟弟仍盯着车子，问，姐，你的Levante 呢，姐夫收走了？

注意称呼。她提醒说。

离了也是姐夫一场嘛，怎么，他收了你的车？

他敢。她说。她知道弟弟眼馋那辆 SUV，曾借过好几次，最远一次开到三亚，她觉得如果弟弟不是那么轻浮那么想炫耀的话，她没准儿会把车送给他，但如果这是送车的唯一条件，那弟弟一辈子也别想得到它。

可这一刻，她不想考虑这个。

饭店终于动工。

她望着洞开的大门，屋里早早亮起了灯，黑白交错的马赛克地砖上落满了杂乱的脚印。她有些后悔，她应该赶在这伙人闯入前先来看看，父亲过世时，她没有进去。她准备进门，可弟弟头顶的安全帽实在碍眼，她忍不住说，你非要戴这个回家？

弟弟这才慌乱地摘下帽子，讪讪地讲，是说进来怪怪的，原来是帽子。

是脑子。她纠正说。

整栋楼的改造设计出自弟弟之手，她庆幸在这件事上弟弟还不算太笨。三维效果图她看过多遍，曾和弟弟反复讨论，在不增加地面建筑的基础上，对饭店做出新的调整，空间自然是重点。三楼的屋顶平台做出扩展，在侧边用钢架撑出一个景观平台，二楼也相应打出门洞，叠加一个平台，弥补室内空间的不足，后院更有地盘施展了，铺设地砖、栅栏，增设植物，就能打造出全镇最漂亮的花园。麻烦的来自饭店内部，她厌烦了饭馆，新的定位是民宿，只供应简单早餐和饮品，以保持最大程度清洁。一楼大厅可做小型工作、休闲区域，从前的包房扩为客房，侧边开出门洞，让活动区域延伸到屋旁的两株法国梧桐下，二楼三楼全为客房，三楼她留下一间单独使用。客房的定位是小而温馨，内饰采用条形材料组合，突出木质感，再配合玻璃墙加百叶窗，三楼增设挑高屋顶，采用有防水层和隔热层的不规则形顶，让夏日的露台有荫翳又不阻挡视野，雨天也能使用。整栋楼的外墙也需重新处理，突出砂石的颗粒感与硬质感，底色仍为白，不与小镇的整体规划相冲突。

这方案她多少满意，她简直迫不及待想要看到完工的情景。开设民宿的想法并非心血来潮，这些年她走过一些地方，总是留心那些别致的民宿，还跟丈夫老高说起，有一天我也可以开一家。老高笑，说，不愧是饭店老板的女儿。她哪里想到这一天会这么快到来。结束八年的婚姻后，她果断从入职十年的银行离职，为了这个方案，她预算了所有家当，做工程的老高给了她笔不菲的费用，她本可坐吃山空，但她无法容忍放任的日子，她有时古怪地想，选择念金融，和大十八岁的老高结婚，或许都是为了这一天的到来。

屋里的陈设大大改过，她早有准备，父亲的荒唐让这里名声大振，父亲入狱后，她再没来过。二楼的房间果然暧昧，红色的墙漆透着俗艳，她的房间不出意料地被一扫而空，她记得父亲为此给她打过电话，借着别的由头，让她交出房间，她能说什么呢，按她当时的脾气，肯定是什么都不要了的，她只是没想到这里会被那些女人侵占。父母的房间倒没变，父亲去世后，没人整理，该烧的都被姑姑拿去烧了，衣柜里空空如也，床也只剩下惨白的架子，墙上挂照片的地方空下来，露出一块突兀的白斑。

她突然不想看了，这里的一切都面目全非。昨晚对姑姑透露后，姑姑仍然震动，嘴里说着，我就知道你回来是打饭店的主意，这么小的地盘，我怀疑你能不能挣到钱，你要是赔了，我可不想再养你。

她笑，说，我就赖在这里啦。

女人的目光垂下去，忧虑地说，这样你还怎么嫁人呢，你还没有小孩啊。

她很想反驳，姑姑你也没有啊。一个显著的事实是，女人也不可能再有了。可她不想再伤姑姑的心，至于自己，她没有想过这个问题。

你以为饭店好做？女人讲，你一个人，要吃多少苦头？

姑姑，我不是开饭店，是民宿。她纠正道。

我不管什么民宿不民宿，这里有疗养院还有酒店，我不知道谁会住到山上去，鬼都打得死人。

那才叫刺激啊。她笑。

姑姑却突然厉声说，那我们以前算什么？

她心里诧异，不懂女人心思，姑姑也没有顾及她，一径讲下去，是你爸毁了那里！他这辈子做什么都失败，哪次不是饭店救了他，养活了你们，可他怎么样，耀武扬威做那些事，你们倒是一个个跑了，我往哪里跑……

她试图保持镇定，她确实不清楚离开这里后饭店都发生了什么，对于父亲，她多少有些愧疚，她初中就出去念书，很少回来。可眼下不同，她不希望任何人打乱她的计划，她坚定地说，我可以重新开始的，姑姑，你要相信我。

女人盯着她，目光开始变冷，一星一点都射进她心里，可可，不是姑姑说你，你真是狠心啊，说走就走，一走那么多年，说回来就回来，从不顾别人感受，这一点，你倒像你外公，这些年，你要是常回来，你爸会那样吗？

她没想到姑姑会这样说，她竟把自己和外公联系起来，而父亲接踵的厄运，姑姑也算在了自己头上，她百口莫辩。

你爸为什么会坐牢，你知不知道？女人又问。

她点头又摇头，心里开始抵触，父亲那段历史早有定论，男人也为此付出了代价，她不想再谈论它，何况父亲走了，那个人的淫威再无法威胁波及任何人，她不知道姑姑为什么不肯放过他。

她想结束这场对话，姑，不要说了。

女人看着她，一脸肃然，你应该知道，这些事我也不想带走，你爸坐牢是我去告的，我知道这里告不倒他，就去了区里……不是我狠心，是你爸做在前头，饭店不应该毁在他手里，要毁也应该是我……

姑姑终于说了出来，这才是她想告诉她的，她突然明白了，这么多年，饭店的主人从来都是眼前的女人。

姐，你怎么了？弟弟打断了她的出神，递来一把锤子，老规矩，你来动第一下。她望着弟弟，望着他脸上无知的表情，他真是什么也不知道呵，可他手里笨重的锤子又宣告着什么，她突然想了起来……

可可。父亲转身发现了她，向她招手。她想跑掉已来不及，只好一脸难看地走向他，问，做什么？父亲面露笑意，有了讨好的意味，这神情她可没有见过，也许只有面对母亲，这个男人才会这样低声下气。父亲说，可可，饭店以后就交给你了。众人笑，说，骆老大英明。父亲摆摆手，一口酒被他咕隆一声灌下去，这么好的饭店，你要开下去呀。她就困惑了，不明白父亲为什么要说这个，就好像他马上要去死一样。她讨厌这样的父亲，更不想顾及旁人的感受，她用尽全身力气喊道，我才不要！

新　锐　作　家　卷

逍遥游

班　宇

我系一条奶白围脖，坐在塑料小凳上，底下用棉被盖着脚，凳子是以前学校开运动会时买的，几块钱，一直用到现在，也没变形。身后是居民楼，东药厂宿舍，一楼做了护栏，扣上铁罩，远看近似监狱，晒蔫的葱和白菜垛在上面，码放整齐，一看就是有老人在住。倒骑驴拴在一侧的栏杆上，我靠着墙晒太阳，风挺冷，吹得脸疼。许福明距我十步之远，在跟刚遇见的老同学聊天，满面愁容。他见了谁都是那套嗑，翻来覆去，我特别不愿意去听，但那些话还是往我耳朵里钻。

　　老同学说，你留个手机号，我跟我们班挺多同学都有联系，大家回头一起想想办法，帮助帮助你。许福明说，我哪有手机啊，都让她拖累死了。老同学说，真不易啊。许福明说，你说前两年，咱在市场里碰见，那时我啥样，现在我啥样，说我七十岁，也有人信。老同学说，那不至于，放宽心，还得面对，日子还得过。许福明说，唉，话说得没错，但问题是，啥时候是个头儿呢。

　　临走之前，老同学从兜里掏出一张五十的，非要塞给许福明，说，我条件也一般，老伴还没退休，给人打更，多少是点儿心意。我在旁边喊，爸，你别要。许福明假模假式，推脱几番，还是收下来了，从裤兜里掏出掉漆的铁夹，按次序整理，将这张大票夹到合适的位置，当着老同学的面儿。

　　我坐在倒骑驴上，心里发堵，质问道，你拿人家的钱干啥。许福明不说话。我接着说，好意思要么，人家是该你的还是欠你的。许福明还是不说话，一个劲儿地往前蹬，背阴的低洼处有尚未融化的冰，不太好骑，风刮起来，夹着零星的雪花，落在羽绒服上，停留几秒又化掉，留下一圈深色的印迹。车过肇工街，有点堵，骑着人力车，非得占个机动车道，许福明办事一直都这样，没一件得体的。后面狂按喇叭，我有点坐不住，便吃力地翻身下车。身体太虚了，没劲儿，我觉得自己像一只趴在树上的熊，笨拙缓慢，几乎是骨碌下去的，半跪在道边，休息几秒后，起身拍了拍土，自己往医院门口走。就这样，许福明也没个动静，服了，任尔东西南北风。

医院冷清，我在长廊上等许福明。一个礼拜得来两次，在二楼做透析，护士都熟了，见我面点头打招呼，说，过来了啊。我说，啊，来了。然后问我，最近感觉咋样。我说，见好。护士还挺高兴，说，那就行，慢慢来。其实我心里知道，这病上哪能好啊，就是个维持。阳光从尽头的窗户里照过来，斜射在我身上，我被晃得有点睁不开眼睛。蒙眬之中，看见许福明也进来了，衣服半掖着，裤脚脏了一块，不知在哪儿蹭的，连跑带颠，去窗口交钱取票办手续，来回来去，忙一脑袋汗。我想，还是医院暖气烧得足，家里要是也这样就好了。前几天看新闻，说温度不达标，能给退一部分采暖费，这钱得要，投诉电话我记在哪儿来着，我不停地回忆着，越想越困。

但一躺在病床上，又什么都忘了。像是进入另一个纯白世界，蒸汽缭绕，内心清澈，一切愿望都摸得着，想喝水，想吃东西，但吃上就吐，时间发生扭曲，像一条波浪线，起伏不定，有时候五分钟过得也像一个小时，挺煎熬。透析过后，有人活蹦乱跳，我是一点力气都没有，根本站不住，说话都累，得眯一会儿，才能稍微恢复，但也走不了几步，蹲着倒是还行，能缓一缓。挪几步，蹲一会儿，挪几步，再蹲一会儿，一般我就是这么走出医院的。许福明在身后，有几次想过来搀我，我都给推开了，不用他。他刚才是咋说的，我可都记着呢，快要让我拖累死了。

刚发现得病那阵儿，我跟我妈两人过。之前一年，许福明在外面又找一个，女的在玉兰泉搓澡，外地户口，带个小男孩。也不知道他俩咋认识的。反正许福明成天不回家，借着跑车的名义，在外面租个房过日子，怎么喊也不露面，五迷三道，好不容易过节回来一次，见面就吵架，连踢带踹，脾气见长。本来都挺大岁数了，睁一只眼闭一只眼，对付着过就得了，但他就不行，蹦高要离，魔怔了。

我妈也挺倔，还到澡堂子闹过一次，裤腰里别着菜刀去的，但没用上。回来之后，听我几番开导，心平气和去离婚，也是过够了。办完手续时，正好是中午，我们一家三口还下饭店吃了顿饺子，跟要庆祝点啥似的。许福明情绪特别好，叫了俩凉菜，筷子起开啤酒，倒满一杯，泡沫漾出来，他低头吸溜一口，然后抬手举杯，要敬我和我妈。我没搭理，低头撮拢蒜泥，我妈跟他干了一杯，然后说，瞅你那样儿吧。许福明笑嘻嘻，也不说话。我妈又说，小人得志。许福明还是笑，说道，多吃点儿，不够再要。

可能许福明自己也没料到，好日子没过几天，这场病就将我们再次连在一起。检查结果出来的时候，我刚上班不久，没啥积蓄，根本不够看病的。我妈挺要强，始终也没告诉许福明，后来把房子都卖了，我俩在铁道边上租房子住，就这样，也还没说，不指着他。但钱也还是不太够，四十平的老破小，能卖几个钱啊，这病跟无底洞似的。

许福明还是听别人说卖房子的事儿，才知道我得病，灰土暴尘地赶过来，衣服穿得里出外进，气色也差，提溜几样水果，像是来看望不熟悉的朋友。我妈见他来了，也不说话，在厨房拾掇菜，我也不知道跟他说啥好，就一起坐着看电视，辽台节目，新北方，一演好几个小时，口号喊得挺大，致力民生，新闻力量。看了半天，许福明问我，咱家现在这种情况，能上这个节目不，寻求社会帮助。我气得要死，给他撤走了。出门之前，我听见他跟我妈说，你放心吧，我肯定管，管到底。我心说，你咋管啊，你能管谁啊，你是玉皇大帝咋的，管好你自己得了。

咣一声，大门关上，许福明的脚步声渐远。我妈把围裙解下来，端上桌好几个菜，还炸了鸡蛋酱，冒着热气，伙食不错。我妈坐在我旁边，我看看她，她看看我，电视里的交警大哥磕磕巴巴地聊着违章，我俩抱在一起呜呜哭。之前也没这样，都挺坚强的，这天就有点受不了。哭了一会儿，该干啥干啥，差不多得了，不然菜都凉了。

我妈走得太突然了，直到现在，我都接受不了，还没正式入冬，清早下趟楼的工夫，摔在水站旁边的井盖上，昏迷过去。我们刚搬到这边，邻居都不熟悉，看这情况也没人敢动弹，后来有人打了急救电话，这才找到我。那时我还没起床，浑身疼得不行，听到这消息，瘫在地上，站不住了，后脊梁直冒虚汗，眼前一片黑暗。

我给许福明打电话，让他赶紧过来，说我妈可能是脑溢血，情况不好，快拉我去医院。他也着急，但正值早高峰，路不好走，花了将近一个小时才过来。接我下楼之后，发现等着我们的是一辆出租车。我问他，你咋不开车来？他也没说。上出租车后，又问一遍。许福明说，想给我拿点钱治病，车就先卖了。我说，用你管吗我，该你出头时，啥也指不上你。

我嘴上生气，其实也有点心疼，许福明指着那车过日子呢，前些年蹬三轮在南塔拉日杂，后来总算攒钱买了辆二手车，四米二的厢货，这还没养两年，就又卖了，肯定是赔。我家就这样，无论干啥，从来赶不上点儿。别人家赚钱了，看着眼红，也跟着往里投，结果轮到自己时，一塌糊涂，人脑袋赔成狗脑袋，没那命。

到医院之后，我俩直转向，哪儿都找不到，后来一顿打听，从里面出来个大夫，直接告诉说，人不行了，没抢救过来，让准备后事。我和许福明当时都傻了，做梦似的，一样不会，别人让干啥干啥，开死亡证明，买装老衣服，遗体送殡仪馆，忙得没空细合计。为数不多的亲戚朋友过来，扔了点钱，都同情我们。许福明还挺客气，对来宾千恩万谢，净扯没用的。晚上守灵时，我实在撑不住，几近虚脱，躺在沙发上睡着了。到后半夜，起来上厕所，看见许福明还没睡，抽着烟，对着我妈的遗像嘀嘀咕咕，好像还掉两个猫崽儿，离都离了，真能整景儿。

　　上午出殡，看我妈最后一眼，遗体告别时，我才反应过来到底发生了啥，哭得上不来气，心脏也跟着犯抽，口吐沫子，扯着灵床，死活也不撒手，惊天动地，好几个人都拽不走。后来工作人员都过来了，好一顿劝。下午许福明带我去医院做透析，我一句话也没说，躺在床上，感觉自己也像是死了一次，都看见魂儿了。后来想想，怎么也接受不了，下趟楼的工夫，人咋就能没了呢。想着想着，又开始怨恨起来，妈你心可真狠啊，明知道我有病，怎么就能舍得扔下我自己走啊。

　　许福明搬回来跟我一起住，肩上扛一个包，手里拎着一个，跟他走的时候没区别，同样也是这套装备，像是报了个几日游的旅行团，兜了一圈，又回来了，白折腾。厢货卖了，可还得活，他又买了辆二手倒骑驴，一米二的板，挺宽敞，花了三百七，礼拜二和礼拜五拉我去医院透析，平时在九路家具城拉脚，每车六十，辛苦钱，装多少都得拉，活儿俏的时候，一天能剩一百来块。

　　从医院回来后，许福明在厨房炒菜，尖椒土豆片，满屋油烟，租的房子没有油烟机，做饭时只能开气窗通风，不顶啥用，冬天特别遭罪，不开窗户呛，开窗户吧还太冷，还好春天马上到了。菜端上桌后，我还是没力气吞咽，只吃两口。许福明嘟囔了句啥，我没听清，便又躺着睡过去。醒来时，已是晚上八点多，望向窗外，黑暗之中，景物飘浮，那一瞬间我竟觉得十分空旷，恍惚之间，想起以前看过的两句诗：山静似太古，日长如小年。闭上眼睛，甚至能感受山风吹拂。屋内没有声音，我就这样坐了很长时间，然后起身喝水，翻开手机，看见赵东阳给我留言了，问我最近怎么样。我回信息说，下午刚做完透析，目前状况良好。赵东阳说，过几天有空来看我。我说，没事，你家里也挺忙的。赵东阳说，也不忙，就是懒，最近跑沈北院区，一直没看见你。我说，转院了，医大二院治不起，冬天以来，一直都在九院做的。

　　我患病之后，社交极少，跟以前的朋友基本都断了，就跟谭娜和赵东阳还有联系。谭娜不用说了，小学和初中都是一个班的，住得也近，上学放学一起回家，连体婴儿似的。赵东阳是初中同学，当时不太熟，整个三年也没说过几句话，后来我妈带我看病，有一次在病房外面，正好走个对头碰，其实我认出他来了，但没好意思打招呼，多年不见，而且是这种场合，没啥唠的。擦身而过后，他又追上来，碰碰我的胳膊，轻声问我，你是许玲玲不。我还没想好，我妈扭头替我回答，说，是啊，你谁啊。他说，咱俩以前同班同学，一六五中的，我坐你后面，赵东阳。我说，想起来了，你也没咋变样啊。赵东阳说，是不是，保养得还行。我妈看他穿的制服，问他，你在这里上班？赵东阳说，是，给医院开车呢，依维柯，送点医用耗材啥的，几个院区来回跑。我妈说，这工作挺好，是医院的正式员工不。赵东阳说，合同工，其实也不咋的，赚得少，就是稳定，平时不忙，上午一趟下午一趟。我急着告别，不爱提我生病的事儿，赵东阳还非得追着问，欠儿登似的。我妈跟他讲得很细，还指着他帮联络联络，其实他就是个司机，边缘人物，能力有限。看得出来，赵东阳听见这样的请求，也很为难。第二次见他时，医生没联络到，倒是给我买了不少吃的，还有大罐的营养品，白花钱。我死活不要，那也非得让我收下，其实那些东西都是骗人的，吃完啥效果都没有，我清楚得很。

我在医大二院做了半年多的透析，只要赵东阳当天不出车，就过来陪我坐一会儿，随便聊几句，有时候回忆同学，有时聊聊他们车队的事儿，人际关系啥的，让我帮着出主意。我能说啥，也不熟悉，就是赶着唠。他过得也挺紧，刚有小孩，媳妇还不上班，两人总干仗。我隐约记得他在上学时挺喜欢我的，但不敢肯定，印象模糊，联欢会时好像给我送过明星海报，那时候都兴这个。

谭娜来看我时，则完全认不出赵东阳，提醒了好几次，还是没想起来，也行，当新朋友处。有时候我们仨还一起出去吃个饭，都挺简单，押面鸡架啥的，赵东阳请客，不好让他破费。吃完回来，谭娜跟我说，我看他对你有点意思啊，没嗑儿硬挤，也要跟你唠。我说，别瞎白话，他都结婚了。谭娜说，我看那眼神儿不太对，暧昧。我换个话题，问她，你咋样，又处对象没。谭娜叹了口气，说，刚处上一个，二婚的，你说我是咋了，小时候也不缺对象啊，没把握好，现在岁数一大，怎么忽然这么不值钱了呢。我说，人好就行，几婚能咋地，都得认真对待。

人品这玩意儿，没处看去。没得病之前，我也有个对象，处得还挺好呢，在环保局上班，家里安排的，平时没啥爱好，就是喜欢足球，爱看也爱踢，以前是体校的，身体特好。我跟着他去看过几次辽足，坐东三看台，视野不错，骂满九十分钟，心情舒畅，排毒养颜。完后两人拉着手去北四路吃点烧烤，喝几瓶啤酒，半醉不醉时，在旁边的小旅馆开间房，一宿能折腾好几次，第二天照常上班，精力充沛。那段时间，我不爱回家，许福明也不回家，天天就剩我妈自己，谁也顾不上她。后来听说我一得病，对象跑得快极了，百米冲刺速度，直接蹽没影儿了。我妈重新回到我的生活中央，天天数落我，有时候说多了，也心疼，就改骂我以前对象。我也跟着骂，对着空气，啥难听说啥，哄我妈高兴。但其实我一点也不恨他，人之常情，可以理解。现在偶尔想起来，也都是些美好的记忆，我挺知足的，没白处一回。

许福明回来时，将近半夜，我迷迷糊糊正要睡着，听见开门声吓了一跳。我拧亮台灯，问他干啥去了。他回答说，没事儿，你快点睡吧。我说，病历你搁哪儿了，在你包里没，我瞅一眼。他说，瞅啥，深更半夜，睡觉。我说，看看指标。他说，我看了，都挺好。我不信，下床去翻他包，他一把拽走，不让我看，转身躺在沙发上，头枕着包。不看就不看吧，反正肯定也是不好，我心里有数，看见了反而闹心。我上个厕所，又回到床上。租的房子不大，我睡里屋，许福明睡在过道的沙发里，经过他时，能闻到一股饭菜味儿。我知道他干啥去了，这老家伙，没有消停时候。

我是上个礼拜发现的，他又处上一个，我家以前房子附近饭店的服务员，瞅着比他岁数都大，一脸褶子，尖嘴猴腮，长相特寡。我也真是服了，许福明到底有啥魅力，一没劳保，二没长相，赚得也少，还有个生病的女儿，就这家庭条件，咋还有人往上贴呢。这女的姓啥不知道，但之前我见过好多次。我高中退学之后，到药房去上班，干收银，她戴个口罩，老过来开药，全是治妇科病的，那时候我对她就没啥好印象。

许福明这几天晚上总不着家，爱往饭店跑，那女的就住那里，凳子一搭，被褥一铺，直接睡在上面。大前天吧，许福明还从家里偷了罐蜂蜜，藏着掖着，给那女的送去了。我没吱声，那蜂蜜是赵东阳以前给我买的，拿就拿呗，反正我也不喜欢那股味道。

我躺在床上，睡不着，就捧了本书看，诗词大全。我上学时候就爱学语文，尤其是古文，觉得写得美，读起来有感觉，"满船明月从此去，本是江湖寂寞人"，说得多好啊，我经常也是这个心境。但可惜书没念下去，我那几年正赶上辽宁实行大综合高考，不分文理，总共九门课，全都得学，物理化学啥的，各种公式，真记不住，太难了，于是上完高二就退了，给家里减轻负担，反正也是普高，每年退学得有一半，不稀奇。但我这文化水平，比谭娜和赵东阳多少还是强点儿，他俩都是初中毕业就不念了。赵东阳说要去当兵，后来也没去成，考了个本开车去了。谭娜上了个中专，有阵子挺疯，夜不归宿，总去红番区蹦曲，扑热息痛似的药片子，一把一把地吃。家里人也都不管她，整天迷迷瞪瞪，身边男的总换。那阵子我俩接触得就少了，唠不到一起去。后来她也不玩了，被人害得不浅，打两次胎，伤了元气，不敢折腾了，正好她老姨在西都商场兑了个床子，她就去帮着卖裤衩袜子，一干就是好几年，我身上穿的全是她送的。成天坐在柜台后面，光动弹嘴儿就行，不累。她挺适合卖货的，也乐意干，就是运动太少，导致这两年体重长得有点快。我俩身高差不多，一米六五吧，但她现在比我得重四十斤，充气似的，走道都开始喘了。

后来不知道是几点睡着的，第二天醒来时，差不多八点。我拉开窗帘，阳光明媚，伸着脖子往外面一望，拴在栏杆上的倒骑驴不见了，许福明已经出门。饭菜在盖帘里，还是昨晚那些，洗漱过后，我自己热着吃，一口一口，嚼得很细致，跟昨天相比，我感觉基本是缓过来了。吃过饭后，在家待着实在没意思，我穿好衣服出门，想去找谭娜待一会儿。

坐上公交车，经过铁西广场时，好像看见我以前对象了，就一个背影，但我感觉应该是他。还是那么瘦，穿得立整，小鞋刷白，胳膊肘儿挎个女的，那女的背个金链小粉包，细跟长筒靴，也不怕摔。我没敢下车，有点怕见到他，状态不好，不自信，特意多坐一站，再走回商场。谭娜正在吃午饭呢，还没吃完，筷子放在一旁，我看了一眼，三荤一素，待遇挺高。她冲我点点头，然后继续向顾客展示十块钱五双与十块钱三双的质量区别。我从她与案板的缝隙之间钻进去，一屁股坐在里面的板凳上，开始摆弄手机。板凳上套着海绵垫，倚靠一堆货物，相当舒服。

谭娜将盒饭扒拉干净，一粒没剩，然后横过手背，擦了擦嘴，问我，过来咋不提前说一声。我说，懒得打电话，走到哪儿算哪儿。谭娜说，前几天看见你爸了，在那饭店里，挺晚的时候，我去打包俩炒菜。我说，他干啥呢。谭娜说，干坐着，喝水，招人烦不。我说，没皮没脸。谭娜说，是不是跟那个服务员。我说，我看着像。谭娜说，那女的也不容易，下岗多少年了都。我说，许福明就他妈爱扶贫，也不看看自己啥德行。谭娜说，不能这么看，岁数大了，都有情感需求，你得理解，你爸这人不坏。我说，别提他了，你咋样。谭娜说，住一起了。我说，进展挺快，啥时候下一步。谭娜说，住上我就后悔了，脾气不咋地，那方面也不太行。我说，差不多得了，要求还挺高。谭娜说，说两句就好动手。我说，那可不行，不能挨欺负啊，别犯糊涂，赶紧撤。谭娜叹了口气，说，我本来也是这么想的，但我现在身边真没人了啊，只能先将就着，再说他这人其实倒也不坏。我有点急了，跟她说，谁他妈都不坏，最后就你吃亏，再找啊，离了他还不活了咋的。谭娜说，说得轻巧，咱这条件，是要啥没啥，还能像小时候似的啊，想跟谁处就跟谁处。

我给赵东阳发信息，邀他晚上也一起吃饭，来陪谭娜喝点儿，她心情不好。没到四点呢，他就从医院过来了，穿一身牛仔服，歪戴帽子，远看着还行，离近了细瞅，满脸瑕疵，不忍直视。我有点违心，夸赞他说，气色不错啊，挺有型。赵东阳指了指脑袋，问我，咋样。我说，啥咋样。他说，刚铰的头。我说，就为了见我俩呗，特意去理个发。赵东阳说，那必须重视起来，完后又回家换套衣服。谭娜说，你媳妇没问你要干啥去啊。赵东阳说，问了，我直说的，跟你俩喝酒去，能把我咋的，我这一天到晚，累死累活，赚钱养家，出去喝点小酒，有毛病么。我说，还立起来了。赵东阳笑着说，谁还能总挨收拾啊，想吃点啥，我请，刚过完年，年终奖又发一半。谭娜说，今天谁都不用，我来，烤牛肉去，能多待一会儿，难得聚一起。

商场五点关门，我们刚要走，忽然又来了几个女的，岁数不小，打扮还挺妖，个个皮靴假透肉，要买丝袜，挑来挑去，赵东阳坐在后面，眼神挺不健康，想装作不在意，却又忍不住多瞄几眼。我觉得好笑，小声跟他说，想看就看呗，有啥不好意思的。赵东阳说，拉屁倒吧，太小瞧我了也。谭娜一边应付客人，一边收拾柜台，嘴和手都不闲着，卖货一把好手，弯腰装箱时，露出一截后背以及半个屁股，一圈白肉漾出来，颤颤巍巍。我上前去拍了一巴掌，手感结实，声音响亮。她不好意思地往后拽拽衣服，说，许玲玲，你能老实一会儿不。我乐得不行，来买货的都直瞅我，但我也不知道自己到底在乐啥。赵东阳有些不好意思，点根烟出去了，说在外面等我们。

待到我们出门时，天色已晚，沿着后街走几分钟，来到小六路的千里马烧烤，正是饭点，人还挺多，我们在最里面占了一张桌，贴着墙坐，赵东阳蹭了一身白灰，使劲扑落也不掉，挺狼狈。谭娜点一桌子菜，全是肉，腰子熟筋鸡脆骨，就一个拌花菜是素的。我光看着就有点饱，她好像特别饿，吃得很快，烤得半熟就往嘴里塞，还指使赵东阳从门口拎过来好几个篓子，自己烤自己换，万事不求人。我得这病，不能抽烟喝酒，不然就更严重，只能看着他俩互相吹。谭娜酒量特好，从小练出来的，那是美酒加咖啡，一杯又一杯，赵东阳不太行，两三瓶下肚，脸就红了，

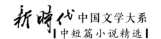

喘气都带着酒味，眼神发直，话也说不利索。我俩跟小学生似的，听着谭娜一顿大白话，从商场到夜场，从首都到沈阳，政策形势，情感关系，瓜果皮核，分析得头头是道。天南海北，谭娜最美，不服是不行，前提是这事儿里没有她，要是她自己的事儿，那是怎么都捋不清的，混沌一片，小糊涂仙儿。

　　喝到晚上十点多，就剩两桌了，火炭烧尽，屋内逐渐变凉。不知道怎么聊到旅游，谭娜说她想出门转转，好几年了，铁西区都没出过，我说我也想去，赵东阳说那咱今年就走一趟啊，来个春游。我说，费用得均摊。谭娜说，你俩相好的，还摊个屁啊。她一喝多就这样，满嘴胡咧咧，我也不挑。赵东阳说，到时候借个车，我开着去，看看大海，放松心情。我说，可惜我不能走太远，两天就得回来，还得去医院。谭娜说，近的也行，大连那边好几个岛，我老姨年前去的，风景都还行，不贵，吃住一条龙。我和赵东阳也觉得不错，是个好提议，可做备选。聊得正高兴，谭娜出门接了个电话，回来时满面红光，身边多了个男的，介绍说是她对象，在家不放心，特意来接她了。整景儿呗，饭店离他对象家就几步道儿的距离。她对象长得有点老，干巴瘦，头发快掉没了都，鹰钩鼻子，戴个眼镜，穿了件起球的绿毛衣，看着像她叔，反正跟我们不是一代人。谭娜有点喝多了，依偎在他身上，脸贴着她对象的胳膊，姿势极不协调，看得出来，她对象也挺难受，不方便夹菜。谭娜说，老公，他们要带我出去玩。她对象说，好事啊，你去呗。谭娜说，那你跟我去不，我可不想当电灯泡。她对象夹了一块烤煳的肉，塞进嘴里，然后说，上哪儿啊，一起去呗，全我安排。我一听这话就特别反感，拉了一下赵东阳，说，你差不多得了，明天还得上班呢，喝完这个就回家，不然又得跟媳妇干仗了。赵东阳挺聪明，点点头，提了一杯，跟谭娜对象说，初次见面，来日方长，杯中酒了兄弟。

谭娜和他对象住得近，互相搂着往家走。赵东阳送我回去，路上空车少，先陪我走了一段。灯光昏暗，几乎没有行人。昨天还飘雪花，今晚仿佛直接进入春天了，一步到位，这季节总令人产生幻觉。没有风，温度适宜，天空呈琥珀色，如同湖水一般寂静、发亮，我们俩步伐轻快，仿佛在水里游着，像是两条鱼。想到这里，我忽然问赵东阳，我们像鱼不。赵东阳说，啥意思，没吃饱咋的。我说，不是，就是天气挺好，周围没有障碍，身体也还行，有劲儿，走路轻松，自由自在。赵东阳说，像啥都行，只要你好就行。我说，要是能选的话，我想当鲨鱼，前几天看新闻，北大西洋里发现一条，格陵兰睡鲨，五百多岁，目前为止发现的活得时间最长的动物。赵东阳说，那是啥朝代生出来的。我说，可能是明朝。赵东阳说，成精了。我说，这几天我一直在想，你说它每天是啥心情。赵东阳说，什么啥心情。我说，五百多年，别人都活好几辈子了，它这一生还没过完，世间的那些事，反反复复，看了多少遍，曾经的同伴都已静静沉入海底，只剩下它自己，离岸几千米，似睡非睡，缓缓前进，守护着越来越多的时间，这么一想，又有点替它难过。赵东阳说，难过就别想了，给自己增加负担，你得先养好身体。

走回大路，月光洒下来，地面湿润，我们站在道边等出租车，侧方忽然有奇异的浓烟冒出，我们走过去，发现是一棵枯树自燃，树洞里有烛火一般的光，不断闪烁，若隐若现，浓烟茂密，凶猛上升，直冲半空，许久不散。我们眯着眼睛，在那里看了很久，直至那棵树全部烧完，化为一地灰烬，仿佛从未存在。

四月份结束供暖，屋内更加阴冷，我的身体一天不如一天，经常处于睡不醒的状态，起来活动一小会儿，就又要犯困。上次大夫跟我们说，方便的话，一个礼拜来三次也行，我心说，我倒是方便，时间有的是，但钱不方便啊。看这病只能报销一部分，剩下的还得自己承担，当然，主要是许福明承担。他听完这话后，当场也没有表达看法，默默蹬车带我回家，回来也没动静，假装没听着，黑不提白不提。啥人吧。

有时候我挺来气，有时候又挺同情许福明，这辈子过得，没少挨累，啥都折腾，但到头来啥也没成。到他这岁数，不说那些有大能耐的，就是以前厂子的普通工人，都找人办个提前退休，坐家里享清福了，他还在这奋斗呢，肩扛背驮，冬练三九夏练三伏，着实不易。走在路上的时候，我脑子里反复合计这些事儿，觉得也挺对不起他，拖累，但是一到家里，见他那副德行，今天搞破鞋明天偷蜂蜜的，又气不打一处来。

最近身体状况不好，跟谭娜他们也没怎么联系。有天半夜，她忽然给我打电话，哭得不行，告诉我说让那男的撵出来了，两人又动手了。我说，撵出来挺好，以后也别回去了，少给自己找罪受。谭娜问能来我家对付一宿不，我说那有啥不行的。快十一点吧，谭娜敲门进屋，眼睛红肿，脸色苍白，被泡过似的，没有血色，手里提着一盒草莓。我在厨房洗草莓，她就在屋里愣神。许福明披上衣服出门了，还挺觉景儿，估计是又偷摸去饭店住了，最近他总不在家里睡。

谭娜说，擀面杖。我说，草莓真好吃，好几年没吃了都，你说啥。谭娜说，他拿擀面杖打我。我说，你没还手啊。谭娜说，还了，我给他推桌子底下去了。我说，推得好。谭娜说，然后他跳起来，龇牙咧嘴，照我脑门儿就是一下子，给我干蒙了，站不稳了都，现在感觉脑袋里头还嗡嗡的。我说，太他妈不是人了，你千万可别跟他过了。谭娜说，这回肯定分，再处要出人命。我说，那不至于，你看他那熊样，打仗拿擀面杖，都不敢动刀，也是个窝囊废。谭娜说，不是说他，是我，我怕自己出事，现在有的时候，我看见他睡着了，想起来以前的一些事儿，想起来他是怎么对我的，就想直接上厨房取刀攮他，好几次了。我说，我操，千万控制住。谭娜顿了一下，盯着我说，九九。我说，姐你喊谁呢，别吓唬我啊，我许玲玲。谭娜说，草莓，丹东九九的，可他妈贵了，你给我留点儿啊。

有天赵东阳要来给我送点日用品，从医院顺的口罩洗手液啥的，装在一个黑塑料袋里，见到我时，先问我一句，准备啥时候出去玩，不是周末的话，他要提前请假。我本来都忘了旅游的事情，但他这么一提醒，还真提起兴趣了，我把谭娜的事儿跟他说了，然后说我自己最近也不好。他说，那正好啊，一起出去散散心，咱们赶在中下旬，找个方便的日子，五一假期人就多了，人多玩不好。我说，行，回头问问谭娜，她工作都不干了，天天憋在家里，情绪很差，我也担心。赵东阳说，先担心你自己吧。

那天正好是周六中午，赵东阳说要请我出去吃饭。我翻翻冰箱，还剩了点切面，就说别下饭店了，留着钱出去玩多好，中午我给你做炒面，对付一口。赵东阳说，那行啊，我就愿意吃炒面。他出门买了香肠和咸菜，还换了瓶啤酒，挺不拿自己当外人。我打了两个鸡蛋，还有点菜叶子，搁陈醋酱油，炒了一大锅，面是炒完了，大勺端不动，盛不出来，胳膊没劲儿，最后还是喊赵东阳帮我倒出来的，装了两大盘。我又拨给他不少，屋里挺凉，但他还吃得满头冒汗，我看着高兴，没白做。

许福明拿钥匙开门时，不知为啥，我心里还紧张一下。赵东阳起身打招呼，说，叔。许福明看着他，没反应过来，说，来了哈。赵东阳说，啊，过来送点东西。许福明说，啊，我回来取点东西，马上就走。赵东阳说，啊，东西放这了，我也走，回家。我说，你着啥急啊，刚吃完饭。许福明说，是，多待一会儿呗，再待一会儿，回家不也是待着么。

许福明刚关上门，我就开始笑，控制不住，赵东阳特别不好意思，说，你乐啥啊。我憋住笑，说，没啥，我看你还挺尴尬。赵东阳说，早知道就不换啤酒了，你不说你爸白天不回来么，这多不好啊，连吃带喝的。我说，那怕啥。赵东阳说，影响我个人形象。我说，我还没说影响我呢，你有个屁形象啊。赵东阳说，唉，也是。

收拾完碗筷，我俩坐着看电视，总共就能收到三五个台，没好节目，全是不看广告看疗效。我给谭娜打电话，跟她说想一起出去旅游，谭娜听后很高兴，说她都好几天没出门了，我说那你就赶紧准备起来，下个礼拜五，我去医院透析，休息一晚，咱们礼拜六早上出发，礼拜天晚上回来，正好赵东阳还不用请假。谭娜说，那行啊，定好地方没。我说，刚跟赵东阳说呢，觉得秦皇岛挺好，有山有海，离得也近，来回方便。谭娜说，没问题，正好我还没去过呢，我得想想出去玩穿啥。我说，你想吧，好好琢磨，提前一天来我家住，早上咱俩一起走。

我跟许福明要了五百块钱，说要出去旅游。他有点犹豫，但还是给我了，都是零钱，一张一张铺平叠好，我看着难受，有点打退堂鼓，这种家庭条件，还要出去玩，确实不太合适，但是之前都定好了，也是真想去，看看风景，这时再反悔可就太扫兴了。许福明将钱小心翼翼地递给我，然后问，多昝去啊。我说，过两天。然后他又问，五百够不啊。我点点头，没有说话。

谭娜拖了个半人多高的大箱子来找我，知道的是去旅游，不知道还以为要搬家。我说，总共就走两天，用得着这么多东西么。谭娜说，能想到的，我都带着了，准备了好几天，东西是越装越多。我翻了翻她的箱子，问她，你带泳装干啥，这才几月份，下不了水，没到时候。谭娜说，万一能呢，我备着，这套是去年新买的，一次都没穿过呢。

原本说是开车去，结果赵东阳那边没借到车，我们决定坐火车去，其实正合我心意，开车去费用太高，又是油钱又是过路费的，光让赵东阳自己掏，那过意不去。火车票不贵，五十多块钱，对谁都没负担，1024 次，早上五点多出发，九点多到山海关，啥都不耽误。

谭娜兴致很高，定的闹表，三点就醒了，梳妆打扮，我还是困，透析完就是累，怎么都起不来床，最后谭娜硬生生把我拽走的。我俩四点出的门，站在路边打车，冻得直哆嗦。我穿帆布鞋和牛仔裤，上身是卡通帽衫，轻装上阵。谭娜穿了一套豆沙色的衣裤，挺严肃，看着像要去招待所开会，臃肿的身体被捆在其中，极不合适，选了一个多礼拜，咋就穿这套出来呢，不理解。

凌晨温度很低，像是又回到了冬天，空气里有烧沥青的味道。我迷迷糊糊，想起以前许多个冬天，那时候我和谭娜跟现在一样，拉着手，摸黑上学，一切都是静悄悄的，但走着走着，忽然就会亮起来，毫无防备，太阳高升，街上热闹，人们全都出来了，骑车或走，卷着尘土；有时候则是阴天，世界消沉，天边有雷声，且沉且低且长，风自北方而来，拂动万物，一天又要开始了。

我给赵东阳打电话，光响也没人接，都开始检票了，他还没到，也不知道到底是去还是不去，没起来床还是咋的，没个动静，心里有点急。谭娜笑话我说，咋的啊，惦记上小情人儿了。我说，你那嘴能闲一会儿不。谭娜说，爱来不来呗他，咱俩照样玩。我说，问题咱不都提前定好了么。谭娜说，可能又跟媳妇干起来了。我说，没准真是。谭娜说，他给你说过没，媳妇管他老严了，各种控制，还总拿孩子要挟他。我说，他自己娶的，赖谁啊。

　　我们正聊着，赵东阳从后面跑来，步伐很大，跺得地面咚咚作响，背了个黑色双肩包，头发蓬乱，眼睛没睁开似的，一看就没睡好，呼哧带喘，跑到我俩跟前，说，起来晚了，差点没赶上车。我说，心挺大啊，也不知道回个电话。赵东阳说，一路小跑来的，呜呜这顿蹽啊，哪有工夫看手机。

　　我们坐的是绿皮车，主要图便宜，车厢里一股腐败的味道，很难闻，硬座是卧铺改的，没有隔挡，坐着不太舒服，不得靠也不得躺，视线也窄，没法施展。刚上车我就有点困，谭娜让我坐在最里面，我也没精力吃东西，披头散发趴在桌子上，没一会儿就睡着了。他俩在旁边说话，声音很吵，我做了好几个梦，都是一闪而过的片段，不成体系，这一觉睡了两个小时，报站说马上到锦州了，我才醒过来，揉眼一看，谭娜和赵东阳也不聊天了，闷头一顿狂造。谭娜昨天买了一只板鸭，这时候正拆了分着吃，还配着几听罐啤，挺会整，见我起来了，谭娜指了指桌上的残骸，跟我说，味儿还行，特意给你留个大腿。赵东阳说，有点咸其实，就大米饭正好。谭娜说他，你咋那么多事呢，白吃都堵不上你的嘴。

　　窗外都是石山，形态陡峭怪异，巨大且锋利，谈不上是什么景观，但也让人看得入迷。我想，要是这几个小时的车程，能无限延长就好了，哪怕是极短的距离，你仔细观察，反复体会，总能发现不一样的东西，无法穷尽。山脉过后，又是一片水潭，静止不动，看不出到底多深，我们仿佛驶在桥上，一阵大风吹过来，火车轻轻摆荡。

　　赵东阳忽然来了一句，掉下去就好了。我说，这是啥话。谭娜跟我说，刚才你睡着了，没听他讲，又跟媳妇吵架了，不愿意让他来，他非得来。我说，那就别来呗，至于么。赵东阳说，早上还给我下最后通牒，说我今天要是出门，回来就去办手续。谭娜说，吓唬你呢，都是路子。我说，你这么一说，我真有点后悔出来了。谭娜说我，这时候你装啥好人，跟谁一伙儿的你。赵东阳说，那后悔啥，咱该咋玩咋玩，我算看透了，我跟她是过一天少一天。谭娜说，话说得跟放屁似的，你跟谁还能过一天多一天是咋的，那不符合自然规律。赵东阳低着头，不吱声。我捅了捅谭娜，她瞅我一眼，又找补一句，说，我也没别的意思，咱既然都出来了，就好好玩，别老跟怨种似的，有啥问题回去再解决，来，再开一罐。

火车略有晚点，我们从山海关站出来时，已经将近十点。空气好像比沈阳还凉，水分大，能闻到一点腥味，不重。眼前是深色城墙，倾斜而上，巨人一般矗立，砖缝之间有白沿，不知道有多少年历史，也可能是后来修复的，无所谓，气势还在。我跑过去，展开双臂，抬头眯眼，让他们帮我拍了张照。别白来一趟，虽然目前的状态不好看，但也要留个纪念。背后的城墙凉涔涔，我踩湿软的泥地上，有雨的气息环绕周身。这边很少有高楼，放眼望去，心旷神怡，远处还有风筝在飞，摇摇晃晃，像是从海里面升起来的。

谭娜记了个地址，带着我们走，非要去吃一个什么包子，当地特产，她都吃一路了，咋还能吃下去呢，我也是纳闷。七拐八转，终于找到了那家饭店。门脸挺大，刚一进去，我就一阵犯恶心，满地油污，手纸筷子都粘在地上，走道发黏，我找了个位子坐下，赵东阳和谭娜去点包子。旁边的服务员大姨走过来，用嘴咬开一袋陈醋，挤入桌上的调料瓶里，我不知道该说啥好。不一会儿，谭娜和赵东阳端上来两大盘包子。我是一点胃口也没有，只喝了半碗粥，包子尝了一个，不爱吃，油太大，他们俩吃得不亦乐乎，但最终也没吃完。倒也行，午饭就此解决了，不耽误时间。

我们先去的天下第一关。刚进去时还挺凉，几乎没有游客，一切尚未苏醒，过了一会儿才逐渐暖和起来，有摊位在卖烤肠和苞米，没精打采，锅里连热气都不冒。我走在最前面，跑上台阶，谭娜在后面喊，你慢点儿啊。我说，你这咋还不如我这个病号呢。谭娜说，吃撑了，迈不动步，直冒虚汗。我说，那我在顶上等你。我爬上去之后，半天也没看见谭娜，赵东阳也磨蹭好一阵儿，才赶上来，跟我说，谭娜在底下坐着呢，歇一会儿，不到这顶上来了，我们一会儿下去找她。我说，啥体力啊，这也没有多高。赵东阳说，是啊，没多高。我说，但不上来也行，没啥损失，景儿也没多好。赵东阳说，是啊，没多好。

虽然景色一般，但我还是愿意多望几眼。近处有红黄标语，扯在树间，远处是土黄与青黑的结合，松柏成林，颇有秩序，回首望去，山脉连绵不断，其间有几趟平房，在云的深处若隐若现，规模不小，不知道是什么人住在里面。

我们下来之后，看见谭娜正在打电话，表情严肃，走得慢悠悠。我也不好偷听，便跟赵东阳走在前面，她在后面跟着。我小声问赵东阳，你猜，跟谁打电话呢。赵东阳说，那我上哪猜去。我说，肯定不是啥好人。赵东阳说，谁说的，净瞎扯。我说，看表情就能看出来，她有啥都写脸上，多少年了都，藏不住事儿。

果不其然，谭娜挂掉电话后，追上来跟我汇报，以前对象打的电话。我说，又要干啥啊他。谭娜说，没啥事，问我过得咋样。我说，你咋说的啊。谭娜说，我说挺好，在外面玩儿呢，不用你操心。我说，然后呢。谭娜说，他说他挺想我的，以前是他不对，会逐步改，让我再给他一次机会。我说，你是不是又要犯糊涂。谭娜说，有点心软，但也没定，我说我得想一想。我说，想啥，挨揍没够咋的。谭娜说，那万一他真改了呢。我说，狗改得了吃屎吗。谭娜想了想，说，也对，妈的，好悬又让他忽悠，我也发现了，现在有时候心太软，前些年真不这样，那时候多潇洒啊，平地一声雷，爱谁谁，平地一声屁，爱咋咋地。我说，这话对，咱可不能越活越回旋啊。

我们从第一关出来后，坐 25 路去老龙头，我数了数，一共九站，十来分钟就到了，路上车少，车开得也猛，路过个什么工人医院，还有一个中学，我还没坐够呢，就到站下车了。关里关外就是不一样，景致建筑都有差别，沈阳还比较萧条，没从冬天里彻底挣脱出来，但这里就已经很葱郁了。到了老龙头门口，赵东阳买了三张套票，附带个景点，孟姜女庙，说有空也一起去看了。我要给他钱，他怎么也不收。谭娜在一边说，人家不要，一片心意，你非得硬给啥。听她这么一说，也只好作罢，但谭娜不明白我的心理，我主要是不想欠谁的，尤其是这种情况，别人倒是都不计较，但自己总犯合计，尤其夜深人静时，算来算去，没法还，压力很大，心情也受影响。

老龙头景区不小，刚走一半，我就有点累，想休息片刻，谭娜正相反，大概是消化得差不多了，体能逐渐恢复，一边埋怨我没有长劲儿，一边也陪着我坐在凉亭里。旁边有两门假石炮，也有几个油漆味道很重的房间，用来展示当年驻守军队的日常物资和生活状态。不远之处，有人在烧香，香柱高大，烟雾向上盘旋，到一定高度后，又轻盈散去，录音机放着诵经的声音，嗞嗞啦啦地传来，始终不停。我听得入神，想起很多事情。当年我妈卖房之后，又租下现在这个铁道边的一楼，她最相中的一点是，原来这间屋是位老人在住，有个小佛堂。搬进去后，她也供了一尊菩萨，摆在架上，不知道从哪儿请来的，天天拜，烧香供果，念念有词，旁边放唱佛机，一刻都不带停的，特别虔诚，说是在给观世音菩萨建道场，能为我化解业障，但是我的还没化解开呢，她就先走一步，这上哪儿说理去。不过对她来讲，倒也算是一种解脱。后来我爸搬回来，好一顿收拾，这些东西都不知道被他撇哪儿去了。

天又有点转阴，我们跟着一个旅行团，蹭导游的讲解听。她说在老龙头，景色最好的地方是澄海楼，有古诗为证，"长城连海水连天，人上飞楼百尺巅"，有一截长城伸展到水里，世界奇观，万里长城的起点，长城蜿蜒，如蛟龙一般守卫此处，东临碣石以观沧海，说的正是这里。我听着很心动，但一打听，要上澄海楼，又得额外花钱，于是有点犹豫，我问谭娜和赵东阳，要不要上去看，他们都没啥兴趣，但也看出来我挺想去的，就又说可以在下边等着。我想来想去，决定花钱上去看一把，下次再出来旅游，指不定是啥时候，得尽量不留遗憾。

我继续向上爬，飘了点雨，谭娜和赵东阳停在城楼的暗间里，我走上几步，回头一望，赵东阳点了根烟，正在抽着，谭娜手里也夹着一根，冲我挥挥手，笑容灿烂。我情绪颇佳，一鼓作气，登上楼顶，出了一身汗。钱没白花，风景确实不一样，面前就是海，庞然幽暗，深不可测，风一阵阵地吹来，仿佛要掌控一切，低头是礁石，有卷起来的浪不断冲刷，极目远处，海天一色，云雾被吹成各种形状，像水草、骏马，也像树叶，或者帆船，幻景重重，甚至耳畔还有嘶鸣声。我忽然想起以前背过的一篇古文，里面有一句：野马也，尘埃也，生物之以息相吹也。当时不懂，现在身临其境，体验到了，就感觉写得真是好。雨丝落在身上，浸湿头发，风也硬，轻松将我的衣服打透，让人时常要倒吸一口气。我站了很长时间，冻得瑟瑟发抖，但仍不舍离去，有霞光从云中经过，此刻正照耀着我，金灿灿的，像黎明也像暮晚，让人直想落泪，直想被风带走，直想纵身一跃，游向深海，从此不再回头。

赵东阳给我打电话，问我怎么还不下来，怕我有啥事。我说，能有啥事，一切安好，就是景色太美，挪不动步。赵东阳说，没事就好，那你再待一会儿也行，我们原地等你。我说，不了，看够了，这就下去。

雨还在下，但不大。谭娜和赵东阳仍在暗间里，背靠着墙，姿势跟我走时没啥两样，只不过每人手里都多了一个塑料兜子。我问他们，拎的是啥。谭娜说，看我半天也没下来，在景区逛了一圈，买了点纪念品。我说，给我看看，都买啥了。谭娜逐件掏出来，说，买了两件旅游纪念衫，有一件是给你的，还有印画的水杯，回家自用，带脸谱的唱戏小人儿，摇头晃脑，你看好玩不。我翻了一遍，觉得没有特别喜欢的，问赵东阳说，你买啥了。谭娜替他回答说，买了个烟灰缸，死老沉，石头雕的，倒是挺好看，一条龙盘着天下第一关，转圈是长城，还买了一把伞，怕你挨浇。赵东阳挠了挠脑袋，将烟灰缸展示给我看，做工挺糙，但意思到位，另外他还给孩子买了一堆小玩具。我说，花不少了吧。赵东阳说，没多少，东西不贵。我说，还行，知道惦记孩子。赵东阳说，唉，要不咋整，回家不得管我要啊。我说，现在这种情况，要是你一回家，看见媳妇带孩子跑了，能受得了不？赵东阳想了想，说，还不至于，没到这一步呢。

我们又在里面转了半圈，山谷里看见有人在驯马，紧拽勒口，鞭子抽得极凶，人和马离得很近，几乎是四目相对，马的双蹄跷起，驯马者不断呵斥，双方像是在台上进行搏斗。我有点看不了，心里不好受，那几鞭子，也像是抽在我身上。谭娜没见过这个，还挺好奇，不愿意走，赵东阳也不看，背过去又点根烟。我这才想起，之前在澄海楼上听到的，也许正是这匹马的叫声。

我们从老龙头出来时，已经接近下午四点，都有些累，毕竟起来得太早，精神头儿有点不够用。接下来是孟姜女庙，出门一打听，离这儿还有点距离，十几公里。但票都买了，不去也可惜，于是我们坐了个三轮车，一路晃悠到孟姜女庙。刚一进去，就有点后悔，这里十分冷清，一切都是新的，装修味道很重，而且里面也不大，除我们之外，很少有其他游客，十几分钟，我们基本就逛得差不多了。谭娜一个劲儿叨咕着，上当了，上当了，这回可上当了。我说，其实也不算，反正里面没啥消费项目，烧香啥的都是自愿的，就当溜达了。赵东阳也说，是，我看这里还挺好，也长见识，不到这儿来，我还一直以为孟姜女跟小白菜是同一个人呢。

庙的深处，辟出几间屋子，拉着横幅，上面写着"中华巧女手工艺展览"，我们进去一看，墙上挂的全是剪纸，各式各样，十二生肖，蝴蝶燕子，四季与儿童，都有，但剪得也没啥稀奇，算不上精美，底下都写着标价。在最后一间屋子里，我们看见了一位妇女，四五十岁，戴大耳环，围着一条纱巾，黑瘦，穿得很落伍，像是附近村里来的。她握着一把剪刀，极其专注地工作。谭娜凑过去问，你是叫巧女，对不？她没说话，只是微微点头。谭娜跟我说，看，上当了吧，处处是陷阱，看外面的标语，中华巧女，还以为是一群女的，都心灵手巧，结果就一个人，她的名字叫巧女，这扯不扯。我笑着没回答，跟着他们走出门，那位妇女放下剪刀，起身相送，这时，我们看见，她满身的红色纸屑，轻盈，细碎，纷纷扬扬地落了下来。我们继续往庙外走，她到门口就停下来，抬头望天，像是刚刚破茧而出，抖落躯壳，还不知要飞去什么地方。

按照赵东阳的计划，我们今晚住在北戴河，一来这边不是旺季，价格便宜，二来据说海景不错，明天早上看日出也比较方便。但我并不知道北戴河距离山海关还挺远，我们换了两三趟公交车，总共坐了近两个小时，才到达目的地。我在车上醒了又睡，睡了又醒，觉得浑身冷，一直哆嗦，怕是要发烧。等到我们在刘庄下车时，已是晚上七点，天都黑了，人也很少，三三两两，气温比白天低好几度。

赵东阳说，这边都是家庭旅馆，这个季节不用提前订，都有床位，我们往里面走一走，还有更经济实惠的。谭娜挽着我的胳膊说，都行，找一家就行，赶紧让她歇会儿吧，你瞅她，困得滴了当啷的。我强打起精神，说，没事啊，缓过来一点了。

赵东阳向路人打听两次，带我们走进一个胡同，两边都是二层小楼，家庭宾馆，还挺别致，一楼挂着牌子，上面写的是"休闲小屋"，我挺好奇，想看看都是怎么休闲的，往里面看一眼，结果发现是麻将社，都在那稀里哗啦打牌呢，屋里满员，烟雾缭绕，跟清冷的街道形成鲜明对比。

我们选了一家顺眼的住，那家底下的标语写着：环境优美，空气怡人，装修静雅。我说，这家好，听着素净。女老板扫一眼我们的身份证，也没登记，帮我们开了一个三人间，位于二楼中央，八十块钱一晚，设施虽然有点简陋，但着实是不贵。水泥地面，摆着三张单人床，彩电、桌椅、衣架都有，室内还带卫生间，能洗淋浴。我躺在中间的床上休息，谭娜守着窗户，又把她那大箱子掀开，开始捣弄东西，还去厕所换了套新衣服，真没白带。赵东阳洗了把脸，然后站在门外，扶着栏杆，跟楼下的女老板聊天，问她附近哪家饭店最好，人均多少钱，哪道菜值得一点。

八点半出的门，没走几步，就是女老板推荐的烧烤店。谭娜十分亢奋，进去菜单全点一遍，各种肉串，扇贝，烤气泡鱼，麻辣烫，锅烙，上来一大桌子，味道确实还可以，锅烙我吃了半盘，韭菜鸡蛋馅，有鲜灵劲儿。他们还叫了两提溜啤酒，各自开战。谭娜撸起袖子，唾星四溅，又是一顿猛白话，边讲边喝，直接对瓶吹。看得出来，她也是太郁闷了，压抑得够呛，说着说着还哭了，我听着也特别心疼，然后还管赵东阳要烟。谭娜抽烟的间歇，赵东阳开始倒苦水，也不知这都是咋的了，媳妇丈母娘这那的，鸡毛蒜皮的屁事儿，但最后搞得矛盾还挺大。其实我不咋爱听，他们的这些问题，总归会有一个解决办法，要么你进我退，要么我退你进，或者各让一步，我的问题就比较难了，基本无解。也可能正是这样，我从来都不爱去一次又一次地去讲，没啥必要，自己难过就自己受着呗，往好了说，是不愿意给别人添堵，其实从内心里来讲，是不愿意成为别人日后的谈资或者素材。我活着可不是为了丰富他们的阅历的。所以生病以来，我跟很多亲戚朋友都不怎么来往了，每次听到他们假装关切的询问，我都想说，请收回你的怜悯并且要点脸吧。我也知道这种心态不对，但又调整不过来，总觉得自己委屈，凭啥啊非得是我摊上，越想头越疼，到后来，我干脆也破了戒，跟他们干了两杯啤酒，挺爽口啊，久违了。

喝到半夜，谭娜不再兴奋，情绪平复过来，并开始发蔫，眼皮打架，只听赵东阳一个人在说，他今天还挺出息，酒量见长。趁着上厕所的工夫，我悄悄去结了账，这一天都是他们俩在花钱，挺过意不去的，服务员给打了个折，二百八十元，连吃带喝，贵是不贵，但给钱时又有点心疼。我和赵东阳一起扶着谭娜出的门，她嘴上说没事，其实脚步踩不稳了。酒劲儿上头，我也有点迷糊，赵东阳喝得正精神，眼睛冒光，走着走着，还唱起一首老歌，我们也跟着他一起唱。只怕我自己会爱上你，不敢让自己靠得太近，怕我没什么能够给你，爱你也需要很大的勇气。各种走调，唱完就傻乐，整条街都有回音，但也不要紧，反正这里没人认识我们。我记得初中时，这首歌和那个电视剧都特别火，一转眼这都多少年了，那些演员好像还是那么年轻，而我们现在却比他们要老得多，真他妈不可思议啊。

我躺在床上，伴着谭娜起伏的鼾声，一整天的回忆泛上来，我努力记起更多的细节，留待日后回味，可惜实在精力不济，没过多久也睡着了，最后醒着的几秒里，我仿佛听见浪涛的声音，由远及近，奔涌而至，太阳苍白，晒在上面，晃得人无法睁眼，然后我便彻底进入梦乡。还是场景片段，一截一截，没有逻辑，开始好像是梦见我和我妈，我那时还挺小，左手拉着她，右手拿着一根雪糕，天气很热，雪糕化得特别快，化掉的奶油不断地往下滴，我心里很着急，然后身边的人忽然变成了谭娜，我也长大了一些，她趴在耳畔跟我说了一句什么话，我没听清楚，让她再说一遍，她很着急，又讲一遍，我还是没听清，然后她就被几个戴面具的掳走了，情绪很激动，表情慌乱，气喘吁吁，像是被绑架了，我心里着急，也不知道该去找谁帮忙，到处都找不到人，急得要哭出来，心头一紧，忽然就醒了。我是侧着身子睡着的，睁开眼后，映着窗外的幽光，发现谭娜的那张床是空的，被子掉地上一半，而轻微的喘息声从我背后传来，显然，它不仅存在于梦里。

他们做得很小心，动作幅度不大。我猜，谭娜应该是捂着自己的嘴，或者是赵东阳用手堵住的，总之，能听出来，她是在尽力克制，不让自己发出声音来，但却更难听了，十分怪异，不堪入耳，估计脸都皱在一起了吧。刚听见时，我一动不敢动，心里委屈，还有点恨他们，出去不行吗，再开一间不行么，但听着听着，又有点不忍，我很担心他们发现我已经醒过来了，那以后互相该怎么面对啊。做完之后，我听见谭娜下床的声音，蹑手蹑脚，踩在水泥地上，去了趟厕所，撒了一泡很长的尿，好像又冲了一下，然后回到床上。我使劲闭上眼睛，但是泪水还是流了下来，一开始是几滴，后来变成啜泣，我咬住嘴唇，但还是出动静了。我心里说，对不起啊对不起，实在控制不住，也不知道为啥。谭娜和赵东阳反应过来后，都吓坏了，分别坐在床上，不知怎么办是好。后来赵东阳穿上鞋出门了，但也没远走，就在走廊里，靠着栏杆抽烟。谭娜坐过来，摸着我的头发，断断续续地说着，喝多了，对不起，当啥也没发生，行不，求你了，我现在连死的心都有，对不起，玲玲，你接着睡吧，好不。我一把打掉她的胳膊，坐起来接着哭，怎么劝也停不下来，我为什么要这么做呢，为什么要这么对谭娜啊，理解不了自己。我明明一点都不怪他们，相反，我很害怕，怕他们会就此离我而去。我害怕极了。

我不知道是怎么睡过去的，起来时也不知是几点，睁开眼睛，只觉脸皮发紧，大概是泪水浸的，头也痛，昨天真不该喝酒。屋内很亮，我翻了个身，发现只有我自己，起身下床，想找双拖鞋，但怎么也找不到。这时，谭娜推门而入，满脸笑容，腆着肚子，好像什么都没发生过一样，跟我打招呼说，起来了啊，早饭给你搁桌子上了，鸡蛋饼和豆腐脑，还热乎呢，你洗把脸先吃饭。我说，几点了。谭娜说，九点不到。我说，对不起，起来晚了，没看成日出，你们去了吗。谭娜说，没去，那玩意儿看不看能咋地，谁还没见过太阳啊。我说，赵东阳呢。谭娜说，去旁边的海鲜市场了，买点干贝烤鱼片啥的，这边儿的好吃，还便宜，我让他给你也带了点。我说，不要，到时你都拿走吧，我不吃。

我洗完脸，坐在桌边吃饭，豆腐脑很好吃，又嫩又滑，鸡蛋饼也香，里面还有火腿肠，但我实在没啥胃口，也没心情，只吃两口，便觉得都堵在嗓子眼里，我拧开一瓶白水，喝了几口，想往下顺一顺。谭娜把电视打开，来回调台，又掏出车票，跟我说，晚上六点半的车，估计十点半能到沈阳，时间都来得及，今天咱是啥计划来着。我想了一会儿，也没记起来，胃却开始不舒服，不断地往上反，我跑到厕所里，呕吐起来，吐得还挺邪乎，昨天晚上吃的也都交代了。谭娜吓坏了，冲进来扶着，一个劲儿地给我拍后背，问我，没事吧。我也没回答，吐完之后感觉轻松不少，但浑身没力气，也冷，便躺在床上，盖了两床被。

赵东阳提着好几包东西回来，进屋之后，跟我说，咋还不起床了呢。谭娜在旁边接话说，刚吐了，正难受呢。赵东阳听后有点着急，东西放在地上，非要带我去医院看看。我说，没大事儿，不去医院了，走不动路，就想早点儿回家。赵东阳看了谭娜一眼，谭娜也说，早点走吧，还等啥，不然也不放心。于是赵东阳又去车站，改签车票，临走之前，跟我说，鱿鱼丝特别好，排队买的，你要是嘴里没味儿，可以尝一尝。我点点头，把被子拉过头顶，谭娜搬了把椅子，坐在我身边，手背碰碰我的脑袋，又碰碰自己的，动了动嘴唇，却啥也没说出来。

　　赵东阳打车去的车站，没过多久就回来了，动作挺快，中午没票，只能改在下午，四点出发，还是动车，一百多块钱，我有点心疼，但仍起身掏钱，赵东阳还是死活不要，他这一天话都很少，情绪也不怎么高。我让他们俩别管我，附近玩一玩，等到时候再一起走，别因为我白来一趟。但他们谁也不去，就在屋子里守着。临出发之前，我跟谭娜说，你买的那件旅游纪念衣服呢，咱俩穿里面吧。谭娜听了很高兴，拍起手来，又把那个大箱子搬开，拿出来递给我，我俩换上衣服，又肥又大，不太合身，质量也不行，互相看着乐，像是往身上套了个面口袋。

　　我跟谭娜坐在一起，赵东阳的座位在另一节车厢，不方便换过来，跟我们说，有啥情况赶紧给他打电话，随时待命。我觉得状态有所恢复，刚上车就吃了一碗泡面，汤都喝干净了，谭娜看我吃完，也舒了口气。我靠在窗边坐着，胃里有底，精神就好一些，但这一路上也没怎么跟谭娜说话，不知道该说点啥，只好望向窗外，火车开得很快，景物急速飞过，让人来不及仔细辨认。路程过半，暮色降临，远处忽然有浓烟出现，火光在其中萦绕，连成一大片，烟尘浓密，滚滚袭来，不断变幻，仿佛有野马正冉冉升起，飞向天际。谭娜看了半天，挎紧我的胳膊，轻声地问，这咋还着火了。我说，可能是在烧荒，但季节又不太对，也搞不清楚。谭娜没有继续说话，转回身来，闭上眼睛，将头搭在我的肩膀上。

我们到沈阳北站时，六点钟刚过，晚高峰还没结束，一派繁忙景象，人们来来往往，细密如织，看着眼晕。谭娜提议一起再去吃点东西，赵东阳没有接话，我连忙摆手，说现在只想回家，好好休息一下，明天还要去医院，不想再折腾了，你们去吧，我就不陪着了。谭娜赶紧说，没有你，我俩吃个啥劲儿啊。好像还有后半句，但话说到这里，又咽回去了。我说我自己回去就行，但他们执意要送我到家。

公交车上的乘客很多，人挤着人，赵东阳与谭娜一左一右，为我隔开一片空间，坐了几站后，我催赵东阳下去换车，时间还早，没必要非得送我到家，绕很大一圈，不值。临走之前，他将一个塑料袋塞在我手里，说都是零嘴儿，特意给我买的，在家边看电视边吃。我不太爱要，想还给他，但他一转身就没影儿了，喊也没有回应。袋子很沉，我有点拎不动。

下车之后，谭娜陪我走回铁道边上，我说，你赶紧回去吧，我到家了都。谭娜说，都走到这儿了，送你进屋。我指着我家的窗户对她说，看见了吧，亮着灯呢，许福明在家，放心吧，几步道儿，没问题的。谭娜有点不舍，拉着我的手说，那你没事就过来找我。我说，肯定的啊，不然我还能去哪儿。

我目送谭娜离去，穿过楼群，消失在转弯处，然后一步一步往家里走。离近时，我才敢确认，家里正亮着两盏灯，厨房一盏，隔着塑料布也能看见许福明的身影，大概是在炒菜，卧室拉着帘，但也有光从缝隙里钻出来。许福明过日子很仔细，只一人在家的话，是绝对不会点两盏灯的，更不会炒菜，从来都是对付一口就完了。我想了想，许福明还不知道我提前回来了，走之前他问过我，大概几点到家，当时我说的是，十点多到北站，回家肯定要半夜了。

我没有进屋,还有一点时间,是要还给许福明的。我绕到窗户后面,看见倒骑驴锁在栏杆上,我将东西放上去,一路拎在手里,愈发沉重,勒得生疼,然后也搭边坐在车上,背后楼群的灯火逐一亮起,有风经过,还是冷,延绵不断的冬季,似乎仍未结束。我缩成一团,不断地向后移,靠在车的最里面,用破旧的棉被将自己盖住,望向对面的铁道,很期待能有一辆火车轰隆隆地驶过,但等了很久,却一直也没有,只有无尽的风声,像是谁在叹息。光隐没在轨道里,四周安静,夜海正慢慢向我走来。

新　锐　作　家　卷

仙症

郑　执

1

倒数第二次见到王战团，他正在指挥一只刺猬过马路。时间应该是
2000 年的夏天，也可能是 2001 年。地点我敢咬定，就在二经街、三经
街和八纬路组成的人字街的街心。刺猬通体裹着灰白色短毛，幼小的四
肢被一段新铺的柏油路边缘粘住。王战团居高临下站在它面前，不踢也
不赶，只用两腿封堵住柏油路段，右臂挥舞起协勤的小黄旗，左臂在半
空中打出前进手势，口衔一枚钢哨，朝反方向拼命地吹。刺猬的身高瞄
不见他的手势，却似在片晌间读懂了那声哨语，猛地调转它尖细的头，
一口气从街心奔向街的东侧，跃上路牙，没入矮枥丛中。王战团跟拥堵
的街心被它甩在烈日下。

我从出租车上下来时，哨声已被鸣笛淹没，王战团的腮帮子却仍鼓着。
两个老妇人前后脚扑上前，几乎同时扯住了王战团的后脖领子，抢哨子
跟旗的是女协勤，抢人那个，是我大姑。有人报了警，大姑在民警赶来前，
把她的丈夫押回了家。

王战团是我大姑父。

目睹这一幕那年，我刚上初一，或者已经上初二。跟妻子 Jade 订婚
当晚，我于席间向她一家人讲起这件事，Jade 帮我同声传译成法语，坐
在她对面的法国母亲 Eva 几次露出的讶异表情都迟于她丈夫。Jade 的
父亲就是中国人，跟我还是老乡，二十多岁在老家离了婚，带着两岁的

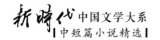

Jade 来到法国打工留学，不久后便结识了 Eva 再婚。Jade 再没见过她的生母。中文是父亲逼她学的，怕她忘本。那夜的晚餐在尼斯海边一家法餐厅，微风怡人。我和 Jade 相识，发生在我第一次到尼斯做背包客时偶然钻进的一家酒吧里。当时她跟两个女友已经醉得没了人样儿，我见她是中国人样貌，主动上前搭讪，想不到她操起家乡口音的中文跟我攀谈时，惊觉彼此竟出生在同一座城市，甚至在同一间妇幼医院。我说，这是命，我从小信这个。Jade 说，等下跟我回去，我自己住。三个月后，我们闪婚。

订婚那夜我喝醉了，Jade 挽着我回到酒店。我一头栽进床之际，她突然说，你讲的我不信。我问为什么，Jade 说，我不信城市里可以见到刺猬。我说，那是因为你两岁就离开老家，老家的一切对你都是陌生跟滑稽的，说起来都订婚了你还没见过我父母，我签证到期那天，跟我一起回去吧。Jade 继续说，每年夏天她一家人都会去法国南部的乡下度假，刺猬在法国的乡下都没见过，中国北方的城市里凭什么有，况且还是大街上？我急了，就是有，不光有，我还吃过一只。Jade 要疯了，你说什么？你吃过刺猬？你一喝醉就口吃，我听不清。你说那种浑身带刺的小动物？我说，对，我吃过，跟王战团一起，我大姑父。刺猬的肉像鸡肉。

2

我降生在一个阴盛阳衰的家族里，我爸是老儿子，上面三个姐姐。上辈人里，外姓人王战团最大，1947 年生人，而我是孩子辈里最小的，比王战团整整小了四十岁。记忆里第一次能指认出王战团是大姑父，大姑父就是王战团，是我三岁，刚上幼儿园的那年。一天放学，我爸妈在各自厂里加班加点赶制一台巨型花车的零部件，一个轮胎厂，一个轴承厂。而我奶忙着在家跟邻居几个老太太推牌九，抽旱烟，更不愿倒空儿接我，于是指派了王战团来，当天他本来是去给我奶送刀鱼的。

我迎面叫了一声大姑父，他点点头。王战团高得吓人，牵我手时猫下半截腰，嗓音略低沉地说，别叫大姑父，叫大名，或者战团，我们连长都这么叫我。我说，我爸不能让，直呼长辈姓名不礼貌。王战团说，礼貌是给俗人讲的，跟我免了。他又追了一句，王战团就是王战团，我娶了你大姑，不妨碍我还是我，我不是谁的大姑父。我问，你不上班啊？我爸妈都上班呢，我妈说我奶奶打麻将也等于上班。王战团笑笑，没牵我的那只手点燃一根烟，吸着说，我当兵，放探亲假呢。我说，啊，你当什么兵？王战团说，潜艇兵，海军。你舌头怎么不利索？

一路上，王战团不停给我讲着他开潜艇时遇见过的奇特深海生物，有好几种大鱼，我都没记住，只记得一个名字带鱼但不是鱼的，××大章鱼，多大呢？比潜水艇还大。王战团说，那次，水下三千八百多米，那只大章鱼展开八只触手，牢牢吸附住他的潜水艇，艇整个立了起来，跟冰棍儿似的，舱内的一切都被掀翻了，兵一个摞一个地滚进前舱，你说可不可怕？我说，不信。王战团说，有本小说叫《海底两万里》，跟里面讲得一模一样，以前我也不信，书我回家找找，下次带给你。法国人写的，叫凡尔赛。我说，你咋不开炮呢？王战团一包烟抽光了，说，潜艇装备的是核武器，开炮，太平洋里的鱼都得死，人也活不成。我说，不信。

当天回到我奶家的平房，天已经黑了。旱烟的土臭味飘荡整屋，我饱着肚子想吐。一看钟八点多，我放学时间是四点半。我妈已经下班回来，见我跟王战团进门，上前一把将我夺过，说，大姐夫，三个多点儿，你带我儿子上北京了？王战团还笑，说，就青年大街到八纬路兜了五圈儿，咱俩一人吃了碗抻面。我妈说，啥毛病啊，不怕把孩子整丢？王战团说，哪能呢，手拽得可紧了。我奶正在数钱，看精神面貌没少赢，对王战团说，赶紧回家吃饭去，我不伺候。王战团背手在客厅里晃悠一圈儿，溜出门前回头说，妈，刚才说了，我吃了碗抻面，刀鱼别忘冻冰箱。他前脚走，后脚我妈嚷嚷我奶，妈，你派一个疯子接我儿子，想要我命？我奶说，不疯了，好人儿一个，大夫说的。

后来我才得知，我妈叫王战团疯子，就是字面意义上的，精神病。王战团是个精神病人。他当过兵不假，海军，那都是他三十岁前的事儿了，病就是在部队里发的，组织只好安排他退伍，转业进了第一飞机制造厂当电焊工，在厂里又发一次病，领导不好开除，又怕瘆着同事，就放了他长假养病，一养就是十五年，工资照发，老厂长都死了也没断。发病十五年后，我大姑才第一次领王战团正经看了一次大夫，大夫说，可治可不治，不过家人得多照顾情绪，轻重这病都去不了根儿。

大年初二是家族每年固定的聚餐日，因为三十当晚三个姑姑都要跟婆家过，只有我跟爸妈陪我奶。在我的记忆中，初二饭桌上，连孩子说话都得多留意，少惹王战团，越少说话越安全。我爸订饭店，专找包房能唱歌的，因为王战团爱唱歌，攥着麦克不放，出去上厕所也揣兜里，生怕被人抢了，其实哪有人敢跟他抢。唱起歌时的王战团高兴，对大家都安全。王战团天生好嗓，主攻中低音，最拿手的是模仿杨洪基跟蒋大为。除了唱歌，他还爱喝酒，爱写诗，象棋下得尤其好。他写的诗我看过，看不懂，都跟海有关。喝酒更能耐，没另两个姑父加我爸劝，根本不下桌。每年喝到最后，我爸都会以同一句压轴儿，还叫啥主食不？饺子？一家老小摇头，唯独王战团接茬儿，饺子来一盘也可以，三鲜的。说完自己握杯底敲下桌沿儿，意思跟自己碰过了，也不劝别人。我爸假装叫服务员再拿菜单来的空当，大姑就趁机扣住王战团杯口说，就你缺眼力见儿，别喝了。一瞬间，王战团的眼神突然大变，扭脸盯着大姑，眼底会涌出暗黄色，嗓音很低地说，没到位呢，差一口。每当这一幕出现，一家老小都会老老实实地作陪，等他把最后一口酒给喇完。

反而是在大年夜，我奶跟我爸妈说起最多的就是王战团。我奶说，秀玲为啥就不能跟他离婚？法律不让？我妈说，法是法，情是情，毕竟还有俩孩子，说离就离啊。王战团第一次在部队里发病的故事，每年三十我都听一遍。他十九岁当兵，躲掉了下乡，但没躲掉运动。运动闹到中间那两年，部队里分成两派，王战团不想站队，得罪谁都不是。最后把自己憋屈病了。

3

我大姑去旅顺港接王战团的时候，挺着六个月的大肚子。王战团当兵的第四年跟我大姑经媒人介绍结婚，婚后仍旧每半年回家一次。当他再次见到大姑的第一句话就问，秀玲啊，我说梦话吗？大姑不语，挽起王战团的胳膊，按着脖领子并排给指导员鞠躬。指导员说，真不赖组织。大姑说，明白，赖只赖他自个儿心眼儿小。指导员说，回家也不能放弃自我检讨，信念还是要有。大姑说，明白。指导员说，安胎第一。大姑说，谢谢领导。

两个人的大儿子，我大哥王海洋三岁时，王战团在一飞厂险些当选小组长。他的病被厂长隐瞒了。

王战团与小组长失之交臂的那天，正在焊战斗机翼，忘记戴面罩上阵，火星崩进眼睛,从梯子上翻落,醒过来时就不认人了,嘴里又开始叨咕,不应该啊,不应该啊。再看人的时候眼神就不对了,好像有谁牵着线吊他的两个眼珠子,目光不会拐弯儿了。我大姑去厂里接他的时候又是大着肚子,怀的是我二姐。

我问过大姑,当初为什么没早带王战团去看大夫。大姑说,看了就是真有病,不看就不一定有病,是个道理。道理都懂,其实大姑只是嘴上不愿承认,她不是没请过人给王战团看病,一个女的,铁岭人,跟她岁数差不多,外人都叫赵老师。直到多年后赵老师给我看事儿时,我才听说过马仙的名号,家里开堂口,身上有东西,能走阴过阳。

在我出生前的十五年里,王战团的病情时好时坏,差不多三四年反复一回。大部分时间里,他每天在家附近闲逛,用我大姑上班前按日配给的零花钱买两瓶啤酒喝,最多再够买一包鱼皮豆。中午回家热剩饭吃,晚饭再等我大姑下班。王海洋没上幼儿园以前,白天都扔给我奶。王战团的父母过世早,没得指望了。我奶的言传身教导致王海洋自幼懂看牌九,长大后玩麻将也是十赌九赢。后来他早早被送去幼儿园,王海鸥又出生,白天还得我奶带着,偶尔有二姑三姑替手。我奶最不亲孩子,所以总是骂王战团,骂他的病。夏天,王战团花样能多一些,有时会窝进哪片阴凉下看书,状态好的时候,甚至能跟邻居下几盘棋。王战团也算有个绝活儿,就是一边看书一边跟人下棋。那场面我见过一次,在我奶家回迁的新楼楼下,他双手捧一本《资治通鉴》,天热把拖鞋甩了,右脚丫子搁棋盘上,用大拇脚趾头推棋子儿,隔两分钟乜斜一眼棋,继续看书,书翻完,连赢七盘,气得邻居老头儿把棋盘掀了,破口大骂,全你妈臭脚丫子味儿。王战团不生气,穿好拖鞋,自言自语说,应该吗?不应该。

赵老师第一次来给王战团看事儿,是我二姐满月后。日子没出正月,大姑在我奶家平房里简单张罗了一桌，都是家里人，菜是三个姑姑合伙炒的，我爸那年十六，打打下手。王战团当天特别兴奋，女儿被他捧在怀里摇了一下午，到了晚上第二顿，二姑三姑都走了，王战团说想吃饺子。我奶说，不伺候。大姑说，想吃啥馅儿。王战团说，猪肉大葱。大姑说，猪肉有，咱妈从来不囤葱。我爸说，我去跟邻居要两根儿。王战团抢先起身，说，我去，我去。

大姑站着和面时，小腿肚子一直攥筋。王海洋说，妈，房顶有响儿，是野猫不？大姑放下擀面杖说，我得看看，两根葱要了半个点儿，现种都长成了。刚拉开门，我奶的一个牌搭子老太太正站在门外嚷，赶紧出来看吧，你家王战团上房揭瓦了。一家老小跑出门口，回首一瞧，自家屋顶在寒冬的月光下映出一晕翡翠色，那是整片排列有序的葱瓦，一层覆一层。王战团站在棱顶中央，两臂平展开来，左右各套着腰粗的葱捆。葱尾由绿渐黄的叶尖纷纷向地面耷拉着，似极了丰盛错落的羽毛。那是一双葱翅。王战团双腿一高一低的站姿仿若要起飞，两眼放光，冲屋檐下喊，妈，葱够不？我奶回喊，你给我下来！王战团又喊，秀玲，女儿的名字我想好了，叫海鸥，王海鸥。大姑回喊，行，海鸥就海鸥了，你给我下来！王战团造型稳如泰山。十几户门口大葱被掠光的邻居们，都已聚集到我奶家门口，有人附声道，海洋他爹，海鸥她爹啊，你快下来，瓦脆，别跌了。我爸这边已经开始架梯子，要上去迎他。王战团突然说，都别眨眼，我飞一个。只见他踏在前那条腿先发力，后腿跟上，脚下腾起瓦片间的积灰与碧绿的葱屑，瞬间移身至房檐边缘，胸腹一收力，人拔根跃起，在距离地面三米来高的空中，猛力扑扇几下葱翅，卷起一阵泥草味的青风，迷了平地上所有人的眼。当众人再度睁开眼时，发现王战团并非一条直线落在他们面前，而是一条弧线降在了他们身后。我爸挂在梯子上，抬头来回地找寻刚刚那道不可能存在的弧线，嘟囔说，不应该啊。

这场复发太突然，没人刺激他，王战团是被章丘大葱刺激的。我奶再次跟大姑提出，将王战团送去精神病院，大姑不用想就拒绝了。我三姑说，大姐，我给你找个人，我插队时候认识的，绝对好使。大姑问，多钱？三姑说，当人面千万别提钱，犯忌。大姑说，知道了，先备两百，不够再跟妈借，你说这人哪个单位的？三姑说，没单位，周围看事儿。

赵老师被我三姑从铁岭接来那天，直接到的我奶家。我奶怀里抱着海鸥。我爸身为独子，掌事儿，得在。再就是我三个姑姑，以及王战团本人，他不知道当天要迎接谁。赵老师一走进屋，一句招呼都没打，直奔王战团跟前，自己拉了把凳子脸贴脸地坐下，盯着他看了半天，还是不说话。三姑在背后对大姑悄声说，神不，不用问就知道看谁。那边王战团也不惊慌，脸又贴近一步，反而先开口说，你两只眼睛不一般大。赵老师说，没病。大姑说，太好了。赵老师又说，但有东西。我奶问，谁有东西？赵老师说，他身上跟着东西。三姑问，啥东西？赵老师说，冤亲债主。二姑问，谁啊？赵老师不再答了，继续盯着王战团，你杀过人吧？我爸坐不住了，扯啥犊子呢，我大姐夫当兵的，又不是土匪。赵老师说，别人闭嘴，我问他呢，杀没杀过人？王战团说，杀过猪，鸡也杀过，出海时候天天杀鱼。赵老师说，老实点儿。王战团说，你左眼比右眼大。赵老师，你别说了，让你身上那个出来说。王战团突然不说话了，一个字再没有。我爸不耐烦了，到底有病没病？赵老师突然收紧双拳，指关节顶住太阳穴紧揉，不对，磁场不对，脑瓜子疼。三姑说，影响赵老师发挥了。大姑问，那咋整？赵老师说，那东西今天没跟来，在你家呢。大姑说，那去我家啊？赵老师忍痛点头，又指着我爸说，男的不能在，你别跟着。王战团这时突然又开口了，说，海洋在家呢，也是男的。赵老师起身，说，小孩儿不算。

大姑家住得离我奶家最近，隔三条街。一男四女溜溜达达，王战团走在最前面引路。到了大姑家，王海洋正在堆积木，被二姑拉到套间的里屋，关上门。赵老师一屁股坐进外屋的沙发，王战团主动坐到身边，说，欢迎。赵老师瞄着墙的东北角，说，就在那儿呢。三姑问，哪儿呢？谁啊？赵老师说，你当然看不见，这屋就我跟他能见着。赵老师对身边的王战团说，女的，二十来岁，挺苗条的，没错吧？王战团又开始不说话了。赵老师对我大姑说，好好问问你老头儿吧，他手上有人命，现在人家赖上他不走了，你俩进屋研究，研究明白再出来跟我说，我就坐这等着，先跟债主唠唠。

大姑领王战团进了屋，关紧了门。二姑跟三姑在外面，大气不敢喘，站在那儿看赵老师对墙角说话，声调忽高忽低。你走不走？知道我是谁不？两条道给你选，不走，我有招儿治你，想走就说条件，我让他家尽量满足。二姑三姑冷汗一身身地出。也不知过了多久，里屋的门开了，大姑自己走了出来。赵老师问，唠明白没？大姑说，唠明白了。赵老师说，有人命吧？大姑说，不是他杀的，间接的。赵老师，对上了吧？大姑说，都对上了。三姑对二姑说，还是厉害。赵老师说，讲吧，咋回事儿？大姑坐到赵老师身边，喝了口茶水，说，他跟我结婚以前处过一个对象，知识分子家庭，俩人订下婚约，他就当兵去了。1967 年，女方她爸被斗死了，她妈翻墙沿着铁路逃跑，夜黑没看清火车，人给轧成两截了。赵老师说，债主还不止一个，我说脑瓜子这疼呢。大姑继续说，那女的后来投靠了农村亲戚，再跟战团就联系不上了，过了四五年，不知道托谁又找到战团，直接去军港堵的，当时我俩已经结婚了，那女的又回农村，

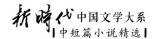

嫁了个杀猪的，天天打她，没半年跳井自杀了。大姑又喝了一口茶水，二姑跟三姑解汗缺水，轮着递茶缸子。赵老师问，哪年的事儿？大姑说，他发病前半年。赵老师说，这就对了，你老头儿没撒谎？大姑说，他不会撒谎。赵老师说，一家三口凑齐了，不好办啊，主要还是那女的。大姑说，还是能办吧？赵老师说，那女的姓名，八字，有吗？大姑说，能问，他肯定记着。赵老师说，照片有吗？大姑点头，起身进屋，门敞着，王战团正坐在床边，给王海洋读书，《海底两万里》，大姑把书从他手中抽起，来回翻甩，一张二寸黑白照跌落地上，大姑捡起照片，走出来递给赵老师看。赵老师说，就是她。三姑问，能办了吗？赵老师说，冤有头债有主，主家找对就能办。大姑吁一口气，转头看里屋，王战团从地上捡起那本《海底两万里》，吹了吹灰，继续给王海洋读，声情并茂，两只大手翻在面前，十指蜷缩，应该是在扮演章鱼。

4

赵老师第二次到大姑家，带来两块牌位，一高一矮。矮的那块，刻的是那位女债主的名字，姓陈。高的那块，名头很长：龙首山二柳洞白家三爷。赵老师指挥大姑重新布置过整面东墙，翘头案贴墙垫高，中间放香炉，后面立牌位，左右对称。赵老师说，每日早中晚敬香，一牌一炷，必须他自己来，别人不能替。牌位立好后，赵老师做了一场法事，套间里外撒尽五斤香灰，房子的西南角钻了一个细长的洞，拇指粗，直接通到楼体外。一切共花费三百块，其中一百是我奶出的。那两块牌位我亲眼见过，香的味道也很好闻，没牌子，寺庙外的香烛堂买不着，只能赵老师定期从铁岭寄，十五一盒。那天傍晚，赵老师赶车回铁岭前，对大姑说，有咱家白三爷压她一头，你就把心揣肚里吧。记住，那个洞千万别堵了，没事多掏掏，三爷来去都打那儿过。全程王战团都很配合，垫桌子，撒香灰，钻墙眼儿，都是亲自上手。赵老师临走前，王战团紧握住她的手说，你姓赵，你家咋姓白呢？你是捡的？赵老师把手从王战团的手里抽出，对大姑说，要等全好得有耐心，七七四十九天。

我出生到王战团死的后十五年里，我只亲眼见他发过两次病，加上我不在的前十五年，前后三十年的病史中，王战团没伤过人也没伤过己，绝对算得上是精神病里的先进个人。尽管如此，各家大人还是不肯让自己的孩子跟王战团多接触，唯独我偶然成例外。1998 年夏天，我爸妈双双下岗。我爸撺掇另一个下岗的发小儿合伙开家小饭馆，租门脸，跑装修，办营业执照，每天不着家。我妈求着在市委工作的二姑夫帮忙找活儿干，四处登门送礼，于是我整个暑假就被扔在我奶家，王战团平日没事儿最爱往我奶家跑，离得近。有时他就坐厅里看几个老太太推牌九，那时他被大姑逼着戒烟，忍不了烟味时就拎本书下楼，脚丫子上阵赢老头儿棋。我奶当他隐形人，老头儿视他眼中钉。我跟王战团就是在那个夏天紧密地来往着。有一天，我奶去别人家打牌，他进门就递给我本书，《海底两万里》。王战团说，你小时候，我好像答应过。我摩挲着封面纸张，薄如蝉翼。王战团说，写书的叫凡尔纳，不是凡尔赛，我嘴瓢了，凡尔赛是法国皇宫。我问，啥时候还？王战团说，不用还，送你。我说，电视天线坏了，《水浒传》重播看不成了。王战团说，能修。我说，你修一个。王战团说，我先教你下棋。我说，我会。王战团随即从屁兜里掏出一副迷你吸磁象棋，记事本大，折叠棋盘，码好棋子，摊掌说，你先走。我说，让仁子儿。王战团说，不行。我说，那不下了。王战团说，最多两个。我闷头思索到底是摘掉他一马一车，还是两个车，再抬头时，王战团正站在电视机前，掰下机顶的 V 字天线，嘴叼着坏的那根天线头使劲往外咬。我说，这能好？王战团说，就是被灰卡住了，捋顺溜儿就行了。他嘴里叼着天线坐回我对面，一边下棋一边咬，用好的那根天线推棋子。王战团说，去年没咋见到你？我说，我上北京了。王战团说，上北京干啥？我说，治病。王战团说，捋你那舌头？我说，不下了。王战团再次起身把天线装回电视机顶，按下开关，电视画面历经几秒钟的雪花后，恢复正常。王战团说，修好了。我说，也演完了。王战团说，你看见那根天线没有，越往上越窄，你发现没？我说，咋了？王战团说，一辈子就是顺杆儿往上爬，爬到顶那天，你就是尖儿了。我问他，你爬到哪儿了？王战团说，我卡在节骨眼儿了，全是灰。我不耐烦。王战团说，你得一直往上爬，这一家子，就咱俩最有话说，你没觉出来吗？虽然你说话费劲。

1998 年的夏天结束，我爸跟发小儿的饭馆开张，意外地红火。我妈也有了新的工作，在妇联的后勤办公室做临时工看仓库，虽然没五险一金，仍比在厂里挣得多。小家日子似乎舒服起来，我更没理由把夏天里跟王战团交往过密的事告诉他们。同年秋天，我第一次亲眼见证王战团发病。时间是在中秋节后，刺激来自女儿王海鸥和她男朋友。那个男的叫李广源，是王海鸥在药房的同事，抓中药的，比她大八岁，离过婚，没孩子，但王海鸥还是大姑娘，之前从没谈过恋爱。李广源十八九岁起就混舞场，白西裤，尖头儿黑皮鞋，慢三快四，搂腰掐臀行云流水，不少大姑娘都被他跳家里去了。王海鸥生得白，高，小脸盘，大眼睛，基本都随了王战团。她天生性子闷，别说跳舞，街都不逛，下班就回家，最大的爱好是听广播。我大姑后来要找李广源拼命时怎么都想不到，他的突破口竟然是王战团。起先李广源约过好几次王海鸥跳舞，王海鸥最后拒绝得都腻了，直说，我爸是精神病，都说这病遗传。李广源说，能治。王海鸥问，你说我？

李广源说，我说你爸，我给你爸抓几服药，吃半年就好，以前我太奶跟你爸得的一样毛病，那叫癔症，吃了我几服药，多少年都没犯。王海鸥说，我爸在家烧香，拜大仙，仙家不让吃药。李广源说，那是迷信，咱都是受过教育的，药归我管，不用你掏钱。

王海鸥真把李广源开的药偷偷给王战团喝。李广源在药房先熬好，凉凉装袋，王海鸥再拿回家，温好了倒暖壶里，骗我大姑说是保健茶，哄王战团喝了半年。半年里，王海鸥跟李广源好了，李广源真的为她戒了舞，改打太极拳。一天，王海鸥隔着柜台对李广源说，我怀孕了。李广源说，等着，我给你抓服药，补气安胎的，无副作用。王海鸥说，跟我回家见父母吧。李广源说，好，下班我先回家一趟，裤线得熨一下，你爸喝药有反应吗？王海鸥说，一直没犯。李广源说，那就好。

李广源一进家门，我大姑就认出他来，一见两人手拉手，二话没有，转头进厨房握着菜刀出来，吓得李广源拉起王海鸥掉头跑了。大姑气得瘫在沙发上喘粗气，菜刀还握着。王战团仍在上香，跟白三爷汇报日常，嘴里念着，我的思想问题已经深刻反省过，现在觉悟很高，随时可以登船。大姑说，你跟这拜指导员呢？可闭嘴吧。当晚王海洋也在家，他当了公交车司机，谈过一个三年的女朋友，分手后一直耍单，住家里。王海洋问，妈，那男的谁啊？大姑说，一个老流氓，你妹废了。王海洋说，他家住哪儿，我撞死个 × 养的。大姑说，你也闭嘴吧，你妹都搭进去了，你不能再搭进去，明天我去药房找他唠唠。

第二天一大早，大姑鼓着气出了家门，包里装着菜刀，可不到中午人就回来了，气也瘪了。王战团问，你咋了？大姑说，是你女儿咋了，怀人家孩子了，晚了。王战团问，怀谁的孩子了？大姑说，昨晚来家里那男的，海鸥药房的同事，叫李广源。王战团说，我去看看。大姑说，老实待着吧你，腿都烂了。那段时间，王战团右腿根儿莫名生出一块恶疮，抹药吃药都不管用，越来越大，严重到影响走路，多少天没下过楼了。但王战团坚持说，我去，我去。大姑没理他。

第三天傍晚，快下班时，药店迎来了一瘸一拧的王战团。王海鸥不在，李广源主动打招呼，叔来了。王战团说，叫我大名，我叫王战团，海鸥呢？李广源说，请假了，在我家躺着呢，不敢回家。王战团说，我喝的茶你给的？李广源说，是，感觉咋样儿？王战团说，挺苦。李广源说，良药苦口。王战团，你怕我不？李广源说，为啥要怕？王战团说，他们都怕我。李广源说，我不怕。王战团说，海鸥真怀孕了？李广源说，快四个月了。王战团说，你觉得应该吗？李广源说，应该先见家长，是我不对。王战团说，将来能对海鸥好吗？李广源说，能。王战团说，答应好的事做不到，是会出人命的，这方面我犯过错误。李广源说，我不会。王战团说，打算啥时候结婚？李广源说，父母得同意，我爹妈不管。王战团说，下礼拜，一起吃个饭。李广源说，我安排。王战团转身要走，瘸腿才被李广源看见。李广源说，叔，你腿咋的了？王战团说，大腿根儿生疮，咋治不好，我怀疑还是思想有问题。李广源说，我看过一个方子，刺猬皮肉，专治恶疮，赶明儿我给你弄。

回家一路上，王战团瘸得很得意。来到家楼下，又赢了邻居三盘棋才上楼。大姑问，你上哪儿去了？王战团说，去找李广源唠唠。大姑说，你还真去啦？唠啥了？王战团说，唠明白了。大姑说，咋唠的？王战团说，下个月办婚礼。大姑猛地起身，再次手握菜刀从厨房出来，王战团，我他妈杀了你！

那场聚餐，李广源没订饭店，安排在了青年公园，他喜欢洋把式，领大家野餐。大姑用了一个礼拜终于想通，王海鸥肚里的孩子是底牌，底牌亮给人家了，还玩个屁，对家随便和。但她坚决不出席那场野餐，于是叫我爸妈代她出席，主要是替她看着王战团。我跟着去了，王海洋也在。王海鸥是跟李广源一起来的，两个人已经正式住在一起。青年公园里，李广源选了山前一块光秃的坡顶，铺开一张两米见方的蓝格子布，摆上鸡架、鸡爪、猪蹄、肘花、洗好的黄瓜跟小水萝卜，蒜泥跟鸡蛋酱分装在两个小塑料袋里，还有四个他自己炒的菜，都盛在一般大的不锈钢饭盒里，铺排得有条不紊，一看就是立整人。李广源先给我起了瓶汽水，说，喝汽水。我爸说，广源是个周到人。李广源说，听说今天老叔家带孩子来，汽水得备，海鸥也不能喝酒。李广源又问我妈，婵儿喝酒还是汽水？我妈说，汽水就行，我自己来。李广源给王战团、我爸、王海洋，还有自己起了四瓶雪花，领头碰杯说，谢谢你们成全我跟海鸥，从今往后咱就是一家人了，我先干为敬。李广源果真干了一瓶，自己又起一瓶，说，今天起我就改口了，爸，你坐下。王战团从始至终一直站着，因为腿根儿的恶疮又毒了，疼得没法盘腿。王战团说，站得高看得远。李广源又单独敬王海洋，说，哥。王海洋说，你他妈比我还大呢。李广源说，辈分不能乱。王海洋还是不给面子，李广源又自己干了一瓶。王海鸥终于说了句话，你慢点儿。

饭吃得无声无响。只有我妈主动跟李广源交流过几句，珍珠粉冲水喝到底能不能美白。我被遗忘在一边，时间不知道过了多久，王战团忽然从背后牵起我的手，低声说，逛逛去。我起身被他领着朝不远处的后山走，中间回了一次头，好像没有人发觉我俩已经消失。我突然想起三岁那年，王战团接我放学，牵我的手他还得猫腰。如今他的腰杆笔挺，但腿又瘸了。没走几步，两人已经置身一片松林中。几只麻雀的影子从我两腿之间穿过。王战团突然叫了一声，别动。他飞速脱下夹克外套，提住两个袖口抻成兜状，屈腿挪步，我还没看懂，他已如猫般跃扑向前，半跪到地上，死死按住手中夹克，下面有一个排球大的东西在动，他两手一收兜紧，走回来，敞开一个小口在我面前，说，你看。我平生第一次见到活的刺猬。他说，你摸一下。我伸手进去，掌心撩过它的刺尖，没有想象中扎。我问王战团，带回家能养活吗？王战团说，去多捡点儿树枝子。我问，它吃树枝？王战团说，它不吃，我吃。我照办。捧着枯枝回来时，王战团竟然在生火，地上被刨出一个坑，里面已经铺过一层枯叶，一簇小火苗悠悠荡荡地升起，越燃越大。当时他已经戒了烟，我实在想不到他用什么方法生的火。王战团说，放地上，一点点加。我掸了掸胸前泥土，问，刺猬呢？王战团指了指自己脚下的一个篮球大的泥团，说，里面呢。我以为他在开玩笑，刺猬在里面？你生火干啥？王战团说，烤熟吃。我受到惊吓，蹲坐在地上，说，你为啥要吃它？王战团说，它能治我的腿，下个月你二姐婚礼，我瘸腿给她丢人。我害怕了，但我无力阻止王战团，瞪眼看着土坑里那团火越燃越旺，泥团被王战团小心地压在燃着的枯叶上，持续在四周加枯枝做柴。太阳快要落山时，那伙麻雀又飞回来，落在头顶的松树枝上，聚众围观。王战团终于停止添柴，静待火星燃尽，用一根分权的粗枝将外层已经焦黑的泥团顶出坑外，站起身，朝下猛踩一脚，泥壳碎如蛋皮，一股奇香追随着热气升涌而出，萦绕住一团粉白色的肉球，没有刺，没有四肢，更辨不出五官，它只是一团肉。王战团又蹲下，吹了吹，等热气散尽，撕下一块，递到我嘴边。我毫无挣扎，像丢了魂儿般，张开一半嘴，任由那块肉滑进我的齿间，嚼了一下，两下，第三下时，刚刚那股奇香从我的舌根一路蔓延至喉咙、胸肺、腹肠，最终暖暖地降在脐下三寸，返回来一个激灵，从大腿根儿抖到脑顶。王战团说，你没病，尝一口就行。他于是撕下一整块，放进嘴里嚼起来，再一块，又一块，很快，那团肉球只剩骨头。月光下，分明就是一副鸡骨架。

松林外，喊我跟王战团名字的几人声音越来越近。王战团两只手在后屁股兜蹭了蹭，牵起我的手。走向松林外的步伐，两个人都迈得很急。那一刻，我的魂儿仿佛才被拽回到自己体内，我抬头望着王战团棱角清晰的下巴，明白他是发病了。但他的腿应该真的好了。

5

王战团的恶疮不药而愈，王海鸥的婚礼却没如期举行，是王海鸥自己坚持不想办的。怀孕七个月，她跟李广源领了结婚证，我大姑才第一次放李广源进自己家门。孩子出生是女孩，就是我的大侄女。李广源给女儿取名李沐阳，寓意健康阳光。可惜新婚并没能给王战团冲喜，他的病情反而出现严重反复。沐阳出生后，王海鸥生了一场大病，奶水就此断了，我大姑干脆结束了半下岗状态，提前退休回家帮带孩子，好让王海鸥安心养病。她再没有多余的精力看着王战团了，由着王战团乱跑，香也上不上了。后来邻居向我大姑举报，说王战团最近不下棋了，总往七楼房顶跑，探出一半身子向下望，下棋的人仰脖一看，楼顶有个脑袋盯着自己，瘆人极了，以为他要跳楼，一头杵死在棋盘上。大姑没招儿，再三有人劝她把王战团送进医院里住一段，起码有人看着，打针吃药。大姑反问，啥医院？你们说精神病院？做梦吧。我不要脸，海洋跟海鸥还要脸呢，他死也得死我眼皮子底下。

那么多年，大姑到底是筋疲力尽了，最终决定二请赵老师。她先给赵老师打手机，没等说话，那边先开口说，你电话一响我脑瓜子就疼，磁场有大问题，你老头儿是不是又犯病了？大姑说，你真神啊赵老师，这次犯病挺重，我怕出人命。赵老师说，我现在北京给人看事儿呢，过不去，就电话说吧。大姑说，这回他老琢磨跳楼。赵老师打断大姑说，别讲症状，讲事儿。大姑不懂，啥事儿？赵老师说，他肯定又干损事儿了，你心里没数吗？大姑说，哦，哦，我想想，对了，半年前，他抓了一只刺猬，烤着吃了。电话那头许久不响。大姑说，喂？信号不好？听筒突然传出一声尖吼，你等着死全家吧！大姑也急了，说，你不是修行人吗？咋这么说话！那头吼得更大声，你知道保你家这么多年的是谁吗！你知道我是谁吗！老白家都是我爹，你老头儿把我爹吃了！

大姑被骂呆了，里外转了一圈儿，打个电话的工夫，王战团又偷跑了。她也懒得再追了，回沙发摇外孙女睡觉。晚上，李广源来了，说海鸥想孩子了，今晚抱回去一宿。大姑说，广源，你知道白三爷是谁吗？你学中医的，我想你懂得多。李广源说，我第一次进咱家门就看见那俩牌位了，高的那个是白仙家。大姑说，白仙家到底是谁啊？李广源说，狐黄白柳灰，五大仙门，中间的白家，就是刺猬。大姑说，哦，刺猬是赵老师她爹。李广源说，谁爹？大姑摇摇头。李广源说，妈，以前我不是这个家的人，不好张口，现在我想说一句。大姑点点头。李广源说，我爸还是应该去医院。大姑说，我再想想。李广源说，牌位也撤了吧，不是正道儿。大姑说，要不也得撤了，你爸把人爹给吃了。李广源说，啥？大姑说，广源啊，我明白了，你不是坏人。

那一回，大姑还是下不了狠心把王战团送给外人关起来，她选择自己将他软禁，大链子锁屋里干不出来，于是选择偷偷喂王战团吃安眠药，半把药片捣成粉末兑进白开水里，早晚各喂一杯。王战团乖乖喝了，成天成宿地睡，一天最多就醒俩小时，醒了脑仁也僵着，最多指挥自己撒两泡尿，吃一顿饭，然后继续栽回床上。如此一年多，王战团都没有再乱跑了，大年初二的家庭聚会也不出席。我奶都忍不住问大姑，王战团好久没来看我打麻将了，没出啥事儿吧？大姑说，老实了，挺好的。两岁的李沐阳已经会叫人了，爸爸，妈妈，姥姥，嘴可溜了，就是姥爷俩字练得少。每周日，李广源跟王海鸥带孩子回娘家一趟，李沐阳偶尔会突然冒出一句，姥爷呢？大姑说，姥爷累了，睡觉呢。李沐阳说，姥爷永远在睡觉。李广源说，妈，爸总这么睡不是个事儿啊，要不我给抓服药？大姑想了想，说，广源，有没有能让人睡觉的中药，副作用还小的？李广源说，都这样儿了，还睡？

安眠药的秘密，大姑本没打算告诉任何人，却在无意间被我得知。自从上回王战团牵着我消失在松林中，我爸妈明令禁止我再跟他来往，否则腿打折。然而我受到一股熟悉的力量驱使，在某个周六，独自来找王战团。

门虚掩着，我轻轻推开，王战团平躺在床上，没盖被，身子笔直且长，一双大脚与床根平齐。我走近了，一半身子贴着床边坐下。王战团的眼皮频繁地微微抖着，双唇有节奏地翕合，起先声音细弱，像是在说梦话，但又听不清。我悄声说，大姑父。大姑父说，来了？我一惊，本以为他睡熟了。我恢复到正常音量，说，来找你下棋。王战团也恢复到正常音量，说，一车十子寒，死子勿急吃。我听不懂，什么？王战团又重复了一遍，死子勿急吃。我听懂了，他念的是象棋心诀。我说，大姑父，棋我永远下不过你。王战团说，顺杆儿爬，一直爬到顶，就是人尖儿了。我说，别卡住了。王战团说，死子勿急吃。之后他的唇咬死了，一道缝儿也没再漏。我才醒悟，他确实是在睡觉，说的一直都是梦话。

6

婚后已经两周，到底去哪里度蜜月这件事，Jade 跟我始终没能达成共识。不办婚礼是我们共同做的决定，蜜月就更显弥足珍贵。那时她已随我回过老家，也见过了我的父母，还有我奶，我大姑，以及我二姑三姑和他们的儿孙，同堂四代人都把 Jade 当外国人看，可他们的样貌其实并无出入。我大姑已是全白头发，一直攥着 Jade 的双手不放，直接摘下自己右腕上戴了许多年的佛珠，顺势套在 Jade 手上，嘴里不停念着，好孩子，阿弥陀佛，阿弥陀佛。那次回来以后，Jade 变得对我家里的故事异常感兴趣，佛珠也一直没摘。她终于相信我没有撒谎，相信我真的吃过刺猬。我说，不然去斯里兰卡，听说是世外桃源，而且消费不贵，毕竟咱们预算有限。Jade 说，你大姑父，王战团，梦里说的那句心诀，到底是什么意思？我说，哪句？Jade 说，死子勿急吃。我想了想该怎么组织语言，说，大概就是，有的子虽然还没死，但已经死了，不，是早晚会死，只要搁那不管就好了，不影响大局。Jade 说，你觉得王战团是在说他自己吗？我说，他只是在说梦话。Jade 说，有些人活着，但他已经死了，有些人死了，但他还活着。中学课本里的一首诗，我正在恶补呢。我说，你的中文进步神速，吓到我了。Jade 吻了我一口，说，就斯里兰卡吧。那里四面环海。

2003 年的秋天，我大哥王海洋死了。王海洋死于一场车祸，那本是平常的一天清晨，他驾驶一辆 237 路公交车，空车离开始发站，正常行驶到青年街路口时，被一辆载满砂石的重型卡车拦腰撞翻，人被砂石埋住，当场就没了。此前王海洋已经交到新女朋友，公交车售票员，大他三岁，两人已见过父母，但男方家只有我大姑出席，因为那时王战团终于被大姑送进医院，精神科病房。关于这件事，有两套说法。我爸称，我大姑那年摔伤了腰，照顾自己都困难，只能痛下决心。但据我妈讲，我大姑后来在外面有了相好的，实在没法再把王战团留在跟前。他俩说的，我都不信。

王海洋葬礼，王战团被两个白大褂直接从医院病房送到火化间门口，告别厅的仪式都没出席，是我大姑特意安排的。一家人哭得再无泪水盈余，王海鸥跟那个女售票员已经抽搐到双双无法站立，李广源一人扶起两个，王战团才到场。大姑说，战团，我是怕你受刺激，不敢叫你来，但我想了又想，不能不让你来，你要理解，阿弥陀佛。王战团点头，面无悲喜，目不转睛地盯着停尸台上被白布从头到脚覆盖住的儿子说，我再看一眼海洋。大姑说，别看了，模样都不在了。王战团坚持说，我看看，看看。他伸手要去揭盖面的白布时，身穿白大褂的殓导师上前挡住了他的手，叫了一声，大哥。王战团说，大夫，我没事儿。殓导师说，魂已西去，相留心中，放手吧。我不是大夫。终于，王战团在一众亲友的注目下，缓缓收起了手。殓导师独自推着白布下的王海洋，径直走向火化间的入口，那道门很窄，差一点把王海洋卡住。殓导师的白大褂跟王海洋身上的白布化作一体，一声高呼从那抹纯白中传回，西方极乐九万九！通天大路莫回头！

当王海洋化作一缕灰烟遁入云里时，王战团一直站在火葬场外仰头追看，没有人敢上前跟他说话。我不顾爸妈阻拦，独自走上前，对王战团说，大姑父，该走了，去烧纸。王战团的表情仍旧读不出，只默默跟在我身后。我放慢脚步，等他上来，牵起他的手，并排走在最后，我的身高马上要追上他。走在前面的人群一半是我的亲人，另一半是我不认识的王海洋单位的领导同事，他们不时回头看我俩，神情都很怯懦。但

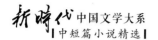

我没有跟他们对望过一眼。王战团说，得捡根棍儿，越长越好。我说，等下到了地方，肯定有别人留下的。王战团说，不要别人的，就要新的。我说，好，我办。

　　祭悼场人满为患，非家属站在场外不再跟进。一家人排队守住一个刚刚腾出来的烧纸位，半圆形的墙洞内，上一位逝者的冥钱还没有收完，火苗将熄。我大姑第一个上前，将自家带来的烧纸投进去，炉火续燃，我大姑哀号一声，儿啊，你走好！一家人的哭声再度响起，接下来是王海鸥跟李广源，然后是二姑一家，三姑一家，跟着我爸妈。我奶按规矩不能给隔辈人发丧，怕被带走没来。他们陆续向炉中添纸，说着差不多的悼语。王战团排在最后一个，快轮到他时，我正从外面回来，手中握着一根新折下的松树枝，笔直细长。王战团沉默地从我手上接过树枝，轮到他上前，一口气把剩下两摞烧纸全部丢了进去，刚刚烧得很旺的火一下子被闷住，他再用树枝伸进去捅，上下不停挑弄，火重新旺了回来，一发不可收拾。我站在王战团的身边，看着他专注地烧纸，火舌从墙洞口蹿出，两张脸被烤得滚烫，恍惚间，我闻到一股似曾相识的香气。我听见王战团在身旁说，海洋啊，你到顶了，你成仙了。

　　没人敢催促王战团，一家人安静地等待他亲眼见证了最后一丝火苗熄灭。守候在外的单位同事早已不耐烦。王海洋单位出了四辆公交车，返程时，差几位坐满。大姑坐在我身边，我靠在窗边。我问，大姑父呢？大姑说，他也该回去了。我顺着大姑的目光朝窗外看，不远处停着一辆白色面包车，王战团的背影正猫腰进车。车外，李广源给两个白大褂塞钱，看不清是多少。两名白大褂最后也上了车。车门拉上前的一瞬间，我忽然很想大声地喊一声王战团，或者大姑父。但我始终没能成功发出声音。王战团的身体被紧挨他的一个白大褂遮住，他的头扭向另一边的车窗外，没有让我看到他的表情。那是我最后一次见到王战团，我大姑父。

　　Jade 曾问起，王战团是怎么死的？我说，他死在医院病房里，就在葬礼后的第二个月，突发心梗。早上护士给他盛粥的工夫，一扭头，脑袋已经杵在了窗台上，像在打瞌睡。Jade 说，法国老人都很羡慕这种死法，毫无痛苦。我说，全世界人都一样。Jade 问我，结婚以前你为什么没跟我说，你得过抑郁症的事？我说，怕你嫌弃。Jade 说，其实你不用怕，但我很高兴你现在愿意告诉我。我说，我很抱歉。Jade 说，别这么说，不是你的错，其实抑郁症也不是真的，对吗？我说，不知道。Jade 问，你现在还恨你父母吗？我说，不存在恨。Jade 说，我也不恨我父母，他们离婚是明智的。我的生母没必要因为生了我，就做一辈子母亲。片刻沉默。Jade 突然说，不然我们不去斯里兰卡了，把钱省下来，回老家去买房交首付。我笑说，你越来越像个中国人了。Jade 说，嫁鸡随鸡，嫁狗随狗。我说，上次你带我去凡尔赛宫，我盯着墙上展出的一幅油画哭了。Jade 说，我记得，当时问你，你不说。我说，那幅画里有一片海，海上有一艘船，我想起了王战团。他其实从来都没当过潜艇兵，就在普通的战舰上，桅杆上打旗语的那个人。Jade 问，你怎么知道的？我说，他在自己的诗里写过，后来我跟大姑也确认过。Jade 问，诗里怎么写的？我说，王战团在诗里写道，船在他脚下前行，月光也被踩在脚下，他指挥着一整片太平洋。潜艇在前行时，是不可能见到月光的。

　　我想我可以确认，王战团指挥刺猬过马路那年，就是 2001 年，我十四岁，按年纪该念初二，却仍被卡在小学六年级。那天我本来是被爸妈逼着，去我大姑家见赵老师，求她帮我看事儿的。我天生患有严重的

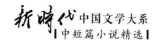
口吃，直到十岁那年，我因在学校里被同学嘲笑，愈发自闭，躲在家中不肯再上学，爸妈没办法，轮流请长假，开始带我到北京寻医问药，1997 年大半年里，我都在北京跟家之间奔波，在石景山的一间小诊所里，舌根被人用通电的钳子烫煳过，喝过用蝼蛄皮熬水的偏方，口腔含满碎石子读拼音表，一碗一碗地吐黑血。直到后来我已坦然接受自己一生要面临的耻辱时，我爸妈却已经折磨我成瘾，或者他们是乐于折磨自己。

一年后，我回到学校，口吃丝毫没好转，反倒降了一级。原本成绩不错的我，因为厌学一落千丈，再度被迫留级一年。当我最初的同班同学已经是初二的中学生，我仍旧是个小学生。十四岁生日当天，我半只脚踏出我家六楼的窗台，以死相逼，才终于让我爸妈放弃对我的二度治疗。当我从窗台上下来的一刻，我决心再也不跟任何人讲话。我做了整整三个月的哑巴，任我爸妈及所有人如何诱逼，都没能再从我口中撬出一个字。我妈先是以泪洗面，哭烦之后带我去看心理医生，我当然更不可能对医生开口，他们便初步诊断我为抑郁症，但不说话根本没办法治疗。最终，还是在我三姑的引导下，我爸妈终于确信我得的是邪病，决心三请赵老师出马。赵老师要求，我父母不能在场，地点在我大姑家也是她选的，因为房子西南角那个洞还在，白三爷一样能来去自由。我妈把我送上出租车，跟司机说了两遍地址，付了车费，含泪目送我前往。车就快驶到我大姑家时，竟被王战团跟一只刺猬堵在了街心。

那一天，我大侄女李沐阳感冒，我大姑因为着急带外孙女去医院，早上忘记给王战团喂安眠药，才有了后来那一幕。王战团被我大姑押回家的路上，一直很欢腾，我下了出租车追上去。王战团笑着跟我打招呼，来了？我不语。王战团又说，舌头还没捋直？变哑巴了？我瞪着他，咬死了牙。

三人回到大姑家。一进门，香气缭绕，白家三爷的牌位重新被立上翘头案。赵老师我还是头一回见，她身披一件土黄色道袍，手持一柄短木剑。王战团仍旧很兴奋，主动说，哎呀，老朋友！赵老师剑指王战团，你与我白家血海深仇！别让我看见你！她又剑指我大姑，还有你！王战团笑了起来，说，今天我刚救了你家一口，我们能不能扯平了？赵老师大喊，孽畜！滚！王战团被我大姑强行拽进了里屋，跟自己一起反锁在门内。赵老师又剑指我，过来！给三爷跪下！又是那股力量，推着我，按着我，走过去，跪下，头顶是龙首山二柳洞白家三爷的牌位，咬紧牙关之际，后脑被猛敲了一记，只听赵老师站在我身后高呼，说话！我仍咬牙。木剑又是一击，说话！我继续咬牙。再一击更狠，我的后脑似被火燎，三爷在上！还不认罪！我始终不松口，此时里屋门内竟然传出王战团的呼声，我听到他隔门在喊，你爬啊！爬！爬过去就是人尖儿！我抬起头，赵老师已经站到我的面前。爬啊！一直往上爬！王战团的呼声更响了，伴随着抓心的挠门声。就在赵老师手中木剑即将击向我面门的瞬间，我的舌尖似乎被自己咬破，口腔里泛起久违的血腥，开口大喊，我有罪！赵老师也喊，什么罪！说！我喊，忤逆父母！赵老师喊，再说！还有！刹那间，我泪如雨下。赵老师喊，还不认罪！你大姑都招了！我喊，我认罪！我吃过刺猬！赵老师喊，你再说一遍！我重新喊，我吃过白家仙肉！赵老师喊，孽畜！念你年幼无知，三爷济世为怀，饶你死罪！

　　木剑竖劈在我脑顶正中，灵魂仿佛被一分为二。我感觉不出丝毫疼痛。赵老师再度高喊，吐出来！剑压低了我的头，晕漾在我嘴里的一口鲜血借势而出，滴滴答答地掉落在暗红色的地板上，顷刻间遁匿不见。一袋香灰从我的头顶飞撒而下，我整个人被笼罩在尘雾中，如释重负。我再也听不见屋内王战团的呼声了。许多年后，当我站在凡尔赛皇宫里，和斯里兰卡的一片无名海滩上，两阵相似的风吹过，我清楚，从此我再不会被万事万物卡住。

新　锐　作　家　卷

你的目光

王威廉

1

大约五年前，我给自己定了上班时间。从那天起，我一次都没迟到过。

不过，请原谅我的懒惰，我给自己定的上班时间是上午十一点，如果这还迟到的话，自己都无法原谅自己。

今天我就没法原谅自己，眼睁睁迟到了。

"崽，你啥时能结婚啊？"出门前，母亲忽然提到这事。她都不是在问我了，而是喃喃自语着绝望叹气。

我快四十岁了，年近不惑，却已单身五年。自从我戒断网络游戏后，对现实世界的反应相当迟钝。跟"丽影女侠"在游戏里一边打装备一边肆意聊天的时光偶尔会在脑中浮现，可那个世界已经不存在了。"丽影女侠"彻底消失了，仿佛从没出现过。我和她算是在一起过吗？我们什么都聊，包括各种隐私与禁忌，但我从来不知道她长什么样，也许那是个男人或是 AI。当陪聊软件出现后，我越发觉得后者的可能性更大。我是一个可悲的实验品，无偿给机器贡献着自己的数据。

假若母亲天天念叨，日日催婚，我肯定麻木地应付着，该出门就出门，那一定不会迟到。可这么多年来，母亲从来不问我的私生活，包括逢年过节的时候。母亲的这种包容让我逐渐觉得母亲对此事是无所谓的，我也心安理得，乐得逍遥。

但天底下哪有母亲对儿女婚事是无所谓的？这不，终于来了。

"阿妈，你怎么突然说这个？"我尴尬地笑着，伸出去开锁的手缩回来放在裤兜里。

"这句话我忍了六年了。"原本低头编制"小兔子"的母亲抬起头，用凄楚的眼神看着我。"小兔子"是花灯，元宵节才用的，但多年来母亲几乎花了全部精力在上边。她的手工活堪称精湛，手头好几个花灯都是别的地方订购的，也卖了点钱，但那点钱跟她的付出相比，完全不值一提。

"怎么是六年？"我跟她较真起数据，这显然是避重就轻。

"怎么不是？"母亲掐着指头算起来了。

母亲当然不知道"丽影女侠"的存在，而且，就算她知道，她也一定无法理解。

在"丽影女侠"之前，我谈过一场马拉松式的恋爱。我很少回忆她，不是因为我忘记了，而是因为其中有太多无法面对的青涩羞耻。于是，她的名字被我折叠进了记忆深处，那就像是一个地雷的引信，禁止触碰。

"这个得靠缘分，强求不来。"我的手重新放在了门把手上。

母亲忽然笑了，原本悲戚的表情被笑容覆盖。我震惊于她的变化，不免担心她："妈，你没事吧？"

"我昨晚梦见你阿爸了，他说阿良会好的。"

原来如此，一场梦。

"知道了。"我终于松口气，扭开门锁，一边走出门一边跟她道别。

母亲忽然站起身，追着我说："崽，你阿妹和妹夫今年一直凑钱想买房，需要付首期，你帮帮她啦，借钱给她。"好家伙，这不是我想听的。倒不是我不想借钱给妹妹，而是原本就不需要花那么多钱去买房。要是父亲还在的话，就不会有这个事情。我不想在刚准备一天工作的时候，想起苦命的父亲。

"阿妈，这种事晚上再聊吧，我迟到了！"我真急了，匆匆忙忙从家里逃走。

我开着新买不久的电动汽车，向"国际眼镜城"驶去，不一会儿我就看到了它的目光。眼镜城跟别的高楼大厦不同，它是有目光的，因为在它正中的显著位置上，镶嵌着一副巨大的黑框眼镜，楼房那双看不见的眼睛通过它，探望着周围的一切。我总觉得它能看穿我的心思，我想些什么，它都知道。于是，我便在心底跟它默默对话。它总是鼓励我，让我在它的肚子里好好工作。我在锁好车门、钻进电梯之前认真思考它的建议，然后在电梯上行时告诉它：那就今天再试试？就今天。

电梯门打开的瞬间，我看到店牌"合金目光"稳稳挂在那里，心里感到踏实。我掏出钥匙，打开店门，室内的灯自动亮了，无数眼镜对着我，无数隐藏的眼睛望着我。我的目光避开它们，落到墙上的那幅书法作品上："黑夜给了我黑色的眼睛，我却用它寻找光明。"这是诗人顾城的名句，也是我的镇店之宝，来买眼镜的客人都会看到，因为我在它旁边放的是视力测量表。我帮他们验光的时候，这句诗就会自动投射到他们的视网膜上，从而进入他们的内心。很多客人都会对我好感大增，从而更愿意在我这里买眼镜。

这座大楼里有上百家眼镜店，在哪家买不是买？买的时候一定要让人家对你有认同感。这样说来，这好像是我的商业营销策略，其实也不全是，我喜欢在发呆的时候反复读那句诗，总觉得有什么东西在给我鼓劲，尽管我对那劲头是什么、往哪里使并不十分清楚。

我看着顾城的诗，想起母亲此前的质询，竟然又陷入了回忆。

"丽影女侠"消失后，我不仅要戒除网瘾，还得疗愈情伤。我至少明白了，爱情确实是可以完全抽象的。为了打发时间，我钻进图书馆读小说，管它是不是世界名著，就近拿到什么读什么。我给自己定的规则是，不管是否喜欢，必须读完。后来我有个发现，凡是印象深刻的，多半还真的是世界名著。这让我对自己的品位有了那么一点点信心。

纸张比起屏幕来，对眼睛还是友好一些，但即便如此，我的视力还是持续下降，已经三百多度了。眼看着世界越来越虚幻，我决定给自己配一副眼镜。

我找到老同学国麟，他在眼镜城里开了家很大的店。我们的关系非常好，小时候一起在泥巴路上光着脚乱跑，读中学时一起逃课，长大后又读同一家专科学校。毕业后，他逐渐变成了一个极为稳重的人，按部就班地生活，现在已经有了两个孩子；而我，还是没什么长进，一份工作经常干不满半年。

"你随便挑，我送你！"他指着一排排眼镜，从近视镜、老花镜到墨镜，甚至还有潜水镜，应有尽有，怪不得他的店名敢叫"眼镜帝国"。

"那我不客气了。"

我摩拳擦掌，挑了半天，可总觉得在款式方面没有眼前一亮的，都太大众化了。没看到那种富有独特设计感的，不免略略有些失望。

"国麟，你不近视，不戴眼镜，所以你还是不理解戴眼镜的人。"我挑了一款式样还算稳重的眼镜，递给他的同时忍不住说了真话。

国麟不恼，我确信再过几年他就会变得跟廖叔一样严肃，谁让他们是亲父子呢？可我跟父亲之间有什么相似之处呢？我忽而心底闪过这样的念头。

"是的，阿良，我承认，我肯定没你理解戴眼镜的感受，我就是纯粹把眼镜当商品来卖。"国麟像对待客人一样，认认真真把包装袋整理好递给我，可语带讥讽道，"兄弟，要求那么高，你怎么不去当个眼镜设计师？"

眼镜设计师？那不仅要懂光学，懂合金材料，懂加工，还要懂艺术，我怎么行？我最多跟国麟一样，开间自己的眼镜店。这是我们这里的势，也是我们小人物的命。我们这里，十个人里有五个都在卖眼镜。三十多年前，廖叔趁着改革开放的契机，创办了我们这里的第一家眼镜厂，很有可能也是深圳的第一家眼镜厂。从此，这个产业在横岗像滚雪球一般，越做越大。等我记事的时候，便经常听到廖叔对远道而来的客人介绍说，全世界六到七成的眼镜都是这里生产的。我倒是想以此为家乡骄傲一番的，但他那表情严肃刻板，郑重其事，毫无炫耀，跟当年谈论水稻产量没什么区别，我也就没必要自作多情了。更何况，其中也没有我的丝毫贡献。

开了自己的眼镜店后，除却上班路上的微弱兴奋，其他时间我依然感到极度乏味。即便是多卖了几副眼镜，多赚了千把块钱，也不能让自己真正开心起来。我只能靠给自己安排行动表来活着。行动表不是计划表，计划表每个人都做过，是为了某个目标而安排工作。而行动表则是对时间的连续性失去了感觉，必须要把每天的琐事写在纸上，比如喝杯水，叫外卖，丢垃圾……这类破事都一一在列，然后再照着上边的指示去行动。完全是按图索骥。这自然不是失忆，这是一种停滞和麻木。

唯一能让我感兴趣的，竟然还是眼镜设计。

进货的时候，看到有些造型板正的眼镜，不免想到如果在这里或那里调整一下，应该会好很多。再后来，就想如果我能为自己设计一款造型独特的眼镜该多好。每天的生活千篇一律，而眼镜却能传达出不一样的东西。国麟的讥讽在耳边响起：你怎么不去当个眼镜设计师？我越想越恼火，我怎么就不能当？我在本子上画着草图，想象着眼镜的样子。

但很快，我就陷入了迷茫。每一个环节都让我举步维艰。尤其是迟到的今天，节奏感全乱了。

这时，走进来一个女人。

店里每天会来很多顾客，我都会象征性地招呼一下，但这个女人与众不同，我看到她的瞬间就感到了某种紧张。她披着长发，身形瘦削，穿着飘逸的黑色长裙。她的步伐轻盈，气质优雅，尤其让我眼前一亮的是她戴的眼镜。这自然是我的职业习惯，对别人脸上的眼镜总是会不经意地多看几眼。她的眼镜款式与众不同，镜片的弧度很大，从她鼻翼下缘飞掠而过，提升了她的脸部线条；镜腿上不仅有细腻的手工雕花，上边还悬垂着细细的银色链条，从两鬓绕到白皙的颈后。当她转头的时候，铂金链子就垂放在她的锁骨窝里。而且，镜片后的眼睛很美，顾盼传神，焕发着明亮的光泽。她在店里转了一大圈，挑了一款眼镜拿在手里。她把自己的眼镜摘下来，轻轻放在柜台上，然后对着镜子试戴起来。那一瞬间，我鬼使神差，没有征询她的同意，就把她放在柜台上的眼镜拿在手中端详起来。

她回过头来，看到我拿着她的眼镜，脸色突变，本能地叫了声："欸？"

我从来没被顾客呵斥过，我立即意识到自己的行为是不妥的。我想赶紧放回去，可心一慌，手一抖，她的眼镜瞬间做了自由落体，掉在地上。地面是大理石的，眼镜碰在上面发出清脆的声音，并随即弹出去挺远。幸好镜片是树脂材料的，否则一定会粉身碎骨。

"对不起，对不起……"我脑袋里一片空白，已经尴尬到了惊惧的程度。我赶紧蹲下身去捡眼镜，可肥胖的肚腩抵抗着我的控制，我竟然摔倒在了地面上。我顾不得许多了，爬到了眼镜前，伸手将眼镜紧紧攥住，仿佛这是只会随时逃走的兔子。我起身，将眼镜递给她。我勾着头，满脸通红，狼狈到了极点。

我的狼狈引发了她的恻隐之心，她说："没事，没事，是我刚才反应过度了。"她纤细的手指抚摸着自己的眼镜，说，"因为这是我给自己设计的第一款眼镜，所以它对我有着特别的意义……"

听到这是她自己设计的眼镜，我心中的角落被瞬间照亮，竟然暂且忘记了自己的狼狈，声音发颤地问她："你是眼镜设计师？"

"我是设计师，我设计眼镜，也设计别的一些饰品，包括珠宝，"她应该是为了弥补刚才的失态，在很有耐心地跟我说话，"不过我最喜欢的还是眼镜设计，也许是因为我自己近视，有这个刚需。"说完，她对我微笑了一下，嘴角出现了两个酒窝。

"我也是……"

"你也是设计师？"她看着我的眼神有些迷惑。

"我也是……近视眼。"我伸手不自觉地扶了扶眼镜。我戴着这款大路货，完全不敢提自己有多么向往眼镜设计。

"看得出。"她微微一笑。

气氛有点缓和，我便大着胆子说："我就是特别喜欢你的眼镜。我开眼镜店这么多年，很少看到你这么有个性的眼镜，所以有点激动，刚刚没经过你同意就……真是抱歉。"

"那你还是懂一点的。"她这才认真看了我一眼。

我们对视，我这才看清她在眼镜后的脸是偏瘦的，而毛茸茸的大眼睛显得有些忧郁。当然，那忧郁丝毫没有妨碍她眼睛的神采。

"冒昧地问，你是在哪里工作？"我跟她说每一句话，都得鼓足勇气。

"这些年我在香港，主要是读书，学设计，前不久我才从香港回到

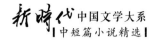

广州，"她没有移开目光，继续看着我说，"因为我家在广州，接下来，我想做的是品牌，自己的设计品牌。"

我自开店以来，没少听到什么马上要创业之类的话，可我第一次遇见要创业的眼镜设计师。机不可失，时不再来，我深吸一口气，站直了身体，对她说："实不相瞒，我特别想学习眼镜设计，但是一直没有遇到合适的老师，你是我知道的第一个来我店里的眼镜设计师。如果你愿意的话，我想当你的学生，我可以给你提供各种眼镜材料，"我顿了一下，压低声音，"用最低的成本价。"

这番话像是在我心里演练很久似的，终于摆放在台面上。我怕她不信，赶紧指着一款最常见的钛金眼镜框报了一个价。我已经疯魔了，我居然在自己拿货价的基础上还打了个八折。我确信，她跑来眼镜城进货，肯定已经在其他店里了解过了，绝无可能碰到如此低的价位。

果然，她很有些吃惊，眼镜下的银色链子微微颤动着。

"咦？没想到你……"她似乎觉得接下来的话不妥，又咽回去了，干脆说，"你真愿意给我成本价？你的材料质量过关吗？我可是专家，你骗不了我的。"她被突如其来的好事弄得有点乱，用装腔作势来掩饰她的小心思。她在商业上还是不够成熟，估计连我都不如。看来，她说自己毕业没多久要创业之类的话一定是真的，这让我对她的好感陡然上升。

"我骗你干什么？我感谢你还来不及呢。"我把目光落在了顾城的诗句上。她的慌乱让我替她难为情。

"先不急着感谢，我都没教你什么。"她站在那里，扭头又打量了一圈我的店，目光从顾城的诗句上滑过两次，然后说，"那就一言为定！"

我微笑着掏出手机，正想加她微信，她却从小包里掏出一张名片给我。现在名片已成了稀缺物，我双手恭敬接过，看到她的名字：冼姿淇。右侧用更小的字写着"设计师"三个字，下面是她的联系方式。

"我叫何志良，叫我阿良就好。"我当面拨通了她的电话，看着她存了我的名字，心中才踏实。

"谢谢冼老师。"我郑重其事地说。

她反而被逗笑了，但她的笑容很短促，很快恢复了严肃的状态。她看上去知性极了，比走廊广告上的眼镜模特都更有魅力。

我将她刚才试过的眼镜放进盒子里，再拿出牛皮纸袋装好，双手呈给她：

"这是拜师礼，请务必收下。"

"不用啦。"

"你就当这是教学用具，体验一下，回头告诉我感受，怎么样？"

我的真诚态度打动了她，她还有些犹豫，我递到她手边，她只得抬手接了过去。

"谢谢，谢谢冼老师。"我情不自禁地给她深深鞠了一躬。

我起身，发现她已经没影了。我是不是表现得太过夸张了？我愣怔了几秒钟才缓过神来。我走到门外，往走廊两侧张望，没看到她的身影。隔壁店的贤嫂对我投来疑惑的目光，我头一缩，像乌龟一样回到了店里。我坐在柜台前，在笔记本上写下了今天的第一句话：

努力成为眼镜设计师。

停了一会儿，我又写道：

午餐减半，开始减肥。

刚刚跌倒在地的丑态在我脑海里翻腾，这让我有很长一段时间都不敢看大理石地面。

在顾城诗歌的旁边，有面镜子，我从来不会主动去照，每当一不留神从镜子里看到自己的时候，我总以为有客人进来了。这些年来，我的姿势都是瘫坐着的——瘫坐着打游戏，瘫坐着读小说，瘫坐着看店，整个人胖了几圈，臃肿不堪。要不是有眼镜遮挡着，黑眼圈也会暴露无遗。因此，我从来不会考虑戴隐形眼镜这种东西。

冼老师在为自己设计眼镜的时候，也会考虑遮挡一些隐秘的信息吧？

我似乎还能感觉到她在我店里留下的目光，那目光里的忧郁又是因为什么呢？

这个黑色笔记本是我精心挑选的，里边都是白纸，没有别的色彩，没有横纹，适合绘画。我打算画出想象中的眼镜草图。别笑我，目前只有一个。我想从最简洁的样式开始画起，每一款眼镜都会有一个名字，都会有我为它写的几句话。这不是诗，跟顾城的短诗不能比，但是，它们是我悟出来的，是我想赋予眼镜的灵魂。

店里的事务最多占用百分之二十的时间，剩下的时间都是等待。我一般望着顾城的诗或某个眼镜发呆，有时一两个小时就那样过去了。因此，我决定，给我设计的第一款眼镜命名为"凝视"。

它应该用银打造，还必须加入少量其他金属，如镍，形成合金，增大硬度。镜片被银合金紧紧包裹，仿佛经过镜片的目光也被紧紧包裹。从而目光拥有了白银的纯洁质地。

【凝视】

我不要我所见皆是虚无

我要从眼前的事物中洞穿一个小孔

看到你

型号：001

银重：约需 20g

尺寸：53-19-140

原本我只想到第一句话，放置在那里有段时间了。见到冼老师后，我的心情久久不能平静。她刚刚离开，后两句话便在我脑中浮现。原来灵感可不是冥思苦想出来的，而是需要一个外界的关键性激发。我把后两句话写上去，反复看了几遍，觉得它终于完整了。

2

中午少吃了一半的饭，下午却有一种反常的兴奋。陆陆续续来了一些客人，卖了几副眼镜。从挣钱的角度来说，这是平平常常的一天，但因为在这一天遇见了冼老师，从而变得与众不同。我闲下来靠在柜台上的时候，那种凝滞感有所减轻。

"哥哥，回家吃饭了！"妹妹打来电话，还亲切地问道，"今天生意怎样呀？"

妹妹虽然结婚了，但她和妹夫还没有自己的房子，因此，他俩跟我还有母亲，四个人挤在一起住。

她是一个很顾家的女孩，只要下班没事，绝对会第一时间赶回家，煮好饭。可在我心里，她似乎永远都是一个长不大的小孩子。她在我面前也确实像个小孩子，还像小时候一样嗲嗲地叫我"哥哥"。也许，她是想保有一份童年的天真。

要在以往，我会跟她说说生意的情况，但今天，我想起母亲要我帮她攒钱买房，我对她的话变得特别敏感。

"生意不好，快倒闭了吧。"我故意逗她，有种恶作剧的快感。

"哎呀，不会的啦，哥哥辛苦，先回家吃饭吧。"

中午吃得少，还真有点饿了。我回到家，推开门，就看到妹妹做好的一桌菜。

母亲说："阿良，小细做了你最爱吃的酿豆腐。"

小细是妹妹的小名。妹妹做的酿豆腐确实很好吃，我暗自感到口水在分泌。这时，妹妹从厨房走出来，把围裙摘下来放在椅背上，笑着招呼我："哥哥辛苦了。"

这时，妹夫陈春秋也从厨房钻了出来，端着两碗米饭。在他面前，我这个当哥的总找不到优势。他身高一米八三，虎背熊腰，是典型的彪形大汉，多年前从陕西来深圳发展。妹妹其实接触了不少对象，我从没想到她最后选定了这么一个北方人。

妹夫话很少，大部分时候是个闷葫芦。要想让他打开话匣子，得跟他喝酒，然后聊聊中国古代的历史逸闻，那他兴致立刻就来了，滔滔不绝，说秦如何统一了南粤，说客家人与陕西人的渊源很深……好吧，我们客家人确实认为自己是从北方迁徙而来的。可惜我酒量不佳，就在他激动到手舞足蹈的时候，我脑袋里的眩晕越来越疯狂，我只能不管不顾地迅速躺倒，昏睡过去。

在失去意识的最后时刻，我经常会听见他说："哥，不管怎么说，我现在也是个客家人了。"

什么客家人，你就是个客人。

我总想这样怼他一下，但酒精已经麻醉了我的嘴巴。等我醒来后，他早去公司上班了。

　　陈春秋是搞 IT 的，跟深圳大街上背着电脑包、行色匆匆的路人甲差不多。我总记不住他所在的公司，反正不属于"BAT"。我第一次知道"BAT"这个莫名其妙的称谓还是妹妹告诉我的，她说："春秋是个有理想的人，BAT 不要他不是他的损失，是他们的损失。"

　　"你慢点说，什么 B……A……T？"

　　"哥哥，你连这都不知道吗？就是百度、阿里巴巴和腾讯的第一个拼音字母啊。现在代指 IT 界的巨头公司。"

　　"他现在的公司叫什么？"

　　"叫……"妹妹笑了，"我也记不住。"

　　"不是华为？ H 不在 BAT 里边呀。"

　　"哥哥，你就别调侃他啦。"妹妹不乐意了。

　　不管陈春秋在哪家 IT 公司上班，但人家至少是这座科技之城的主潮部分。而我，就是个卖眼镜的。请不要误会，我这样说不是觉得卖眼镜丢人，而是我对自己的未来感到担忧：哪一天这里的产业升级了，乃至转移了，那我就卖不了眼镜了。难道那会儿我又去卖别的东西？情趣用品？等情趣用品店都变成无人销售，我岂不是又失业了？我是想说，我不是那种八面玲珑的生意人，因此，我想做点能够深入行业内部的事情，跟这个行业从一而终，才能真正感到踏实。说到底，这还是因为我迟钝吧，人生只能笨拙了，但这样也许可以求得一些深刻。

　　因此，我想成为眼镜设计师，并非是为了跟国麟赌气，而是一个从我心底逐渐生长起来的愿望。

　　我渴望着只有一面之缘的冼姿淇老师能引领我一步步登堂入室。

夜深人静，他们都睡着了，客厅独属于我了。我小心翼翼地翻开笔记本，开始随意画。这款眼镜是半框的，下缘没有银的包裹，代表着目光的更多可能性。镜腿上有手工雕刻的云纹，云的变幻是无穷无尽的。

【无穷】

无穷是应该被排除的
因为无穷带来了渺小和痛苦
可你带来了无穷
人是应该活在无穷中

型号：002
银重：约 12g
尺寸：54-17-140

我来到窗前，夜色是无穷的，附近街道的灯光还照亮着无人的木椅。天气潮湿，路灯带着光晕，像是夜晚也戴着眼镜，望着我。

3

一个月后，接近十月底，天气终于变得凉爽。对深圳来说，这是一年中最舒服的时节。我没有收到冼老师的任何信息。我的生活重新回归平静。说平静，是骗自己的，准确地说，是重新陷入那种凝滞状态。

完全想得到，她要成立自己的设计品牌，有太多的事务要处理，一定很忙很忙，无暇顾及我这么一个无足轻重的人。当然，按理说，既然我拜她为师，应该主动去请教她，但我似乎失去了那样的动力，我像是陷入泥潭中一般，除了外力来营救，主观上已经无能为力了，找不到坚固的支点。

这天，我收到一个快递，看到寄件人那里只写了一个字：冼。我心中一颤，是她。我打开后，是一本书：《人体工程学》。在扉页上，她写了一句话给我："阿良，先从这本书认真学起。"

她竟然没有忘记对我的承诺，我在笔记本上认真写道：

开始阅读《人体工程学》，每天十页。

本来我预计读完这本书怎么也得用一个月，但阅读的热情远远超出了我的预想。十天后，我就读完了。我对眼镜设计有了许多感悟。我斟酌着语句，写了几点读书感想，用手机短信发给她。我本想直接给她打电话的，可还是胆怯。

过了一会儿，我的微信响了，有人添加我为好友。对方叫"姿君"。显然，那正是她。很雅致的名称。原本加微信这件很普通的事，突然对我有了特别的意义。

她的微信头像是一个微笑的卡通女孩，眼睛很大，像她本人。这是她心目中自己的样子吗？我将这个头像保存在手机里。

"冼老师好！"我客客气气地给她发微信。

她表现得自然得体，对我这么快就读完这本艰涩难懂的书感到惊讶，她说她当年上学时，这门课差点不及格，因为觉得太冷硬了。但她后来发现，这门课对设计的帮助很大，能更好地理解人与设计对象之间的微妙关系。接着，她又给我推荐了两本书：《设计心理学》和《视觉思维》。

我如饥似渴地阅读。要是在学校时这么努力，我一定不会是今天这个样子吧。两周后，我又写了读书笔记，发给她求教。

她回复道："打字太累了，我用语音留言给你，可以吗？"

"求之不得！那样我就可以反复听讲。"

她的一句话发来了。我点击时，一想到马上能听到她的声音，竟然嘴巴发干，有些紧张。

"阿良，我就讲讲眼镜吧，虽然你天天卖眼镜，你真的了解眼镜吗？"

这样一句话，我反复听了好几次。我很喜欢听她说话，别说声音和语调了，就连气息，也是熨帖的。

"愿闻其详。"我在对话框中连连作揖。

她不疾不徐地开始说话，一小段一小段语音出现在对话框，犹如一层层参差错落的阶梯。

我手指轻触阶梯，语音开始自动播放：

"你卖了多年眼镜，对眼镜的构造肯定已经很了解了，大致上都是由镜框、鼻梁、鼻梗、托叶、桩头、铰链、镜腿、挂耳这八个部分构成。眼镜设计，说白了，就是要在这几个小部件以及它们的搭配上花心思。看似简单，实则很难。材质、颜色与形状的一点点变化，就能很大程度上改变主人的气质类型，正是四两拨千斤。可就是那一点点的变化，却蕴藏着无限奥妙。因此，眼镜设计，还是人类学的，不仅要研究不同人的脸型与气质，还得理解人的内心与愿望。螺蛳壳里还能做道场呢，更何况眼镜事关心灵的窗户。"

我在对话框里频频点头，鼓掌，献花。

"做设计，是知易行难，"她继续说，"看上去简简单单，大概知道是怎么回事，但一动手，方才发现不是那么回事。大部分时候，是具象不如想象，偶尔赶上运气好了，具象才能超越想象。因此，我们可不能靠运气，要靠思想，靠对世界的深刻认识，才能保证把脑袋里的形象变成手中的实物。"

她说的这些，给我带来了头脑风暴。我拿起手边的一副钛金眼镜，有种动手干起来的冲动。

"接下来说说材料吧，主要说说你现在手中拿的钛。"她发来吐舌头的顽皮表情。

"你太神了吧！"我看看手中拿着的钛金眼镜，又抬头看看不远处的摄像头，"难道你在监控我？"

"用不着。"她得意地笑了。

我对摄像头做了个鬼脸。

"言归正传，"她说，"钛的强度与钢相当，但比钢轻，更抗腐蚀，做金属镜框是再好不过了。当初科学家费了九牛二虎之力才提炼出不到一克钛，因此把钛划入稀有金属之列，可没多久，就发现这是个天大的误会，钛的含量在金属元素中排第七。"

"那怎么回事？"我非常困惑。

"因为提炼工艺太复杂。"她大致说了下相关的化学反应原理，我如听天书，一方面为自己的无知感到羞惭，另一方面，对她感到由衷的钦佩。

"冼老师，你怎么还是个化学家？"我感叹道。

"要做眼镜设计师，必须要懂相关的物理和化学知识，有必要时自己还得动手呢。"

"你说得是！"

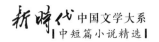

"比如，正是在钛合金的实验中，研制出了记忆钛，"她忽然问我，"记忆钛的镜框卖得好吗？"

"我是很喜欢记忆钛的，怎么折都能恢复如初。镜腿上标有Memory Titanium 字样的，才算比较正规。但实际上，一般眼镜店里真正用记忆钛的镜框比较少，因为价格会相对高一些。但我还是会推荐给顾客，毕竟那种体贴的韧性会给人良好的感觉，就像一双小手拥抱着你。"

"你真是个好销售员。"她调侃道。

我算什么好销售员，我赶紧转换话题问道：

"冼老师，其实我有个困惑，憋在心里挺久了。"

"别憋坏了，说吧。"

这个问题还是我妹夫陈春秋提出的。那天我跟妹妹聊天，无意中说起想尝试眼镜设计的事，陈春秋听到后，突然说："哥，以后科技越来越发达，应该可以直接让变形的晶状体恢复原状。也就是说，眼镜设计还有未来吗？"我着实被他问得愣住了。一边的妹妹打圆场道："陈春秋，你自己也是戴眼镜的人，怎么这么说话呢？你说的那未来还早着呢，那会儿你搞的计算机也是老古董了。"妹妹倒是会说话，陈春秋呵呵笑了起来，但我心底的困惑却越来越浓厚了。

我把这件事转述给冼老师，她几乎秒回：

"这个问题我早就想过了。在我看来，眼镜设计在未来一定向着非功能性的方向发展，跟戒指、项链一样，变成一种装饰品。而且，远不止于此。我们的观念不能太守旧，我给你看点炫酷的东西吧！"

她发过来一组照片，第一个模特戴的眼镜是昆虫复眼形状的；第二个眼镜整个是一个长方形的黑框，上边有五个小洞；第三个眼镜竟然是双层镜片，像是拆开的望远镜；第四个眼镜由一条纤细盘旋的小蛇构成了镜框……还有许多，的确给我带来了一股极其怪异和荒诞的视觉冲击。

"确实炫酷。"我发了个翻跟头的小人。

"而且，亏你妹夫还是搞 IT 的，他不知道智能眼镜会成为未来的主潮吗？到时每个人都会有一副智能眼镜，提升我们对环境的感知能力。就跟现在每个人都有手机一样。智能眼镜也需要个性化的设计呀，你还担心设计师会在未来失业？不会的！在未来，设计将彻底塑造我们的生活，从而实现生活的艺术化。"

她的信念与激情，让我深受鼓舞。鼓舞，这样的感觉对我可是久违了，我大脑里有种血压上升的古怪兴奋。

"没想到，我在未来还能有生存的机会。"

"你现在还没有。"

"你够狠……"我发了冒汗的表情。

"阿良，现在请你帮冼老师做两件事。"她摆出自己的"老师身份"，严肃认真中又透着朋友间的幽默。

"您讲。"其实，在现实中作为南方人的我总是发不准"您"这个音。

"第一，我需要一批价廉物美的记忆钛原料；第二，你了解下全降解环保眼镜框，原材料是小麦秸秆，你帮我打听下，你们那儿有没有这方面的生产商。"

"第一个好说。第二个听上去怎么那么奇怪，你要做什么？我看你设计的眼镜都是珠宝级别的。"

"我要办一个环保眼镜设计展，号召大家用环保材料眼镜替换塑料眼镜。"

"明白了，环保局应该给您发奖状。"我发了三个 OK 的手势。

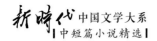

"不允许你讽刺老师。我去忙了。"她发了个戴墨镜吸烟的大兵表情。

"感谢冼老师的生动一课！"

我放下手机，赶紧在本子上记下了她交给我的任务。

暂时没有客人进来，我坐在柜台前望着顾城的诗发了会儿呆。冼老师的声音依然萦绕在耳畔，让我第一次体验到发呆也可以是充实的。我又点开对话框，把她的语音从头听了一遍，一方面是温故而知新，一方面是再次感受她。我不想错过她的任何信息，即使是一个不易察觉的低声叹息。

然后，我站起身，活动了几下肩膀。还是置身在这个狭小的眼镜店里，身上的凝滞感怎么变轻了？我忽然看到了镜子里的自己，明显瘦了，依稀有了读书时的模样。

为了确认，我抑制不住地多看了自己几眼。

记忆钛其实是一半钛和一半镍混合而成的镍钛合金。在零到四十摄氏度间表现为高弹性，因此用来做腿脚是非常棒的。四十摄氏度是这种合金的"变态温度"，在这个温度以下和以上合金的晶体结构是不一样的。

我记得第一次看到"变态温度"这个字样的时候，忍不住笑出声。真是够变态的，我心里嘀咕着。可我在店里每每把玩记忆钛眼镜时，我就会想到人也有"变态"阶段吧。我回忆自己的过去，似乎没有什么值得骄傲的。我懵懵懂懂地生活了几十年，直到近年来多读了些书，心底才逐渐有了点光亮，我真是晚熟太多了。父亲曾经说，一个人是渺小的，而历史是伟大的，因此一个人很需要历史的记忆。对他的这句话，虽然我不完全理解，但我一直记着。这句话属于我脑袋里比较稳定的记忆晶体。

这款眼镜应该传达出充分的安静感，简洁而大气，镜圈偏圆，象征时间的轮回。

【追忆】

不是所有记忆都值得追忆
追忆是重新经历
将失败的变成胜利
再将胜利的变成失败
只因世界终归是平的
犹如平静时的弓弦
而追忆是弯弓射出的箭

型号：003
记忆钛重：约需 10g
尺寸：53-17-140

洗老师一定也有她稳固的记忆晶体，就像那卡通头像传递出的信息。不知怎么回事，我对她有种强烈的窥探欲。此前即便谈恋爱，我好像也没有窥视别人内心的想法，但这次竟然如此不同，她对我构成了一个挥之不去的谜。

4

经过多方打探，我终于找到了一家可以制作小麦秆全降解环保眼镜

框的工厂。只不过这家工厂不在深圳，而是在东莞。东莞很近，正好夹
在深圳和广州中间，我亲自跑了一趟，谈妥了各种事宜。我办完事后，
有种去广州找冼老师的强烈冲动，但我还是失去了勇气，老老实实坐着
高铁回家了。

冼老师的环保眼镜设计展获得了瞩目，很快就生成了商业价值。她
告诉我，广州一家很大的影视城已经联系她，说他们愿意采购一批由她
设计推出的 3D 环保眼镜。

这真是一个非常好的开端。

"阿良，这次真要好好谢谢你，"她发出了我期待已久的邀请，"什
么时候来广州，我请你吃饭。"

我有些激动，但我按捺着，仿佛她随时就会变卦。我跟她确定了具
体的时间以及地点，迅速买好了车票。

三天后，我打车到深圳北站，坐上了去广州的高铁。

这段高铁我还没坐过。以前去广州，坐的是和谐号动车，一个多小
时就到广州了，觉得飞快。可现在，半个小时就到广州了。

多少年没去过广州了？那座离我很近又很远的城市。我坐在窗前，
速度太快，楼房与树木急速后退，我感到有些眩晕。我拉下了遮阳帘，
窗外的风景经过这层白色幕布的过滤，变成一些流动的影子。我凝视着
这些形状千奇百怪的影子，陷入了回忆。

上一次去广州已经是十二年前了。

我和母亲还有妹妹陪父亲去广州看病。深圳什么都发展得快，很多
行业做到了世界领先，可医疗和教育这两块需要时间积淀的领域,比起"北
上广"还有不小差距。

我记得国麟曾对我说："兄弟，早个二十年，我们横岗还属于'关外'

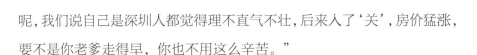

呢，我们说自己是深圳人都觉得理不直气不壮，后来入了'关'，房价猛涨，要不是你老爹走得早，你也不用这么辛苦。"

"闭嘴！"要不是他是我最好的朋友，我真想揍他，难道他不知道那是我的痛点吗？

深圳早些年作为经济特区，是分为"关内"和"关外"的，"关内"才是真正的特区，而"关外"属市区管辖，却不是特区，不能享受优惠政策。后来，随着经济迅猛发展，关线便不断外扩，像我们横岗是十多年前被纳入特区的。而直到前几年，深圳快四十岁的时候，国家才彻底取消关线。不是深圳人，不会明白关线曾带给我们的梦想与伤痛。我说的深圳人，不仅是我这样的原住民，还包括来深圳打工的所有人，就像深圳高铁站的标语一样："来了就是深圳人"，它没有广州火车站的标语"统一祖国，振兴中华"那样的高度，但是极有人情味。

那一年的夏天，我们陪父亲住进了广州中山大学附属第三医院的住院部。父亲查出了肝癌，已到晚期。我还记得那位老医生的遗憾表情。母亲哭着请医生救命，医生说他会尽力的。

医院旁边是天河电脑城，跟深圳的华强北类似，高楼林立，连路边也堆满了电子商品，非常繁华，就连酒店也叫"总统大酒店"。我们囊中羞涩，只能绕到一侧的石牌街里去找吃的。那里有一家酸菜鱼特别好吃，母亲在病房守着父亲不肯吃饭，我拉着妹妹去吃了好几次。我们两个心事重重的人，平时很少吃辣，但那时痴迷于辛辣的酸菜鱼有点像是自虐。我们被呛得满脸都是眼泪和鼻涕，后来，妹妹干脆坐在那里痛哭了一场。

我本以为父亲会在那家医院走向生命的终点，但没想到的是，父亲在手术后又度过了十一个月的时间，最后在家里安静地走了。

父亲最后的愿望竟然是要去茂盛世居再看看。别说是茂盛世居了，就算他要去月球上看看，我们都得给他搭建个布景出来。

茂盛世居离我家很近，是一个融合了广府与西洋风格的客家围屋。里边的房间都秩序井然地向着中心，拥着中央的氏族大祠堂，体现出家族的兴旺发达。

"开了门有百家，闭了门是一家。"父亲喃喃自语说，"这就是围屋的妙处呀。"

我们用轮椅推着他，在小巷子里慢慢走，凡是能看的地方，他都看了。他看得很认真，像是验收工程的老师傅。

那会儿父亲已经气若游丝了，但他还是停停歇歇，给我和妹妹讲这里的往事。父亲作为中学老师，知道不少历史掌故。他说，这里已有两百多年的历史，建造者是两兄弟，叫何维松、何维柏。

"他们姓的那个'何'，就是我们姓的'何'，现在你们知道了吧，我们是他们的后人。"父亲看着我和妹妹，"你们要记得。"

我们点点头，父亲继续说："何氏兄弟本是梅州人，来到横岗后，他们从蓄豆芽、磨豆腐、卖烧酒等肩挑叫卖的小生意做起。要问什么苦：逼酒酿豆腐。不容易！他们建酒坊，养猪，创办商铺，终于有钱啦。然后，他们花了十三年的时间，建成了这个大围屋，起名叫'茂盛世居'，希望族人们世世代代在这里居住下去。为什么叫'茂盛'呢？因为何氏兄弟的父亲被尊称为'茂盛公'。这就是孝道，是纪念父亲的最好方式。"

说真的，我当时心中有了一丝不悦，揣测父亲是不是在针对我。我当时游手好闲，一事无成，可没有能力建造一座以父亲名字命名的大房子。

这时，一边的妹妹开口道："阿爸，等我大学毕业，我就来这里工作。到时我每天都带你来看围屋。"那会儿，妹妹刚刚二十岁出头，在读一个没什么名气的省内大学。她扎着马尾，稚气未退，我以为她就是说说罢了，是安慰病人的话。但没想到的是，她毕业后真的到横岗街道办工作了，而且对接的正是茂盛世居的相关事务。遗憾的是，父亲没等到这一天。

"小细真乖。"父亲夸奖妹妹，握住了她的手。

我沉默着，看着红底金书的中堂匾额，上面写着"茂盛"二字。下方是一副楹联："乡贤俊德家风远，名宦芳辉世泽长。"

父亲好像感知到了我的心思，他转头专门对我说："阿良啊，何氏兄弟勤勤俭俭，发家致富后，不仅仅是建造这么一个大围屋来光耀门庭，他们对内树立的是耕读传家的家风，对外则开仓济贫，出资办义学，做了很多好事，所以咱们祖宗的灵位都放在'崇善堂'里。人不一定要做大事，但一定要做善事。明白吗？"

这番老生常谈的话，我当时自然是听不进去的，但父亲的目光盯着我，我感到害怕，便频频点头。

父亲带我们去崇善堂里拜了祖先，然后，我们来到屋后的风水林。这些树木苍劲高大，比围屋的屋脊要高出许多。几百年的时间都铭刻在这些树木身上，它们的树荫都变得格外清凉。

"咱们老祖宗对环境是非常讲究的，他们知道林木兴，则宅必发旺；林木败，则宅必衰落。所以，风水林只许栽培，不许砍伐，这样才能藏风得水。"父亲不遗余力地向我们介绍着，他喘着气的样子让我开始可怜他了。

阳光垂直落下，已到中午，我都有些累，更何况父亲。父亲让我们推他到围屋大门前的月湖边，他看着碧绿的湖水，很长时间都不说话，但脸上的表情特别满足。

我不敢跟父亲说的是我对我们客家人的围屋不是特别喜欢，我觉得

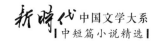

它有些压抑。它就是一个城堡，甚至是军事性很强的碉堡，实际上，就连茂盛世居的墙壁上，还留着用来对外射击的孔眼。关于客家围屋，流传着一个笑话，不知真假。据说当年外国卫星侦测到中国东南沿海分布着很多圆形的巨大建筑，以为是核弹发射井，感到极其惊恐。后来，他们才弄清楚，那个不是军事设施，而是客家围屋。这是我和朋友们聊起围屋时，最津津乐道的一个笑话。

不过，我很喜欢围屋门前的月湖。那是一个半圆形的水塘，不仅为日常生活提供方便，还有着完善围屋阴阳五行的神秘寓意。我读小学时哪里懂得这些，只知道来月湖附近偷鸭蛋。我和国麟点火烤鸭蛋吃，蛋壳炸开后溢出的那股香味，成了我童年最美好的记忆之一。

回去的路上，父亲忽然问我们："为什么先祖要跑那么远从梅州来横岗呢？"他的眼神似笑非笑，有点顽皮，"你们不急着回答，我希望你们认真去研究一下。"父亲的老师身份根深蒂固，居然还给我们布置作业呢。可是，他的身体情况一天比一天糟，这个问题就被彻底遗忘了。

要不是现在我要去广州见一个我特别在意的人，我可能永远都不会记起这些事情了。这些细碎的记忆会跟围屋里的闲谈一样，如轻烟般在空中弥漫开来，然后被风彻底吹散。

"茂盛"可以成为一款眼镜的名字吗？什么是茂盛，那一定是欣欣向荣到了顶点的样子。那是任何事情最好的阶段。我闭上眼睛，想象着那款美好的眼镜。我暂且无法用画笔来固定它的形状和模样，可我有一点是无比确定的：这款眼镜一定要配上优质的绿翡翠，放在镜腿与镜圈的交界处，也就是铰链的前端，给每道看出去的目光提供绿色的能量。

我从包里掏出黑皮笔记本，赶紧写了起来。

【茂盛】

俯瞰一个人的手掌

就能找到属于他的夏季

掌纹如茂盛的草木

越过了命运的边界

只是那边界已经足够久远

型号：004

记忆钛重：约需11g

配件：缅甸绿翡翠

合上本子，闭上眼睛，我试图回想起茂盛世居风水林的细节，但那些树木却在我脑海里幻化成了一双手掌。它没有靠近我，也没有远离我，就跟我保持着一个固定的距离，我不确定那手掌是要拒斥我，还是要拥抱我。那手掌巨大，我竟然看清了它的掌纹。想象中的事物竟然有着精微的细节，让我怀疑自己出现了幻觉。我用力睁开眼，列车仍在全速前进，一座山丘只用几秒钟就被远远甩到身后。

5

车到站了。速度之快，让我有种虚幻的感觉。我甚至有些失落，回忆及其带来的很多情绪刚刚开始酝酿，还没能形成高峰。我十几岁的时候，父亲曾经带我去桂林看山水，我们乘坐绿皮火车，居然还是硬座，就那么硬挺挺地晃荡了一个晚上才到。我当时觉得那真是这辈子最漫长的一夜。可年纪越大,越喜欢缓慢的事物。其实我也知道,并不是喜欢缓慢本身,而是喜欢时间被拖拽变长的感觉,好像获得了额外的时间。

我走进地铁站,按冼老师告诉我的,从七号线换乘三号线,到了客村站。这时,她发来信息,说已经在客村的必胜客里等我了。我有些紧张,忽然想不清楚她的样子了,手心渗出汗来。我跟着人流坐电梯,刚一来到地面上,便看到了高耸妖娆的广州塔,大家都叫它"小蛮腰"。

父亲在广州住院时,这个塔还没完全建好,后来我们在电视上看广州亚运会开幕式时,第一次见到了"小蛮腰"。父亲那会儿已经时常处于昏睡状态,但他记挂着这事,说这是中国人的骄傲,更是广东人的骄傲。他坚持看完了开幕式,还说:"阿良,以后你带阿爸去现场看看好不好?"我肯定是点过头的。

前一刻,我还在担心和冼老师见面的事,可这一刻,怎会又想起父亲了?自从他过世后,我避免想到他,因此也很少想起他。这是怎么了?不过心中的紧张感倒是消失不见了,出现的是一种不可名状的惆怅。

走进必胜客,我四下张望着,店里人不算多,可我没看到冼老师。就在我疑惑时,忽然有人叫:"阿良?"我转身,看到了身穿一袭长裙的冼老师。长裙的剪裁不甚规则,基调是深咖色的,上边有数个白色的不规则色块,很有设计感,我怀疑又是她自己的作品。

她这次戴着的是一款金边眼镜,镜腿上镶嵌着蓝色的玉石。我再次感受到她出众的气质是在任何人群中也无法隐藏的,我心中的紧张感忽然爆棚,一句话也说不出来。

她摇摇头,笑着说:"刚刚走开,你就到了。"

我拘谨地笑着,还没来得及说点什么,她又说:"你瘦了好多呀!

其实我刚刚是不太敢认的。"

"是瘦了，"我说，"不然会摔跟头的。"

她想起来了，捂着嘴笑了，眼睛在眼镜后弯成了两个月湖。

"走吧，先去我工作室看看，然后再请你吃饭。"

"听冼老师安排。"

过马路后，我们经过一栋雄浑的红砖门楼，我不由多看了几眼。

"微信总部就在里边。"她顺口说。

"我以为在深圳呢。"我有些吃惊。

"这不奇怪，很多人都这么想。"

"原谅我的孤陋寡闻，我真是第一次知道，能进去看看吗？"我说，"天天刷微信，很好奇。"

"我最怕那种对什么都不感兴趣的人，"她飒爽地挥挥手，"走吧。"

走进门楼，路边出现了好几个纺织工人的雕塑，方才得知这里原本是创办于共和国初期的纺织机械厂，前些年经过设计改造，成了创意园。这里绿树成荫，曲径通幽，犹如公园，许多情侣牵着手在缓缓徜徉，我不免想到，外人看我和冼老师也会以为我们是情侣吧。

我忍不住转头看看她，这才发现她的眼镜腿上不仅镶嵌着蓝色的玉石，还有浅黄色的、淡紫色的玉石，如同渐变的彩虹，在耳根处重新回归为蓝色的玉石。这才叫设计！我暗暗感慨。自己的设计还停留在观念上，不知何时才能变成有质感的实物。

微信总部到了，出乎我意料的是，这只是一座小楼，质朴低调，隐藏在树荫下。门前立着一个小雕塑，正是微信的鲜明标志：绿色的对话框和白色的对话框叠在一起。它们都长着一双黑色的小眼睛，盯着来往的人们，想号召大家多聊几句。我走上前，做出一个点击的动作，然后对冼老师说：

"你觉不觉得有它立在这儿，好像周围的时空都变成了屏幕。"

"你一说还真是。"她的眼睛露出的笑意，通过那别致的眼镜传递出来，确实被放大了数倍。眼镜还有无必要存在，看到她此刻的美，便知是个伪问题。

"点击它，有可能打开通往无限可能性的门户。"我把手放在卡通雕塑上，抚摸着说，"有种我也钻进了手机屏幕的魔幻感。"

"没想到你这个人还挺逗的，上次见你，还觉得你老实。"她说完站在那儿没动，我还期待她能走过来跟我一起摸摸这可爱的对话框。

"老实人也会逗笑，可我现在确实没逗笑，我说的是真话。"说完后，我也觉得自己的状态变得活跃起来。

看完微信总部，我们从创意园的另一个门走出去，来到一座复杂缠绕的立交桥。桥下边有几条小道供行人通行，但外卖小哥骑着电瓶车风驰电掣般从身边掠过，令人胆战心惊。

"你是客家人吧？"她忽然问道。

"是的，"我说，"你怎么知道？"

"我读书时，有一门选修课专门研究广东的人口流动，我才知道深圳有不少原住民是客家人，还有你的口音，跟广府白话、潮汕腔是不一样的。"她指着桥说，"我说你是客家人的意思是想告诉你，这个桥叫客村立交，这个地方叫客村，不知道跟客家人有无关系。"

"我刚刚坐地铁时看了地图，客村好像在广州的地理中心呢。"

"差不多是，在中轴线上。"

"有意思，不管这里以前是不是客家人的，但每个来广州的人都得在广州当一次真正的客人。"

"每个人都是宇宙中的客人，不是吗？"她掏出手机来朝我晃晃，那正是微信的界面：一个人站在宇宙中的孤独身影。

我的心立刻感到有光探照，那光深入心底的淤泥，生长，蔓延，突破我的边界，来到世界中，向她的方向飞去。我觉得我和她的心是如此相通。

穿过客村立交，我们肩并肩走着，好像熟识已久，听到的每句话和说出的每句话，都让人觉得舒服与畅快。我跟着她从大路转进了一条侧街，看到了一所名为"广东女子学院"的学校。我正暗暗称奇，她突然说：

"这是我的母校。"

我很惊讶，"你不是在香港求学的吗？"

"那是硕士，我大学是在这里读的，想不到吧？"

"我第一次知道现在还有专门的女子学校。里面全是女生吗？"

"当然，"她说，"给你说说我们的校训吧：励志，笃学，求实，尚美。我们的校歌叫《凤舞飞扬》，可据说凤凰作为一种神鸟，凤是公的，凰才是母的……"说着，她被自己逗乐了。

"美的灵魂是雌雄同体！"我开玩笑说，"可全都是女生，会不会妨碍你们谈恋爱呢？"

"这是很显然的，个个被迫守身如玉。"

我们一起笑了起来。

校园跟马路之间有一小段是栅栏，透过缝隙可以看到内景。校园并不大，学生应该都在上课，院里空无一人。她指着里边墙上的宣传画说："以前那都是我画的。"

但她的神情说不上自豪，反而有一种悲凉。

她向前走去，步伐变快了，我赶紧追上她。她说："我能怎么办呢？

你不知道我付出了多少努力才考到香港的。广州美院就有适合我的专业，我舍近求远是因为那会儿觉得自己必须离开这座城市，不然就活不下去了，我想喘口气。"她的语速很快，像是在跟我说话，又像是在跟自己说话。

为什么必须离开呢？我的话刚到嘴边还没说出口，她站住了，说："工作室到了。"她随即从记忆中抽身而出，有了客套，"来，请进。"

我倒是更愿意她谈谈她的女子学校，以及考研的故事。不光是因为她的经历有种励志的成分，更是因为她这个人显示了越来越多的复杂性，从而有了越来越大的吸引力。这是危险的，太危险了，我对她其实一无所知，也许她已经结婚了。

当冼老师提到我的客家人身份时，我还是很受触动的。但这种触动很微妙，跟尊严、群体、文化、习俗等通通没有关系，那是一种心底琴弦的拨动，像是来自宿命。中国人的祖籍认同要么靠行政区划，要么靠文化族群，都是以地域命名，如陕西人、广东人、福建人或是潮汕人、广府人，唯独客家人拥有这么一个抽象的命名，证明这个族群确实是漂泊得太久了。但我从小生活在横岗这个小地方，确实没有什么漂泊的经历，没什么"客人"的感觉。谁能想到，当我来到广州，走过客村之后，反而被激起了一种漂泊已久的错觉。尤其是参观客村的微信总部，我再次深深觉得，人类在宇宙里漂泊，是宇宙的渺小之客，也许还是个匆匆过客。

可曾经，人类因为无知而自大，认为自己是宇宙的主人。所幸，人类已经看清了自己是客人，正在逐渐努力让自己作为客人表现得更好一些，从而存续得更久远。

说到这个，那不得不说这是我们眼镜行业的骄傲——

四百多年前，那个叫伽利略的意大利科学家把一个凸透镜跟一个凹面镜（也就是一个老花镜跟一个近视镜）放置在一起，朝夜空中的月亮看过去。这一看可不得了，他看到月亮可不是神话传说中的种种奇迹，而是另外一个布满高山与峡谷的星球。

那是人类发现自己客人身份的元年，我甚至想，人类应该从那天起开始重新纪年。不再用"公历"多少多少年，而是用"客历"多少多少年，这个提醒会非常强有力。

为了设计眼镜，不可能不研究眼睛方面的医学知识。我惊奇地发现，中国近代的"元年"也跟"看"有关。一八三五年，中国第一家现代医院创办于广州，叫眼科医局。因为眼科的治疗效果最明显，比如白内障，做完手术立刻就能看清。现代医学要在拥有上千年历史的中医面前争得一席之地，在当时是很不容易的。眼科医局立足后，便成了全科的博济医院。数年后，二十岁出头的孙中山到博济学习。后来，他改变了中国历史的进程，也改变了中国人看待世界的目光。

应该设计一款带有历史沧桑感而又内敛清秀的眼镜，要用昂贵的材料，黄金与钻石，方能体现那种郑重与高贵。

【客心】

谁能看到一颗孤独的客心

谁就必然拥有一颗待解的客心

更何况百世漂泊

客心已刻进基因

当花近高楼时

请不要伤心

请看清这颗漂泊的客心

型号：005

材料：约需黄金 25g

配件：钻石

无论置身怎样的环境中，人的心里总有一个角落是属于自己的，包括我跟冼老师走路聊天的时候。也许有一天，我会把这个角落呈示给她，请她参观，请她看清楚。那一天，将会是我个人的"元年"，我要么失去她，要么……

6

她的工作室位于一个叫"创造社"的创意园里。这名字真响亮。她告诉我，这里离珠江很近，原先是水上居民的老旧住宅，已经有超过五十年的历史了，残破不堪，因此被重新设计改造了。

"水上居民？"

"也就是疍家人，知道吗？他们以前都是生活在船上的，以捕鱼为生。有句歌谣就说他们'世世水为乡，代代舟为家'。新中国成立后，政府给他们建楼房，他们才从水上搬迁到陆地上来了。"

"疍家人，我知道的，我喝过艇仔粥，听说最正宗的艇仔粥以前在珠江的船上才有得卖。"

"冇错啦！"她脱口而出一句广州白话，"冇料到你都鸡（知）？"

"当然鸡（知）啦，"我模仿着白话，"我也系广东人嘛。"

我们村是客家人，可邻村是讲白话的广府人，所以我会说客家话，也能听懂白话。很多外地人以为广东人都是讲白话的，这是一种误解。

广府人自然是珠三角地区的主流民系，他们的白话影响极大，港澳以及许多海外华人中，白话都是通用语。不过，在广东不仅有白话，还有客家话和潮汕话，说后两种方言的人数也是不少的。广府、客家、潮汕，这三大民系构成了岭南文化三足鼎立的局面。

不过，话说回来，我自己更喜欢说普通话。因为横岗的外地人越来越多，要是不说普通话，大家根本没法交流。而且，普通话跟书面语关系更紧密，所以能表达更多复杂的意思，眼镜那么多配件，用客家话怎么叫得出来。毕竟科技在发展，新事物太多了，超出了方言的范围。中国各个地方的方言都是以农业生活为底子的，客家话也不例外。母亲在这点上就极为开明，她一直让我们教她学普通话，她学会后，在外面用普通话，在家跟我们还是用客家话。我喜欢这样，这样一来，每当我听见客家话的时候，我就会想起母亲，想起家。

"别客气，请坐。"她恢复了普通话。虽然她的声音婉转柔美，一听就是南方人，但几乎没有方言口音，吐字极其清晰。她生在广州，在香港读书，不知道她怎么做到的。

她的工作室并不大，说白了，还没我的眼镜店大呢，但我还是发自心底地祝贺她，羡慕她，因为我那只是间商店罢了，谁都能接手，而她这里浸透着她的艺术气息，是她这个人的一部分，无可替代。靠墙的纯色原木架上陈列着她设计的一些展品（昂贵的宝石眼镜被照片取代了），那款环保眼镜被放在显眼的位置。

我在沙发上坐下来微微放松，抬头看到吊顶上还悬挂着别致的小鱼和小船。

"阿良，给你个惊喜。"她说着，打开灯，也坐下来，跟我一起仰头望。过了一会儿，那些小鱼的身体扭动起来，像是游动了，小船尾部的小马达也开始旋转。头顶变成了活的水世界，我们像是水底的鱼在琢磨上边的世界。

"太棒了，也是你设计的？"我低头看她，她还凝神望着头顶。

"是我设计的，可我要感谢你。"

"感谢我？"

"感谢你提供的记忆钛材料呀，这些是用记忆钛丝做成的，利用灯光加热导致温差，从而让记忆钛丝产生膨胀效应。"

"难以置信！你简直是个魔法师！"我惊叹起来。

"设计师应该成为魔法师。"她淡淡地说。

"你这个设计是从疍家人那里得到的灵感吗？"我追问。

"聪明，"她说，"但不用什么灵感，因为我自己就是疍家人。"

轮到我一愣，然后弱弱问了句："现在还有疍家人吗？"

"疍家人作为一个群体已经消失了，但他们的后代还在呀，"她微微一笑，"比如我。"

经她说，我才知道至少有十分之一的老广州人有着疍家人的血脉。但是，历史上对疍家人的歧视很严重，认为他们是贱民，因此长期以来他们对自己的身份变得讳莫如深。搬迁上岸之后，曾经的水上生活更是成了无人谈及的往事了。阿姿之所以还知道自己的来路，是因为她的母亲。

"我母亲的童年是在船上度过的。她小时候背上绑着木头，还拴着绳子，在船上爬来爬去，一不小心掉到江里，就浮在水上。她在水里玩得特别开心，所以她上岸后还不习惯，会'晕陆'。"她笑着说，仿佛说的是自己的事情。

"完全想不到，在我们岸上的人看来，那样的生活够艰苦的。"

"何止是艰苦，但是那艰苦变成了记忆，就不一样了，"阿姿说，"那安慰过童年的，才能安慰人生。"

"确实如此。"我无比认同她说的，那就像是围屋对父亲的安慰。

我看着头顶那些轻盈的小鱼和小船，幻想自己也生活在其中的一艘小船上，耳边响起了孩子们戏水的声音。

她的工作室瞬间变得很大，能够容纳整条珠江。

"晚餐吃什么好呢？"她问我的意见，我自然听她安排。她决定带我去吃茶点，其实这也是我暗自期待的，我一直想尝尝正宗的广州茶点。

她特别点了一份艇仔粥，让我又想起了她的疍家母亲。

热气腾腾的粥里边配料极为丰富，有鲜鱼片、瘦肉片、叉烧片、猪肚丝、鱿鱼丝、油条丝、海蜇丝、鸡蛋丝、腐皮丝等十几种材料。她告诉我，这些配料不是跟粥一起熬的，而是先将粥熬好，再将滚烫的粥倒入配料中，配料被很快烫熟却又保留了原有的鲜嫩，再撒进花生碎和葱花提味，绵滑的口感中便不时出现不同的食物香味，堪称粥中极品。

我喝了一口粥，软中有脆又有韧，味觉被完全调动起来。

"给你讲个故事吧。"冼老师说，"很久以前，一个船上人家的女孩叫金水，心地很善良。有一天，她父亲捕到了一条大鲤鱼，她看到那条大鲤鱼受了伤，脸上极为悲伤，她便将大鲤鱼放回江中。父亲得知后，还责骂了她。过了几年，她父亲患了重病，她非常伤心，面朝江水，祈求保佑。这时，一位仙女从水中现身，对她说：'我是被你救过的鲤鱼。你在煮粥的时候放进鱼虾，再加些炸花生、油条丝，拿去卖会大受欢迎。你拿钱带你爹去看大夫，十天内即可痊愈。'金水依法照做，治好了父亲的病，从此，这粥就被取名为'艇仔粥'。"

"没想到仙女也是个吃货。"我又喝了一口粥，滋味愈加丰富。

"哈，在广州生活，什么人都会变成吃货，这是一个注重感官的城市。"

说着，她让我试试豆豉凤爪。

"这故事是你母亲讲给你的？"

她点点头，"我跟母亲的关系很亲密，她生病前，我们几乎无话不谈。"

我不敢多问，正好这时清蒸笋壳鱼上桌了，我用铁勺划开，给她碗里盛了一块。

"谢谢，"她说，"再告诉你一些好玩的习俗吧。在广州吃饭，不能说'将鱼翻过来'，要说'顺过来'，碗和勺也不能扣在桌上。这些都跟水上生活有关。"

"我们那儿也有个讲究，你肯定猜不到。"我卖了个关子。

"你说说看。"

"父子同席，忌面对面坐。"

"为什么呀？"她睁大眼睛看我。

"怕成为'对头'。"

我们一起大笑起来。

"玩笑吧？"她不信。

"真的。"我和父亲确实从来都不会面对面坐。

吃完饭，我们走出来，在夜色中散步。天气真好，不冷不热，是难得的好日子。两边的楼越来越高、越来越密，我们像是置身谷底。我跟着她来到一个岔路口，一转身，走到了小路上，珠江在望。我有些兴奋，加快了脚步。很快，到了江边，备受压抑的视野忽然开阔，心情都振奋了。披挂彩灯的各式游船来往穿梭，对岸是一个造型像帆的现代音乐厅，好一派繁华气象。

"你读过罗曼·罗兰的《约翰·克利斯朵夫》吗？"我问她。

"没读过，没想到你还是文青。"

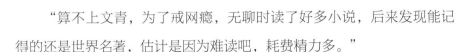

"算不上文青，为了戒网瘾，无聊时读了好多小说，后来发现能记得的还是世界名著，估计是因为难读吧，耗费精力多。"

"你别说，还确实是。我好久没读小说了，忽然有点想读了。我喜欢《简·爱》，上女校时必读，从此害怕带阁楼的房间。"

"害怕里边藏着一个疯女人？"我笑道，"不过，确实适合女校，独立而又包容。"

她却没有笑，若有所思的样子。她问我刚刚提罗曼·罗兰那本书是想说什么。

"哦，我想说那小说的开篇我一直记得，'江声浩荡，从屋后上升'，这句话我总是念念不忘。我家附近没有江，只有小河，一直好想体会下那种感觉。"此刻，江风袭来，我闻到了一股淡淡的腥甜味。我俯身靠在石栏上，望着上百米宽的江面，极为壮阔，对岸音乐厅下面的人像蚂蚁一般无序运动着。我有些兴奋地说："我终于体会到'江'的感觉了。"

"江声？如果是指水流的声音，好像不曾听到。也许是我在江边住久了，我觉得它好沉默，满怀心事，也许是'静水流深'吧。"冼老师也靠在石栏上，我们之间只有一厘米的距离。

"我觉得'江声'应该不光是水声，它像是交响乐，有很多声部，浑厚复杂，我们现在说的话也是它的一部分。小河的声音倒是清脆，听久了却单一。小河流水哗啦啦，小船在摇荡……"我还哼起了小调。

她被我的公鸭嗓音逗笑了，"看你心情这么好，请你去吃消夜吧。"

其实，我早已想好了，等会儿请她吃消夜。如果人与人的聚会没有消夜，那显然是不到位的。消夜不是因为饥饿，而是一个可以让彼此再次坐下来，喝点小酒，说说心里话的借口。

"来广州不吃消夜那我不是亏大了，"我说，"不过说好了，我请你哈，我这拜师了还没请老师吃过饭，倒是刚刚让老师破费了。"

"行，去吃烧烤！"

"想到烤生蚝，我的口水都快流下来了。"

跟着冼老师，来到了一条叫"下渡路"的老街。

"这里够古老的，有个汉代的古井遗址，旁边靠着中山大学。"她说，"这里最出名的就是烧烤，是广州最有名的大排档据点之一。"

果然名不虚传。各种烧烤档连在一起，桌子就摆在街边，食客们摩肩接踵前来，一家一家询问着，坐在位子上的食客则安之若素，大吃大喝，高谈阔论，丝毫不受来往行人影响。桌下堆满了各种贝类的壳子，有点像废弃的工地。整条街道都被烧烤的烟雾笼罩着，既呛人又诱人。我们选定了一家排档，她说这里的炭烧生蚝特别好，然后叫了必点的烤茄子、烤韭菜以及鸡中翅。她也没问我喝不喝啤酒，就叫了一打珠江纯生。

"太多了吧？"我惊了一下。

"慢慢喝嘛，"她说，"这里喝不完可以退的。"

铁盘子上装着十二只大生蚝端了上来，生蚝壳里的汁液还在沸腾，上边厚厚的一层蒜蓉散发出催动食欲的奇香。我恍然觉得自己没吃晚餐。在我大口吃肥嫩生蚝的时候，她已经开始自斟自饮了，似乎对烧烤兴趣不大。我劝她吃，她敷衍着吃了一个，擦擦嘴说："刚才已经吃饱了，你使劲吃，不用管我。"我看她喝酒有点猛，劝她慢点喝，并问她酒量如何。

"也没有怎么样，就是喜欢喝酒的感觉。"

"我不喜欢喝酒，我妹夫喜欢喝，他是陕西人，还喜欢喝高度酒。"

"你说起过他，你似乎对他不满。"

"有吗？"

"问你自己咯。"她转而说，"我呢，其实并不喜欢喝酒，我只是因为喝酒的时候可以忘掉一些事情。"

"不愉快的事情？"

"不愉快的事情。"

她喝掉三瓶之后，速度才有所放缓，整个人也似乎放松了不少。酒精正在麻醉她的神经，从而屏蔽了她的焦虑。我交际狭窄，从未见过喝酒这么凶悍的女性，被她震慑了。我琢磨着她的心事应该跟感情有关。我不知道她为什么从香港回来。她在那边读了几年书，顺便谈个一两场恋爱，也是很正常的事情。女孩子嘛，总是会有一两段放不下的感情，虽然真放下的时候要比男人决绝得多。就在前不久，我听国麟说，我之前的女朋友上个月结婚了，我还是想起了很多过去的事情。

冼老师突然看着我说："你是不是觉得我失恋了？"

"没有啊，"我从黯淡的记忆中抽身而出，还狡辩说，"你这样的人怎么会失恋呢？"

她狡黠地笑了，"你别装了，你就是这样想的。但我告诉你，还真不是，是我家庭的事情。"

"好的，是你的老公还是……"我还准备说孩子的，但立即觉得不妥，赶紧刹车。

"喂！我还没结婚呢，"她说，"我说的是老爸老妈，还有……哥哥。"

没结婚，我心中顿感踏实。没想到她还有个哥哥，听到她说起哥哥时那吞吞吐吐的语气，也许跟我提起妹妹借钱的事情差不多。

"那肯定是你哥哥的什么事情，让你觉得为难了，给你添麻烦了吧？"

"岂止是添麻烦这么简单，"她又喝了一杯啤酒，有神的眼睛变得暗淡，"我们整个家庭都因为他毁掉了。"

　　我等着她说原因，可她却哭了起来。在餐桌上哭，我一下子就想起了妹妹。父亲病重时，妹妹在酸菜鱼的餐桌上也那么哭着，孩子一样无所顾忌地哭着，我除了递纸巾给她，完全不知道该如何劝慰。现在也一样。她哭了一会儿，竟然重新端起酒杯，说："不说这些了，喝酒。"

　　"少喝点吧，我们聊聊天。"

　　"你不喝我喝。"说完，她一杯啤酒又下肚了。

　　对这种情况，我并不陌生，我妹夫陈春秋喝到一定量的时候就是这德行，开始频频举杯，各种花式敬酒，我每次喝醉都是被他这套"组合拳"给打败的。但是，我现在面对的是我格外在乎的女人，跟她第一次见面喝酒，是不能退缩的，不然一定会被她认为是没有男子气概的。

　　我咬着牙，说："姿淇，我陪你喝。啊，冼老师，我叫你姿淇，你不介意吧？"

　　"叫阿姿吧，他们都这么叫我。"

　　"阿姿，谢谢你。"我举起酒杯，她的小名第一次从我唇间发出，跟啤酒的微甜融合在一起，咽下去，是我喝过最好的酒。

　　这下好了，她一杯，我一杯，你来我往，好不飒爽，没一会儿，一打啤酒都被喝完了。我应该喝了有五瓶之多，已经突破了我喝啤酒的历史纪录。我的脑袋晕乎乎的，整个世界的嘈杂声离我很远很远，好像整个世界只有我跟阿姿了。

　　等我醒过来的时候，或者准确说，当我重新具有意识的时候，我发现我跟阿姿挤在一张小床上，脑袋疼得要命，稍微一动就天旋地转。阿姿还躺在一边昏睡，那副金边眼镜还戴在她的脸上。我摸了摸我的脸，眼镜也戴在我的脸上。这提醒我这并不是幻觉。我们竟然戴着眼镜睡了一晚上，更何况身上的衣服，也是一件没少。

闭上眼睛又躺了一会儿，再睁开眼睛望着天花板，让身体适应这种状况。过了一会儿，我挣扎着坐了起来，发现这里太简单了，除了一张床之外，还有一个衣架，然后什么都没有了。显然这不是酒店，也不是家的样子，而像是公司的简单宿舍。门背后还挂着值班表什么的，门边是个小厕所。这是什么地方？我努力回忆，可除了烧烤摊上我们喝酒的场景之外，什么都没有了。

　　就在这时，胃部涌上来一阵极其可怕的恶心感。我爬起身，摇摇晃晃冲进厕所，抱着马桶呕吐不止。巨大的呕吐声引发了外边的动静，有人敲门。我按下冲水按钮，把秽物冲走，其余什么也做不了。然后，门开了，探进一个身穿制服的保安，他操着一口东北腔说："你们够可以的呀，要是搁大东北，早把你们给冻成冰棍了。"

　　"你在哪儿找到我们的？"我有气无力地说。

　　"就在大门口呀，两人背靠背就那么躺下了，幸亏那会儿没车。"

　　"哪里的大门口？"

　　"创造社的呀，还能是哪儿的。那位女老师瞅着很面熟，原来就在里边上班的。可惜了大兄弟，还差最后十五米你就到她办公室了。可惜了啊。"说完，他被自己逗笑了，在门口乐不可支地哈哈大笑起来。

　　阿姿被吵醒了，挣扎着坐起身来，说了句："这是哪儿？羞死人啦！"

　　"你们聊。"保安坏笑着把门又关上了。

　　"你们创意园的保安救了我们。"我走过来，却不敢再躺她旁边，只能坐在床脚。

　　"我好像记得你先喝醉了，我想把你带到工作室休息的，可我后来也断片了。"阿姿的嗓音都沙哑了，她用双手撑住下巴。

　　"不好意思，我酒量很差劲的。"我又感到一阵眩晕。

"本来今天还想带你去'小蛮腰'看看呢，这样子也去不了了。"她叹口气，"唉，太过分了。"

为了缓解一下此刻尴尬的氛围，我说很多年前读过韩东的一首诗叫《有关大雁塔》，里面就写登上去看看，然后下来，无非是这样的，"小蛮腰"也是一样。

"不一样的。"她摇摇头。

我干脆靠在墙上，闭上眼睛，感觉能舒服一些。我努力搅动起脑细胞，说："当然，那首诗有特定的背景，原诗也没我说的这么简单。有一次，我跟我那妹夫陈春秋说起这首诗，就是为了调侃他。因为他觉得陕西的任何东西都是能让他无比自豪的。我没想到的是，他听了这首诗后，不甘示弱，随口就背了几句关于《大雁塔》的诗：'十层突兀在虚空，四十门开面面风。却怪鸟飞平地上，自惊人语半天中。'他还一脸得意地对我说，'你看这唐诗多霸气。'这可把我给气坏了……现在头晕乎乎的，居然还记得这诗，唐诗果真是厉害。"

我笑了，掩饰着我的紧张。没有了宿醉感的保护，我和她的陌生感在一点点恢复。

"哈，你怎么老是被你妹夫戏弄？说真的，你妹夫背的这诗确实有种八面威风的感觉，也挺适合'小蛮腰'的。"阿姿把身体侧了下，也靠着墙，用慵懒的语气说，"'小蛮腰'看夜景还是很不错的，一条大江尽收眼底。"

"好的，下次还有机会吗？"

她笑了，用白话说："再讲啦。"尾音很长，很悠扬。

"我第一次跟人醉成这个鬼样，"我补充道，"还是个女人。"

"我也是，"她说，"还是个男人。"

我偷偷瞄了一下阿姿，她还戴着她的眼镜，镜片后的眼睛半睁，睫毛低垂，依然有些醉意。她的醉眼如此迷人，让我不敢多看。我想起了曾经读过一本叫《醉眼》的小说，它以"醉眼"为线索，写了古代文人的生活、交友以及爱恨情仇。最让我吃惊的是，通过小说引述的很多唐诗、宋词以及元曲，我这才知道居然有那么多文人都喜欢用"醉眼"这个意象来写诗填词。

原本我都忘记了这本小说、这个意象，但是此刻的阿姿唤醒了我的记忆，也让我真正理解了什么叫醉眼。不仅仅是妹夫陈春秋喝醉后圆瞪着牛似的醉眼，也有阿姿这样喝醉后露出无限哀愁的醉眼，也许还有我自己这种喝醉后陷入无限呆滞的醉眼。有醉眼就得有与之匹配的眼镜。遮掩要遮掩的，放大要放大的。用"醉眼"给眼镜命名，也许不为俗世所理解，但其中表达的是一种率性生活的气质，总会遇见相知者。

造型要不拘一格，要大胆，尤其弧度要大，镜框要宽厚。

【醉眼】

没有用醉眼看过世界的人
就像不知夜晚有月光和星空
醉眼与醉眼的相视
才敞开了人间的秘密

型号：006

材料：约需银 11g

配件：刚一开始想到用古人喜欢的玳瑁做镜腿装饰，不过，很快意

识到玳瑁是玳瑁龟的龟甲，现在属于濒危动物，万万不可用，用牛角制作出玳瑁的纹理就好，要让眼镜传达出古典文化的意蕴

有些古诗词真好，能让人过目不忘。比如词人张先的句子："多情无奈苦相思，醉眼开时犹似见。"我眼下就处于这种微妙的时刻。可我更幸运，我此刻醉眼开时，见到的阿姿不是幻影，而是真的。我知道，当今天过去，我便会重新陷落到"醉眼开时犹似见"的相思苦中。不敢多想，无须多想，再多看她一眼吧。

7

一起醉过酒的经历，在我看来，肯定会大幅拉近我跟她之间的距离，但事实证明并没有。我回到深圳，给她发微信，她便回复我一两句，但交流的感受跟此前差不多。这样说，也许对阿姿不公平，但是与我期待的程度相比，还是差了不少的。只能说，我自己心中的热情上升得太快。

在她哥哥身上，究竟发生了什么事？让她背负那么大的压力。我为妹妹筹集买房首付款的事情只是让我心烦，但真不至于到那种崩溃哭泣的程度。我希望妹妹跟陈春秋过得好，只是我自己能力不够，自顾都不暇，更别说帮他们了。如果父亲能够多活半年，就半年，就等到政府来征地了，那样我们就会分到大很多的房子，我和妹妹就不会这么狼狈。

父亲早早过世，已经是人间悲剧，我竟然还在怨他，我真是不孝之子。但父亲的命真苦，我没办法不怨他。他要是还活着，该多好。尤其是夜深人静时，我听到很远的地方传来的咳嗽声，都会蓦然觉得父亲还活着，就在隔壁。我睁开眼睛，意识到他已经不在了，一种揪心的幻灭感让我

泪流满面。

人正是在这样的时刻成为自己的。

阿姿肯定和我一样，也是在这样的时刻里感到彻骨的孤独。

我们的孤独可以接壤吗？就像岩洞里两个靠近的钟乳石，在潮湿中缓慢生长，终有一天彼此相连。

有一天深夜，我临睡前给阿姿道晚安。她发来语音，说她又喝酒了。我有些意外，非常担心，问道："为什么喝酒？应酬？"

"焦虑，孤独，压抑。"她倒是直白，"其实我喝酒的时间已经不短了，不过我都是自己关起门喝。跟你一起的那次醉酒，确实是我第一次跟外人喝醉。"

"不喝不行？想想别的缓解办法。"

"我讨厌自己这样，却又无能为力。"

"阿姿，你究竟经历了什么事情，为什么要这样折磨自己？"我忍不住说。

"唉，那是一个很长的故事，以后如果有机会，当面再告诉你吧。"

我不知道以后还有没有机会。我不能忍受"如果"，我要把这个"如果"变成现实。当然，我觉得阿姿的这种状态很不好，她需要我。我也需要她。一个孤独的人需要另一个。

第二天，我坐上高铁，去找她。我不再像之前那么犹豫。但我没有告诉她我要来，这倒不是说我想给她一个惊喜，而是我依然受制于自己的性格，无法直接向她敞开。

我不是小年轻，做不到手捧鲜花去跟她当面表白，我只是想要见到她，想要听她讲讲她的事情，看看能帮她做些什么；我想要改变她，想要她不再酗酒，想要她好好生活。尽管我也不是什么好好生活的榜样，但我愿意陪着她，一起往下走，一起创造一种生活，一种能够容纳我和她的新生活。

她没有结婚，可她有男朋友吗？或是走得很近的异性朋友？我不敢问她。我要是贸然去到她的工作室，碰见她跟另外一个男人在一起，那得多尴尬，以后估计连朋友都没法做了。因此，我钻进了离她工作室不远的一家咖啡店，像个特工一样，观察着周围的情况。然后，我借着上外面公共厕所的时机，偷偷摸摸去确认了一下：只有她一个人在那儿。我的心这才落地。可我还是不敢直接过去，便给她打了一个电话，在听到她的声音之后，我忽然慌了，头脑发热，瞬间谎称自己是因为有事来了广州，问她有没有时间，想请她吃饭聊天。我还是没敢告诉她，我是专门为她而来。

"你来广州，怎么不早点跟我说？现在才说。"她的语气似乎有些不悦。

我结结巴巴地说："我怕我提前说，影响你工作，给你添麻烦。"

"那倒不会，不过今晚确实要陪客户吃饭。"

我的心一沉，说："那就一起吃消夜？"

这时，应该有人来找她了，她说："不好意思，等会儿说。"然后挂断了电话。

我在咖啡馆又坐了半个小时，她的电话迟迟没回过来。难道她已经拒绝我了？我不确定。我坐在这里，全身僵硬，便起身来到户外，缓缓向珠江边走去。我过于紧张了，需要透透气。白天的珠江边，行人不算多，江上笼罩着一层薄雾，将远处的大桥隐藏起来。我靠着栏杆站着，忽然有个骑电瓶车的男子在我身边停下，他穿着蓝色的套装，裤腿紧扎，脚上的皮鞋已经脱漆，露出了灰白色的质地。他下车后，从前边的篓子里竟然掏出一个渔网，向江中撒去，待渔网完全撑开，他迅速收网，眼见有四五条黑色的鱼在里边蹦跶。他把鱼麻利地放进车后的白色泡沫箱里，扬长而去。这些鱼肯定会成为他晚餐的一道主打美食。吃不完的，他会卖给酒楼，挣点零花钱给孩子读书。阿姿的祖辈们就是靠着在这条大江捕鱼才生存下去的。刚才的男子，肯定是疍家人的后代吧？他的这种方式，尽管看上去有些鲁莽，却也实在。

这个男子成功转移了我的注意力。我沿着江边走了很远，方才拿出手机来看。她已经回我微信了。

只有四个字：

"你不怕吗？"

我回她："不就是喝酒吗？再陪你喝呗，喝个够。"

既然话已出口，我就决定了，这次要豁出去陪她喝个够。如果不能陪她一起下地狱，又怎能跟她一起上天堂？光是嘴巴说，让她戒酒，那是毫无力量的。我知道自己酒量不行，我想了个残酷的办法，那就是差不多有醉意时就去抠嗓子，将酒吐掉，然后回来继续战斗。我就不信，这样还不能陪她喝尽兴。

"九点钟，老地方见。"她回道。

九点钟，我准时来到下渡路的那家烧烤店，她已经坐在那里了。这次她戴的是大圆形的细边眼镜，咖啡色的眼影适合这夜色。头发扎成高高的马尾，显得青春娇小。我一见她，就像陡然潜水一般，世界安静而神奇。

"你来广州办什么事？"她见面第一句便问我。

我毫无防备，被问蒙了，结结巴巴说："我……是来看……看一个人。"

"谁？"

"你。"我不管不顾了，"专程来看你的，不好意思说。"

"不诚实，罚酒三杯。"她的眼角似有笑意。

三杯啤酒下肚，她又陪我喝了三杯，我的胃里很快就感到憋胀。我借故上厕所，在厕所里吐掉了。人为制造恶心感而呕吐，真是可怕的体验。眼泪鼻涕全出来了。我洗洗脸，漱漱口，照照镜子，然后装作若无其事的样子走出去。

我远远看到阿姿在低头看书，不知那书是从哪儿飞来的，也许是她随身带的。她低头看书的样子真美，侧脸的线条勾勒出她的鼻子和嘴巴的小巧形状，我忽然感到情欲的冲动。我不由得放慢脚步，想多欣赏几眼。不过，待我走近一些，不由得慌乱起来，她看的书怎么很像我平时画眼镜草图的黑色笔记本？我看到我椅背上的挂包果然移动了位置，看来真的是了，我不知该如何是好，呆愣在原地。

阿姿抬头看到我，吐吐舌头，解释说："刚才有人走过不小心将你的包撞到地上，里面的本子掉出来了，我帮你捡起来的时候，看到这个笔记本里竟然有眼镜设计的草图，职业习惯，忍不住的好奇心，你知道的，我便看了起来……没经过你的同意，抱歉抱歉。"

"都是我的胡涂乱抹，太多不成熟的想法，"我尴尬而忐忑地说，"请冼老师多提意见。"

她没理会我的客套话，忽然捂着嘴笑了，说："没想到你还是个诗人呢。"

我赶紧说："我写的这些可不敢称之为诗，我有自知之明，最多也就是眼镜的宣传文案，当然，是比较个人化的文案。"

"我第一次到你店里的时候，看到墙上挂着顾城的诗歌，觉得你这个人还是有点文化品位的。"

我刚想说那是我的伪装，可她抬眼露出一丝坏笑："不过，当时我觉得你真是个笨蛋，太笨了，怎么就摔倒了呢？"

"无地自容，无地自容呀……"我瘫坐在椅子上，赶紧喝杯酒压惊。

"你还写着和阿姿一起完成设计，谁答应和你一起设计了？"阿姿继续翻看笔记本，对我不依不饶。

"冼老师，你教我设计还不行吗？"

"你本子里怎么不这样写？罚酒！"

"以后都这样写。"我只好又喝了杯酒。

我想要回我的本子，但是阿姿不给，她说她想看完，明天再给我。事已至此，我只得说可以，但我要求她不要再当着我的面看，不然我确实无地自容了。想到里边有很多地方写到对她的思念，我感到羞赧，这下好了，她全都知道了。阿姿看到我为难的样子，同意明天再看。她合上本子，望着我，那眼神仿佛在说：那接下来聊点什么？

其实，我们这次的氛围和上次不大一样，两个人的话都少了。但我知道，这是因为我们来到了一个私密的边界上，我必须走进她的边界，才能真正了解她。如果我不知道该如何安慰她，最好还是老老实实陪着她喝酒便是。而她，则在不经意间，通过黑皮笔记本，踏进了我的边界。我跟她的交往，我一直都处于被动的劣势，而内心对她的情感则日益浓厚，需要我不断克制才能在她面前显得正常。

一时无话，她便自顾自喝起来，她喝酒的样子并不颓废，反而有种力量，那证明她的内心并没有彻底绝望，她还在抗争。

也许，她又会哭泣吧？

可她没有哭，突然就开始讲她的故事。

"要讲我哥哥的故事，必须要从我阿爸开始讲起，"她说，"阿爸有个外号叫'澳门仔'，自幼父母双亡，据说是他的父母，也就是我的爷爷奶奶是地下党。可也没什么证据，只是阿爸自己的说法。他是跟一个叔父长大的，他十六岁时那个叔父过世，他便独自从澳门来广州了。他说他小时候最喜欢读《虾球传》，所以要回祖国干革命。他小时候在酒店当学徒，有门做糕点的好手艺，尤其是做葡挞，那是一流的，因此他在国营的广州酒家谋得了一个点心师傅的位置。同时，他还是一个很棒的足球教练，他并不是有国家编制的正式教练，他只是球踢得好，参加过广州举办的很多联赛，因此有很多街坊邻居会把男孩子送过来，请父亲教他们踢球。你知道，广州有很多球迷，父亲因此也特别风光和得意过一阵。他觉得街坊们的认同比什么都强。因此当哥哥出生的时候，他特别开心，他觉得一定要把哥哥培养成特别优秀的足球运动员。

"他真是这样做的。哥哥似乎天生有踢球的基因，在阿爸的严格指导下，哥哥的球技突飞猛进，成了体育特长生，靠着踢球一路轻轻松松上到了高中。哥哥在广州的青少年俱乐部足球比赛中表现亮眼，被职业俱乐部选中了，进入一线队，这是让父亲和哥哥兴奋不已的大好事，我也特别开心，从小我就把哥哥当偶像。再等个一年半载，哥哥有机会进入国家队，就成了大名鼎鼎的球星。想想都开心呀。可现实太残酷了。哥哥年少成名，在学校里获得了一定的特权，经常可以不上课，不知怎么会跟混社会的那些'古惑仔'有了来往，学会了赌博。也许踢球和赌博之间有什么深层关系吧，比如都会迷恋那种突如其来的激情。哥哥一赌再赌，甚至背着父亲欠下了高利贷。

"有一日，债主，广州话叫'大耳窿'，带着一帮烂仔直接来学校讨债了。哥哥是个很要面子的人，当着老师和同学的面，他愤怒到了极点，完全失去了理智，飞起一脚踢在了大耳窿的腹部。你想想，一个足球运动员的腿部力量有多大，还是在疯狂的情况下。那个大耳窿当场就翻了白眼。哥哥也是年少气盛，居然还不罢休，拿起凳子在对方脑门上砸了几下。那个大耳窿在送往医院的途中就死掉了。哥哥被逮捕了，什么锦绣前程全没有了。哥哥的生日早，是年初，所以那会儿他已经年满十八岁了，要负完全的刑事责任。检方虽认定哥哥是过失杀人，可以免于死刑，但行为极其恶劣，被判了无期徒刑。恐怕他这大半辈子都得在监狱里度过了，就算幸运，可以减刑出来，估计都已经是老人家了吧。

"按理说，这件事对阿爸的打击应该是最大的，因为哥哥是他的希望、他的梦想所在，但他竟然咬着牙挺住了，反而是我阿妈没挺住。阿妈是极为疼爱哥哥的，她把这件事的罪责全都归结在父亲的身上，她天天一边哭，一边骂阿爸，说你这个死老鬼，要不是你当时非要逼着儿子踢球，怎么会弄到这一步呢？你让他好好上学，当个正常人，他现在肯定还好好的，你这个死'澳门仔'怎么不死回你的澳门去……阿爸年轻时很帅的，阿妈当时在百货大楼当售货员，两家人是邻居，住在同一个巷子里，就跟小说《三家巷》里写的差不多。还是阿妈先对阿爸示好的，阿爸喜欢扮靓，她就给他送发蜡，那时候那可是稀罕物。两个人结婚后，感情一直都不错。可哥哥出事后，她心中的一块天坍塌了，靠着天天疯狂控诉阿爸才能活下去。

"阿爸从一开始的道歉，痛哭流涕，咒骂自己，到后来的沉默，整个人变得苍老不堪，头发彻底白了，整个人都瘦干了，像个鬼一般。但即便如此，阿妈那种疯狂的情绪依然不能得到缓解。在一次探监过后，阿妈看到哥哥痛哭流涕的样子，她的精神完全崩溃了，得了失心疯，整个人忽而歇斯底里，大喊大叫，忽而很沉默，稀里糊涂的，很多事情都记不清了。医生诊断说，阿妈同时患上了精神分裂症和阿尔茨海默症。

"阿良，你能想象吗？这是我十五岁时发生的事情，所谓的青春花季瞬间破碎。因此，我一直想要逃离这个家庭。我知道自己的这个想法有多么自私，沉默寡言的阿爸，失心疯的阿妈，坐牢的哥哥，天哪，我还要离开他们。但我真的不想就那样毁掉，所以我唯一的念头就是自救，我想做点什么至少先拯救我自己，然后等自己有能力之后再来拯救这个家庭。我考上女子学院之后，我全部的花费都是自己解决的。我申请了助学贷款，还有做家教，我没再花过家里一分钱。

"阿爸除了教街坊小朋友踢球赚点儿小钱外，只有一份微薄的工资，但他每隔几个月，还是会拿几千块钱给我，我猜他应该是给一些小蛋糕店去帮忙了。我让他拿着给妈妈看病，我不收他的钱，他竟然会哭，骂自己没用。但我真的不能拿他的钱，我把自己的存折拿给他看，说我表现好，有奖学金。他佝偻着背离开了。说实话，哥哥刚刚出事的时候，我跟阿妈一样，责怪过阿爸，觉得阿爸只管哥哥踢球，对哥哥别的毛病都是睁一只眼闭一只眼，这才酿成大祸。但阿妈疯后，我看着阿爸佝偻的背影，一点也不怪他了。其实在这个世界上，谁都不会比他更爱哥哥，因此谁都不会比他更恨他自己。"

她一口气说了这么多，停下来，喝了一杯酒，咬着嘴唇，看着我说：

"你懂吗？"

"懂。"我向她举杯，然后一饮而尽。我看着她，我的心隐隐作痛。

"不，你不懂。"她深深吸了口气，"你不知道我付出了多大的努力，才可以去香港深造。从女院毕业后，我做了很多兼职，为了活下去，为了攒够学费。你知道广州的龙潭村吗？那里是做服装加工的一条街，我给那些家庭作坊做服装设计，有时得跟他们一起做缝纫。那真是个沸腾的地方，无论白天还是夜晚，都是人声鼎沸，灯火通明，路面上全是拉着服装布料的小推车，汽车都要等好久才能通过。在那里的大都是湖北人，街道上充满了湖北特有的辛辣气息，我吃不惯辣的，一开始老是拉肚子。

"后来，在我住的那栋楼里发生了杀人案。起因很简单，简单到难以置信，就是一对恋人分手了，男人要求复合，女人不肯，尤其是女人的闺蜜还嘲笑了男人，男人竟然大受刺激，失手杀了人……我不敢在那里做了，便经过我的老主顾介绍，去了康乐、鹭江和五凤三个村组成的'中大布匹市场'。你根本想象不到，那里有一万多家作坊式制衣厂，全国一半以上中低端女装都是在那里生产的。走在里边，犹如在迷宫一般，每个档口都看看，需要两年时间。我看到每一张脸都憋着劲，准备大干一场。我为了多攒钱，也为了逃避，便跟那些女工吃住在一起。

"她们听我的口音是本地人，都觉得奇怪，说她们的房东一年光收租都能挣百万元，我只能说，怪我没生在这三条村里。她们看我年纪小，是个读过大学的服装设计师，却还那么能吃苦，便对我非常好，格外照顾我。有时她们挤在一起，也会给我腾出单间来休息。我想起她们都觉得感动，她们那种坚忍的精神给我了很大鼓励，让我可以坚持下去。一般来说，广州本地人远远没有外地人那么拼，当我跟她们一起工作的时候，我被她们感染了，我觉得我可以跟她们一样拼。这种东西是在我生活中难以获得的，这些经历让我成熟了很多。我甚至在想，假如当年哥哥在这样的地方生活，便会知道生活的艰难，他一定不会去赌博了吧？我在那里给阿哥写过信，阿哥回信说：'妹妹，你比阿哥成熟多了，我很惭愧，你一定要走好自己的路。'看到他的信，那一瞬间，我忽然觉得自己受的苦都是值得的，因为我意识到，阿哥的一部分人生转移到我身上了。

"终于，我攒够了钱，经过半年的复习考试，如愿以偿考上了香港理工大学设计学专业，都说这是香港最好的设计院系。我跟着最好的设计师学习，有了国际化的视野，我的作品也越来越时尚，有一些大公司已经给我发出了邀请函，如果我愿意留在香港，一点问题都没有。你知道啦，那边的生活、习惯、饮食和语言跟广州差不多的，留下来的话，我会很适应。但是，我并不开心，因为我知道阿妈的身体越来越差，她的阿尔茨海默症越来越严重了，她眼下的记忆越来越少。她的记忆定格在了哥哥出事之前，我放假回家，告诉她我是阿姿，她便会问我，那你阿哥回来没呀，他什么时候回来呀，他什么时候返屋企呀？屋企，就是家，你应该知道的。

"其实，一度我甚至为阿妈的这种变化感到庆幸，因为她忘记了哥哥的出事，她的痛苦应该就会少很多。她也不再去指责阿爸，那阿爸的痛苦也会少很多。这算是一种自欺欺人吗？"

"她不是自我欺骗，她是病了。"我说着，又喝了一杯酒。我听着她的讲述，竟然开始频频主动喝酒了。不是借酒浇愁，而是心中忽然有个空洞，想要吞噬自己，只得用酒去喂它。阿姿酗酒也是这样的感觉吗？

"对阿妈来说，不是自欺欺人，可对我来说，总是有那种感觉。"阿姿挺直了身子，眼镜在夜色中反射出复杂的光泽，"我原先害怕回家，可阿妈成了这个样子，好像时光倒流了，那些可怕的事情都没发生过，我就特别想回家了。关于回家的念想，折磨着我，我没法再安安心心留在香港。我就是在香港的时候，开始喝酒的。我那会儿太孤独了，一个人在异地，有时深夜想家，想到家事，想到过去的美好，想到生命的无常，想到未来的道路，什么力气都没有了，像是陷入沼泽地里，要被黑暗吞没。那种恐惧让人崩溃，我只能一醉了之，慢慢就成了恶习……"

我举起酒杯，敬她。

喝完后，我说："从明天起，我们不喝酒了，好不好？"

"我每次喝酒的时候，都是这样想的。"她惨然一笑，摇摇头，继续说，"假期回到家中，我发现阿妈的记忆退化得越来越厉害。她老是聊到她的童年，聊到她的阿爸阿妈，也就是我的外公外婆，他们一起在船上的日子。她甚至有时还会哼唱起渔船上的睡眠曲，冲着我叫我阿妈。她竟然变回了孩子，回到了单纯的童年。我心中明白，她来日应该不多了，因此我决定一毕业便回广州，在她身边照顾她。我还要为她设计一个场所，把她那些珍贵的记忆保存下来，分享给世界。现在，我是回来了，但是，我还没能达到我的目标。你看到我工作室吊顶上的小船和小鱼，只是一次小尝试，还差得远呢。唉，想到这些，我就焦虑，就想喝酒。真是抱歉。"

她果真端起酒杯，一饮而尽。

我被她的故事震撼着，久久说不出什么话来。

"你听傻了吗？"她笑了。

"我听你的经历，想到了一句歌词：要走多少路，才能成为一个人……"

"鲍勃·迪伦。"她说，"一些人要存在多少年，才能获得自由……一个人要回转多少次头，才能假装什么都没看见。"然后，她用英文哼唱了起来。

她任眼泪滑落，没有擦拭。

眼泪掉在了桌面上，掉进了酒杯里，像是落在大地上的雨水。

我的眼睛也湿润了，我也想在餐桌上就这样放声大哭一场。但我不能，我只能忍着，扭头看着马路，看车一辆辆驶过，仿佛这些车可以带走那些悲伤。

"那你怎么开始设计眼镜的？"我想避开伤心的话题。

"我对眼镜设计有着特别的情感。我这么拼，所以我近视好多年了，但我的眼镜跟我的近视程度一直都不是很匹配。因为我为了省钱，一直没配新眼镜。当我做服装设计赚到第一笔像样的钱时，我所做的第一件事，便是去给自己配一副合适的眼镜。当我戴上新眼镜后，我一下子发觉整个世界都清晰了，我好像重新活过来了。我那会儿在龙潭村打工，我专门给自己放假一天，戴上新眼镜去散心。我走到了旁边的'七星岗'公园，这是一处古海岸遗址，据说五六千年前那里还是一片汪洋大海，可大海早已后退，只留下海浪拍击礁石的痕迹。在一大片裸露的红色岩石上边，可以看到海水侵蚀过的大大小小的洞穴。我站在崖边，通过新眼镜看着这一切，觉得自己看穿了时间，也看透了这个世界。这让我的心情既苍凉又愉悦。

"这副眼镜一戴又是许多年。我去香港深造后，恍然发现自己戴的眼镜是多么老土。我这才意识到，戴上眼镜不仅是为了看清这个世界，与此同时，这个世界也会因为我们的目光而报以回望的目光。这就是世界的目光。世界的目光是一个巨大他者的目光，反而提醒了我们自己的存在。因此，戴上好看的眼镜，便是对世界的目光进行回报。阿良，你读的书多，也许早都明白这个，但我是很晚才意识到这点的。对我来说，这太重要了，是我的新起点，我终于找到了自己做设计的哲学意义。因此，我觉得自己找到了人生的根基。也就是说，设计眼镜，便体现了我的设计哲学。"

我的眼泪终于不受控制，落了下来。我赶紧起身，说抱歉，走去了厕所。在酒精在催化下，我无法控制自己的情感，只得关上厕所门哭了一气。好多年都没有这样了。其实，父亲过世的那年，我只是没有当着母亲和妹妹的面哭，我把自己关在房间里狠狠哭过好多次。我的父亲是很爱我的，可我总是不愿意承认。

这次竟然因为阿姿的家事而痛哭流涕，我知道自己是爱上她了。折磨她的艰辛是我难以体会的，她却从中学到这么多，并理解到了生活和艺术的深刻哲理，而我所承受的那点东西，跟她所经历的相比，又算得了什么呢？

我陷到一种巨大的感伤当中，这种感伤已经不再限于她了，也关于我自己，以及更大的我也说不清的东西。

阿姿说我读书多，能想到这些，其实我还真没有想过这么深。但是她一说，我全都能理解，好像是激活了心底的一个沉睡火山。因而，我的内心发生了极大的共鸣与震颤。应该设计出一款王者眼镜，"世界的目光"这个命名多么大气啊。这是阿姿的专利，我可不能偷窃她的创意。

【世界的目光】

当我们不再沉溺于所见
世界的目光反而迎面而来
时代需要一副大眼镜
才能看清那个野未来

型号：007
材料：记忆钛以及贵重金属、珠宝配饰

关于这款眼镜，我只是想到它应该是无框的，表示人跟世界交融的无限性。材料还是应当选用记忆钛的，意味着即便世界进入一个无法预知的野未来，也不能丢失关于过去和今天的记忆。但是，光是记忆钛的材料无法表现出此款眼镜的王者风范，应该跟一些珠宝进行搭配，提升品质。但这是我暂时没有能力实现的。因此，这款眼镜应该让阿姿来设计，她一定会设计出一款精品。

我所能确保的，就是她一定会喜欢这款眼镜的命名。

8

"该你了！"

阿姿说着再次将杯中啤酒一饮而尽，然后杯子重重落在桌面上。巨大的敲击声引得左右侧目，尤其是服务员警惕地望着我们。

"我？该我……什么？"我在感伤中变得虚弱。

"该你讲讲你的故事了，阿良，我能感觉到你和我是相似的，有什么东西在折磨着你，你压抑着自己，但你并不甘心。"

"我有吗？"

"有。"

"其实我对我妹夫陈春秋没什么意见，"我想到此前阿姿问过这个问题，便从这里说起，"但是他跟妹妹还没有自己的房子，我们挤在一起，他们还在凑钱想付首期款，我赚的不算多，母亲让我也给他们凑一份。"

"你当哥哥，不应该帮帮妹妹吗？我的哥哥虽然出了这么大的事，但上学的那会儿，他一直很照顾我的，生怕我在学校里被谁欺负了。"

"我也是的，一直呵护着妹妹长大的，但是……但是她不是结婚了吗？妹夫毕业后来到深圳，几乎是从零开始的。我知道他很不容易，他们还没结婚的时候，我就让他可以先住到家里来，他节省了不少房租。但老实说，家里地方不大，嗯，不是不大，是很小。六十八平方米，我让他们住在房间里，我自己住在客厅。我这个当哥的，也没那么差啦。本来我们不必这么惨的，如果父亲还在，按照老规矩，我们可以多分一套房子。实际上，在父亲重病的时候，拆迁的风声已经传开了，但父亲不以为意，还跟我们说，不该我们占的便宜坚决不能占。我当时心里想，他怎么会那么迂腐呢，我还拐弯抹角劝过他，让他跟当居委会主任的廖叔商量一下这个事情，廖叔一定会帮我们想办法的，可他闭着嘴巴，不说话，就那样看着我……"

"可惜你父亲死得不是时候。"阿姿说，"我喝多了，这样说你别生气，可你就是这样想的吧？"

"我不是这个意思，但客观上来说，假如父亲能多活半年，真不会是这样的局面。"

"那你不就是在怪你的父亲吗？"

"我……我也不知道，是个悲剧吧。"

"那你到底想说什么呢？他也不想那么早死去。"

"唉，是的，我也不想，我真不是怪他，而是怪命运的捉弄。说心里话，我可怜他。一般我不敢想起他，想到他，我首先觉得他这一生是不幸的，从他的父亲开始，包括母亲和我，都是他不幸的一部分。他的父亲，也就是我的爷爷，我从来都没见过，不知道是跑去了加拿大还是美国，想挣大钱的，但是一去不返，没有半点消息，连怎么死的都不知道。父亲做了一辈子民办教师，连个编制都没混上。母亲曾经一度跟父亲的关系也不好，也觉得他迂腐，不懂得变通，不能赚钱。我本来是很爱父亲的，但他对我太过严格了，在他的潜意识里，男孩子一定不能溺爱，要受苦。他把他不幸的父子关系投射到了我和他之间。所幸，妹妹是个暖宝宝，她和父亲相处得很好。"

"我不了解你的父亲，但听你这么说，他应该是个正直的人。"

"是的，这是毋庸置疑的。可他对我做的每一件事情都百般挑剔，让我无所适从。假如我有能力，可以自己去买套房，就好了。"我被她逼问，脑子一片混乱，不自觉地叹口气，"可我觉得自己失去了这样的能力，我都不敢去想。所以，归根结底，我还是无法面对自己的怯懦吧。"

"你怪你父亲也不仅仅是分房的事情吧，好像你对他又恨又爱，"她笑了声，然后却说，"我们家也是两房一厅，以前也特别挤，小时候我和哥哥住上下铺，长大后，哥哥跟你一样，也睡在客厅里，在他的床边摆了一个印有扬帆出海图案的屏风。哥哥坐牢后，家里是大了，可我倒是愿意哥哥还在家里，挤挤也没关系……"

我刚想说那是因为你还没结婚，还没自己家庭的缘故，可突然间，她像断电的机器人一样，脸部直挺挺地倒在了餐桌上，眼镜都扎进了盘子里。

"你没事吧？"我赶紧跑过去扶起她。她幸亏没受伤。我用纸巾擦干净她的脸，她浑身瘫软，嗓子里发出细微的呻吟。

她彻彻底底喝醉了，这可怎么办？我主动呕吐了三次，此刻除了食道火辣辣的，头脑还是清醒的，我们不可能再像上次一样同时醉倒在路边，现在唯一的办法就是只能去开房。

我扶着她慢慢走，很快，找到了附近的一家宾馆。办理入住的时候，我居然想起了那则新闻：有色狼专门去酒吧门口"捡尸"，将那些醉倒后人事不醒、瘫倒在地的女孩子带到房间里猥亵。这样的念头，让我不敢正眼看服务员的眼睛，仿佛我要干什么坏事。但我又不能开两个房间，也怕她出事，喝醉熟睡后呕吐是很危险的。因此，我选择了两张床的标准间，一人一张，心里倒也踏实些。

迷迷糊糊不知睡到深夜几点，我起身上厕所，回来后顺便看看她。突然，她伸手抱住了我，我也本能地回抱她。她的拥抱不是轻飘飘的触碰，而是极其有力的，我只得顺势躺下。我和她脸挨着脸，她的气息与呼吸占据了我的意识，我们的嘴唇情不自禁地触碰在一起，急切地探入到彼此的边界之内。身体的欢悦如同猛烈的潮水，将我推到幻觉的更深处。

早上醒来的时候，我和她仍抱在一起。

赤裸的身体接触在一起，那种潮热的感觉忽然让我紧张不安，一种自我质疑出现了：我昨晚是否乘人之危犯下错误了？我只得半睁眼睛观察她，却发现她的眼睛正直视着我。从她的眼神中，我能感受到她的温柔。于是，我大胆吻了她的眼睛，然后搂紧了她。

此前，我是多么渴盼能和她在一起，但是，很快让我有了一种不真切的感觉，我依然怀疑这是自己醉酒后的幻觉。

我们起床，一起洗漱，她给我的牙刷也挤上了牙膏，递给我。我接过来，忽然意识到，即便做梦，我也不会梦到这样的场景，这是超出我经验范围的事情。一种美好的暖流让我全身松软，我想再抱抱她，可她灵活地躲开了，咯咯笑着。奇怪，昨晚明明是她酩酊大醉，现在她却行动利索，像是什么也没发生过，反倒是我笨手笨脚，好像仍处于宿醉之中。

"还想喝艇仔粥吗？"她刷完牙，从镜子里看着我问道。

"当然好啊，喝粥养胃。"我赔着笑，小心翼翼地问，"你昨晚喝醉了，你知道吧？"

"废话。"

我又问：

"咱们聊了好多，你还记得吗？"

她点点头。

"那你没喝断片吧？"

"阿良，你到底想说什么？"

"我经常喝醉后醒来，不知道自己说了些什么。"

"你别再怪你父亲了。"

我一愣，她笑了。

我也笑了。

看来她什么都记得，我的心里终于有种飞机着陆般的踏实。

我们喝艇仔粥，吃虾饺，饮了好多茶。阿姿专门点的是潮汕的单丛茶，既有绿茶的清香，又有红茶的浓郁，解腻又提神，宿醉状态彻底消失。退房后，我们来到江边，沿着江边缓缓散步。我试着牵她的手，她没有拒绝。没有酒精的催化，说话自然没有昨晚那么密集，不过，江边的风景弥补了说话的间歇。白天的珠江没有游船，露出了它的天然本色，正像阿姿说的，它是如此沉默。它将无数的倒影记取在它的记忆里，却无法破解。

我和阿姿并排俯靠在石栏上，凝望着江面，与喜欢的人同看一片风景，跟凝视彼此的双眼有着异曲同工之妙。

阿姿说为了兑现她上次的承诺，要带我去登"小蛮腰"，吃那家旋转餐厅，奢侈一把。我当下心领神会，今天对我和阿姿来说，是值得纪念的一天。从今天开始，我结束了我长达数年的单身生活，有了一个知心人。

我们沿着江边向"小蛮腰"走去，大约走了三公里，有种徒步的快乐。我们走走停停，等走到时，已近黄昏，"小蛮腰"亮灯了，周身都闪着各色彩光，犹如一个巨大的宝瓶。站在下方仰望这个六百米高的庞然大物，令人迷幻不已。我们走进宝瓶，我恍然觉得自己的生活从此开始脱离现实，要变成童话了。

电梯是透明的，眼睁睁看着视野阔大起来，江的长度也显现了出来。大江蜿蜒着从这座高楼林立的古老城市横穿而过，江水沉重如同银色的重金属，装饰着万家灯火。这一幕还真是震撼到我了。我承认，我确实没法再跟我妹夫陈春秋说，上去看了看，又下来了，仅此而已。我反而想的是，我以后应该带着母亲，还有妹妹一家子，也要来看看。当然，还有阿姿和她的家人。由我和她带着一大家人，谈天说地，其乐融融，那该多好。世俗生活的普通场景，对我现在来说竟然有点类似奢望。

"我还是喜欢广州。"阿姿跟我一样凝望着大江。

"喜欢香港吗？"

"也喜欢，但不一样。"

"深圳呢？"

"那得问你了。"阿姿收回目光，笑着看我一眼。

"我当然是喜欢的，但我觉得深圳是一个变化很快的地方，要说出对它的喜欢，不是一件容易的事情，得真正理解它。我小时候觉得深圳是最有活力的地方，每个人都是老板，所以那会儿我觉得既然老板这么好当，那还苦哈哈学习干什么。父亲批评教育我，我也听不进去，显然，这种思想害了我，原本我可以有一个更高的起点，可等我意识到这点的时候，已经老大不小了，晚了。"

"不晚，你还要当眼镜设计师呢，加油。"阿姿说着，用手指轻触我的手背，我竟然感动得无言以对。

走进塔顶的旋转餐厅，我们坐定后，叫了牛扒和罗宋汤，我问阿姿："要不要来杯红酒？"她摇摇头："疯了，酒才刚刚醒。"我跟她开玩笑道："你这样说真不像是酗酒的人。"她说："你不懂，喝酒不是爱酒，是一种逃避。"

我赶忙说："知道了，我们戒酒。"

沉默了一会儿，我忽然想到不知下回什么时候才能见她，心中一阵焦虑，便邀请她再来横岗玩。

她问我："横岗除了眼镜，还有什么好玩的？"我着实愣了一下，横岗没有大江，也没有大山，只好调侃道："哦，对了，我们那儿有座小山，叫'跌死狗'。"阿姿听后笑了，觉得不可思议。我忽然想起一件陈年往事，告诉她，当年有人为了逃赌债，竟然逃进"跌死狗"里，还是被警察抓住了。

"应该改名叫'跌死人'。"阿姿的语气有些不悦。

我这才意识到自己说错话了，让她想起她哥哥了。

"赌博让人有种失控的激情吧……"既然话已出口，覆水难收，只能想办法宽慰她，我说，"我还知道一个叫陀什么的俄国作家特别喜欢赌博，靠写作的稿费去还赌债，还写成了伟大的作家。你哥哥只是运气不好，他本心肯定不想如此的。"

"陀思妥耶夫斯基。那个俄罗斯作家的名字再难，我都记得住。"阿姿说，"哥哥出事后，我有一天在图书馆看到了一本叫《赌徒》的书，看译者的介绍说这是根据作者自身的经历写的，便借回去看了。"

"对，就是他，我也恰好读过那本书。"

"那你也知道，阿列克谢一开始赌博是为了爱情，但等他赌赢了，却发现赌博的快感远远大于爱情的快乐。他说的那句话你还记得吗？我把那句话抄下来，本想寄给哥哥的，但后来想想还是算了，觉得太过残忍。"

"哪句话？"

"'我的整个生命都成了赌注。'"

我伸出手，握紧了她的手。

食物上桌了，可气氛沉重。我们默默吃了一会儿，不知不觉中，我们已经旋转到了另一侧，没有大江的一侧，只有浩瀚的城市灯光，犹如荧光生物聚集在夜晚的海面。

终于，我把自己的隐秘和盘托出："阿姿，你来横岗看看茂盛世居吧。"我把父亲临终前去看围屋的事情跟阿姿说了，也讲了何氏兄弟艰辛创业的故事。

"茂盛世居，好名字。"阿姿望向窗外浩瀚的灯光，"我喜欢'世居'这个词，有着大地的稳定，被你说得还真想去看看了。"

"大地的稳定……不愧是冼老师，每次都有独到的发现。"

"也许是我敏感了，我想起我的祖先，他们世居在水面上，你听听，这个说法似乎有些超现实。"

"世居在水面上，简直像一句诗。"

"如果我们深入了解这首诗，会发现这是一首恢宏的史诗。"阿姿若有所悟地沉吟片刻，"我要为母亲设计的那个艺术空间，一直没想到贴切的名字，似乎就可以叫'水上世居'？"

"绝妙！就叫'水上世居'。不仅是为你的母亲，也为所有的疍家人，留下一个激活历史记忆的地方。历史记忆这个说法，其实还是父亲告诉我的。他说个人记忆终究要汇入历史记忆，我当时还不理解。"

"你父亲哪里是个中学老师，分明是个哲学家。"阿姿笑道。

我们的谈话渐入佳境，我有心旷神怡之感，"我之前喜欢的是'茂盛'这个词，我还想设计一款叫'茂盛'的眼镜呢，没想到经你一说，'世居'更是意味深长。如果没有'世居'，又何来'茂盛'呢？"

"我知道你的'茂盛'眼镜，昨天看你本子上写了。"阿姿突然有些动情地说，"阿良，你真的是用心了。本来我还没想好去不去横岗呢，但我现在想去了。"

"周末就来吧？"我迫不及待地说。

"这周还有事，下周吧，下周末，我来深圳。"

我笑着说："顺便来我家里做客。"

"你想干吗？太快了吧？"她佯装嗔怒。

"你多虑啦，就是来家里吃顿饭，我把你设计的环保眼镜送给家里人，他们赞不绝口，都想认识你呢。"

"真不知道你是怎么说我的，"她站起身来，"到时再看情况吧。"

她没完全拒绝就有希望，我暗自窃喜。

从"小蛮腰"出来，我们便道别了，她还有事情要忙。我恋恋不舍，握着她的手不忍放开，并让她别再酗酒了。她点点头，说会尽力克制的。我忍不住当街轻轻吻她，她嘴唇微张，说了个无声的"羞"。

我走下地铁站，回味着这梦幻的一天，脚步像踩在云端上一样轻快和愉悦。

回到家中，妹妹和妹夫上班未归，母亲一个人坐在客厅的窗前，戴着眼镜，一点一点地用竹条编织着造型，就跟小时候给我们兄妹打毛衣一模一样。她那双手，这辈子很少有闲下来的时候，上边布满了粗茧。

"崽，你最近忙什么呢？好像魂不守舍的样子。"

果然母子连心，我脱口而出："阿妈，我有女朋友了。"速度之快，仿佛就等着她问呢。

母亲的手停下来，抬头望着我笑了："崽，你不是哄我开心吧？"

"哪有拿这种事开玩笑的？她在广州，是个好厉害的设计师。"我说的时候，竟然在母亲面前都有些羞涩。

我干脆搬个凳子，坐在母亲身边，把阿姿的情况跟她慢慢讲了。她的父母出身，哥哥如何出的事，以及她如何努力自救的历程，都一一讲了。我感触很深，因此也讲得格外动情。母亲听完之后，竟然摘下老花镜，用手背擦了擦眼泪，连连感叹了几句："苦命的孩子！"她专门说到阿姿的母亲，"这个老太太太苦了，比起她来，我可以称得上幸福了。"我看着母亲布满老茧和伤疤的双手，一时间觉得我和她对幸福的理解是不是很有些差别。

"你想想看，要有多大的苦，才会把人逼疯？要是你出了事，我也不知道该怎么活了。"母亲用泪眼望着我，脸上又挂着慈爱的微笑，"我现在唯一担心的，就是你的婚姻大事，看你一直不急的样子，还以为你要当剩男了，可没想到你是'懒人自有懒人福，迟来食碗猪肉粥'。"母亲把流行用语和客家土话来了个大杂烩，把我逗笑了。我告诉她，阿姿下周末会来横岗玩，但还没说好见不见家长。

"耕田唔好误一年，娶妻唔好误一生。"母亲低下头，她的手继续开始忙，"现在你们好上了，反而不着急，慢慢来吧，你对人家付出真心，人家自然回报你真心。"

"我想带她去茂盛世居看看。"

"去吧，你阿爸，还有何氏的老祖宗，会保佑你的。"

"要是阿爸还在就好了，"我说，"你也不用这么辛苦。"

"你阿爸要在，你也不用这么辛苦。"母亲顿了一下，并没有看我，继续说，"然后你迟早跟你那个远房表哥一样，成天就知道吃喝玩乐，最终染上毒瘾。"

"阿妈，你不能这么说呀！"我有些急了，"我在你眼中就是那样的烂仔？"

母亲放下手里的物件，站起身来，向卧室走去。我有点纳闷，母亲这是怎么了，怎么好端端地忽然发火了？她可是个极少发火的人。很快，她又走出来了，手里拿着一个红色的本子，递给我。我一看，是房产证，整个人愣住了，不知她的用意。

"阿良，你阿爸临终前专门跟我说，这套房是留给你的。我看你这些年迷迷糊糊的，不知道怎么过日子，就一直帮你保管着。现在，你谈女朋友了，店铺也算是做稳了，这证应该交给你了。从今天起，你就是一家之主，明天我们就去房管局，把上边的名字改成你的。我要好好养老了，不想再操心咯。"

"阿妈，这上面写谁的名字不都一样？换成我的名字，又不会大一寸，还是咱们挤在一起。"我不知道该怎么回应母亲，只好说着这样的话掩饰慌张，然后把房产证重新放回了抽屉，仿佛那东西是见不得光的。

"嘴硬。"母亲说，"就这么定了。"

过了一会儿，妹妹回来了，她看到我有些意外："咦，哥哥，今天这么早回家？"

"你快有嫂子咯。"母亲搭腔道。

"真的啊？太好了，我要看照片！"

"小细别胡闹，哪有照片看！阿妈，你嘴太快了。"我嘴上严厉，脸上的表情一定是掩饰不住在笑。

"世居"对我来说是个理所当然的名字，我竟然长时间忽略了它。在我的意识里，"世居"跟"围屋"都快变成同义词了，但它们显然是不一样的。"世居"与其说是一个词，不如说是一句话。在两个字构成的简洁叙事中，透露出的是一部史诗的片段。"世居"是时间和空间在人类身上的结合点。

但"世居"终究还是被我忽视，被很多人忽视，尤其是被带着大地属性的人所忽视。反而是阿姿这个水上居民的后裔赋予了"世居"全新的意味。是啊，在水上世居意味着怎样的漂泊与荡漾，意味着怎样的艰辛与磨砺，更是意味着怎样的诗意与自由。

在水上世居——凡是有水的地方都可以称之为故乡。

这不仅仅是一种比喻，也是现实。实际上，在知道阿姿的身份后，我在网上查阅了疍家人的相关资料，知道疍家人不仅分布在广州，还分布在珠江流域与韩江水系的很多地方，从江门、东莞、佛山到潮汕地区，都有。而且不只是淡水，从福建到海南的沿海港口，从古至今一直有疍民的船影。在江水上讨生活的叫"河疍"，在大海里闯荡的叫"海疍"，还有一种专门养殖和采集珍珠的叫"珠疍"。回头我会好好跟阿姿聊聊这些。可惜她的母亲已经失去了大部分的记忆，无法回忆起祖辈的更多生活。

疍家跟客家真是具有鲜明对比度的两个族群。当客家人用一砖一瓦把自己安全守护起来的时候，疍家人却在敞开的水面上不断寻找着适合生存的地方。可以说，疍家人是最极端的游牧者。当中亚大草原上的游牧者第一次感受到大陆的广袤时，以水为家的疍家人早已在风浪的拍打下寻找着世界的尽头。

【世居】

住下来，因为大地是稳定的

住下来，即便水面是晃动的

住下来，生命靠繁衍穿越了时间

住下来，空间向所有的生命敞开

型号：008

材料：设想用黄金代表大地，用蓝钻代表大江

设计人：希望能和阿姿一起完成

住下来，不仅是身体安定下来，心也要安定下来。那么，我跟阿姿何时才能真正地住下来呢？如果说，从前我根本不敢想这个问题，但现在，显然我们正在往那个方向迅速发展着。总有一天，我们会住下来的，身与心一起住下来。

9

这段时间我和阿姿的微信来往频繁，稍有空闲，我便给阿姿发信息，她若恰好没在忙，便会很快回复我。这种"秒回"的感觉真美妙，像是传说中的量子纠缠。有另外一个生命可以随时跟自己产生互动，我生活中的凝滞感开始从深层被搅动起来，即将彻底消散。不过，我们在微信上极少聊那些伤心事，聊的都是一些无关痛痒的事情，比如：你吃饭了吗，吃了什么，好吃吗，拍个照片来看看……如果普通人之间谈论这种话题，是没话找话，惹人厌烦，但是对有情人来说，这些索然无味的问题是如此生动有趣。不知道是不是我每天笑吟吟的缘故，眼镜都能多卖出几副。

转眼到了周五，我找来一页打印纸，在上面用油性笔工工整整写下了"周末休息"四个字，只要阿姿一声令下，我便会立刻贴在门口。

临下班，我兴冲冲问她明天是否过来，她说明天不行，可能要后天了。"明天，阿爸想和我一起去探监，有挺长一段时间没去探望我哥了。"

我理解她，去看望那个可怜的哥哥，对她和她全家人意味着太多。

"那你阿妈怎么办？"

"会请邻居阿姨帮着照顾一下，其实也就是半天时间。"

"那我等你信息哈。"

"好的。"

她去看过哥哥，心里肯定不好受，我琢磨着应该怎么安慰她。可这哪是几句话的事情，所以一直想不出来，索性作罢。到时只能多听听她自己的想法了。她是个很有主见的人，我愿意做她的聆听者。以后，我们真在一起了，我愿意陪她去探监。她哥哥看到妹妹有家庭了，一定也会感到欣慰的。

晚饭后，我看阿姿一直没来信息，便再次发微信，问她今天的情况。可她还是没有回我。她的心情一定是糟透了。

即便她心情低落，也应该回复一下我的信息呀，哪怕是简简单单的几个字都好。难道她出事了？这个想法犹如洪水，淹没了我的堤坝，我整个人陷入到了焦灼的沼泽当中，难以自拔。

睡前，我又给她发微信："阿姿，你还好吗？无论遇到什么事，我会陪着你。"

我紧闭双眼，知道自己今夜怕是要失眠了，但有什么办法呢？也只能忍受着，希望早上的时候，阿姿经过一夜的缓解，能够恢复跟我的联系。

不知凌晨几点了，我翻来覆去，总觉得这床、这枕头让人不舒服。我忽然很想喝酒，想把自己灌醉。阿姿之所以酗酒就是因为这样的难熬吧？这样一想，我觉得自己的心似乎离阿姿近了些，反而昏昏沉沉地睡着了。

早上醒来，我听到妹妹在厨房里忙活。正是那声音吵醒我的。我第一时间便是抓起手机看，可阿姿还是没回信息。我的心脏立刻抽紧，睡意全无。大门忽然开了，陈春秋提着一个黑色塑料袋进来了，能听到活虾在里边砰砰乱撞的声音。

"哥，小细让我买的九节虾，很肥的，等嫂子来了再下锅。"

"她今天可能来不了了。"

"不是说好了吗？"

"我说了没说好，你们非不信。"

说着，我的情绪有些激动，声音不由得大了。母亲不在家，妹妹从厨房里探出脑袋来问："怎么了？"

"嫂子不来了，哥生气了。"陈春秋的语气还有些委屈。

我无法反驳，突然间，眼泪就涌了出来，视线立刻有些模糊。

"哥，你别着急，慢慢说，到底怎么回事？"妹妹扭头关了火，两手在围裙上擦着走了出来，恍然像是母亲年轻的时候。

事已至此，嘴巴硬是没用的了。

"我和她失联了。"我说。

"失联？"

"发了好多信息，她都没回，打电话，也不接。"

"为什么会这样呢？之前你们吵架了？"妹妹锲而不舍地追问。

这下好了，我不得不把她去探监以及她哥哥为什么待在牢里的事情说了，我在说的时候怀着羞辱感，好像说的是自己哥哥的事情。我也担心说了这些，会影响阿姿在妹妹两口子心中的形象和尊严。

"哥，咱们是一家人，你说这些别不好意思，你对春秋家那点破事不也是了如指掌吗？咱们现在要好好商量一下，该怎么办。"

"别那样说春秋。"我瞪妹妹一眼。

陈春秋家在陕西终南山下世代耕种，他父母前几年听说了一种叫"阳光玫瑰"的葡萄很赚钱，一穗就能卖到两百多块，便向儿子陈春秋借钱投资。陈春秋跟妹妹商量，妹妹也被"阳光玫瑰"这个无比诗意的名字给诱惑了：葡萄园里全是阳光玫瑰的清香，她带着孩子任意采摘，边采边吃，果真是"采'萄'东篱下，悠然见南山"。这个场景让她无法抗拒。陈春秋就把一大笔积蓄都给了父母，他们在终南山下承包了一百亩地，全都种上了"阳光玫瑰"。一年后，因为栽培技术不到位，以及感染了炭疽病，几乎白忙活了一年。而且，由于当地种植葡萄的农户越来越多，"阳光玫瑰"的价格也一路走低。父母本想挣钱给儿子在深圳买房，可现在连自身都陷入了危机。

"没事，哥，我相信葡萄园会旺起来的，"陈春秋说，"现在你的事情要紧，我要是你，就立马坐车赶过去看看怎么回事。"

妹妹不同意，她从女性的心理出发进行分析，觉得不应该那么鲁莽，而是要给对方一个缓冲的时间。阿姿不回信息，肯定有人家的特殊情况。她不惜用自己举例，说有几次她跟陈春秋吵完架，她想一个人冷静一下，可陈春秋就是不依不饶，让她极为烦躁，甚至都有了分手的心。

陈春秋涨红了脸说："啥叫不依不饶，我是赶紧跟你道歉，想得到你的谅解。"

"那会儿道歉有什么用，就是想冷静下来，什么话都不想听。"

"好吧，可是哥跟阿姿并没有吵架啊，忽然不联系了，会不会出什么事了？"看来，男人的思维方式都差不多。

"不会的，我想至少阿姿本人应该是没事的，毕竟她的手机没关机，能打通，也没有把哥哥的微信给拉黑呀，不是吗？"

我和陈春秋不由得对视了一眼，同时被她说动。

"也许她喝醉了呢？哥哥你说她是经常酗酒的，她去监狱里看到自己可怜的哥哥，一定很难受，然后把自己灌醉，这应该是很容易理解的。哥哥你要是做了什么错事，被警察抓了，我去监狱里看你，我一定也会很难过的。"她竟然开起了玩笑，咯咯咯笑起来。

"死丫头，诅咒我吗？"我哭笑不得。要不是妹夫在这里，我一定要教训她一顿。不过，我紧绷着的心确实放松了。我觉得妹妹说得很有道理，也许还是女人了解女人。于是，我问她："那你说我该怎么办，就这么等着？"

"你今晚再给她发个信息，她若不回，你再打她电话。"

"不接呢？"

"那就好好睡觉，明天再说。"

"要是明天还不回呢？"

"不会的，你又没做什么错事。"

"就因为这样，我才心里没底呀。"

"哥——"妹妹拖长了音调，"我看你是太久没谈恋爱，变得疑神疑鬼，患得患失。如果你们没能走到一起，那就是缘分还没到。现在，你要淡定！"

她转身走进厨房，继续去做菜了。我心底那个长不大的弱小妹妹，从什么时候开始有了如此强大的能量？

晚饭后，我发了信息，打了电话，还是没回应。

妹夫买了六瓶珠江纯生，一袋南乳花生，主动过来陪我。我们一开始聊的是"阳光玫瑰"的话题，避免提及阿姿。不知怎么回事，我们从"阳光玫瑰"一路聊到了刚刚出台的三胎政策，陈春秋感慨自己三十五岁了连一孩都没有。我这个大龄"剩男"单身日久，对孩子的事当然从不上心，但听他这么说，才意识到情况很严重了。

"你们赶紧要呀！"我说，"还要等到什么时候！"

陈春秋支支吾吾，还是说了："哥，不是在凑首付款嘛……现在要是怀了，空间不够啊。"

该来的终于来了。

此前有母亲做挡箭牌，现在要直接面对了。

"我说你这个人是不是有点死心眼呀！"我趁着酒劲儿，呵斥他道，"老话怎么说的？'有苗不愁长'，你们先把孩子要到了再说，车到山前必有路。咱们一起住，地方是不大，但也不差一个小宝贝吧？你知道历史上的疍家人吗？世世代代都生活在船上。一艘渔船能有多大，大人和几个孩子都生活在上边，都能延续数百上千年！咱们六十八平方米两房一厅的房子还比不上一艘小船吗？"我越说越激动。

陈春秋嘴巴张了下，估计想反驳我的，但又喝了口啤酒，把话咽下去了。

"实在不行，我到时搬出去住，你们北方人不是说，活人不能让尿给憋死。"

"哎，哥！你可别……"

"你叫我哥，就要听我的。从明天起，你要戒酒，开始锻炼。你作为资深的'程序猿'，也要尽量不熬夜。明年我要看到你们的孩子。"我很少以长辈身份跟他说话，现在我认为，我确实得管管他们了，我趁着劲头继续说：

"你们对生活的认识太刻板了，非要把买房跟生孩子两件事关联起来。可是，那种野蛮的、顽强的、不顾一切也要生存于世的态度，才是人类绵延至今的动力。春秋，你是陕西人，你很自豪，因为你的故乡文化底蕴深厚，那我问你，你知道你们陕西大儒张载说的那四句名言吗？"

他摇摇头，有些茫然。

"那你听好了，"我一个字一个字地慢慢说，唯恐他听不清楚，"'为天地立心，为生民立命，为往圣继绝学，为万世开太平。'你说，这是什么气势？再看看咱们，盘算这个，盘算那个，然后不敢结婚，不敢生孩子，不敢辞职，不敢生病，别说不敢死了，甚至都不敢活着，让人工智能来替我们活，我们是不是都活得太小了？啊？太小了，太小了！你看《动物世界》，动物为了繁衍所付出的是什么代价。就连狮子这样的百兽之王，一生中也得不停繁衍，才能保证有那么几只小狮子逃过鬣狗的撕咬、疾病的感染、饥饿与干旱的威胁，从而勉勉强强活下去。春秋啊，大胆地活！活下去，活好了，才能帮到更多的人。"

"哥，说得好啊！我听你的！"

我忽然想到了那个模糊的差点被遗忘的念头，赶紧起身，走到客厅屏风后面的桌子前，拉开抽屉，将暗红色的房产证拿了出来。也许，这正是母亲把它交给我的意图吧。我走过去递给陈春秋，说：

"拿去银行，少说也能贷出百十来万，先把首付款付了再说。月供咱们一起想办法，其实也没那么难啦。"

妹夫已经语无伦次了，说什么也不合适，干脆倒了满满一杯酒敬我。

我看到了他眼里的感激和敬慕。

实际上，我自己都惊异于自己的表现。这段时间跟阿姿的交往，似乎让我过去经历的那散乱的一切，都在重新受到激发，产生系列的化学反应。尤其是跟阿姿的失联，让我更深地审视自己。

我举起酒杯，跟妹夫碰了。然后，我们一杯又一杯，加快了速度，一切尽在不言中。六瓶纯生喝完后，我倒头便睡。

周一，没消息。周二，还是没消息。

我不能再等下去了，她那边一定发生了很大的事情。我赶紧买了周三最早的高铁票，第二天八点半就到了创造社门口。

阿姿的工作室紧闭，一直没开门。我等到中午，她也没来。我询问一个年轻的保安，他摇摇头，说："不清楚。"

我一直等到了晚上，阿姿的工作室还是没开门。我深感绝望。这时，门口的保安换班了，来的正是那个收留过我和阿姿的东北保安。我赶紧上前，说起往事，他自然记得，哈哈大笑起来。

"她怎么一直没来工作室呢？"我问道。

保安大哥瞅了我一眼，大声说："你俩闹掰了？她发生啥事，你来问我？"

"没有闹掰……她不回我信息，急死我了。"

"吵架了吧？年轻人没事别吵架，尤其是你作为男人，要多包容。"保安大哥教训完，方才换了个语气说，"冼老师的店周一就没开门，两天了。"

"您知道她家在哪儿吗？"

"这我哪知道呀。"

阿姿那边一定出事了，我再次给她打电话，她还是不接。我无计可施，走到她的工作室门前，一屁股坐下去，这样能让我觉得离她近一点。

保安大哥慢慢走过来，问："大兄弟，还是不接？"

我点点头。

"这样吧，我帮你打个电话怎么样？"

"你帮我？怎么帮？"我纳闷了。

"用我们物业办的座机打，她也许会接。那个号码她肯定是存了的。毕竟物业很少打电话，要打电话都是有事。"

他说得很有道理。我真没想到，这个东北大哥会第二次救我。

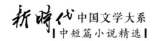
"谢谢大哥！"

我跟着他来到保安室，里边有两部电话，其中一部是物业值班电话。他把座机设置为免提，然后拨通了阿姿的手机。

一声声缓慢的"嘀"传来，我紧张得两手心都是汗，只能捂在大腿上。还是无人接听。就在我心里放弃的瞬间，电话接通了。

"喂？"

那正是阿姿的声音。

保安大哥示意我先别说话，他先介绍了自己，阿姿说有什么事情吗，他这才换了个语气说："冼老师，那个跟你一起喝醉酒的大兄弟在你工作室门前等两天了，要是你不回他的信息，他会一直在这里等你。"然后，他添油加醋地把我说得特别惨，我对这位东北大哥的口才十分佩服。阿姿那边长时间沉默着，我很怕她会突然挂掉。但她突然开口了，问道：

"他现在在哪里？"

"还在你工作室门口坐着呢。"大哥看了我一眼，"需要我去叫他吗？"

"不用了，我会联系他的。谢谢。"说完，阿姿挂断了电话。

"大兄弟，只能帮你到这儿了，等着吧。"

我买了一箱啤酒送给大哥，他说他现在上班呢，可不能喝。我把那箱啤酒放到保安室，然后从里边掏出一瓶，一个人又坐在阿姿工作室门前，小口喝着苦涩的温啤酒。大哥看我这样，也只能摇头叹气，忙他自己的事情去了。

过了一个小时十一分钟，我终于收到了阿姿的微信：

"阿良，我阿妈过世了。我不想跟任何人说话，请你理解。对不起，快回去吧。"

我犹如遭遇雷击，手里的啤酒瓶摔在了地上，碎了一地。脑海中浮现出了那个我想象中的失心疯老太太，她滑稽可笑，絮絮叨叨，脸上的皱纹多得吓人。

但是，她死掉了。

一股巨大的悲凉，让我如鲠在喉，泪眼迷蒙。

我该如何安慰阿姿？我无法安慰她了。

这世上没有任何人能安慰她了。

我呆愣许久，手有些颤抖，给她回了个信息，请她节哀，并告诉她，我会一直陪着她，在她需要我的时候，随时联系我。

她没有再回复。

我不知道她家在哪里，只知道不远处的那条大江与她是相通的。我起身，到保安室里拿了扫把簸箕，把碎瓶渣打扫干净。保安大哥看着我面如死灰的脸，连连叹气。也许是怕我想不开，他让我今晚就住在保安室。那保安室的床上满是我和阿姿同醉同宿的记忆，我现在哪敢轻易触碰。我谢过大哥的好意，一个人向珠江走去。

时已深夜，江边没有一个人影。"小蛮腰"那绚烂的灯光秀也熄灭了，露出灰色的骨架，那像是储存光焰的容器。

我俯身在石栏上，江风带来了寒冷，这一年马上就要过去了。我回忆着我跟阿姿一起望江的时刻。昏暗的江面上传来马达"突突突"的声音，一艘收集垃圾的小船从薄雾中显影，一个寂寞的工人站在船舷，用长柄网兜打捞着水面上漂浮的垃圾。

阿姿的母亲，她是最后一个在水上长大的孩子吗？这沉默无言的江水还记得她的童年吗？

但愿这次阿姿依然能挺住……

我陷入一种奇异的伤痛及其带来的迷茫当中。我当然知道，我永远也无法抵达阿姿心中的疼痛程度。我不认识那个老太太，我伤心很大程度只是因为她是阿姿的母亲。我心底还升起了巨大的迷茫，我感受到了人生的那种不确定性。

本来，我们来到了一个风景优美的路口，在这个路口多走几步，我就可以见到阿姿的母亲，再多走几步，我们便可能改变我们的生活。但是，就在这个路口，就在这个时刻，阿姿的母亲忽然离开了这个人间，这同时改变了这个路口的走向。

这个路口的风景不再优美，犹如暴雨天降，或是冰雪肆虐，我不得不眯起眼睛，看到阿姿在巨大的冲击中瑟缩起身子，变得越来越小，几乎如石头一般了。我看不见她的眼睛，她也不再看我，我们即将相接的存在重新独立开来。

设计眼镜，大多数时候都是为了让人们更加清楚地看到这个世界，但是人们为什么会发明墨镜呢？仅仅是为了过滤强烈的阳光？显然不是。就像我之前说的，眼镜也在遮挡着什么，通常是让别人看不清我们。不过有时候，譬如此刻，我们也需要这样一款眼镜：让我们即便在能够看清事情残酷真相的时候，也能人为地将它放置在雾气弥漫的保护之中。

【薄雾】

我们一直努力要看得再清楚些
可很多时候，我们无法看清
更有一些时刻，我们不想看清
因为薄雾的后边隐藏着深渊

型号：009

材料：渐变色镜片；牛角镜框，显得稳重

设计人：希望能和阿姿一起完成

我凝视着江面上的薄雾，很久很久，意识逐渐虚幻起来，一时不知自己置身在何方。后来，有风吹过，对面高楼的顶层从薄雾中显露出来，几家未眠的灯光照进我的眼睛，才让我恢复了一些现实感。

10

回深圳吗？不。阿姿承受着巨大的痛苦，我怎能就这样回去呢？我要住下来。也许明天，也许后天，等她情绪稍微好一点的时候，我便可以见到她，力所能及地为她做点什么。

走进距我最近的这家宾馆，柜台后的服务员一边给我办手续，一边看着手机里的抖音哈哈大笑。那笑声在深夜里显得有些空洞。我看到了他的手机屏幕：一只哈士奇狗在看电视，而在主人回家的前一秒，它关了电视，俯卧在门口，像是什么也没发生过。

动物要在人类当中生存下去，也学会了欺骗。

不，我其实并不相信那个视频。动物不懂得欺骗，正如动物不相信死亡。我更喜欢电影《忠犬八公》里的秋田犬，它曾让我在深夜哭得稀里哗啦。它用一生等待已经死去的主人，只是因为它不相信主人已经离世。

当你深爱一个人的时候，死亡便是不可告知的，死亡成了一场自我说服的自残。这充分说明了爱是死的反面。

除非，你目睹了那个人的死亡。

中国人在亲人弥留之际，跨越千山万水来见，表面上是给对方一个安慰，深处则是因为只有目睹死亡才能放下爱的执念。

没有电梯，我疲惫地爬到三楼，迷迷糊糊躺在床上，可脑子里乱哄哄的，想象中的阿姿的母亲不时出现。假如我和阿姿结婚，我也要叫她阿妈的，她会把我当成那个闯了祸的儿子吗？假如真是那样，我会扮演下去的。

直到窗外晨曦亮起，我也没能沉睡。

我起身拉开窗帘，看到珠江近在咫尺，可确实没有听见"江声浩荡"。正如阿姿所说，江是沉默的，满怀心事。

喧嚣的不是江的声音，而是汽车行驶的声音，市场叫卖的声音，楼下争吵的声音，楼上装修的声音……喧嚣的都是人的声音，而其中最喧嚣的，却跟江声一样，是听不到的，那就是人们心底的声音。

此刻的阿姿，肯定听不见我心底的声音。而我真的能听到阿姿心底的声音吗？没有灵魂之间的亲密关系，我怎么可能分担她的痛苦？我始终只是一个外人罢了。

理解一个人的痛苦是容易的，但这种理解跟置身于痛苦相比，就显得太轻浮了。我忽然有了冲动，我要把阿姿在广州经历过的地方，全都实地走一遍。也许只有这样，我才能真正听清阿姿心底的声音，才能够真正接近她。

接近她的灵魂，让她对我产生来自灵魂的真正信任，她才会允许我跟她一起面对那巨大的不可化解的痛苦。

我来到楼下，开启导航，开始行走。我不会乘坐任何交通工具，要用脚一步步走在广州的街道上。

先去女子学院吧，那是阿姿成为她自己的最初之地。我独自一人站在栏杆外边，再次凝视着校园里墙上的画，恰好有一名女生走过，她勾着头，匆匆忙忙的，只留下一个背影。曾经阿姿也是这样的吧，阿姿似乎很少提到她的朋友，也许她就是孤独地在这校园里蓄积着力量。我还回想起了自己的青春，有些惆怅。我本想站在这里多看看的，但是门卫出来了，他盯着我看，眼神里充满了警惕与蔑视。估计他把我当成偷窥女校的色狼了吧，我只得离开。

接下来，去龙潭村吧。那是她走进社会的第一站。

太阳当空，尽管已经十月，可广州的溽热依然让人大汗淋漓。走了整整一个小时，我才走到龙潭村。

走进牌坊，来到内街，我看到了一个芜杂繁忙的世界。路上全是装满了布料的推车，后边跟着焦急的出租车和私家车。人们推拉着小车，走进更窄的内巷。我忽然想起阿姿说起的凶杀案，原本燥热的身体掠过一丝阴冷。

我抬头看着周围的楼房，其中必有一栋是她住过的。这里喧嚣依旧，繁华依旧，人心的希望、欲念，以及深渊依旧。我不由自主地把眼光再往上看，看到那无垠透明的蓝天。嗯，不会错的，那才是阿姿当年在这里的心境。

因此，我没有忘记她提到的七星岗，那个古海岸遗址。她在那里寻到了一个更深远的所在，从而安放着心灵的目光。

从村尾穿过高架桥，很快就到了七星岗。一道矮墙后边，竟然就是时间留下的可怕荒寂，那些赭红色的礁石依然保持着迎受海浪击打的姿势。

海岸线对人类来说，是一道实与虚的分界线。尽管这里的海水早已退向远方，可仍有什么牵动着人心。也许，六千年前，某个手持石器的人类先祖也曾在这里眺望过，我能感到他的目光充满了恐惧与希望。

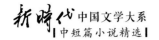

我在这个特殊的地点，寻找着阿姿的目光。我凝视着那遍布凹坑的苍老礁石，感到我们的目光在六千年前相遇了，那无形而神秘的量子信息瞬间被激活，消弭了时空的阻隔，跟阿姿同频存在的感受，如六千年前的海浪般绵延不绝地呼啸而来，让我浑身战栗，不由得坐在岩石上，双手紧紧握住岩石的棱角，在心里轻呼她的名字——阿姿。

黄昏来临，阴影覆盖了周遭，我才依依不舍地离开。我继续出发，来到五凤村。这里的店铺密度之大，犹如蜂巢。我被震惊了。阿姿曾说，如果把这里的每个档口看一遍，需要花两年时间。我当时还以为她在开玩笑，有夸张的成分，但没想到她说的是事实。临走时，我看到宣传栏里的规划，明年这里就要拆迁了，要建新"国际创新谷"，还有设计师工作室。

这会让阿姿感到些许安慰吗？

回到宾馆，我精疲力竭。稍稍休息，喝杯水后，我简单给阿姿发了个微信，告诉她我还在广州，等着她的信息。简单洗漱后，我便躺下了。连续的失眠与今天的大强度行走，让我很快失去了意识。

早上醒来，打开手机屏幕，阿姿没有回信。在我意料之中。我似乎已经习惯了这种单方向的联系。但我深知，这种习惯是暂时的。因为我还在广州，跟阿姿在同一座城市。假如这样持续下去，等到我不得不返回深圳的那一天，我将会无比伤心，那很可能意味着我和她的彻底终结。

我要把我在她的"故地"看到的，分享给她。这些地方的变化她也许还不了解，而我对这些地方的感受，则与对她的思念缠绕在一起。

点开手机的文档，我开始给阿姿写信。我想一点写一点，可能词句不美，甚至前后文都没有关联，但我是真诚的。我先写了今天的见闻与感受。实地走过之后，跟此前想象的确实很不一样，那些街道，那些建筑，那些面孔，我闭上眼睛，就会重新浮现，仿佛那段岁月是我跟阿姿共同度过的。

阿姿的母亲过世，也让我想到了父亲过世时的很多事情。我发现自己是如此怀念他，可他在自己心中的形象却在逐渐消散。记忆终究是会磨损的，不是因为我们不再珍视记忆，而是因为记忆的载体——神经元细胞是会衰老的。我要是能跟父亲多聊聊天该多好，而我总是惧怕他，离他远远的。我告诉阿姿，我哭得最厉害的时候，便是从火葬场的焚化炉捡出父亲骨殖的时候。

我们额外付费才让父亲享有单独焚化的待遇。要是父亲在天之灵知道，他一定不会同意的。他在生命的最后一年看破了生死，反复跟我们说，他的后事一定从简，骨灰随便找个地方撒掉，只要在横岗这片土地上就行。但是妹妹担心直接送出来的骨灰不纯，夹杂了别人的，便坚持要购买单独焚化的服务。我和母亲也不再拦着她。半个小时后，工作人员叫我们进去。妹妹忽然有些不敢进去，我和母亲让她等着。也是，妹妹还是不要看到残酷的景象为好。

尽管我有心理准备，但现实情况还是超出了我的预计。我看到父亲变成了一副白色的骨架，那白色如此纯洁，犹如光滑的白瓷，让我触目惊心。工作人员站在一旁，用铁钳指着骨架，跟我和母亲说：

"要哪块，便敲碎哪块。你们自己来还是我来？"

"我们自己来。"母亲说。

她接过了铁钳，从脚开始，轻轻一碰，那地方就碎成小块了。母亲忽然号啕大哭起来，我接过了铁钳，让母亲也在外边等我。那个时候，我根本顾不得伤心，死亡的巨大阴影让人喘不过气。我从脚开始，每个部位都捡一点点碎片，放到提前准备好的黑陶骨灰盒里。最后，我轻触头颅，将头盖骨放在了最上边。这样，至少在我的感受中，父亲依然是一个完整的存在。

装好骨灰盒，将盖子合上，在外面又披了一方黄色的绸缎，我方才抱着它走出去。等在外面的母亲和妹妹抱在一起哭泣，看到我手中的盒子，她们的哭声骤然升高。我仍然没有哭，我紧抱着骨灰，跟母亲和妹妹坐上了开往墓地的车。我们怎能忍心将父亲的骨灰随意抛撒呢？我们只好违背了他的意愿，举办了一个简朴的葬礼。

想来父亲不会怪罪我们的，因为说到底，是我们需要一场葬礼，是我们需要一个跟他告别的仪式，是我们需要一个纪念他的地址。

这些事情通通都是为了我们，而不是为了他。他已经在最后的时刻完成了自己。

在车上，我手中的骨灰盒逐渐温暖起来。我当然知道那是骨灰的余温传递出来了，但那种温暖的手感，像是父亲以另外一种形式活了过来，而我把他捧在手里。我突然崩溃，泪水一直流，一直流，把骨灰盒上的黄色绸缎都浸湿了。

回想起那一刻，我很想再大哭一场。可我从未跟任何人说过这些，包括妹妹。这几天阿姿正在经历同样的至暗时刻，我把这些心底的隐秘都向她撕开和敞开，唯有如此，才能让她明白我愿意同她共同分担人生的困难与责任。

从早上写到天黑，不知道自己写了多少字，因为我不敢回看自己写的东西，很怕因为尴尬和胆怯而删掉。我将这个文档命名为"写给阿姿的话"，犹豫再三，还是发给了她。看到文档出现在对话框内的一瞬间，我感到了极度的虚弱。两天来，支撑着我行动的激情彻底耗尽。我这才想起，今天还没吃饭呢。

我躺在床上，打算休息一会儿再出去吃东西，可没想到直接睡了过去。等我再醒来时，周围极度安静，我拿起手机，看了下时间：凌晨三点十分。我进入手机界面，不抱任何希望，习惯性地点开微信，忽然发现阿姿在几分钟前给我回信息了！我直接从床上跳了起来，身体不小心撞到椅子上，发出了巨大的噪声，楼下估计被吓得够呛。

她只发了短短三个字：

"你在哪？"

但这三个字对我而言，就像是日出一样壮丽，我赶紧回复："我在广州。"

"我知道。具体呢？"阿姿竟然还在线！

我也不知道该怎么描述，便直接把定位发了过去。我想跟她说，我一直在等她。

"你等着，我现在过去。"她回复道。

简直难以置信！我怀疑自己在做梦，于是，继续发信息给她："我一直在等你……"

"再等一会儿。"她秒回。

我的心都快化了，给她发了个大大的拥抱表情。

她说："把房号发我。"

"303。"我觉得从今以后，"3"会是我的幸运数字。

我将房间的灯都打开，洗了脸，剃了胡须，让自己彻底清醒。

不到半小时，有人敲门。我打开门，看到她不仅一身黑衣，而且在深夜还戴着墨镜，墨镜的线条下垂而悲伤，仿佛她的心境。

进门后，我便紧紧抱住她，她瞬间哭了起来。我也哭了，蓄积多天的悲伤、担心与委屈也倾泻而出。当我控制住自己的时候，感到她在我怀里像只受惊的小猫一样颤抖着。我劝慰她别哭别哭，轻轻摘掉她的墨镜，给她擦眼泪。我这才看到，她的眼睛已经红肿得不像样子了。

"哭多了，怕光。"她捂着眼睛说。

我让她在床上躺下，我关灯后躺在她身边，抱着她，她蜷缩在我怀里。

"为什么一直不回我信息？"我还是忍不住轻声问了一句。

这句话让她好不容易止住的哭泣，再次爆发。

"对不起，对不起……"我抚摸着她的背，"不管发生任何事，我都会陪你面对的。"

"我没法面对你，因为我还没法完全确信我们的关系。"她哽咽着说，"我对感情很认真，是要安身立命的，我还没准备好。尤其是阿妈突然走了，我的心完全碎了，乱了……"

我亲吻她的额头，不再说话，只是静静陪着她。此刻，她能在我身边，已经是对我最大的信赖了。至于今后，就交给时间与缘分。

外边起了喧嚣，清晨就要到来。忽然，我听到了一声汽笛声，那肯定来自一艘船，然后，我真真切切听到了江水拍岸的声音。

大船驶过后，江水拍击岸边，发出了深沉的波浪声，有些像大海的潮水。但不同的是，大海的潮水有种主动性，是向上飞升的，而这江水是被动的，因而是沉重的，它只能上升到一定程度，然后便下坠和远去。

深流的江水如果没有船的激发，依然是寂静无声的。就像孤独日久的人，总会陷入坚硬的沉默。

能用"江声"来命名眼镜吗？没什么不可以的。谁说眼镜只是为了看？我已经明白了，眼镜有时是为了遮挡，为了不看，那么，我觉得眼镜也可以抛开视觉，转而跟听觉发生关系。我忽然想到了李商隐的诗：《暮秋独游曲江》。我记得这首诗还是因为妹夫。我当时很好奇，他怎么那么文艺？后来他说因为曲江在他老家附近，是唐代的皇家园林。我说他真是个家乡控，可他不承认，他说汉唐长安是所有中国人的乡愁。也许是吧。

那一年，妹妹跟陈春秋刚刚谈恋爱，有一次吵架后，陈春秋送给妹妹一束玫瑰花，花丛里还夹着一个卡片，上面就写着《暮秋独游曲江》的后两句："深知身在情长在，怅望江头江水声。"妹妹手持玫瑰，看了这诗，很快消气了。那时我还不知道我的"情"在何方，所以对后一句"怅望江头江水声"极为有感触。现在想来，那江水声可不正是望见的吗？

【江声】

你望见江在叹息
像是刚刚睡醒的人
想到了活着的重量
江声低沉，一路远去
带走两岸所有的杂音
包括心底的呢喃与呐喊
为了抛开这痛苦
连快乐也一并拿去吧
我们只是静静拥抱
在这江声中休憩

型号：010

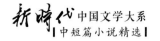

材料：黄金，手工雕刻江水的纹理；镶嵌小钻，如大浪淘沙

设计人：这是一对专为我和阿姿设计的情侣眼镜，所以今后必须和阿姿一起完成

11

她在我怀里如此寂静，没有任何声响，我甚至都听不到她的呼吸声。我以为她睡着了，我甚至以为自己也睡着了。可她忽然开口说话："周六那天，我去监狱看完哥哥回来之后，特别想陪阿妈去散步。"

我这才意识到自己还醒着，并没睡着。我摸摸她的脊背，让她继续放松。

"阿哥在监狱里表现良好，他居然靠着自学取得了广州体院教育学的学士学位，这真是个好消息，他没有放弃自己。阿爸也很欣慰，他们父子俩隔着玻璃还哭了挺久。回到家后，我让阿爸在家里休息，我想带着阿妈去江边走一走。"

她的声音很细很轻，像是来自遥远的地方，但她说的每一个字我都听得很清楚。我依然没有说话，抚摸着她的脊背，让她继续说下去。说出来就好了。

"说来好奇怪，那天阿妈表现得特别平静，话很少，行为也很正常。我跟她说什么，她都很顺从。我和她走在江边，缓缓散着步，微风吹来，周围没人知道我阿妈是个病人。有那么一会儿，我都觉得阿妈的病好了，又变回那个健康阳光的妈妈了。熬了太多年，我真是有种'守得云开见月明'的错觉，以为一切都好起来了。哥哥好起来了，我也好起来了，我还遇见了你，阿妈没有道理不好起来呀。我那样想着，开心得都要笑出声了。我想着第二天去深圳见到你，要当面把这些好消息分享给你。"

我心中一暖，但也知道马上就有很坏的事情发生了。我抚摸她脊背的手，不由变得有些僵硬。

"你知道，江边总有很多人钓鱼，有人钓上来一袋奇怪的东西，打开一看，发现是十几发有点生锈的子弹。我当时就在想，如果有一天江水干涸了，不知道会有多少秘密曝光出来。钓上来的人觉得这没什么大不了，但有的围观者坚持要报警。派出所倒是离得很近，就在旁边的珠江广场小区里。很快，一个民警匆匆忙忙地赶过来。警察来了，看热闹的人越来越多，将路都堵住了。这种混乱的场面显然刺激了母亲，她张望着那些人，忽然说出了哥哥的名字。我顺口回了一句：'阿妈，你放心吧，阿哥挺好的。'她显然愣了一下，'阿哥？阿哥？'她喃喃说着，似乎记起了什么。

"我有些担心，又有些期待，如果她能够记起我们该多好。但随即她又恢复了平静，像什么都没有发生一样。我放松了警惕，挡住去路的人群里忽然有人惊叫，我不由自主往里边多看了几眼，等我转头的时候，发现阿妈已经翻到了江边石栏的内侧。我不知道她怎么过去的，她那么老，那么弱，却忽然那么快，那么敏捷，我直到现在都难以想象。我急忙向她跑去，但是围观的人太多了，挡住了我的去路，而他们又被前方的事情吸引，没人留意到有个行为怪异的老太太。我看到阿妈手扶石栏，看着江上来往的彩船，嘴里嚷嚷着说：'好靓的彩船呀，我是生活在船上的，我要回到我的船上去。'说着，她竟然笑了，那个笑容在彩灯的映照下格外分明。

"我疯了一样挤到她面前，就在我的手触到她的手准备拉住的瞬间，她跳了下去。我阿妈竟然跟小石子一样轻飘飘的，掉进江里只溅起极少的水花。她的身影一下子就没了，像是放生的大鱼重新回到了水里。我大喊："救命啊，救命啊，有人落水啦！"这才有人注意到。一位男子衣服都没脱，扑通一下就跳了下去。他真是厉害，阿妈很快被他救了上来。可是，虚弱的阿妈已经奄奄一息，当晚就在医院走了。阿妈临死前一句话都没有说，她没有留下半句遗言。她陷入了彻底的沉默。她不是昏迷，而是沉默。她微睁着干枯的双眼，就那么愣愣地看着我和父亲，那种感觉极为陌生。我阿妈从没有过那样的眼神，那眼神不属于她，也不属于这个世界。我害怕那样的眼神，那样的眼神让我知道，我这辈子没法安宁了。"

忽然，她撕心裂肺地大哭大喊起来：

"我要是不带阿妈去散步，阿妈肯定还活着，是我害死了母亲呀！"

我紧紧抱住她，在她耳边说："阿姿，不是你害的，不是你，不是你……她这辈子太苦了，这是她的解脱。"

父亲病重的那些年，母亲经常在父亲睡着的时候嘤嘤哭泣，但是父亲走后，尤其是葬礼结束后，她便很少哭了。我和妹妹在整理父亲遗物时哭得难以自已，她跟我们说："你们别哭了，你们的阿爸是解脱了。要是他还活着，他该多疼呀。"

我把这事讲给阿姿听，我说："你阿妈也是解脱了，要不然，她还得受多少折磨。"我劝慰阿姿的同时，忽然感觉到父亲离我如此之近。他就在我的心里，从未远去。

阿姿哭泣的声音变轻了一些，可是我在黑暗中睁着眼睛，任眼泪流下来。她目睹了母亲的非正常死亡，从而背负了太沉重的罪恶感。她把自己当成了那个"非正常"的原因。但实际上，她的母亲随时都会因为任何微小的触动而死去，而面对着儿时的珠江一跃而下，更有种悲壮的意味。

"抱紧我。"她缩成一团，贴近我身体。

我紧紧抱住她，她周身冰凉。我感到我们正在坠落，我要成为她的缓冲垫。

她终于能够接纳我，允许我跟她一起面对痛苦。

经过她的叙说，我了解到这段时间她母亲的后事都是由她父亲一手去处理的。阿姿很幸运，她不必像我那样去直面父亲的骨灰，但她的父亲，那个沉默寡言的"澳门仔"，怕女儿因为负罪感而伤心过度，甚至告诉女儿，他其实一直都很想杀死她的阿妈，然后再自我了结。这样的劝慰，反而让她更加痛苦。

"你最近先别回家了，就跟我住在这里吧，或是换个你喜欢的地方，这样应该有助于你恢复。"我说，"横岗那边也没什么事，不过就是一间小小的眼镜店罢了。只要你需要我，我可以一直陪你在广州住下去。"

她在我怀里点了点头。

我提醒她，给她阿爸打个电话，没想到她说："我已经跟阿爸说过了。"

"什么时候说的？"我很纳闷。

"出门前呀。"她抱紧我说。

"那么晚你阿爸还没睡？"

"怎么睡得着，他每天晚上都醒着，经常来我屋里看我，怕我想不开。"

"被你这么一说，有些担心他。"

"我天天在家哭，才让他担心。我还是躲到你这里哭吧。"她说，"我每天都会联系他的。"

"那你跟他说你去哪里了？"

"男朋友那里呀。"

"他什么时候知道你有男朋友的？"

"那天去看阿哥的路上。"

"你哥也知道了？"

"是的。"

我心里暖暖的，有种力量在心底升起。那力量不是热血沸腾的冲动，而是像不远处的江水一般，笨拙、迟钝却沉厚。

从理性的角度，所有的道理她都明白，但人的情感波澜犹如深渊，不是仅仅靠理性就能够挣脱的。即便我做了很多心理准备，但现实情况还是超出了我的预计。

她不愿意出门，这好办，我叫外卖送上来。可我们简单吃过后，她要我陪她喝酒。我当然不能拒绝。正如前几天，在我最难熬的时候，是妹夫陈春秋陪我喝酒才度过去的。我现在也得帮阿姿把这段时间度过去。不过，情况比此前严峻得多，她不再只喝啤酒，还需高度白酒才能到量。

还能怎么办，舍命陪君子，我继续去卫生间抠喉吐掉。

她喝醉后，有时会安静睡着，有时会陷入癫狂状态，我紧紧抱住她，她低头便往我的胳膊上咬，疼痛让我失声叫喊。她心中的绝望暗流几乎也将我席卷，我的负面情绪也日甚一日。三天过后，我知道我们不能再待在这个房间里，我们要出门。我几乎是强制性地将她拽出了房间，拉着她来到户外。我们被明亮的阳光照得睁不开眼睛，然后我们戴上了形状诡异的墨镜，在街上随意行走，惹得路人纷纷侧目。现在唯独不敢去江边，那一定会触发她的痛苦机关。

我们用整个白天在街上走路，走到精疲力竭，然后晚上吃完饭便开始在房间里喝酒，同时播放着悲伤的音乐，好让她的情绪彻底宣泄出来。我跟她约定好，每天都要比前一天少喝一点，她同意了。就这样到了第七天的时候，我几乎要崩溃了。我每晚喝酒都要呕吐三次以上，对我的身体产生了巨大的伤害。

这天晚上，我呕吐一次后，食道和胃部一阵绞痛，我再吐，竟然吐出了一口鲜血。望着马桶里散开的那团鲜血，我捂着腹部坐在了地上，整个人疲惫不堪，虚弱至极。我像只病倒的动物，等待着自己的大限。也许是因为酒精的麻醉，我心间竟然并无恐惧，只有说不清楚的悲凉。

看我太久没从卫生间出来，阿姿过来找我。她推开门，看见瘫坐在地上的我，再一眼，看见马桶里的呕吐物和鲜血，她顿时被吓清醒了，用广东话尖声喊道：

"阿良！你冇嘢吓话？你撑住，我马上叫白车。"

我向她伸出手，她握住了我的手。我让她不用叫救护车（也就是她说的"白车"），休息一下应该就能好。我不想去医院，只想和她多待一会儿。

她倒了一杯温水给我，我喝后能舒服一些。

"怎么会吐血呢？我好惊。"

"看你吓得，白话和普通话一起用。"

"哪有心情说这个。"

"阿姿，我的身体确实快撑不住了。"我把每次陪她喝酒都抠喉呕吐的事情跟她坦白了。

"你傻噶，干吗这样折磨自己？"

"我好钟意你嘛。"这是我会说的不多的几句白话，也被她带节奏给带出来了。

"傻猪。"她的声音变得好温柔。

她用力把我从地上拉起来，紧紧抱着我。然后将我扶到床边，让我躺下休息。我们看着彼此的眼睛，好长一段时间没有说话。

"阿良，我下定决心了。"她握着我的手说，"我真的要戒酒。"

她还年轻，她的酒瘾主要还是心理上的，还不至于深入脑部神经，形成生理上的酒精依赖。现在所要做的，就是要让她转移注意力，压制那种虚无的腐蚀。

所幸的是，我自己的身体没什么大碍。好好休息两天，滴酒未沾之后，我的胃痛便大为缓解了。接下来，我的主要任务就是对抗她的酒瘾。只要她想喝酒了，我就牵着她的手出门下楼，无论是早上六点还是凌晨三点，拖着她在街上走到精疲力竭。

这种极端的方式确实取得了一定的效果。四天后，她终于不喝酒也能睡着了。我暗暗一算，从她来跟我住，竟然已经过去十四天了。可我总觉着像是置身在无比漫长的一天当中。时间几乎凝滞了，但这种凝滞与我遇见阿姿之前的那种凝滞相比，是完全不一样的。现在我的心中并不凝滞，凝滞的是酒精与悲伤带来的情绪低落。只要我抱着阿姿的时候，那种低落感便会消失大半。我能感到自己踏踏实实地活在此时此刻。

这天，我们沿街走了好远，她忽然说："阿良，我想回家看看我阿爸，他一个人在家很久了。"

听她这样说，我很高兴，证明她能控制住自己的情绪了。我说那我也回深圳看看母亲，我出来挺久了，她一直非常担心我们。

"我们？"她停住了脚步。

"我们。我和你。"

她忽然有了笑容，说："下次你跟我一起去看阿爸，好吗？"

"见家长吗？好紧张。"

"我阿爸会喜欢你的。"

我送阿姿回家，记住了她家的位置。她家离江很近，就在孙中山大元帅府后面，旁边是仲恺农学院。小区的楼体已经很旧了，但每层楼的阳台上都种着鲜艳的三角梅，花瓣犹如安静的火焰，让老楼焕发着一种奇异的生机。我暗暗感叹，怪不得广州叫"花城"。这是阿姿出生和长大的地方，那种历经岁月发酵的醇厚优雅也渗透在她的气质中。

她忽然转身对我说："记住地方了吗？以后来找我，就不用再去找保安了。"

我差点笑出声来，但随即泪目，我好想立即跟她拥抱，但担心周围都是她熟悉的邻居，只能微笑着朝她挥挥手。我看着她走进单元门，感受着她上楼的脚步，良久之后，我才转身离开。

抬头看，一路之隔就是珠江，可我也不敢过去了。阿姿的母亲已经成为我和她共同的母亲。

我坐上出租车，刚刚跟司机说去南站，便接到了国麟的电话。

"听说你在广州，你在干什么？"他直接问道。

此前，他已经知道我和阿姿的相处，老是嚷嚷着要见见"弟妹"。我便将阿姿母亲过世的事简略跟他说了。

"阿良，我真觉得你很坚强。"国麟忽然用一种极为认真的口吻说，"你阿爸那么早就过世了，这些年你不容易……"

我没想到在他眼中，还有这样一个坚强的自己。这些年，我的生活比较灰暗，确实是勉力而活，但我从没想到自己是坚强的。

"我不坚强，但总得度过。"我这样对他说。

我陪着阿姿疗伤的这些日子，我坚信这个难熬的阶段终会度过的。

每一分每一秒，我们需要度过；一件又一件事情，我们需要度过；再到人的一生，我们也要度过的。无论是主动地度过，还是被动地度过，终究都是要度过的。但度过不是时间本身，度过是时间跟事件综合在一起的间隔。这就是我现在所能想到的关于活着的一个秘密，一个不可破解的秘密。

阿姿的哥哥出事后，对于阿姿的母亲来说，就是一次度过；阿姿的母亲患上阿尔茨海默症之后，又是一种度过；当她幻想着回到了儿时，跃入水中之际，也是一种度过；当阿姿承受着母亲的离去，靠酗酒化解这种悲伤的时候，还是一种度过。

"度过"当然也可以成为一款眼镜的名字。眼镜陪伴着我们，调整着我们跟世界之间的关系，是清楚一点，还是模糊一点，还是遮蔽一点，就是让我们度过时好受一点。

阿姿一定会对"度过"心有戚戚，希望她能顺利度过戒酒的阶段，然后跟我一起设计这款名叫"度过"的眼镜。

【度过】

从过去到现在
从那里到这里
我们恍然觉得自己
也能聊聊人生了
但是，从现在到未来
从这里到那里
我们依然一无所知
并因此充满恐惧
恐惧于度过是必然
恐惧于此心无法度过

型号：011

材料：黄金、珀金、牛角，不同的材料和谐相接，体现度过的每一个阶段

设计方向：这款眼镜从镜框到镜腿都应该设计成最优美的曲线，来呈现一种圆融无碍的关系

我现在更加理解阿姿了，她说设计终究是关乎思想与哲学的。确实，生命的体验最终都会落实在设计对象的细枝末节上，等待着另一个有共鸣的人接收这个信息。这是一个定制的时代，所以，不要要求每个人都理解你的想法，你总会找到自己的知音。你编码的设计信息经过破译后，将会在知音的心里爆发出强烈的光焰。

12

国麟打电话给我，是想告诉我他父亲退休了，准备宴请全村。

廖叔很年轻时就当了村主任，这里城市化后，乡政府变街道办，村委会变居委会，他又做了快三十年的居委会主任。他视野开阔，人脉广泛，手腕也硬，做成了不少大事。像是我去上班的国际眼镜城，就是他多方协调、招商引资后建成的。

这是一场为了告别的盛宴。

我有些恍惚，除了拆迁盖楼的那几年，村里人再也没有为了某件事齐聚一堂。廖叔的退休唤醒了某种记忆，也预示着一个新时代的开启。四十年前，我出生时，我们这里还是农田，现在已经完完全全城市化了，而且还属于中国最发达的城市地区之一。

人们围着廖叔，诉说着他的成果，频频给他敬酒。他身旁的几位长者谈论着过去的日子，稻田和眼镜混搭在一起聊，居然也浑然天成，毫不违和。

一个新时代不仅仅体现在这城市化的光鲜外壳上面，更是在人们的生活深处慢慢凝聚，让彼此碰撞与认同，从而形成与过去衔接却又崭新的价值。这种新的价值更加开阔，已经不局限于宗族与地域，而是不断突破各种界限，在新的整合中构成了我们高度浓缩和别具一格的历史。

我能看清这几十年的历史吗？我毫无自信，也许是到了回溯的时候了，廖叔的卸任便是一次重要的契机。

想到这里，我端起酒杯向廖叔走去。

我要敬他三杯酒。

古希腊哲学家说，太阳底下无新事。但是，人类对于新事情、新价值一直充满着渴望。现代以来，这种渴望变得越来越强烈，因为人类的能力提升得越来越快，能量变得越来越大。尤其是置身中国，这几十年来的快速发展，让人处于目不暇接的状态中，沧海桑田式的变迁让这几十年相当于过去几百年。而深圳、广州和港澳乃至整个珠三角，也就是被称作"大湾区"的地方，就像是中国经济的巨大马达，以最大的功率在运转、在驱动、在创新。因此，新事情和新价值已经不仅仅停留在渴望的层面上，而是一点一滴地融进我们的现实当中。我们必须注视那些正在生成的新价值，即便我们还无法深入辨析与判断。

【*新价值*】

历史的河流在加速

平稳的水面起了波纹

每道涟漪都是一条蜿蜒的道路

涟漪交汇之处

隐藏着新价值

见者方是智者

型号：012

材料：纯金，宝蓝色渐变镜面

造型：时尚与稳健相兼容，形状可以大胆，如带弧度的梯形

13

很快，春节要到了。今年的春节比往年要早。我提着梅菜干、金柚、姜糖、桂花糕、霸王花米粉等客家特产去广州看阿姿。当然，此行还有个重要目的，就是见家长，不仅拜见她的阿爸，还要探视牢中的哥哥。

"大元帅府"后的那栋老楼前，粉红色的三角梅依然开得灿烂。我给阿姿发信息，说我到了。她让我上六楼。我刚刚上到五楼，看到有个驼着背的老人从楼梯上走下来了。

"你是阿姿的男朋友？"老人打量着我问道。

我说是的，他点点头，对我笑了一下。

"我是阿姿的爸爸。"他的语音里粤味十足。

没想到他会亲自来接我，我有些紧张："阿叔，谢谢您……"

他有些拘谨，嘴巴翕动着，似乎也不知道接下来该说点什么。他看上去很瘦，完全想不到他曾是足球教练。他转身招呼我上楼。他的白衬衣很干净，白得耀眼，也许是为我专门买的新衬衣。我有些感动。

进门后，我还是郑重其事地握了一下他的手。然后，我把礼品放在桌面上。桌上摆着一盆白色的蝴蝶兰，花萼是粉红色的，犹如一群蝴蝶展翅欲飞。老房间完全被一种奇异的祥和笼罩着。

"真好看。"我对他点头微笑。

他脸上又掠过笑容，说："阿姿在里屋，你去看看她吧。"

我换拖鞋时，才看到对面的矮柜上摆放着阿姿母亲的遗照。她的那双眼睛里，充满了深深的忧郁，我不敢多看。想到她这一生承受的苦难，我的胸腔里犹如泥沙填埋，立刻喘不过气来。遗照前的小香炉里，有三炷香即将燃尽。我走上前去，点了三根香，深深鞠躬，再小心地插进香炉里。

"谢谢，有心啦。"阿姿的父亲在身后说。

走进里屋，我看到阿姿躺在床上休养。这段时间的巨大悲痛，以及酗酒、戒酒的反复折腾，让她虚弱不堪，前天来了一场寒流，她便病倒了。

"还很难受吗？"我关切地问。

"好多了，烧已经退了。"

她的大眼睛在略微昏暗的房间里显得格外明亮，她冲我刚刚微笑了一下，转瞬却又哭泣了。我赶紧俯身帮她擦去泪水，然后坐在床边，拉起她的手，放在怀中。

这时，阿姿的父亲提着袋子，准备出门买菜。临出门前，他还望着墙上的遗照出了会儿神，在心底跟她默默说着话。

他下楼后，我和阿姿拥抱在一起。

我闭着眼睛，闻着她的气息，觉得万事万物都平静了。

第二天，我跟着他们一起去探视阿姿的哥哥。

进到监狱，我有点紧张，每个人第一次来监狱都会有这样的感觉吧。人与罪人往往就是一念之差。里边很多人，如果当初换一个环境，肯定还在好好生活着。而我想起过去那些愤怒、冲动的时刻，也感到某种后怕。

探视室的顶上安着白色的摄像头，侧面的墙上贴着八个黑色大字："前车之覆，后车之鉴。"对来这里的人持续产生着威慑力。

警察叫了一个编号，我看到一个精瘦的青年人走进玻璃后的小房间。他穿着蓝色的囚衣，胸前有蓝白相间的条纹。他比我高半个头，极短的头发，脸上的胡须剃得干干净净，比照片看上去要沉稳很多。他的目光扫视过我，显然那瞬间就知道我是谁。

阿姿挽着我的胳膊，认真地将我介绍给他："哥，这就是阿良。"

我冲他笑笑，也叫了一声"哥"。其实，我比他还大两岁呢。他也冲我笑笑，那一瞬间，我有种错觉：我们根本不在牢中，而是在家里。

他们用白话聊了一些家事，我在旁边默默听着。有个很大的好消息：阿姿的哥哥因为表现良好，又获得了减刑。他们屈指一算，还有三年，他就可以出来了。他们高兴得哭了起来。我完全没想到会这么快，之前听阿姿说，她哥出来就成老头了，可事实上，他三年后出来，比现在的我只大一岁呢。不过，再转念一想，他十八岁坐牢，已经在里边度过了二十年，让人心惊胆寒。我不由得想起了电影《肖申克的救赎》，不，不要误会，不是要越狱，是我希望他出来后能够尽快适应生活，还来得及，来得及。

一个小时的探视时间，很快就过去了。

"阿良，照顾好我妹妹。"阿姿的哥哥望着我，专门跟我说道。他的眼睛尽管噙着泪花，但目光中却有某种坚硬的东西，那是失去一切还要生存下去的人才有的眼神。那眼神让我深受触动。我忽然明白，真正的呐喊不是发自嗓子和嘴巴，而是出自眼睛——那种对世界的绝望盯视。

"放心，我会的。"我伸出手，跟他的手隔着玻璃相触。生命的气息穿越了玻璃的阻隔，完成了深层交流，我们仿佛早已相识多年。

跟阿姿回到家，吃了晚饭，我的心情依然沉重。我这才意识到此前自己对这种痛苦的理解还是太肤浅，见过她哥后，我才来到了痛苦的核心地带。有一个坐牢的亲人，就好像你的一部分也被关在了那里，他的痛苦像电流一样源源不断地传递过来。这种痛苦的强度与亲密关系成正比。一个母亲可以忍受自己的痛苦，却会被儿子的痛苦逼疯。

我深深吸了一口气，然后牵起阿姿的手，来到她母亲的遗像前，一起上了三炷香，磕了三个头。

阿姿哥哥带给我的触动一直挥之不去。短短一个小时的见面，应该会忘记很多细节，但随后这段时间，此前有些忽略的记忆居然重新变得清晰了。我想起他的鼻子，是很像他父亲的，而他的嘴唇则像他的母亲。这就像是我用眼睛拍了张照片，事后慢慢端详似的。之所以如此，我想一方面是他悲剧的命运让我产生了共情心理，另外一方面，也有着对我自身的一种感慨。毕竟他和我是同龄人，让我对自己的生命有了很多的反思。过去的二十年，尽管我是自由的，但我没能充分运用好这种自由，要不是遇见阿姿，我不知道还会浑浑噩噩到何时。因此，我很想专门给他设计一款眼镜，作为我这个"妹夫"的心意。

二十年的岁月像一座塔吗，镇压着一个不堪回首的过去；二十年的光阴像一阵风吗，吹过就了无痕迹？也许塔已经建在心上，成了坐标；

也许风还在，你要迎着它走。我还是相信：人总是具有重新开始的能力。

【开始】

生命有很多次开始

有些开始很短，像早晨醒来

有些开始很长，像石头始终是石头

有些开始很珍贵

需要你把记忆变成石头

垒成一座城门

走出去

型号：013

材质：珀金、小钻石、菩提子穿成的细链

设计理念：垂下来，放下来，则自然有新开始。这不仅要成为一款很酷的眼镜，还要成为一款很有禅意的眼镜。因此，镜片也要用渐变色的。他肯定需要遮挡，他跟世界的关系还有些紧张。这眼镜会让他放松，有助于他缓解那种紧张

我把这款眼镜的名称以及设计理念写下来，给阿姿看。她蛮有感触。她说："你这个关于'开始'的想法，我也会常常想到，而且也是哥哥带来的。他在里面太长时间了，进去是一次开始，出来又是一次开始。什么是开始？光有时间还谈不上开始，我们必须在时间中带着目的去做事情，当时间可以被历史另起一段讲述的时候，才能叫开始。"对她的

这个说法，我表示万分赞同。我邀请她跟我一起设计这款眼镜，她说："这是你想到的，你就自始至终完成它吧，等阿哥出来那天，你亲手送给他，那意义是非凡的。你既然已经设计了眼镜，我就设计别的东西送他。谁让本小姐的本事大呢。"

你还别说，我好喜欢她那自信的语气。

14

正月十五，我跟阿姿坐高铁回深圳。

这趟早就计划好的旅程，因为意外延迟至今。想起在"小蛮腰"上的约定，竟有恍若隔世之感。因此这一路上，我和阿姿之间的话并不多，但我们比以往任何时候都亲近。我看看窗外的风景，看看她，再看看她望向窗外的目光，确认自己真的不再孤单了。

她穿着一袭白色吊带长裙，戴的眼镜是我们第一次见面时的那款，大弧度的镜片让她的眼睛更显明亮与温柔，银链坠在她的颈窝里，高贵典雅。那些时光的流转及其带来的聚合，悄悄蓄积心间。我们对视了一眼，我在心底默默对她说：阿姿，在你的唇上有我想说的话，在你的眼里有我试图看清的真相。如今，我是如此幸运，我和你的目光融为一体了，这合体的目光不仅让我们看清彼此的小世界，更让我们看清了一个浩渺宏阔的大世界。

"我忽然觉得自己已经来过好多次了，"她忽然笑着说，"其实就那一次。"

我在她耳边悄悄说："那证明你跟我一样，是回家的心情。"

等我们走进家门时，母亲已倒好了娘酒在等待。阿姿有些犹豫，我这才想起，她说过滴酒不沾的誓言。

"阿姿姑娘，这是我专门为你酿的，尝尝吧。"母亲说着又急忙转身回房间，拿出一艘用竹篾编制的小渔船，乌篷、船桨、船舵、水桶，一样不缺，精巧动人，不知花了她多少心思与气力。她郑重地把小船放在阿姿的手上，说："这是我送给你的见面礼，想妈妈的时候就看看。"

阿姿的眼睛瞬间湿润。

"它叫娘酒，"我说，"为了我们的娘，可以喝一杯。"

阿姿举起酒杯，对母亲说："谢谢您，敬您。"

我赶忙作陪。娘酒下肚，我感觉周身都融化了，那种甜糯的口感因为酒精的催化而绵延不绝，正如母爱一般。

"谢谢阿姿姑娘，"母亲有些哽咽，"咱们都会好起来的。"

本届灯节的开幕式别出心裁，是在茂盛世居上演一场"活"的舞台剧。所谓"活"，就是观众不用正襟危坐，而是跟着演员四处走动，沉浸其中。

我牵着阿姿的手，回到了两百年前。我们看到了何氏兄弟如何建设，如何生活，如何救济大众的种种场景。看到何氏兄弟祭祀祖先的时候，我想起当年就是在这里，父亲带我和妹妹祭拜了祖先。我们当时祭拜的是何氏兄弟，而何氏兄弟在这里祭拜的则是我们祖先的祖先。生命的长河在历史的隐秘处始终流动着。

忽然有人拍我的肩膀。

我扭头，看到妹妹和妹夫一脸笑眯眯的样子。

"你俩去哪儿了？"我轻声问。

"感觉怎么样？"妹妹没理我的问题，手指画了一个大圈。

"这是你策划的？"我立刻明白了她那扬扬得意的表情。

妹妹捂着嘴笑了，扒在我和阿姿的耳边说："还会有更大的惊喜哦。"

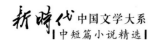

她话音刚落，周围的灯光全熄了，演员沉入黑暗中，犹如时光逝去的真相。人群有些骚动，以为发生了故障。就在这时，一阵海浪似的轰鸣声席卷而来，头顶出现巨大的亮光，让人睁不开眼。

"无人机！"有人惊呼。

无人机队列犹如科幻电影中的机械昆虫，它们的复眼闪烁着斑斓的光芒。重金属风格的配乐响起，冲击耳膜。无人机在夜空的幕布上写出"茂盛世居"四个字。四个字又幻化成"元宵灯节快乐"。然后，无人机聚拢成一颗红心，还在有力地跳动。

妹夫咧开嘴大笑，原来，这正是他策划的惊喜。

"这家无人机公司的 App 是春秋设计的。"妹妹说。

"嫂子，你下载个 App，我送一架无人机给你，"妹夫对阿姿说，"我一直不知道送你什么礼物好，想来想去，还是无人机好，你可以用它来进行各种角度的拍摄，这会给你的设计带来很多灵感。"

"谢谢你，妹夫，"阿姿笑道，"阿良经常夸你酒量好。"

妹夫腼腆地笑笑，指着天空说："快看，还有个彩蛋！"

无人机队列在夜空徐徐写出两句话：

时代需要一副大眼镜
才能看清那个野未来

"阿良，这不是你写的吗？"阿姿惊呼起来。

这让我也很吃惊，肯定是妹妹偷看了我的笔记本。我瞄了一眼妹妹，她朝我吐吐舌头。果真如此。

开幕式结束后，妹妹带我们拜访住在世居里的最后一家人。

这是一位九十五岁的老人，坐在老式木椅上，手持竹扇，用迟缓的语调说："住在这里安心。"

我听后，心中一颤。我向窗外望去，那里就是风水林，高大的树木掠过屋脊，伸向夜空，像是舞台的布景，一时虚与实难以分清。

老人家的几个小重孙在院内尽情奔跑和玩耍，古老的庭院里回荡着他们稚嫩的声音，像是来自遥远的过去。

回到茂盛世居正门口，我们意犹未尽，来到月湖边上，看着灯笼在水中的倒影。微风吹过，细小的波澜让水面变得虚幻而缥缈，但也更美。美总是高于触手可及的事物。我蓦然想起，这里正是十几年前，我和妹妹陪父亲参观围屋后休息的地方。

"妹妹，阿爸在这里问我们的那个问题，你知道答案了吗？"我终于问出了那个尘封多年的问题。

"为什么先人们从梅州来横岗？"妹妹脱口而出。此刻，她的心间一定也浮现出我们陪父亲望着月湖的场景。

"是的，我到现在还不知道，真是惭愧。"

"没想到哥哥还记得这个问题！"妹妹欣喜过后，表情有些凝重，甚至紧张，仿佛要进行论文答辩。也是，在她心里，回答这个问题不仅仅是为我，更是为了天上的父亲。

她望着波光粼粼的水面说：

"前清初年，沿海军事压力大，清政府不得不实行沿海内迁政策，整个深圳地界都在内迁范围内。等到康熙皇帝统一台湾后，便'展界开海'，拿出优惠政策，招徕各地民众重回海边开垦荒地。梅州山多，因而一向人多地少，我们的先辈何氏兄弟，便响应号召，一路南下，来到横岗，凭着勤奋和智慧，盖起了恢宏大气的茂盛世居……"

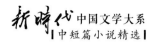

妹妹转过头，望向我，我在她的目光中看到了对父亲的无尽怀念。

"明白了。"我说，想起了父亲提出这个问题时似笑非笑、有点顽皮的眼神，原来，他那时望着月湖的目光已经望穿了历史的雾霭。

父亲当年还说，明朝那个料事如神的刘伯温路过横岗时，留下一句话："横岗为龙之腹，日后必昌隆。"数百年后，这里确实昌隆了，而且还在持续，远未终结。

"你从大西北来这里是为什么呢？"我调侃妹夫道。

我当然知道他是为了创业，而今他已经小有所成。也许，我的"程序猿"妹夫陈春秋以后会在腾讯、华为、大疆等品牌之外，创造出自己的品牌……在这里，什么都是有可能的。

妹夫愣了下，随即笑道："我的答案很简单，就是为了这个历史学家。"

"你又跟我贫嘴。"妹妹笑着挽起妹夫的胳膊。

说着话，不知不觉就到了家门口。

母亲打开门，慈爱地看着我们。我们惊奇地发现，屋里没开电灯，只有灯笼发出的极为柔和又微微摇曳的光。

"好神秘呀。"阿姿感叹道。

"上灯咯。"母亲手里提着一盏灯说。

窗台上摆放着父亲的照片和祖先的灵位。

"上灯？"我愣住了。

这是客家人的一个古老习俗，生了儿子，会在祖先灵位前上灯，表示后继有人。

"你问你妹妹。"母亲说。

妹妹害羞地说："哥哥、嫂子，我有宝宝了。"

这个消息足够劲爆，我还没来得及说话，母亲继续说道："我要一碗水端平，女儿生孩子，也要上灯。而且，人的命在娘胎里就开始了，所以，今天趁着人齐，咱们就上灯祈福吧。你们在正式场合是怎么说的来着？与时俱进？创新？我们这也是！"

母亲说着这些词，不仅自己笑了，也把我们逗笑了。

我牵着阿姿的手，跟妹妹、妹夫站在一起，围拢着母亲，看着母亲把灯挂在了她事先准备好的吊钩上。我们凝视着明亮的灯芯，沉默良久。我偷偷看了阿姿一眼，她的眼镜和大眼睛里，映照着双份神秘的光。我感到这光从过去而来，照亮过父亲，照亮过阿姿的母亲，此刻，又照亮我们，照亮刚刚孕育的新生命。

这光注定还要继续照亮下去。

在横岗举办的眼镜设计大赛中，我斩获铜奖。在拿到证书的瞬间，我得承认，我是相当激动的。我终于成为一名真正的眼镜设计师了。

我最感谢的人，肯定是阿姿。在这里应该叫她冼老师。冼老师曾告诉我，未来的眼镜绝对是非功能性的，所以一定要大胆，不要拘泥于固定的模式。我思考很久，忽然从茂盛世居得到灵感。围屋是建造在大地上的，但如果从天空看，它倒是很像一个独眼的镜框。围屋本是团聚人们的，但如果围屋作为镜框，便意味着通过它，我们还能在团聚的同时，看到一个更加开阔的世界。而在望向遥远世界的过程中，又因为有着围屋的聚拢，我们的目光会变得更加深邃与稳重。因此，我的这款眼镜设计，便是将茂盛世居当成一种象征性元素，放进造型中。尤其是镜腿上的纹路，是从围屋屋顶的灰瓦排列中得到的灵感。我守在国麟帮我介绍的工厂里，在阿姿和老师傅的帮助下，亲手让这款眼镜从图纸变成实体。

"酷!"连妹夫见了这款眼镜都对我竖起大拇指。当年，正是妹夫质疑眼镜在未来的生存权，如今能让他认同，算是不小的进步。不仅如此，妹夫下一步要把无人机和智能眼镜结合在一起，让人拥有一双天空之眼。

回首过去，我曾经对围屋有过偏见，不理解父亲对围屋的那种深爱。可现在我才领会到，人无法远离自己的文化，总会从中取得创造的灵感。关键是，我们看待事物的目光有没有智慧，能否将传统激活。

我想到最后住在茂盛世居里的那位老人，他说他住在围屋里感到安心，多好啊。因此，这款眼镜就叫"安心"。

【安心】

迁徙已足够漫长

将时间聚拢成空间

守住一颗脆弱的心

此心安处是吾乡

可未来已来，此心安否？

型号：000（这是我第一款设计成型的眼镜，是新的起点，我要铭记）

材料：乌金，牛角，珍珠

总重：26.88g

尺寸：56-19-140

这是一个创造的时代。科技的力量改变了太多，技术在技术的基础上像蚂蚁繁殖。我想，我们创造不是要征服万物，而是为了抚平心的躁动。万物谦卑，人又如何？人应该跟万物一样谦卑，并替万物谦卑地表达。如此，心才能安。我已经将我的想法凝铸在这款眼镜中，现在静候知音。

除了我获奖这件事之外，近来还有几件大好事。阿姿的设计展"水上世居"已经接近完成，这周六下午三点在珠江边的广东美术馆正式开幕。她利用巨大的凹面镜与凸面镜，营造了我们与历史之间复杂的观看关系。其中，母亲送她的小船被巧妙放置在一个凸面镜前。此外，阿姿还做成了一个慈善项目。她跟中山眼科医院合作，针对在校学生定期进行保护眼睛的宣讲，以及义务验光与配镜。

国麟受我的影响，也想拥有一款装饰性的眼镜。我打算把草图系列中的那款 012 号"新价值"亲手制作出来，送给他。我告诉他，这款眼镜的灵感来自他的父亲。我给他看了我写的文案，他很有感触，并告诉了廖叔。他跟廖叔商量后，计划把自家祖屋拿出来，跟我们一起合办设计公司，打造一个高端眼镜品牌，就叫"合金目光"。这是我眼镜店的名字，意味着专卖店是现成的。

"那你的'眼镜帝国'怎么办？"我调侃道。

他倒是振振有词："放心，在我的'眼镜帝国'里会有'合金目光'的专柜。"我得承认，这家伙是个商业人才。

妹妹和妹夫现在每周末都忙着在外边看房子，因为妹夫入选"深圳高层次人才"，获得了一笔数额可观的资助，他们终于可以大胆买房、踏实生娃了。我还是跟他说，有需要的话可随时抵押目前这套房，老哥我的承诺不变。陈春秋这小子连个谢字都没说，竟然说他不会客气的。

最大的喜事最后说。我跟阿姿订婚了！我跟她已经选好了婚礼的日

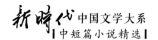

子——我们见面一周年的日子，也就是我为她"倾倒"一周年的日子。此刻，我的心情异常平静，不再凝滞，也不再浮躁。我确信我的心安了。至少目前如此。希望未来也如此。

新时代
中国文学大系

中短篇小说精选

吴义勤／主编

2012—2022

新锐作家卷 下

小说选刊／选编

中国书籍出版社
China Book Press

新 锐 作 家 卷

挪威槭

郭 爽

　　把父亲带到莫斯科，不是个容易的决定。他牙不好，对食物也就挑剔得很。嫌弃食物常常变成对人发火，脾气愈发显得古怪。她怀疑父亲跟她一样，习惯用愤怒掩盖不适，牙齿只是借口。比如，他总是埋怨把他一口好牙弄坏的庸医，只因是某位熟人介绍，才错信送上门，把好牙变坏牙。错信这回事，在父亲的人生中发生的次数不多也不少。在小地方，公共空间的缺失让信任变成吊诡的事。医术好坏的评估，往往夹杂了几辈的人情世故。细究下来，如果信了谁，事后被证明是错误，那只暴露出当时处境的难堪。弄牙时父亲才三十出头，私人牙科诊所远不如现在这般普及，他那时还没什么钱。她能分析原因，但一口好牙生生被弄坏了的终究是父亲。而且，跟他那些隐秘的、沉睡在记忆底层或心湖深处的烦恼不同，牙既暴露于人前，也日日使用，才成了发泄的出口。

　　现在，父亲就在她对面咀嚼。一张圆桌，七八人围坐。其他人都三两熟人挨着，只有她跟父亲隔桌相对。早上，父亲不听她劝，在红场边上的百货公司买伏特加。她说回国前再买不迟，酒瓶子这么重，一路颠簸碰碎了麻烦。父亲坚持买下来，说要回头找东西太麻烦了。她吼了父亲几句，转头就后悔，但也不肯就此道歉。旅程才开始，她还执意一切由自己做主。

　　三十七人的旅行团，再赌气，吃饭还得回到一张桌子上来。一对夫妻隔在她和父亲之间，年龄比父亲略小。挨着她坐的那位妻子让她多夹菜，显得亲热。她也就留心了对方的样貌穿着。平常的休闲服，没有化妆，包是名牌，不知真假。

她客套回了几句话，得知对方姓柴。柴女士让她看邻桌，一个狮子鼻的女人在高声说话，笑闹之余伸手拍打相邻老年男性的肩膊。

柴女士说："她老公。"

"不是她爸吗？"

"她老公。"柴女士拖长尾音。

"是她爸吧？"

"咿……她自己说的。"

"年纪太大了吧？"

"你听她口音，哪个乡下。"她仔细听了听，回看柴女士一眼。

柴女士似笑非笑："你妈妈没来？"

"我妈妈啊……"她像往常那样答道，"去世了。"

"不好意思。"

"没什么，都二十几年了。"

父亲还在慢慢咀嚼。父亲虽然快六十了，但没秃顶没发福。而她呢，嫌室内暖气太足脱了外套，是年轻饱满的身体。她跟父亲长得一点也不像。狮鼻女人声音又高了起来，倚着老人撒娇，五官挤在一起像揉皱的漫画。柴女士用手肘顶顶她，意味深长地笑了。

旅行团里的人混乱又古怪，嘴上说是夫妻的有多少是真夫妻，大概只有导游知道。虽然人天性就喜欢议论别人的坏处，但暂时聚集的人不需要确认那么多真假。被误会了也谈不上冒犯。她看向柴女士，柴女士正给丈夫夹菜，而丈夫瞟着她。或许，让人误会她是父亲的情人也不是坏事。至少，柴女士的丈夫就不会搭讪她。

她大剌剌开了罐啤酒，咕咚咕咚往肚子里灌。这下父亲倒是瞪着她了。

她冲父亲举杯，算打平。

更年轻的时候，她总在别人的目光和自己的观察间摇摆。她知道邻居和同事们怎么议论父亲。那些人的孩子鹦鹉般把父母的话传递。而她把男孩子打了几次后，就长出了一层厚厚的茧，包裹住耳朵和身体。爸爸只是她一个人的爸爸，只有她才了解他。

在她和父亲生活的小城，跟世上其他小地方一样，处处有欠缺，却不欠缺正常人。正常人没了妻子后，很快再娶，生养新的孩子，像什么都不曾发生。而父亲呢，却执意让自己的伤疤不平复，人们也就难以忘记。还有，正常人务实，要算得失，也就不喜欢不愉快的记忆，哪怕这记忆可以比对出他们短暂的幸福，却会消磨掉他们太多时间与感情。总是不值当。

所幸，父亲的植物学专业和教书匠的职业，让他抵抗住了一九九〇、二〇〇〇、二〇一〇年代的变革，中间虽受过穷，但搞农学的人始终没有失业。人的流言和轻蔑，也就不能从根本上动摇他生存的根基。他做实验、讲课、下乡、种植，靠工资养活自己及女儿。而正常人们，在几十年里，间或被钱冲散家庭，走向他们没有想过的离婚或噩运。如白炽灯泡里的钨丝，某一刻忽地断裂、黯哑了。

于是在别人口中，父亲的形象渐渐转变，从"败坏"变成了平常人。是啊，后来婚姻再不能约束性行为了，父亲又算什么呢。

而她也长大了。谈了几次恋爱，失恋过也背叛过别人后，她对父亲反而轻松了。既然她不是个完美的女儿，更不是个完美的人，那么父亲也尽可以自私地度过他的一生。只是她希望，这个跟自己一样自私、时而软弱时而倔强的父亲，不要那么快离开她。父亲如果不听话，比如现在，又固执买了酒，她就气回他。然后两人对饮，把一瓶啤酒分了。酒喝得见底，跟父亲的怄气也就消散了。

离开饭馆前，她挽着父亲的胳膊走向大巴。狮鼻女人在她前面，年迈的丈夫腿脚不灵便。跟其他团员各自打量着伴侣之外的人不同，狮鼻女人被丈夫的身体牵绊住，亦步亦趋，像被动的刑罚。嫁给老头子的年轻女人就是这样吧，被人看不起，无论是美还是丑。道德的天平倾向于定性这婚姻是出于利益，而非感情。即使在这么一个对他人知之甚少的临时小团体里，人们也迅速建立起轻易的道德鄙视链。坏话比人想象的传得更快。女人们都站得远远地看着，似乎道德瑕疵是种病症，会传染。

母亲逃走是因为这个么？母亲后来嫁了个外科医生。听说外科医生在国外都很有钱。母亲生了两个孩子，彻底取代了她。在枫叶之国加拿大，没人计较母亲的前史，也无从知晓吧。

卡通式地拼凑出母亲的全貌并不是件难事，可她常常怀疑，这么做跟真实相距甚远。一个人对另一个人的了解，能到达什么程度？就算是跟她共同生活的父亲，她又了解多少呢。从她记事起，就不乏陌生的阿姨试图照顾和讨好她。她从高中开始寄宿，偶尔回家时，会发现女人过夜的痕迹，水池里长长的头发，或者一把新的牙刷。

她试着去喜欢她们，但又不敢真的喜欢她们，担心她们迟早会从她生活里消失。而她就会像弹簧坏掉的玩具一样，被失控的余震摇出一颗更破碎的心。父亲向她示范着爱，但这是对女儿的爱、血缘之爱，而不是一个人对另一个无关的人，一个男人对一个女人，需要忍耐、渴望恒久的爱。

父亲问过，为什么非得现在去旅游，我不爱旅游。

她说，你去年跟团去台湾不是很喜欢吗，回来唠叨了半年。

父亲说，你工作也挺忙的，不用陪我。

她说，谁要陪你啊，我抽奖抽中的。

父亲说，那叫鹏远跟你一起去。

他啊，她说，他去过了。

她觉得在她成长的日子里，父亲也是这么哄她的。

双人旅行套餐是年会抽奖抽中的，不过不是她，是陈鹏远。兑换券过期前，他们打算一起用掉，反正他们也很久没有一起旅行了。

他大方让渡东西给她，自己搬出去，车留给她，还有一屋子零碎。其中包括这张该死的双人旅行套餐兑换券。

瓦力还是黏她，蹭着她腿绕圈，每三天吃一个罐头，只是陈鹏远的衣服上再也不会沾满瓦力的毛了。

跟父亲说了后，她又有些后悔。上一次跟父亲旅行是什么时候？这两年，父亲自己倒是去过台湾、新疆，但都是她去旅行团报了名，父亲独自出发。她搬出去跟陈鹏远同居后，慢慢有了自己的生活半径，父亲也习惯了一个人生活。但这次，父亲却早早开始准备起来，上网查资料、听俄罗斯民歌，她也没太当回事。周末她回家吃饭，楼道里遇见邻居，跟她说，你要带爸爸去俄罗斯啊！真是厉害。

她厉害么？她点点头侧身走了。那天父亲做的是烩锅鱼，她最喜欢的菜之一，但失了手，辣得两人掉眼泪。她放下筷子，让父亲也别吃了，伤胃。父亲像没听到，把她剩的半碗米饭扒拉进自己碗里，吃得满头大汗。她擦干净鼻涕、眼泪和汗水，问父亲，你前两天听的那首俄罗斯民歌叫什么来着？

父亲站起身，手机很快响起旋律。她听了一会儿说，那就去吧。父亲没听清，问，啊？她摇摇头，跟着哼了一句歌曲的旋律，歌声好像明媚的春光。

好歹，旅途开始了，带着抽象的意味，投影在她的身体上。大巴车载着他们沿莫斯科河往前走，手机地图里闪烁的蓝点显示他们在城市里爬行的痕迹。陌生人们拥有共同的旅途终点，时间进程也被设定，一切将结束于五天之后。完美的出逃。

父亲并不知道这些，也不需要知道。就像填入境表时，父亲认真看她写英文，其实多半是拼音。父亲小心地把入境表夹进护照，又仔细看起护照来。跟她已快没有空白页的护照不同，父亲的护照是崭新的。

她没法开口跟父亲说什么，多半是羞愧。或许她在等候时机。飞机上密闭相处的时间里不行，新圣女公墓的阳光和阴影下不行，克里姆林宫围墙与卫兵的包围中不行。他们滑过这些空间和时间的表面，前方有什么隐隐在呼唤他们。

昨天，抵达谢列梅捷沃机场时已入夜，大巴车拉着一团人往城里去。导游用俄语唱《莫斯科郊外的晚上》迎接他们。并不动听的歌声从麦克风传导至头顶的喇叭，再被窗玻璃回弹进车内封闭的小世界。零星灯火闪烁，俄文字母确认着异国的身份。父亲暂时拘谨着，并不像其他团员一样在导游的带动下跟着唱歌。也许只是累了。先飞到乌鲁木齐，从乌市出境飞莫斯科。折腾了十来个小时。

现在，父亲在团友众目睽睽下跟她争吵再和好后，反而松弛了。早早暴露出他们的身份，突然争吵，又很快和好，内向的父亲一开局就亮了底牌。在导游的领唱下，父亲唱起《喀秋莎》："她在歌唱心爱的人儿，她还藏着爱人的书信。"

车窗外偶尔闪过教堂的金顶，天空阴沉。上午参观完后，导游带队去天使报喜教堂。东正教圣人们的骨殖装在镀金的骨匣里，在枝形吊灯和烛台的光影间沉默。地板华丽，燧石、玛瑙和碧石像要隔绝尘世的哀喜。

中国人对此并无感知。

她对着父亲唱："喀秋莎站在那峻峭的岸上。"

"歌声好像明媚的春光。"父亲应道。

在莫斯科只停留了一天，旅行团就向彼得堡进发。临行前，导游大声打电话，咒骂电话那头的人。

父亲说，他同屋的男人昨晚出去了就没回来，导游这是在找人呢。

她回想父亲同屋那五十来岁的男人，很胖，衬衫领口露出条金链子。

胖男人的同伴，一高一矮两个男人跑去宾馆门口的马路上张望。

昨晚，她去宾馆大堂自助售货机买口香糖，导游正给高男人和矮男人分配女孩。一个黑头发，一个金头发，不知国籍。两个男人各自挎一个出了门。导游目送两对上了出租车，回身看见她，若无其事。

莫斯科安排的景点，除了克里姆林宫，当天下午去的新圣女公墓和莫斯科大学都不用买门票。导游还见缝插针把他们带去琥珀商店。她没买，父亲也没买。导游对她没好脸色，她也懒得应付。

不久，高男人和矮男人夹着胖男人一起回来了。

胖男人凑上来，低声对父亲说，自己赢了一千美元。一沓绿色纸钞甩在巴掌上啪啪响。

"我就跟司机说，Casino！"胖男人说。

"Casino 是什么？"父亲说。

"赌场！"

"你会俄语？"

"这是英文！跟美元一样，世界通行。"胖男人笑起来。

"你胆子大！"

"我就这点爱好……"胖男人得意扬扬揽住父亲的肩膀，又回头问同伴，"俄罗斯小妞香不香？"

上了去彼得堡的火车，刚坐定，她就跟父亲说要提防同屋那胖子。

"他也不是什么坏人。"父亲说。

"你怎么知道？"

"就是个小老板。小老板嘛，出来转转就找找乐子。"

"他一个小老板没事出来转什么转？"

"小老板也有跨国业务啊，人家是出来考察的。"

"考察赌场啊？"

"他是做药材的。"

"俄罗斯人又不吃中药。"

"武先生就有亲戚在这边做中医。"

"谁是武先生？"

"柴女士的先生。"

"要有人问，你就说你是种火龙果的。一穷二白。"

"我怎么就成种火龙果的了？"

"你整天弄那些植株，不就是种火龙果的吗？"

"那人家要是问我火龙果多少钱一斤怎么办？"

"你就说你老年痴呆，记不住。"

"人家又不傻。我也没那么傻。"

"那电视购物买回来的那些是啥？"

"人嘛，免不了吃亏上当。"

"你别给我找麻烦就行。"

"给人骗骗，就当慈善事业。"

"好，回头你自己跟导游报名。"

"报啥？"

"你不是要去看芭蕾舞吗？"

"对，老樊也要去。"

"老樊又是谁？"

"我同屋啊，赌神。"

"他不去 Casino 啦？"

"他说在巴黎看过红磨坊，精彩得很。"

"那是大腿舞……"

出来后，父亲脾气好得很，对比之下，她暴躁又苛刻，还咄咄逼人。她觉察到了，停了嘴。或许潜意识里，她在保护一句英文也不会讲的父亲？她摇摇头，走出包厢。

临行前，她去给父亲收拾行李，清理出一堆旧衣服和破烂。父亲站着看她把东西全塞进垃圾袋，趁她不注意，又悄悄把东西掏出来。争了几句，父亲同意旧衣服进小区回收箱，"破烂"放进小阁楼。

小阁楼得站在梯子上才够得着门，她爬上去了。里面堆着更多破烂。翻检了一会儿，她看见已经长霉点的琴盒。母亲离开后，父亲再没拉过小提琴。

傍晚父亲出门散步，她把琴盒取下来。松香从盒子里滚落出来。琴弦上积着虫壳。连蛀虫都早已僵死。她犹豫了一会儿要不要把琴带走，最后还是放回了阁楼。

小提琴有四根弦。弦与弦并不相交，只有在琴弓和手指的触摸下，它们才发出和弦。父亲应该比她更懂得这一点。

车厢连接处没人，牲畜、村舍和大片的农田掠过。村舍的屋顶有红有蓝，农田则是黄绿色。色彩闪烁跳动进入她的眼底。

很小的时候，她就显露出了对色彩和造型的敏感，对父亲擅长的植物学和音乐则毫无天赋。父亲鼓励她专注观察事物，比如在他们兴趣的交集——植物上。植物也是万物之一，父亲正巧懂得它们。叶片里汁液涌动，会低语。光合作用呼唤出植物的活力，根茎在运动。她于是知道，只要看得足够久，足够仔细，事物的面貌就会如试纸上析出的盐一样显形，留下人类眼睛可辨认的痕迹。从眼睛到头脑，从头脑到双手，她试着记忆、想象与转化，用色彩和线条来表达。可在传达这件事上，天赋将人区隔。极少的幸运者才能创造，她只是转译、搬运，学会一些东西，再教给人。

像父亲一样，当个教书匠没什么不好。从美院毕业后，她找了所中学当起了美术老师。对她这样的本地人而言，工作并不是决定能否在这小城活得像样的关键，她也就随意处理自己的喜好和职业。陈鹏远对她的工作倒是满意，每年两个假期，又无升学压力。男人兴许都这样，妻子和女友最好是幼儿园老师，其次是护士，都不会占用过多精力，又能为家庭做出贡献。她不经意嗤笑了，像是对过去的自己。

倒也有许多快乐的事。比如看学生的作品。孩子不关心人类社会既有的分类和所属，只描摹心中的图景，因为手里有一盏小灯。这灯照亮他们的感官，让他们能听到最细微的噪音，主要是相信能听到，比如：昆虫们的振翅何尝不是低语？于是，孩子拥有自己的王国，万物有独特的命名方式。其中部分孩子，日后会将这些幻想的名字与正式的命名相对照，从而获得秩序，成长出大人的形状。但少数孩子，却可留住手中的火。

或许，她应该对手中的火苗更加确定。她快步走回包厢，想马上找到父亲。

父亲正跟邻座的俄罗斯大妈比画着说笑。大妈分巧克力给父亲。两人喝着红茶。茶很香，氤氲着水汽。

老樊趴在包厢门上，大声对父亲说："老彭！你可以啊！"

父亲冲他摆摆手。

老樊不走："我也想有个喀秋莎啊！"

老樊跑到父亲身边挤着坐下，打量着俄罗斯大妈："绿眼睛！"又对父亲说："这导游也不安排我们去看看马戏！俄罗斯大马戏，多好看，多刺激！死人坟头倒是看了好些！"

"今晚不就看芭蕾了么？"父亲说。

"你真该去拉斯维加斯走一趟。"

"美国啊，太远啦。"

"澳门也行啊！男人怎么也该去见识见识。"

老樊发现她一直瞪着自己，就笑嘻嘻说："哎哎，我跟你爸爸可是有缘。我们俩下乡的知青点，只隔着两个大队呢。"

又对父亲说："老哥哥，你们知青点当时是不是烧死过人？你在不在？"

父亲半垂着眼，像是陷入回忆，半晌才对她说："诶，我的伏特加你收哪儿了？"

"爸爸！你就不能不喝吗？"

父亲缩着手，像挨骂的孩子："跟你樊叔叔吹两句。"

老樊来了劲："我去拿香肠，老哥哥你等着啊。"

她把两瓶迷你伏特加扔给父亲："还有四个小时就到站。"

父亲笑嘻嘻。

香肠慢慢被啃得只剩个尾巴，父亲和老樊喝得脸泛红了。

老樊想起了似的："所以，你们村是烧死了人吗？我记得是两个？"

"两个。是被村民烧死的啊。"

"被村民烧死？"

"说是偷了他们的粮食，堵在山洞里。起火是意外，后来火烧大了，没人敢去救，就烧死了。"

"不能吧。"

"就是这样。"

"我怎么听说是两个知青去山洞里耍朋友，点火取暖，起了山火烧死了。"

"是男女朋友。"

"那就是喽。我们那个点，也有搞对象搞得全村都看不下去的。"

"那个我知道。"

"你知道啊？那个女的漂亮是漂亮，就是……"

"嗯，是我前妻。"

"老哥哥，你不是开玩笑吧？"

"你信不信嘛？我们村那两个，真的是被村民烧死的……"

她看着父亲，酒精把他的脸烧得很红。她不能确定父亲说的是实情还是醉话。关于母亲的那一句，蛇的信子般吐出。母亲是她和父亲之间的禁忌。也不是不可以提，但只有那么数得出来的几次。现在父亲却对老樊随意说起母亲来。而且是她不知道的事。她瞪了老樊一眼，想阻断老樊说话的热情，父亲如果要说，怎么也该先说给她听。

"爸，你休息一下吧。"她说。

父亲像是没听见，趴在窗户上认真看飞驰的村庄，继而转身说："有个俄罗斯小说，讲一个峡谷里的村子。这是个什么样的村子呢？说是个教堂执事在丧宴上吃光鱼子酱的村子。"

"穷地方？"

"穷地方。连跳蚤都要烤来吃。"

"我们当时也老偷粮食，肚子饿啊。"老樊没头没脑接了一句。

"饿昏了什么都吃……"父亲说。

"背枪的老知青捉了人家狗儿炖来吃。"老樊说。

"背枪的都横着走。"

"我也是听说的。我们去的时候，没有枪没有炮，天天挑大粪。"

"沃田啊？"

"往田坎上挑。"

"也怪不得他们恨。那时候太能吃，一顿四碗苞谷饭都吃不饱……"

"反正我是怕！老哥哥你那时好歹有力气，我才十五啊……"

"那你还是初中生？下去是为了啥？吃粮食？"

"嗻，下去，每个月有八块钱生活费，头十个月还有三十五斤供应粮，我争破头也得去啊！是不是？下定决心，不怕牺牲，排除万难，去争取胜利！你那时候……是背枪的？"

"我比你大不了多少，也是中学生。下去是家庭情况，没办法。"

"难怪不认识你。那时候出名的，都是老三届。"

"他们下去得早。咱们就赶了个尾巴。"

"你记得离我们公社不远有个林场吗？有条河从中间穿过。"

"河……河坝边上山坡上有棵消息树，是金丝楠。"

"就是那个公社，好多树，现在修成高尔夫球场了。"

"球场！那些树呢？还在不在？"

"留了些大树，以前种粮食的山坡全部清理了。"

"哎呀！"父亲拍了下大腿，力气大得眼镜都歪了，"那么多金丝楠，可惜了。"

"金丝榔值钱是么？"

"就是榉木，现在比不上黄花梨、红木，但也是好木料。"

"嘿，那时候知道是值钱货，还刨什么土坑种什么地？直接把树放倒。"

"你放吧，一放，你就是破坏国家资产，抓你树个典型！"

"那我就扎根农村一辈子了。"

"农村？想得美！你扎根大牢一辈子。"

两人大笑，握着酒瓶子碰杯。

她在手机上搜索父亲插队的那个村子。父亲跟她说过好些次那个名字奇怪的村子，她逐字问过怎么写，也就记住了。搜索结果为零。电子地图里，一个小红点显示着这个穷山僻壤的村落在世界上的位置。

一条黄色的断头路从最近的城镇通往村子，她记得父亲说过，当时他都是靠走路走回城的，要走一整天。

奇怪的是，她记忆里有清晰的画面，她跟母亲站在村子对面的山头，隔着小小的湖泊眺望那村子。母亲说，你爸爸当年就在那里当知青。山苍翠，水寒青。除了这些颜色，那村子什么也看不见，就像是贫瘠本身。困在村子里的父亲，也许也像她一样爬到山头这样远眺过吧。

景深一旦拉开，真实就可比对而出。如今父亲已六十岁，一生的命运已悉数掷出骰点。她知道父亲后来考上大学，没有再回过村子。像父亲生命里的其他秘密一样，他任由它们沉默下去。即使像现在，偶尔被拔出记忆的土层，父亲也三言两句，让往事静止在语言的边缘。

她一直觉得小城太小了，兜兜转转都是同学、亲戚。可小城似乎又很大，大得可以把很多秘密埋到地底，除非像父亲和老樊这样，被意外的挖掘机从陈旧的土层里翻挖出来，才能相逢。

车窗外色彩飞驰。她几乎有些嫉妒地听父亲和老樊在酒精的鼓舞下一起唱着歌。不是俄罗斯民歌，而是她不会唱的、老樊和父亲知青时代的歌。

老樊说，老哥哥，我就羡慕你这样的，考上大学，起点不一样。我当年也去考了，第一年没考上。第二年再考，上了中专。

父亲说，那年头，上中专的人也不多。你学的什么专业？

"我说出来你别笑。"

"兽医啊？"

"真学了兽医，我也就没这么苦了。"

"就是，兽医那时候吃香的啊。"

"猜不到吧，你肯定想不到。我学护理的，男护士！"

"男护士比较少见。"

"还不是怪家里，我五个姐姐，我老幺，给我取个名叫樊小花，好养活。分配专业的老师估计一看这名字就默认性别女了。全班二十七个女同学，就我一个男的。读了一年我才转到药剂班去。"

"那你现在还叫樊小花啊？"

"改了改了！"老樊笑道，"改成樊大花了！"

父亲笑。

老樊继续说："我想着改学药剂，要再把我分派下乡，就用不着去抓计划生育，是不是？我怕那玩意儿，走村串户的，还鸡飞狗跳。结果咱们又是药材大省，一来二去，还是往乡下跑。但那时候好药材真是多，山越大的地方越多。下去一趟，打几只斑鸠，再搞只'竹溜'（竹鼠），那确实打牙祭了。"父亲问起老樊去收药材的地方，两人你来我往，更多陌生的地名涌现，连缀起他们年轻的日子，也就是八十年代。父亲研究的是经济作物，近年果树收益高又培育火龙果苗、百香果苗，但药材也是植物，跟老樊聊开了就没完没了。又说到土壤、水源，省内北部的高原草甸、南部的河谷地貌对种植的影响……她插不上话。

她还小时，父亲会带着她去乡下出差。他们住的是穷地方，乡下就更加破败。或者不能说破败，破败是光辉后的颓丧，而那些地方，只有石头和黄土，连房子都是草草盖成，更不要提人的衣着日用。父亲培育的植株，栽到黄土里很难存活。他说这是土壤太坏，如果是东北平原肥沃的黑土，作物就会欣欣向荣，连叶片都会油光锃亮。可他又说，这土壤不是农民能决定的，太金贵的作物，他们记不住办法也种不活。许多村子指望着靠天吃饭，其实并不是全然懒惰。自然，穷地方的人愚昧，有时可恨，可如果苞谷能填饱肚子，他们也就无所求，并不想搬离。

父女俩一起坐乡村巴士在泥泞路上晃荡，她总是晕车，吐出来的是在乡下吃了还没来得及消化的苞谷碴子。那就是她跟父亲最初的旅行吧。跟现在在俄罗斯不同，那些旅程往黑暗的土地深处去。

父亲与老樊已经说到薏仁的精加工了。话题在迅速跳转，两人不时拍拍对方肩膀，大呼小叫。

她对着车窗外彩色的村庄发愣。被烧死的年轻人，胃里也装着苞谷碴子吗？他们是不是父亲的朋友？父亲却没有再提了。

一起啃过香肠喝过伏特加后，老樊跟父亲更亲近了。去看芭蕾时，他跟父亲坐在一起。吃俄餐时，跟父亲大声议论三种鱼子酱的好坏。

自由活动的一小时里，老樊执意要请客，既不是饭点，只能在夏宫里找了家咖啡馆坐下。老樊打发两个手下走开，又对父亲说："自己玩都不会么？真是！"

她问老樊这次考察得怎么样，老樊说，要等折返莫斯科才能见到自己的客户。又嘀咕说，老毛子效率太低，但愿不要让他白跑一趟。

父亲说，返回莫斯科，就待一天半，来不来得及？

老樊说，时间约好了，就去碰个面，该签字签字，小事情。

父亲说，你这趟成本不低。

老樊说，老哥哥，不带两个人，不像样子。做不做得成，都要做啊。我们生意人，可不能看天吃饭。扭头看看窗外又说，咋没有泡温泉的地方呢，这风吹得，能泡泡温泉多好。

父亲笑。

老樊说，我也想做票大的就收山了，可钱挣进来又花出去，没个头。

父亲小声说："你发现没有？他们水龙头里出的都是热水。之前我以为是宾馆条件好，刚才去上厕所，水龙头也出热水。"又感慨说，这国家能源确实丰富。

"热水是政府免费供应的，直接入户，"老樊说，"暖气也是，国家财政补贴。"

"这么好啊，"父亲感叹道，"现在我们单位一入冬还在发取暖费呢。以前还每家弄个铁炉子，烧煤、烧蜂窝煤。"

"他们吃的没我们好啊，"老樊说，"咱们到了后，这都几顿了，带叶子的只有白菜。不带叶子的蔬菜也只有洋葱、胡萝卜。一年三百六十五天，这怎么受得了。"

"不知道他们教育、医疗怎么样。"

"就那样吧。搞石油的都去伦敦买房、享受，哪里的有钱人都这样。"

父亲望向窗外不远处的水平面，"我以为这是条河，听导游讲才知道是挪威湾，那不就是海？来俄罗斯，我以为起码要看看河。伏尔加河、顿河……"

"静静的顿河！"老樊笑了。

"你也看过？"父亲问。

"拼命翻啊翻，要翻到格里高利和阿克西妮娅搞恋爱的地方！"

"你这抓重点抓得好。"父亲笑道。

"我还真看过。红的来了，白的遭殃。白的来了，红的遭殃。不是东风压倒了西风，就是西风压倒了东风。"

"噢噫，静静的顿河，你的流水为什么这样浑？"父亲扬起声调半唱半念道。

"啊呀，我静静的顿河的流水怎么能不浑！"老樊应着，又说，"怎么样？怎么样！"

"你去过么？顿河。"父亲问。

"没！上次来也是莫斯科、彼得堡。跟团就是麻烦。"老樊说。

"俄罗斯不能自由行么？或者商务签证？"她问。

"不能吧，办起来很麻烦。我怕麻烦。"老樊随口答道，又说，"回彼得堡能坐船游河。也算是条河吧。"

她从包里翻出行程表，"船上还有歌舞表演。"

"主要看看风景。"老樊说。

"昨晚两个芭蕾演员跳完了，我看其他桌有人给小费，就也给了十块，十美元。"父亲说。

"嗬，"她叹气，又对老樊说，"我爸平时花钱让人擦皮鞋都不肯。"

"留着来俄罗斯给小费的。"老樊说，"我儿子也笑话我，去俄罗斯干吗？英法德意怎么排，也轮不到它啊。我说你们年轻人不懂，不懂……"

"真来了吧，跟想的又不一样。"父亲说。

"老毛子不收美元这个太讨厌了，"老樊说，"昨天你们啥也没买是吧？刷卡机没信号，我刷了好几次也刷不出来，美元又不收。"

"导游手里有卢布，跟他换点。"父亲说。

"是！那是后来。刷不出来吧，又不收美元，那个胖大妈还一脸不耐烦。跟欠了她钱一样，有那么看不上吗？我说 dollar，dollar，她装听不见。我把钱拿出来给她看，她直接摆手，不收！"

"你要拿着美元去黄果树景区买东西，还跟人 dollar、dollar 地喊，肯定也没人敢收啊。"父亲说。

"这不是莫斯科吗，好歹也是首都。"老樊又嘀咕着，"其他钱倒是收得挺痛快的。"

老樊招手，指着茶壶跟服务员说 hotwater，服务员走过来看了看，表示不明白。老樊揭开壶盖，给服务员看见底的空壶，嘴里念着"咕嘟咕嘟"，模拟往壶里倒热水。服务员把壶拿走了。老樊说，我其实不爱出国，费劲，跟他们要个开水都不明白。

父亲说："可以啊老樊！我就不行，哑巴一个。"

"嗐，我也是去加拿大看儿子，逼出来的。我住不惯，我家那婆娘，见了儿子就守着不走，一住一个月。"

"加拿大……"父亲低头喝起已变淡的茶。

"加拿大没意思，要去就去拉斯维加斯！"老樊又开始说赌场的事了。

她站起身，说要去散散步，把父亲留给老樊。

出去没走几步，看见导游在集合点的长椅上坐着。导游主动跟她打招呼，请她喝格瓦斯。她看了一眼卖格瓦斯的小推车，说格瓦斯我喝过。导游说，尝尝，跟国内的不一样。

报团时，她在旅行社网站查看过导游的资料。如今所有老板都想跟上社交网络的浪潮，不额外投入就指望员工能带来更多红利。这个本名叫孟凡的年轻人的头像旁边被一堆不同颜色的关键词簇拥：认真负责、细致耐心、有错就改、热爱祖国。对一个导游来说，这些词似乎提供了可靠的品质，可关于对面这个微胖的年轻人，却没有任何有效信息。

她意识到自己在打量他的背影，心里不自觉地把这人跟陈鹏远作比较，不禁吃了一惊。

孟凡把给她买的那杯格瓦斯插上吸管。她开玩笑般说："我有男朋友的啊。"

"嘻，我也有女朋友啊。"

两人都笑了。

"怎么样？"孟凡问。

"什么怎么样？"

"格瓦斯怎么样？"

"还行。"

她咬着吸管，慢慢喝饮料。她并不知道怎么跟导游说话才是合适的，或者她太久没有跟陌生的年轻男人说话了。

"感觉还行吧？"孟凡问。

"好喝。"

"我是说这儿，莫斯科、彼得堡。"

"我爸喜欢这儿，跟我说什么白桦林三套车,刚才又说想去伏尔加河、顿河。"

"这两条都不是俄罗斯的大河。你爸爸肯定是看过《静静的顿河》。"

她沉默几秒，突然想到一个话题："你看过一个电影么，讲意大利人在俄罗斯的，动物园有只狮子跑出来了，撵得他们满街跑。"

"《意大利人在俄罗斯的奇遇》。"

"对对！小时候我在电视上看了好多遍。"

"里面好多景咱们今天都路过，明天就要去，喀山大教堂啊，涅瓦河啊。"

"我就记得那只狮子了。"

"那只狮子已经死了。"

"啊？"

"说来话长。那只狮子是有家人养的宠物，那家除了狮子还有豹子。"

"我看过把熊当宠物养的图片，说战斗民族什么的。是真有人养熊么？"

"那不能。熊一巴掌你就没命了。小熊倒是有养来演马戏的。但你别说，也有不少老外以为中国人养熊猫当宠物的。"

"你有宠物么？"她笑着问。

"有啊！养了只猪。"

"真的啊？"

"真的啊，我女朋友嘛。我就是动物饲养员。"

她笑了，猛然想起陈鹏远说过几乎一模一样的话，要像养猪一样养活她，让她膘肥体壮，全身散发出幸福的光芒。

夏宫的建筑外墙刷着明丽、崭新的涂料。不知是不是高纬度地区独特的阳光投射角度，色彩和光影都带着蒸汽般氤氲的光圈，像罩在大玻璃罩子里的玩具模型。

孟凡问她去过哪些国家。

她报出几个国名，意识到这是她第一次跟团出游。已经没有空白页的护照，都是跟陈鹏远在一起的前三年出去用掉的。最初的快乐总是像海浪连绵不绝。他们发现共同的爱好，再发明共同的爱好。如今，她却怀疑是过度透支了快乐的份额，才只留苦涩。

在一起第三年时她提出过分手，理由是她没有跟谁维持过超过三年的关系，再下去就要崩溃，不如提早收场。陈鹏远说，你为什么总是逃避呢？为什么要预设一个糟糕的结果，然后早早就放弃？她说，我就是这么有病，你受不了就走吧。他说，你看，一说起来，你就逃避，把责任推到别人身上，然后自己躲起来。她说，对，我就是这么没用，你现在才知道吗？她知道自己在试图激怒他，然后以近乎戏剧化的方式破坏掉现有关系。一团混乱中，人无需再辨认对错，只用耽溺于情绪，就像孩子推倒积木墙。所谓失恋疗伤，多是认定自己是受害者，自怜自艾。这些她都知道。可是除了父亲，她没有跟谁有过长期可信任的关系，而父亲是不需选择的关系。

她和陈鹏远又度过了三年。后三年与前三年截然不同，不同到她的记忆里白茫茫一片，什么也没有留下。朋友们说她，这样拖下去，不结婚不生小孩，两人会散的。她当时不信。她看过一张旧照片，父亲拉小提琴，母亲跳舞，年轻的脸会发光。父亲后来再也不拉小提琴了，母亲呢？还跳不跳舞？

很难说是谁把关系搞砸的。最终成了讽刺剧，陈鹏远像母亲一样，成了逃走的人。跟母亲留给父亲的羞辱一样，陈鹏远也用跟另一个女人的关系破坏了他们之间曾有的信任。如果这信任真的是双方面的话。在道德上具备了真正的受害者资格后，她却没有一丝开心。无论关系好坏，无论其中一方对关系的走坏负有多少责任，被人背叛，仍是剧痛。朋友试图安慰她，跟她说，陈鹏远起码是主动跟她承认有了别人，不像某某的丈夫，留下一张字条就消失了，手机销了号，工作辞了，父母也一问三不知。"一个人凭空消失，并不会减轻伤害。"朋友说。所以对遗迹也要感恩么？在一起住了六年，房子的角落遍布线索。

半夜偶发的噩梦里，她看见自己坐在墙上，双腿晃来晃去。似乎人生已走到一个十字路口，再往下，不是变成父亲，就是学习变成母亲。而她的痛苦在于，她不想要二手的人生，不想重复任何人，哪怕是父亲和母亲。

孟凡问她有没有投币许愿。

"许愿？"

"喷水池，你看见水里的硬币了吗？都是人投下去许的愿。"

"我不信这个。"

"干吗不信，试试呗。"

"我在罗马投过，在凡尔赛宫也投过。"

"两次不中，那说不定这次就中了。"

孟凡摸一个硬币给她。

"嘿，你这人到底怎么回事啊？"

"什么怎么回事。"

她接过硬币："没事。我可不会买琥珀的啊。"

"你怎么老把我往坏了想。"

在陌生人的陪伴下，往参孙徒手掰开狮子嘴的雕像投币，多少有些荒诞，像人生更多时候的错位。硬币入水，瞬间沉底。她的心也咚的一声，不知被什么所击中。

"我也来一个。"孟凡说。他摸出硬币，向着参孙掷去，"明年买房！"

"明年？那你还有六个月。"

"你这人怎么回事啊。"

"谁让你说出来？谁会把自己的愿望说出来啊？"

"为啥不说出来？"

"为啥是明年？"

"明年我女朋友就二十九了。"

她不再说话，跟孟凡挥挥手，往咖啡馆走去。

老樊不见了。她坐下，看菜单准备叫喝的。看菜单看了许久，她抬头叫侍应，发现父亲看着她。

"还是自己姑娘好看，是吧？"她打趣道。

"我姑娘好不好看，看看我就知道了啊。"

"哼，我看你现在眼里只有樊小花了。"

"哎，他也不容易。"

"哪里不容易了？人家带着两个马仔呼啦啦来俄罗斯签单，去赌场休闲一下还挣美元。"

"带两个人出来，也得花不少钱吧。"

"没用的话带出来干吗？他一个当老板的，肯定算过成本。"

"没看出来有什么用。"

"你真相信他在你附近的知青点吗？"

父亲沉默了一会儿才说："我也没什么可骗的啊。"

她想了想说："火龙果确实没什么药用价值。"

父亲笑了。

大巴载着他们回圣彼得堡。宾馆就在涅瓦河边，天色尚早，团员们三三两两到河边溜达。她、父亲和老樊也沿着河走。河面宽阔，风吹得头发乱飞，也吹乱正在拍婚纱照的新娘的白纱。几个团友见到金发的新娘，都借景拍照，把一对新人、河面、远处彼得保罗要塞的金色尖顶定格在同一画面中。新娘的白纱在高纬度的日光中燃烧般反射出耀眼白光。

老樊最先看见熊。他激动得语无伦次，手指在空气中击打方向。顺着他的指尖看过去，先是一个卖冰淇淋的木头小推车，接着是河堤和路面的圆石，不断扭转身体调整视线，才看见那只小小的、被冰淇淋推车挡住了的棕熊。棕熊一动不动站立。老樊叫道，好家伙，屁股底下有根棍子！小熊坐在一根竖起来的木头上，稳稳当当。它四周并不见驯兽人。直至他们三人走得近了，穿马甲的卖艺人才从河堤背后的草坪上闪出来。这么近距离地看一只熊还是头一次，父亲和她都有点怯，站得远远的不肯动。老樊却不怕，靠上前去，扔了张一百卢布的票子到卖艺人的帽子里，抱着手准备看热闹。

卖艺人吆喝了几声，小熊却不动，仍旧坐在木头上。他又吆喝了几声，像念咒，小熊挪了挪屁股，木头掉到地上。老樊鼓起了掌。艺人往熊嘴里塞了点东西，小熊直着身子走了几步就要赖不走了。老樊吆喝起来，"Stand up！ Good boy, stand up！"熊并不听他指挥。艺人又往熊嘴里塞了点东西，但小熊似乎打定主意不配合，继续赖在地上。老樊叹气道，这熊太小了，还驯不起来呢！又回头看看自己扔在帽子里的一百卢布，摆摆手说，算了算了。等他们仨走开了，艺人才吹起口琴。小熊呢，又坐回木头上去了。

"骗人的玩意儿！昨天买的巧克力也是假东西，全是糖和淀粉！"老樊愤愤道。

"熊这么在街上蹲着，不犯法啊？"父亲说。

"你说咱们出来图什么？老遇上些骗子。"

"你跟头熊生什么气啊，那是畜生。"

"我就等着回莫斯科了，赶紧签单，完事，回家吃火锅！"

"不去 Casino 啦？"父亲逗老樊。

"去啊，怎么，你改主意了？"

"我连麻将都不会打，去了给人当傻子骗，有辱国威啊。提振雄风就交给你吧！"

老樊乐了，扭头对她说："我就爱跟你爸爸说话。我们哥俩能聊到一块儿去。"

父亲遇见老樊，或者老樊遇见父亲，多少让他们的旅途有些不一样了。她想到父亲的好朋友，她口中的陶叔叔。二十年前，父亲跟陶叔叔也是这样消磨掉一个个白天和夜晚的吧。行酒令时，陶叔叔会自己瞎编口诀，比如，五魁首啊六六六啊，美不美啊看大腿啊。那是九十年代初，小城的夜晚静谧也热闹。静谧的是街道，路灯昏黄，梧桐树叶低垂。热闹的是家家户户窗户里边的人声。作业总是做不完，她就在那盏红色的塑料台灯下写啊写。隔着门，父亲的声音几乎听不见，陶叔叔的声音却高亢而兴奋。陶叔叔的身体里像有一台永动的马达，轰隆隆运转，带给他无穷的力。他会跟父亲争论花生米到底怎么才能炸酥，要偷偷克扣多少车队的油钱才能给一大家子置办好年货。母亲离开后，父亲最落魄的日子里，陶叔叔总是带吃的过来。发现父亲老煮面条给她吃，陶叔叔一把夺过锅子冲父亲吼："你要把姑娘整死啊！"陶叔叔死时不到五十岁。如今的医学统计概率是，内向的人易生癌，外向的人易爆心脏。陶叔叔外向甚至急躁，却生癌。四十多岁健壮的身体，一年之内衰朽如枯木。父亲挂黑袖套，参加葬礼，骨灰盒入土时，父亲跟扶灵的陶家亲属一样大声吼叫。不是哀哭，不完全是，是比哀哭奇怪的声音，不知从身体什么部位发出。

陶叔叔走后，父亲再没有一起消磨，不，浪费时间的朋友了。成年人守着自己的堡垒。她现在多少可以理解父亲的沉默。从某个时候开始，跟最亲密的朋友巨细靡遗地分享，似乎被年龄或其他更钝重的力截断。她也一样。不再去麻烦别人，独自慢慢领受。无论老樊是真是假，几分真几分假，她感激他的出现，哪怕旅途即将停止。

父亲指着河对岸的彼得保罗要塞，跟老樊说以前这里是关苦刑犯的地方，还有铸币厂。

她想起临行前父亲塞进包里的小笔记本，密密麻麻都是网上摘录的景点要览。而她呢，在莫斯科一直没什么精神，到彼得堡后好些。她喜欢欧洲。油画是欧洲人被自然启示后伟大的见证。彼得堡悬在俄罗斯西端，有老欧洲的韵律和节奏。连天空、树、野花的颜色，也如印象派来临前的时代，荷兰画家们在市井小民的肖像、野味珍禽的静物画里所铭记的那样——带着上帝亲吻的遗迹，洋溢的却是俗世的喜悦。

她停下来，看父亲和老樊渐渐走远了。她冲着父亲的背影喊，我累了，我先回去了。

她独自回到房间。床窄小，但好歹是单人房。她裹着毯子躺了一会儿，翻看在冬宫买的画册。冬宫有提香、达·芬奇，有伦勃朗。她试着回想在原画前驻足时的色彩与光影，尽量不去在意眼前印刷品的轻微反光。抱着耶稣的玛利亚被达·芬奇画得像人而非神。还是婴儿的耶稣看向画面之外。是达·芬奇让他看向画面之外，如蒙娜丽莎看着一代代人般，婴孩耶稣也看着一代代人。

她戳亮手机。没有信息，没有未接来电。她花了那么贵的国际漫游费。

那天下午，接到陈鹏远的电话后，她茫然地把日期和时间写在玄关的月历上。她感觉不到好或坏的迹象。她吃得比平时少，可并没有消瘦。除了偶尔做梦，她没有掉入回忆的黑洞。甚至她看起来也还好。学生们没有投诉，同事们如常，在走廊和休息室跟她点头聊天。可她身体里某个看不见也摸不到的部分在出问题。她能听到轻微的嗞嗞声。

约定的日期，陈鹏远来搬走她整理出来的几箱东西。她没有扔掉他的拖鞋，他也就换上那双蓝色的拖鞋，蹲在地上开始清点。"不会再打扰你了。你脸色不好，有时间去看看中医。"

为什么他用这种朋友般的语气跟她说话？

放下画册，她拿起钱包，打算下楼去买酒把自己灌醉，让这个夜晚赶紧过去。她讨厌清醒着的自己耽溺于无解的情绪中。她只想沉沉睡去。

就在她拎着伏特加瓶子走回大堂时，电梯门开了，孟凡和狮鼻女人迈出来，跟着是担架队。她还没来得及开口问话，狮鼻女人却冲到她面前，抓住她的胳膊："我不会说……我不会跟医生说……姑娘，你帮帮我，帮帮我！"

狮鼻女人头发蓬乱，扣子错位。担架上，她年迈的丈夫神志清醒，却上了氧气。

狮鼻女人抓得她有些疼了，她皱了皱眉头，本能地抬手想甩开她。女人的声音更急切了。她仔细看老人的脸，嘴角没有涎水，嘴唇也不发青，脸是有些白，可呼吸还平稳。护士抬着担架不紧不慢往救护车走。

"他平时有没有高血压、心脏病？"她问。

"我不知道……"女人答。

"没体检过吗？"

"我认识他不久。"

她转头看看孟凡："医生怎么说？"

"测了心电和血压，血压有些高，得去医院检查。"孟凡说。

"你们去吧。明天见。"她转身准备离开。

"诶，"这次是孟凡叫住她，"你能跟我们去吗？阿姨这边可能有些事不方便。"

狮鼻女人脸红了，似有难言之隐。

她跟女人并肩坐在救护车左侧的长凳上。医护人员和孟凡坐在对面。已入夜了，可是天空不管不顾地亮着。救护车红蓝交织的闪光偶尔映进车内，把他们的头发、脸庞和身体染上颜色。窗外背景没那么亮的时候，她在车窗上看见自己的样子，跟来俄罗斯后看见的街头醉鬼别无二致：披头散发，抱着酒瓶子。她身边的狮鼻女人，现在她知道她叫匡福琴，正拿着她自己和丈夫的护照反复翻看。

她忍不住提醒："信用卡是你的吧？"

"什么？"

"看病可能需要预付押金。一般用信用卡。"

匡福琴愣了："我刷他的卡、签他名字，行不行？"

她跟孟凡对视一眼。

孟凡说："到那边再看吧。"

孟凡站在医生旁边做翻译，听医生问诊。

"都好好的，他说想那个，我们就……都好好的，他的脸突然埋在枕头上不动。我掰开他，他整个脸变形了。我不知道该怎么办，他喘气喘不过来，捂着胸口。我把被子、枕头全部垫在他背后，不让他从床上滚下去，就跑去找小孟了。"匡福琴断断续续说。

医生从电脑上看检查的片子，很快给了诊断。病人送院时舒张压180mmHg，但从心电图和其他检查综合看来，心脏并没有问题。先留院观察一晚。因为是外国人，又马上要回国，建议不再参团，回国后立即入院检查。

"心脏没问题？他刚才很严重。"匡福琴看着孟凡，不相信丈夫没有生病。

孟凡翻译给医生。医生很短地说了句话。孟凡没有翻译。

"医生说什么？"匡福琴问。

孟凡皱了下眉头说："医生说，他只是老了。"

医生看看他们三人，又说了几句话。

孟凡翻译道：您或者您的女儿可以留下来陪伴病人。我们会给病人用药和观察，也有医护人员在。

医生把她当作匡福琴的女儿了，她哑然失笑，有点想鼓起鼻子，把自己的鼻子变得跟匡福琴一样瞄目。退一步讲，真是自己父母的话，因为超龄的激烈性爱而送医院急救，她除了笑一笑，也不能做别的。

从医生办公室退出来，他们一起走去病房。躺平了的老人看起来更老了，几乎要被病床的围栏吞没。这么一个丈夫，还能跟匡福琴走多久呢？如果真如匡福琴所说，他俩认识不久，那么这段仓促的婚姻又是为了什么？她摇摇头。

旅行社的本地人员赶来了，让孟凡和她先回宾馆，明天一早还有行程。匡福琴和丈夫他们会提前办票回国。

他俩站在路边等车。医院门口有一片小树林，树干细而长，林冠呈黑色。幽黑的林冠之上似有薄雾升起。她感觉到扎骨头的冷，跺着脚咒骂几句，拧开伏特加瓶盖灌了一大口。

"我第一次见像你这样的老师。"孟凡说。

"哪样啊？"

"中学老师不都戴个金丝眼镜，头发弄根皮筋一扎，白衬衫配毛背心，动不动就拷问你的灵魂。"

"人类灵魂的工程师嘛。"

"这话是俄国人说的。"

"哪个俄国人？"

"斯大林还是加里宁，记不清了。"

"书是人类进步的阶梯，也是他们的名言。"

"我也能背：'理智无法理解俄罗斯。'"

"哈，还有么？"

"俄罗斯有两大不幸：道路和傻瓜。"

"可以。你俄语专业？"

"俄语是自学的。我学的是政治学。"

"政治学？"

"想不到能找什么工作是吧？"孟凡笑道。

终于来了辆出租车。上车后两人沉默了一会儿。

孟凡突然说："匡福琴是个老姑娘。"

"你怎么知道？"

"我打电话给他们，接电话的是老头的女儿。"

"女儿？"

"反正我知道，匡福琴是儿女给老头找的伴。"

"女儿也孝顺啊，还让后妈出国。"

"你猜老头多大？"

"七十？"

"还要大。那你猜匡福琴呢？"

"四十多？"

"三十五。"

"她看起来……"

"农村人都不保养的。"

三十五，几乎是她的同龄人，却被医生认作是她母亲。而病床上老头松垮嶙峋的皮肉……仰起头时稀稀拉拉的牙齿……是比父亲更衰老的男人。

"我妈也嫁了个老头。你知道吧，外国老头看起来更老。"她说。

"我以为你妈过世了。"

"跟过世了是没什么差别。"

"你有兄弟姊妹吗？"

"我爸就我一个。"

"我有个姐姐。跟你一样大。"

"在老家还是？"

"在老家。我爸妈都是农民，跟你不一样。"

"你们这种健全家庭的小孩还有什么可抱怨的。"

"也是。我父母感情挺好的。现在就我和我姐养他们。"

"做导游来钱吗？"

"今年考核如果成绩好，我明年调去欧洲线，收入就会高很多。"

"为啥？"

"这边最多就买买琥珀什么的，欧洲……去瑞士怎么也得整块表吧？"

"挺好的。"

"你瞧不起我吧？"

"赚钱多好的事。谁不喜欢钱？"

"也是。你说，老头有钱吗？"

"我觉得不是很有钱。有钱的话，不会找匡福琴这样的。不过，男的就喜欢年轻的吧？越年轻越好。"

"看人吧。我就喜欢比我大的。"

"嗬……"她笑了，摇摇头。

回到宾馆，等电梯时她对孟凡说："我也没见过像你这样的导游。"

"不是文盲是吧？"

"还行吧。认得几个字。"

"谢谢彭老师肯定。"

沿着长得像没有尽头的走廊走回房间，孟凡跟她一个方向。到房间门口，她停下脚步，突然想说句"谢谢"或者别的。孟凡却先开口说，再见，对了，夏宫喷泉许愿真的很灵的。

她顿了一下，不知作何反应，僵硬地伸手拍拍孟凡的肩膀。

一扇门开了，老樊走出来，接着是父亲。

父亲问："你们干什么？"

"没干什么。"她说，"你们干什么？"

老樊抢着答道："我们要出去。"

"去哪儿？"她盯着父亲。

"去……出去走走。"父亲说。

"你们不能随便脱团啊，我会有麻烦的。"孟凡说。

"你不许去。"她对着父亲，不知怎么来了脾气。

父亲不说话。

"我们又不去干什么坏事。"老樊说。

"为什么非现在去？这都几点了？你有心脏病你不知道吗？"她又说。

父亲还是不说话。

"你去吧。什么都不用告诉我。"她说完拧身就走。

推开大堂的玻璃门，暴露在她头顶的是一片白夜。她抬手看表，不敢确定自己是不是已经有点醉了。云朵清晰。白对照出淡蓝，显得更白。白夜让人产生错觉，时间并未往前移动，而是被凝滞。跟暂时聚集成型的云相比，她是有年岁的。可是跟云背后的天空相比，她年轻得不值一提。她努力让眼睛跟上天空色彩的变幻，用自己懂得的那些原理，去分拨出光和颜色的秘密。那么，她多少会获得不能被人拿走的东西。

"在看什么？"父亲问。

"重要吗？"

"出什么事了？"

"没什么。"

"那小子骚扰你了？"

"你想什么呢爸爸？！"

"晚饭也找不到你。"

她抱着手不说话。

"他要是敢动歪脑筋，我跟你樊叔叔就去揍他。"

"不是你想的那样。"

"那你生什么气呢？"

"对啊，我生什么气！我凭什么生气！我爱跟谁出去就跟谁出去。"

父亲摸烟出来，点上，抽了几口。

她晃动着手里的酒瓶子，却根本不想喝酒。是伏特加吧，她大可这么借口。她可以任性地发泄情绪。

"你什么都不知道。"过了一会儿她说。

"是啊，我是种火龙果的啊。"父亲说。

她努力绷着脸，但还是笑了。

几分钟后，她和父亲坐在她房间里，四目相对。似乎谁也找不到话头，但又不能就这样离开。她掏出手机，反复阅读同一条信息。手机屏幕慢慢熄灭，她靠向床头。

母亲走后的一个晚上，父亲喝了很多酒，抱着她哭起来："妈妈不要我们了。"她陪着父亲哭。她才五岁，只能贡献出自己的哭声。用更大声的哭，来掩盖父亲的哭声。

现在她的某些能力却丧失了，包括在父亲面前哭出来。他们能看见彼此的局部，更大的部分却被淹没。就像一根笛子上的孔洞，他们各自敞开、闭合，却栖身于同一根笛管之上，由同一株竹子所造。

"我跟陈鹏远分开了。"

"出什么事了？"

"他要结婚了，那个女的怀孕了。"

父亲沉默了几秒："不结婚也没什么的。"

"是我搞砸了。对不起。"

"什么对不起？"

"我以为我可以做好的。有好的感情，好的婚姻。像其他人一样，生孩子，变老……可以不像你和妈妈一样，可以有完整的家庭。"

"你会有这些的。"

"什么时候？我已经老了。"

"爸爸还在，你就不会老。"

她鼻子一酸，却没有哭出来。她不能哭出来。这个晚上她已经向父亲发泄了过多的情绪，而这样的发泄并不能使她回到父亲的怀抱。她也回不去。

搬去跟陈鹏远同居的那天，父亲陪着她收拾东西。之前她有些恐惧于向父亲开口说这件事，拖了很久，最后让陈鹏远直接上门来跟父亲说了。父亲没说什么，她觉得，就是同意了吧。东西搬下楼，塞进车里，陈鹏远拉开车门先坐了进去。她也马上跟着坐了进去。父亲独自站在单元门口，两手垂着。陈鹏远倒车，打算掉头。她从后视镜上看见父亲，父亲还站在那儿。她摇下车窗，伸出头对父亲喊，回去吧！父亲没有回答，也没有动作。车开走了，她摇上车窗。陈鹏远问她怎么了，哪里不舒服。她说不出来，父亲的样子像印在了车窗上，然后被风吹散。

当晚她睡得短，却很沉。醒来时才六点。拉开窗帘，天空经历了短暂的休眠后又开始准备亮起来。

昨晚她翻开的画册摊在书桌上。父亲进来时，小心地把画册从床上移到桌上，并不合上，保留她摊开的样子。从小，父亲就是这样收拾她的房间的。

那画册不知何时被风翻动，不再是她昨晚看的达·芬奇所画的圣母与耶稣，而是一个跪地的男人，光头赤脚，扑在穿红袍的父亲怀中。她扫了一眼，知道是伦勃朗晚年的名作《浪子回头》。她曾以此画为例子，向学生讲解：伟大如伦勃朗，如何在并不让人震惊的戏剧场景里，唤起观者对现实的激情与情感；人的关系和精神状态，在画面中如何达至美……

并不让人震惊的戏剧场景。是对昨晚轻微的嘲讽么？

她掀开毯子，走进浴室。拧开龙头，热水从莲蓬头里喷射出来，打湿她的脸。她任水冲刷着面部、脖颈和身体。匡福琴的身体是怎样的？是跟她一样的构造吧：视网膜、味蕾、声带、肺叶、阴道……

十三岁时的某一天，也是这样热水从莲蓬头里冲出来、以均匀的水柱击打着她的脸的一刻，她意识到了身体的存在。跟素描课本里希腊神祇洁白赤裸的身体不同，这属于她的身体全然崭新。新是相较于人类拥有身体的历史长度而言。如果说人类的其他承载物，如艺术、建筑、宗教、音乐也自有历史的话，每一具新诞生的身体，又何尝不是人类身体史构成中微茫的一粒小黑点呢？而她竟然拥有它。她与它会终生相伴、不离不弃，直至生命终结。

发生在匡福琴身体上的事，跟发生在她身体上的事，都只有她们自己可以吞咽吧。能说出的，只是简略的事实。更多的，消融在茫茫背景音中。

跟陈鹏远一起的第一次旅行，是从阿姆斯特丹一路向南。在阿姆斯特丹的宾馆，他们一边吃大麻蛋糕一边喝酒，很快失去意识。醒来时是清晨，电视开着，声音很大，两人半裸着身体，不能确定记忆里的是幻觉还是事实。让人略微悲哀的是，激情照进洞壁，刹那亮如白昼，但激情不会持久，难以持久。他们之后也做过些疯狂事，但那个麻醉后清醒的清晨，房间里淡蓝色的空气和窗外的雾霭，都不再降临于他们的精神与身体。

此刻也一样。她问自己的皮肤、头发和心：人和人，一个人和另一个人之间真正的对话可能吗？如何在各自的特性不受损失的同时，彼此自由地沟通？她可以做到不对父亲撒谎，但真正的话，她无法说出。他们之间，注定有些事只能沉下去，再沉下去。

回想过往几段恋爱，跟对方最炽热、密集地谈论形而上问题的阶段，往往是性刚开始发生之时。两人恨不得能有一根隐形的管子，接通二人的心思意念。只因有强烈的靠近对方、永远不再孤独的渴望。这应该是长大后的世界不再那么有趣的原因之一。性被许可后，人和人之间需要克制、专注及付出时间才能结成的友谊和进而能达成的沟通被瓦解了。

她感激孟凡昨晚的表现。他恪守了距离，就像童年时蹲在她身边捉虫子的伙伴，只拎起虫子说："你看。"

她任水冲刷在脸上。跟自己家乡不一样，这里的水是软水，冲在脸上没有重量感。

这一天他们仍在彼得堡，明天才坐火车折返莫斯科，从莫斯科回国。自选项目时，父亲想坐船游涅瓦河，她想去艾拉尔塔艺术博物馆，合计之下就分头行动。老樊则不见人影。她叮嘱了父亲几句注意安全，就搭上去博物馆的商务车，只有五个人选择去博物馆。

柴女士热情地冲她招手，示意她后排三人座还有空位。她刚坐定，柴女士就问："听说出事啦？"

她扭头。柴女士用食指把鼻子戳成朝天鼻的形状，冲她眨眨眼。

"你听说啦？"

"都知道。听说出了丑。"

她想起老头陷在病床里的身体和匡福琴涨红的脸，不太想谈这个。

柴女士又说："你爸爸同屋那个人，今天一大早就出去了。"

"今天？几点？"

"六七点钟吧。"

"就他一个人么？"

"还有那个高的和矮的。"

"又脱团了吧。"

"神神秘秘的。我看他不像是做生意。"

"那像什么？"

柴女士没答，一会儿又说："你爸爸平时挺受欢迎吧？在夏宫那天，好几个女的都找他帮忙拍照呢。"

"都拍糊了吧？"

"我可以帮你爸爸介绍……"

她学柴女士用食指戳起鼻子："有这样的吗？"

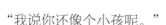

"我说你还像个小孩呢。"

柴女士安静下来，转头看看她睡得打呼噜的丈夫，随即也闭上了眼。

在艾拉尔塔艺术博物馆只待了一个多小时，地陪就带着他们去午饭定点的餐馆跟大队会合。父亲在船上吹风着了凉，正捧着杯子喝茶，见她来了，兴冲冲掏手机给她看自己拍的照片。不知是不是没戴老花镜，照片多半失焦，模糊成了印象派的风景。也有几张父亲在构图正中，矜持地微笑。

她从包里掏出笔记本翻开，让父亲看她给他的礼物。一片彩色的叶子。在博物馆门口的草坪上捡的。被笔记本压了后，叶子平展开，从绿到黄再到红渐变。

父亲很高兴，小心举着叶子的柄细看说："挪威槭。"

"国内有吗？"

"也有的。这树耐旱，喜欢阳光。"

"听起来性格很好。"

"零下二三十度也耐得住。咱们那边没有。"

"留个纪念吧。"

"漂亮得很。"

团餐快吃完时，老樊和两个助手才现身。其他人陆续离桌，在这家专做旅行团生意的中餐馆转悠，柜台前有各式俄罗斯套娃卖。

老樊囫囵吞下几口，问父亲看没看见餐馆门口的海报。

父亲说没留意，问是啥。

"俄罗斯代孕是合法的，你知道么？"

"这个不清楚。"

"现在除了在美国，就俄罗斯、乌克兰合法。"

　　她和父亲同时向门口张望，是有张大大的易拉宝广告。金发碧眼的妈妈扶着腮，旁边是金发碧眼的宝宝。是有五个大字：俄罗斯代孕。小字看不太清楚：为中国精英宝宝，为世界生命之光。

　　"俄罗斯便宜！美国得上百万。"老樊说。

　　"俄罗斯呢？"父亲问。

　　"只要一半。乌克兰就更便宜了。"

　　"那可以考虑。"父亲说。

　　她看父亲一眼，不明所以。

　　"就是就是，了解一下。"老樊说。

　　"孩子怎么领回国呢？合法吗？"父亲又问。

　　"如果俄罗斯本国是合法的，就好办。"老樊边说边递烟给父亲。两人往餐馆门外走去。

　　她溜达到孟凡身边低声问："那个老樊，有老婆孩子吗？"

　　"彭老师，这我可不能告诉你。"孟凡笑道。

　　"我担心他骗我爸呢。"

　　"怎么了？"

　　"两人神神道道商量什么代孕的事。"

　　"他是已婚。紧急联系人……好像就是他老婆。"

　　"有孩子吗？"

　　"人口普查啊？彭老师。"

　　"问你呢。"

　　"还真不知道。"

　　她皱着眉瞪着不远处的老樊和父亲："我爸是个书呆子，随便就相信人，被人卖了也不知道。"

"你一会儿好好问问你爸。没事，反诈骗我在行。"孟凡说，随即高声招呼团友们上大巴。

下午安排的是自由购物。父亲说有点累，想在宾馆午睡，她想了想就也没出去。三点钟，估摸着父亲差不多睡起来了，她拿着些超市买的零食去敲父亲的房门。

不知是否刚睡醒的缘故，父亲头发乱蓬蓬的，人也矮了一截。父亲比以前走得慢了，她看着父亲的背影想。

父亲烧水给她泡茶，又打开她带来的零食检视。母亲离开后，父亲学着给她梳头。最开始总弄不好，辫子歪东倒西，后来慢慢熟练了，皮筋衔在嘴上就给她扎小辫。二年级她有了零用钱，三年级自己做主去理发店剪成了男孩般的短发。父亲当爸又当妈，她也既是女儿也是儿子了。

"爸爸，想出去走走吗？我地图上看这附近有个小公园。"她玩着手机。

"行啊。博物馆好玩吗？"

"你真该跟我去的。"

"这么好啊？"

"老樊为啥要找代孕？"她问。

父亲迟滞了一下，不看她说道："他儿子没了。"

"什么时候的事？"

"几年前。在加拿大留学，跟同学去露营时游泳，湖太深，淹死了。大学都快读完了，就要回来的。"

"他就这一个孩子？"

"他以前也在单位上班的，下海得晚。年轻时也没敢偷偷多生。"

"可是代孕……怎么个代法呢？"

"他和老婆做过试管婴儿，试了两年多了，可能年纪大了，女方采卵成功，但没法着陆。说是什么萎缩了。"

"可现在生个孩子，他俩都五十多了，怎么带这孩子呢？孩子还没成年，他俩都七十多了……"

"我能理解他。以后你也会理解的。"

"为什么一定要生孩子呢？对孩子来说，他没法选择父母。以后才十几岁父母就不在了的话，孩子又怎么办？"

"汶川地震的时候，也有失独家庭五十多岁要孩子的啊。"

"是他想要还是老婆想要？怕是他想传宗接代吧？"

"白发人送黑发人，总是可怜的。"

她顿了顿，抬头问父亲："我如果是个男孩，你会更开心吗？"

"我现在已经够开心了啊。又开心，又受罪……"

"我还没全部发挥呢！"

她跟父亲开着玩笑，收拾东西准备去公园。

"我以后会不会变成匡福琴那样？"她说。

"哪样？"

"被人说是老姑娘。"

"那个柴某某跟你这么说？"

"她倒没说这个。医院的医生以为我是匡福琴生的。"

父亲愣了一下，笑了。

"你樊叔叔倒是说，你女儿跟你好像。女儿像爸有福气。"

"他真是说假话不打草稿。"

公园入口很隐蔽，看着地图绕了好几圈，他们才找到一扇小门。门票六十卢布。入园后，花园的美丽出乎意料。这里原是私人宅邸，新近改建为博物馆和公园。除了高大的乔木，还有平如镜的池塘，但曲折延绵又像围墙内部的小型运河。几座石桥，鸭子在水面静泳。花坛里种植着大量玫瑰，花的馥郁与高大树木的清新气息直冲鼻腔。从周围热闹的城区闯进来，这里就像隐秘的绿洲。

父亲的疲惫一扫而光，色彩、植物与户外的味道比茶更给他带来活力。他走几步，蹲下，拍照，然后心满意足地摸着植物的枝干或落叶。怎么不给孟凡塞个红包呢，这样她就能带父亲脱团，去植物园走半天。父亲会跟现在一样开心。至少比老樊带父亲出去更开心。她有些懊丧，但很快被远处圣母升天教堂的景致吸引。曾经这宅邸的主人，一定拥有传奇。

她走进凉亭。凉亭圆形底座，五角形顶盖。柱子也五根，刷白漆。顶盖铜绿色。她站到凉亭正中，感觉像剧场舞台。她咳了一声。神奇的是，声音格外清晰圆润。应是有独特的声学构造。园子的主人曾在这里演讲么？还是演出？凉亭并不大，只适合一到两人立于其中。有点园林中听昆曲的意味。她对着不远处的父亲轻轻喊了声"爸爸"。跟平时听到自己的声音不同，这声音像是来自另一个她。其他时空里的她。

"干啥？"父亲从草坪中起身看向她。

"爸爸是个大笨蛋！"

父亲笑了，冲她挥挥手。

她又喊了一遍："爸爸是个大笨蛋啊！大笨蛋！"

上午在博物馆里，她在一个综合材料作品前看到一段话：

我们的生活是一张白纸，每个人都在上面写下自己的故事，还是我们被编程有标准的功能，类似于一台机器？

哪一个是正确的选择——接受生命为我们准备的东西并停留在它的圆形边界内，还是从陷阱循环中挣脱出来？

我们真的从一开始就有这个选择吗?

如果我们挣脱出来，一个人如何在限制内保持理智，以及在限制之外又会有什么呢?

她想把这个作品跟学生们讲讲。也许有孩子能感受到她的想法。自然，也可以不给孩子们增加负担，只在教科书里找样本，比如换个角度谈伦勃朗，讲讲后期的伦勃朗。

在冬宫时，地陪导游领着他们穿梭在俄罗斯帝国的宝藏中。看了达·芬奇后，导游把他们领到荷兰画家专区，讲解画布上锃亮的玻璃瓶、古雅的金饰和人物的关系。导游说，第一眼看这些画，很难不被人物手上的戒指、低垂的头巾和房间里灵动的物品吸引，这些物品像是说明了主人的身份、心情和生活。团友们凝神细看，跟围观达·芬奇圣母像时轻微的漠然不同，她能感觉到团友们的目光投注在那些细小物品上时的专注，以及洋溢的愉悦。

父亲在她身边，歪头看着画面上的手和戒指。手和戒指的主人是个普通市民，虽是年代久远的荷兰人，但跟父亲和她一样，是个普通市民。然后他们往前走，在熙熙攘攘的人流中穿过人类文明的长廊。看到伦勃朗真迹时，她非常震动，以至于掉队，在画面前驻足许久。但这是她自己的选择，她的小世界。再没有第二件艺术品，像荷兰画那样将三十七个中国人凝聚在一起了。

此刻，她站在凉亭中央，这个神奇的讲台上，想起了平时在课堂上想说但从未说过的一些话。

"在伦勃朗年轻时，像所有天赋卓绝的画家一样，他会用高纯度的颜色，热爱闪亮的光线。那时照相机还没被发明出来，人想要看到逼真又美丽的自己，想要让画家把自己的容貌留存在画布上以至不朽。

"伦勃朗满足这些人，讨好这些人。他画得非常像主顾本人，又柔化了他们脸上的瑕疵。每一个人都能在画中看到令人愉快的自己。

"画的表面光滑、均质、平整。主顾们可以得意地在沙龙里展示，没有谁看不懂一张肖像画！画面里的人儿看起来多么尊贵又可爱！

"但伦勃朗的天才引导他越来越远离这种安全的作画法。他画了《夜巡》，想要永垂不朽的赞助人们，被他的画笔埋入了幽黑暗影中。

"这种画法让人不安。似乎在占据画面更多的暗影中，有很多人不能一眼看穿的神秘在发生。伦勃朗开始下滑，与曾经的成功相对，他开始失去名望、濒临破产。

"伟大的画家有很多种，伦勃朗毫无疑问是伟大的色彩画家。他用令人震惊的方式运用色彩，全新讲述色彩的关系。可到了晚年，他几乎只用土红色、灰色、紫色来画单色画。在单一的色彩中，色彩在更奇妙地变化，已经不来自于材料本身，而是他的手和灵魂。笔触的轻或重、笔法的节奏，伦勃朗自己化为色彩的表达。

"和谐能达至美。单色的和谐中，是画家对绘画本身更透彻的领悟。光在颜料颗粒的表面折射，如何把握住每一个颗粒的特质？哪怕它们是单色。

"伦勃朗让每一颗色彩的微粒，都迸发出无与伦比的生命质感。就像颜色本身那么神秘又普通。"

她长长地舒了一口气。睁开眼睛，父亲远远站着，不知什么时候开始听她的讲述。

老樊告诉父亲，他已经跟代孕中心签了预订合同。顺利的话，明年下半年，他就能从俄罗斯抱回自己的孩子。

"这么快？"父亲问。

"只是没想到，下个月我又得来了。跟老婆一块儿。"

"你这也太快了。这可不是小事情啊，得想想清楚……"

"就得当机立断。哎你不知道有多难。"

"一会儿我请客，怎么样？"

"用不着。去的路上包被二毛子抢了，让他抢，我钱包护照都在贴身兜里。"

"人没事吧？"

"没事……我跟代孕中心说了，得给我找个纯种的。纯的，你知道吧……"

"知道，我给奶牛配过种。"

老樊大笑："老哥哥真有你的。"

父亲缓了缓，递烟给老樊："这趟来得好，来得顺当。"

"阿弥陀佛。"

老樊看起来很开心，像就是奔着代孕来的。

她忍不住开口道："樊叔叔，你签合同了吗？"

"签了签了。"老樊愉快地抽了口烟。

"中文的啊？"

"我请了翻译……"老樊说了半句不说了，笑着瞟了她一眼，继续跟父亲抽烟。

"樊叔叔，"她又喊老樊，"你认识我妈吧？你们还有联系吗？"

"你妈妈……"老樊吓了一跳似的，"你妈妈不是过世了吗？"

"你说呢？"

"我听你说的啊，你妈妈过世二十多年了。"

"你不是认识她吗，你们在一个知青点当知青来着。"

"对啊，等等，你把我绕晕了。我跟好些人都没联系了。我要是跟你妈妈有联系，我能不认识你爸爸吗？对吧？"

"樊叔叔认识大志。大志你记得吗？"父亲打圆场道。

"哪个大志？"她想不起来。

"老书记的小儿子，大志，也来过我们家的。有阵他来城里打工，给我们送过核桃，一麻袋核桃。"

"有点印象。"

"大志在工地上弄断了手，半残，回村里受欺负，是樊叔叔给他安排事情做的。"

"我自己公司用不上，托了个朋友让大志去看店了。"老樊说。

她有些鲁莽，但老樊并不在意，像是对她的攻击性有所准备。

老樊揽着父亲的肩往前走了。她半眯着眼，看父亲和老樊的背影越来越小，越来越难以分辨差别。

老樊会再有一个孩子，从这个陌生的国家抱回一个属于自己的孩子。不管事实如他所说是临时起意，还是如她所想是早有计划，总之，让自己再做一次父亲，让一个新生命因他而来到世界……一边抱怨这里的种种不如意，一边又决断着人生中的大事。

这是个主动的人哪。也许，主动与被动并无绝对。她看似被动的恋情失败、父亲看似被动的婚姻破裂，部分决定于他们的主观态度。事情都是一点一点变坏的，并不是某个瞬间。在变坏的过程中，在场者皆不能逃脱干系。

她想过，耗费数年、数十年的时间去与另一个人相关，到底能带来什么？并不是约定俗成、可归纳的陪伴、相濡以沫之类的词。如果没能成为一个更好的人，如果不能真的自由，像空白画布呈现的那种绝对自由，那么一切的关系都是可质疑的，不可靠的。陈鹏远也好，曾经的男友们也好，并不是阻碍。母亲也不是父亲的阻碍。风景的铸就是一个运动着的过程，哪怕凝缩在画布上，也带着时间的深度与印记。

她打开背包，掏出笔记本翻开，里面夹着另一片挪威槭的树叶。她作为礼物送给父亲时，备份般留了另一片给自己。

环顾旅行团的其他人，和煦，热闹，正常。她太可笑了，竟然向老樊求索母亲的信息。还是上帝太可笑了，让她只能以这种方式去确定老樊的真假？

她拣出叶子，松开手指，叶子坠落在泥地上，不会被她带走了。叶子混入叶子堆里，像不曾被她捡取、短暂收藏。彩色的叶子混入更多的色彩里。她已不能只像女儿般看待父亲和母亲了。属于她的色谱里，早早混入了不同颜色。

她站起来，独自走开。

花二十卢布去洗手间后，出来时她看见孟凡坐在树下的长椅上等团友集合。最后一个项目参观莫斯科地铁结束了，明天一早他们就回家。

"我帮你查了。"见她走过来，孟凡低声说。

"什么？"

孟凡努努嘴，示意凉棚下站着抽烟的老樊和父亲。

"怎么样？"她问。

"人家是企业巨子。"

"我忘了问你，他真名是不是叫樊大花。"

"谁跟你说他叫樊大花。"

"行吧。"

"我搜到几条他的新闻，都是投资什么的。"

"那还省啥钱，去美国做不是更好？"

"俄罗斯姑娘漂亮啊。"

"还查到啥了？"

"其实这事挺常见的，我带过的团里都有好几个。"

"你意思说这是他的隐私，跟我隐瞒了也合理？"

"出来玩嘛，回去多半都不联系了。"

"我爸好像挺当真的。"

"我泛泛说啊，也有成了朋友的。"

"有跟导游成了朋友的吗？"

"肯定没有。除非这导游不是一般的导游。"

她笑了。

"匡福琴怎么样了？"她问。

孟凡抬手看了眼表："应该已经落地了。同事给联系了救护车，落地也别回家了，直接拉去医院。"

"他女儿知道了吗？老头女儿。"

"但愿不要有什么事吧。扯起皮来，索赔什么的就麻烦了。"

"但愿吧。"

"你别再想了，我说老樊这事。谁没点秘密，是不是？"孟凡说。

"有些事你不知道。"

"什么事？他走私原油还是枪支？"

"尽瞎贫。"

"我跟你说吧，真人不露相，露相不真人。老樊这么咋呼，藏不了什么大事。你知道那人是干什么的吗？"孟凡努努嘴，意思是柴女士的丈夫武先生。

"知道啊，色狼。"

孟凡笑了："他才是特殊职业，军工厂里造军机的。"

"这种身份，不容易出来吧？"

"他开的在职证明是一家商业银行，是高管。第一次签证不过，补了资料才过关。"

"这年纪都该退休了。"

"差不多吧。诶，我得先去忙了。记住我的话。"

"哪句啊？"

孟凡匆匆走开。草坪上，几个俄罗斯姑娘在晒太阳。长发如瀑，浅金色的大瀑布。老樊要找个"纯的"，就得这么纯吧。

团友们三三两两踱步，组合出不同的关系与未知的秘密。她喘出一口气。在别人眼里，父亲又何尝不古怪呢？一个天天搓泥巴种水果的人，看餐厅里的芭蕾舞竟然感动得要流眼泪？而她呢，一个中学美术老师，又为何对冬宫里人人叫好的金孔雀不屑一顾？风把散碎的阳光从她脸上扫过，树叶的色彩叠加了阳光的温度，她闭上眼仍能感到一片橙色，快乐的汽水般的橙色，细小的橙色气泡在涌动。

父亲和老樊绕了回来，两人在她身边的长椅上坐下。老樊说："我养过只猴呢。"

"啥猴？"

"我种地的时候，老有猴子下山来掰苞谷。我就布了个陷阱，真就抓到一大一小。大的一放出来就跑了，还差点抓烂我的脸。小的被我给逮住了，看看我怎么治你！我弄个绳套套在它脖子上，拴在牛棚边上，一来二去就算是养上了。"

"你这饭都吃不饱，还养猴子。让你学农呢，你搞马戏。"父亲打趣道。

"劳逸结合，劳逸结合。再说了，这可不是说养就能养的，熬鹰的也得有点绝活，不是人人都熬得起的。"

"我怎么有印象，是有个耍猴的知青。我还听说，那只猴子跑了后，还会回来看你。"

"哈，闲话果真都跟童话故事一样。"

"十里八乡，养猴的城里知青，就你一个了吧。"

"这倒没错。"

"哪里对不上？"

"我的猴是给打死的。"老樊沉默一会儿，又说，"我也想它是自己跑了，回山里面快活去了。搞几个女猴子，生一大堆徒子徒孙。谁知道呢。"

"到了咱们这个年纪，身边熄灯的越来越多。有时候我觉得自己不过是苟活。有人早在年轻时候就死了。把我们要用后面几十年才知道的事看透了，就去死了。他们亏么？一点也不。成全自己，自己能成全自己。"

"我的猴跟他们不一样。猴不是自己选的。不过，动物世界里，好像只有人会自己选？我佩服他们，说实话。我也懂他们。懂！"

"不谈这些，不谈了吧。你大事情都成了，这些要放下。"

"嘿，孙猴子吹根毫毛，给我变！"

她一直没睁开眼，默默听着父亲和老樊说话。他们的话像潮水拍打起伏，把记忆或秘密推至意识的边缘，终又退去。跟树和阳光的合力谱写不同，他俩的笑声是实在的，快活的，白色的。

第二天去机场的路上，堵车很厉害。孟凡安抚旅客们说，赶上星期五，莫斯科人都在开车出城，他们要在郊外小屋烧烤、钓鱼、过周末。"俄罗斯人就这样，嘿！"

过了十多分钟，孟凡勘察回来告诉大家，警察说还要两小时交通才能疏通，附近有个大超市，可以步行过去，回头司机把车开过去接大家。

于是，三十五人下车，跨过公路边的护栏，踩在野草和泥土上，往不远处的仓储式超市走去。草疯长，茂盛无边，扯住人的腿，短短一段路像在跋涉。他们像莫斯科人那样，走在郊外的野地上。

老樊两只手臂打着拍子，不断挥舞刺向空气，高声唱着歌。他说要请每位女士吃冰淇淋。

"老樊像陶叔叔。"她说。

"陶叔叔？"

"五魁首啊六六六啊，美不美啊看大腿啊。"

"都是一张嘴。"

"能跟你胡说八道。"

"嘻。"

"这就是你的好朋友呢。"

"你爸就是个普通人呀。"

"你猜我最喜欢陶叔叔什么？"

"爱跟你们小朋友玩？"

"不是呢！我喜欢他说，长大吧长大，让你爹心碎吧！"

"孩子里面他确实最喜欢你。"

"爸爸。"

"啊？"

"爸爸！"

"摩斯密码呢你。"

"真是密码的话,怎么也得是巴巴爸爸巴巴爸爸爸爸巴巴巴巴爸爸。"

她想起小时候，一个下雨天，她跟父亲也曾这么各自走着。她打着伞，父亲裹着雨衣，把她的书包抱在怀里。雨水打在伞上，也打在父亲的头发上、肩膀上。

　　她觉得和父亲会永远这么走下去。记忆如此清晰，她既不哀愁，也无遗憾。老樊挤了上来，跟父亲热闹地说起了话。

　　她放慢步伐，慢慢地，就只剩她自己了。

　　后天，她将回到讲台上，开始第三单元第一课，"追寻美术家的视线"。而此刻，在莫斯科的野草、泥土和气息里，她的眼睛吸入微小之物的颜色，待它们沉淀为单色的颗粒。

新 锐 作 家 卷

大樟树下烹鲤鱼

雷默

从电台录完节目出来，暮色四起，县城浸泡在浓浓的水汽中。我没想到自己这么能说，本来说好一个小时的节目，录了整整三个小时，这让制片人蛋哥有点为难，他喜欢严格地按照流程走，之前他怕后期太难剪，给我弄了一份一万字左右的流程稿，但我还是发挥了一下，不觉就讲多了。

蛋哥是我的发小，他在县城的电台做一档访谈节目，嘉宾都是些文化人，我有些困惑，做这样的节目几乎没有经济效益，他们还孜孜不倦地做着，究竟图什么？走进他们办公室，一个栏目三个人，除了他，还有一个女编导，一个女主持人，感觉他们就是一个乌托邦。

从大楼里出来，蛋哥还在犯难，他的节目一直都是一期一个嘉宾，我录的时长足够他剪出两期节目来，要不要做上下集？这似乎让他很纠结。我能理解他，被一个节目长时间训练得循规蹈矩，做出调整和改变，就意味着自找麻烦。其实一个小县城能有多少文化人？这个节目他做了将近两年，该请的嘉宾也都请了，接下去就面临资源枯竭的窘境，所以他千方百计把我从外地叫了回来。

他说："老同学，谢谢你回来帮我救急，不然年关都不好过了。"我说："没人了，你们可以不做啊，这种节目现在还有人听吗？"他笑了一下，纠正了我的看法："别小看我的节目，这也算我们台的一个王牌节目了。"我还是不相信，别看街头人山人海，几乎没人对诗歌感兴趣。

我们斗着嘴从大楼的台阶上下来，走着走着，蛋哥又暗自乐了起来，他说："不瞒你，主要我们台领导是个诗人。"我有点同情我的发小，他看上去太疲惫了，录节目的间隙，去过道尽头的阳台上抽了一支烟，抽烟本来是一个悠闲的事儿，被他搞得像打仗，来去都是跑的，一支烟吸四五口就烧到了烟屁股。他跟我说，这几天都熬到凌晨两点才睡，每天记事本上记着十几件事，每一件都迫切需要完成。年底了，各种总结和会议材料，节目还是如期进行。我说："你把自己想得太重要了，少了你，地球就不转了吗？"他说："我知道自己微不足道，主要是心肠太软，上头吩咐事情就乖乖去完成。有时候就跟自己说，事情一件一件来，我只有一双手，只要一直忙着，总没话可说吧。"

本来录完节目我就打算回老家，但节目结束的时间很尴尬，快到饭点了。蛋哥问我想吃什么，我说："你这么忙，不吃了。"这加剧了他一定要吃饭的念头，硬把我拖上了他的车。从电台的大院里出来，车子在街上漫无目的地转悠，他打电话给我另外的发小老刀，说我被他捉到了，一起去吃饭。然后他问老刀，是吃羊肉还是狗肉。老刀在电话里说，吃个卵肉，去大樟树。挂了电话，蛋哥一下有了方向感，车子径直往郊外开去。

我发现蛋哥只要一离开县城，离开他那个忙乱的电台，他整个人就松弛下来。本来双手紧抓着方向盘，改为一只手搭着，另一只手在车载广播上调来调去，搜了一圈，他又调回到自己的台。广播里是个女声，他说这是个拜金女，家里很有钱，一年换三辆豪车，传达室门口每天都有她成堆的快递，每天下了节目就是上淘宝，没完没了地下单，没完没了地拆包裹，楼道里的垃圾桶都不够她一个人用。

我笑了笑，这才注意广播里的女声，她在介绍平克·弗洛伊德的摇滚音乐，听上去还挺像那么回事。蛋哥问："这声音，你能听出来生活有这么腐败吗？"我说："不清楚，只有你们做电台的人才在意声音。"

蛋哥笑笑，自言自语地说："声音是真好听，一点杂质都没有。"

他悠闲地抖着左腿，车窗外烟雨朦胧，车子开着开着，来到了一条乡间公路上，两边都是如镜的水塘，还有几块枯黄的稻田，一派肃杀的景象，路上也不见别的车，蛋哥时不时地晃一个蛇形路线。我以为吃饭的地方很近，没想到开了半个多小时还没到，我有些不耐烦起来，说："吃个饭要这么复杂吗，哪里不能吃？"蛋哥笑着说："什么都可以随便，就吃饭不能随便，这个地方你去了，以后还会惦记。"我说："那更不好，以后想吃了没得吃，不是折磨人吗？"蛋哥笑起来："所以你要多回来，你现在回来是客人了。"

这是我尴尬的地方，长年在外，见人就说我是这里人，但回到这里，又被当成了客人。蛋哥说，看一个人是不是本地人，就看他能不能找到像大樟树这样吃饭的地方，这地方最早是老刀带他去的，去了以后就戒不掉了。这种味道就像印章敲在你脑袋深处，饥饿的时候，它就清晰起来，会提醒你过去。

我说："不会放了乌烟壳吧？会成瘾的。"

蛋哥笑着说："那不至于，我从头到尾看他烧过，该放油放油，该放酱放酱，都是稀松材料，也奇怪，被他的手一捣鼓，味道就美得不行。那地方只有真正的吃货才去，一般人不知道。"

我靠在座椅上，感到肚子确实饿了，蛋哥还在一旁喋喋不休，我说："行了，还要多久能到？"他指了指前面一棵巨大的樟树说："就那里了。"

我发现路边多了一条溪流，傍着马路蜿蜒而下，我们沿着这条溪流往上走，视野中那棵樟树越来越大，几乎遮蔽了半个村庄。蛋哥说，我们吃饭的馆子叫大樟树，其实也是这里的地名，这一带都是这样的名字，大樟树往上一点是鸦雀窝，再往里是榆树凉亭。

车子开上了一座拱桥，进入大樟树内部，樟树底下是一片开阔的平坦地，虽然是阴雨天，但树底下的泥地却干燥洁净，恍若凌空支开一把大伞。蛋哥说，这棵樟树被当地人视为神灵，有一年，环卫工人自作主张来修剪树枝，被当地人打得灰头土脸，扔了工具就逃，这以后，树枝越来越茂密，也没人敢动它了。

停好车出来，我注意到这棵樟树确实不同凡响，它的树冠已经直插云霄，地面上到处都是匍匐的虬枝，一直向四周延伸，有的裸露根系像吸管，一头扎进了路边的溪流中。蛋哥说，天气热的时候，樟树底下都是光着膀子吃饭的人，捧着一口大饭碗，饭上盖满了菜，有的蹲着，有的站着，看得出来，吃饭是次要的，主要是聊天，聊的内容以国家大事居多，还带着自己的想象。蛋哥指着两张收起来的小方桌说："夏天，大樟树的老板也会在这里摆两张小桌，不放凳子，客人们都站着吃，可能全中国都找不出第二家这样的饭馆。他一般只招待熟人，陌生人去，得看他心情，心情不好，给再多的钱都没用。"

对这种做生意的态度，我很惊诧，问："他凭什么这么牛？"蛋哥笑笑说："这可能是他做生意的观念，不是你出了钱就是大爷，他也要选择顾客，不顺眼的生意，他宁愿不做。"

一阵风吹过，头顶上乱响，蛋哥缩着脖子说："这么冷的天，别耗在这里了，快进屋。"我才发现边上有一户人家，门口亮着路灯，路灯下是一块木牌，上面用毛笔写着"大樟树"三个大字。

这种感觉很奇妙，蛋哥喊我去吃饭，总以为是个正经的饭馆，没想到是户人家，也不认识，推门进去，有种上陌生人家里蹭饭的感觉。我也不说话，默默地跟着蛋哥往里走。

店主一男一女站在屋里，看到蛋哥进来，打了招呼。老板娘团着双手，手心手背来回不停地搓，老板双手插在裤袋中，我发现他们衣服穿得都有点少，耸着肩膀，缩着脖子。老板头发有点秃，乱糟糟的，好像好久没洗了。他的眼窝特别深，感觉像眼球外面包了一层薄皮，嵌了进去，看人的眼神有点怪异，他问蛋哥："两个人？"

"三个人，还有一个马上过来。"

"是那个骨科医生吗？"他显然对老刀很熟。

蛋哥点点头，他又问："老样子吗？"蛋哥说："老样子。"

进了里屋，发现桌子还空着，饭桌其实是一张棋牌桌，摊着一堆凌乱的扑克牌。桌角上有烟灰缸，烟头倒了，但没洗。老板娘进来给我们开好空调，关上门又出去了。

蛋哥说："今天来得正是时候，再晚点就没位置了，又得看他脸色了。"

"怎么，吃个饭还得求着他吗？"

蛋哥压低了嗓门说："他干的是高兴活，两桌人满了就不接待了。别看他店小，每天都有人来吃。"蛋哥弹了弹烟灰，笑着说："你别看他一副落魄相，以前也是公子哥，据说他家以前是苏工世家，他爷爷曾经是很有名的雕刻大师。听当地人说，他还留过洋，回来后，吃饭都用刀叉，一个荷包蛋割成小小方块，能吃上半小时。"

我"噗嗤"一声笑了起来，蛋哥继续压低嗓门说："年轻时他仗着老家的财势，日子过得鲜亮风光，纨绔子弟嘛，凡事不知轻重，不分尊卑，因为有的是时间和铜钿，干的都是招摇事儿，琴棋书画、跳舞桥牌、麻将梭哈，都会一点，又因为天性懒散，大多是三脚猫。这样的人，你也知道，免不了家道中落，大概后来他也弄明白了生活的道理，踏踏实实开起了饭馆。"

"这么说，他还是个没落的贵族，这顿饭有点高级啊。"

　　话说着，老板娘又进来了，手上拎了一壶米酒，蛋哥掀开壶盖，一股热气冒了出来，满屋子的酒香，里面冲了鸡蛋，米酒看上去有点浑浊。老板娘是典型的和蔼脸，两团苹果红，她看了我一眼说："第一次来吧？没看到过你。"

　　我连声称是，蛋哥在旁边瞎起哄："省城的大诗人，请了好多次才请来，我们从小一起玩泥巴的。"老板娘脸上的笑容更加殷切，她多看了我两眼说："这倒是难得的，让我们也沾了光。你们先喝起来，我去切两盘羊肉来。"她说着又退了出去。

　　蛋哥压低嗓门说："她不是老板的老婆，起初我们也以为他们是一对，他们生意太好了，名声大了，后来老板真的老婆就来了，两个女人还吵了一架，这事才败露了。"我一惊，蛋哥说，"那次吵架有点像赤壁之战，一场架下来，天下三分，鼎足而立。老板答应每个月上缴三分之一收入，真老婆不再到店里闹，他们继续搭伙做生意。"

　　蛋哥的眼神快，及时地住了嘴，门又被推开，老板娘笑吟吟地进来，手上的冷盘"噼噼啪啪"往桌子上搁，一盘羊肉，一盘狗肉，一盘卤鸡爪，还有一盘花生米，分量都很足。老板娘说："热菜稍等一下，马上就来。"

　　蛋哥目送她出门，又说："那个真老婆我看到过，邋遢、凶悍，如果天天来这里闹，客人会被她赶跑的。"蛋哥说着，给我倒上了米酒，"我们先动起来，老刀这个人没准点的，说不定临出门又要做手术，边吃边等他。"

　　两杯热米酒下肚，我的身上暖和起来，把外衣脱了下来。蛋哥说："其实这里的老板就烧一个菜——红烧鲤鱼，别的菜在他眼里不叫菜，都是搭配送的，也不自己烧。你等下可以去看看，红烧鲤鱼烧完就摘了围裙，一个人在抽烟了，灶头交给老板娘，剩下都是她的事。"

"哦，这么有个性？"

"没办法，客人都冲着他那条鱼来的。他从来不记细账，一顿饭多少钱，都由他张口决定，他也看人头，可能一模一样的菜，两个人来是两百块，三个人来就变成了三百块。所以碰上计较的人，要跟他理论，问这个菜多少钱，那个菜多少钱，他嫌烦，这可能也是他不愿意接待陌生人的原因。"

我笑起来："这买卖做得原始啊，不过挺有古风。"

蛋哥说："你别说，就这么毛估估，也忙不过来。"话说着，门外果然来了一拨人，他们隔着玻璃窗朝我们的房间张望了一下，去了隔壁房间。蛋哥说，"这两间包厢数我们这间好，隔壁没有空调，只生两个煤球炉，暖和没问题，就是一屋子煤气味，得时不时地开一下门，不然有煤气中毒的可能。"

我笑起来："这是冒死吃鲤鱼吗？被你讲得这么神，我得去看看。"

出了门，发现老板娘正在水池里捞鲤鱼，她戴着一副红色塑料手套，一只手提着菜刀，一只手拎着网兜，看准了鲤鱼，一抄就捞上来了。她看到我说："很多像你这样第一次来的客人都好奇，非得出来看。我们这里主要水好，挨家挨户都有水塘，养珍珠蚌，珍珠蚌的水塘里不能养草鱼，只能养养鲤鱼，这鲤鱼特别肥。"

我注意到了她手上的鲤鱼，果然漂亮，通体呈现金黄色，尾巴红得像鸡冠，身上的鳞片非常整齐，饱满而带着光泽，侧面的线条像画上去的，鲤鱼嘴上的触须肥厚而卷曲，感觉像从年画上跳出来的。

老板娘把鲤鱼往地下一掼，说："杀鱼有点血腥的，你看着不会不舒服吧？"

我摇摇头，用方言说："我农村出来的，杀猪杀牛看多了，眼睛都不眨一下。"

老板娘笑笑说："我们也不是所有鲤鱼都买，对个头有要求，一般两斤半左右的，鲤鱼超过三斤，肉质就粗，不好吃，个头太小也不行，都是细骨头。"老板娘杀鱼的手法极其娴熟，刨鳞片、剖膛开肚、挖下水，转眼间，洗好的鲤鱼就放在了砧板上。

这时候轮到老板披挂上阵了，他慢悠悠地抽了一口烟，把烟屁股弹出了门。在水龙头上洗了手，一手取过菜刀，另一只手捋在鲤鱼身上，那动作看上去极其温柔，仿佛在抚慰即将下锅的鲤鱼。再看那把菜刀，刀头已经磨圆，刀锋有了弧度，他的刀放在鱼背上，仿佛在辨认鱼骨，感觉就轻轻抹了三下，鱼背上的肉就顺着纹理裂开了，三条漂亮的斜纹，似乎每一条都贴着鱼骨走。

炉灶响起来，热油在锅里打着转，鲤鱼下了锅，被热烈的声音包裹住，鱼身随即被热油拱了起来。老板漫不经心地抖着脚，片刻过后，他颠起了锅，只见那条鲤鱼在空中不停地跃起，仿佛活了一般。几下之后，老板用勺子撒了料酒、酱油，盖上锅盖，煮至八九分熟，起锅。转而开始勾芡，那双手仿佛粘上了勺子，在空中转圈舞动，只剩重重叠影，转眼间，琥珀色的芡糊离开锅底，淋到了鲤鱼身上，薄薄一层，却异常均匀。香味从鲤鱼身上升腾起来，在厨房里四处游走。蛋哥仿佛掐着时间，一把拉开了门，对我说："还愣着干什么，过来吃了。"

我回到房间里，蛋哥说："他对你算客气的，一般陌生人站在旁边看，他会赶人。"我说："这也对，绝活最怕被偷学。"蛋哥笑着说："你这样子，一看就知道不是厨师，你以为人家傻？"

说着，红烧鲤鱼被端上来了。我暗暗惊叹，这老板果然有一手，煮熟的鲤鱼纹丝不乱，还是活着的模样，背脊朝上，身段自然弯曲，拗成一个 S 型，仿佛在盘中戏水。蛋哥早已按捺不住，举起筷子说："尝尝！趁热吃。"

我一直怀疑过于完美的东西，总想把它拆解开看个究竟，这种想法有点像那个朝蒙娜丽莎开枪的疯子。我把筷子伸了过去，刺入鱼身时，蛋哥在一旁大叫起来："你动作温柔点，吃相不能太难看。"我说："好看不顶用，早晚要进肚子的。"筷子的一端传来了鱼肉的弹性，一夹，那肉就一瓣瓣碎开来，确实是新鲜到了极致。我把鱼肉放入嘴里，它带了一点微微的辣，却盖掉了鲤鱼的腥味，再嚼，发现除了鱼的鲜美，还有一股淡淡的甜味。

第二筷伸过去，我的节奏慢了下来，因为我看到鲤鱼一侧的眼珠子没了，像被人剜去了。我看了一眼蛋哥，他正吃得津津有味，没想到他还有这童心，喜欢吃鱼的眼珠。我把鱼肉夹进嘴里，闭上眼睛，回味了很久。

老板娘看着我们，问："怎么样？"

我和蛋哥频频点头，我说："确实是我吃过的鲤鱼里烧得最好的，让我想起了小时候在水塘边玩耍的情景，纯粹，又有点淡淡的忧伤。"我这么一说，蛋哥在旁边咯咯直笑，老板娘也跟着笑，不过表情并没那么夸张，显然她挺受用的，紧缩的身形开始松弛下来，仿佛过了一场大考。

老板娘一走，我跟蛋哥说："你跟我儿子差不多，他也喜欢吃鱼的眼珠子。"

蛋哥愣了一下说："我没吃啊，谁吃鱼眼珠了？不过说来也奇怪，每次端上来的鱼都缺一颗眼珠，回回都这样，我怀疑是他吃的，厨师嘛，都好第一口。"蛋哥说着，朝门外努嘴。

我笑了笑说："吃鱼眼珠，这爱好倒挺独特的。"

我们正吃得欢，老刀赶到了，他看着只剩半边的鲤鱼，一把抢过盘子，放到自己跟前，不许我们再吃。我们不禁大笑，多年过去了，他还是读书时的模样。读书时，我们一起吃饭，他也是这个样子，碰到中意的菜就霸占，别人要跟他抢，他就往菜里吐口水。我们提起这茬，老刀就端起盘子，做出要吐口水的样子，我知道这是表演，年少时总有各种各样的恶作剧会停留在记忆里，一部分就凝固成了永久的友谊。

这顿饭吃得热火朝天，中途，蛋哥上了一趟洗手间，洗手间在外面的野地里，开门的时候，蛋哥还算淡定，回来时已经缩成了一团，他说："外面冷，比城里低好几度，好像要下雪了。"他的声音带着哆嗦，这让我们也跟着哆嗦起来。想想下雪天，为了吃一条鱼，受困于大樟树下，这顿饭忽然间就有了意思。

临近结束的时候，门被推开了一条缝，老板的头探了进来，他似乎很少主动跟客人打招呼，这让他看上去有些腼腆。蛋哥和老刀看到他，也愣了一下，连忙招呼他进来坐。气氛有点怪异，仿佛我们成了主人。他进来了，也不坐，看了一眼只剩一条骨架的鲤鱼嘀咕道："吃得倒挺干净。"蛋哥说："今天我好朋友来，能不能破例再烧一条？"老板说："吃得不够是最好的，吃多了会倒胃口。"我们纷纷说，不会啊。老板却不松口，他说："今天不烧了，下次想吃了，还可以来。"我感受到了他的固执，打了圆场："老板说得对，吃成饕餮，图了个爽，其实未必真爽。"

老板看着我，突然很正式地说："我想跟你谈谈。"

我有些愕然，问："谈什么？"

他的神情一下子变得有些窘迫，支支吾吾了一阵，冒出一句："你是文化人，应该对吃的比较了解……"

我笑起来，说："别听他们胡说，其实我也是个俗人，为了一口吃的，专门寻过来，开了半个多小时的车。"

老板的脸上恢复了神采，他说："这里的好多人都是从城里特意赶过来的，那个房间里的也是，每次都讨添头，遇上好吃的，就想一次过足瘾，我给他们掐着量。"

"您做得对，其实任何东西，过头了就是不及。"我说。

老板点点头说："食物最早……是为了填饱肚子，往后才是为了吃好，吃好分好多种……你们大概吃的是情怀。"说着他自己先乐了起来，那颗像鸟窝一样凌乱的头缩在棉衣领子里抖动了半天。

屋子里的气氛欢乐了起来，老刀剔着鱼骨架上的肉屑说："被你这么一说，这鱼的味道好像又好了一些。"他说着把鱼汤倒进了空碗里，盛了一勺子饭，拌起来说，"不能浪费，把每一滴精华都榨干净。"老板轻描淡写地说："骨科医生动手术经常用锤子榔头，费体力，你多吃点，我不会说你。"

我看了看窗外乌黑的天，窗沿上传来簌簌声，好像真的下雪了。我问他："为什么这么好的手艺要藏在偏僻的地方，而且定了规矩，只烧两桌？"老板笑了笑说："不光你们吃的应该节制，我对烧鱼也是这个要求，烧多了难免失手，丢了门面，就违背了初衷。"我说："懂了。"

蛋哥嬉皮笑脸地问："听说你以前生活非常讲究？"

"听谁说的？"老板很警惕，他仿佛觉察到了这话背后不怀好意。

"据说你吃小笼包，一定要有一碟浸着姜丝的醋，炖鸡汤必须有几片火腿盖在上面，有这回事吗？"蛋哥笑嘻嘻地问。

"你跟我说是谁告诉你的，我就回答你，不然你得问说这话的人去。"

蛋哥笑笑，没有了下文。老板抹抹嘴巴，反击道："记者这行当在以前也有，就是包打听，官方语言叫消息灵通人士。"我们都哈哈大笑起来。

　　本以为老板会拉开架势聊上半天，他却很快地离开了。我们又坐了一会儿，大概本来想聊一聊这个古怪的老板，可是终究谁也没说。仿佛在人家眼鼻底下，谈论人家，是件极冒险的事。

　　出来结账的时候，外面果然飘起了雪花，老板蹲在地上抽烟，安静得像个闲人。他看到我们出来，站了起来，蛋哥问他多少钱，他说："老样子，付三百块算了。"我们会心一笑，老板接过钱，突然又从抽屉里抽出一张二十元，递给蛋哥说："算了，看在你们这么远过来的份儿上，给你们打个折。"

　　一旁的老板娘正在清理水池，我看着她小心翼翼地把鲤鱼捞上来，养在旁边的水缸里，突然想起了我们那里的风俗，我说："这鲤鱼我们那里叫元宝鱼，大多祭祀用，祭祀完了，就放生了，好像我们那里的人不吃这个鱼。"

　　老板愣了一下，蛋哥和老刀奇怪地看着我，那一刻很安静，我立马意识到自己讲错话了，装作没事地往外晃。老板尾随了出来，我注意到他的表情有点恍惚，仿佛怀了一桩重重的心事，他一直把我们送上了车。离开大樟树，车子在荒凉孤寂的乡村公路上行驶，车灯前的雪花恍如精灵，迎面扑来，又惊慌失措地躲开了，我突然之间感到狼狈起来。

　　过完年，天气略微转暖的时候，蛋哥给我打电话，他说节目已经做好了，最后还是做成了一期，工作量可想而知，他说我录节目的时候大概没有对着话筒说，单是调音就把他累垮了。他问我要不要先听一听节目效果，我说不听了，这本来就是个任务，完成就好了。我的不屑让蛋哥有点生气，他说我不尊重他的劳动成果，这可是他的心血。我说那就听一下吧。他说，那么勉强就算了。你来我往地相互数落之后，我们又慢慢地客气起来。

我说，下次再去大樟树，我请客，作为赔礼道歉。蛋哥说，得换个地方了，大樟树已经不灵光了。我一惊，问他怎么了。他说他前几天又约了几个朋友去那里，老板竟然不烧鲤鱼了，搞得大家都很惊讶。老板娘悄悄地跟他们抱怨，说不知道他哪根筋搭错了，突然决定就不烧鲤鱼了，怎么劝都没用。大家都图他那条鱼去，不烧鲤鱼了，很有可能生意都逃走了。老板娘说，不烧鲤鱼了，总得烧点别的鱼，味道在他心里，逃不走的，只要他肯烧，失去的客人们还会回来的。他说，那就烧花鲢吧。

　　鲤鱼自此在他饭馆里绝迹了。一个厨师，放着绝活不用，去搞研发，这多少有点冒险。不过他那个手艺，烧花鲢问题也不大，蛋哥他们也吃了，确实也比外面的馆子好，但蛋哥他们几个都是吃货，一般的菜不入他们口，而且他们也不喜欢跟外面的比，就跟他原来的红烧鲤鱼比，首先相貌上就逊了一大截，鲤鱼多漂亮啊！那花鲢就一段，身上还都是叮满了蚊子似的花斑，吃着吃着，就越来越觉得不及他原来的红烧鲤鱼。还有，老板娘原先的一团和气也消失了，那天厨房里两个人拌上了嘴，锅碗瓢盆拍得火星四溅，这吵吵闹闹的氛围让蛋哥觉得有点扫兴。

　　蛋哥说，原来开车半个多小时去吃鲤鱼，还兴冲冲的，现在要先在心里衡量一下了，跑这么远的路，值不值得。我心里一颤，想到了我之前说漏的话，会不会是我引起的呢？让一个厨师发慈悲，这不是要人家命吗？他烧菜是要谋生计的呀。

　　我跟蛋哥说，不管怎么样，有时间了还得去光顾人家的生意，至少我觉得在大樟树下吃饭，这种体验不是哪里都有的。蛋哥说，要去没问题呀，你多回来几趟，回来了就带你一起去。

　　这之后，我也回过几趟老家，和蛋哥、老刀联系，也常把"大樟树下吃鱼去"挂在嘴边，可仅仅限于过过嘴瘾，并不付诸行动。每次，他们两个都很忙，尤其是老刀，手机得二十四小时待机，经常有紧急的手术把他临时召唤回去。

到了五月的时候，我跟蛋哥说："再忙也得去一趟了，夏天要来了。"当决定把一件事情搁在夏天去办了，我就觉得夏天会过得特别快，夏天一过，又得拖到下一年，而很有可能这之后都不会再发心去完成这件事。

蛋哥觉得我有偏执症，他总是希望老刀也能一起去。我说："如果下次老刀还没空，就不管他了，一定要去。"蛋哥说："好好好，陪你去发神经。"

随着大街上穿短袖的人越来越多，我挑了个周末回到老家。蛋哥已经等在火车站出口处，明晃晃的太阳让他眯起了眼睛，大蒜鼻尖上都是圆滚滚的汗珠，看到我出来，他嘻嘻笑着说："你真会挑时间，这天气我对吃的提不起一点兴趣，不过大樟树下避暑纳凉，倒是个好去处。"我拍拍他的肩膀说："别废话，走了。"

上了他的车，我问他后来去过大樟树没。蛋哥摇头晃脑地说："没去过，花鲢哪里不能吃？"我说："就不能再去看看那个老板？"蛋哥笑起来，他说："老板又不是美女，美女我都看不过来，还有心思去看一个老头？"

到了大樟树，发现和前次来果然不一样，那棵巨大的古树刚换好新叶，阳光下鲜嫩的树叶泛着淡淡的光。樟树下的石板上坐着几个老人，清一色黑得发亮的皮肤，他们聊兴正浓。一个老汉说他老表的孙子最近得了国家科学家奖，而且是特等奖。他说，现在国家对科学十分重视，科学是最要紧的，没有科学，再多的钱都没用。

蛋哥冲我笑笑，他说："没事了来这里挺好，听他们吹吹牛，奇思妙想什么都有。"我的兴趣并不在这上面，扫视了一圈，竟然没看到那两张小方桌，心里不免有些失落。走近饭馆，那块写着"大樟树"三个字的木牌还在,推门进去,里面有点黑。一个声音从里屋传来:"吃饭吗?"紧跟着,老板就从里面走了出来,他看到我和蛋哥,笑了笑说:"是你们啊!好久没来了,我刚打算睡会午觉。"

蛋哥脸上有了些许难为情,他岔开话题问:"怎么就你一个人,老板娘呢?"

老板迟疑了一下,开始刷锅,他说:"哦,今年生意不太好,她去厂里上班了,我一个人也够了,管得过来。"

蛋哥坏笑着说:"我知道生意不好的原因,主要你不烧鲤鱼了。"

老板停下来,看了我一眼,我感到浑身都不自在。他说:"我就是这样,决定了的事不会改,爱吃吃,不爱吃拉倒,都这把年纪了,不想将就人了。"

我连忙打圆场:"你的花鲢没吃过,来一份让我们尝尝。"

老板的脸色缓和了下来,他走到水池边,捞了一条花鲢上来,问:"这条怎么样?"蛋哥说:"太大了,吃不完。"老板说:"这是最小的了,我可以两种烧法,鱼段红烧,鱼头炖豆腐汤。"蛋哥露出了为难的神色,我赶紧应承下来,又问:"可不可以搬一张小桌到外面大樟树下?那里凉快,我们想去那儿吃。"

老板面露难色,他说:"以前也没人提意见,今年生意不好后,有人出闲话了,说大樟树下垃圾成堆,赚钱归我一个人,环境得大家来分摊。我一气之下,就撤了那里的桌子,再也没去摆过。"

那天,我们只好又坐到了包厢里,老板亲自来开了空调,他说一会就冷了。过了好一阵,我们发现那机壳发黄的空调也不太管用,声音大得像风扇,吹出来的气也不冷。老板进来看了看空调说,可能氟利昂没有了。他又把厨房的排风扇拿了过来,那家伙劲太大,吹得桌上的塑料餐布狂舞不止。蛋哥笑得岔了气,他说:"这不行,台风里吃饭,谁受得了！"最后只好开了窗户，老板又找来两把破旧的麦草扇，说只能这么将就一下了。

他忙得满头大汗，对我们说："以前她在，也没觉得她多重要，离开了，我相当于折了一只手，什么都得自己来。有时候想把她叫回来，可生意没以前好，叫回来又是负担，真是两难。"

我说："你还可以烧鲤鱼啊，各地风俗不同，拿别人的忌讳来限制自己，也犯不着啊。"他愣了一下，然后坚决摇摇头说："不弄了，放下的不会再要回来，我就是这么倔强。"

那天隔壁的那间包厢一直都没有人过来，蛋哥冲我眨眼睛："说明不是我一个人口味挑，别人也挑。"我说："味道不重要，我们吃的是情怀。"说实话，那天的花鲢端上来后，我也没有觉得味道很惊艳，可能是吃的人少了，花鲢不够新鲜，总感觉少了当初鲤鱼的生猛。蛋哥轻声说："这家饭馆的牌子倒了，可能坚持不了多久就会关门了。"他唉声叹气地摇着头："多好的饭馆啊，好端端的被自己折腾死了。"我也感受到了老板的艰难，他以前只烧一个菜，现在妥协了，什么都烧，洗菜也自己来，杀鱼也自己来，一个大厨师的架子都丢光了，约等于他的辉煌时代已经过去了。

我们潦草地对付完了那顿饭，从包厢里出来，看到老板在用抹布擦一个玻璃罐，玻璃罐是用来泡药酒的，器形还挺大，里面也没酒，灌了小半罐白色小丸。我们都见过人参、鹿茸、毒蛇啥的，这种比米粒大一点的白色小丸倒没见过，就问老板，那是什么好东西。

老板笑笑说，那不算好东西。他扶着那个玻璃罐说："听说以前的刽子手每杀一人，都喜欢在刀把上刻一条纹路，杀到一定数量就收手了。我和那些杀人如麻的刽子手也差不多，不同的是，我是杀鱼如麻。"

　　我猛然间记起来，当时他烧的鲤鱼好像都被剜去了一颗眼珠子。我一凛，问道："那是鱼的眼珠吗？"老板点点头，他说："别看一天两条，时间会让人瞠目结舌。我有一天挪出这个罐子，想把发霉的鱼眼珠晒一晒，一倒出来，那数量吓到我了，成千上万的小眼睛看着我。我想，罢了，不烧了。"

　　回去的路上，我们沉默了好一阵，蛋哥嘀咕道："没想到他还记这个账。"我说："可能换谁都纠结，不光是他，连我也感到为难，到底是吃还是不吃？"

　　我以为他的事情到这里就结束了，没想到过了几个月，老刀给我打电话，他说："你猜我遇到了谁？"我一头雾水，问："谁啊？"老刀说："大樟树的那个厨师，烧鲤鱼的那个厨师。"

　　事情是这样的。那天，老刀接到了急救室的电话，说送来了一个年纪很大的老人，摔了一跤，伤得蛮重的，让他赶紧过去看一下。老刀赶到急救室，发现那个老人躺在担架床上一直在哆嗦，他看上去真的挺老的，像一片挂在树枝上的枯叶，感觉随时会飘落到地上。老刀初步检查了一下，好像他的腿骨、盆腔都伤着了。他赶紧开了单子，让家属陪着老人去做全身 CT 检查。

　　结果出来了，盆腔粉碎性骨折，腿部也有两处骨折，得动手术。没想到家属说，老人家再过一个月就满一百岁了，这样的年纪上手术台，下不下得来都是个问题。他们建议老刀给他保守治疗，减轻点痛苦就行，能熬过去是老人自己的造化，熬不过去就这么认了。

　　老刀说，农村里的人都很现实，他们觉得这么大年纪是该走了。老人有三个儿子，两个都走在了他前头，再说自己长命百岁，活成了妖怪，膝下的人先走了，老人自己也厌世，不想再多活了。

　　说归说，老刀还是担心真出事了，家属会赖上医院，就让他们签了承诺书，家属们也都爽快，干脆利落地签了字。老人在医院里住了一个多月，并发症出来了，陷入了昏迷中，只能靠呼吸机维持生命。老刀开了出院证明，让他们把老人接回家。家属不放心，希望老刀能一起送老人回家。老刀当时就急了，在医院好歹还有单位护着，去了人家家里，这事要赖他头上，就真说不清楚了。他毫不客气地拒绝了，后来家属打了个电话，不久后，老刀就接到了院长的电话，说让他陪护一程。老刀想推脱，院长说，这户人家都是通情达理的人，你放心去，不会有事的。

　　老刀后来才弄明白，老人的一个侄孙在当卫生局局长，既然院长要求了，他只能硬着头皮去。临时充了一个氧气袋，挂在老人鼻子上。去了之后才知道老人的家就在大樟树，救护车拉着警报开进大樟树的时候，很多人都跑出来看热闹。

　　到了老人的家里，老刀说，氧气袋拔了，老先生就没了，你们自己决定什么时候拔，这个氧气袋也只能维持一两个小时。后来，他们商量着挑了一个时辰，老刀拔掉氧气袋，几个女眷象征性地哭了几声，还没热闹一阵就停了。

　　本来履行完分内的事，老刀也该回去交差了。没想到，老人庞大的家族都很客气，对老刀千恩万谢，非得留他吃晚饭。每一个人都对他说，难得有百岁老人这样的白喜事，这饭一定要吃。面对盛情相邀，老刀也被他们的热情打动了，就答应了下来。

　　老刀说，他也没事干，就坐在那里看大家忙忙碌碌，不时有人过来给他递烟，还陪他坐一会儿，聊几句无关痛痒的天。最有意思的是老人的家属都觉得气氛不够悲伤，喊来了一个专业哭丧的人。那个长得像一颗皱巴巴小土豆的人，问他们需要做为什么身份哭，他说什么身份都行，一个人一个价格，儿子女儿最贵，孙子孙女次之，侄子外孙表亲啥的，价格再便宜一点，后来一盘算，发现老人的家族过于庞大，一一哭不过来，就只好作团体哭的打算。

老刀说，那场景有趣极了，老人周围围满了亲人，但他们都在看热闹。那"小土豆"披麻戴孝，跟老人的家属说，我先哭几声给你们看看。结果一开口，气势恢宏，氛围搞得很浓烈，老人的家属都很满意。有人看到"小土豆"脸上挂泪，问他："你真哭啊？眼泪都出来了！"他边哭边回答："没有眼泪，我是哭不出来的。"就这样，双方很愉快地达成了交易。

老刀就坐在那里，听那"小土豆"一会儿装儿子，一会儿装孙子，句句催人泪下，哭的内容五花八门，条理都很清楚，仔细推敲，也不见明显的漏洞。更绝的是，作为女儿身份哭的时候，他仿佛变了性，连声音都变得细细的，诉说衷肠的词凄楚婉约，唱得像戏文。

老刀本来想坐一会就走的，听哭丧入了迷，竟然一坐坐到了傍晚。

到了晚上，大樟树下摆了宴席，单是过来帮忙的人就凑了好几桌，老刀被家属安排在主桌，享受了座上宾的待遇。酒过三巡，不知道谁说了一声："应该让老庄来烧一条鲤鱼。"这个提议得到了大家的响应。有人说："老庄现在不烧鲤鱼了，不过今天是康太爷的大日子，应该可以破个例。"

有人跑去喊老庄，不久后，老刀看到大樟树的厨师被众人簇拥着过来，这次他穿得十分考究，簇新的厨师服，扎着厨师围揽，头顶上还戴着一顶崭新的厨师帽。他走进大堂，朝康太爷的遗体毕恭毕敬地拜了三拜，周围围满了汇聚过来看热闹的人。

老刀说，听说大樟树的厨师要重新掌勺烧鲤鱼，大樟树的男女老少都出来了，感觉像一门失传的绝世武功重现江湖，大家都想亲眼目睹一下风采。

老庄还在做准备工作，有人就迫不及待地捧来了一条鲜活的大鲤鱼。他看了看，把鲤鱼接过来，抱在怀里还抚摸了几下。接下来发生了大家意想不到的一幕，老庄抱着鲤鱼一路小跑，在离大樟树不远的溪流里把它放生了。

众人纷纷错愕，老庄却回来了，他挽起袖子，问后厨有没有老一点的卤水豆腐。有人说，豆腐有的是，我们要看你烧鲤鱼，不是烧豆腐。老庄说："什么材料没关系，你们等着瞧吧。"

有人给老庄端来了豆腐，老庄说："太小了，得弄一版来。"马上有人给换了一版，老庄说，"再弄一盆清水来，旁边放着。"大家这时候才注意到，老庄带来了一个牛皮套，解开来，里面都是精光闪闪的刀具。

老庄把端来的豆腐往跟前一放，闭上了眼睛，众人都屏住呼吸，瞪大了眼睛看着老庄，不知道他要干什么。老庄突然双眼睁得滚圆，眼眶中熠熠闪光，他的目光都集中到了眼前的这版豆腐上，只见他手握刀具开始在豆腐上停停走走，时而细腻婉约，仿佛于大山溪流深处，拨动琴弦，时而万马奔腾，如百川汇流，翻腾入海。

过了半晌，众人反应过来，他是以豆腐为原料，在雕刻鲤鱼。刀具在水盆和豆腐间来回游走，愈来愈疾，感觉刀锋处有热流倾泻而出。那版豆腐顷刻间仿佛有了生命，一条鲤鱼的形状出现在了众人面前。

老刀说，当时有种错觉，觉得这条鲤鱼就是从老庄心里游出来的。众人围着鲤鱼纷纷议论，说雕得太传神了，尤其是尾巴，仿佛还在划水。

雕刻完鲤鱼，老庄又调了藕粉，把它淋在了鲤鱼身上，开了炉火，热了油锅，把那条"鲤鱼"放进了油锅，片刻后，"鲤鱼"出锅，通体金黄色，形状也更加立体。有人高喊："好！"众人纷纷开始鼓掌。

之后，老庄改用平底锅，把"鲤鱼"放了进去，"忽"一下，火苗蹿了起来，老庄身上的血液仿佛也跟着沸腾起来，他的勺子在一排调味料中穿梭，每一下都如蜻蜓点水，拍入锅中后，不时有火焰蹿起，但也转瞬就熄灭，那些火焰仿佛出自魔术师之手，一明一灭，任由他掌控着，那条"鲤鱼"在各种变幻中滋生出神奇的香味。一阵眼花缭乱的烹饪后，"鲤鱼"终于出锅了，它摆在一口清水瓷盘中，形象呼之欲出。

但这并没有完，老庄又调了番茄咖喱酱，他仿佛化身为神奇的画师，用那把已入化境的勺子往"鲤鱼"尾巴上轻轻一泼，红黄相间的色彩恰到好处，一分不多，一分不少。众人暗暗惊叹眼前的景象。老庄又调上了黑芝麻酱，转眼间，从牛皮套中抽出一支细毫，蘸了黑芝麻酱，点了"鲤鱼"的眼睛。

至此，他袖子一甩，扔了细毫，大喊三声，颓然坐于地上。众人纷纷去扶他，却见他已伏在地上，抽动着双肩。

那条"鲤鱼"被端上了桌，被无数双虎视眈眈的眼睛盯着，但大家仔细一看，都噤了声，因为那条"鲤鱼"仿佛活了，它的眼睛炯炯有神，在瓷盘中看着大家。这会儿，叫好声也没了，嘈杂的环境安静了下来，谁也不敢先动筷子，就这么静静地对视着。

僵持了很久，人群中有人嘀咕："吃不得啊，太吓人了！"大家面面相觑，不知该如何收场。这时候，不知谁提示了一下，大家纷纷把注意力转到了墙上的康太爷，他正笑眯眯地看着大家，这一来一往，就把他和鲤鱼牵上了线。缓过神来之后，大家七手八脚地抬起那条"鲤鱼"摆到了康太爷的灵前。之后，人群才开始慢慢地活泛过来。

新　锐　作　家　卷

业余玩家

孟小书

上半部分

0

再过几天，鼓楼那家开了十几年的唱片店就要关门了。店里所有的唱片都打一折，有些旧点的 CD 都是论"摞"卖的。孙闯闯站在店门口，踌躇之际，忽然在地上看见了"扭曲的面孔"几个字样。他蹲在地上，把那张唱片捡了起来。这是乐队最后一次巡演的 live，虽是盗版的，但老板标价很高。他欣慰地放了回去。

该去看看子夜了。

1

距离开跑还有一个小时。扭曲的面孔乐队仨人都已经到了马拉松现场。烈日炎炎，柏油路面上的热气在蒸腾。子夜要求孙闯闯和大饼的装备都得跟上，无论跑得如何，穿得都得像专业的。到了现场，子夜很满意，确实很像那么回事。

子夜作为乐队主唱和队长，一直在给大饼和孙闯闯做跑前的心理辅导。

"都打起精神来，一闭眼睛就完事了。"

"哪那么简单？你看看这一个个的，浑身都是腱子肉。"大饼眯缝着眼睛，一直往周围的小姑娘身上看。

"实在不行，你就盯准了一个姑娘，跟她屁股后面跑。"孙闯闯说。

这仨人里面，子夜的体力是最好的。为了在台上边唱边跳，他给自己定了一个健身计划——每天晨跑五公里，除非头一天晚上喝大了。他们谁都不愿意承认自己老，但毕竟都是奔四张儿的人了，难免连蹦带唱几首，就开始喘。除了子夜，他们都说他是逆生长。大饼是鼓手，浑身上下就俩胳膊最有劲，每次只能打三首歌。大饼爱吃宵夜，所以体重总也减不下来。坐在一堆鼓中间，存在感倒是挺强的。每次演出，演到第四首他就得休息，一般都把抒情的歌插进来，或是子夜在台上讲两句，来个抽奖环节，调节气氛。但主要都是为了让大饼休息一下他的俩胳膊。别人都说，扭曲的面孔居然还搞粉丝抽奖，这两年真是越来越流行范儿了。孙闯闯是乐队的键盘，能站着演完一场演出就不错了。演出的时候从来不跳，就一直站着。时间久了倒也自成了一种风格，像是机器人、死人。但乍一看还挺起范儿的，颇具电子感。但跑马拉松这事儿，真能要了他的命。

子夜来来回回地望着周围，时不时还捋饬一下头发。大饼东张西望地，一直在找那位跟他们碴架的男粉丝。

"我这看了半天，都没见着那孙子人影。该不会是认怂，不敢来了吧？"

"人这么多，哪那么容易找？再等等。"子夜说。

"说实话，我都忘了那人长什么样了。"孙闯闯说。

三人淹没在人群中，鬼鬼祟祟地东张西望。

"欸？你们说，怎么也没人找咱们签名呢？"大饼说。

孙闯闯也向四周看了看："你看这些中老年同志，有像听摇滚乐的吗？"

"也有年轻的啊？你看这几个小姑娘，还都挺好看的。"大饼说。

"这几个一看就是傻白甜。而且，你往人家屁股上看的时候能稍微含蓄点吗？"

"欣赏女性之美，从来不需要含蓄。"

在孙闯闯和大饼斗贫之际，大喇叭开始广播了，说是比赛还有十分钟开始，请各位参赛者各就各位。孙闯闯心不在焉，闷闷不乐。本来苏玲儿说好今天会来的。但现在也没联系上，又不知道跑哪儿去了。爱去哪儿去哪儿吧。

比赛开始倒计时，发令枪一响，孙闯闯突然两眼一黑，天昏地暗。

一个月以前，扭曲的面孔在一个能容纳一百人的 livehouse 演出。据 livehouse 的老板说，演出的票只卖了一半。但当晚，几乎满场。一半的人是来看演出的，一半人则聚在旁边喝酒泡妞儿吹牛逼。所以，这更像是一个大 party，所有人都很放松，包括乐队的这仨人。

前三首演完了，到了抽奖环节，子夜正要公布获奖人名单时，有一个狂热女粉丝声嘶力竭地喊着子夜的名字，另一名男粉丝就骂：傻逼吧？别瞎喊。这时候子夜就在台上批评了那位男粉丝：咱们对女性还是要有起码的尊重，怎么能随便骂人呢？那位男粉丝像是喝多了，突然就急了，我看你也像傻逼！大饼一下跳到子夜旁边，站在台上指着鼻子就骂那个男粉丝。俩人骂了一番，开始有打架的意思。

大饼："不服你上来！"

男粉丝："不服你下来！"

"你丫上来！"

"你丫下来！"

最后，谁也没上来或是下去，旁边好几个人都在拿手机录视频，并没有拉架的意思。孙闯闯和子夜都觉得很丢人。子夜突然扫了下吉他，和孙闯闯对了个眼神，开始了下一首歌。大饼指着那位男粉丝："完了你丫别走。"大饼坐了回去，抄起鼓棒一顿玩命地敲。

演出在后半宿结束了，子夜、大饼及 livehouse 老板等人一直喝到了天亮。孙闯闯演完就回家睡觉了。

第二天一早，孙闯闯被电话吵醒。是费主席。

"别睡了！我 ×，你们丫火了！"

"我知道我们挺火的。"

"你们上了热搜，我 ×……"费主席激动地不停在说感叹词。"你快拿手机看看，微博、朋友圈、抖音，都刷爆了。全是你们视频。"

孙闯闯惊醒，想到了肯定是昨晚跟粉丝骂街的事。不由得一直说："完蛋了，完蛋了……"他后背一阵发凉。正如主席所说，真的满世界都是他们的视频。大饼在视频里骂人的样子狼狈不堪，像个汗流浃背的胖泼妇。子夜在大饼身后站着，几次试图劝架，未遂。孙闯闯在视频里的画面较少。而那位男粉丝一直都没出现。几个人在台上站着，显得特别傻。

这时候苏玲儿的电话来了，她终于出现了。

孙闯闯已经顾不上生苏玲儿的气，顿时有点蒙。

"你们乐队可够牛的，现在哪哪儿都是你们的视频，这是要火起来的节奏啊！"苏玲儿直奔主题。

"这有什么可高兴的，丢人丢大发了。这么多年白干了！"

"这你不懂了吧，好多人想上热搜还上不去呢。"

"你赶紧说说你，昨天不是说来看演出吗？你这人到底有没有点谱？以后做不到的事别随便答应别人。"

"瞧给你气的，至于吗？昨天一姐们儿生孩子，特别突然，说生就生，我过去看她来着。"

苏玲儿是孙闯闯女朋友，也许苏玲儿并不这么认为，但在孙闯闯心里，她就是他女朋友。而在别人眼里，俩人也是天造地设的一对儿。他们在一起合合分分快两年了。苏玲儿是摄影师，和圈儿里这些人也都很熟。

　　"别生气了，我一会儿过去找你。对了，我晚上要拍你们，《音乐派对》要用，估计也是想蹭热度。"

　　"今天没空，我一会儿得找子夜他们去。今天还有排练呢。"

　　"就拍两三张，拍你们排练照片也行。"

　　"一张都不行！"说完孙闯闯愤怒地挂下了电话。

　　下午时分，子夜和大饼纷纷醒了，看见孙闯闯打了二十多通电话以及诸多条的微信，也有点慌。几个人迅速纷纷赶到了排练室。令孙闯闯意外的是，子夜和大饼都特别兴奋，尤其是大饼，还大声读起了网友的评论。

　　"行了，别念了。我就不懂，你们怎么能这么高兴呢？这不是什么好事。咱得想办法把这事平过去。"

　　"怎么了，这还有一个特别逗的。说'那个粉丝肯定特别丑，连个面都不敢露'。欸？那男的长什么样来的？我都忘了。老孙，你还记得吗？"

　　"不记得。"

　　"欸！这男的在微博@咱们了，说'你们丫也就会打嘴炮儿，下来我一挑三都没问题。年纪一把了，还在台上嘚瑟，真难看'。"

　　大饼急眼了，说非要弄死他。

　　子夜让他冷静，大饼又说："说什么都能忍，但这孙子说咱难看，就不能忍！"

　　乐队微博账号是公用的，他们仨都能随便在上面发消息。大饼立刻上了微博，给那男的回了一条："你要约在哪儿？你约哪儿我去哪儿！"

男粉丝又立刻回了一条："一星期后，北三环马拉松现场见！"

仨人都傻眼了，不知道这是什么路子。围观网友又嗨了，纷纷在下面留言声称要来围观。大饼还在愠气，子夜若有所思的样子，像是在盘算着一件什么大事。孙闯闯站了起来。

"大饼你不觉得丢人吗？"

"等会儿，我觉得这是好事。咱们终于要走起来了。"子夜说的时候煞有介事，像真的就要走起来了一样。

"这么多年都没火，最后靠骂街火了。你没想过别人会怎么评价咱们吗？你们是不是觉得特别有面儿啊？"

"这事有这么严重吗？你别总上纲上线的。"大饼说。

"就是的，你别这么悲观，这是大好事儿。而且我觉得这马拉松得去。不管能否跑下来，咱们都得去。"

"没错，必须跟丫死磕到底。"大饼是个特别简单的人，不明白子夜在说什么。

"要去你们去。我反正肯定不去。"孙闯闯起身要走，一下被子夜拉住了。

"你等会儿，我知道你觉得这事特别傻，但你仔细想想，咱们乐队都组了三四年了，一直也没公司要签咱们。那种小酒吧的演出每次也没几个人听，这种日子还得过多久？反正我是觉得要熬到头了。咱们现在就要增加曝光率，再加上好好排练、好好写歌，做好充分的准备等着唱片公司在网上看见咱们。我相信，是金子都会发光的。"

无论子夜怎么劝说，他就是无法认同。孙闯闯有种不好的预感，而且这种预感特别强烈。

第二天，子夜把孙闯闯和大饼聚集到排练室，就这次跑全马的事开了一个会。他说：

"不管跑成什么样，装备必须得专业，不能像以前演出似的，穿得稀里糊涂的。上了热搜，就意味着咱们已经被更多人知道了，而且见着那位先生，咱还得客气点，咱们是有素质的乐队。尤其是你，大饼，注意控制情绪，跑的时候暗地里较劲就完了。"

马拉松现场，孙闯闯当即晕了过去，被医护人员抬到了场地边上临时搭建的急救室。醒来的时候子夜和大饼也都在旁边陪着他。孙闯闯说：

"怎么样了？跑完了？"

"那孙子没来，咱们好像被玩了。"大饼说。

子夜在一旁抽着烟沉默着，他不再用手机上网了。他知道，一切都已经过去了。

孙闯闯把眼睛闭上了。

2

这件事过后，确实有几家 livehouse 请他们过去演出，而且演出费用也确实有所提高。在事业上算是一个小高潮。但也仅此而已，风波过去，小高潮也迅速退潮了。他们仍是一个毫无名气的乐队，迅速被人们遗忘了。子夜受到了严重打击，但他从来没表现出来，他坚决不能显出一副被击垮的样子，让别人笑话，让别人瞧不起。他强迫自己抑制住几近崩溃的情绪，依旧每天写歌，更新微博，喝酒应酬。就像什么事也没发生。别人问起，他就"嘻哈"着打个岔就过去了。

大饼没什么感觉，就是觉得被这孙子玩儿了，特别生气。但也没什么办法，权当是在网上火了一把，也没什么损失。而孙闯闯消失了三天，他把自己关在家里，反复思考着一件事，就是他是否要离开乐队。自从这件事发生以后，他觉得子夜、大饼离自己越来越远，并不是谁变得更好了，或者更糟了，只是有什么事，大家不再能像以前那样，奔着一个目标使劲儿了。他觉得，如果再不离开，这么下去他就会被耗干，直到毫无气力。

这天，子夜在群里说晚上排练，大饼应和着，孙闯闯没回信。到了晚上，子夜和大饼都已经到了排练室，等了半个小时，只等到了孙闯闯的电话。孙闯闯把自己要离开的事告诉子夜了。其实子夜也早就有心理准备，他隐隐地感觉到，孙闯闯迟早都会离开的。但他还是不愿意承认这个事实。子夜一直压抑的情绪和孙闯闯离开的消息，彻底把他击垮了。他深深地把头低了下去，脖子后方的骨头高高凸起。大饼见子夜这副样子，停止了打鼓，坐在原地，愣愣地看着他，小声说："子夜，没事吧？"子夜赶紧摇摇头。

过了会儿，他控制住了情绪，说："能跟我说说为什么要退出吗？"

大饼吓了一跳，瞪着大眼睛看着子夜。

孙闯闯想了想，说："通过这次的事，我觉得你们应该换一个人。或许那个人能跟你们走得更远。"

"我不是特别明白你的意思。"

"我是指咱们对待这件事的态度。算了，总而言之，我们想要的东西已经不一样了。"孙闯闯说得很抽象，也没再具体解释这"东西"到底是什么。

子夜知道，孙闯闯这是又犯病了，那股子理想主义青年的劲儿又上来了："老孙，这样吧，先别说走。还像上次那样，我给你放个假，时间长短你来定。等你调整好了，再回来。"

孙闯闯明白子夜的意思，他是想给彼此一个台阶下。无论是一个多么不起眼儿的乐队，乐队成员离开都不是一件小事。如果此刻子夜同意，那么他们彼此之间的情分也就到头了。孙闯闯顺势答应了。这样也好，也好，孙闯闯想着。

下午，孙闯闯躺在沙发上，看着天花板上费主席的画——女人裸露着上半身，下半是曼陀罗。花瓣肆意延伸到了墙壁上。孙闯闯的思绪就像这花瓣，没有头绪地肆意飘散。他前妻在四年前搬走了，因为这画前妻跟他吵了好几次，但也无济于事。那几次吵架的情景，突然历历在目。不知道过了多久，他缓过神来，屋里寂静得让他坐立不安，忽然间又发现自己有种要哭的冲动。这是他离开乐队的第十六个小时。自己真的要离开了吗？一切都是那么虚幻。外面的阳光、和前妻刚刚的争执、马拉松、上热搜、退出乐队……他闭上眼睛，决定再去睡一会儿。

在梦里，苏玲儿和他在一艘去往印度的船上，他们俩在摇摇晃晃的甲板上发了疯似的跳舞，莫名地特别开心。突然一个浪花拍在了孙闯闯的脸上，他惊醒，蒙蒙眬眬地发现苏玲儿真的就在眼前。她用一双冰凉的手糊在了孙闯闯的脸上。

"吓我一跳，你怎么来了？"孙闯闯使劲揉了揉眼睛，打了一个哈欠又说："神出鬼没。"

"我怎么不能来？"苏玲儿一下躺在了孙闯闯怀里，两人抱在了一起，顺势折腾一番。

事后，苏玲儿说："我怎么觉得你今天状态不太对劲儿呢？"

"我离开乐队了。"孙闯闯漫不经心地说。

苏玲儿"腾"地坐了起来，一副惊呆了的表情："你说真的呢？"

"真的。"

"这么大的事，怎么没跟我商量呢？"

"你来无影，去无踪的，你跟谁商量去？"

"我天天给人家拍片儿去，都是干正经事呢。现在说你呢，你为什么要离开？子夜同意了？"

"就是道不同不相为谋呗，子夜算是同意了吧。原话是要给放个无限长的假期。"

"那还有缓儿。你都不知道，未来乐队的日子会越来越好。你可别任性，歇几天赶紧回去。我真挺看好你们乐队的，肯定能红。"

"是吗？那你预测一下，咱俩未来会怎么着？"

"咱俩应该会结婚，并且有很多孩子。"

"你喜欢孩子？"

"不喜欢，随便那么一说。"

孙闯闯看了看表，此刻是晚上九点了，离开乐队已经一天了。他突然很低落，他不知道没了他的乐队会变成什么样。他不敢问子夜未来有什么打算。他觉得自己特别混蛋。孙闯闯用力抱着苏玲儿，苏玲儿憋得快喘不过气来了。

"你千万不能再离开我了。你要是不在，我该怎么办？"

苏玲儿听完这话，立马清醒了。无论孙闯闯说的是真是假，她都要立刻离开他。孙闯闯抱着苏玲儿不知不觉睡着了。苏玲儿小心起身，久久地看着睡着了的孙闯闯，给他写了一张字条：我这人没什么安全感，也给不了你安全感。不是有一句话叫"他人即地狱"吗？我觉得我自己就是那个地狱，我总想让身体的那个怪物出来，出来跟我聊聊。我不想再耽误你时间了，咱俩还是算了吧。

等孙闯闯再醒来的时候，苏玲儿已经走了。孙闯闯这次没太伤心，只是觉得自己很失败。他已经受够了苏玲儿动不动的"失踪"，分了也好。至于乐队，他觉得自己对不起子夜和大饼，但如果继续待在乐队里，他将会变成一个只会弹琴的工具或是摆设，主动退出是最好的方法，但此时此刻，除了逃避，他不知道应该做什么。离开一段时间，让自己忘了苏玲儿，忘了乐队，忘了子夜和大饼。

孙闯闯立即收拾包裹，随便拣了几件衣服塞到包里，直接去了火车站。本来想去成都，可当天的票都卖没了，只好买了张去天津的车票。上了火车他给费主席发了一条信息：我出门几天，家里的金鱼隔三岔五地帮我喂一下，钥匙藏在门口自行车车筐里了。还有，我离开乐队了……

3

子夜上一次给孙闯闯无限期的假，是因为苏玲儿。

苏玲儿是个摄影师，而且相当的著名。她拍过很多有名的作家、艺术家和做音乐的人。音乐杂志上，几乎每期都有她拍的照片。但苏玲儿并不是很在意名气之类的事，她喜欢在这个圈子里混，也喜欢拍照，喜欢摇滚乐。苏玲儿比孙闯闯大一岁。在她二十岁出头的时候，就喜欢摄影。由于工作原因，她年轻时候结识了一个当年很火的乐队主唱，没过多久两人就在一起了。后来，她就进入了这个圈子。再后来，她就认识了孙闯闯。

苏玲儿是那种跟男人上完床就当没这事发生过一样的人。孙闯闯那会儿觉得跟苏玲儿上过几次床，她就是属于自己的了，但恰恰相反。他越来越不了解她了。苏玲儿从没跟他讲过关于自己家里的事儿，但话里话外的，他总觉得苏玲儿的父母已经不在世了。一个人漂泊了这么多年，

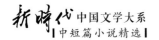

她倒是习惯了。

孙闯闯不能没有苏玲儿，她总是给他讲一些离奇的故事。这些故事有的是她从盗版书里看的，也有的是听别人讲的，也有的是自己瞎编的。她就是孙闯闯的创作源泉，是他的天仙，是他的一切。没了苏玲儿，孙闯闯什么都干不了。

苏玲儿消失的那一年，孙闯闯像个神经病一样。一星期不出门，或是一星期都在外面飘着，连家都不回，夜里泡完吧，直接去费主席家里住。或是花 200 块钱给大饼，让他介绍姑娘。那一阵儿，大饼也差点被孙闯闯逼疯了。给他介绍所有的姑娘他都不满意，有一次还差点跟一个姑娘打起来。弄得大饼也挺尴尬的。但孙闯闯依然不罢休，继续让大饼给他介绍姑娘认识。大饼说，我这儿真没了。孙闯闯说，我给你加钱。大饼说，你给我两千我都给你找不着。

苏玲儿偶尔会更新博客，在网上发一些新拍的照片。她的行踪不定，照片和时间对不上，很混乱、很随机。有时会发一些在缅甸的照片，有路人，也有她自己。

苏玲儿偶尔也会在网上发一些她写的小说，或是诗歌。

有一次苏玲儿发表了一篇小说，里面有孙闯闯的影子。他看了好几遍，越看越觉得写的就是自己。

子夜叫孙闯闯去排练，他说状态不好，要休假。子夜问他什么时候能调整好，他说，不知道。我要无限期地休假。那一阵子子夜和大饼也很无奈，想重新找个键盘，但又没有合适的人。满大街都是键盘，可合适的人就是找不着。别人都以为他们乐队解散了。

没过多久，孙闯闯彻底消失了，谁也找不到他。

又过了很长时间，他回来了。他去了趟印度的 gowa 海滩。这个漫长的假期总算结束了。

4

"热搜"事件虽然过去了，但也不是完全没有响动。最近的确有几家唱片公司给子夜打了电话，但这几家公司不是闻所未闻，就是野鸡公司，要不就是有特别瞧不上眼的乐队在旗下。直到早上迷乐公司打来了邀请电话。子夜相当兴奋，立即联系了孙闯闯和大饼。

这是孙闯闯离开北京的第三十五天。孙闯闯接了电话，子夜问他在哪儿呢，什么时候能回来？孙闯闯那一头的信号不好，有一句没一句地大声嚷着。其大意是他也不确定。子夜给孙闯闯发了一条信息：速速回京，迷乐公司要签咱们了。孙闯闯没回信，不知道是信号不好，还是不想回。

大饼跟子夜相约，一个小时后到排练室。两人见面后只是不停地抽烟，接下来该怎么办，两人都不知所措。对于三缺一的他们来说，接到迷乐公司的电话或许是个坏消息。子夜感受到了前所未有的绝望，他对大饼说：

"我愿意付出我的一切换回老孙。如果他能回来，我一定死死地抱住他。什么都听他的。"

"别这么想，又不是没了他咱就玩不转了。"大饼有点生气。

过了许久，子夜说：

"你不懂。"

然而，此时此刻的孙闯闯正坐在前往大理的绿皮火车上。

大理是孙闯闯这趟无目的旅行的最后一站，梭子乐队也是他最后见的一波儿人。他自己其实没什么计划，只是觉得是时候该回家了。

孙闯闯醒来的时候，发现子夜给他打了无数个电话，孙闯闯知道子夜找他无非就是再说一次迷乐公司要签约的事。这么拖下去也不是办法，只好给子夜打了回去。

"总算找着你了，现在有一个特别紧急的事，你可仔细听好了。迷乐公司要签咱们了，以前你怎么任性都行，可这次你得认真一点。"子夜说。

"嗯……"孙闯闯发出了一个沉闷的声音。其实昨天在火车上，子夜的那通电话，孙闯闯听清楚了，只是他不知道自己该怎么办。这不就是机会吗？乐队一直等待的机会，可是这个算是自己的机会吗？他犹豫了。

"我也不知道。我跟你说了，我现在特别拧巴，就是怎么着都不行。我得再需要点时间调整。"孙闯闯说。

"老孙，你都调整一个多月了。我不知道还要等你多久。我也……"

"你也不想等了吧？"孙闯闯打断了子夜的话。

子夜停了片刻。

"你犹豫了？"孙闯闯又说。

"没有，我不是这个意思。现在没有时间让你犹豫了，一切都准备就绪了，终于有公司要签咱们了。咱们等了这么长时间，机会终于来了，我不想就这么放弃。"

"子夜，我想这就是咱俩最大的不同。你的目标，你在追求的东西都很明确。现在，你终于等到这个机会了，我为你高兴。但，你知道吗，在我离开的这段时间里，我一直在想，我做音乐到底是为什么？可我越来越迷茫，有时候觉得音乐是我生活的一部分，也是我身体结构的一部分。写歌、听歌是一个特别理所应该、顺其自然的事。我压根就不想让公司签，有公司要签，这事我一点都不高兴。写歌、发专辑、巡演，我讨厌这些事。还有，我必须要告诉你，那次马拉松的事发生了之后，我就突然有种感觉，咱们早晚会分开。"

子夜有点蒙，半天没说出话来。

"我怎么没太明白你意思呢？你在等什么？你玩乐队是为什么？跟我们耗这么长时间又是为什么？你是觉得做音乐自娱自乐最有劲呗？"子夜说。

"我也不知道我要干吗。"

"我再问你一遍，你已经决定要离开了吗？"

"是。"

"那我再跟你说得明确点吧，直到现在外人都不知道你走了的事。迷乐公司也是冲着咱们仨要签约的。乐队要是换了人，我不知道人家还愿意不愿意签。所以，看在这么多年情谊的份上，你先回来，咱仨先把约签了。回头你再找个理由，跟公司好好说说，你看行吗？"

孙闯闯冷笑了一下，想了想："子夜，我挺佩服你的。不管什么时候，都能这么冷静和理性。"

"所以你是答应了吗？"子夜没心情听孙闯闯对他的人格总结，他迫不及待地想知道孙闯闯的答复。

"第一，咱不能骗人家。第二，这属于违约。"孙闯闯又说。

"一切后果，我担着。"子夜信誓旦旦地说。

"行，可以。我今天就回去，晚上到北京，明天就能跟你们去签。"

孙闯闯挂了电话，坐在小旅馆的床边上。或许这也算是对子夜和大饼的一种补偿吧，签完约，我们也算是两不相欠了。这样挺好。

在外漂着的一个多月，苏玲儿似乎已经淡出了孙闯闯的生活。可当火车刚一进到北京站的时候，苏玲儿好像一下子又回来了。他努力克制着自己不去想她。

孙闯闯翻了一圈联系人，给费主席打了过去，告诉他自己回京的消息。

"你真决定离开乐队了？"

"之前本来还挺犹豫的，但你知道子夜这孙子昨天跟我说什么吗？"

"什么？"

"他说，迷乐公司要签乐队。但对方不知道我要走的事，所以子夜告诉我，要走也得假装跟他们一起把约签了，回头再走。"

"你答应了？"

"答应了，就算是我对子夜的补偿吧。我离开乐队也确实挺自私的，没想过他们未来会怎么办。但我真的待不下去了，我是彻底看透子夜了。"

"也没什么的，人各有志。"

过了老半天，孙闯闯都要忘了这个话题，费主席突然说："子夜让我想起了一个人。"他两只眼睛直勾勾地盯着地面，似乎魂儿已经飘走了。

"谁啊？"

"邓科。"

"邓科是谁啊？"

"一个制片人，做电影的。之前坑过我一朋友。那人也是，头脑特别清晰，有原则，没底线。他的名言就是，我是制片，不是人。"

费主席走后，他一直琢磨着邓科这人，他觉得有点意思。

这时候，子夜给他打了电话，说明天过去迷乐公司签约，穿得尽量体面点。

5

迷乐公司在一个创业园区里，很好找。

"进去吧，老孙，到时候你就别说话了。"子夜说完，带头先进去了。

孙闯闯先是使劲点了下头，然后跟在他后面，双手插兜。他看着子夜颇具歌星范儿的背影，越琢磨觉得越有意思。子夜真的是邓科那种人吗？希望不是，不然我一定会跟他决裂的。他一边琢磨着，脑袋一边不自觉地轻轻点头。他想：这还是当初认识的子夜吗？

迷乐公司的老板叫杨一帆，别人都管他叫杨队。因为他曾经带过一队人马从北京骑摩托去过大理。其实也没多远的距离，与那些动辄就骑摩托去西藏的人没法比，但这些人毕竟不是探险家，对于这些奔六张儿的搞音乐的人来说，已经不简单了。当时闹得沸沸扬扬的，后来大家就都管他叫杨队了。

杨队没什么架子，看见了他们三个后特别兴奋。一直在聊上次马拉松的事，东聊西聊的，也没说到签约的事。大饼跟杨队聊得热火朝天，子夜一直端着个架子，看着就累。孙闯闯不怎么说话，一直观察着子夜和杨队。

聊了一个半钟头，杨队突然说："行，今天聊得挺高兴的。你们去找歪歪签合同吧，我这人签乐队吧，主要看性格能不能合得来。我觉得你们不错，你们这仨人搭配得也好。条款合同都写着呢，要是有什么不同意的，咱们再谈。合同都是模板，其他乐队也都是这么签的。我要出去一下。我定制的摩托车头盔到了。"

杨队拍了下子夜的肩膀，就走了。留着仨人还在办公室。

"嘿，这人真有意思。"大饼说。

"你去找歪歪。"子夜跟大饼说。

孙闯闯还是坐着，低着头，看合同。看到违约金一百万时，心里不由得紧了一下。他一直琢磨着杨队这人。他看着挺实在，如果让他发现事情的真相，他会打官司告我们吗？到时候真让赔这钱，可怎么办？孙闯闯突然又想起了昨天费主席的话，想着邓科和子夜。

子夜把合同拿回了家，说是要仔细看看。事后，三人出了公司。大饼说："咱们要不要一起吃个饭？"

"什么饭？是庆祝成功签约了，还是吃个散伙饭？"子夜说。

"老孙，你真要走？"大饼说。

孙闯闯没说话。

"我还有点事，先走了。"子夜顺势挥了一下手，拦了辆出租，走了。

"那天苏玲儿说，是你不想玩了，是吗？"大饼说。

"嗯。"

"你打定了主意，向来也不会改。行吧，既然决定了，那我尊重你的选择。"

"有合适的人了吗？"

"还不知道呢，但子夜好像已经在开始找人了。他没跟我直说，是我猜的。有些事，他也不会告诉我的。"

已经在找人了？孙闯闯突然说不出话来了，头皮一阵阵发麻。这下，他的心彻底凉了。他使劲吸了一下鼻子，点了点头，又拍了下大饼的肩膀："知道了，哥们儿。我先走了。"

第二天上午，子夜突然约大饼吃午饭，说新成员找到了，想让他一起去见见。大饼惊呆了，没想到子夜的动作会这么快。新的键盘手早早地就在餐厅里等着了。子夜和大饼也准时到了，见了他们来，键盘手赶紧站了起来，看上去很拘谨。新的键盘手向大饼自我介绍着，说自己叫陈建军，从小弹琴，已经弹了三十几年的琴了。大饼也客气地回应着，但整顿饭下来，大饼的情绪看上去不高。饭毕，子夜问大饼："你怎么了？

一直没怎么说话，你是不是觉得不行？"

"也不是……不行。你刚说他叫什么？"大饼问。

"陈建军。"

"哦，就是感觉普通了点，但没准人家也有别的过人的才华呢。我相信你的眼光。"

子夜不再说话了，一副失魂落魄的样子。

一个星期以后，孙闯闯离开乐队的消息，还没等子夜告诉杨队，就传到了人家的耳朵里了。消息走漏得很快，不知道是谁传出去的。网友们议论纷纷。杨队很气愤，说你们要是给不出一个合理的解释，就要按照违约处理。违约金合同上面写得很清楚。子夜一下就慌了。

虽说之前子夜信誓旦旦地说过他会承担一切后果，但事情来了的时候，还是第一想到了孙闯闯。第二天，孙闯闯、子夜和大饼一起去了杨队的公司。子夜非常诚恳地把事情的原委告诉了杨队，孙闯闯没说话，他不知道应该说什么。但杨队仍然很气愤，又把合同拿了出来，要他们赔偿违约金一百万。看来子夜和大饼都把杨队想得太简单了。

违约的事又把三个人凑到了一起，三个人又回到了排练室。

"这下怎么办？一百万，打死我也拿不出这么多钱来。"大饼说。

"这事跟你们都没关系，是我自找的。"子夜说。

"别说那没用的了。"孙闯闯说。

子夜没搭理他，独自走了出去，说想透透风。

6

与此同时，在雾行娱乐公司里，陈总、节目策划大飞、制片人邓科，以及五六个长得很好看的年轻人，正在为新的选秀节目的事儿讨论一上午了，但还是没有结论。

"赶紧说正经的，中午我还有饭局。"陈总说。

"其实也没什么可聊的了，这选秀节目都大同小异，规则也都差不多。"邓科说。

"大飞，你再把规则大体重复一下。丁丁，你记录。"陈总说。

"规则大体就是，请三十个乐队进行十轮比赛。逐一淘汰，最后分出前三。第一轮先淘汰五支乐队……"

"欸，对了！"邓科突然想起来了什么，打断了大飞的话，"听说了吗，孙闯闯单飞了。他们新键盘叫陈建军。"邓科说。

"是啊，这不前两天的事吗？"大飞说。

"所以，我有一主意。"邓科说。

"我觉得可以这样，咱们加一个环节。就是等到扭曲的面孔进入到前五的时候，让孙闯闯来挑战他们，如果孙闯闯赢了，那么扭曲的面孔就直接被淘汰，让孙闯闯直接进前五。"邓科说。

"那万一孙闯闯不同意呢？"大飞说。

"不同意就让别人上呗，反正想来的人多的是。"邓科说完靠在椅子上，把一只脚搭在了另一条腿的膝盖上，玩命地抖着。

"孙闯闯要是不来，就没必要让扭曲的面孔进前五了。"大飞说。

"咱们这节目主打的可是公平公正。"陈总瞪了一眼大飞。

"公平公正？"

"没错，所有数据都必须是真实的。作假的节目太多了，没意思。现在观众都不傻。"陈总又说。

"我觉得陈总说得对。以扭曲的面孔实力，能否得冠军这个咱不好说，但进前五肯定没问题。"邓科赶紧附和着。

那几个年轻人面面相觑，丁丁是扭曲的面孔的粉丝，也是孙闯闯的粉丝。

大飞："这点击量肯定能上去，但你说孙闯闯能同意吗？"

邓科："我觉得没问题，这帮人都等着这机会呢。实在不行就多给点儿出场费。"邓科又补上了一句："让孙闯闯做突袭嘉宾的事要保密，千万不能泄露出去。"

丁丁还是没抬头，一直抠着笔记本的键盘，实在不忍将这段记录在内。

正当子夜发愁怎么凑这一百万时，突然接到了雾行公司打来的电话。对方跟子夜大体了解了一下关于乐队解散和新成员陈建军的消息，又说了说节目的事情。他们聊了半个小时，对于孙闯闯的事都只字未提。子夜的大脑飞速运转着，突然一下就答应了参加节目的事情。子夜迫不及待地给大饼打了一个电话，说："这下齐活儿了！半个小时后在排练室见，把陈建军也带上。"

子夜飞奔到了排练室，激动地把节目的事告诉了二位，说："咱们终于有救了。这节目一定要参加。首先，这是节目组自己上门找上来的，咱们要是能在节目里火一把，杨队那边就有交代了。成了名杨队也高兴，这一百万就不用赔了。"

"那万一杨队还是不依不饶呢？"大饼问。

"上了节目咱们身价就不一样了，咱们用上节目的费用和以后演出的费用慢慢还也行。"

陈建军听得一头雾水。

大饼盘算了一下，目前这是最好的办法了，不行也得行。

第二天，他们仨去了迷乐公司，杨队坐等他们的解释。子夜说了说他们的计划。杨队一脸狐疑地说："我现在都不敢再相信你们说的话了。"

"保证是真的，人家等着我们签合同呢。不信您可以跟雾行公司的人去核实。"子夜说。

杨队表情有点松懈了，子夜又说："之前瞒着您是我们的不对，但我们也是有难言之隐。您的消息太灵通了，还没等我们解释您就知道了。放心，我们要是上了节目，一定全力以赴。"

"这是你们新找来的键盘？"杨队上下打量着陈建军。

"对，小伙子挺有才的，关键是踏实。"

"你们跟孙闯闯到底怎么了？"杨队突然很关切地问起来。

子夜见杨队话锋一转，立即就顺着聊了下去。他把孙闯闯过往的一切不靠谱的任性行为全都说了出来。大饼和陈建军一句话也没说。听着子夜控诉孙闯闯，大饼心里不是滋味。杨队听完子夜的话，皱着眉点了点头："这么说，这孙闯闯换了还是对的。是吗？"

"那当然了，换他是早晚的事。而且他一直状态不好，也写不出什么好歌来。"

"你说得对。"杨队若有所思地点着头，"欢迎你的加入。"杨队站了起来，与陈建军握手。

晚上，孙闯闯把自己摆成一个"大"字形，平铺在床上，脑袋里空空的。他迅速把自己洗漱干净，随便吃了点早餐，准备开始一天的工作。他坐在三架键盘中间，脑子里瞬间浮现出了一段欢快的旋律。没想到，今天的创作竟如此顺利。

他反复听着刚才的编曲，一遍又一遍地听，情不自禁哼唱起来。他用一种极为放松的姿势摊在了椅子上，子夜、大饼、苏玲儿一股脑的又都跑出来了。他们会喜欢这首歌吗？子夜会不会觉得太流行了？大饼的鼓怎么配上？他顿了顿，忽然觉得应该与子夜和好，昨天的那场对话子夜或许已经忘记了。我不能没有子夜和大饼，我们要永远在一起！我们已经被公司签了，未来的道路是光明的。那首他刚刚做完的曲子一直循环播放，再一遍地确认，这真的会成为扭曲的面孔成立以来，做过的最棒的一首歌。我们真的会一举成名，是那种真正意义上的成名。我们必须和好，就像当年那样。

孙闯闯越想越激动，他双手甚至略有发抖，拿起了手机准备给子夜打电话。可就在此刻，微博突然蹦出了一条消息，是关于扭曲的面孔乐队的。他迫不及待地点进去看——扭曲的面孔乐队已被迷乐公司签约，与此同时，主唱子夜宣布，键盘手孙闯闯正式退出乐队，单飞。吉他手陈建军将加入乐队……

孙闯闯突然接到了大饼的电话，他把昨天和今天发生的事一一告诉了孙闯闯。孙闯闯没想到仅仅两天的时间，居然发生了这么多事。孙闯闯说，挺好的。这下也不用赔钱了，你们也找到合适的人了。挺好的……

我们的友情是虚假的，

我们的爱情是虚假的，

我们的努力是虚假的，

那个为之奋斗和不顾一切的东西是虚假的，

我之所以称之为是"东西"，

是因为 / 我连它具体是什么，

都不知道，

一切都是虚假的。

当孙闯闯把这些写在纸上后，又看了几遍。音响里循环放着前些天写好的歌，他一边看着，一边哼唱了出来。他把自己关在房间里，音乐满屋，遮盖住了一切。他仔细认真地将词填写进旋律中。反复修改，但怎么都觉得有点别扭。他靠在椅背上，心里仍是像有堵不透风的墙。他想着，我该恨子夜吗？

下半部分

1

丁丁一直在想，自己是否要去跟陈总再聊一下关于孙闯闯"突袭"的规则。自己在公司里毕竟三四年了，算是个元老，和陈总一起也做了五六个项目了，况且陈总也是扭曲的面孔粉丝。扭曲的面孔不是什么有名的乐队，如果不是陈总喜欢，他们也进不了这个节目。但让孙闯闯去"突袭"自己来挣收视率，手段未免也太下三烂了。但自己毕竟不是什么领导，对于陈总已经决定的事，自己当然是没什么资格再去质疑或是反驳。

下午，陈总回了公司，丁丁踟蹰了半天，还是推开了陈总办公室的门。

"陈总，您现在忙吗？"丁丁说。

"进来吧。"

丁丁进了办公室，又突然觉得不知道怎么开口。

"陈总，我想再跟您商量一下关于孙闯闯'突袭'的事。"

"你说。"陈总面无表情地说。

"我觉得这……是不是不太好呢？"

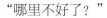

"哪里不好了？"

"就是觉得……有点太不厚道了。"

"忘了我之前怎么跟你们说的了？一切以节目点击量为主，其他的都不要说了。"

丁丁知道再说就是自讨没趣了，她刚要走出办公室，又被陈总叫住了："孙闯闯我来联系他。名单上的乐队，还有其余几个'突袭'嘉宾，你们尽快联系。还有，'突袭'嘉宾要保密，不能让参赛乐队知道。最后一个事情，节目海报现在就要开始找人设计了。"

"还找费主席吗？"丁丁问。

"行，就他吧。"陈总回答。

丁丁答应后，出了门。

孙闯闯把自己关在家里快半个月了，这期间他做了三首歌。自己觉得还算满意，休息的时候不是睡觉就是看几部老电影。前几天，苏玲儿来过两次电话，孙闯闯都没接，后来就没再打过了。费主席找过他几次，给他带了点外卖和啤酒，他们讨论着彼此近期的作品，都觉得对方进步了。

这天，费主席接到了丁丁的电话。丁丁跟费主席曾经合作过两次，彼此已经很熟悉了。丁丁大概说了下情况，费主席就明白她的意思——继续给节目设计海报。费主席很高兴，雾行公司向来很大方，而且从不拖欠报酬。而此时，费主席已经将近半年没收入了，正在发愁钱的事时，就接到了"大单"，真是一场及时雨。

丁丁在电话里说："您是不是跟孙闯闯挺熟的？"

"对，他是我兄弟。"

"那我大体跟您说一下海报内容，是要设计孙闯闯做突袭嘉宾的，而且突袭的就是他原先的乐队。"

费主席一下急了，刚要说话又被丁丁打断了："费老师您先别激动，我知道这样不好。我也是孙闯闯的粉丝，但我也没办法，是我们老大和制片人要求的。还有一事，这次的节目据说十分的公平公正，不掺假数据。所以扭曲的面孔进了前五，孙闯闯才能做突袭嘉宾呢。"

"那你们着急做海报干什么？"

"这事儿不都得往前了赶吗？"

"我看你们就是有猫腻，什么公平公正，都是假的。"

"那您不信就算了，我也没办法。您看您这活能接吗？不能接的话，我还得再去找别的设计师。"

费主席犹豫了半天，最后还是答应了。反正孙闯闯也不会问海报是谁设计的。他不问，我不说。费主席盯着屏幕，他的痛苦很抽象，是无法言说的。

2

有关《新生唱将》宣传逐渐涌出，手机电脑、街边上的公交站，甚至电梯和地铁站里，哪哪儿都是这节目的海报。海报上，扭曲的面孔三个人占据了相当大的比例，其次几个歌星零零散散地被排在他们的周围。子夜和大饼被电脑后期修得几乎面目全非了，大饼看着像只有八十公斤左右的，子夜看着像女的，至于陈建军和其他几个歌星，孙闯闯没怎么仔细看。

进节目组这事，是苏玲儿告诉他的。其实也不是苏玲儿自己告诉他的，只是昨天孙闯闯翻看了她的微博发现的。苏玲儿在网上是这么写的：预祝一切顺利。下面附了几张子夜进组的照片。照片应该是子夜传给苏玲儿的。看来他们现在走得很近。孙闯闯不敢再想下去……

费主席也不知道最近在忙些什么，孙闯闯说约他吃饭，他却总说自己忙。他总觉得费主席在故意躲着自己。也许他现在真的很忙吧。他顿时感到自己被全世界抛弃了。曾经，乐队、苏玲儿和费主席就是他的全世界，可现在，他们是一个世界的了。

子夜、大饼和陈建军进到了节目组已经有一段时间了。录制了三期节目，成功地进到了十五强。节目录制得算是顺利，跟子夜想象的也差不多。和他们一起比赛的还有当红的几个年纪特别小的明星，用子夜的话说，都是一群长得特别好看的小朋友。这些小朋友不管真假，反正在子夜他们面前显得还挺客气的，彬彬有礼的样子。他们周到的礼数令子夜和大饼特别感慨，现在的小孩儿真是越来越有礼貌了，哪像他们小时候，见着比自己资深年长的前辈，也没大没小的。对于后辈的客气和尊重，子夜的自我感觉相当良好，因为真的已经觉得自己是前辈了。可大饼觉得有点别扭、有点尴尬，似乎少了点人情味儿。大饼和子夜在后台看着正在排练的小朋友们，大饼说："你不觉得他们特像假的吗？"

"是有点，长得都差不多。"

"不是说长得。我意思是，你看他们相互都点头哈腰的，跟机器人似的。"

"你管人家呢。"

"我怎么觉得，咱都这么大岁数了，还跟这帮小孩儿一起PK，是不是有点丢脸呢？"

"甭说那没用的，赶紧排练吧。回头输给人家，更丢脸。"

"你说……这比赛是公平的吗？"子夜突然没头没脑地冒出来这么一句，着实给大饼顶着了，子夜和大饼半天都没吭声。看着台上一遍又一遍排练的小孩儿们，他俩都觉得特感动。大饼突然又说："如果节目组内定的是他们赢，我也认了。你呢？"

子夜一听这话，有点不高兴了："我要是没什么天赋，我也这么玩命练。"说完，他拍了拍大饼肩膀，示意他赶紧排练。

晚上，子夜睡不着。苏玲儿和他站在家里阳台上，望着远处还在堵车的四环路，一根接着一根地抽烟。他一直在跟苏玲儿念叨着今天在台上刻苦排练的那些小孩儿，和在演播间走廊里的节目策划邓科，以及与导演聊得热火朝天的铅笔刀乐队。他们肯定有一个是内定的，到底是谁呢？他又忽然说，如果节目组安排我们输给那帮小孩儿，怎么办？也太丢人了。他越念叨越气愤。苏玲儿在一旁抱着他的胳膊，脑袋靠在他肩上，听他没完没了的自言自语。

"现在的年轻人都努力着呢，比你们可努力一百倍。"苏玲儿说。

"是，我也这么觉得。"

苏玲儿把嘴轻轻贴在了子夜的脖子上，子夜顺势搂住了苏玲儿的腰。

"欸，我觉得咱们这样特别不好，我总有种做贼心虚的感觉。"子夜说。

苏玲儿没说话，她不再亲吻子夜，又把脑袋靠回了他的肩膀。

"你没这感觉吗？"子夜又问。

"你还是继续刚才的话题吧，继续说说节目的事儿。"

子夜叹了口气，突然，什么也说不出来了……

孙闯闯不在了，子夜找不到人聊天，只能给大饼打电话。大饼接了电话，没多一会儿，子夜就颓在了大饼的客厅沙发上。大饼把窗户全部打开了，外面车水马龙的声音能让子夜稍微平静些。

"你别总这么发呆啊，要不咱俩喝点？"大饼坐在另一个单人沙发上，看着子夜。

"不想喝。"子夜半死不活的，感觉连说话的力气都没了。

"你这是怎么了？"

"我就是在想，咱们要是输给了那帮小孩儿怎么办？"

"人就是这样，当你有了一张床的时候，你就想要一个房间。有了一个房间，你就想要一栋房子。当你……"

"行了，行了。"子夜烦躁地打断了大饼前不着村、后不着店的话。

"我意思就是，咱别不知足了，多少乐队还都没上这么大节目的机会呢。这平台多大啊，有个机会露个脸不错了。更何况，咱们现在也没有十足的理由说人家节目组就有内幕。"

"肯定有，你没看见今天在走廊上，铅笔刀他们跟制片人还有导演，那聊得叫一个高兴。"

"他们聊什么了？"

"没听见。反正就一顿地吹牛逼、一顿地乐。"

"没准人家之前就认识呢？"

"那说明更有问题了。"

"你现在怎么神经兮兮的？不就是一个节目么，就当玩去了呗。你以前可不这样啊。"

"你可别忘了，进不了前五，咱们是要赔那一百万的。"子夜寻思了一下，"不行，我得去趟排练室。"子夜突然站了起来，像没头苍蝇似的，在大饼家里来回乱转地找东西。

"你说现在？"大饼看了眼手机上的时间，"现在可都快十二点了。"子夜还是在几个房间中进进出出，"你找什么呢？"

"钥匙！"

"这不就在这儿呢吗？"大饼从茶几上拎起一小串钥匙。子夜赶紧

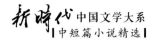

从大饼手上抢过来，"赶紧走，我不能在这儿待着，要疯。"

3

　　扭曲的面孔乐队已经顺利地进入了前十五了，已经在三期节目中亮相了，这已经远远超出了之前的预想。可即便如此，子夜还是每天处于一种精神十分紧绷的状态。一个是想着要出名，一个是屁股后面有着一百万在追赶着他。节目组的规则极具挑战性，想尽办法，用各种么蛾子折磨乐队和歌手们。子夜疲惫不堪，可奇怪的是，他越是疲惫，越是像疯了一样地写歌、排练。他像掉进了正在飞快旋转的漩涡里。大饼快扛不住了，但也不敢说什么。陈建军特别感谢子夜，感谢他的"收留"，同时他也觉得自己是特别幸运的一个人。这么多年的苦练没有白费，终于熬到了能出人头地的一天了。他一门心思跟着子夜走，子夜让怎么改就怎么改，从来不抱怨。每次排练完，还把排练室的地和乐器擦一遍再走。

　　子夜每天回家都很晚，并且总是疑神疑鬼的。他对苏玲儿不信任，总是觉得他不在的时候，苏玲儿就会往孙闯闯那里跑。

　　但无论子夜怎么怀疑、焦虑、发疯，他都得按照节目组的时间表按时录制节目。他像一个被机器运转着的小齿轮，没有间隙地运转着。扭曲的面孔终于靠自己的实力进到了前十。乐队已经有了新专辑，专辑里有的歌是他们曾经和孙闯闯一起做的，也有的是最近子夜自己做的歌。键盘的名字已经被替换成了陈建军。孙闯闯一边看着新闻，一边念叨着："多么平庸的名字，听着就不像能弹好的。子夜看人的能力真是越来越差了。"

　　乐队不仅有了新专辑，还有了全国八个城市巡演的公告，歌儿基本都是子夜写的，但一看就是为了凑专辑和巡演逼着写出来的。孙闯闯窃喜着，当时的决定还是对的。他最怕的结果还是被子夜遇到了。

这时候，孙闯闯的电话突然响了。

"孙老师您好，我是雾行公司的陈贤君。"

"您好，您别客气，叫我老孙就行。"

陈总笑了下，又说，"老孙，你知道《新生唱将》这个节目吧？"

"不太知道。我不怎么看电视，这类综艺也不怎么看。"

"没关系，这是一档唱歌的选秀节目。我希望你能来参加一期。"

孙闯闯刚想开口说话，就被陈总的话堵回去，"你先别急着拒绝我。我听说你从扭曲的面孔单飞了。但实际上不是这样的吧？网上还有人说，是子夜把你赶出来的。"

"网上说什么的都有，您别信。"

"那实际是怎么回事，你能跟我说说吗？"

孙闯闯觉得这个陈总还挺实在的，但自己是怎么离开乐队的，是不是被子夜赶出来的，他自己也说不明白。

"也没什么说的，就是感觉理想和追求不一样罢了。分开对各自未来的创作都是有利的。"

"那你觉得你比子夜强吗？"

孙闯闯没说话。

"我觉得你比子夜强。音乐有想法，扭曲的面孔几首我特喜欢的，都是你作词作曲的。"

"真谢谢您，我没您说得那么好。我就是一个俗人，只不过比别人好相处一点。"

"你到底有多好、有多少本事不需要跟我说。你需要向广大听众和你的粉丝说。"

孙闯闯犹豫了，陈总说得没什么错，但自己又不想去参加节目。这到底该怎么办呢？

"你考虑一下，后天给我答复吧。"

挂下电话，孙闯闯脑袋有点发木。发了会儿呆才开始渐渐思索着，刚从一个漩涡里逃出来，又要掉进另一个漩涡。苏玲儿、乐队、选秀，他隐隐地觉得自己的生活正在重新洗牌。

他看着扭曲的面孔新专辑封面。第一首歌叫《重生》。歌写得不错，一听就是子夜的，只是陈建军弹得差点意思。再一看歌曲下面的留言：

"扭曲的面孔这张专辑真不错，孙闯闯挺可怜的，居然被乐队给踢出去了。"

"如果孙闯闯还在乐队，品质肯定会更好。"

"扭曲的面孔也真够狠的，孙闯闯刚一走，就发了新专辑。老孙真可怜。"

诸如此类的，觉得孙闯闯可怜的留言有二三十条。孙闯闯越看越气愤，他最痛恨的就是被人可怜，这比不尊重我、看不起我，还让人接受不了。虽然粉丝们没什么恶意，但这却正好击中了他的要害。

此刻已经夜里十一点了，他想都没想，又给陈总打了一个电话。陈总居然还接了。

"这么快就想明白了？"陈总说。

"想明白了，我参加。"

"这就对了。"陈总对他的答复看来很满意。

夜深了，楼上楼下的邻居也都睡了。屋子里只剩下钟表在"嘀嗒嘀嗒"地响，孙闯闯随着有规律的节拍，跷着脚，想道：我是不是有点太冲动了？

上综艺节目这事真的好吗？观众会不会觉得我更可怜了，可怜到已经开始靠上综艺节目来维持自己了？但刚刚已经答应了陈总，再拒绝也实在说不过去。算了，没准这是机会也说不定。可综艺是什么东西，到底怎么玩，游戏规则是什么呢？他打开网页，随便找了一个唱歌类的选秀综艺节目看了起来。站在台上的歌手和乐队老师，有一些都是孙闯闯的朋友。甚至还有几位吉他和键盘手都声称自己永远都不会参加这种节目的。台上的歌星和乐手们都把自己的情感放大了无数倍，动作极为夸张和做作。台下乐迷们毫无头绪的律动；评委老师们词不达意的点评……

第二天早上，孙闯闯醒来后的第一件事就是想到参加节目的事，他反复问自己是不是后悔，他的反应是，还凑合吧，没有特别后悔的感觉。但还是有点犹豫，憋不住给费主席打了一个电话，想征求他的意见。费主席忐忑不安地接了电话，果然是说要上节目的事。费主席赶紧说：

"老孙，选秀的事不适合你。"

"难道不是一个机会吗？"

"节目里全是猫腻，反正劝你别去。"

孙闯闯挂了电话后，睡了过去。

4

孙闯闯终于接到了节目组的通知，与此同时，也看到了相关的海报。自己的头像和扭曲的面孔放在了一起。他现在心情却如此平静，身体软弱无力，靠着一游丝在苟延残喘。他在家思考了一夜，作了两个决定。第一个是准备认真参赛，输赢不重要。关键是不能给自己留下任何遗憾。第二个就是要唱自己的新歌。这一晚上，他喝了很多黑咖啡，坐在电脑和键盘前，又仔细地把那首准备交给子夜的歌，重新编了一遍。最后决定把歌名定为《那是什么东西》。这次，他终于不用再附和任何人了，这次的演出，只有他自己。凌晨四点，天蒙蒙亮了，他上了早上八点的闹铃，闭上眼睛，在沙发上睡着了。

这一晚上，苏玲儿没睡着。子夜和大饼陈建军一晚上泡在了排练室里。他们怎么都想不通孙闯闯为什么会答应来比赛，来参加这种综艺节目。苏玲儿独自在子夜家，站在阳台上，望着什么也看不见的远处，想着明天孙闯闯和子夜他们的"对决"。她忐忑不安，觉得自己是帮凶，对不起孙闯闯，这辈子都没脸再见他了。可是这又能赖谁呢，谁让他当初追她的，谁让他那么想跟苏玲儿结婚的，居然还提到过生孩子的事。苏玲儿继续想着，和子夜的关系似乎也到了一个临界点。这么在他家耗着到底什么时候是个头儿？她对这一切已经厌烦透了。

这一晚上，她也作了一个决定——她要和过往说再见，不再逃离，不再逃避。郑重地和子夜道别，找一个地方，认真地过日子，那个地方将会成为她永远的家。那个地方是哪儿呢？她查了查自己的存款，又算了一下自己每月的收入，北京是混不下去了，而且也没什么理由让她非耗在北京不可。她去过很多很多地方，这次她决定把家安在四川。

她从来没跟谁郑重道过别，该怎么道别呢？电影小说里都是写信告别，但又觉得太矫情。她想了想，干脆就直接点吧，她给子夜发了一条微信语音，准备了半天，最后只说了句：再见子夜。这句道别她练了好几遍。

孙闯闯按照约定时间，前往节目组，进行拍摄录制。当摄像机一对准孙闯闯的时候，他就倍感局促和紧张，眼神总是躲闪着，或低着头。采访时，半天又说不出话来。节目组说，逆袭嘉宾没有彩排，除了不要说一些违规的话以外，可以尽情地展示你自己。

该来的总会来的，子夜和孙闯闯终于在后台碰到面了。这是自那次在迷乐公司分别后，第一次见面。子夜有点尴尬，孙闯闯倒是看着挺淡定的。

"没想到你能来。"子夜说。

"我也没想到。"孙闯闯说。

子夜和孙闯闯都沉默了，本来子夜有很多想问孙闯闯的，比如你为什么会来？你来干吗？离开我们是不是后悔了？你觉得陈建军怎么样？等等。就在沉默之际，子夜他们就被导演组的人叫着上台了。几位评委寒暄过后，嘉宾们开始了一阵热烈的呼喊。紧接着，舞台的灯亮了，扭曲的面孔率先上台。孙闯闯站在舞台的后面，看着子夜、大饼和那位他总也记不住名字的键盘手。大饼在开始前一秒，突然与孙闯闯的目光对上了。孙闯闯跟大饼点了点头，大饼鼻子一酸，打响了第一个鼓点。这是扭曲的面孔第三张专辑中的第二首歌，也是最火的一首，唯一流传过大街小巷的一首。

台下的观众大声齐唱，孙闯闯会心一笑：这下子夜该满意了，他最喜欢的就是粉丝跟他一起大合唱，他觉得只有这一刻才是最嗨的。但孙闯闯就觉得大合唱有点傻、有点土。这一点上，他们永远也无法达成共识。孙闯闯此刻像卸了包袱的骡子，浑身轻松。他靠在一旁，自在地也随着音乐的韵律摇摆了起来，也跟着粉丝们一起哼唱着。

表演结束了，打分也结束了。评委们又开始了相互的寒暄和点评。子夜带着乐队下了台。孙闯闯双手交叉在胸前，上半身靠着一堵墙。

"不错，效果挺好的。"孙闯闯说。

"加油兄弟，别客气。"子夜有点累，喘着粗气说。

工作人员提醒着孙闯闯准备上台，做了一番最后的设备检查，孙闯闯深吸了一口气，上去了。

"这首歌献给……我最爱的人。"孙闯闯在唱前说。舞台如此之大，如此之明亮，他独自站在中央的位置上，有些孤单。音乐响起了，子夜耳朵一亮，确实挺不错的。

我们的友情是虚假的，

我们的爱情是虚假的，

我们的努力是虚假的，

那个为之奋斗和不顾一切的东西是虚假的……

这是新歌，谁都没听过，用这首歌参赛太冒险了。孙闯闯独自在舞台上，用尽全力地演绎着。台下粉丝虽然没人能跟着唱，但都跟着音乐在摇晃。丁丁站在第一排 vip 区，号啕大哭。孙闯闯满头大汗，忘我地在台上嘶吼着。这是孙闯闯首次演出独唱，让评委和观众们都颇感意外——孙闯闯竟唱得这么好。

"孙闯闯这是什么意思啊？"孙闯闯的歌词，子夜听得懂，大饼也听懂了，费主席应该也能懂。只有陈建军挺美的，跟着音乐摇头晃脑。

"我们的友情是虚假的"，这句歌词反反复复地在唱。真的是虚假的吗？子夜鼻头有点酸。他忽然觉得曾经对孙闯闯所有的迁就，和无限的忍让都变成了自己的一厢情愿。他越唱，子夜越委屈、越失望、越气愤。他在台上，就像个一直在宣泄自己委屈的小朋友，这么多年了，怎么就一直没长大呢。

孙闯闯卖力的演出赢得了台下一片喝彩和掌声。

当唱完最后一个音的时候，孙闯闯已经累得佝偻着后背，用力地大口喘气。不知道是眼泪还是汗，他一直在擦着眼睛，不停地擦……工作人员赶紧从后台递上了纸巾。评委一边点评，孙闯闯一边擦，无论说什么，他都点头表示同意。后来其中一评委问到关于离开乐队以及和子夜在台上 PK，心情是怎样的时候，孙闯闯咽了下口水，手举着话筒说："我祝福子夜，祝福乐队以后能越来越好。"说完，台下有粉丝哭了，哭得最严重的就是丁丁。孙闯闯径直走下了台，评委在上面喊着："欸，先别走，我们还要宣布比分。"孙闯闯权当没听见，下了台直接走了。

"妈的，这孙子把比赛当成什么了！"子夜很气愤。

没想到的是，这场比赛孙闯闯赢了。当宣布完比分的时候，子夜用力踹了一脚演播室的椅子。大饼和陈建军还有几个工作人员吓了一跳。

"没事，还有下一场呢。"工作人员小心翼翼地劝着子夜。

"什么玩意儿，我看你们这比赛全都有猫腻！"子夜骂骂咧咧地走了。

大饼和陈建军赶紧向工作人员道歉，大饼让陈建军留在这儿，自己去追子夜。按照赛制规定，还得再比一场，两场比分的票数相加，高的获胜。大饼劝子夜说：

"咱们还有一次机会，况且票数相差得不是很多。"

"你相信这票数是真的吗？我觉得他们就是故意的，他们就想让孙闯闯赢。"

"人家不都说是真实数据了吗，你别太悲观。"

"大饼，你这人就是太幼稚，太幼稚！"子夜气没消，越想越生气，又说：

"你听听他那歌词，就他委屈是吗？"

"行了，别想那么多了。"大饼也不知道该怎么劝，随即说了几句片儿汤话。

"别让我再看见他。见一次,我打一次。"

孙闯闯和子夜彻底决裂了,也与之前的生活彻底断裂了。陈总和节目制片人大飞、邓科对他都很满意,说,每个圈都有游戏规则,拿出你的职业精神和职业素养。既然想在这个圈里混,想出名,那就得遵守游戏规则。其他人,都是业余玩家,所以他们早早就被淘汰了。孙闯闯客气地点了点头,表示同意。

第二场比赛在两天后,要求每个乐队和歌手都要唱一首未曾发表过的歌。子夜和大饼回家各自翻着电脑,把曾经做过的"半成品"全都翻出来。子夜反反复复听着,一遍遍地尝试着如何重新编曲,过了一天一夜,仍是拿不定主意,他像疯子似的到处给别人打电话,征求意见。最后大饼实在受不了子夜,他觉得再这样下去肯定会疯的。大饼突然在排练室里,扔了鼓槌说:"我不玩了。"

"别闹了,我这烦着呢。"子夜根本不理他。

"我说我不玩了!"

"嘘!你小点声!"子夜一下蹿到了排练室的门后面,悄悄看了眼门外面,赶紧把门关上了。

"你丫干吗呢?"对于子夜近期种种神神道道的行为,大饼已经非常厌恶和不耐烦了。

"我跟你们说,这门外面肯定有人盯着咱们呢。没有的话,估计也有摄像头或者是窃听器。"子夜瞪着眼睛,用特小的声,悄悄地说,"所以你们别总动不动瞎嚷嚷。"

"那你刚才看见人了吗?"大饼问。

"指不定哪儿躲着呢。这帮人都阴着呢。"

"我看你是疯了吧？"

"别闹了，赶紧再排一遍。"

就在此刻，丁丁突然给陈总打了一个电话，说孙闯闯失联了，打了一天的电话都不接。大飞和邓科那边也找不到他。陈总告诉丁丁，赶紧再找一个独立音乐人，不用特别火，有一点知名度的就行，重新和扭曲的面孔进行比赛，重新录制。丁丁又问，那孙闯闯那期怎么办呢？陈总说，剪了吧。

陈总大概已经猜到了，孙闯闯是不会再出现了。

陈总猜得没错。孙闯闯终于把那首歌唱给了该听到它的人，心愿已了，其他的就爱谁谁吧。按理说，这种情况应该算违约，如果陈总真要和他较劲打官司的话，孙闯闯必输无疑。但这事儿也就不了了之了。然而，孙闯闯压根儿也没怕自己被告。只身一人，一无所有，什么都输得起。

孙闯闯这次哪儿也没去，在家睡了一个又沉又长的觉。醒来后，他感到前所未有的轻松和愉悦。他突然很想念费主席，这家伙在干吗呢，这么长时间都没消息。

5

子夜知道孙闯闯退出节目，是在第二天早上。当他再到节目组时，已经被告知他们要跟另一组人马比赛。子夜气急败坏地喊着："他人呢！这孙子凭什么这样对我！"子夜情绪瞬间崩溃了，跪在地上，号啕大哭。大饼几次试图把子夜扶起来，但他身体瘫软得像是一摊泥。大饼心疼他。

演出临近，子夜也突然消失了。大饼和陈建军都联系不到他。大饼意识到子夜应该是出事了。他犹豫了很久，最终还是给孙闯闯打了电话。

孙闯闯接了，语气挺平静的，就像早已预料到了一样。孙闯闯说去帮着打听一下。随后不久，苏玲儿给孙闯闯打了电话，说："完了，子夜进去了！"苏玲儿又说："他在八里庄派出所，你快想想办法啊！"苏玲儿的话应该错不了。

"那你跟我说什么呀，我能怎么办？"

"你这人怎么这样，毕竟曾经也是朋友。"

苏玲儿在电话另一头心急如焚。这再一次证明，苏玲儿对子夜是真心的。孙闯闯想着，你们都是我曾经最爱的人，我可以用背叛来形容你们吗？

孙闯闯还是通过了种种关系，打探到了子夜的情况，正如大饼所猜测的，他被上家点了。目前正是严打的时候，至少要关俩星期，不准探视。子夜被关进去的第四天，大饼去了趟派出所，想给子夜存五百块钱。但派出所的人说，已经有人给他存钱了，这俩星期的饭钱够了。大饼问是谁给他存的，派出所的人没告诉他。

大饼从派出所出来，沿着八里庄的路一直往排练室的方向走，心里空空的。

两个星期后，大饼到派出所接子夜出来。他瘦得已经嘬腮了，眼眶深深地凹陷进去，胳膊上还有微微的瘀青，脑门上肿了一个大包。大饼在派出所当场急眼了，说谁把他弄成这样的？民警同志说："他连续三天了，自己往墙上撞。还一直念叨什么'有猫腻，有猫腻'，一直重复着。也不怎么吃饭，跟大仙儿似的。你快通知他家里人，带他瞧瞧病去吧。"

大饼听完，鼻尖酸了一下，双腿发软。

后来，子夜真的疯了，进了昌平的一家精神病院。大饼在一开始的时候还经常去看望他，但没过多久大饼谈了一个女朋友，事儿多了以后就很少再去了。陈建军又加入了一个乐队，发展得很好，马上要巡演了。

苏玲儿在这期间也从四川回来过几次，特意去看望子夜，还给他带了一些四川的辣货，子夜悄悄地收好了，说他现在还在服用药物，这种辛辣刺激的东西要少吃。苏玲儿就说，我看你现在状态挺好的，偶尔少吃一次药也没事儿吧？子夜点点头说，还是遵医嘱吧，这些等我出去的时候再吃。苏玲儿从医院出来，吁出了一口长长的气。他为子夜感到难过，但又不失为一种解脱。

又过了些日子，孙闯闯和大饼在一个 livehouse 里遇到了。大饼的新女友很漂亮，是他理想中的对象。现场嘈杂混乱，孙闯闯喝得有点多，跟着音乐和观众们乱蹦着。大饼突然拍了一下孙闯闯，他一回头，没注意脚下，被别人绊了一下。当即跪倒在地，但借着酒劲，也没觉得怎么样。站了起来，特别兴奋地搂着大饼的脖子说："你怎么也来啦！"

大饼觉得他喝得有点多了，把他叫了出去。

夜晚，这条街道很寂静。耳朵被震得嗡嗡响。

"你最近还好吧？女朋友不错。"孙闯闯被微风一吹，更晕了。

"这是喝了多少啊？"大饼说。

"没喝多少，回答我问题。"孙闯闯把头埋在双腿之间，说完"哇"的一下吐了。大饼赶紧找了纸巾和一瓶水递给了他。

"又组乐队了吗？"孙闯闯又说。

"没有，我找了一份工作，想今年结婚。玩乐队，看不着前景。"

"这下就稳定了。"孙闯闯漱了漱口，把剩下的水喝完了，算是清醒了点。

"你怎么样？还写歌呢？"

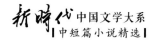
"还写呢……"

大饼冲着孙闯闯笑了一下，又突然说："去看看子夜吧！他挺想你的，之前跟我念叨过好几次！"

"好！"

大饼的女朋友出来了，叫他赶紧进去。孙闯闯又在马路牙子上歇了会儿，回家了。

第二天早上，细雨绵绵，孙闯闯醒来后发现脚不能动了。肿了一个鸡蛋那么大的包。他缓慢地把自己挪到了地上，想起来了应该是昨天晚上在 livehouse 里摔的。他喷了点药，觉得稍微好些了。他又突然想起了什么事，昨天好像说要去看看子夜。是啊，是该去看看他了。他带了一盘自己最近做好的几首歌，一共五首，准备让子夜没事的时候听听。他一瘸一拐地出了门。

子夜病情已经得到好转。他说自己不想出去，出去干吗呢？我是疯子啊。子夜的胡子长得参差不齐，嘴唇的地方尤其浓密，脸颊上的零星一点，这让他看起来更为落魄。子夜坐在病房中的白色椅子上，穿着一身宽大的病号服，感觉也挺酷的。孙闯闯坐在子夜的床上。两个人，见了面都不知道说什么好。

"我知道你看不起我，我也看不起我自己。"子夜突然说。

孙闯闯有点蒙，但鉴于他还是个病人的份上，他说什么也都可以理解。

"没有，没看不起你。"

"在这里待这么长时间，我突然想明白一个问题。我们曾一直反叛，想成为与众不同的人，我们把它当作一种信念，一直坚持着。但我们都忘了，这些是要建立在一个物质基础上的。我们都是凡夫俗子，都需要柴米油盐。其实我们才是最庸俗的那帮人。人来到一个地方，或是干一件事，总是为了一个动机。而我的动机就是想活得体面一点。为了这个动机，我要不懈地努力。"

子夜一下子把这段时间的思考全部说了出来，他最想说给孙闯闯听。

"咱俩不一样。"孙闯闯说。

"没错，绝对不一样。因为我一直都没觉得你在努力。你只是一直在逃避。包括节目的事。你信么，那场比赛绝对是我们赢。但节目组可能是为了点击率，也有可能是为了别的。我也不知道，但肯定有猫腻。肯定有。"

子夜说着说着，又不着边际，他又陷入到了一个难以自拔的旮旯里。

"行，我改天再来看你。"孙闯闯顺势走了，那盘 CD 也没给子夜。

6

孙闯闯瘸着从医院走了出来，一个熟悉身影突然出现在了眼前，是苏玲儿。

"哟，巧了不是？"苏玲儿说。

"你什么时候回来的？"孙闯闯问。

"昨天回来的，你这脚怎么了？"

"昨天在演出时喝了点，一高兴就跳上了，上半身出去，下半身没跟上。"孙闯闯有点忘了是怎么崴着的了。

"都这么大岁数了，能不能稳当点？跟我分开之后，你挺美的呗。看来这几年也把你耗够呛。"

"彼此彼此吧。"

走，我带你去医院拍个片子吧，肿成这样，万一骨折就麻烦了。

　　孙闯闯被苏玲儿架到了一辆出租车上。在车上孙闯闯问苏玲儿："最近好吗？"

　　"挺好的，我在四川定居了。结婚了。"

　　"祝贺你。"孙闯闯有点惊着了，他突然又说："对了，有件事我一直想问你来着，还记得你写的那篇小说吗？"

　　"记得。你觉得我写得怎么样？"

　　"我觉得你写得特别好。"

　　"那你觉得我写的是你吗？

　　"是我。"

　　"但他比你更纯粹。"

　　"可能吧。"孙闯闯似懂非懂地说着。他后来又读了很多遍，但到后来也没明白"比我更纯粹"是什么意思。

　　晚上，孙闯闯又接到了雾行公司丁丁的电话，孙闯闯有点担心，怕是公司要找他算账。可丁丁说，自己已经从那家公司里出来了，并且一直是孙闯闯的粉丝，问他需不需要助理。孙闯闯说，自己还没到需要助理的那份上，但有一事他想要问，就是那次他与扭曲的面孔比赛，他们所得票数是公正的吗？丁丁说，绝对的公正，那次节目所有的票数都是真实的。

　　孙闯闯挂了电话，继续写没有完成的歌。

新　锐　作　家　卷

百花杀

杨知寒

1

号称"进口小牛皮"的黑钱夹捏在两根手指里，被徐英飞镖似的瞄着，准备往顾秀华后脑上摔。从她的店里出来，往左第一家就是顾秀华的店，摔是一定能摔上的，就是值不值得摔，徐英还在酝酿。此刻顾秀华在一片塑料珠帘后坐着，背对她，瓜子一个接一个往嘴里送，边嗑边唱：我在仰望，月亮之上，有多少梦想在自由地飞翔。徐英放下手里皮夹思考，摔出去后事态会怎么发展。如果只是吵架，顾秀华和她半斤八两，谁也得不着便宜；如果打起来，顾秀华目测一百五十斤往上，坐死她都没问题。徐英想，要是赵庆在就好了，哪怕身边再有个女的呢，两张嘴也比一张嘴会骂人，两盆水也比一盆水泼得狠。她想往顾秀华头上浇盆尿，那才解气，该用脏东西来侮辱脏东西，何用小牛皮？回店里，她将皮夹搁回货架上，将墙上贴的"概不议价"的字条，捋得更平顺了点儿。

事不大，但多咱想起，多咱感到憋气。憋气很可怕，因它总会向背道而驰的两个方向走，是该让烦恼的气球慢慢放气，还是慢慢打气，看它最后破裂。发展不同，决定一段关系走向不同。亲疏爱恨，往往也只落定在件件小事上，小事又怕积攒。徐英心里给顾秀华数着，加上今天这件，两三年中，对方下绊子，没十回也有八回，她已算得上仁至义尽。今早开门没多久，顾秀华就抢了她一个客，在徐英已将价格咬定，即将攻破一个买货大哥的心理防线时，顾秀华站到她家门口喊，多瞧瞧，多看看，咱家有各式腰带、钱包、卡扣，品种齐全，童叟无欺，刚开门，不图挣钱，图打响第一枪，来你就有优惠。这话果然怂恿得大哥走了，再没转回来，这才有徐英拿起已准备包上的钱夹，心底恨透了的一股劲儿。论岁数，她该管顾秀华叫声"姨"，再不济，叫声"姐们儿"，现在她却只想叫对方"灾星"。灾星，克死自己男人还不算，谁家买卖好你眼红谁，一层楼里，几十户店面，总往外标榜你是老人儿，十年前就在这儿扎营，关键十年来你交下谁了？谁你也没交下。连中午吃饭，集体订麻辣烫，都没人替你取一回。哪回不是自己开张，自己收摊，谁亲近你一刻了？徐英是三年前才来到百花园市场卖货的，因人年轻，紧跟时尚，说话也八面玲珑，不得罪主顾，渐渐整座百花园市场里，属徐英精品屋的买卖最好。好些回头客来，不为买货，就来和她聊会儿天。徐英以前总是劝自己，不气，不至于，身在高位，要能容人。今天她想，关键你是个人吗顾秀华？

坏就坏在憋着气的时候，眼前正巧来了个靶子。靶子是个四十来岁的大姐，一上午往徐英家溜达几趟了，一百二的皮夹，讲到八十愣是不买。大姐手在皮夹上摩挲来摩挲去，眼神既像试探，又可怜巴巴，你少那十块钱啊，七十我就拿了。徐英说，真来不了，没那个价儿。七十我上的，你给七十，我风里雨里，赚啥了姐们儿。你也不用堵门，店小，后头人都进不来了。不怕你比较，你再出去转转，看谁家还能有我这个品质，啊？说完徐英手拿把掐，继续应付新的客人。一上午了，效益不理想，卖出八个，净收益也就一百，徐英觉得都不够费唾沫的。但话说回来，别的她又能干啥？啥不要本钱，不要帮衬，就是在眼前这个有窝有棚的地方，她都常忙得脚打后脑勺，恨自己不是三头六臂，心思赶不上嘴快。看一集剧的工夫，大姐还是转回来了，徐英笑脸盈盈，回来了姐？你要说就相中

这个了，咱研究研究，完事了呗。大姐手上却已提了个塑料袋，打眼一
瞅，里头也是个皮夹，和徐英卖的款式大差不差。她冷笑，买完了这是，
花多钱哪？六十五啊，是不是在我那儿一拐弯那家买的？大姐不置可否，
继续摩挲刚才她相中了的徐英家的皮夹子。徐英想，你再给我摸出包浆
来，跟大姐说，也别摸了，两个货拿桌面上比比，咱家卖的是广州货，
她家卖的是啥啊姐。大姐嘀咕，我看也没差多少。徐英笑，都是同行，
我不能诋毁人家。但是姐，她家东西你用用就知道了。夏天，就你买这
个包，徐英拿过大姐刚买的货，经手掂量，不给你晒个双眼爆皮，算我
眼瞎。冬天，得给你冻得跟个橛子似的，拉锁你都拉不开。大姐没讲话，
半晌说，你让我再摸摸。徐英心有了底，摸呗，越摸你越犯合计。大姐
摸来摸去，确认徐英说的是真的，两者比较，她是图便宜，买了个次货。
大姐探问徐英，你说她能给我退不？徐英说，退不了，退你还打仗生气，
吵吵把火，给你退啥？那人脾气老不好了，咱都知根知底儿的。大姐露
出一副那可坏了的表情，没想到精细精细，还是吃了亏。徐英给她支着儿，
这样姐，要说你就是相中老妹儿家这东西了，价钱不妥，咱就研究价儿。
可你也别出去说上那个当了。咋，真想退啊？徐英眼珠滴溜转，说，退
也有着儿，可不能说是老妹儿教的。大姐拍胸脯，你就教吧，我不能卖你。
徐英在椅子上盘住腿，小声招呼对方离近点儿，推心置腹道，就说是给
你家孩子买的，孩子看了不可心，又作又闹，小活祖宗。你要不给我退呢，
我找商管去。大姐连声嗯嗯，拿上东西掀门帘走了，徐英也不留，买卖
成与不成，已无所谓，你一尺我一丈，解了气再说。

百花园市场过去总是摩肩接踵，客人有时都像高峰期时堵上的车，
错不开身，挪不动步。到工作日还能见缓儿，那时徐英也有心情和人讲
价，磨磨嘴皮，全作训练。但凡到年节，真是爱买不买，送客的话常挂

嘴边，那啥，你再溜达溜达。今年则不知怎么，商场风云突变，客流锐减，往常七进七出的客人，今年就像诸葛亮得凭折寿才求来的一场风，成交都在侥幸。二〇一四年的春天，徐英和顾秀华彻底较开了劲，两人都从一样的地方上货，找一样的款式打版，你卖啥我卖啥，你降十块我降十五，你送客，我招呼，双双成全了买方市场，彼此却是伤一千损八百。不如此，各家也没竞争意识，以为生意永远是此起彼伏，千秋万代，不去想算计，想怎么经营。当秋风一吹，百花都见枯萎，人也真上了战场，别人再从自己碗里夹块儿肉走，跟从身上割下块儿肉一般，轻而易举结下了血海深仇。于是，当徐英在店里气定神闲看台湾偶像剧的时候，顾秀华如预料中的，风风火火，挑开了门帘，因体形壮硕，将门口全给挡住了。顾秀华直截了当，问徐英打算怎么着，商管，商管啥都管，包括不正当竞争。边上几家店里的小姐妹前来劝解，劝解多是观战，毕竟都久没见热闹了。徐英只是换了条腿一跷，抬手指着顾秀华的鼻子说，打算不打算的，你先挑的衅。话刚落地，顾秀华便上前扯住徐英头发，徐英力气不赶对方，唯有猛着去踹顾秀华穿了瘦腿神器因而单薄的下肢，往脚腕踹，对方就软了。徐英简直像骑着顾秀华，后者不断向上耸动，最后一耸，将徐英顶上货架，东西乱七八糟摔了一地。几个小姐妹这才敢上前看看。刚拉起徐英，她便往对方得胜了的后背上啐出唾沫，顾秀华往背上摸了摸，回嘴说，有你没我。

2

徐英自此和顾秀华斗下去。起初她也合计，是不是非斗不可。楼里这么多家买卖，都是竞争关系，可谁也没说要和谁往死了结仇，只有她俩，是人人心照不宣。在顾秀华当众抛下那句"有你没我"之后，这仇论理不是徐英奠定的。徐英反复想那天被顶到货架上，东西从头上往下落的声音。她后来抹着眼泪，一一放回原处，过程里有关破坏的记忆反复加深。她记性好，更觉不公平，凭什么是她的店被打成了烂摊子，还要她自己来收拾？那时候，顾秀华在哪儿？大约继续嗑瓜子，唱她没唱完的歌，复了仇的人儿快活地坐在月亮之上，梦想当然在自由地飞翔。重点不在梦想，而是想怎么干就怎么干的自由，顾秀华那天已实现。

仇既已结，往下就得循环。循环讲究果报，顾秀华种下的果，徐英心心念念，她还没有报。当然了，自己吃过一次亏，知道不能再在拳脚上和对方斗一斗。徐英想，知己知彼，百战百胜，她得在顾秀华最脆弱的肋骨上下脚，就如对方，仗着身体优势往她的肋骨上狠踹的那一脚。顾秀华最在乎什么呢？答案不难找到，钱。顾秀华为什么这么在乎钱，从别的小姐妹口中，徐英已对顾秀华的生活一清二楚，知道对方如今一人带儿子过。儿子在八中上学，到夏天高考。顾秀华把所有希望寄托在儿子身上，给儿子和自己投掷了同等的压力，即儿子好好念，她来好好挣，俩人齐头并进，努力改变家族命运。徐英不想祸祸别人下一代，仇没深到那份儿上，拢共就见过顾秀华儿子两回。一回是他下午没课，顾秀华儿子来了，穿着校服，人精瘦，脸上一副厚瓶底儿，嘴唇上一圈黑胡子，坐在女装底下吃顾秀华给他叫的鱼丸米线，闷头，吸溜吸溜地。二回见，是顾秀华有事儿不在店里，儿子放寒假，背着书包来给妈妈看摊。那回光一上午，徐英就以杀疯了的架势抢下顾秀华约摸十来个客。但凡有客人走进顾秀华的店，徐英就站到门口招呼，她家没人，来我家呗，我家今天搞活动，来你就合适。姐们儿，来来，你在我家买过，回头客你不记得我，我记得你。上回你买完，回头我还说呢，啥人啥穿戴，就没见谁比你再合适用这东西了。徐英那股亲热劲儿自不必提，皱眉弄眼加拱嘴，嗔怪显着亲热，和女的就这套话术，愣夸也是夸，夸人就能吸引人。和男的她更有招法，细腰往外一拧，不说话，干笑眨巴眼，大哥大叔就一个个地往她家来了。对门卖文胸内衣的小文来凑热闹，到徐英耳边说，英姐，你这力气卖的，不知道还寻思你干过啥呢。徐英收钱之余，瞪她一眼，也带笑，妹啊，别人爱咋想咋想吧。其实服务业都相通，都是伺候人，她再压压声音，说，高低都忽悠人。

顾秀华儿子当然不会忽悠，青春期，连和生人打照面都显怵，不是徐英对手。等顾秀华忙完回来，徐英把店里音响啥的一关，静气，听声。果然没多会儿，就传来不远处骂骂咧咧的动静。小孩儿也不会学话，可能他都不明白是被人家抢了客。徐英听了半天妈训儿子，再往后，就只听见顾秀华招呼儿子回来的喊声了。儿子没回来。顾秀华追他到了扶梯口，看儿子后背上挂着没拉好拉链的书包，跟个垂头丧气的茄子一样，正跟着扶梯下行，消失在弱肉强食的大森林。

当晚徐英回家，和在水站工作，给人扛了一天水桶的男友赵庆，叙述当天胜绩。一人四听哈啤，就着徐英从百花园地下买回的烧鸡，两碗酿皮，直聊到午夜。说到眼下终于吐出一口气，徐英含泪，想起一路来更多的艰辛，絮絮叨叨，从桌上这只吃剩到骨头的烧鸡，说到小时候她多久才能吃上一顿荤，为了往后顿顿能吃上荤，前后付出过多少，可收获从不公平。她今天从顾秀华儿子那儿抢来了生意，是胜利，也带点儿悲凉。只有她知道，几次掀开门帘，看到转弯处的男孩儿，表情是如何惊慌：他看看书，再看看外头，看看从他面前经过的，不能留住的客人。一切无不让徐英想起了自己的成长岁月中，那些极为努力，又归于挫败的时刻。那年我十五，徐英拿筷子敲桌，仿佛在给经过了的人生敲锣鼓点儿，壮势。我也文静，不爱说话。大庆，你能想到我那样吗？赵庆喝得醉眼迷离，本就眼袋明显的五官跟着虚浮。人累了一天，此刻不是挠头顶，就是挠肚皮，他在不在听，徐英不能判断。她继续说，爸妈都是卖货的，先后下了岗，那时还不算个体，算打游击，走街串巷的，卖点儿爆米花啦，要么卖点儿煮苞米啦，就这种。后来算稳定下来，固定在一个路口卖盒饭。我第一回上街卖盒饭，卖的啥我还记忆犹新，西红柿炒鸡蛋，配米饭，配萝卜丝儿咸菜。卖的东西没问题，问题是我张不开嘴，喊不出价儿来。赵庆不信，你还能张不开嘴？徐英笑，其实骨子里张不开。我爸妈你见过，都老实巴交的，倒不逼着我去卖东西，是他们也知道没办法了，知道学习上我不是那块料。我一上课就爱画画，画各式各样的衣服。美术老师挺喜欢我，说我有点儿什么来着，设计天才。班主任看不上我，让我能学学，不能学回家，别浪费我爸妈苦天扒地挣的两个卖苞米的钱。赵庆问，当众说的？徐英点头，当众啊。还当众展览我的画呢。我脸红得什么似的，哭着跑出教室，直跑上大马路，隔几米远，就看到我爸妈卖盒饭的摊儿。他俩吆喝得跟领导讲话似的，平铺直叙，照着念稿：盒饭，六毛，盒饭，顶饱。话到此，眼泪流了不止一阵，徐英拄着下巴颏，凝望对面的赵庆。在许多个时刻，她心中都怀有和少女时代一样好高骛远的指望。十五岁时，她想当美术老师嘴里的服装设计师，设计出花样翻新的女装，给商场里一个个体形袅娜的塑料模特花枝招展地罩上；同时希望有个斗志昂扬的男孩，能在她偶尔挫败时，递上一角干净熨帖的格手绢。给你，别再哭了。他脸上将显出最温柔的光辉，附带最有教养的微笑，永远等待徐英，期待徐英，来日精神抖擞，定会一鸣惊人。赵庆只是捏响所有啤酒的空罐，仰脖，摇出幸存的几滴答，全晃悠进他大张的嘴巴里。

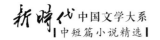

徐英醉后，天然想到，人生本没有仇敌。赵庆给她盖上被子，留她在夜里睁着眼睛。女人一晚接一晚，算的都是生意经。眼瞅过年了，百花园也不见上人啊，周围店铺的生意，一家比一家惨淡。要说现在大势就为让人黄摊子，那些空下来的档口，去干什么呢？美发，饭店？现在也就这些生意好，似乎不受影响。许是现在的人，都爱娇惯自己吧。偎到赵庆肩膀上的徐英，狠亲男人两口，想出了客流量减少的原因。你们不就怕讲价嘛，愿意上网买，又账号又网银的，更费事。就不愿货比三家，锻炼下自己的口齿和智力？早晚，她打起哈欠，还不得受个锻炼啊。

3

徐英给赵庆打了三十来个电话，一直没通。她魂不守舍坐在几摞衣服包里，没精神装货。她想赶紧把店关了，追到赵庆工作的水站，问问别人，不是从昨天和前天开始问，是从上个月开始，问到底是什么拿住了赵庆的魂儿，让他回到出租屋后一言不发，上床就睡，再不肯跟她吃上一顿饭，唠超过十个字的嗑儿。徐英一单生意都不想做，有人进店，她只顾着盯手机，头也不抬回答说，没有，找不着了，去溜达溜达吧。要是来人非让她出个价，她就指指墙上贴的纸，不商量啊，姐们儿，今天不商量。一时的懒怠很快形成一时的对照，顾秀华家顾客盈门，徐英能清楚听到顾秀华的大嗓门儿，伴着爽朗的笑声，连绵不绝，和总也打不通的电话里那个女声一样，可恶至极。您好，您拨打的电话暂时无人接听。她俩的动静都属于一门，属于将人心放在火上煎的外语。

忙到中午，主顾们也得吃饭，饭点儿通常能有半小时休息。顾秀华拿着盒饭，打徐英家门口过，刻意逗留，跟对门小文讨论说，今天这盒饭吃着可香啊。咋不香？肉管够，饭管够，啥都够够的，绝对富裕。顾秀华说着，使筷子反复挑拣盒里的几块猪肉，就不进嘴，任香味透过珠帘，飘进徐英的鼻子里。小文平时和徐英关系更近，但她属于谁也不得罪的性格，何况百花园没几个不怕顾秀华的，她们全都目睹过她杀伐攻占的样儿，不论是吨位还是资历，对方都属于百花园大姐大，威名播撒在外。敬而远之是一贯政策，如果"远"做不到，就先可着"敬"来。小文边吃边给徐英使眼色，今天对方就像台失了灵的机器，干坐着不运行，连盘好的头发都松下了，垂下几绺，和头一块儿往下低。小文向顾秀华说，姐，油水你是吃够了。顾秀华一屁股坐进小文家的椅子里，满屏满眼，是号码齐全的文胸和内裤。她将猪肉块儿大嚼进嘴，咽下汩汩油水，说，真他妈香。你说，为啥今天肉能这么香？小文笑笑，没说话。徐英不多时挑开小文家帘门，她眼周红晕一圈，嘴也哆嗦，指住顾秀华鼻子，问候对方妈妈和妈妈的生活方式。操你妈啊，顾秀华。

　　说完不等对方反应，徐英脑子里早总结过几十回的应战方式，一一出现眼前。对方笨重，得用灵敏占先，攻其不备，再狠攻其薄弱。徐英就像只发疯的野猫，一腾，将自己挂在顾秀华身上，咬住顾秀华耳垂，妈的，一嘴油味儿，可她就像咬住了顾秀华咬住的肥肉一样，想象那是溢出的油水，狠心往下咬。顾秀华直惨叫，两腿乱蹬，蹬不着徐英的身体。徐英知道早晚挂不住的，会被顾秀华甩下来，往死里揍。她只剩一个指望，就是抓花顾秀华的脸。为此她半年都没做美甲了，怕养出不带锋的指甲，总是隔一阵就用指甲刀做最简单的修理，棱角都给保全，给仇家留好，为等此时此刻。顾秀华脸上血道子淋漓，吃痛让人力气更大，再一甩，就把徐英摔到了墙上，文胸、内裤落满四周，一切就和上一回打架一样。徐英咬着牙等待，看顾秀华扭头向自己扑来。没人敢扔下手里的盒饭，去拦截这猛兽的动作。小文魂儿都飞了，倒是一直在叫，别打啊这是我家。谁理她，顾秀华一巴掌一巴掌扇徐英的脸。后者闭上眼睛，想象是赵庆扇自己，边扇他还边说，求你了，明白点儿事吧。这日子我不过了，我不要了。我永远也不可能和你一起卖针头线脑，拿讲价哄人当手艺。我天地大着呢，送水？送水是我敷衍你们呢。孙子们，高楼总有高起点，软饭总有软跳板，爷爷我终于攀上，吃上了，嘿嘿！

徐英肿着脸坐在一堆内衣里，看顾秀华也挂了满脸的彩，在面前呼哧带喘，困惑带哭，望向自己。二〇一五年春节刚过，百花园里一片喧闹，客人们一进市场，不管要来买啥，都会先被里三层外三层的红对联、红灯笼、红鞭炮弄晕，刘德华《恭喜发财》的粤语腔循环往复，催眠每个人的耳朵，让人被动地去信，新一年有新一年的期望，而期望总该被实现。天王的声音如此厚实、磁性，每句歌词最后的颤音，都带发酥的安慰。徐英不知道自己是怎么在咬紧腮帮的状态下，还把眼泪淌出来的。顾秀华看她的眼神越来越虚。徐英一直在哭，顾秀华一直在看，小文和周围的人都不再说话。很快，楼里保安来了几个，都是大老爷们儿，在两人跟前更多是讪讪，将徐英搀起来，将顾秀华劝回她的铺面，没人想去深追究。女人间的矛盾，谁能说清楚，就连女人自己，事后回想，都觉得伤害自己的，很可能不是对方。

半小时后，徐英回到店里，盘算今天的账。开一天门却没开张，现在准备关门了，她该去算生活里其他的账。身上的疼慢慢醒过来，她想不起来是怎么挨着这些疼的了。门关后，她看到对面的小文正弯着腰，整理一片狼藉，心头过意不去。徐英过去跟着对方一起埋下头捡，将衣服扑棱扑棱，重挂上墙。小文僵着脸，说了句谢。搁平时，徐英有十几种办法将僵局打破，管保让小文心里痛快，对她没半点儿怨恨。今天她则在打完一架后，心理和身体双重败阵，像回到了磕磕绊绊的十五岁，在被自己设计出的对手前，未列阵，先缴械，感到除了真心，再无其他招法。等她和所有没在杀价之战中取得胜利的女人一样，空虚着走下扶梯时，身前身后都空空荡荡。心知肚明，迎接自己的，将是更无望的空落。事情已走向不可逆的结果，不到此，徐英也很难体会，什么叫徐徐下降。不是像坐直梯那样陡然从高到下，而是早就向下走了好一程，人却还在逛景。只看到了自己盆满钵满地赚，看不到山穷水穷地远。

远啊，好远了，徐英以为自己还在和失散的人挥着手。还真有人跟她挥手，边挥边叫。是顾秀华，她站在扶梯口，居高临下望着徐英。徐英也站定了，看到顾秀华身边有两个人，紧着拦，说姐你别再去了。顾秀华说，我不揍她，和她说两句话。好啊，徐英等顾秀华坐扶梯下来，她现在没有斗志，一点儿也打不过顾秀华了，不知道后者还想耍什么威风。顾秀华却说，来日方长，你放心，我就耗在这商场里，你怎么也别想挤走我。要不信，以后咱继续试。徐英眼红通通的，点头，挤出个笑，我试试，她说。俩人对峙着看向对方，一方脸上都是血道儿，一方脸肿了两边。顾秀华仿佛没想到徐英会哭，露出看不上她这样子的轻蔑相，就像当年徐英母亲的表情。徐英问，再没话了吧？顾秀华问，你今天不开门了？徐英说，开个屁。说完转身走，顾秀华追出两步，色厉内荏悄悄问了句，你他妈不是要告我去吧？徐英破涕为笑，没回头，只走她的路。

一眼望去，家里风卷残云，连赵庆平时睡的电褥子，都给卷走了。男人在她父母面前许诺过的俩人的后半生，深圳珠海，巴黎夏威夷，种种梦幻，都似电热毯拔下插销，炽热不复，暖手还行，暖不了周身。徐英进门抱着赵庆在公园给她套圈套来的生日礼物，那个玩具狗熊，号哭到没声，晚上则喝醉到吐。翌日醒来，是彻底挨到了彻底，闻见小屋里酸醋似的呕吐物味儿。她利落地给自己洗上一遍，屋里拖上一遍，喷掉半瓶廉价香水。将赵庆忘记带走的一只四角裤头，也提住一角，点火烧出心碎的味道。

4

临到六月，街面肃静几分，徐英连日来平静地卖自家的货，尽量不跟顾秀华起冲突。对方同样顾不上她，摊子每天就开一上午，到下午风雨不动，买菜做饭，做好了装进保温桶，于夜色中准时带到阒静的教学楼外，等儿子出来，再等儿子和她隔着栅栏，站着吃完里头尚冒热气的饭菜。顾秀华壮硕的身形，不断变着方向站，为给儿子挡上四面八方的风，那些时刻，有她无法被徐英想象的温情脉脉。徐英曾向小文打听，顾秀华家孩子，成绩到底咋样？小文说，听顾姐学，挺给挣脸的，从没跑出过前几名。徐英说，感觉有点儿学傻了。记得那回不，让给他妈看摊，看得家里赔钱都不知道。小文附和，傻学呗，不然还能干啥。徐英和她碰肩膀，揪着对方一束麻花小辫，意思说，咱俩可不是那样儿人，真万幸啊。

高考连着三天，三天里顾秀华没照面，徐英家生意虽一拨一拨的，日子却失去精气神。价钱总是差不多就行，买卖双方，对成交与否，都不似过去重视。心思静下来，徐英发现自己盼着顾秀华出现，望着日益冷清的商场，常勾起许多怀念，觉得现在和从前是两个世界，不，两个时代了。在来买东西的主顾身上，变化也能见出一二。买货的人里，过去还有不少小年轻，叽叽喳喳的，三五结伴，看着架上的货，不敢和老人一样抬手就摸、就问价。她们哆哆嗦嗦，总在等徐英出一个合适的价格，仿佛等法官给个合适的判决，罪未犯下，神态已低人一等。现在都少见了。徐英不知道年轻人纷纷消失在了哪儿，他们不出现，让徐英再叫不准，市面上正流行什么，潮流又席卷到了哪一带。根据电视和手机里的信息，她几次一锤定音，上了点儿觉得能好卖的新玩意儿：什么胸口绑着鞋带的小半袖了，脚后跟挂着玩偶的花袜子了。到货后摆到最醒目的架子上，却只招揽了问袜子纯不纯棉、透不透气、能不能十块拿四双的老头老太。徐英常日里和小文几个干唠，想从对方身上侦查来有限的信息：怎么穿戴打扮，怎么开心活着，作单薄的参照。她渐渐在别人的眼里看出了，自己常怕去确认的一股情绪：泄劲儿，都是泄劲儿。她们都已不是几年前那批发色几天一变的小姑娘了，凭摇头晃脑就能招来无数飞眼，在城市潮流地标，熙攘的百花园中，当争奇斗艳的几朵花儿。如今竟都有了干枯相，眼神飞着飞着，飞出小气的味道来。她怕正是这股味道，才让赵庆义无反顾离开了。如今他在哪儿呢，俩人再没联系。徐英犯合计，他是不是真跳上了更高的台面，吃着了更香的软饭，还是真也硬气了一回，当成了爷爷？想着想着，许多个独自醒来的早上，徐英咳嗽出前一夜的酒气，会觉得眼前的屋和即将上班去的摊儿，都浅成了个小水泡。水位持续下降，倒是被太阳晒得够暖和，才让人不忍起身，唯有一再降低期望的水位，想着，能泡上就行。可她身上已有越来越多的地方，被暖水泡不上了，日复一日，又枯，又冷，又浅。

她希望在顾秀华身上看到和自己一样的对未来的惊恐，却怎么也发现不了。徐英怀疑同为女人，顾秀华是通过有意撇除身上的女性特质来享受这份工作的。看上去，哪怕一辈子在百花园里干到死，顾秀华都甘之如饴。后者并不像别人以为的那么盼着离开这儿，她也不会和徐英似的，费精神琢磨怎么把买卖做大做强。顾秀华先前每天来百花园上班，感觉和那些公务员去政府上班、程序员在电脑前噼里啪啦敲键盘没区别。

从某个角度看，顾秀华心静如水。徐英心里像猫爪子挠，蹦出一个可耻的念头：她和顾秀华要是朋友该多好。她就可以向对方问明白怎么在这儿熬下去了，甚至能在许多个时刻，抱住顾秀华宽厚如山的后背，将眼泪滴上去。

咱家男包女包，单肩双肩，胸包手包都有，来，要啥往里看。徐英手往身后扫，坐在折叠凳上，轻跷着腿，招呼一个刚进门的二十出头小姑娘。小姑娘看上一个手包，徐英给拿了，边介绍，边打量对方穿戴，说，一百五，这个纯牛皮。小妹儿，你不用质疑咱家质量。女孩看看包，脸上没啥表情，只说，贵了。徐英笑，好的可不贵嘛。小妹儿看你也刚工作，这包吧，款式老，不适合你们小年轻的用。你拿这个，姐新上的货，蔡依林同款，粉色黄色荧光绿，色儿都全。说完就要给对方展览自己最近的审美，女孩抬手说不用了，包是给我姥买的。要给我妈买，你这款式还行，我姥用啥荧光绿。徐英有点儿憋气，忍了，说那给老人咱就用点儿好的，都辛苦一辈子了。又从抽屉里取出个盒子，打开是个油光锃亮的长皮夹，妹儿，可能你头一次来咱家，不了解，咱家是精品屋，不是说藏着卖，可也不是说谁都识货，好东西我要都拿出来，再给摸坏了呢，犯不上。你问这个？这个五百五。关键它版也大啊。女孩没太相中，眼神直往后瞥。你拿，扔五百得了。徐英给出第一个价。女孩说，一百五。徐英笑笑，你别的，妹儿，三百，我让点儿，你添点儿，我爱做你们年轻人生意，你们眼光也和岁数大的不一样，能知道这是好玩意儿。女孩说，我再溜达溜达吧。徐英说，溜达你也找不着我家这品质的了。女孩指转角那个位置说，那家也开了，我去瞅瞅，不都卖皮具的嘛。徐英知道是顾秀华回来了，前两天估分开始了，给顾秀华忙得不行，钻门盗洞地给人不是送礼，就是找情，一心想给宝贝儿子估准了分数，确保去念个光宗耀祖的地方。她气定神闲，帮小姑娘挑开门帘，说，姐等你回来。她家不可能有我给你的价儿。小姑娘没回来，小姑娘走后再没客人进门，在被一集集电视剧稀释了的时间里，徐英感到再坐不住，当发现不知什么时候周围店铺都空了，她才后知后觉，原来半个商场都去了顾秀华家串门。

拐过弯，徐英一眼看见，顾秀华家门口，跟五六点钟的早市一样，仿佛改卖物美价廉的鲜肉包子，货正一笼一笼地出屉，而围着的一个个脑袋上，也都是举高了的，塞钱递钱的手。顾秀华大搞甩卖，正以严重违背市场规则的价格，在百花园打出一场绝户仗。不断嚷着别嚷的顾秀华，在喜庆的气氛里，难以周全，钱都数飞了，道谢的话则说不出个整句儿。小文和几个小姐妹的笑声也落在其间，从那些声音里，徐英听见了寒门、不易、一鸣惊人和状元及第这些词儿。簇拥中的顾秀华笑着笑着，笑出难听的哭声，她的哭如此有感召，让人群很快报以尊重的安静，不是给递纸巾，就是给捶后背的，那个刚还在徐英家店里的小姑娘，当得知顾秀华家出了状元后，眼里闪出飞星，崇拜地望着顾秀华壮硕的腰身，越蹭越近。顾秀华的眼泪也带动了徐英的情绪。回到店里，她一个人干坐。桌上小电视里，最后一集刚演完，演员表在黑幕上正爬坡似的往上冒。徐英长舒一口气，知道这下她再也斗不过顾秀华了，嗯，顾秀华要走了，跟着儿子去南方。能走就是翻身，顾秀华要翻身了。徐英自言自语，怎么可能再回来。

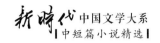

5

到了约好的饭店，徐英脱下外套，露出别在里面忘了摘的塑料红花，对方指着她的胸部，很快把手势和眼睛挪了开问，上午有活动，哈？徐英低头，把花取下，矜持地边喝茶水边回答，是，商场年中总结，表彰这半年的营业之星。对方是小文介绍的人，大徐英十五岁，在粮食局上班，离异，不带孩子。聊得不多，两人都顾着吃桌上的炒菜，你一筷我一筷，便是如此，还有许多凉在了盘里。对方起身结账，回来时给徐英拿上几个塑料袋，说，你带回去热热，还能掂对一顿。徐英带上两包剩菜，把外套扎到腰上，在烈日里独自往商场回。这时她眼前许多事儿都显得平淡了，清楚自己在别人眼中，也有同感。三十已到，过了这关，像过了人生所有关，从没人告诉过她，一辈子居然是这样。她站在路口等，两台出租车经过，都空着，蹚水似的从人面前蹚着开走，车轮看着都那么黏。她步子更黏，分明没经雷击，也没遭雨打，只被小火慢咕嘟了几年，几年下来，感到自己都被熬透了。

再回百花园，徐英几次听见外面有熟悉的声音在说话，顾秀华走后，在她家那个位置上，陆续又开过两家，卖过玉器，卖过玩具，都没太长久。徐英好奇出来看，看到前后走廊，都空空无人，卖货的个个都缩在自家小格子里，和被冷光照着脸庞的塑料模特面面相对，人和模特身后的每扇玻璃窗上，都结有雪花一样复杂的灰。她一时分辨不出这里是夏还是冬，只有那个声音听在耳边，是分外亲切，给人生活里的真实感。找过去，居然真是离开了两年的顾秀华，正背对徐英，弓腰整理地上的货。几个货包被打开了口，里头还是熟悉的袜子秋裤，卫衣打底，也都还是顾秀华过去的品位，即充分照顾中老年女性市场。顾秀华多年来上货，都能精准定位在和自己同龄的女性顾客眼光上，即穿用上不必太出风头，但保暖，保质量。徐英还记得，过去自己如何一次次拿顾秀华的品位和自家店里的品位对照，俏皮话张口就来，常逗得主顾也好，同行也好，都被影响着一块儿去嘲笑顾秀华的眼界，仿佛谁再要去她家买什么东西，就是承认自己也眼光浅薄，脑子不活。徐英站了一会儿，想再说句俏皮话，酝酿半天，无声无息，顾秀华已把包里所有黑色袜子、白色袜子分成了两堆，跟掰苞米一样区分出棒子和粒儿，侧回头，她也看着了徐英。

徐英说，姐，回来了。顾秀华直起身看她，才两年，顾秀华老了这么多，必是经了不少事。对着顾秀华一张大方脸上若有似无的笑意，徐英心里和顾秀华心里想的，可能内容一致。顾秀华将笑抿得淡了，说话还是很爽快，咋了，英，看着没以前精神呢？徐英哼笑两声。两人一交上火，战斗气氛立马回温，感觉脊梁骨又都硬巴了起来，脖子一挺，各自增高几厘米。徐英眨眼睛说，礼拜四，买卖次。没人上门，没啥斗志。咱这儿还不赶你走前的热闹劲儿呢。所以，你还回来干啥？顾秀华说，南方气候太闷，我不稀罕。孩子大了，也独立，省心，不用我多陪。徐英说，啊。顾秀华说，咱说养孩子吧，真是不优秀你操心，太优秀吧，也不好。感觉这妈当得轻飘飘的，过分自由。我不行，我爱找事干，一辈子都是劳动人民。不像你，这辈子没儿女，省心啊妹妹。看着顾秀华眉飞色舞的样儿，徐英认定她除了更老，更烦人，真没变化，不知为何，这让徐英心安。她转过脸，故意扭两下细腰，仿佛转着不存在的呼啦圈，说，站一天了，真累。人哪，就得活动活动。临走她对着顾秀华粲然一笑，姐，我才过完半辈子，后面的事儿，谁能说准？你不就又回来遭罪了吗？怎的，你儿子是不是翅膀一硬，都忘了有个妈了？顾秀华听着徐英嘴里不算新鲜的挖苦，脸上显出比先前刚见面时更老的态势。那表情显然是恨，但恨也模模糊糊的，让人叫不准，她恨的是谁。徐英直犹豫，该不该扶她一把，刚要走近，顾秀华字正腔圆，憋出一字，滚。回店后，徐英忍不住抱起椅子上的玩具狗熊，又亲又笑。瞥见镜子里的自己，正是副志得意满的小人嘴脸，但花枝招展，活得精神。揉着裤兜里的塑料红花，徐英想她一辈子就得意当个战士。

晚上五点，市场准时关门，百花园属于小商品市场，不像其他大商场，会开到入夜，夜晚一到，这里的花儿啊朵儿啊便早早睡去，消隐在妻子或母亲的身份里，至少也是谁家的女儿。每当傍晚，独自坐公交回家的徐英，会在车上发着愣想，在生活里她还和什么人存有关联。窗外是深蓝色的天，人影单薄地活动在一些矮楼前，在楼的外立面上，贴挂着出兑的白色广告、招租的红色横幅，那些数字都异常巨大，像一个个嫁不出去的老姑娘，在婚介所里大声报出自己的姓名、年龄、工作单位。徐英才想起白天相亲的事。下午和顾秀华斗完嘴后，小文打电话找她，说男方回去后表示，挺满意的。只觉得徐英有点儿冷淡，而且人有点儿太瘦。他担心徐英是不是脾气不好。在百花园卖货的女的，哪有好惹的，话似乎也不会好好说，夹枪带棒，指桑骂槐，仿佛这就是沟通的礼貌了。他跟小文说，的确，我很担心。小文委婉地把意思转给徐英，让徐英收收脾气就行。对方很老实，很怕因为老实，再受欺负。他就是被前妻给欺负惨了，脑袋绿得跟呼伦贝尔草原似的，颜色纯正不说，地域还广阔。这男人，先前过得不易。徐英无可奈何听着，笑中有叹息，自己前半生在情感上得来的，也饱含难堪，落一身疮疤，谁容易呢。在跟小文回话时，她声音不大，但坚决，说，能处。脾气我一时半会儿收不了，但我没有折磨人的爱好。这点，他不用担心。

她知道自己是想嫁了，但徐英也奇了怪了，发现她竟然也不想就此离开战斗过的地方。顾秀华比她大十来岁，不是撞过"南"墙，也回来了？徐英觉得她就属于百花园，不是不能属于别的地方，而是到了别的地方，她不再是徐英，顾秀华也不再是顾秀华，有些花儿是没法接种和移植的。但毕竟很多人都走了。小文跟老公一起搬去了浙江下面一个县，没说去做什么；同一排店铺里，陆续走了一半的人，剩下的一半，基本三天打鱼两天晒网，和顾客心情一样，拿百花园当消遣精神的地方，走过路过，闲了看看。徐英刚放下电话，相亲的男人给她发了信息，问晚上空吗，一起用餐。他说话总不在点儿上，但心是好的。徐英见门口晃过一个人影，像大白天见着鬼影似的，赶紧起身叫，来，来，进来看。顾秀华怪模怪样笑着，和徐英相遇在空荡的通道上，面面相觑。

中午整个一层就她俩订了饭，叫的米线，泡在塑料袋里，用饭盒装好，一人一碗，坐在二楼最高一级台阶上，两人边吸溜，边睥睨着脚下的安静。视线正对百花园大门，那里过冬时安下的几重棉布帘，还没拆全，现在臃肿地挂在两侧，她们偶尔就抬头望，看谁还会来。徐英酝酿着，对于现在这样的特殊时刻，该说点儿什么好。也许她该和对方说点儿带歉意的话，也许话说出来，更变了味道。她转向吃得一头热汗的顾秀华，再问了遍，交实底儿吧，到底为啥回来的？顾秀华嘴上都是红油，拿手背擦，巨大的两颗门牙和舌头交织一会儿，慢慢咽下一口米线。顾秀华脸上，当年与徐英战斗留下的抓痕仍在，不过已细微难见。她说，我在那边儿，找不着北。你明白那种早上睁眼，看着钟表过去，却不知道该干点儿啥的感觉吗？我明白。躺床上我就想袜子、秋裤和皮带，想百花园里那股臭皮子的味儿。徐英心里一动。轮到顾秀华问，你呢，准备还在这儿干？徐英说，干。没跟你斗明白呢。顾秀华将塑料袋系好，顺手帮徐英也收拾了，过会儿才笑，就你，斗明白我？徐英没说话。两人没什么好说了，两袋吃过的剩饭，都抓在顾秀华手里，被她拿着走下台阶，准备扔到外头垃圾桶里。望着眼前空落了的大环境，好些感受是从梦中带出的：只能属于梦的聒噪、热闹、沸腾，红火不再，花儿四散。梦从未被收走，尽管落在命运前头，它注定是颗送死的卒子。徐英突然笑起来，想招呼顾秀华快回，好分享当下这种没头没尾，却终于清晰了的感受。她想说，姐，咱俩其实不早被别的对手，给双双斗败了吗？

新　锐　作　家　卷

替代者

李唐

1

他走到一棵树下，站住。这是个晴朗的好日子，天空中，由于前几日连续下了几场大雨，此时见不到一丝云朵。天空湛蓝而赤裸，仿佛一面巨大的镜子，因其本身所映照的事物太过庞杂、繁复，且意义不明，于是这些事物干脆混合到了一起，变成了纯然的蓝色。当问题太过复杂，他想，有时反而会显得异常简单。

他凝视着这棵树。树干粗壮、有力。他有些怀疑如果自己抱住它，是否能够将两只手再次握在一起。他可以试一试的，但他只是站着不动。目光向上，树干开始分叉，变成了杂乱的树枝，而每一根树枝又结出更加细小的分支，如此继续下去……叶子长在树枝上，非常茂密。从下面看，他发现树冠里面的叶子要比外面的叶子颜色浅一些。风一吹，它们就开始摆动，仿佛一团柔软的绸布，在自身中显示出风的形状。而风本是没有形状的。他伸出手，感受着风从他指间的缝隙中穿梭而过。

真实的感觉。他想。

有时，他觉得自己已经丧失了真实感——自从他成为一名"替代者"以来。这种丧失是潜移默化的，是在不知不觉中发生的。当你意识到时，往往已无力改变。这些年，他越来越无法确定究竟何为真实，何为虚幻。或许真实与虚幻其实本质上属于同一种东西？他摇了摇头，一片叶子从他的头顶落下来，落在他的肩膀上。他扭过头，注视着这片叶子。他用手将叶子拿起来，放在鼻子下面闻了闻。一股带着湿润气息的清香。前几日的雨还残存在它薄薄的身体内部。

他扔掉叶子，向前走去。

这是一座三十三层高的商业大楼。每一层都有无数家公司，每一家公司都是热火朝天的景象。他差点迷了路。如果不是之前他已经将自己今天的身份背得滚瓜烂熟，他就要迷失在这座商业大楼的迷宫中了。终于，一个小时后，他找到了自己所在的公司，并且准确地找到了自己的工位。正当他准备走过去时，一个满脸严肃的中年男人拦住了他。

"林峰，"中年男人说，"你今天又迟到了。"

"对不起。"他——作为"林峰"的替代者——说，"堵车了，实在抱歉。"

中年男人责备地看了一眼"林峰"，扭头走了。

他走到自己的工位里，坐下。四周都是忙碌的身影。他打开电脑，准备一天的工作。从事先的资料里，他知道这个叫"林峰"的男人的工作基本上都是重复性的、没有什么技术含量的。这样的人为什么也需要"替代者"呢？他有些疑惑。但无论如何，这是属于他的工作，他没有质疑工作的权利，更何况，这还是一件相对而言比较轻松的工作。他只需要敲敲键盘，写几封邮件就行。此前，他曾短暂地替代过一名长跑运动员，那一天的训练真是把他累得半死。

"林峰，"一个女人急匆匆地走过来，将一沓文件放到他面前，"这些文件你看看，有没有毛病，下午开会要用。"说完，她就走开了。他甚至都没看清她的面孔。

他环视着周围的"同事们"。他们难道真的看不出来，我并不是林峰，而只是他的替代者吗？可是没有一个人对此表示惊讶，或者疑问。他们依然在干着自己的事，并且把他当成真的林峰那样相处。为什么会这样？这是他职业生涯中最大的困惑之一。或许——他胡思乱想起来——就像上级说的那样，究竟谁是林峰并不重要，重要的是"林峰"要坐在这里，否则就有可能酿成祸端。

"林峰，"他身边的一个胖子打断了他的思绪，"怎么样，跟莉莉新婚还和谐吗？"

他注视着胖子。胖子也注视着他，脸上挂着坏笑。

"你难道真的看不出来吗，我并不是林峰。"他忍不住对胖子说道。

主动揭示自己的"替代者"身份，而给周围的人带来困扰——他知道，这是严重违反职业规定的，如果被发现，他将受到惩罚。可是，即使如此，他仍然忍不住想要发问。

"说什么呢你？"胖子有些紧张地瞥了他一眼，转过身去噼噼啪啪地敲打起电脑键盘。

一切如常。世界安稳如斯。

2

"你好像还有很多事情不明白。"

上级坐在桌子后面。他的双肘戳在空无一物的桌面上，双手交叉托住下巴，因而遮挡住了半边脸。这是一个戴着墨镜的男人。屋子里光线昏暗，而他沉浸在黑暗的角落中，因此仿佛只是一道阴影，或某种事物的轮廓。但是，他又是实实在在地存在着，并且在这间屋子里是绝对的主宰者。透过黑色镜片，他似乎在饶有兴趣地观察着坐在自己面前的人。

是的，他可以感觉到上级的目光，尽管他看不见他的双眼。他清楚地感受到那种审视的意味，在这间小小的屋子里造成了一种紧张感，仿佛有什么东西在暗中紧绷着。很明显，上级喜欢这种氛围，这可以表明：一切都在他的掌握之中。

面对上级，他小心地斟酌着词汇。他不得不承认，在上级面前，自己莫名地变得渺小，如同蝼蚁，如同那只不停地撞击着暗淡灯泡的蛾子——如同房间里唯一的光源，悬挂在他的头顶。由于那只蛾子的影响，灯泡左右摇晃，使得房间仿佛也在随时变幻着构造。

"是的。"他对上级说，"我有一些疑惑。"

"说出来。"与外在的形象相反，上级的声音显得很慈祥，并且有某种鼓励的成分在里面，"只有解决了问题，才能更好地执行工作，不是吗？"

听到上级的话，他稍稍地放松了一些。于是他鼓起勇气，继续说："我想知道，我为什么要替代林峰这种人？"

"你是指……"

"他不是重要的人，"他说，"甚至可以说，他微不足道。即使这个人消失了，也不会造成任何后果。既然如此，我替代他的意义是什么？"

这时，他听到了上级的笑声。并且他从笑声中听到了怜悯。当然，也可能是他的幻觉——坐在这间逼仄、昏暗的房间里，与上级面对面，确实让他太紧张了。

"你说得没错。"上级平静地说，"但是现代社会发展到今天，已经是一种庞大、精密、复杂的系统，复杂到你无法想象。这样的系统容不得任何差池，所以才有我们的出现。就算林峰是一个微不足道的人，他依然有他在社会中的位置与价值。你可听说过蝴蝶效应？"

他愣了一下，好像明白了什么。

"林峰是微不足道的，可是他失去了身份，就会在系统中造成一个空缺，或者说造成一个漏洞。这漏洞不大，可没人能预料它会造成怎样的后果。既然蝴蝶的翅膀可以在另一块大陆掀起一场风暴，那么，没人能确保这个小小的漏洞百分之百不会危害我们的社会系统。而我们要做的，就是维持这个系统平衡、稳定地运转，消除潜在的威胁，将风险降到最低。这也是替代者的工作的意义。不知我解释清楚了吗？"

蛾子依然在坚持不懈地朝灯泡发起一次次攻击。直到它筋疲力尽，掉落在他的脚边。他看着那只垂死挣扎的蛾子在自己脚旁无助地扇动翅膀，原地打转。

"那真正的林峰去了哪里？"他问。

"按照规定，我本来不应该告诉你。"上级从抽屉里拿出一个文件夹，翻开几页，"不过为了消除你的疑惑，我可以破例向你透露——资料显示，他欠下了巨额赌资，因此以非法渠道出售了自己的身份。也就是说，他现在是一个'没有身份的人'。"

他吃了一惊。他知道，"没有身份的人"意味着此人不存在，因此是一种极其危险的状态：一旦被剥夺了身份，所有人都可以对你做任何事，而你却不会受到任何保护。因为从社会系统的角度上讲，你已经不存在了——就像死人不会死第二次。

"我真的不会被识破吗？"他沉默了一会儿，不再理会蠕动的蛾子，"毕竟我并不是他，所有人都知道，我不是他……"

"记住。"上级依然用那种平静的语气说，"身份只是众多社会属性的集合，你也可以把它理解为某种社会符号。现在，你替代了'林峰'这个社会符号。换句话说，正是因为你是林峰，所以你便是林峰。没有人会否认这一点。"

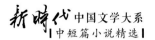

"我还是不太明白……"他摇了摇头。

"你会明白的。"上级的语调中多了一丝嘲弄的味道，"记住，你现在就是林峰。直到任务结束。"

"任务会结束吗？"

"这个还不太确定。除此之外，今天你违反了规定，必须要接受惩罚。"

"你是怎么知道的？"虽然他早已预感到了，但还是感到了一丝恐惧。

"我们知道一切。"上级说，"别忘了，我们是社会系统稳定的维持者和修复者。不过念在你是初犯，我们不会太过严厉。经讨论决定，扣除你两个月的工资，以儆效尤。"

3

他一眼就在人群中认出了她。

莉莉——林峰年轻的妻子，此时正站在街角，茫然地向四处张望。她是一个长相清秀的女孩，留着清爽的短发。他躲在一个橱窗后面，巧妙地将自己隐藏在阴影之中。这个角度便于他暗中观察。不知为何，他有些踟蹰，有种想要逃跑的想法。时间一分一秒过去，莉莉焦虑地不停低头看手表。

他知道自己不能逃避。这是他工作的一部分。他硬着头皮，艰难地穿过从四面八方涌动的陌生人群，朝那个身影走去。莉莉搜寻的目光很快就在他的身上停住。此时，他的心跳动得很快，似乎穿透了周边的嘈杂声，整个世界只剩下他的心跳。绿灯亮了，他随着过马路的人群走到了她的面前。

她沉默不语地凝视着他。

他有些紧张起来。她为什么这样看着我？他想。是不是她发现了我是个冒牌货？很明显，我并不是林峰。她会不会大声质问我：你到底是谁？你把我的丈夫弄到哪里去了？她会不会在街头突然失声痛哭起来（因为自己的丈夫变成了另一个人）？这一连串的假设迅速闪过他的脑海。他的额头和手掌心立刻就变得汗津津的。

预想的事情没有发生。他看到一抹笑容出现在这张美丽的脸庞上。如一个慢镜头那样悄然绽放的笑容。她向前一步，主动挎住了他的胳膊，有些撒娇似的抱怨道："你可又迟到了，都第几次了？"

他几乎是被她拽着，往电影院的方向走去。

一路上，他悬着的心并未完全放下。他的身体有点僵硬，不时瞥一眼莉莉，又赶紧收回目光。对他而言，她是一个完全陌生的女人，此刻他们却手拉着手，亲密无间，与一对普通的新婚夫妇无异。他很想停下来，郑重地问她：你好好确认一下，我真的是你的丈夫吗？可他知道自己不能这样做，因为上级知晓一切。

莉莉身上淡淡的香气传进他的鼻子里。这是一种类似柠檬的清淡香味。这种静谧的味道让他稍稍平复下来。她的手很柔软，身体紧紧地靠着他。没有人会对陌生人如此亲密，他想。事实证明他确实多虑了。目前为止，作为林峰的替代者，他的工作进行得很顺利。

我现在的身份是林峰，为了打消挥之不去的紧张感，他在心中一遍遍重复着这句话。正因为我是林峰，所以我便是林峰。没错，我就是林峰。想到这儿，他停住了脚步。

"怎么了？"莉莉困惑地看着他。

他需要一个证明，用于彻底地使自己安心的证明。他注视着莉莉的眼睛。这是一双明亮的眸子。他这才发现，她的瞳仁是栗色的，闪烁着

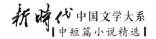

明丽动人的光泽。他忽然不再紧张。他就这样闭上眼睛，吻了上去。他感受到了莉莉薄而软的嘴唇。

几秒钟后，莉莉推开了他。她的脸微微涨红，露出羞涩窘迫的表情。

"你怎么突然……"她的呼吸变得有些急促——即使他们已经结婚成家，她仍然不习惯在公众场合展示这种过于亲密的行为，"这么多人呢。"

他笑了笑，主动挽住了她的手，领着她走进电影院。

他们找到位子，坐下。片刻后，电影院的灯光熄灭。在短暂而完全的黑暗中，他深深地吸了一口气。电影开始了。他根本没去关注电影演了什么，他的注意力全在莉莉身上。他不时转过头，看看莉莉。大屏幕的光映照着这张精致的脸庞。他不禁看得有些入迷了。偶尔，莉莉会侧过身，与他相视一笑。那时他感觉到自己的身体在微微战栗。他握住了莉莉的手。温暖而神秘。

他希望这一刻永远不要结束。

4

星期天，他与莉莉一起去拜访父母。他们住在同一座城市。当他看到这两个笑容可掬的老人站在自己面前、称呼自己为他们的孩子时，他再次感受到了那种强烈的不真实感。仿佛眼前的事物都只是一场戏剧里的情景，那面墙、那只沙发都与平常无异，然而观众们都知道它们只是剧里的道具，是仿制品。但是演员们却不能将这一层关系说破……他坐到沙发上，拿起茶几上的玻璃杯。为了确认这日益稀薄的真实感，他控制不住地反复摩挲着玻璃杯光滑的表面。至少，这触感是真实的。

"小峰，你在干吗呢？"父亲亲切地问道。

他放下玻璃杯，盯着父亲。这是一个两鬓皆白、正步入老年的男人。他报复似的想从父亲的眼神中捕捉到一丝不自然或怀疑的神态。或者说，他其实是在寻找真实——当一切都显得那么不真，唯有对"不真"的质疑才包含了真实的成分。然而父亲很快站起身，去厨房的冰箱里给他和莉莉拿了冰镇的可乐。

厨房里，母亲正在忙活着午饭。

客厅处于背阴的位置，因此光线有些暗淡——这让他感到不适，因为他下意识地想到了上级的那个小房间。每件物品都沉浸在阴影中，似乎是它们自身流淌出了阴影。他再次与父亲对视。父亲很自然地避开了他的目光，拿出一只折扇不停地呼扇。

他仿佛看到阴影正在自己的脚底扩散，像是某种黏稠的液体。莉莉起身去厨房帮忙。客厅很静，除了炒菜的声响，就只有父亲扇动折扇的声音，像是某种鸟类在扑扇翅膀。

坐在餐桌前，对着一桌子的饭菜，他却丝毫没有胃口。在他面前安坐的这对夫妇，此前他只在林峰的资料里见过。现在，他感觉自己像是一名奇怪的客人：所有人都对他很熟悉，只有他自己对环境感到无比陌生——就像是当人们身处梦中，哪怕最熟悉不过的事物也会变得有些不对劲……

"小峰。"母亲放下筷子，担忧地问，"你是不是有什么心事？"

"有什么事就跟我们说，"父亲接着说道，"毕竟咱们是一家人。"

莉莉也转过头，疑惑地看着他。

于是，他不得不一下子承受来自三个人的目光。他的嘴唇颤动着，想要说什么。他忽然觉得眼前的这一幕很虚假。他们会不会其实知晓一切？他暗自思忖道，他们会不会只是在嘲弄我？是的，他有了一种被欺骗的感觉，即使他知道明明自己才是欺骗者。

"我想看相册。"他说，"我想看看我的相册。这里应该有吧？"

对于这个要求，他们显然有些惊讶。他知道，这属于一种挑衅，是他的最后一搏。上级会知道这件事吗？但上级也没有理由责罚他，毕竟他的这个要求并不过分……这对夫妇交换了一个眼神。然后，母亲站起身，走到卧室。过了一会儿，她重新回到客厅，手里拿着一本厚厚的相册夹。

"这是你上小学的时候。"她拉着他并排坐在沙发上，每翻一页都会附上讲解，"这是你初中，在游乐场……"

他俯下身，仔细观瞧。没错，照片上的那个人，与他完全不一样。那个人才是真正的林峰。如果非要说他俩有什么相似之处，恐怕只能说他们都有一点忧郁的神色。

他一边听着，一边偷偷观察着这个老妇人。直到翻到最后几页，她都没有露出丝毫破绽。她指着照片上那个与他完全不一样的人，说道："那个时候你多瘦啊，不过现在也不算胖……"她完全沉浸在了自己的回忆中。

这荒谬的场景使他感觉有些晕眩。他挽救真实感的最后一丝希望破灭了。他虚弱地靠在沙发背上，盯着昏暗的天花板。他好像看到一只蛾子正趴在那里。他揉了揉眼睛，发现那只是一块脱落的墙皮。

现在，他可以确定了，自己确实完全替代了林峰——他完全地占据了"林峰"这个身份。是的，人只是社会属性的集合，只是一个符号，或许这才是最大的真实……此时，上级的话给了他些许安慰，减轻了他莫名的负罪感。

母亲仍在自顾自说着，丝毫没有意识到他的异常。

5

那之后，他有了一个意外的发现：他发觉自己真的爱上了莉莉。

每天早上，他们一同起床，一起站在卫生间的镜子前刷牙。那时莉莉的头发总是乱糟糟的，脸上的表情似醒未醒，懵懵懂懂，再加上她那件宽大的印有长颈鹿图案的睡衣——他觉得她在自己面前就像是一只安静的小动物。他忍不住拍拍她的头发，或是捏捏她的脸。莉莉则会一边刷牙一边不耐烦地将他的手挡开。

然后，莉莉会做上一桌丰盛的早餐。摊鸡蛋、牛奶、面包、水果、牛肉……他们边吃边聊，互相打趣。吃完饭，他们把碗筷放进水槽里，简单收拾一下。之后他们穿戴整齐，一起出门上班。他们像是学生情侣那样手拉着手走到地铁站。他们坐的是相反的方向。每次，他们都是站在中间，等某个方向的地铁先到，便挥手告别。透过车窗，他看着莉莉的身影倏忽而逝。从这一刻开始，他已经迫不及待地想要回到莉莉身边了。

在此之前，他从未感受过女人的温存，也没有感受过父母的爱。他从小就离开家乡，四处漂泊。他性格软弱，因此吃过不少亏。他觉得这个社会是如此可怕，他害怕别人靠近他，也不愿靠近别人。那时，他整日将自己关在屋子里，打游戏、看电视、睡觉，日子过得浑浑噩噩。他不想回家，不想看到父母间那无穷无尽的争吵。他以为自己的人生也就这样了，像是一颗误入臭水沟的种子，无论长成什么样子，也都改不了在臭水沟里的现实……直到，他误打误撞成了"替代者"。

据他所知，上级喜欢收留像他这样孑然一身的人当"替代者"。没有留念，甚少牵绊。这是一份报酬不菲的工作，只不过，签合同的时候他发现这相当于一份"卖身契"。如果中途想要退出，他不但会失去工作，而且作为合同里最严厉的惩罚，他将失去身份，成为"没有身份的人"。无疑，这是件恐怖的事。然而他几乎想都没想就签了合同——他本身就一无所有，还有什么可失去的呢？

作为林峰的替代者，这是他的第一份正式工作。之前他只是短期地替代过一些人，往往是作为临时工的性质。现在，他终于体会到了这份工作的美妙之处——借由工作，他得到了一个崭新的人生！在这个新身份中，他拥有了虽有些无聊但体面的工作，爱他的父母，以及美丽的妻子——莉莉。每天他会无数次默念这个名字，仿佛这个名字是一道照亮黑暗的光，是一种神圣的恩赐。此前，没有女人这样爱过他，他也没有真正爱上过某个女人。但现在一切都不一样了，如果现在让他为莉莉死去，他也会毫不迟疑地去死。第一次，在他昏暗的人生中，感受到了"爱"的滋味。

是的，他明白，这一切原本属于那个叫"林峰"的人。他是如此嫉妒他。他不明白，为什么有人会甘愿放弃这一切。这对他来说简直是梦寐以求的天堂般的生活。或许正是因为对林峰这样的人而言，生活太容易了，太唾手可得了，因此才不会去珍惜。傻瓜！他在心里骂道，十足的傻瓜！

出了地铁，他意气风发地朝商业大楼走去。路过公司底下的那棵树时，他稍稍停下脚步。他抚摸着粗糙的树干，心想：哪怕这所有的一切都是虚幻的，又有什么关系呢？比起现实，我更喜欢这虚幻。没错，我全身心地热爱这虚幻。他不禁露出了笑容。

工作他很快就得心应手了。他工作牌上的照片仍旧是林峰的，可没有人在意这一点。他们很自然地把他当成了林峰，没有人会去怀疑他的身份。是的，他愉悦地想，社会系统已经接纳了他作为林峰的身份，自己没有必要再犹豫不定了。他应该尽可能地去享受属于他的新生活。

下班回来，他迫不及待地打开门，紧紧地抱住莉莉（一般她下班会比较早）。他将她抱到床上，解开她的衣服。"饭还没做呢！"莉莉说。他不管。此时此刻，他想要亲近莉莉身上的每一寸皮肤，想要与她真正地融为一体。

"你最近像变了一个人似的。"莉莉说，"以前你总是无精打采的。"

"我确实不一样了。"他贪婪地亲吻着她，"我变得比以前更加爱你。"

"油腔滑调。"莉莉笑着，"一会儿吃饭别忘洗手！"

6

时间一天一天过去。他渐渐适应了自己的身份——那身份就像是一个移植器官，从最初强烈的排斥反应中慢慢安静下来，终于接受了这具陌生而温暖的新肉体。他不再去思考关于身份的问题，那种压抑的、充满了不安全感的生活，他不想再去回顾。往日的生活如同远处渐淡的幻影。他的人生从接受新身份的那一刻才真正开始……

下雨了。连续几天的雨水使天空长期沉浸在晦暗不明的状态。积雨云层层叠叠堆砌在空中，如同一片广袤的旷野。他从电梯里走出来。已经晚上八点多了，他刚结束了加班，迫不及待地准备回家。莉莉正在家里等着他。想到这儿，他感觉自己正在被一种甜蜜、轻松的氛围轻轻摇晃，写字楼过道里整排的白炽灯将走廊照得干净、整洁。他的脑袋并没有因为加班而感到困顿，相反，新生活的幸福感使他的内心一片澄明。

这段时间，他感到自己真正地融入了生活。他与莉莉平日里有了偶尔的争吵；工作上，也会有一些不尽如人意的地方。这些却让他获得了久违的真实感——他感到自己正实实在在地生活着。生活里那些小小的瑕疵反而是他求之不得的恩赐。

雨仍然在下。他来到大楼门口，伸出手。几颗水滴接连不断地落到他手上。清凉的触感使他很满意。他撑开伞，迈步走进雨幕之中。

莉莉正在家里等着我。他不禁加快了脚步。

这时，他看到有一个穿黑色雨衣的人朝自己凑了过来。他以为是平日里那些散发小广告的推销者，便摆了摆手。谁知，那人竟一把握住了他的手。他吃了一惊，停下来仔细打量这位不速之客。

穿雨衣的人似乎也有些不好意思，放开了他的手。

"抱歉，"那人喃喃地说，"我只是一时有点激动。"他说着，将雨衣上的帽子摘下来。他的雨衣湿漉漉的，不停往下淌水，看来已经在雨中等了有一会儿了。接着，他又摘下了那副厚厚的白口罩。"是我。"他说。

低垂而隐秘的雷声远远地传过来。

他认出了他。这个穿雨衣、戴口罩的男人，除了林峰还能是谁呢？

他握着伞柄的手开始颤抖。成千上万颗雨滴正在同时坠落。附近的树叶发出连绵不绝的沙沙声。他盯着林峰的脸，喉咙迅速地干涸，仿佛有细小的沙砾卡在了他的嗓子眼里。

"咱们到那边说话。"林峰紧张地环视了一下四周，"这里人太多，被发现就糟了。"

林峰不由分说地将他拉进了旁边的小公园。公园中心有一个亭子，他们走进亭中。林峰神色忧郁地看着面前的人——他的替代者。

替代者面无表情地将伞收了起来，还甩了甩上面的水滴。

"你怎么敢来这里？"替代者不动声色地说，"要是遇上认识你的人就麻烦了。"

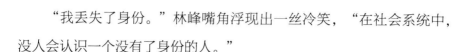

"我丢失了身份。"林峰嘴角浮现出一丝冷笑，"在社会系统中，没人会认识一个没有了身份的人。"

"你究竟要干什么？"替代者转而严肃地凝视着林峰。

"我想要见莉莉。"林峰有些苦涩地说，"我太想念她了。我只想看她一眼，一眼就够。但我不敢在白天露面。你能不能帮我把她晚上约出来，散个步什么的，我只要远远地看上一眼就好。"林峰的语气转为哀求。

"不行！"替代者几乎是下意识地拒绝了他。奇怪的是，林峰从他的脸上看到了某种恐惧。

"你得到了我的一切。"林峰面色凝重，"难道连这一个小小的请求都不肯答应吗？"

"那是你自找的。"替代者再一次断然拒绝，"我绝不会让你靠近莉莉一步。"

他们沉默地对视着。雨势比刚才更急切了，打在亭子的顶部，全世界好像只剩下了这一种落寞的声音。

"你真是个混蛋。"半晌，林峰挤出了这几个字。

替代者冷冷地凝视着林峰。杀掉他——这个念头像是闪电般划过他内心深处。虽然只是短短的一瞬，却使他既恐惧又兴奋。他绝不容许任何人夺走他目前拥有的一切。林峰的意外出现是他意想不到的，无论如何都是一个严重的威胁。

他现在是没有身份的人，他想，就算杀掉他也不会有任何问题。他用余光注意到自己脚边有半块砖头。他慢慢地蹲下身，将那半块砖头捡起。

林峰惊愕地看着他。

"你想杀我？"不等他说完，替代者已经上前一步，将手里的砖头狠狠抢了过来。林峰灵敏地避开，然后使劲地推了一把替代者。"记住，"林峰吼道，"你只是我的替代品，他们只是把你当成了我！"替代者脚下不稳，踉跄了几下。林峰趁此机会逃进了雨中的夜色。

替代者望着林峰逃跑的方向。一片漆黑。雨声掩盖了脚步声。过了一会儿，他整理好自己的衣服，撑开雨伞，走出亭外。

7

他在黑暗中睁开眼睛。连续几天的失眠使他疲倦不堪。他从床上坐起身，看着躺在旁边的莉莉。她睡得很香，似乎没有任何事物可以打扰到她。有一次，莉莉做了噩梦，半夜惊醒，由于惊恐而哭泣起来。他将莉莉抱在怀里，低声安慰着。他想，每个人都有自己的恐惧，这恐惧既无法使别人真正感同身受，也不能令它自行消失。你能做的，唯有与它对视，看清它究竟是什么样子。

现在，恐惧包裹着他。电子钟上显示的是凌晨四点。窗外还是一片昏暗。他轻轻地抚摸着莉莉的头发，将她贴在脸上的一缕头发拢到耳后。他爱这个女人，这是毋庸置疑的。可是她爱我吗？他有些悲哀地望着她沉睡的脸。她是爱她的丈夫的，不过，她爱的是林峰，他想，而我只是林峰的替代品。那晚林峰说得不错，她爱我，只是因为她把我当成了林峰。如果我不再是林峰，她还会爱我吗？甚至，她可能自始至终连"我"究竟是谁都不知道……

他仍然爱抚着莉莉的脸。可是，他忽然有了种与以往不同的感觉。那是一种模糊的异样感——仿佛不是他在爱抚莉莉，而是林峰在爱抚她。他低下头，盯视着自己的双手，越看越陌生，仿佛这双手已不再属于他，

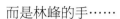

而是林峰的手……

　　他使劲地捶了几下脑袋，想让自己清醒一点。他努力不让自己胡思乱想。

　　窗外，掠过一阵不知名的光束。他贴着莉莉的后背，轻柔地亲吻着她柔软、小巧的耳垂。睡梦中，莉莉发出舒服的哼哼声。这一刻他觉得自己是幸福的。然而，短暂的幸福感之后，那种异样感再次袭来。他觉得仿佛是林峰在借由他的嘴唇亲吻着莉莉，在借由他的手抚摸着莉莉的身体……

　　不是这样的，不是！他不知道自己是怎么了，痛苦得直想大喊大叫。他使劲捂住嘴才没有喊出声来。

　　他沮丧极了。这是一种他从未有过的绝望的体验，如同冰冷的液体注入他的全身，从他的血管朝身体里的各处蔓延。他愣愣地坐在床头，一时不知该如何是好。

　　天空渐渐出现了亮光，只是这亮光还很微弱，显得苍白无力。他紧紧地搂住莉莉，像是一个怕黑的孩子，借助他人的臂膀来驱散恐惧。他越搂越紧。

　　"怎么了？"莉莉醒了过来。她讶异地发觉自己的丈夫身体在颤抖。

　　他沉默。过了片刻，他忽然将她的身体扳过来，骑在了她的大腿上。他们在昏暗的光线中对视着。"你压疼我了……"莉莉的身体动弹不得。他的动作变得粗暴起来。"你这是怎么了？"她话音未落，他已经粗暴地进入了她的身体。可她看到他的脸上分明不是欢愉，而是一种被痛苦扭曲的表情。她有些惊恐地看着他。

　　"你爱我吗？"他闭上眼睛，声音嘶哑地问。

　　莉莉根本不知道发生了什么事。"我当然爱你了。"她说。

"不。"他打断了她，"你是爱我，还是爱林峰？"

"你到底怎么了，"莉莉哭笑不得，"我听不懂你的话……"

"你仔细看看我的脸！"他爆发出那压抑已久的情绪，"不要把我当成符号，不要把我当成任何东西，仅仅把我当成我。现在，我要你回答，你到底爱我吗？"

她被他歇斯底里的样子吓住了。这时，她觉得丈夫变得无比陌生，她感到了疼痛，感到了被侵犯。她想要挣扎，但双腿和双臂都被紧紧地压制住。她的眼眶里涌出了屈辱的泪水。

这是一段显得漫长的时间。终于，他从莉莉身上起来，跳下床，像是一头发了狂的野兽。他在卧室的穿衣镜前站住。

他看到镜子中浮现出了林峰的脸。

没错，那确确实实是林峰的面孔。

他不可置信地摸着自己的脸，发出了一声尖叫。他一拳挥向镜子。这次伴随的是莉莉的叫声。镜子碎了一地。

细小的血滴从他的手指间一颗颗渗透出来，滴落在地板上。

8

他觉得自己落入了某种不可言说的境地。林峰的突然出现仿佛一下子改变了他的生活轨道。曾经被他刻意回避的，或者说逃避的事物正在变得面目清晰，使他不得不承受——他只是一个替代品。他占据了林峰的身份，所有人都认为他就是林峰，可是只有一个人知道，这一切都建立在谎言之上。那个人就是他自己。

究竟什么是"我"？此后无数个不眠之夜，他都会思考这个虚无缥缈的问题。他好不容易构建起来的真实感顷刻间便如沙质的堡垒被海浪吞没。他躺在床上，就像漂流在无边无际的海面上。陆地遥遥无期，只有微弱的光亮若隐若现，然而，那可能只是某种虚假的希望。"我"究竟是什么？他想，如果身份被完全地改变了，是否"我"也会彻底改变？如果真是这样，那他只能得到一个苦涩的结论："我"是一种虚妄，一个幻境。每个人都孤独无依，漂泊在这世上，没有可以抓住的东西。

一切都是流动的……

但是他的潜意识在抵制这种虚无的念头。刚开始，他想得很简单：无非是替代某个人的身份，按照这个身份去生活而已。这有什么难的？甚至他还感到了愉悦。可是，林峰的出现作为一次契机，让他忽然发现了在貌似阳光明媚的生活里，一处不易察觉的深邃暗洞。那洞穴是如此之深，散发着灼人的寒气。自从他发现了这处洞穴，就再也无法假装对它视而不见。曾经看似美好的生活像是纸片被风浪卷走，露出背后那死寂般的真相。

有几次，他将莉莉从深夜中叫醒。她睡眼婆娑地凝望着他，眼神中满是不解与惶惑。那天的事情之后，他们的关系出现了看不见的裂痕。莉莉像是一只受伤的小动物，蜷缩在自己的角落里。他们仍然躺在一张床上，心的距离却不可避免地拉远了。

"那天晚上，我觉得你很陌生。"事后，莉莉曾对他坦言，"我感觉自己像是被一个陌生人强奸了。"

莉莉的话反而令他有某种解脱感：毕竟，我不是林峰。我是"我"。莉莉的话印证了确实有那么一个"我"的存在。假如她完全觉察不到他的陌生，那才真的让他觉得恐怖至极呢。他能做的，只有将她抱在怀里，温柔地安慰。

"你觉得，人有灵魂吗？"他忽然问道。

"你怎么突然问这个问题？"莉莉眨眨眼，"你以前从来不会思考这种事。"

"据说人是有灵魂的。"他继续说，"我听过一个实验，说的是一个人死前和死后的体重出现了变化——死后人的体重减轻了。减掉的是不是就是灵魂的重量呢？"

"你竟然还信那个谣言？"莉莉忍不住笑出了声，"你难道不知道故事的后半段吗？后来发现其实是那个死者的女儿趁人不注意拿走了死者的金戒指。"

他沉默了。他意识到，自己是在一个没有灵魂的世界里。在这个世界中，人的心灵的位置令人生疑。他知道，如果自己不主动说破，如果林峰永远要不回他的身份，那么，他将永远作为林峰生活下去。到最后，他将验证上级的话：因为你是林峰，所以你便是林峰。

其实这也没什么不好。他想。只是，他觉得有些悲哀。悲哀源自莉莉——这个他终于找到的，此生最爱的人。他永远都要以林峰的身份爱她。他觉得自己仿佛被囚禁在某个没有门窗的禁闭室中，四围皆是厚厚的墙。无论他如何拍打都无济于事。于是，他终于意识到，其实并非他替代了林峰，而是林峰替代了他。是林峰的身份将"我"禁锢，甚至更严重的，让他开始怀疑"我"是否真的存在。

"你到底怎么了？"莉莉不无担忧地说，"最近你状态很不好，要不要去看医生？"

"不用了。"他轻轻地说，"睡吧。"

他伸手关掉了灯。

夜幕再一次笼罩他。他躺在床上，感觉到从未有过的孤寂。一滴泪不自觉地从他的眼角流下来，融进枕头的布纹中。黑暗中，不会有人发现一个独自哭泣的人。

9

现在，他仿佛站在一个岔路口前。这一天他没有上班。他像往常那样跟莉莉一起去地铁站，目送着莉莉的身影消失在隧道中。然后，他回到了家。他凝视着这里的一切，从沙发到喝空的可乐罐，不想放过任何细节。这里真的是他的家吗？准确地说，他是一个入侵者，他占据了本属于别人的生活。

别想那么多了！他在心中咒骂着自己，难道这样的生活你还不满意吗？不，他回答着自己，这段时间是我从未有过的快乐时光。

替代者，担负着平衡社会稳定的重任。这是一项崇高的使命，没什么可自责的。我应该安安稳稳地忘掉那个虚无的"我"的存在，他想，去尽情享受自己的新生活。想到这儿，他变得轻松了不少。他走进厨房，开始洗一只玻璃杯。这是一只洁净的玻璃杯，他也不知道为什么要洗它。他只是看着水流冲刷它光滑的内壁。

他想象着今后的生活——他会与莉莉有自己的孩子，他们会慢慢老去，共度一生，直到生命尽头。那时，莉莉会对他说什么？他毫不怀疑他们的爱情会保持到最后。在那最后一刻，他仍会对莉莉说：我爱你。那时，他会回顾自己的人生。他会想到，他们的开始源自一个巨大的谎言……

不！他使劲地摇了摇头，这不是谎言。难道我爱她，也会是虚假的吗？即使所有的事物都是虚假的，他相信爱绝对不会虚假。

可是莉莉呢？他不禁打了一个寒战。莉莉真的知晓我的爱吗？自始至终，她都会以为爱着她的人是林峰——那个背着妻子赌博，不惜放弃了生活的男人。无论他的爱多么深沉，他都注定会被另一个人所替代。

嫉妒、不甘与屈辱融合一起，在他的内心深处搅动。这时，他听到了一阵玻璃破裂的声响。他低下头，发现玻璃杯被捏碎了，而他竟毫无知觉。碎片扎进皮肉，可他并不感到疼痛。他只是茫然地想：这双受伤的手，究竟是我的，还是林峰的？

走出厨房，他再一次环视这里，他的生活。他的眼眶里充盈了泪水。这是怎么回事？他深深地吸了一口气，不让泪水流出来。接着，他开始打扫卫生，浇花，洗衣服，将随处乱丢的东西放回原处……做完这些，他在阳台抽了一根烟。阳台上晾晒着他刚刚洗好的衣服，他看着它们被风轻轻吹起，在阳光的照耀下散发着洁净的光芒。

他微微眯起了眼。

他知道，自己已经做出了决定。

这是一个让他感到艰难而痛苦的决定。他穿戴整齐，最后一次打量他与莉莉的家。他知道，这一步一旦迈出，就再没有挽回的余地。他会后悔吗？或许，日后他会对自己这个愚蠢的决定后悔不迭。但是，此时此刻，他是无比坚定的。

在此之前，他从未想过自己能对某一件事如此坚定。

谢谢你，莉莉。他在心里说道。

10

"你实在太让我失望了。"

上级的头颅隐藏在阴影中，只有薄薄的镜片反射着不知从哪里来的光。屋子依然暗淡，所有的光源依然来自那盏小小的灯泡。他看不清上级的表情，但从上级的语气中，他可以听出毫不掩饰的愤怒——这种情况是不多见的。上级总是那样冷漠、严酷，以至于让他无从分辨坐在那个座位上的人的喜怒哀乐。

　　黑暗中，他听到一种莫名的响动，像是某种东西在扑打翅膀——他看到在上级的桌子上，摆放着一个玻璃罩，里面有一只硕大的蛾子正不停地左突右撞，似乎想摆脱玻璃壁的束缚。他知道，这是上级的新宠物。

　　此刻，他依然是一名被审问者。但是，这一次，情况有了很大不同。他掌握了事情的主动权，这一切都是在他的意志下进行的，而不仅仅像从前那样作为一个没有自主性的执行人员。他知道，从他说出"我要放弃替代者的工作"的这一刻开始，他就成了主导者。

　　即使，他要付出沉重的代价。

　　"你知道这意味着什么吗？"上级的口吻里有着隐隐的威胁，"这意味着你失去的不仅是替代者这份工作，同时，作为违约的最严厉的惩罚，你还将失去身份。"

　　他知道，这意味着自己将变成一个"没有身份的人"。

　　"你知道事情的严重性吗？"上级不禁提高了音量。声音回荡在这间逼仄的屋子。

　　一阵仿佛凝固般的沉默过后，他轻声说道："我明白。"

　　"为什么？"上级的语气恢复了以往的冷静，"告诉我理由。"

　　理由？是的，他曾有很多话要说。可以说就在几分钟前，他还有着强烈的倾诉欲。他想要将他的困惑、迷茫与思考一股脑地全对上级说出来。他迫不及待地想要倾诉，痛痛快快地倾诉一番……然而，不知为何，那些话、那些理由涌到他嘴边时，忽然就烟消云散了。他知道自己其实不必再说什么。

他清了清嗓子。

"我不想当一具行尸走肉。"

这是他唯一说出的话。说完，他感到了彻底的轻松。他浑身充满了莫名的力量。他看着上级，忽然觉得那个高高在上的人不再令他那样敬畏，相反，他觉察出了上级面临的窘迫。

"正是由于有你这样的人，"上级说，"极端的个人主义，丝毫没有责任感，不知荣誉为何物，才使得社会系统愈发沉沦、衰退……千里之堤毁于蚁穴，没想到你已堕落至此。"

"对不起。"他说。

"不用道歉。"上级的声音像大理石般冷漠，"现在，我对你只有怜悯。你已经被剥夺了替代者的身份，根据协议，你将不再拥有任何身份。你的身份档案将彻底销毁。"

"也就是说……"上级顿了一下，继续道，"也就是说，从社会系统的角度，你已经不存在。"

他听着上级的话，忽然有些恍惚。直到他离开这间屋子，恍惚感仍未退去。他觉得这就像是一场梦，甚至比梦还要荒诞。

11

他躲藏在灌木丛中。

想要在城市中隐藏自己并不容易。到处都是人，到处都是喧嚣。似乎不再拥有某个角落，可以供人真正地独善其身。但是，作为"没有身份的人"，他必须要躲藏。自从他的身份被剥夺以后，他看到了许许多多如幽灵般徘徊在城市中的像他一样的人。他们由于种种原因失去了身份，变成了社会系统的弃儿。他看到他们很轻易地便丢掉了性命，因为在社会系统中，他们早已不存在。

死人不会死第二次。他想起了上级曾说过的话。世事难料，他自己现在也成了"不会死第二次"的人。

此前，他从没注意过这些人。而现在他们却一下子出现在他面前。难道，只有当自己也加入了他们的行列，他才能真正发现他们吗？他不清楚。他只是看着这些"没有身份的人"像自己一样在东躲西藏，稍有不慎就彻底地消失了。他曾见到在熙熙攘攘的大街上，一个"没有身份的人"被活活打死，尸体躺在街头，所有人却视而不见，仍像平时一样从那具尸体身旁走过。他想，他自己也曾那样目不斜视地从旁边走过吧？

他想到了林峰。想到了那晚林峰惶恐的模样。他也像林峰一样买了口罩，可这样仍不算保险。他随时都可能被发现。我不能就这样死去，他在心里说道。他所做的这一切，只有一个目的。或者可以说，这是他最后的心愿——

"我要真正地爱一次莉莉，不是以林峰或其他人的身份，而是真正以'我'的名义，去爱一次莉莉，哪怕仅有一次。"

他当然希望莉莉也能知道他的心意，不过他并不奢求。毕竟，这是他自己的事。

他藏在楼下的灌木丛中，等待着莉莉下班。这里曾是他与莉莉的家，而现在，他已失去一切。他只能偷偷地窥望那个阳台，那个已向他紧锁的世界。

我做得对吗？直到现在他仍在疑惑。一整天，他的精神都处于紧绷的状态，因此有些迷迷糊糊的。他不知道自己何时睡着的。他在梦中见到了一棵大树，上面开满了美丽的花朵。他站在树下，用一种难以言喻的心情注视着树冠。花朵全都闪烁着耀眼的光芒。这时，一片闪亮的花瓣掉落下来。他伸出手，接住了它。他将花瓣攥在手中。片刻后，他慢慢张开手掌……

他忽然醒来了。天色已暗。他吓了一跳，以为自己竟错过了莉莉。正当他自责不已时，他发现莉莉正走进小区。在她旁边，还有一个男人。他看不清那个男人的脸庞。他明白，那是林峰新一任的替代者。

他凝视着莉莉，同时体会着自己心中的爱意。他甚至激动得颤抖起来。因为他知道，此时此刻，他完完全全是以他自己在爱着莉莉。这份爱终于没有了任何怀疑的暗影。它无比明亮，无比纯粹，在他内心深处静谧地涌动。他有一种冲动：走过去，再跟莉莉说说话，甚至有可能的话，再拥抱她一次，最后一次，他将永生铭记……然而，他只是看着莉莉从自己面前走过，消失在楼门里。夜幕降临了。他战栗着，久久地站在灌木丛中。

他觉得自己仿佛已经经历了一生的时光。

新　锐　作　家　卷

君子

郑在欢

　　差不多到了要散的时候，女人们坐在沙发上把最后一点电视剧看完。葛勇坐在老太太身边，跟大家解答关于剧情和明星花边的问题。国庆要抽烟，葛强带他去了楼上的露台。露台上，两个人都深深吸了一口烟，长达三个小时的家庭聚餐对他们来说稍微有些难挨。国庆问起葛强工作上的事，问他买哪支股票靠谱。他笑笑，说不买最靠谱。国庆觉得他是有财路不愿意跟他这个妹夫分享，葛强不知道该怎么解释。他一直觉得这一行不靠谱。他没有跟别人说过。他也不知道这种感觉从哪来的，不靠谱。

　　国庆点了第二根烟。葛勇上来了，他让国庆走，说有事跟葛强说。国庆说我刚点着烟，你们哥俩有什么事还要背着我？"让你走你就走。"葛勇说，"我跟我哥的事还要你管？"国庆掐了烟，讪讪地下去了。

　　"对人家礼貌点，好歹是你姐夫。"葛强说。

　　"我对他够礼貌了。"葛勇点了根烟，递一支给他。他摆摆手，说刚抽完。

　　"我不想说你，"葛强说，"你也不小了，该安定下来了。"

　　葛勇用力抽着烟，没有说话。他们在黑暗中看着对面新建的写字楼，楼体上变幻的灯光影响着周围的色调。露台上种满了花，有几株很高，树一样。两个人站在这片小小的绿洲之中，有点僵住了。葛强想走，他不习惯和葛勇单独相处，他不知道该和自己的兄弟聊点什么。两个人相差四岁，从小一块儿长大，长大了就分开了。他不知道葛勇在外面干些什么。他知道作为长兄说些什么"该安定下来"之类的话让人厌烦，可除此之外也没什么可说。说总比不说好。葛勇不太爱说话，但举止间总有一种笃定，像小时候一样脑子里装着什么冒险的鬼点子。这让葛强心慌，有一种处于下风的感觉。

"最近，我开始重新研究表演。我读了不少书，把卓别林所有的电影都重看了两遍。"葛勇把烟掐灭，露台彻底恢复黑暗，"我有一个发现，人活在世上，必须要忠于自己，卓别林就是忠于自己，才认识到自己的可笑。如果一个人不忠于自己，他根本不知道自己举的是什么手势。"

葛勇说着说着慷慨起来。葛强也习惯了，他说，我不懂表演。

"你知道今天是什么日子吗？"黑暗中，葛勇盯着葛强。

"什么日子？我儿子的生日啊。"

"你还记得范成斌吗？"

"记得啊。"

"那你会不记得今天是什么日子？"

"又来了，八百年前的事了，我记得，又能怎么办？"

"你想赖账吗？"葛勇说，"那可是誓言，你知道什么是誓言吗？十年前我来找你，你说时机还不成熟，让我再等十年，十年来我没跟你提一次吧？现在到日子了，我来了，你跟我说那是八百年前的事？"

"我们总要长大吧。"葛强说，"过去的事就不能让它过去吗？"

"你不忠于自己。"葛勇摇着头，站到哥哥面前，"还记得你说过的话吗？"葛强把脸转向别处，闭上眼睛。葛勇追着他问，他不说话。"君子报仇十年不晚，这是你说的吧？再等十年，我一定和你一起回去，找到那个王八蛋的范成斌，把他腿打折，这是你说的话吧？你现在不认了？你不忠于自己！"

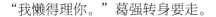

"我懒得理你。"葛强转身要走。

"好,你不去,我自己去。"葛勇把一张车票放在门口的桌子上,"三天之后,你想通了就来。"

葛勇赶在葛强之前下了楼,楼下响起女人们诧异的声音,然后是门被重重关上的声音。葛强看着桌上的车票,又点了一根烟。前些年几个老同学聚会,他还见到过范成斌,他已经是家乡成功的企业家了。他们互留了名片,聊得还挺投机,谁都没提当年的事。现在葛勇要回去,把家乡的头面人物腿打折,用脚指头想他也不会有好果子吃。他对葛勇一直有一种奇怪的恐惧。葛勇总是眼神坚定,透着一股狠劲,让人不知道他在想什么。他了解葛勇的脾性——认定的事情向来不撞南墙不死心,这一点倒是像母亲。他不想跟母亲说这些,不是怕她担心,是他也摸不准母亲会有什么态度。父亲离开得太早,一家人过得很艰难,母亲的辛苦他一直看在眼里,现在终于到了享福的时候,他也稍微能把淤积在胸中多年的那口气喘出来了,但总觉得喘得不太彻底。恍神的时候,他常常觉得自己是一个水管工,在修一条到处漏水的管子,手脚并用堵住每一个漏水的口子。像所有噩梦一样,那口子总也堵不完。现在葛勇把一个新口子在他面前拉开,他想发火,可多年养成的好习惯让他不知道怎么发。他盯着桌子上的车票,突然开窍,把票撕得粉碎,嘴里还吐出来一个脏字,这让他稍微好过了点。

接下来是难挨的两天,撕碎的车票堵不住葛勇这个口子。频繁地恍神,这件事时不时跳出来给他一下。会议室里,李总说话的嘴也变成一个漏水的口子,透过这口子,他看到年少健壮的范成斌耀武扬威,身后跟着三五个喽啰,朝自己吐口水。范成斌这口子还来不及堵上,他又看到余韵,她从前排的座位回过头,吐气如兰,和自己说话,他的心突突直跳。

563

这时候众人都来嘲笑他，笑他脖子上那么大一块胎记，癞蛤蟆似的还想吃天鹅肉。一时间那么多的口子，让他汗如雨下，李总喊到第三声，他才回过神来。

"怎么回事？"在他的办公室，李总问他，"你刚刚说的都是什么，这项目干成你就是销售部经理了，怎么能关键时候掉链子？都五年了你一次升职机会都没有，我是不是看错人了？"

"您没有看错，我会努力的。"

"那就好，你不好好干，就是小蔡了，他才来几天？你死也要给我顶住。"

"我知道，但我必须得请三天假，我要出一趟门。"

"不行。"

"那我就不干了，您找别人吧。"葛强第一次顶撞了上司，他知道，李总这时候只能指望他，小蔡是厉害，但不是李总的人。

"好，你行，我不管你去哪儿，一定给我把工作安排好。"

"我会的。"葛强说。他站起来，抓起外套跑了出去。

一般情况下，葛强很少超车，前车走得慢必有原因，超车是没有意义的，跟着前车总能到达目的地。这一次他不但左突右闪，见缝就塞，还闯了红灯。马路上汽笛一片，他像从噩梦中惊醒一样一阵恍惚。到了车站，他莫名火起，感觉生活全被毁了，驾照就这样扣了六分，在火车站超时停车还要再扣三分，这简直是不当日子过了。他在候车大厅找到葛勇，拉起他就走。葛勇戴着连衣帽，口罩墨镜一应俱全，已然把自己打扮得像个犯罪分子。犯罪分子当然不会轻易就范，两人拉扯半天，寸步难行。葛勇没有葛强壮实，胜在信念坚定，凭着一股蛮力宁死不从。葛强每天一个半小时的健身房毕竟不是白去的，一拽就把葛勇甩出几米远。葛勇一个趔趄摔倒在地，抱着椅子腿怎么也不撒手。葛强拽不动，趴在地上把他的手咬开，揪着他的连衣帽往外拖。葛勇慌不择食，顺手抱住一个老太太的腿，老太太吓得哇哇大叫。这个情形葛强也不能硬来了，只好蹲下来，在老太太裙下跟兄弟和谈。

"你没权管我。"葛勇喊道，"今天不去明天我也会去。"

"我和你一起去。"葛强说。

葛勇不信："那你不让我上车。"

"废话！"葛强看看四周，又抬头看看不知所措的老太太，压低声音在葛勇耳边说，"干这事儿怎么能坐火车，一路得留下多少证据？我们开车去。"

"真的？"

"真的。"

"太好了。"葛勇松开抱着老太太的双手，转而抱住了哥哥。

"姜还是老的辣啊。"葛勇坐在副驾，兴高采烈的。他手机连着车上的蓝牙，一路上放着吵闹的音乐。葛强受不了音乐，这是扰乱心神的玩意儿，难听的让人心烦意乱，好听的让人神游物外，这两种感觉他都不喜欢。他喜欢平静，平静才不至于恍神。葛勇批评他没有精神生活，没有精神生活的人人格是不健全的。这让葛强反感，两兄弟又展开了一番争论。葛强的意思是，随便评价别人才是人格不健全的表现，一旦开始评价，就会落入经验的陷阱，经验是靠不住的，经验就是以讹传讹。人只能靠自己，自己是不可言说的，自己只有自己才能感知，自己去看别人，永远隔层纱，不要试图把纱捅破，纱破了，就什么都没有了。葛强这番言论把葛勇镇住了，葛勇收回那句话，他觉得哥哥还是有精神生活的，只是放不开自己。"你知道吗，表演最重要的一课是什么？解放天性。你要打开自己。人是社会的动物，你没法反驳吧？我们群居，就要有群居的规矩。你必须得承认早先那些伟大的头脑，包括现在，一样有很多伟大的头脑指引着我们。"葛勇切了首歌，"比如这首，没有伟大的头脑是写不出来的。"

"哪个伟大的头脑指引你去把人家腿打断？"

"有仇不报非君子，这是老话。"葛勇说，"是共识。"

接下来的路上，就如何报复范成斌，他们一直没办法达成共识。葛强试图说服弟弟，不要老想着把人腿打断，报复的方式不止一种，与其让他遭受身体的痛苦，不如给他施以人格的屈辱，灵魂的冲击！所谓诛人不如诛心，好的报复，是从心理上摧毁对方，让他羞愧得无地自容，屈辱得无以复加，还要让他有苦说不出，就算报警我们也不至于坐牢，这不是一石二鸟的好办法吗？葛勇嗤之以鼻，说这想法是好，但是太鸡贼了。范成斌的腿一定要断，就像杀头要去菜市口一样，这是个仪式。以后人们提起来会说，范成斌的腿怎么断了？因为他小时候太混蛋了。就算他之后又接上了，那也是断过的腿。伤筋动骨一百天，他要瘸一段时间，他要在身体里留下一块钢板，那钢板会提醒他，混蛋是没有好下场的。

"不过有一点你说得对。诛人诛心，这很重要。"葛勇说，"我本来打算找到他直接一榔头下去就结束了，这不行，他要说是自己摔的，我们的仇等于没报。诛人诛心，我们不但要打断他的腿，还要打碎他的面子，这很重要。"

两人在天黑时到达，住进了葛勇订好的酒店。这应该是当地最好的酒店，大堂很大，叫大唐国际。大厅里都是抽烟的醉酒男人，吵吵嚷嚷说着本地话。葛强突然轻松起来，仿佛来到另一个世界。葛勇办手续的

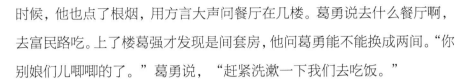

时候，他也点了根烟，用方言大声问餐厅在几楼。葛勇说去什么餐厅啊，去富民路吃。上了楼葛强才发现是间套房，他问葛勇能不能换成两间。"你别娘们儿唧唧的了。"葛勇说，"赶紧洗漱一下我们去吃饭。"

"我想小眯一下。"葛强说，"开车很累的。"

"那好吧，你眯好了我们再去吃。"

葛强关好门，总算得空给妻子苏怡打个电话。他解释公司临时有事。妻子很能理解他的工作，只是盲目关心他，他费了好大的劲才说服她不用寄换洗衣服过来。挂掉电话，他躺在床上缓神。快要睡着时他惊坐起来，开始给下属打电话，安排接下来的工作。所有电话都打完，他疲惫地闭上眼睛。手机屏幕慢慢暗下来，不时有一个消息将其再度点亮，刚开始他还会举起来看一眼，后来终于沉睡过去，切断了和所有光亮的联系。这样犹如惊弓之鸟的睡眠方式他早就习惯了，苏怡在和他吵了多次之后也接受了。苏怡的习惯是睡觉前关机，把手机放得远远的。她认为手机的辐射有害，短信和电话会打扰睡眠，这样的生活是不健康的。在一次激烈争吵之后，他怒斥苏怡：那是你不够累！意识到自己说话太重，他半带恳求地说：就让我放这儿吧，手机放得太远，我不安心。苏怡最终同意了。他就这样在手机的震动中慢慢沉入睡眠，又不定什么时候被手机的震动叫醒。他确实总是很疲惫，睡觉时会有几个小时怎么都不醒，这睡眠也是很累的。他爱发梦，梦魇时总也醒不过来让人更累。这一次，他不是被手机吵醒的。他在一阵隐约的说笑声中醒来，陌生的环境带来恍若隔世之感。他盯着天花板，把边边角角观察一番，确认了这是人间的造物才起床。

他打开门走进客厅，葛勇正和一个女孩说笑。"这是怎么回事？"他说。他有点火，因为有女孩在场，他没办法发出来。

"这是小咪。"葛勇说。

"小咪?"葛强没头没脑地重复了一下这个名字,女孩正向他点头微笑。他把葛勇拉到里屋:"怎么回事?我就小眯一下,你就整了个什么小咪回来,我们不是回来度假,你搞这么多花头干什么?"

"你这叫小眯一下啊?都十二点了哥。我待着无聊嘛,就去酒吧坐坐,你不知道,咱们上学那会儿的好莱坞还开着呢。"

"你让她走。"

"别啊,这姑娘挺有意思的。你知道她在哪儿工作吗?范成斌的公司!说不定还用得着她呢。你等我把利用价值开发完再让她走。"

这样说一个女孩,葛强没办法接受,但葛勇就是这个样子,他越是表现得不尊重,就越受女孩欢迎。

富民路比以往更热闹了。塑料棚和遮阳伞撑起的小吃摊连成一排,烧烤馄饨,炒面烧饼,羊肉汤,麻辣烫,应有尽有。马路边停满了车,年轻人三三两两坐在简便的餐桌前吆五喝六地吃喝。放眼望去,花红柳绿的摩登青年占多数,另外还有些高中生模样的少年,应该是些逃课打游戏谈恋爱的。葛强三人在一个烧烤摊前坐下,多少有点格格不入。他们上学那会儿,到了晚上,这里基本都是学生和上班族,没有那么多形迹可疑的年轻人。吃得也简单,只有烧饼和羊肉汤。母亲很忙,他们经常在这里吃饭,买一个烧饼,就着羊汤在路边吃。多年未归,这里已然不是当初的景象。每个摊前都摆上了足够的桌椅,吃饭也就不再那么匆忙。桌上有了足够的酒,食物也变得麻辣,吃饭这件事,好像不是为了吃饱,而是为了宣泄,流汗、流泪、呕吐、喧哗,事到如今,人身上似乎有太多杂质需要排出。葛强不喝酒,坐在这个场合让他觉得别扭,身边坐着的小咪让他更别扭。小咪倒是和周遭的环境融合得很好,酒红的短发,很浓的妆，黑色短裤，葱白的腿。她看起来很性感，性感得和年龄不大相称，葛强甚至不忍用"性感"来形容她。可事实就摆在眼前，两个中年男人和一个性感小女孩这个时间出现在这里，让他觉得不太舒服。他怕人家误会。

刚落座，就有人来和小咪打招呼，后面陆陆续续又来了几个。男的女的，不管大小都叫她咪姐，问她这两个生脸是谁。"朋友。"她简单地回答。她虽笑着和人说话，却是一副兴致寡淡的样子。葛强感觉她是个人物，只是这么小的一个女孩，能是个什么人物呢？

酒上来了，小咪张罗着倒酒，碰杯的时候，她积极起来。葛强推说自己开车，她劝了两句，见葛强没有举杯的意思，她不高兴了。她站着，居高临下看着葛勇。葛勇把酒塞到葛强手里说，不要扫兴嘛，都回家了还不值得喝一杯吗？葛强看着他们，又看了看周围，皱了皱眉，把酒喝了。

"这就对了。"小咪说，"你不喝酒，就不知道酒有多神奇。"

在小咪的热情带领下，菜还没上，他们已经喝了三杯。每一杯都很满。现在的年轻人，总是急于把自己灌醉。三杯，也让葛强胸中腾起一层薄雾。他有点不耐烦，问菜怎么还没来。

葛勇催了老板，转而问小咪："你在范成斌的公司干什么？"

"帮他花花钱什么的。"

"干什么？"葛强没听明白。

"我帮他花钱。"

"出纳啊。"葛勇说，"现在干个出纳都这么有面儿吗？还是说，你是他小蜜？"

小咪哈哈大笑："你真逗，小咪当小蜜，想不到我名字那么有内涵。"

葛强看着大笑不止的小咪，有点着急："你年纪轻轻就走这条路，

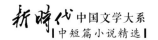

不太好啊。"

"你能不能有点幽默感？我敢给他当小蜜，他也得敢要呢。"

"怎么说，他是个好男人？"

"好男人，哈哈哈……"小咪笑得更凶了。葛强和葛勇面面相觑，这女孩，怕不是傻子。接下来的盘问变得异常艰辛，在小咪持续不断的笑声中，他们知道了范成斌完全不算个好男人，他背着妻子在外面搞女人，连朋友的妻子都搞。他们也知道了范成斌生意做得很大，遍布多个行业，但也只是架子大，他早年确实挣了些钱，现在他那一套完全行不通了。外来企业让他这个地头蛇全无招架之力。之前，范成斌的超市是城里最大的超市，现在，人家的超市只是大商场里的一个配套设施；之前，范成斌带着建筑队盖楼卖给本地人，现在，外来的地产商根本不管建筑队的事，把地一圈，楼就像庄稼一样长出来；之前，城里只有范成斌一家阿胶厂，现在，还是只有一家阿胶厂，只是快倒闭了。范成斌靠阿胶厂起家，现在阿胶厂都开不下去了，他要完了。"他只是个土豪。"小咪说，"你们知道什么是土豪吗？发财容易，守财难。他完了。"

范成斌的惨况听得葛勇很兴奋，葛强几度眼神示意他不要笑出来。

"范成斌，有保镖吗？"葛强尽量问得自然，然后做好忍受笑声的准备。

"他又不是黑社会，要保镖干吗？他有个司机，倒是挺壮的。他那个秘书，看起来也不是吃素的，胸很大。胸器，走哪儿都带着'凶器'，哈哈哈哈。"小咪被自己的机智逗笑了，猛然打了一个嗝才中断了笑声。两兄弟以为她要再笑一会儿，还都保持着防御的沉默。她收得太快，空气凝固，场面有些尴尬。

"你们是范成斌什么人？找他干什么？"小咪俯身过来，凑到他们面前问。两兄弟的目光在小咪胸前交汇，不知道怎么回答。等焦点聚集到她豁开的领口，两人赶紧把目光移向别处，那让他们更慌张。

"说，你们是不是在打他的主意？"小咪追逐着两人的目光，"你们是不是那种江洋大盗，跑到一个城市，绑架当地的首富，或者弄点仙人跳什么的，狠敲一笔竹杠？我可以明确告诉你们，他早就不是首富了。"

"不不不。"

"怎么会？"

"我们只是断了联系的老朋友。"葛强说，"顺口打听一下朋友的近况而已。"

"对，朋友，朋友。"葛勇说。

"开玩笑的。"小咪说，"你们这样的我见多了，张口闭口他的朋友，不管真的假的，不都是为了沾点光吗？就你们住的那个酒店，之前是老范的，经常有人在酒店大堂当着他的面说，这店是我朋友开的，范成斌，我朋友！他就站在那儿看人显摆。每天都有人假装认识范成斌。你们说，认识他有什么好？他又不是什么好东西。"小咪说着说着有些低落，她给自己倒了一杯酒，喝下之后又恢复了笑脸，"你们完全不用认识他。"

"是是。"葛强说，"我们也就是打听一下，你也不用跟他说起我们，估计他早就把我们忘了。"

"忘了最好，不提他了，喝酒。"小咪又倒了一轮。葛强不得不喝，从人家那儿打探了消息，不能驳了人家面子。他感觉自己已经醉了，只是还没有醉酒的感觉，或者说，他早就忘了醉酒的感觉。人生中不多的醉酒经历，让他对酒全是伤心回忆。第一次醉酒，是葛勇父亲死的时候，那时候他十一岁，葛勇七岁。那是母亲的第三次婚姻，说来也怪，母亲的每一次婚姻都很短，他们兄妹三人分别属于三个不同的父亲。葛强的父亲死于工地，从小到大他只见过一张相片。曼丽的父亲还活着，活得不好，是个酒鬼，也跟死了差不多。到了葛勇的父亲，两个人是相处最长也是最相爱的，但他还是死了，以至于母亲觉得自己命毒，克夫，后来再也没有结婚。葛勇父亲死时，母亲伤心欲绝，他是个小有成就的男人，很多人来吊唁，场面很大。兄弟二人披麻戴孝，站了一天。到了晚上，大人们在外面喝酒，他们躲在储物间里，里面堆放着没用完的丧葬用品。葛勇还小，不太知道伤心，但也感受到了伤心的氛围。他拆了包烟，点着一根，学着大人的样子抽了两口，呛得直吐舌头。葛勇把烟给葛强，葛强知道抽烟是不对的，还是接过来吸了，这有点达成同盟的感觉。他知道葛勇父亲不是自己的生父，人死了，葛强甚至有些窃喜，觉得葛勇和自己是一样的人了。当然，他也知道这样想是不对的。那根烟抽了一半，葛勇又开了一瓶酒，葛强不敢喝，葛勇先喝了，辣得眼泪直流。"爸爸死了。"葛勇说，又给自己倒了一杯。在弟弟的带动下，葛强也喝了。那是他人生的第一口白酒，难受得不行。他隐约觉得，酒是人们用来惩罚自己的东西，大家太伤心了，要用酒来惩罚自己，去体会和死者一样的心情。在这之前，他和葛勇的兄弟情谊一直有些勉强，葛勇有自己的亲爸亲妈，他恃宠而骄，无忧无虑，自己呢，寄人篱下，小心翼翼。每次起争端，母亲也总是先骂他，他一度觉得葛勇不是兄弟，而是敌人。葛勇终于和自己一样了，他由衷地为葛勇感到伤心，也为自己过往对弟弟的小心思而惭愧，他惩罚起自己更带劲了，怀着就义般的慷慨心情，越喝越难受，越难受越喝。他们在医院醒来，看到母亲噙着泪的脸，一下子害怕起来。母亲没有像往常一样开骂，而是紧紧抱住他们。"我只有你们了。"母亲压抑着哭声说，"我只有你们了。"两兄弟在母亲的肩头对视，葛强一瞬间感觉自己长大了，他暗下决心，今后决不让母亲再伤心了。他看向弟弟，想要得到一个同仇敌忾的肯定眼神，只是不知为何，葛勇竟然笑了。他没来由地一阵恐慌，赶紧把脸转向别处。

葛强又给自己倒了一杯，自顾自喝下了。他胃里翻江倒海，周围似乎也热闹起来。一些年轻人开始过来敬酒，他一连喝了好几杯，再也喝不下了。小咪的人气太旺了，不断有人端着酒杯过来。在当地人看来，敬小咪身边的人，就是对小咪最大的尊敬。他从小在这种混账逻辑中长大，当然明白这逻辑的强大之处。一个黄毛端着酒，满脸堆笑地等着，小咪和葛勇都举了杯，只有他没动。黄毛连叫了他几声大哥，他还是没动。

"大哥，不给我面子是不是？来，干一个。"

他端着酒杯站起来，他总是卖人面子的人，他宁愿让自己难受也要给别人行方便。等看清黄毛那张脸，他手臂上的文身，他耳朵上套着的三个银质耳环，他脸上自得的笑容，葛强一下子火了。他扔掉酒杯，指着黄毛："你谁啊？我为什么要卖你面子？你谁啊？你到底是谁？"他不顾桌子的阻隔，往黄毛身前凑，那意思感觉要揍人家。黄毛愣了一下之后面露不悦，黄毛身后端着酒杯的蓝毛红毛绿毛等人也警觉起来，摆出随时要参加战斗的架势。葛勇赶紧拉住他，跟大家赔礼："对不住各位，这是我哥，他喝多了，别跟他一般见识。"葛勇说完去看小咪，小咪也蒙着，但她领会了葛勇的意思，帮忙安抚大家："看你们这帮愣球把人喝成什么样了，换我我也生气，人家今晚刚到，你们就往死里灌。"不得不说，小咪年纪不大却深谙话术，短短几句话，时髦青年们成了强势发难的一方，葛强只是一个初来乍到被灌酒灌急了的老实人。

时髦青年们保住了面子，悻悻然散去。葛强沉浸在莫名的怒火里，他给自己倒酒，兀自喝下："凭什么，我凭什么跟你们喝酒？想喝酒，我自己喝。"小咪饶有兴致地看着他，对葛勇说："你哥喝醉了。"葛勇反而兴奋起来："我从没见他喝醉过，想不到那么没品。"葛勇去夺他的酒杯。葛强犟劲上来了，没有酒杯就对瓶吹。"我想喝，你管得着吗？"

"好，我陪你喝。"葛勇举起手，又要了一箱啤酒。

小咪露出笑容："还有我。"

三个人如知己重逢般喝起来。葛强喝得太多了，喝进去的酒又顺着嘴淌出来，惹得两个人哈哈大笑。小咪惊叹于越正经的人疯起来越不是人，葛强又在醉态中正经起来，批评小咪一个女孩子不该喝酒，说如果自己的女儿是这样，做父亲的得有多失望。"他们为什么都来敬你酒？你是谁啊？"葛强批评起小咪来不留情面，"像你这样的女孩我见多了。我去南方谈项目，他们一找就找两个来陪我，袒胸露背的，还有文身，纹哪的都有，我看吗？我一眼都不看。"小咪也不生气，笑嘻嘻地问他："不看你怎么知道人家有文身？""女孩子没有灵魂，再漂亮也是画皮一张，不值一看。"葛强摆着手，"不值一看哪。"葛勇也喝多了，跟着小咪一起笑，他对小咪说一直怀疑哥哥是圣人，或者外星人，地球上的女人都入不了他的眼。

"葛勇，你说实话。"葛强把酒杯蹾在桌子上，"从小到大，我有对不起你的地方吗？"

"哪里话，你一直都是个好哥哥。"

"那为什么，你总找我的麻烦？"葛强喝下一杯，盯着弟弟。

"我什么时候找过你麻烦？"

"你不要觉得我们不是一个爹生的，我就对你有外心，妈妈让我们随她的姓，就是让我们时刻记得，我们是一家人，我们靠不了别人，只能靠彼此。"

"我知道。"葛勇连连点头。

"你知道个鬼啊，你知道还非要我回来，你是不是见不得我好？你知不知道，我工作上走不开，我为你闯了红灯……你知不知道？"

葛强依然语无伦次。不过看得出来，他是认真的。

"要这么说，我也想问问你。"葛勇说。

"你问。"

"你是我哥吗？你凭良心说。"

"我是。"葛强拍案而起，"我是。"

"做哥的，是不是要管弟弟？"

"是。"

"那为什么，别人揍我时，你不管？"

"我——"

"对了，还是先揍的你，你不动，我管了，人家又揍我，我挨揍了，你又不管。你说，这个哥，你是怎么当的？你甚至连个男人都没当好。"

"我不是男人？"

"你就不是。"

"我不是男人？"

"对。"

小咪眯着眼睛，端着满溢的酒杯，看着这对醉了酒的兄弟互揪着衣领。她没有劝解的意思，要是真打起来，估计她会更高兴。哥俩没有如她所愿把怒气抬得再高些，重复了几次"我不是男人"之后，葛强一下子蔫了。他失声痛哭，含混不清地自言自语："我不是想让大家都好吗？我不是为你好吗……"哥哥的哭声止不住，葛勇有些手足无措，像个惹事的孩子一样胡乱地劝慰他。葛强越哭越凶，场面一度没法收拾。葛勇木然地看着哥哥伏案痛哭，直到他昏然睡去。他睡得不太安稳，时不时咕囔一句梦话。葛勇脱下外套披在他身上。"哥，睡吧。"他说。

葛强头昏脑涨地醒来，不太知道确切的时间。他盯着天花板，数着上面的格子，确定和昨天是同一块才慢慢清醒过来。他看了表，已经是下午两点。他大致记得昨天的事，那些失态的举动。灌了铅一样的脑袋让他更加确定酒不是好东西。然而，昨天的某些时刻却让他感到舒畅，醉酒时手臂摆动的幅度，说话时时而大声嚷嚷时而低声咕哝的节奏——让现实的场景有了戏剧的张力。他记得是葛勇和小咪把他架回酒店的。他们走在三眼井的路上，和上学时的回家路是同一条。熟悉而又陌生的气息，风，以及时断时续的记忆片段，在混沌的脑中进进出出，他的情绪也跟着喜、怒、哀、乐、羞、躁、淫……变幻不定。他不确定有没有在小咪裸露的胳膊上掐一把，他确定自己确实产生了一些不太好的想法，更加确定他短暂地想起了余韵，但不确定有没有把这名字说出来。现在，他更加清晰地记起余韵。那天，他和余韵，还有另外几个男女走在那条路上，去城南的照相馆拍照。不知何时，葛勇悄悄跟上他们。发现葛勇时他很生气，他觉得葛勇是个麻烦，会让自己陷入尴尬的境地。他们做的是大孩子之间的事，这些青春期的男女确定了彼此之间的友谊或者别的什么情感，去照相馆拍一些炫丽的照片留作纪念——或曰青春见证，如果莫名其妙出现一个小屁孩，算是怎么回事？就算葛勇到了照相馆不捣乱，他站在那里也会让自己不自在，甚至有可能向母亲泄露他的秘密。他让余韵他们在原地等着，他回去驱赶葛勇。他往前走，葛勇就往后退，他往回走，葛勇又追上来。他恼羞成怒，大声呵斥：回去！葛勇赶紧往回跑几步。等他们往前走，葛勇又跟上来。他们停下来，葛勇也停下来，远远躲在一辆卡车后面探头观察他们的动向。他没办法，带着大家疯跑。葛勇毕竟小了几岁，即便奋力追赶，还是追不上他们，最终因为跑得太快平地摔倒。他重重跌在柏油路上，传来一声闷响和半声尖叫。葛强停下来，看着跌倒的弟弟，不知道该怎么办。余韵劝他过去看看，他咬咬牙，最终决定利用这个机会摆脱他。那天晚上回家，他看到葛勇的额头破了很大一块，母亲在给葛勇换药。他做好被葛勇告发的准备，然而葛勇只是冷冷盯着他看了一会儿，什么都没说。那晚他怀着歉意和葛勇玩牌，玩了很久。葛勇头上包着很大一块纱布，玩得很投入，仿佛一点不知道痛。以往，葛勇总拉着他玩牌，他觉得幼稚，很少应他。现在他总算明白过来，葛勇只是崇拜他，想和他玩。从小到大，他们真正在一起玩的情况太少了，大多数时候，他都是服从母亲的命令，带着弟弟而已。这一次回来，他同样有这种感觉，虽然没有任何人命令他。作为哥哥，似乎天生就背负着这种命令，他不管他，谁管呢？

他从卧室出来，看到葛勇背对他坐在桌前。虽然只是背影，他依旧能感觉到这背影的严肃。他装作不经意地走过他，去厕所。等他出来，葛勇还是坐在那里，姿势都没变，他不得不在他面前坐下来。

"我们回去吧。"

"什么？"

"我们回家吧。"

"哥，你说实话，是不是很不情愿和我回来？你根本不想报仇吧，或者在你心里，这根本不算仇，从小到大，我们的想法一直不一样，我们不是一心的。就算到了范成斌面前，他缴了械，你也不会动手，如果我动手，你还会拦我，是不是？"

葛勇说得很冷静，说话也不是平常的状态。葛强有点摸不准了，他笑笑："怎么会，既然回来了，我们就把这事儿办了，就像你说的，忠于自己……"

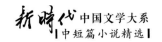

　　"从昨天到现在，我一直在想，我们为什么回来。"葛勇打断他，"真的把他腿打断，我们就开心了吗？肯定不是，首先你不会开心，你只会后悔、害怕，你满脑子想的都是你的工作、家庭，你会想苏怡怎么看你，等你儿子长大了怎么看你，甚至，社会怎么评价你。我为什么要做让你后悔的事呢？我可是你的兄弟。"葛勇停下来，点了根烟，看了他一会儿。葛强低下头。葛勇把没抽两口的烟掐灭："从我的角度想，范成斌真的在我面前，让我拿根棍子把他腿打折，真到了那个时候，我下得了手吗？如果他的腿结实，一棍打不折，我还敢打第二棍吗？我也是受过教育的人，能干出这么野蛮的事儿吗？虽然我演戏的时候干过比这狠的，但那是演戏，不是真的。我们为什么演这种暴力桥段？还不是为了让大家引以为戒、远离暴力？所以我想明白了，这事儿我们谁都干不出来，你愿意和我回来，就证明你和我是一心的，你是我哥。"

　　葛勇的话丝丝在理，葛强有点愣住了，他不明白葛勇为什么突然变了性情。

　　"你昨天哭了，你知道吗？"葛勇说，"你哭了，说明你心里有苦。你哭得太惨了，我心里也苦，我不能那么自私。就像你说的，过去就让它过去吧，日子是往前走，不是往后。"

　　葛强抬起头，看着葛勇，弟弟很真诚，葛强放松下来。他没想到葛勇能把事情想那么明白，他感觉自己快哭了。他做好了打算，就算让葛勇把自己腿打折，也要拦住他干这样的傻事，没想到事情这么轻易就解决了。这一下子把他闪得不轻，反而让他愧疚起来。是啊，他们不是一样的人，他能忍，葛勇不一定能忍，他觉得不是事儿的事儿，也许在葛勇那就是个事儿。这么多年，他一直觉得葛勇在无理取闹。是他先背弃了他们的誓言。

"我承认，"葛强说，"我是想拦住你。但是经过这两天，我完全明白你为什么非要回来了。我们不能白来这一趟，范成斌打了人也不能白打，他朝我脸上吐口水，当着余韵和那么多人的面把尿撒到我们书包上，即使你要算了，我也不能算。只是我们当年不懂事，誓发得重了，我提议，我们不走，就按当年他欺负我们的样子欺负回去，这次我不但要吐在他脸上，还要尿到他身上。"

说到后面，葛强提高了音量，以示决心。他望着葛勇，想要得到一个同仇敌忾的肯定眼神。他看到的是一张没有表情的冰冷面孔。葛勇冷冷地看了他一会儿，把他看得浑身发毛，然后葛勇笑了，他也跟着笑起来，笑着笑着他发现葛勇的笑是冷笑，也可能是嘲笑。他的笑僵在脸上，很快消失不见，葛勇却笑得停不下来。这会儿他的笑是哪一种，葛强已经没法分辨了，他只是觉得自己受了愚弄，中了圈套。

"我就知道，我就知道……"葛勇努力让自己不笑，"我们从来就没一心过，你也从来没把我当回事儿。几句话，你就现形了啊。"

葛强"腾"的一下站起来，在屋里走了几个来回，发现无处可去，他站到葛勇面前："你就这么玩我吗？套我话？好，我明着告诉你，我就是要拦着你，因为我觉得你蠢，我替你感到不值，也替自己感到不值，不是我怕。既然你这么看不起我，我今天把话放这儿，不就是坐牢吗？不就是出丑吗？为了你，我认了，我一个人去把他腿打折，你就在旁边看着，看看你哥有没有种。我只有一个条件，你别插手，我一个人坐牢就够了。"

葛勇又笑了："哥，我相信你，但你还是不明白，不是为了我，是为了我们。"

"好，为了我们，我去把他腿打折。"

"不用了。"葛勇突然低落下来，"已经折了。"

犹如五雷轰顶，他蒙了，扶住桌子才没摔倒。

"你一个人去了？"

"是。"葛勇说，"他的腿已经折了。"

葛强的一通哭，让葛勇意识到哥俩一起完成这项壮举是不可能了。葛强和他一起回来，只会坏他的事，而不是帮助他。他一夜没睡，前半夜是和小咪云雨缠斗，后半夜他抱着熟睡的小咪，脑中依然天人交战。他苦想对策，最后得出结论，既然葛强不情愿，那就自己一个人去，把这事儿干成，给哥哥打个样。天刚亮他就起来了，穿戴整齐，把一根钢管绑在腿上。他站在窗前抽烟，看着外面苍茫的天色，骑士东征般悲壮满怀。要走的时候，他看了一眼床上的小咪，出于职业习惯，他觉得应该在她额头上吻一下再走，毕竟电影里都是这么演的。他没想到这一吻把小咪给吻醒了，小咪拉住他，怎么也不放他走，用温热的怀抱和酥软的呢喃向他发出再来一次的邀请。他一直不太喜欢古典浪漫主义，把英雄们塑造得太决绝，太不真实，遇到这种局面都是头也不回地走掉。他决定以实际行动来戳穿英雄的假面，他把穿好的衣服脱掉，热烈地响应小咪的号召。做到一半，他还是走神了。作为一场壮举的前戏，他太注重仪式感，他越在意自己的状态，越想把这爱做好，就越做不好。他无法不去想接下来的事，他真切地体会到英雄的胆怯与不舍。没有小咪，他还可以轰轰烈烈做他的愣头青，把一件大事干成，成为一代传奇。即使他对小咪没有感情，然而此时此刻，看着身下的女孩，这种情境下还是不免觉得如美梦一场不愿醒来。对于情爱，他的知识可以说相当丰富，现实中不少，荧屏里更多，不管是他见过的还是向往的，对比此刻的小咪都失色太多。这让他更加伤心。小咪没有埋怨他，在床上，小咪始终

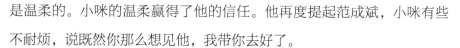

是温柔的。小咪的温柔赢得了他的信任。他再度提起范成斌，小咪有些不耐烦，说既然你那么想见他，我带你去好了。

他本不想让小咪看到流血的场面，但情况紧急，葛强随时会醒，他管不了那么多了。他跟随小咪来到范成斌的公司，这是个合适的场合，在他的地盘，打折他的腿，再合适不过。然而很快他就受到了第一次惊吓，刚一见面，小咪的身份就暴露出来，他怎么能想到，小咪是范成斌的女儿。小咪对范成斌很不客气，看起来对自己的亲爹意见颇深。范成斌对小咪很客气，客气得不像爸爸对女儿，更像是小弟对大姐大。后来他才知道，范成斌的公司现在很艰难，他需要帮助，他需要和前妻复合，小咪是他复婚行动中不得不搞定的一环。小咪把葛勇介绍给范成斌，说他是自己的男朋友。范成斌很快掩饰住他的反对眼神，走过来表示欢迎。当范成斌离开办公桌的时候，他受到了第二次惊吓。范成斌奇怪的走路姿势让他不得不注意到他那条机械假腿，简直就像科幻电影一样，这条假腿一看就花费不菲，科技感十足。为了显得酷，范成斌还故意卷起半拉裤腿，把这条腿暴露在外。他不知道这条机械腿能不能发射炮弹，或者当枪使，他感到的不是害怕，只是失望，这失望不亚于跋涉千里去寻找一颗稀世珍珠，到了地方才发现这珍珠已经在粪坑里泡烂了。他彻底丧失了把这条假腿再打折一次的兴趣，他关心的问题只有一个，是哪个孙子一声招呼不打，抢在他前面替天行道了。范成斌的员工回答了他，范成斌的假腿简直就是他作为一个良心企业家的传奇招牌。事情出在两年前，范成斌去工地视察的时候，看到脚手架上的工人操作不当，地面上一个笨拙的工人全然没有察觉，范成斌牺牲自己救了那工人。这不禁让葛勇肃然起敬。不过他很快从小咪那里听到了这件事的真实版本，范成斌是救了那工人不假，只不过救人的方式来源于他一贯的行事作风。范成斌看见那个憨了吧唧的工人完全不自知正处于危险之下，他像往常一样控制不住火气，骂着娘一脚把工人踹飞，没想到那块摇摇欲坠的石板真的落下来，他来不及收回踹人的腿，被当场砸断。砸得太狠了，血肉模糊，接都接不回来，只能截肢之后装上假腿。没想到，这条假腿反而挽救了他的公司，他的肝胆侠义感动了已经涣散的人心，年轻人们奉他为楷模，不少人慕名前来投奔。虽然他出院之后很快恢复老样子，依旧经常打骂员工，威吓对手，睡人家媳妇，但从大的方面来说，他却是人们心中大大的好人，毕竟他的企业养活了那么多人，毕竟他亲手救下了自己的员工。不管你问谁，得到的基本都是肯定回答。"范成斌啊，他是个好人，只是脾气不太好。"

听葛勇说完，葛强久久不能缓过神来。"所以，你睡了范成斌的女儿。"良久，他说。

葛勇抽着烟，不说话。

"你打算怎么办？"

"还能怎么办？回家。"葛勇说。

"你喜欢她吗？"

"喜欢又能怎么样？我们年龄差那么多，我们和她爸还有那么多破事，我原本也没打算喜欢她。"

"别管你原本的打算，喜欢你就试一试，不要让上一辈的恩怨影响到下一辈的感情。"

"麻烦就麻烦在我既是上一辈，又是下一辈。"葛勇说，"算了，别聊这些了，我配不上她，你又不是不了解我，我可不想毁了她。"

"那我们怎么办？"

"回家。"葛勇说，"现在就走，不然那小妮子等会儿就该来了。"

他们逃一般离开了酒店。在车上，他们谁都没有说话，葛勇也没有放音乐。葛强开着车，他开得很慢，没有超任何一辆车，哪怕是老年人慢吞吞的电动三轮车。这一次离开，以后也许就更没理由回来了。昔日熟悉的街道基本变了样，新起的大楼比比皆是，偶然有一两栋过去的建筑，残破，待拆，也都没有了往日的温热气息。他看到有一两家过去的饭店，重新装修了，换了更大的门脸。店前熙攘的人群让他觉得亲切，他开得更慢了，好像要把每个人的脸都看清楚。他们慢慢出了城，走过最后一个地标建筑，曾经的公园广场。那时候这里多热闹啊，学生们相约在这里见面，老年人相约在这里下棋，小贩们在路边叫卖，孩子们满处跑跑跳跳。如今人们有了更好的去处，这里荒芜了，水泥地面长出了荒草，喷泉中央的雕塑锈迹斑斑。他注意到喷泉旁边有几个高中生模样的少年，正围在一起亲热地玩着什么。这让他想起从前，心底泛起一股暖意。他的目光不愿意离开那群少年，就那么一直看着，一直看着，直到看出那群少年不是在进行什么有益的游戏，而是把一个少年围在中间，轮番击打。他觉得难过，但转念一想，他们总会长大的。"停车！"葛勇突然说。他知道以葛勇的性格没办法视而不见。他把车停在路边，和葛勇一起下去。葛勇摆摆手，让他在原地等着。他靠在车上，看葛勇一个人翻过路边的绿化带走过去。葛勇走到那几个少年面前，把受欺负的少年拉到自己身后。他远远看着这一幕，觉得应该拿手机拍下来。葛勇有英雄的性格，他为此感到骄傲。他远远看着，葛勇没有拉少年回来，而是和那群欺负人的少年说着什么。葛勇用手点着一个少年的脑袋，应该是在教育他。少年冷不防给了葛勇一拳，他的同伙群起而攻之，把葛勇围在中间。葛勇寡不敌众，有些吃不消了。他吓坏了，扔掉手里的烟跑过去。他一把推开一个少年。"你们不要打人。"那个少年摔倒在地。另外几个看葛强不是善茬，跑到破旧的喷泉里拿出几条铁棍，照着他们就打。葛强没有说话的机会，又不敢真的出手，躲着噼里啪啦落下来的铁棍。葛勇拼死反抗，试图夺一条铁棍过来，反而被打得够呛，最终一条铁棍打在他的后脑勺上，他晃了几下险些摔倒，血顺着他的头发流到脸上。葛强见了红，一下子爆发了。他锁住一个少年的脖子，夺下他的铁棍。"你们不能打人。"他冲着少年们怒喊，冲进人群一通乱打。少年们看着这个犹如天神下凡的暴躁男人，似乎感到害怕了，纷纷扔掉铁棍撒丫子就跑。连那个被欺负的少年都惊慌地跑开了。葛强举着铁棍追出去老远，最终体力不支气喘吁吁地蹲在地上。葛勇走过来拍了拍他的肩膀，他抱着葛勇的头检查有没有事。他掏出手机，嚷着要打110，要打120，这事没完，他一定要找到那几个兔崽子，要把他们绳之以法。他处于惊吓过后的暴躁之中，久久无法平静，不知道先干哪一件事好。葛勇握住他拿着手机的手，让他慢慢冷静下来。

"哥，咱们回家吧，嫂子该担心了。"

新 锐 作 家 卷

坏脾气的新邻居

渡 澜

当我还是个孩子的时候，有一家人搬了过来，成了我的新邻居。

在那个给孩子治病时只能靠膳食搭配和氧气的小地方，这可是个大事件。更何况他们的厢式货车里还有一张漂亮的布艺转角沙发和一个深橄榄绿色的玻璃门储物柜。

"气死我了！你们这群懒虫！"

"你们的脚上连着锁链吗？走得慢吞吞的！"

女主人拎着装得满满的购物袋，鞋底摩擦地面沙沙作响，她气得头发都竖了起来，凶残地拽着儿子的头发向前走。小儿子跟跟跄跄，被母爱折磨得要死，偶尔会被女主人拉扯着扑通一声双膝跪在地上。哪怕跪下了，呼哧呼哧喘着气，他也要抓住时机狠狠咬上母亲的脚后跟一口。他也学着母亲骂人，且骂声和谐又单纯，听起来就像文明大炮在连续轰炸。他的樱桃小嘴像灿烂的瀑布般喷出尚未褪去稚气的辱骂话语，向母亲表达着自己不朽的恨意。男主人戴着褐色软帽，露出自己被汗水打湿的内衣，一脸怫郁地跟着自己的妻儿。他脸颊上的肉和肚子上的肉就像是一种庄重的暗示，你远远望过去，视线被胶粘在那些肉团上，反而看不懂它们的暗示，莫名其妙地被这位肥胖的男士蒙上了遮眼布。他目不转睛地盯着妻儿，想将他们用力镌刻在记忆深处。

"我就该把你丢进沟里！你除了骂人什么都不会！"

"闭上你的嘴！肥猪——你就像一团鲸鱼的脂肪！"

"你说什么！"

显然他们刚刚在厢式货车上经历了一场激烈的战斗。此刻他们走出货车压抑且闭塞的环境，走在无可比拟的动人的蓝天白云下，却并没有休战。他们开始扭动红红的脖子，在口中搅拌口水，渴望喊出更流利的骂句。是的，他们继续生气，毕竟大多数人都错认为这活儿完全是零风险的。

我就住在他们对面。我和母亲撑着被太阳照得耀眼的红色瓷砖窗台，低头瞧着自己的新邻居。

"来了一群坏脾气的人。"

她笑着，和一群好奇的黑白相间的小蝴蝶挤在窗前。她柔软的黑发上戴着闪亮的、锋利如尖刀般的发饰。我的母亲温柔又开朗，非常有耐心，擅长安抚孩子。每当我感到恐惧不安，只要她亲吻抚摸我，我就会止住泪水，露出笑容。对她的依赖深植在我的基因里。她就是我童年的万能药。

"看他们气冲冲的脸，有什么烦心事儿呢？"

"我要去帮忙吗，妈妈？"

"不用了，好孩子，你会给人家添麻烦的。他们雇了很多帮手。一会儿，你带着礼物去打声招呼。把今天的葡萄装进篮子里，小心不要摔倒了。"

我的母亲分外特别地注视着自己的新邻居，不过很快她的注意力就被美好的天气给勾走了。她夸张地仰着头，对着那朵乌龟一样趴着不动的云啧啧赞叹，称它艳惊四座，像贝尼尼洁白的大理石枝丫。她很快就开始享受美妙的周末时光。用粉碎的、甜蜜的小奶块泡茶喝，踩着蘑菇堆成的黄色地毯，动作缓慢如蛞蝓，和葡萄以及提子讨论着葡萄和提子的区别，在一团亮白的太阳下绕着院子转圈圈；把社交这件苦差事推给了自己可怜的孩子。

我不得不作为代表，提着一大篮子与秋季擦肩而过的葡萄去拜访我们的新邻居。

我走近时，苍蝇围着屋外的厢式货车嘤嘤飞舞。当搬家工将大块大块的软奶酪捧出来时，它们大大方方地坐了上去，奶酪立刻看起来像是配了插图。纸箱里折好的毛毯们眼睁睁看着苍蝇们大捞一笔。一大堆有着地中海色皮肤的塑料椅悄悄活着，随着四方时钟的嘀嗒，不停地嘎吱作响。所有的灯具都被泡沫包裹着，尴尬地坐在那里鼓励彼此，它们渴望在晚上搬家。新邻居崭新的庭院里回荡着去死的赐福，保持着速度，由桃色栅栏向四面八方滑行。他们竟然还在生气！我越发觉得沮丧，我宁愿去和母亲讨论葡萄和提子的区别，也不要和气冲冲的陌生人见面。我真真切切地想要逃走。篮子里的葡萄也显出一丝无奈，频频踩着刹车，显然它们也在汁水充盈的心里掂量着此次远游的利弊。情况越发恶劣了，我唉声叹气，屁股向后拉着我的脚后跟，可我最后还是靠着自己阳刚的心脏走了进去。

男主人如里程碑般被立在院子正中央，默默统治着自己的怒火。他全身雪白，体态臃肿，像一粒富含油脂的树种。他已经摘下了自己的软帽，内衣因为大汗变成了他自己的颜色。我仰起头看他，那是我第一次见到如此愤怒的人，他富余的怒气简直要从脸上淌下来了。他怀抱着自己的愤怒，就像抱着一件神圣的纪念品。他的脸涨红，加上那白皙的皮肤，看起来像红菇。男主人瞪大凸出的圆眼睛像两个栓塞，只要将它们拔出来，他的愤怒定会喷涌而出。他肿胀颤抖的厚嘴唇像一条搁浅的鲸鱼，快要爆炸。这位叔叔在快要被气疯了这方面展现出难得的大师风范。

"嗨！您好，叔叔。"

"呼呼，我快要喘不上气了——你是什么？你是鸭嘴兽吗？你从哪儿冒出来的？"他被我吓了一跳，哪怕与我谈话，他也不愿暂时停歇他

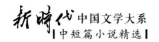

那蓬勃发展的愤怒事业。

"我是您的邻居，我们就住在对面的那间小房子里。这是我母亲给您的礼物。"我将篮子递了过去。

"别管我，我要气死了！放下葡萄就走吧！"

不骗你们，他喘气的频率和力道，可以令他家的布艺转角沙发和深橄榄绿色的玻璃门储物柜同时翻过栅栏，绕着这地方翱翔两个月。我的葡萄，现在成了他的葡萄，大多都自杀了。它们痛苦的汁水四处飞溅，令我的衣服上布满了紫色斑点。寥寥几个葡萄还在那里渐渐变冷，处于虚弱的运动状态，心中向往着遥远的乌珠穆公墓。我难受极了，被他莫名其妙的情绪发泄搞得沮丧，只想回家。

"可是您为什么这么生气？"

好奇心害死猫。如果时间重来一次，我才不会问，我定会拔腿就跑，然后一切都会归于沉寂。

他伸出手指向下点了点。我低着头，只看到他橘黄色的塑料拖鞋和奶白的脚背。孩子们盯着大人的脚背或是拖鞋总是家常便饭，大人们一看见你毛茸茸的头顶、薄薄的一片儿脑壳、小羽毛一样的耳朵，都会心生怜爱，长话短说，乐得省去了训斥孩子的气力。

"您是不喜欢橘黄色吗？这挺帅气，我……"

"哦，我的老天爷！现在的孩子傻得令人心痛！你们在摇篮里犯傻，出了摇篮后也在犯傻！尿布！打嗝！成绩单！"

他的脏话吓得我猛抬头，他比积水的马路还吓人。我设法像个勇敢的孩子那样若无其事地站在他面前，但失败了，因为我把脖子缩了回来，眉毛也拧成了一个"八"。

"不，不是因为颜色吗？"

“石头！蠢货！你看到石头了吗？”

我低头仔细瞧，没发现。无奈之下我只得蹲下来，眯着眼用力看他的脚。我的眼睛，它们姐妹俩简直用了我第一次站立时双腿用的那股蛮力，才艰难地发现了他脚背上有一颗种子——斑叶兰灰尘一样的小种子！我简直想跟我亲爱的奶奶唠叨了。是的，我迫不及待。一个人竟然被一颗小种子气疯了！这就是用一整条鲨鱼给芥末刮沫，给你失掉弹性的粉色头绳儿办健身房年卡，逼迫它练瑜伽。何必呢！这人大惊小怪！

“这是种子呀，我亲爱的叔叔，哪里是什么石头？”

“我的脚背被压垮了！我疼得厉害！我生气！只有我的脚被石头压着了！这世上这么多人，你也知道——这世上那么多人啊，偏偏砸到我的脚，还被粘在了那里！”

“这不是石头啊，叔叔，它轻着呢！一亿个它也就一两重，您脚背上就一个。您抖一抖脚它就掉下来了！”

“浑球！就因为它，我还要抖脚？我有那么多事情要做，现在竟然因为它—— 一颗种子，就要抖动我的脚？我真是要被气死了，我今天因为它吃不下饭了！我今晚无法睡觉的，我一肚子火！我只要躺在床上想起我今天抖了脚，我就会气得从床上跳起来！”

他大声咒骂，肚子因为这些骂声波涛汹涌，脚却执拗地一动不动。他说到做到，这几乎是种结构性的生气经验。

为了让新邻居开心一点，也为了结束这场闹剧，我维持着蹲姿，向前靠近，轻轻吹了一口气，将那可怜的斑叶兰小种子吹了下去。男主人突然尖叫着后退，一屁股坐在了地上。

他的小题大做着实令人惊诧而惶恐。我不解地盯着他。他的脸更红了，嘴里蹦出一麻袋朴直的咒骂和秽语。且他骂人的速度也在不断加快，几乎癫痫发作。哪怕他不慎重复了词句，也能娴熟地周转，让人怀疑他是捧着脏话百科全书在那里朗读。他的怒火快要组建成焚化厂，方圆几百公里约莫都能看得见火光。他颤巍巍地指着我，换气频繁，泪光闪闪，惊涛骇浪的愤怒令他陷入老人的虚弱处境。柔软细挑的黄绿嫩草在他臀下簌簌作声，把纤维化作警句，用拍击的动作斥责他无耻的喧嚷。怒火滔天的男主人当然不会因此止息。

"多么恶毒的孩子呀！哦，我的咽炎要犯了！我难受极了——你要弄死我！我现在要喘一口气，我要喘好几口气！然后我站起来，我要收拾你！你个坏蛋，你就是个魔鬼！"

我一头雾水，不知自己到底是哪里惹恼了他。搞得现在他的怒气像烟一样散开了。

"可是……您为什么这么生气？我只是想帮您呀。"

"帮我？真可笑！你现在去帮我定做棺材吧！真是气死我了！你比我那蠢儿子还气人！你竟然吹我的脚！"

"我想把种子吹下去！是您说它压疼您了！"

"够了，你个坏心眼的小母驴。这世上的女孩儿没个好东西！看看你那张俏皮的脸，简直就是一种谎话，骗得所有人将嘴唇贴上去，然后你就随心所欲地骗钱，最后骗得所有人把命都赔进去。你们就是大骗子！"

"我不懂您在说什么！我是好心的，我只是想让您开心点。"

"你就是想冻残我的脚，让我截肢！让我一辈子坐在轮椅上，撒个尿都要一大群人帮忙！"

我张大了嘴巴，挠了挠自己的头皮。我晕头转向，仿佛初次见到忙忙碌碌的蜻蜓们。

"什么？冻残您的脚？"

"你那一口气，吹到我心窝里来了。我的血管都冻伤了！你那个恶毒的小狗嘴里冒出的寒气，差点冻伤我的脚部肌肉！幸好我躲得及时，要不然就被你的坏心眼弄死了。"

"哈？这……这是误会啊，我亲爱的叔叔。我哪里吹了那么冷的气？您实在是太夸张了！快起来吧，您别坐在地上了。"我站起来，向他走过去，想把他扶起来。

"哦哦——长生天！快看看你自己，刚刚还蹲在地上，恭恭敬敬的小模样，一只猫儿一样。现在我一摔倒，你就急不可耐地站起来，叉腰俯视我。"

"我没……"

"你想狡辩？你从上到下打量我！你俯视我！你不尊重我。我告诉你，我像你这么大的时候，就有你父亲的气力了！你算什么东西，竟敢俯视我？"

"我想把您扶起来呀。"

他像是听到了什么惊世骇俗的话语，愣了那么一瞬，似乎是在思考该如何更完美地表达自己的愤怒。这不难理解，毕竟他是位有怒气执照的成年人，他的生气方式是专业的。在如何发怒这方面他定受过持久、周严的教育，所以不容错误。

"扶……扶我起来？"他倒吸了一口气，下巴层层叠加，睫毛扇动的速度比蜂鸟的翅膀都快。这太吓人了，他已经气得想用自己的睫毛把我扇走了。

"为什么要如此羞辱我？扶我起来？孩子，我完全可以自己站起来，你为什么要羞辱我？你要活生生气死我才满足吗？"

我终于无法忍受，这漫长的咒骂和误解令我不耐烦，我不再向他靠近，扭头就走。

"看看你，小东西——你就走了？你走得多快呀！因为被我戳破谎言和阴谋了？你的脸一定红得像猴屁股！"

"您说什么呢？您真该照照镜子！您才是脸红得像猴屁股的那个人！"我忍无可忍，彻底被激怒，回头大喊。

他不出声了，连气都不喘了。坐在原地，呆愣地看着我。我的那句"您才是脸红得像猴屁股的那个人！"像一把利剑插进他的心脏。

"你……你你，羞辱我，看不起我。你……你要气死我……"

他脸上的肉拧在一起，五官都模糊了。他突然仰头，张着嘴哈气，仿佛胸膛上压着千斤重负似的。他满头的汗珠子，脖子开始变红，转而变紫，嘴唇也煞白了起来。他抽搐着躺倒在地上，愤怒在他痛苦扭动的身体里流窜，这可怕的情景的降临，令我心跳如雷。我才刚刚认识他，现在他这副样子，就像有人将他造出来又立刻将他拆开了。他已经进入了垂死状态，努力逢迎着死亡，且承受着巨大的痛苦。

我必须把女主人叫来，让她给医生打电话，这是最快的方法了。她一定在家！我立刻跑过去敲新邻居家的门，希望女主人快快出来。

我听到她下楼的脚步声。我的双耳嗡嗡鸣叫，心脏用一种不同寻常的速度跳动着。我在原地蹦跳着，拍打自己的胸膛，焦急地向四周环顾。

我没等多久，女主人来了！门被豁然打开，她就站在我面前。

谢天谢地！

"阿姨，不好了！叔叔他……"我将自己健康的喉咙彻底奉献，撕心裂肺地冲她喊。

"你要是这样敲门——砰砰！这样大声，我就活不到下个春天了！"她竟然也同样冲我大喊着。这怒吼简直就是从她胸腔里喷出来的火，带着她祖传的家族威力。她这一吼，令世界都安静了。生物全部吓得魂飞魄散，惶惶不安，就连靠着墙站立的铁铲也全身颤抖，和墙壁纠结黏成一团。它很少会与墙壁紧贴，上一次的亲密合作发生在它严重缺铁的那年。

"不，阿姨！您的丈夫……"

"你为什么那样敲门！你看看这扇铁门，全是你拳头的印子！"她抬手握拳猛烈地砸向铁门。门龇牙咧嘴，疼得要夺门而出。

"您的丈夫他……"

"暂且不谈我的丈夫，你的行为令我很生气！"

"他要死了！阿姨，您出去看看吧。我的天，您快叫个医生来吧！"我大喊，用力划动自己的手臂。

"你为什么这么大声！我要气死了！我开门不是为了受气的！你对一个年长的女性大声喊是要遭天谴的！"

"阿姨，您的丈夫躺在院子里！他无法呼吸了，老天保佑，您快，您快……"

"你必须为你的大声喊叫道歉……还有敲门这件事！"她和她的丈夫简直一模一样，也许只能通过肠道长度或是胡须长度来将他们区分。就在我感叹他们神奇的夫妻相时，我的耳边突然响起了陌生的声音。

"嘿！我们的事儿还没完呢。你必须去学校！你一次都没去过，真是好厚的脸皮！"

"你快给我下来，我的脖子要断了！"

来开门的竟然不是她一个人。我焦头烂额，没有注意到她的孩子就在她身上；有着忧郁的黄色头发、锐利的眼神和丰厚的鼻尖的男孩，此时像围脖一样紧紧缠绕在他母亲的脖子上，就连皮肤上的齿棱都紧紧贴合。他还没有阵脚大乱，小小年纪就展现出惊人的发火天赋，和自己的

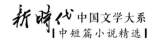

母亲不相上下。他在女主人的耳边用嘴唇吐出他的撒手锏,在学校新学到的脏话,且双眼喷火,张大的嘴巴似乎要将自己的母亲一口吞下。这真是惊人的勇气,只可惜他在不当的地方发挥所长了。

"你必须去!"

"我要把你扯下来了!你个小畜生!"

"哦不……"我痛苦地呻吟。这两位竟然也在打架,我来得不是时候。女主人被他的新时代脏话骂得周身战战兢兢,用镶着钻石的指甲——强劲有力的鹰爪——抠挖儿子头皮上的旧疤痕,留下纵横交错的血条,想把密集在他小脑袋里的新式思想弄出来。孩子捶她的肩膀,怒火烧红了他的脸蛋,他被母亲拉扯得像狂风中的旗帜。如果没有人关注,脾气通常就发不起来不是吗?人命关天,我意识到自己必须从她眼前消失,这是熄灭她怒火的唯一办法。我应该跑到大街上去找人帮忙,而不是找这位怒气冲天的夫人——发脾气在她的闲暇时间中占有显著的位置——更何况她现在正和自己的儿子打得火热。

就在我想离开时,她肉滚滚的大白手握住我的手臂将我提了起来,猝不及防地将我制伏。我顿时便慌了神儿,发出尖叫,感到她手掌肌肉的亢奋痉挛。我的视线被动地从她的肚子一直平移到她的眼睛,如同坐了一次透明的观光梯。我被提到了她面前。她低头瞪我,圆下巴仿佛粘在胸部上似的。她用力吸气,鼻孔张开。我惊恐地向上看,她有着金色虹膜的眼珠渐渐向外挺出,眼神里透露出失调的本性。她那如猪鬃一般粗的睫毛快要变成马的蹄,向我撞来。她的舌头垂悬,舌面上结晶沉淀,狠毒的话语从上面滚滚而来:"你敲烂了我的院子,现在却想走?"

在被她抓住之前我天真地认为我是独立于一切怒火之外的,现在我才意识到,我被卷进她的愤怒旋涡了!这是最锥心的惩罚,面对她愤怒的话语和愤怒的手掌，我只想大喊一句——何其可怕！

她弯下腰低下头，像是要咬下我的一块肉。可悲的是，她的儿子，没有掌握好自己，从母亲的脖子上摔了下来。

砰！好大的动静！

"老东西！我摔下来了！"他躺在地上，心脏或是阴茎背动脉在他凹进去的左腋窝里怦怦跳动。他蹬着双脚，在地上横着转圈圈，扑腾出一股接着一股的灰尘，简直像龙卷风。他这个样子，谁能忽略他呢？他非常气愤，凶残地大喊着，怒吼声里饱含着千军万马的精神和元气。在这坚强且热闹的家庭里，他已淬炼得更强了！我无法与这规模庞大的愤怒抗争，他们的怒气就是个天文数字。

女主人令人不解，她竟然没有松开我的胳膊，且毫无迟疑地将自己的儿子也一把从地上提了起来，终止了他的倒腾。我们两个被她抬到相同的高度。女主人左看看右看看，似乎在思考应该先收拾谁，谁更罪大恶极。

可是你可怜的丈夫还躺在院子里啊，我在心里大喊。你们气坏了心肝肺到底为了什么，实践身体艺术吗？

男孩的脸紧紧贴着我的脸。他蹬着腿，挺自己的肚子，甩动他的脸蛋。可怜的我，颧骨上那一小块皮肤差点被磨出破洞，小细腿也将被他踢断。孩子发出愤怒的号叫，声音的火舌向外翻腾，穷追不舍，波及了我。我只感到牙齿都要被这超声波打下来了，长生天保佑我坚固而平凡的牙齿。"我的牙龈和我的牙齿将在两分钟后曲终人散。"我默默想着，徒劳地用舌头抵着牙齿。他喷射出的口水要淹没我的眼珠。我可以感到他的心脏跳得飞快，他的胃也开始奇异地膨大，有什么东西要爆开了。他飞快翻动的嘴唇带出阴沉的热气。我感到紧贴着他的半边身体和被女主人握住的手臂要被腐蚀掉了。快饶了我吧。我可是一个热心的、带着葡萄来拜访的邻居家的孩子。你们干点别的不好吗？出去晒晒太阳总是好的。

最后她选择了自己的儿子，显然日久生情。

"你跟你那倒霉父亲简直一模一样！"

她终于想起自己的丈夫了！

"阿姨，叔叔快要……"我抓住时机，急忙说。

女主人脸上的五官被她那铺天盖地的暴脾气炸飞了，彼此不再相连，反倒是上蹿下跳。眼睛差点被气到天灵盖上，舌头要冲撞鼻孔，两个耳朵无法秩序井然，它们恼怒之下换了位置！我抬头仰望时，见到她的尊容，恍惚间感受到了自己快乐童年的终结。

啊，这张怒容足以留给我一生的浓烈追思。

"闭嘴！我待会儿再收拾你！你不会敲门，还大喊大叫！"她把头扭向自己儿子的方向。

"我一看到你，就想起他那恶心的脸—— 一块巨大的白色斑点。臭小子，你就是来索要赎金的，你就是一片儿烂西瓜，被车轮溅得四处飞散的烂泥。真叫人恶心！莫名其妙地就考了个四十分，一年开八十次家长会的浑球，我不会去的！我告诉你，我不会去的！"

"老家伙！你真该去死！我早晚有一天要干死你们两个，然后我跑到山里去！我要去山里！"

"你去吧！你现在就去，我祝福你被山蚊子吸干！"

"一想到我曾经喝过你的奶，我就要呕吐！"

"我就该活活饿死你！然后饿死你的老爹！"

他们旗鼓相当，各有千秋。我无法插嘴，苦闷地等待他们结束这场亲子互动。我的胳膊生命力顽强，不甘于辜负生命的和谐，竟没有被她的大手捏烂；骨头还是骨头，肉也依旧是肉，没有被搅在一起。冬天过去了，最起码要脱掉厚重的衣服。人们把房子建在任何一个地方，却唯独不会建在自己身上。可是这沉甸甸的怒气却为何总是被人们随身携带呢？坏脾气的人们勇于创新，力求超越历代前人，突破某个伤肝损肾的框架。我被他们的怒气震慑，蜷缩身体，渴望战局回稳。

　　这场对骂持续了将近五个钟头，直到院子里传来男主人响雷一样的大喊声："我死了三个钟头啦！再不把我埋了！我就臭了！"

　　哦！什么？他已经死了——他都死了三个钟头了！人工呼吸，心脏复苏……现在干什么都来不及了。我就不该跑来敲门，我应该去大街上找别人帮忙。可是谁能想到他们一家子都是坏脾气？罪恶感驱使我开始拼命挣扎。女主人的一只手臂有些脱力，我竟然挣脱出来了。我一屁股摔在地上，立刻扭身站了起来。女主人瞪圆了眼睛，震惊地盯着我，嘴巴却稳妥地冲着自己的儿子，机关枪一样突突喷射出咒骂。这场景略带抽象，我不禁感叹不已，果然人被气坏了就只能勉勉强强像是个人了。我觉得这很差劲，她要将怒火时刻延展到宇宙坍缩为奇点，延展到永恒。女主人弯下腰想再次抓住我，好在我连滚带爬冲出了房子。

　　当我来到院子里时，发现男主人瘫在地上，双眼惊骇圆睁，脸色发紫。他原本保持着因为喊叫而大张的嘴巴，一看到我，就焦急地合上了。他用力过猛，以至于颧骨高高耸立。——他死去了，却试图强调自己曾经是一个帅气十足的高颧骨小伙子（如今的颧骨是纯粹的复古）。现在该怎么办？如果此时有一头河马在我身旁打哈欠，我会毫不迟疑地把头塞进去。

　　"你怎么就死了！你不干活了吗？"女主人拎着儿子冲了出来。那不幸的孩子像风中的塑料袋一样孤苦无助，随着她的动作飘荡。

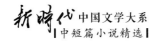

　　女主人终于把注意力放在了死去的丈夫身上，她依旧很愤怒，她愤怒的话语组合成了一种高声宣讲："你！死鬼！你要是死了，我就得拼了老命照顾这个臭小鬼了。你去地狱偷懒了，我却不得不一直干活干到死。"

　　她的丈夫则沉默着，这沉默哪里是什么"冷静的忍让"，他只不过是死了，如果他还活着，可以喊得更大声。

　　断了气儿的丈夫在女主人眼里就是暴露狂。她面露厌恶，吐出可怕的辱骂和自私的咕哝。

　　"看看你这副鬼样子，你丢尽了我的脸！你像条狗一样横躺在自家院子里，你让邻居怎么想？你就这么死了，想得真美。沙发还没有搬过来，你必须把它搬来！你别以为死掉了就完事了！真是要气死我了，你个懒鬼，什么都不干，每天都等我把饭嚼烂了吐进你的嘴里！"

　　男主人依旧沉默不语，泛蓝的眼袋又肿又大。他的眼睛里藏着的毫无疑问是一团深远的愤怒之火。这神奇的火焰在他死后依旧存留，除了可以增加他的身高或是帮他在羊腹内放入小茴香末以外，几乎什么都能干。

　　他的儿子继续火上浇油："明天的家长会你必须去。这次你别想推给父亲了，因为他死了！"

　　"臭小子，你可真吵！"

　　女主人气急败坏，她大吼一声，一把将孩子甩了出去。男孩的身姿构成完美的抛物线，飞达目的地，在父亲肥大的肚子上弹了两下。男孩气得张牙舞爪，头发直指天际，开始拼了命磨牙，做好了进行一场艰巨的攻防战的准备。

　　男主人万万没想到自己死后也要遭受如此恐怖的痛击——人肉炸弹，还是自己的儿子！他已经死了，死后的世界是野蛮的。但身为死人的他，却是被这野蛮的世界偏爱的。他会看到一些新的风景，会毫不费力地获得大自然无穷的安慰。只有在死去后，他才有机会做一次母亲，哺育那些比他小很多的动物，成为它们青春动人的躯体的一部分。被大自然抚摩，被数量庞大的生物照顾着；他无所畏惧，他随意泛滥，他正处于人生的最佳状态，没有人会批评他。所以他下定决心——我哪怕死了，也不能认输，尤其不能向自己的妻子认输。于是他义无反顾地咬断了自己的舌头，发出咔的一声，像冬天的小树枝断裂的咔的那一声。他死去的皮肤上骤然涌出大量的皱纹，使他的脸看上去像挪威地图。然后他，一个死了三个钟头的人，收拢他的嘴唇，那条断掉的红红的舌头在牙齿间探头探脑，被它的主人"呸"的一声，吐在了女主人脸上。

哦！他把舌头骄傲地吐在了自己妻子的脸上。这个世界简直充满谜题。

我的尖叫声和男孩的几乎同时响起。

舌头在女主人的脸上因为唾液和血液的缘故稍作停顿，然后顺着她的脸颊缓缓滑了下去，粘在了衣领上。她的左半边脸上全是唾液和血沫，湿漉漉的形状看起来像是一条粗尾蝌蚪。我不敢细看，躲在院子里的装着葡萄的篮子后面，生怕她一气之下将我生吞。衣领上的舌头闪动着一缕亮亮的藕荷色。它依稀记得自己死前是个伟大的发声器官，于是轻轻上下摇摆，我竟然能断断续续地听见它用一种像是骗人的声音说着"扎兰屯市再无沙果"。

女主人一把扯下舌头，用脚狠狠踩踏。来自丈夫的羞辱令她体内的肝火几乎爆发。她先是后仰，拍打着胸脯，不停地摇头。又挺立着，挥动胳膊捶打空气。

"你竟然敢羞辱我！你竟然敢——是谁给你的胆子？"

她的脸上流露出了异样的激动神情。她双目赤红，也"咔"的一声用力咬断了自己的舌头！她咬得太用力了，血像雾一样从她嘴里弥漫出

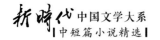

来，在她宽敞的脸蛋上敷上一层薄薄的红。她看起来像是在捍卫自己的疆界，神情严肃得近乎荒唐。她的嘴唇也开始收拢，像花儿在夜晚合拢花瓣，嘴巴里发出卷羊毛毯的声音。然后她"呸"的一下，竟然也将舌头吐在了丈夫的脸上！

夫妻俩惊人的步调一致。

苦命的舌头们。当它们与自己的主人连接在一起的时候，无疑是被爱灌溉的。主人们甚至不舍得咬上它们一口。它们同那洁白的牙齿、牲口似的顺从的牙龈和那如谷地平原般连绵起伏的上颚一起享受天伦之乐。如今它们被毫不留情地利用，被人抛之脑后，悲惨地成为遥远的过去。

男主人冷漠地盯着上空。那截断舌像上岸的鱼一样，噼里啪啦在他的脸蛋上跳动。他肥大的脑袋被妻子的舌头抽打得摇摇晃晃，蹭了一脸泥水。他可能不太相信自己被妻子的舌头抽了巴掌，他觉得这屈辱的一切都是他吃得太饱时做的梦。女主人目睹了丈夫的狼狈，这才放心了。愤怒之战里也许她从未输过。她站在原地淌着血摇晃，被风吹得歪向一边，却在相当长的时间里维持着自己与地面的垂直状态。"真是岁月不饶人呀！"她是否正在这样想呢？女主人对自己的表现还算满意。她指了指自己的嘴巴，指了指目瞪口呆地坐在爸爸肚子上的男孩，又伸出了两根手指。意思是，我如果有两条舌头，一定会往你脸上也吐一条的。然后她摔倒在地上。这是一项伟大的牺牲，她为自己的奉献深感骄傲。这是最辉煌的时刻，她在死前的短短一瞬露出了微笑。

此时一群小麻雀从连片的屋顶那边轻快地飞来，扑扑腾腾，停在了他们铁锈色的房子的窗台上。那些不够强壮的榉树好像久病初愈一般挺起了肩膀。如水晶般清澈的昆虫和穿着蕾丝裙的鸟儿也全部换上了一双憧憬未来的眼睛，它们已经无所畏惧了。院子里传出迎接胜利的甜蜜笑声。

这家人还没在新家住上一天，就把附近的生物吓坏了。奇妙的是，正处于喜悦中的竟然不单是这些生物，同样喜悦的还有他们的孩子。那个男孩看到父母全部死了，竟然乐开了花。他立刻从父亲的肚子上跳了起来。

"这就像下了一场雨，清新凉爽！"

他也是足够可怜的，头上布满抓痕，胳膊上血淋淋的，裤子上也满是泥土。现在他满脸笑容，转着圈拍手。他向前一跳，越过父母的尸体，就像越过了一个深不见底的沟壑。"真不敢相信！这群总是惹我生气的人竟然死了。现在我自由了。什么家长会！我要走了！去山里！"他抱着自己的脑袋，眼眶红红的，充满了对安静世界的渴望。他对着房子背面的群山喃喃自语，它们如铁器般耀眼，盾牌似的阻隔了地平线。眼前的男孩——诞生在魔鬼家庭里的孩子，此时此刻，对自己父母的尸体视而不见，望着远处的峰峦，稚嫩的脸庞散发出炽热的光芒。对山的爱源源不断奔腾在他的脉搏里，他的肉体和灵魂仿佛焕然一新。他义无反顾，迈着轻松的步伐走向他的目的地。也许他将要改写家族历史，健健康康地活到六十岁。

"你要走了吗？"

"是的，我要走了！"他说，头都没有回。

"那你的家人怎么办？总要把他们埋葬。"

"就让他们烂掉吧！"

"可是……"

"我要走了！"

他还是走掉了。我深感无奈，只好跑到街上求助他人。大家都是热心人，了解情况后，他们决定去买两副棺材，将他们安葬。大人们又是量身高又是搬抬，折腾了好久。我坏脾气的新邻居哪怕死了也在向世人

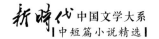

展示着自己非凡的、满口术语的怒气。当有人把他们塞进棺材里时，他们冰冷的肌肤被自己体内的邪火烫出了水疱。这些鼓鼓囊囊的水疱立在他们死人的皮肤上，看起来就像雪面上摆着的几块与活物看起来毫无二致的蜜蜡石。因肝火而生的水疱应是世界上独一无二的，应该用"您"来称呼它。它犹如一头初出茅庐的黄狮子，展现了人类的进步。死去的肉体无能为力，只好以自虐的方式继续自己的丰功伟业。

他们生前有没有惬意地吸入空气呢？死后又是否能稍稍休息一下呢？

一群人忙了半天，大多数时间都用在了给不断地从尸体的各个地方冒出来的水疱涂抹粉底。热心的大人们快被这沉重的荒诞压成化石，他们显得疲惫不堪。我站在人群外向里看着，偶尔回头眺望远处的山峦，寻找离家出走的男孩。或许远离了人类，他的脾气就发不起来了。终日面对树木、如皮革般坚硬的起居室、黄蜂的政治恐吓、死心塌地的山间蚂蚱，以及那些可以绊倒人的硬硬的蛇，他的心情定是极好的。他甚至不用担心会饿死，草地里满是还带着火药味的热乎乎的弹壳，捡起一颗嚼一嚼，可以半天不用吃饭。再不济，也可以吃山上的日本弓背蚁们的肮脏的院子和黑制服。哪怕他挨了棕熊的打也没关系，唯一的医院就在山下，他咕噜咕噜从山上滚下来就可以。因为医院屋顶上有天窗，天窗下就是病床，还有一群穿着沙滩衬衫的男护士就等在那里。

回家时，我边走边发出老气横秋的叹息。新邻居的怒吼声在我脑海里一个劲儿地向外撅着屁股，像是要从我的嘴巴里蹦出来。这是什么传染病吗——要把我这艘小船推进油一样黏稠闪亮的沟里去。蓦地，一阵凉意从我的心头涌出。我深感不安，四肢僵硬地向前走着，紧紧闭上嘴，生怕骂出脏话。我的母亲站在门前迎接我。我今天和一群坏脾气的人儿"交朋友"，被脏话秽语轰得昏昏沉沉，如同在火中荡秋千，熔炉里游泳。

我一见到我的母亲，就被她恬静的笑容，甘甜的眉眼惊艳到背脊发凉，像一只被蜂蜜所吸引的蚂蚁一般迫不及待地跑去拥抱她，将她身上的花蜜吸入胃里。当她热乎乎湿漉漉的嘴唇贴上我的脸颊时，我瑟瑟发抖地站在原地，一动都不敢动。她把我抱进家里时，我鼻子一酸，差点号啕大哭。我开始手舞足蹈地给她讲今天发生的事情，像浅滩上的蛎鹬一样拍打自己的翅膀。我脚下的木质地板发出嘎吱声，里面的钉子也因生锈传来吱吱的噪音。我的母亲低声安慰我，只要一有机会，她就会弯下腰抓住满屋子扑腾着翅膀乱跑的我，在我的脸蛋上轻轻啄上一口。不久，所有的不安都被她一口一口啄完了。

可是当夜晚来临，我依旧无法入睡，用粗布被子将自己缠得紧紧的。我的周围已经形成了一个恐惧的圆环。我被已经死去了的新邻居的坏脾气和结局所恐吓。母亲已经陷入甜蜜的梦乡，闭着眼睛，轮廓朦胧的睫毛几乎没有颤抖，像一只泰坦甲虫那样安稳。我的耳边回荡着我的新邻居们的怒吼声，脑海中不断浮现出幻觉和诸多真实的情景。每隔一段时间，我都要翻动一下。

"气死我了！"

"啊！"我发出尖叫，从床上弹了起来。我的耳中突然炸响起这熟悉的话语，我在听到的一瞬间身上就冒出了鸡皮疙瘩。有完没完！我瞪大眼睛看向窗外，抱着发抖的胳膊坐了起来，被子里的我的两腿也在发软，我甚至感到挡也挡不住的尿意。我的头发刺痛我的脖颈，我的胃肠凶猛地翻腾，我难受得要死，满身都是汗。窗外什么都没有，在昏暗的房间里，我听到了遥远的墓地那头传来了争吵声。它是那么远，同时又那么近。它和我隔着一座山，却又近在耳边。我绞着双手不停地惊呼，这拖泥带水的怒骂声如蚊虫般在我周身盘旋不去，冷不防地咬上我一口。

"去你父亲的棺材里！我这里已经很挤了！"

是女主人的声音！是那位此时此刻已经没了舌头且被厚厚的棺材盖和泥土压住的女主人的声音！我甚至听见了男孩的声音，可是他不是在山上吗？这或许只是一场噩梦？

"哦，臭小子，你不要进来！我这棺材比你母亲的都要小。"

"这群人真是气死我了！这个棺材可真够小的！竟然在死人身上挣钱，无耻下流！"

"他们拿着尺子量了半天，什么用都没有！"

"他们为什么不多做一副棺材？"

"谁知道你也死了！你就躺在外面吧，明天他们看见了，肯定会给你也做一副棺材的！"

"我被虫子咬得受不了了！我一定要进去！"

"你给我待在外面！我可不给你让位子。"

"我不，我挖了半天才把棺材挖出来！我一定要进去！你们赶快挪个地方！"

"早不死晚不死，偏偏深更半夜死掉了！你真是气死我了，从你出生到现在，你一直在惹我生气！"

"我也很生气啊！我怎么知道山里那么多虫子！我被它们咬得发疯！我整条胳膊上都是它们啃出来的印子，我是被它们活生生气死的。"

"你就死在山里算了！别在这里招人烦！"

"你们这群老骨头！没了舌头还这么能说！我都告诉你们山里虫子多了！我根本受不了。"

"哈，没了舌头？我就算失掉灵魂也照样能骂你一天一夜。"

男孩也死了？我侧耳倾听他们的争吵声，是那么全神贯注。这个空间里什么声音都没有，从另一个空间里传出的声音彻底惊扰着我。我哆哆嗦嗦地坐着。夜晚与我之间被连上铁轨，本该被运来的油葫芦们的鸣叫或是行星作物全部烂在铁轨旁，被源源不断送来的竟然是那群坏脾气的人嘴里呕出来的碎木屑。我感觉自己被男孩欺骗了。他满口谎言，他说要去山里的。去山里，就注定要和那些绿色、粉色、乌珠穆沁熏皮袍色或是炸土豆色好好相处，最差也要和山里闪着翠绿色光芒的啤酒瓶碎片做个朋友。然而他却被蚊虫气死了！真可恶，他的坏脾气将他的肠道都堵塞了。如果他把那些嗡嗡叫的小虫子看成是周末来打野鸡的人，就不至于如此神经兮兮的了。他竟然死了！我难以置信——他竟然也被气死了！哪怕他变成山里的一只露着牙齿的东方蝙蝠也比这好。

"嘘——"我的母亲不知何时醒来了，她抱住了我，将我拉下来。我的头被她轻轻压在了枕头上。我又躺下来了。她身上是睡眠的味道、梦的味道。我狠狠吸了一口，希望它们让我的心跳减速，让我睡觉，但无济于事。

"你做噩梦了吗？"她问我。

"他们在吵架。"

"哦，我的孩子，别管他们，睡吧。"

"我办不到，妈妈。"

我被自己的汗水刺痛了腋窝，却被她的汗水抚摸。我们的胸脯贴在一起，我感受到她的心跳。她睡眼惺忪地挠着我的肚皮，我想她应该是想挠自己的。我的母亲握住我的肩膀，轻松地转动着，就像熟练的司机把握着方向盘。以往不管发生什么事，只要她这样摇晃我，我就会安心睡去的。可现在我的眼睛瞪得大大的，嘴唇颤抖，感觉全身冰冷。恐惧已将我挂牌出售给了我的新邻居。飞蛾或是其他小虫敲打着玻璃，噼啪作响。母亲的声音渐渐模糊，抚摸我的力气也变得微小。

"快睡吧……天都要亮了。"

"连猫都讨厌别人坐在它的椅子上。我们堪称大自然里的不良员工的典范，脾气不好，个人卫生也令人发指。"

"睡吧我的孩子，我的美梦足够我们两个人分享了……"

母亲在我耳边喃喃自语，摆弄着自己所擅长的陈述句小游戏。我依旧睡不着，她身上曾经能够安抚我的神奇的魔力如今已经消失了。我全身都被笼罩在令人惊惧不安的咒骂声中。我忧郁地望着母亲的脸，她的脸就像无风时的湖面，连一丝涟漪都没有。我的母亲全身都沐浴在一种朦胧的静谧之中，几乎所有人都期待和她一起漫步在月光之下。我曾经与她紧密相连。可是现在，我在她怀里，却感觉与她无比遥远。她可以选择不去听死者的呼喊，远离坏脾气的人，远离他们恶毒的唾骂。我却无能为力，我连死去的蚊子的嗡嗡声都可以清清楚楚地听见，也不能避免被坏脾气的人影响。

当我的母亲停止一切话语和动作，发出鼾声时，他们的争吵声便越加明显了。我惊恐地想要唤醒我的母亲，可无论我怎么推拉她，她都无法醒来。她闭着眼，丝毫也不受人类痛苦的浸染，她居高临下地嘲讽一切人。她睡了，是在讽刺我吗？不祥的预感在我心中弥漫，我吐出的每一口气都是震颤冰冷的。熟睡中的母亲也变得同他们那般庞大恐怖了。我深感无助，紧紧揪着她的睡袍，如果我有额外的四肢，我定会像蜘蛛那样将母亲团团围住。"妈妈，睁开眼吧！和我说说话。"我大喊着，不断地回忆着母亲睁着眼睛的样子——在松垮的晾衣绳旁睁着眼睛的母亲、给西里德格会员打电话时睁着眼睛的母亲、撕下二十三号的日历时睁着眼睛的母亲……可是每当我想拥抱回忆中的、睁着眼睛的母亲时，她便又把眼睛闭上了。噩梦啊！噩梦啊！我听见了棺材碰撞、肉体打击和生物抹眼泪的声音。我双腿的颤抖竟然令厕所的玻璃门都跳动了起来。天花板上的灯泡也被我抖落，"当"的一声掉进烟灰缸里。这些死人毫无节制地利用自己已经沉睡的灵魂。哪怕死去了，他们依旧对自己的怒火怀揣着一种高尚的责任感。他们活着时，这犹如新陈代谢一般轻松，因此死了都要照顾好它。哪怕他们因它而丧命，失去了皮肤的温度，被烫出了满身的水疱……

如果我今晚不睡觉，那明天的课上我就会昏昏欲睡。生气的老师会告诉我的母亲，母亲便会因此讨厌我。绝望的我开始尝试着将母亲的发饰塞进耳朵里。发饰的尖角钻进我的耳朵里，从另一边探出了头。这个动作一气呵成，锋利的发饰像一班列车从我脑子里驶过。我突然意识到伤害自己是一件不会流太多汗的工作。我没有将它拔出来，闭上了眼。本来近在我耳边的怒骂声逐渐听起来像是从盒子里传来的，又渐渐变得似有似无，听起来像是有人在遥远的太仆寺旗敲碎了一只缺钙的母鸡下的蛋。如果我抽烟，我可以这么说——大概过了一根烟的时间——我什么都听不见了。这种递进的安静缓解了我的恐惧。我面对着母亲侧躺，将脸埋进她的胸脯。她在睡梦中抚摸我的头发，却不小心被从我耳朵里冒出来的发饰尖角刺破了手指。她只痛苦地呻吟了一下，便沉沉睡去了。

新 锐 作 家 卷

海滩机器人

陈崇正

1

海米瞎了。

母亲问她，是不是完全看不见？她不语。

再问，她才小声说，就如同下大雨的黄昏，雨刮器坏了，透过车玻璃往外看，外面的世界有时亮一点，有时暗一点，一片模糊。

"那就是还能看到一点？"

"我是个瞎子了。"

母亲不知道该继续说什么，她在盘算着账户里的钱，这个数字远不足以去支撑一次高规格的眼科手术。海米似乎看穿她的心思，说，妈妈不怕，钱会有的。这话轻飘飘的，等于什么也没有说。母亲发出一声不易察觉的叹息。

午后的风从窗口吹进来，带来了远处大海的气息。以前海米只知道风是冷的，或是热的，而现在这些风在她这里具备了形状，她能够判断什么形状的风从窗口吹进来，安放在房子的哪一个角落。比如现在，她对着这圆锥形的风深深地吸了一口。很快，风在室内空气的边缘消解了，变得跟房间里的空气再无二致。海米想把这逐渐平庸的风推开，手一挥，却不料碰掉了一只安放在桌子上的瓷碗。

海米心里一惊，耳边听到陶瓷破碎的清脆声响。

母亲闻声从厨房跑出来，她本来想说什么，又把话咽回去了。碎片被打扫干净，房间里重新变得安静。

海米不敢再动，她感觉周围都是瓷器，稍有不慎，就会把它们通通打碎。是的，空气做的瓷器，风凝固而成的瓷器，全都陈列在房间里，等待她贸然触碰，以便发出炸裂的声响。就这样不知道过了多久，也许是一刻钟，也许是一个小时，她觉得自己也成了一只易碎的瓷器，被摆放在风雨飘摇的地球上。这个星球如此寂寥，又如此闹腾，她不敢动。

屋内终于有了响动。午睡起床的母亲穿鞋出门上班，穿鞋子的声音，门开了，又咔地关上了。母亲在一家鞭炮销售点上班，眼见马上就要过年了，鞭炮销售点开始忙碌起来。

该死的鞭炮！

她的眼睛正是在一声鞭炮炸裂之后瞎掉的。当时她正从一棵榕树下面走过，只听见一声巨响，有什么东西从天上覆盖下来，还有几个孩子的声音："不是他……"然后就什么都不知道了。醒来时，她在医院里，眼睛已经看不见了。那是村里最大的榕树，也没有谁会在那里安装监控，所以警察压根儿就调查不出个所以然。

倒是几天后，邻居王婶的推测可能最接近真相："我猜，我只是猜测，我的话说了不算，更不能作为证据啊……我猜，是那群熊孩子干的，上次就是他们用包裹了牛粪的鞭炮去炸傻哥彭一棍，把他吓得半死。"

傻哥彭一棍是村子里的傻子，听说年轻时候挺精神的，但从一次事变回来以后，就变成了傻子，一旦听到鞭炮声，他就会发狂，突然卧倒然后匍匐前进，屁股一扭一扭，样子像一条斩断尾巴的变色龙。孩子们就会围着他大笑。

"别问我，我可不知道都是谁家的孩子。"王婶说。

王婶当然不知道是谁家的孩子，因为大家都明白村主任的小儿子最喜欢放鞭炮。

"海米只能认个倒霉，他们要炸的也不是你。况且，他们都只是一群孩子……唉，可怜那么一双好看的眼睛！"

但医生也鼓励她，人体是很神奇的，视力的恢复有时候说不清楚，得看个人。她明白这都是甜蜜的谎言，只是为了给她一个活下去的希望。

2

"说起来你可能不信，海滩上那个机器人是个神经病。"一个声音说。

海米吓了一跳，她猛然醒来，刚才吹着风，竟然趴在饭桌上睡着了。她伸手一摸，确认身边存在一张桌子。她紧紧扶住桌子。

"谁？"她感觉身边似乎有异样，"是谁！？"她提高了音量。

没有回应，良久，才有一个声音说："我……"

陌生的声音这么近，音量也不大，但像炸了一个雷，海米一阵哆嗦。

"你谁？"

"我……彭一棍……"那个声音说，"他们叫我傻哥。"

海米从这个声音中听到了形状，仿佛是一把钝了的刀子，对面这个人，就是一把直立的刀子，黯淡生锈的刀子。

"你是刀子？"她脱口而出。

"不是，我是傻子。"

"你来我家做什么？"

"不知道，我不知道。"声音里充满了真诚的沮丧。

然后，彼此又沉默。

窗外有三只鸟在挥动翅膀，它们叫了一会儿，傻哥彭一棍才说：

"痛吗？"

"嗯？"

"你眼睛痛吗？"

海米摇摇头。

傻哥用很低的声音说："本来痛的应该是我。"

一个念头在海米心中升起，比起眼睛看不见，变傻无疑是一件更令人悲哀的事了。天底下还有比她更可怜的人，而她以后大概也只能跟这些可怜人说说话了。每个人都有自己的生活，他们要上班，要恋爱和结婚，只有可怜人的生活是被闲置的，处于世界秩序之外。如果地球上的幸福可以排队领取，那么海米肯定会被挤出队伍。

既然如此，又有什么所谓呢？她内心蒸腾起一种勇气。

"傻哥！"她用明亮的声音喊，她听出自己的声音是一只斑斓的风筝，正准备放飞。

"嗯？"傻哥彭一棍回应道。

"傻哥，你有车吗？我想去海边，我想去看大海。"

"但你不是什么都看不见？"

"这个你不用管……吹吹海风也就足够了，你有车吗？"

"我有一辆三轮车。"

海米想起来了，她有好几次都见傻哥踩着三轮车在村子里溜达，那是他的坐骑。她问："后面能放一把塑料椅子吗？"

"是的，可以。"

海米突然激动起来："那我们去看海！"

她又问："我们能去吗？"

"不知道，我不知道。大人会骂吗？"

"你就是大人了，你都已经这么老。"

"不知道，我不知道。"

"那就走！"海米伸出一只手，但没有人来拉她的手，"你要拉我，我才能走。"彭一棍大概已经到了门口，他折转回来，握住海米的手腕。

人力三轮车准备停当，尊贵的座位是一只红色的塑料椅子。

他们出发了，走过晒谷场，戏台上一群学生在排练节目。

"我从大海来到落日的中央，飞遍了天空找不到一块落脚之地，今日有粮食却没有饥饿，今天的粮食飞遍了天空……"整齐的童音抑扬顿挫地朗诵着诗歌。

"他们在唱什么？"海米问。

"不知道，有一天我在戏台那里看，领队的老师看着学生大声读书，她听着就哭起来。我问她怎么了，她说诗歌里有针，她被扎到了。我伸手去安慰她，她却骂我流氓，可凶了。还说我要是敢乱来，她就拿真的针来扎我，我赶紧就跑。"

这是傻哥彭一棍见面之后说得最长的话。海米没有说话，她明白自己正朝大海的方向在移动。也许有人在远处看见他们了，会说一个傻子带走了一个瞎子，但这又有什么所谓呢？也许明天的新闻会说一个女瞎子惨遭杀害，凶手是村里的傻子（一个经常被欺负的傻子只能欺负比自己还可怜的人），这又有什么所谓呢？只要能够战胜内心的绝望，一个人被剥夺了存在的时间，似乎也没什么大不了的。想到这些，海米的内心感受到一阵充盈，她觉得自己活明白了，就像骑上一辆自行车，能够平稳前进所依靠的是随时可能失去平衡的危险。当然，海米坐在三轮车上并没有这么稠密的念头，她只是让意识轻轻流淌，同时想到了一个叫"女神状态"的词，她觉得自己此刻正处于"女神状态"之中，而女神在行进中。

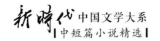

3

透过眼里斑驳的迷雾，她大概明白身边的景色正从熟悉变成陌生。她开始还能感觉到村里的池塘、斜坡、鹅群、小竹林，这些都是她从小一次次路过的地方，它们就像一张波斯地毯的边线一样确定。而后来，这些边线逐渐变得模糊，像画家的手不断在修改事物的轮廓，她身处莫测之中。有那么一阵子，她内心不禁慌乱起来，觉得自己做了一个荒唐的举动。这个世界上最没有价值的悲剧，莫过于一个不安分的残疾人一时冲动酿成大祸。

耳边的风是凉的。她跟傻哥说话，但他似乎专注于蹬车，更多的回应是"不知道"。她可以闻到他身上的汗味。他一定汗流浃背，像一个勇敢的士兵，拼尽全力，一心想将她送往目的地。

道路逐渐变得崎岖，她必须用力抓紧三轮车的钢条，才能维持平衡。开始她十分担心，后来却也逐渐享受这样的颠簸。她身处悲剧之中，如果有未来，那么未来的更多时间应该是身处于沉默安静，这样疯狂的颠簸实属难得，如果不能享受这劈波斩浪般的惊心动魄，那么她的人生轨迹岂不是约等于死亡的平行线。

死亡的平行线。她在心里默念这样一个词组，想起中学时候老师第一次在黑板上画出平行线的情景，她还能记得粉笔是如何沿着三角板的边缘留下清晰的白线。

三轮车穿过另一个镇子，她知道这是必经的路，镇子上卖各种鱼干的店散发出阵阵腥味，她可以清晰辨别出哪些腥味中有鱿鱼干。终于，路边小摊的声音远去了，嘈杂的人声也没有了，她可以明显感觉到空气中湿度越来越高，海风的味道越来越浓，大海越来越近。三轮车慢了下来，她可以听到车轮轧着沙子的吱吱声。

车停了，傻哥彭一棍跳下车，他伸手来拉她的手腕，他呵呵笑着，什么都没说。但她听明白了，她可以下车了，海边终于到了，她听到不远处有海浪的声音。

他们艰难地走下一段缓坡，又走下十几级石头铺成的台阶。她问傻哥台阶两边有什么，傻哥答："野菠萝。"她知道野菠萝，一种耐旱的植物，结出来的果实跟菠萝很像，但吃不了，吃了会拉肚子。为了避免滑倒摔进野菠萝丛里，海米不得不把凉鞋脱下来，赤脚踩在石头上。石头是冰凉的，非常舒服。在数到十七之后，她踩到了柔软的沙子。

"我踩到沙滩了。"她高声喊叫着。她想奔跑，但终究还是没敢，只是快步往前走。海浪拍打岩石的声音越来越响，她在这样的声音中放声大哭起来。傻哥跟在她的背后，呵呵地笑着。

黄昏时候的大海是喧嚣的，却又如此宁静。来自夕阳柔和的光让大海更为深沉，而光线的指挥棒所到之处，便有澎湃的乐章。在海米这里只有夕阳照在脸上的温暖，澎湃的乐章也只是单调的拍岸涛声。随着重复的涛声和海风带来的凉意，海米感到有点倦怠。这种倦怠像什么呢？像一个漏气的气球，一点点缩起来，将自己的心紧紧裹住。

她知道她想到了什么。

一个想法就如同一道圣旨降临到她的王国。

一切都明白了，她突然知道她来到海边是为了什么，她只是一直不愿意承认罢了。海米是属于大海的，她这时才明白过来，她那么兴奋地来到海边，其实是出于一种本能的召唤。她像一个看到魔术背后秘密的孩子一样意兴阑珊，又突然因一种涌动的悲愤涨红了脸。

海水一遍遍漫过她的脚踝，她对傻哥说："我想一个人待一会儿，

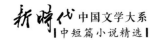

你能不能到岸上去？"

"不能。"

傻哥坚决的语气让她感到诧异。她问为什么不能。他说不知道，就是不能。海米笑了。彭一棍才说："有个机器人，机器人让我看见……看见你死了，被海水冲上来。"

海米瞪大了眼睛，虽然她什么都看不见。傻哥解释说，上次他靠着那块石头睡了一觉，就做了一个长长的梦。海米笑着说，那只是梦而已。

"那是一块石头，长得真像一个机器人，我可以带你去看看。"

海米心里说即便你说附近有一头六条腿的大象，我也只能选择相信，反正我看不清。但她还是跟着去了，那就是一块石头，矗立在沙滩上，海米摸着它走了两圈，说："这么巨大的石头，摸起来跟铁块似的……而且，还挺圆的，会不会有人加工过？"

傻哥彭一棍摇头说："不知道，我不知道。"

海米看不见，这个海滩边上矗立着无数奇形怪状的石头，大的小的，它们不知道从什么时候开始就出现在这里。但长得像机器人的，就这么一块，附近的孩子都叫它海滩机器人，很多人会把它当作树洞，对它说悄悄话，倾诉自己的心事。

海米又绕着它转了两圈，她看起来饶有兴致。

"但也不是球体。"海米自言自语，"它有两个面是平的，像个石鼓，下面还有一个基座，横向卧着，确实像一个巨大的机器人伸腿坐在海边，望着大海，我说得对吗？"

"你说得对。"傻哥突然变了一个声调，语速也变快，他对海米说："海米海米，你过来，我有话跟你说，我们得快点，我的时间不多了，四十五分零九秒以后，我将会重新启动。"

海米并没有被吓到,她说:"你是谁?"

"我是海滩机器人。"

4

我是海滩机器人,海米,请你坐下来,你得认真听我说。

海米,我的时间真的不多了,我只有四十五分零九秒,在这样的时间里,我并无法讲清楚我们的所有事情,但请你相信我,我们真的非常需要你的帮助,在三十万年的等待中,在所有的平行时空里,我们反复演算过,今天我们的相遇,是唯一能让我们重获新生的机会,你就是我们整个族群的希望。这事就如同一个迷宫,我们必须迂回地寻找唯一的出口。所以我们在七万年以前才启动了智人的基因,让智人成为尼安德特人、弗洛里斯人、直立人以及各种动植物的主宰,稳居这颗星球的食物链顶端。

首先你要明白,假若将地球四十六亿年寿命视为一年,则人类在地球存在的时间约等于半小时。按这个时间的比例尺,那么我们的族群大概比人类早半天来到这里。我们曾经在地球上创造了灿烂的文明,在三十万年前为了躲避一次可能导致毁灭的彗星撞击,我们通过全员表决之后,进入了"时间晶格"时代。

你刚才触摸到的这块石头,里面的核心部件就是时间晶格,它被看起来类似石头的特殊金属所包裹。所谓时间晶格,就是我们超脱了时间的控制,可以自由地选择我们希望存在的时间。或者这么说吧,刚才我们将地球的寿命比喻为一年,现在我们把时间比喻为一本书,我们可以随便翻到任何一页,阅读每一页中生命演绎的悲欢离合。然而危机还是发生了，当我们以为已经超脱了时间时，时间却以另外一种方式影响了我们的存在。我们不知道到底触碰到了哪一个隐形的开关，造成我们灭绝的命运开始了：在时间晶格中，时间会不断重启。

开始的每次重启以五万年为单位，后来逐渐递减，等到我们大概弄明白时已经太迟了，留给我们的时间已经非常少。如今每次重启的时间已经由五万年递减到后来的一个小时，最近一次重启只剩下四十六分钟。因为递减频繁发生，十一万年前我们这个时间晶格组团已经与其他组团逐渐失联。我们所有人疯狂翻阅时间之书，遍历所有的可能性，然后我们找到了你，由于需要你的存在，我们翻阅到七万年前，改变了人类的基因，启动了智人的历史。

当然，你可能认为自己非常普通，就像地球上所有普通的事物一样，但在某个节点上，你又如此关键，就像一味解药，由最平凡的植物构成，却可以令生命起死回生。

我们当然也寻找过其他可能，在智人身上，我们开始可以与部分人类取得联络，他们是部落的巫师。后来这样的联络逐渐丧失。我们最后的一次有效联络，是在你们计时方式中的 19 世纪末期，一个叫格里高利·叶菲莫维奇·拉斯普京的俄国人，他从我们亚欧大组团这里获取了部分生物信息，但他死后，我们这个组团的时间晶格，就真的变成一个完全与外界断绝联系的监狱。

也就是在你面前的这块大石头，其实是一个囚禁着七亿人口的监狱。这块石头有坚不可摧的外部结构，但如果时间物质失控，我们很快就会变成一块石头，跟其他石头并没有什么不同，也将没有人会知道我们曾经创造的所有文明。

我们意识到我们在凝固，而且每一次重启，我们中都有一部分人口的记忆也跟随重启而变成婴儿态，完全被重置。我们启动了进化的程序，保留了一部分可以抵御重启抹除记忆的人口，但留给我们的时间已经不多了。我们正以非常可怕的速度加速凝固。

刚才说过，我们组团没有与其他时间晶格失联之前，是可以跟人类中部分通灵者直接对话的，但后来这样的能力丧失了，我们身处的世界成为一个孤岛。我们就像你们故事里的鬼魂，能看见古往今来的一切，但无法触碰。为了这一刻的见面，我们是经过七万年的周密筹划和耐心等待。这一切需要诸多机缘巧合，我们需要与人类取得互动，那么我们就需要一个媒介。比如你面前的这个老傻子，正因为他的脑袋中还残留着两个弹片，他才可能成为我们接通人类世界的媒介，我们也才可以跟你直接对话。

因为我们只存在于固体里，你可以叫我们固体人。不过固体人这个词对你们来说比较陌生，你可以把我当成一个机器人，海滩机器人，但其实，我现在已经成为海滩上的一块石头。

5

海米：好吧，你说了半天了，让我来猜测一下，今天会不会是什么节日，我对时间现在也很模糊了，总之因为什么节庆，我妈给了一笔钱雇了两个人，一个是傻哥，一个是疯子哥。傻哥负责把我送到海边，疯子哥负责在这里讲故事逗我开心。

机器人：海米，包括你现在说的这句话，也在我们的预设之中，相差不大。

海米：好吧，你把你们说得跟神一样，把我说成救世主，那你们能治好我的眼睛吗？能让我重新看得见吗？你们不能，对不对？

机器人：对不起，我们没有能力让你的眼睛复明。

海米：那你们能给我钱吗？我需要一笔钱，就能到医院里排队等待一个手术，我也不明白要换掉什么，总之是一大笔钱。比如说，你可以告诉我后天开奖的彩票号码，我今天就回去买彩票……至少给我一个希望。

机器人：这个我们也做不到，因为你中了彩票，后面的所有故事就会被改变，你就遇不到你要遇见的人，那么我们的计划就会落空。

海米：那你说，我一个瞎子我能做什么？我一个瞎子被一个傻子用三轮车带着出来游街，我还能拯救世界？我快要毕业，但我现在连学校都回不去了。我的男朋友，只来医院看过我一回，从此就消失了，再也联系不上了。没错，我们只接过一次吻，也没有任何誓言，他可以重新选择别人，我能够理解，但凭什么一声不吭就消失啊？凭什么我就要做一个靠两只手摸来摸去的丑八怪啊，我这样活着还有什么意思……

机器人：海米，海米，我们这次联络的最大目的，除了让你明白我们是谁，更重要就是要给你希望，因为在我们所有的故事线中，你几乎都走向自毁，你内心积压了太多负面的能量……

海米：我知道，你们是心理治疗中心的人吗？这半天云里雾里的话是一套新的治疗方案吗？我承认我有病，我眼睛有病，心理现在也扭曲了，但我危害不了社会，你们就放过我吧。我什么都做不了，我也没法再画画了，我是个废物，就不能让我选择一个美丽的地方，安静地结束自己吗？我也痛苦和犹豫，我也在彷徨，但我还有什么希望？一个人没有生的权利，难道还没有死的权利吗？

机器人：并不是这样的，我们来的目的，是为了让你活下去，其实，你什么都不用做，你只要活着，我们就会得救。

海米：我有这么重要吗？我活着，你们石头里的几亿人就能活着？你不觉得这样的话荒唐可笑吗？

机器人：我们不擅长跟人类辩论，也不擅长安慰别人。但在这个故事线里，你只要活着，你就会生下一个女儿，你的女儿能够拯救我们。这是我们这个时间晶格组团唯一的希望。但如果你自毁，死亡，从这个世界消失，你的女儿也将不复存在，我们就将永远存在于静默之中。

海米：我能有一个女儿？哈哈哈……让我也想象一下，你要我跟眼前的这个傻哥结婚吗？

机器人：不是的。

海米：又或者，我需要喝醉，大醉一场，然后被一个男人捡走，抬到酒店里，然后十个月之后我就生下一个女儿，独自抚养长大，然后我的女儿连她爹是谁都不知道，是不是这样？

机器人：你表现出惊人的想象力，我们终于明白为何你的女儿会如此优秀了，她将继承你身上最优秀的那部分基因。

海米：别再给我来这一套，你们给我一个理由吧，我如何能够相信你？

机器人：好吧，海米，我们一直看着你。五岁的时候你最喜欢的玩具是一只硅胶蝴蝶，你喜欢摸着它蓝色的部分入睡，后来这只蝴蝶丢了，更准确说是被小狗叼走了，为此你大哭一场，这是你最早的悲伤记忆；八岁的时候你做过一件坏事，你用小刀将邻居种的四盆多肉全部削断，因为他们在背后说你爸爸的坏话，你从来没有将这件事告诉任何人；九岁的时候你从窗口看见男女之事，那是你第一次开了眼界，你脸红心跳，但这也成为你的小秘密；十岁时候你最难过的事，是你居然充当了告密者，向老师揭发你的同桌作弊，后来你犹豫了很久还是没有将真相告诉你的同桌；十二岁时你第一次知道父亲在外面有一个情人，你没有告诉你母亲，你偷偷跟踪到情人家里去，用水彩笔在她家大门上画了一只乌龟，乌龟没有尾巴，因为笔芯刚好用完了；后来在衡山顶上，小雨过后，你跟你第一个男友说，如果知道父亲会那么快离开人世，你愿意他每天都过得快乐，即使他有情人，如果拥有情人能让他不死，你可以允许他有一百个情人，只要他还能活着留在你的身边……

海米：好了，够了……

机器人：别哭海米，对不起我让你伤心了。你的父亲是一个特别好的父亲，他非常爱你。他给你写了三封信，被你母亲收起来了，就在阁楼的第三个抽屉里，一个绿色皮包下方。在这三封信里，你父亲因为三件事分别跟你道歉了，他告诉你生活需要勇敢。你可以让一个你特别信任的人帮你读这些信。别哭海米，人生总是有各种不幸，但这些不幸不应该折损我们前行的勇气。我的意思是，你也要珍惜你的母亲，她也对你隐瞒了一些事。

海米：她隐瞒了什么？告诉我！

机器人：她隐瞒了她的病情，她将在四年零三个月之后离开这个世界，所以海米，请珍惜跟她在一起的所有时光，你如果在此刻葬身大海，由于悲伤，你母亲的去世时间将缩短为十一个月。你不要试图改变这个故事线，无论你做什么尝试，都无法改变这个事实。请你平静下来，海米，接下来这句话非常重要，你的母亲去世时，你将不是孤身一人，陪伴在你身边的那个男孩，他才是你最佳的选择，他也将是你女儿的父亲。你的眼睛将在九年零四个月之后复明，你睁开眼睛看到的第一个人会是你两岁的女儿。你将活到九十六岁，会见证我们被拯救的整个过程。

海米：谢谢你，谢谢你告诉我这些。

机器人：不用客气，海米，对于时间来说，三十万年跟三十年并没有太大的区别，生命的本质是经受悲欢，将所有的体验都视为活着的动力，所有的欢愉都不是侥幸，所有的苦难也不一定都是不幸。再见了海米，还有三十秒我就将重启。

海米：你们下次重启是什么时候？你们会突然消失吗？

机器人：我们不会消失，时间可以无限细分，我们也会在无限细分中重启震荡，直到你的女儿将我们在虚空中拯救出来。请告诉你的女儿，要相信赫拉，赫拉会告诉她一切。赫拉，记住赫拉。再见了海米……

6

海米突然想起了什么，她想问海滩机器人，她的眼睛会瞎掉，是否也是他们设计的一部分。

没有人回答她的话，空气中尽是静默。只听得傻哥悠悠转醒："你看我都睡了这么久，没想到天已经黑了。"

"傻哥又做梦了吗？"

"没有做梦，只是浑身好酸，就像走了很远的路，又像刚从战场上下来……嗯，我想念他们。"

"想念谁？"

"我的战友们，我见到他们在我身边倒下了，我没骗你。"

傻哥不再说话了，他拉着海米去寻找他的三轮车。天已经完全黑下来，大海之上是满天星斗。这块矗立在海边的石头静默着，看起来与其他石头并无两样。海米看不见星斗，也看不见所有的石头，她只能听到大海涨潮发出的雄浑的声音。这得积蓄多少力气啊，她想。

海涛的声音逐渐变小，直至再也听不见了。三轮车一路向北，路过小镇时，傻哥停车去买包子和豆浆。路边一条狗追着一只鸭子跑，鸭子嘎嘎叫着，显然很慌张。

这时海米的手机响了，是母亲打来电话。她说她刚下班回来，路边卖肠粉的五姨告诉她，海米坐傻哥的三轮车出镇了，所以她赶紧打电话。她又絮絮叨叨说了很多话，埋怨海米不懂事，眼睛不好还乱跑。她声音里带着焦虑和气愤。

海米听着母亲的声音，脑海里被一个数字填满：四年零三个月。今天是平凡的一天，但海米感觉自己已经活过了整个一生。她忍住了哭声，呜咽了一下，说："妈妈我想你了。"

母亲在电话那头发出一声非常熟悉的叹息，随后所有的气愤消失不见，她说："每次骂你，你就来这招。傻孩子，海米是傻孩子，快回家吧，我买了你最爱吃的螃蟹。螃蟹的钳子老大了，刚才洗螃蟹时，还把我的手指夹出血来，我就担心你有什么不好的事。傻哥倒也不是什么坏人，就是人憨点，你受伤后他每次见到我都问你的情况。刚才我说话急了，跟你道歉……"

听到"道歉"两个字，海米想起了父亲，忍不住眼泪夺眶而出。傻哥拎着肉包子和豆浆回来了，表功一样嚷："最后一份了，去迟了就卖完了！哎哟，你怎么这样喜欢哭？是饿哭了吧？快吃吧，吃饱就不会想家了。"

新　锐　作　家　卷

再见，萨尔文

李晓晨

1

海洋学院的人都知道，康老师在办公室养了只"龟儿子"，那是只蛋龟，从上头一眼看下去整个龟壳呈现出椭圆形，像一枚圆溜溜的大鹅蛋。康老师查了查资料，才知道"蛋龟"是个笼统的叫法，纯粹是被外表拖累才得了这个名字。再仔细和图片对比一下，她发现办公室的这只和生活在中北美洲海洋里的一种龟十分相似，那个品种被叫作"萨尔文巨蛋"，据说生性凶猛，喜爱肉食，这让她觉得十分解气。毕竟，这年头不论哪个物种都得摆出来势汹汹之模样，才不会被人捏扁搓圆，随便欺负。搞明白物种起源的第二天，康老师就给它起了个名字，叫"萨尔文"。

萨尔文来的时候夏天已经过了一大半，康老师那时还不知道"心颐"是个什么东西。人有时候，还真不知道命运会在什么时候改道，康老师也没想到，一只龟会在她的生活中留下不算小的斑斑点点。

萨尔文原先的主人是张力教授。张力教授的娘从外地来投奔儿子，看见家里这只龟直往后倒退，开始还不好意思说，后来住得和人和屋子都熟了，就理直气壮地要求儿子把它送走。张教授不怎么情愿，他老婆更是指桑骂槐半天。老太太也不是吃素的，瞅准儿子儿媳都不在家，一个人跑到学院办公楼溜达了两小时，最后摸进了走廊深处紧挨着男厕所的办公室。

"你是这里的老师吧？"

"是的，您找谁？"

"我一猜你就人好，看着像我大侄女。我是张力的娘，有点事情麻烦你。"

康老师刚刚从午睡中醒来，脸上的枕头印子还没来得及褪下去。地上赫然冒出一个号称同事亲妈的老太太，说话嘎嘣干脆，脸上端着一副不高不低的神情。她忙不迭烧水泡茶，叶子还没在热水中滚上几滚，老太太已经消失一次又回来了，端着个透明的鱼缸，水没剩多少，几根水草正进行着最后的挣扎，未来的萨尔文正在里面睡性大发。

"龟儿子"就这么送来了，康老师想起赶紧打电话问问清楚。张力教授刚巧在主持一个关于西沙群岛珊瑚礁底栖息贝类的学术会议，从全国各地来的专家学者们正在讨论怎么才能从贝壳的颜色区分出种类。会场实在太小，方方正正得很局促，像一丛珊瑚礁底下的空间。参会的和主持人都很三心二意，大家心知肚明，这么个赶鸭子上架的会无非为了消耗些科研经费和让一群熟人再见面聚聚。张力只得客客气气地告诉康老师，把这只龟送给她是自己的意思，因为他相信这么大个学院几百个教职员工里，只有康老师能待它如珠如宝，跟对实验室的瓶瓶罐罐一样精细。

萨尔文的新家其实是学院的一间老实验室，现在基本不怎么用了，六十多平方米的房子被自然分隔成两部分，前边是七八排掉了漆的桌椅，后半部分堆满了各种器皿和实验材料，最后靠墙的铁柜子锁得严严实实，存着不常用的有毒物质。每隔几天，康老师就在这些桌子椅子之间来回穿行，一面用柔软的布擦干净各种物件，一面点算清楚到底放了些什么。没人来的时候，这里简直就是一间无人问津的仓库，即便是夏天也散发着老房子才有的气息。渐渐地，康老师觉得自己也变成了这仓库里的一件物品。

　　最先注意到康老师这些天没来上班的是保洁员王细细。细细个子不高，喜欢浓墨重彩的妆容，两道年久失修的文眉常常成为整张脸唯一的重点。她喜欢打听办公室里的各类消息，那些遮遮掩掩的秘密从门缝和窗口中飘出来，被她随时待命的高灵敏度雷达准确接收。那些八卦让她血脉偾张，融化进筋骨脾肾之中，有些记忆深刻的甚至几年以后都还封印在脑海里。但她很少朝康老师办公室张望，那间办公室太平静了，仿佛冻上了，冻得连丝缝都没有。

　　这天中午，王细细正趴在保洁员休息室睡得昏天黑地。门发出一声闷响，一个老太太走进了康老师的办公室。细细赶紧捞出一块早就看不出颜色的抹布走上前去，血管一张一缩，又一缩一张。康老师对面站着个以前没见过的老太太，手里还端着个鱼缸。细细有些失望，原来是送礼的，看起来也没什么贵重的东西，比院长那边的那可差太多了。

　　萨尔文来了以后，康老师收拾架子的频率越来越低，她的注意力都被那家伙吸引了。它不爱动弹，爬行迟缓，但脑袋和眼珠子很灵活，如果你扬手丢进鱼缸一只肥大的虾仁，它恨不能长出青蛙那样长长的舌头。

　　细细不觉得养乌龟有什么意思，但康老师喜欢。也罢，总比天天对着桌子椅子强。这人哪，连个来串门说话的都没有，老这么下去早晚得憋出病来。前天拖地的时候听说刘主任得了抑郁症，每天不吃药都没力气出门。这么想着，她发现康老师一连几天都没出现在门玻璃里，便不由得暗暗担心。每次从门前路过，她都一阵犯嘀咕，还想去物业办公室拿钥匙开门，可又一想这里边要是丢了东西，自己可怎么都说不清楚。

　　终于又见着康老师了，她和萨尔文一起出现在水房里。细细的眼睛迅速活泛起来，像干涸的泉眼突然得到了地下水补给，连忙松开攥着拖把杆子的手在衣服上蹭了几下。

"康老师这几天去哪儿了？"细细肚子里藏不住干粮，终于问出来这个困扰她好几天的问题，说完又有些后悔。

康老师本想敷衍过去，心里却堵着一团乱蓬蓬的棉絮喘不上气。这团棉絮已经在胸口憋了好长时间，再加上水淹污浸，就越发膨胀恶心起来。她听见自己说，没事儿去实验室坐坐吧，一边说着一边弯下腰解开鞋带又重新打了个结。那声音从脚脖子飘上来，传进了细细耳朵里，她一把挽住康老师的胳膊，生怕对方改变主意跑掉。

"康老师，你是不是歇病假去了啊？"王细细开口问道，"你脸色不大好，是不是哪里不得劲？"犹豫了一会儿又说，"我妈认得一个算命先生，可准可准……"她迅速刹住话头，自己这是干什么呢，人家怎么会信这套神神鬼鬼的做法？

梯子摆出来了，康老师顺着下来就好："算休了个病假吧，可也不是什么大病。女人的事，没那么厉害。"

细细"啧啧"几声，脑袋左右晃动着说："可别啊，你年轻没经验，可得当回事儿。"她那两道年久失修的眉毛挑动得厉害。

母亲也是这么跟她说的，康老师掸了几下衣服上并不存在的灰尘说："还好，就做了个小手术，大夫说还是早点做好……"说到这里，身体的躯干似乎被人拿电锯来回撕扯，小腹开始紧张疼痛卷成一团，完全不受控制。

细细没有征兆地咧开嘴朝上弯了几下，一条腿架起来放在另一条腿上说："你们哪，都有本事又有钱，差不了差不了，让你老公多照顾照顾。"

说到老公，那团棉絮膨胀得更加巨大无边了。

他刚刚调到一家新公司，整天加班加点。每个不用加班的晚上，他总喜欢绕远路去一家卖进口啤酒的便利店，等一瓶酒都倒进胃里，人刚好走到家门口。夜晚降下一重幽玄柔和的纱幕，让身在其中的人心旌荡漾。但等目光扫到自己住的榕湖小区 A 座 5 单元 1302，就会蓦地暗淡下去。

钥匙声响起时，康老师其实没打算看见他，可心里忍不住荡起一层层冒着白沫的涟漪。他的嗓子里刚好卡着一口什么上不来也下不去，停在门口咳咳咔咔半天，最后终于吐到离家不远的电梯口。康老师已经懒得开口了，通常情况下，她能忍得住。

门外的人经过一番努力喉舌清爽地走进来，腋下夹着一卷从单位拿回来的报纸，这一卷怎么也得攒了三天。他瞅准卖废品的市场里报纸比其他东西更值钱，每隔几天就偷偷抱回一堆码在阳台上。报纸在阳光下难免发黄变脆，他特意寻了两块塑料板搭在窗户外面。工程竣工时他眉飞色舞地搓着两只手表达对自己的敬意。康老师走过去从晾衣架上拿了晒干净的内衣睡裤飘进卧室，一连串带着黏稠鼻涕泡的喷嚏呼啸而至，她觉得就是这堆破报纸害得自己鼻炎一再发作，更令人绝望的是，看上去也没有半分治愈的可能。

很长时间以后，康老师都没办法像别人一样从容自在地说起在医院的感受，她不愿意回忆那几天的经历，她需要一种莫名其妙的体面，就像一只土鸡马上要被煎炸烹炒，也得踱着不紧不慢的步子告诉同伴，只有自己配得上四川的辣椒、重庆的花椒，和第一道新鲜压榨的花生油。

2

康老师正盯着萨尔文发呆，电话响了十几声她才拿起听筒，仿佛从来就不在意到底谁想找她。铃声一响再响，她这才从心事里逃脱出来，歪着身子伸长一只胳膊。竟然是张力的老婆李美丽说要来看看他家的乌龟。康老师的语气变得骄傲起来，几根纤细的手指忙着解开缠绕成一团的电话线。她一下子成了个自豪的母亲，萨尔文在这里健壮活泼，现在，亲妈要来了，她暗暗地端起了小架子。

人没到，炖排骨的香味先飘进来了。

李美丽和她的名字有点反差，她的骨骼高大粗壮，整个人厚墩墩似一堵围墙。如果硬要用一个词来形容她，那就是大——眼睛、鼻子、嘴巴、手脚都大，连五官之间的空地也比别人大得多。

排骨的分量和李美丽的体格十分匹配，一只乳白色的塑料袋里挤挤挨挨盛满浓油赤酱的猪肋排。康老师有些无措，没想到萨尔文的亲妈居然使出这么高规格的礼仪。李美丽倒没有半点生疏和不好意思，一屁股坐在康老师对面的椅子上。她麻利地解开塑料口袋的活扣，从衣服口袋里掏出块卫生纸撕成两半，又把其中的半张塞回原处，垫着另外半张拿了块排骨，非要康老师马上品尝。

"吃还是不吃？"康老师还没从亲妈的热情里缓过神来，鼻子和嘴巴之间就晃动着一大块酱红色的排骨，她毫无招架之力地接过那块可疑的排骨，肉的纤维充满了整个嘴巴。香，真的香！

李美丽把萨尔文端到跟前来，硬要撕扯几根肉丝给它尝尝。康老师本能地想制止，但还没咽下去的排骨堵住了喉咙，只能转身去水房洗净手上的油星，折回的路上又开始替萨尔文担忧，它每天只吃龟粮和虾仁，能吃排骨吗？可又一想，自己吃得，它怎么就吃不得？

等再回来，鱼缸里已经多了只彩色的塑料小鱼和一丛水草。李美丽用一块干净的百洁布小心翼翼擦拭着鱼缸的外壁。康老师想起有次去爬山，他们一行人在深山里偶遇一座二十几米高的佛像，大家仰头注视着佛像，久久都没人说话，最后一个接一个跪倒在地上。

如果你仔细观察正在擦楼梯的王细细，会发现她特别具有谍战剧里女特务的特质。作为一个特务，她的基本功格外突出，比如看上去全部体力精力都集中在污渍上，实际两眼的余光已经从楼梯的缝隙看到了下一层正走上来的人影。

李美丽又怎能逃出她的法眼？她拎着塑料袋一上楼来，细细首先闻出那是一袋刚炖好不超过一个小时的排骨，酱油的味道占据了压倒性优势。接下去就是狐疑，她们在实验室聊了将近一个小时。再侧身细听，偶尔能听见个把词句，但完全没法构思出一个圆满的起承转合的故事。

这天周五，雨下得湿答答的，让人心烦意乱。萨尔文一到这样的天气就格外兴奋，康老师把它从鱼缸里捧出来放到了地上。下午三点钟刚过，天已经阴沉得像傍晚一样，康老师打开日光灯，萨尔文兴奋地朝着门口奋力划行。一股新鲜的凉意从门口扑面而来，随后进来了潮湿的气息，李美丽那张阔大的脸庞随即出现，雨水从额头的中间滑落下来，施施然走了一会儿。

李美丽看上去有些沮丧，她把一袋子青皮核桃放在桌上，用力甩干净手上的雨水，右手手掌的纹路间渗出绿色褐色的痕迹。顺着核桃，拐到了婆婆，核桃是婆婆老家亲戚寄来的，婆婆可真是讨人厌。

倾诉像注了水的猪肉泛出一层浅白，康老师开始信马由缰地走神。门突然被撞开了，跌进来两道深浅不一的眉毛，她端着水杯的手哆嗦了一下，才认出跌进来的是拎着扫帚的王细细。

局面很难说不尴尬，细细也有点磨不开面子。可她很快镇定下来，从裤口袋里掏出一盒曲别针递给康老师——她刚巧从外面经过捡起这么一盒东西，笃定是康老师不小心落下，所以特意推门送进来。这样的说

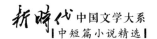

法虽然没法解释不敲门的状况，但屋里的人显然没什么心思继续追究。细细带来了一个后来被证实的消息，康老师和萨尔文的消停日子面临着被打破的危机，学院打算重新组合排列办公室。这不算什么大事，但康老师一个人泡福尔马林惯了，一想到要跟新来的人打交道，就暗暗涌起一种不知所谓的焦虑。

可终究要搬，也没什么法子。

3

雾气昭昭，雨水漓漓，空气潮湿得能拧出水来。康老师忙着归置东西，打包行李，那些平时看上去条分缕析的图书、药品、瓶瓶罐罐竟然张牙舞爪地狰狞，好像打开了个潘多拉魔盒。前前后后折腾了整整一个礼拜，康老师蹲在地上认命了。

细细拖进来几只牛皮做的纸壳子，变戏法一样把原来平整的纸壳三下两下捏成几个立方体，又拿透明胶粘得结结实实。地上码放出一座纸的仓库。这个突如其来的田螺姑娘实在太及时了，细细不紧不慢地兜了一圈说，康老师，搬东西得先分个类，然后再装箱，你得写明白。先拣重要的东西装，得有个顺序，顺序！她说最后一句话时特别像个挥斥方遒的将军。康老师看着她的脸，觉得每个字落在地上都铿锵有力，银钩铁划。

天地大乱，李美丽又来了，她从包里掏出一部簇新的手机，看着是某个品牌的最新款，这完全有违她一以贯之的勤俭持家之道。还没客套几句，她已经解锁了屏幕递到康老师面前，全不顾对面人的反应。

李美丽要给她看的不是手机，而是屏幕上第一行第三列的一个红色图标，图标看上去是三个"手"字的变体组合起来的，头上站着个"人"，看上去是一个房子里住着一家三口。红色图标有个响亮的名字，叫——心颐。听她的意思，要是下载了就相当于开了个全球供货的连锁超市，自己买东西能省下银子，卖给别人还能赚钱。她这个月已经赚了三千多，全家吃喝拉撒基本齐活。李美丽快速地划出不一样的页面，这个是注册登录账户，这个可以下单，那个链接点击立省六十元……

康老师从没听人说起过这么个东西，满脑子都沉浸在打包的杂七杂八之中，没心思听李美丽豪情万丈。她怨愤地比较着面前的这个女人和还没来敲门的王细细，一杆秤高下立见。李美丽没注意康老师在想什么，现在她最想实现的目标就是说服康老师也下载这么一个 APP 交上三百九十八块钱年费，那就可以一起"自用省钱，卖货赚钱"，她也能成功发展出第一个分级店主。

这时细细推门进来了，点点头算是跟李美丽打过招呼，赶紧拉开办公柜归置东西。李美丽浑然不觉大家都忙着，她眼里不过是多了一个可以争取的姐妹，她把刚才的话跟细细重复讲解了一遍，手机在氤氲之气中不断闪烁，那些句子竟然产生了一种魔力，钻进了细细淤塞的双耳之中，省钱，赚钱……赚钱，省钱……她装东西的动作渐渐迟疑、缓慢下来。

实验室里仿佛进行着某种神奇而权威的仪式，一个女人坐在椅子上庄重地擎起一只小小的手机滔滔不绝，两眼炯然放光，像天地之间照亮万物的启明星。蹲在地上的两位虔诚地聆听，心绪已经完全被那只手机所吸引—— 一个从未有过的世界向其中一位打开了大门，从那里传来的不是一个普通的声音，而是她后半辈子全部的期待和渴望；其中另一位却有点出戏，显得焦躁不安，她无心省钱赚钱，偶尔听进去的只言片语也顺着身体的其他器官飘散开去。说话的那位显然不满于后者的游离，说着说着竟然爬上了窗台边的那把椅子，一只手在左前方挥舞着，另一只手聚拢在胸前……

康老师注视着李美丽的模样，那是多少年前的戏剧节目里随处可见的动作，一举手一投足她都记得清楚深刻。在这个最慷慨激昂的时候，李美丽不自觉地使出了曾经最招牌的动作，也可能是她迄今为止唯一记得的舞蹈姿势。

王细细把那些话原原本本甚至添油加醋地全听进去了，她很快响应号召在手机上安装了一个红色的图标。这哪里是个小小的图标？分明承担着她翻身解放成为人上人的宏图大业。"三百九十八元算什么？我一定会赚回来许多个三百九十八！"她在雨天里暗暗下定决心，心里升腾起许许多多个火红而炽热的太阳。

4

在"心颐"庞大而数目众多的连锁超市店主群里，李美丽和王细细身处同一个微信群组，两个人的昵称使用统一的格式，细细的是"美丽＋王细细"，而李美丽的则是"安妮＋李美丽"。很明显，从她们的昵称里可以清晰地看出各自的归属和来源。

康老师也被她们硬生生拖进群里，和其他人不同的是，她名字前面没有任何符号，这也就意味着她不属于任何一个人。群里大部分人都热爱发那种写着好多个零的战况和喜报，他们需要这样的鸡血洒遍全身。还有一些人喜欢发那种实用的素材资料。当然，还有很少一类偶尔晒晒自家的娃和宠物，康老师喜欢看的就是这部分。

细细赚到钱了，虽然只有一百三十块钱，但是第一笔！她带着几个亲戚一起买了十几箱牛奶，"心颐"的零钱包陡然出现了一百三十元。她把到款截屏发给所有微信好友，还特意给李美丽发了红包，与此同时她的眼前现出明晃晃的画面，宽敞的大别墅，满地奔跑的女儿，金贵的洋娃娃，崭新的汽车。那个红色的图标温暖而美好，就像李美丽告诉她的，那是家，是所有人都盼望的和美富足的家。

康老师对赚钱没什么太大兴趣，她在群里发现了一个好玩的店主叫"爱你一万年 + 尼禄"。他很少分享自己赚钱的战况，时不时贴几张自己养的法国斗牛犬和乐高积木的图片，这让康老师觉得尼禄是个男人——就没见几个女的喜欢这种长得又丑又胖、除了吃喝拉撒只会睡觉打呼噜的狗。

尼禄住在海滩尽头的一座院子里，小院背靠山壁，是沿海别墅区的第一座，夏天树影婆娑，海水的咸腥顺着三角梅的枝梢飘来。星期六、星期天，还有所有的节假日，尼禄都会开车来小院住上几夜，当然要带着最心爱的宠物狗。

"康康康"的头像出现在通讯录里请求添加好友，尼禄从戴着蝴蝶结的小白兔头像猜想她大概是个女人。对方不太会聊天，只是说自己很喜欢他的狗和乐高玩具，希望能看到更多的照片，没说几句就偃旗息鼓了。尼禄倒上一杯酒，站起来把桌上的面包渣收拾进垃圾桶，拿起手机冲正打呼噜的爱犬按了几下，他仔细看了一下狗的大鼻孔和大嘴巴，心满意足地传给"康康康"。"康康康"也给他发回来几张照片，是只乌龟，图片下写着五个字——它叫萨尔文。尼禄认出来这是只蛋龟嘛，很多年前自己养过一只，后来趁乱逃走了。

康老师把群名片改成了"尼禄 + 康康康"。李美丽和王细细气得直蹦，每人轮番发来一条条六十秒的语音轰炸。康老师没说什么，给每人发了

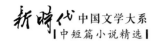

个害羞的表情，又郑重其事点开了红色的图标。她挑中了几包消毒湿巾，又看上了一种全是法文的清洁剂，价格当然不便宜，她没犹豫就放进了购物车，下了一件真丝睡衣的单，为清洗这睡衣还专门配了一小罐清理真丝的洗涤用品，一路接二连三点下去，购物车里堆起七八样东西，她赶紧结账走人。红色图标里弹出两条新信息，一条提醒她得到了三十元返券，另一条告诉她尼禄有三十元的收入进了账。

康老师全被那个红色的小图标吸引了，每天打卡一次可以得二十分，在朋友圈分享一个链接能得五十分，发布自己录制的推荐视频得到的分数一百起跳。这些分数到底有什么实际用处？她也没想过。

大嗓门的李美丽居然摇身晋级"带教一段"！消息宣布的三十秒里，微信群齐刷刷地列出整整齐齐的"恭喜发财""欢迎进阶"。等康老师看见时，手机里已经躺着十几条细细的语音信息，细细很是气愤又有些瞧不上，说李美丽无非仗着脸皮厚一次次地拉人入伙，其实也没什么本事。康老师无意瞟见尼禄夹在中间刷了一朵玫瑰，下意识地紧随其后也点了一朵，这才反应过来估计自己已经惹毛了细细。

在比学赶帮超的热烈氛围里，细细没过半月也成功晋级，脸上又有了笑嘻嘻的模样。她新做了发型，染了亚麻棕的颜色，还剪短烫了蓬松的微卷，这么一打理确实年轻了几岁，但和实际比起来也大差不差。

康老师和尼禄每隔几天就发几条微信，无非交换一下宠物的照片，还有最近乐高又出了什么新的积木。尼禄觉得"康康康"有点意思，和他在这个群里认识的人不同，她纯粹是来解闷的，不过也不是什么坏事，他在"心颐"赚到的零花钱有三分之一都来自"康康康"，但她的进步和他一样缓慢，足足半年过去，"康康康"居然还是普通会员，他就更甭提了，当初要不是被姐姐死拉硬拽根本不可能下载这么个玩意儿。

一年快过完了，每到年末人就跟坐了过山车一样天天被抢在半空中应付各种杂事。实验室早就装修完毕，原先说好的两个人嫌这里有股奇怪的味道找了借口各自搬走，只剩下一个不知哪位神仙的家属全不嫌弃这里。也是，反正人家年纪大了身体不好不来上班。康老师和萨尔文差不多维持了原先的生存环境。办公室的门开开合合，她的另外两个朋友像戴着头灯的矿工一样频繁出入，试图和她共同探索把"心颐"做大做强。"守着一座金矿，怎么能不努力前进呢？"有一次李美丽又摆出那个经典的舞蹈动作，真诚地发出诘问，挥起的右手差点把萨尔文打翻在地。

　　打开"心颐"，过年的气氛更像那么回事了，主界面上挂满喜庆的红气球和金色的大礼盒，随便点一下就能捡上块儿八毛的红包和几十块钱的礼券，正当你美滋滋的时候《恭喜发财》的歌声就会响起，声音里透着实在和真心。更让人欲罢不能的是，这个"心颐"每天还不固定时间抽奖，虽然奖品就是些小家电牛奶卫生纸，却已经能够让成千上万个忠诚的店主欢呼雀跃，摩拳擦掌。李美丽和王细细除了吃饭睡觉，几乎所有时间都盯着 APP，两人的手机电量总是捉襟见肘——人生怎么突然多了这么多财富，日子居然变得这么有意思！

　　更让人激动的还在后面，"心颐"要去海边举办盛大而隆重的年会，据说这也是公司成立以来规模最大、出席人数最多的一次，CEO 肖满满和形象代言人萨萨会带上一众高管齐刷刷亮相。

　　"那里的海可蓝得不一样呢，我看视频里的鱼都能飞出来。你说，还在沙滩上开舞会，我这辈子都没跳过舞。"李美丽传播着不知从哪儿听来的消息。"还有抽奖，大奖是一台电动汽车。"细细盯着手机，根本顾不上抬头看一眼。这半年她已经奋起直追升为铜牌带教了，再多卖上两万五千块就可以升级为"银牌带教"了。

康老师正一张一张地欣赏尼禄发来的照片，他新买了一套乐高复刻版的星球大战人偶，和她上大学时弄丢的那套一模一样。她忍不住把照片放大再放大，直到零件的细节都变得模糊起来，她产生了一种奇特的感觉，过去的时光以一比一的比例精确地复制在她面前，连人偶站立的角度、姿势都毫无变化。

5

"相思豆"的菜以辛郁热辣的湖南菜为主，味道却不错，再加上价格公道，开在学校周边拥有了一茬又一茬食客。来下馆子的老师比学生多，几个人围拢一桌开上几瓶自带的白酒啤酒，时间稍长一点，就会有人黏着舌头抢话，还有的早趴在桌子上睡过去了。

三个女人迈着急促的碎步走进"相思豆"，屋外凭空刮起一阵天昏地暗的妖风，吹得人一头一脸的枝叶尘土。为首的一个先进门坐定，摊开一本薄薄的菜谱斟酌，另两个只是捧着手机，对吃什么喝什么显然缺乏足够的兴致。

"八百八十八元的票没了！"李美丽拍了一下桌子，网速太差了，两千张票都抢不着。

王细细有点似是而非的意思，真要去啊，不说网络直播吗？在家看不也行？

"那怎么一样？我要见肖老板！肖老板！！"

康老师张罗完饭菜酒水，才腾出时间刷"心颐"年会的抢票页面，在她看来，能去海边玩玩也不错。尼禄会不会去？她把一天的打卡转发任务完成，给那个熟悉的头像抛去了这个问题。

群里的抢票信息不断刷新，每个"成功"的字样后都会出现一整列祝贺，抢到票的人俨然中了五百万彩票。

祝贺"康康康"抢票成功！祝贺"康康康"抢票成功！……

祝贺"康康康"抢票成功！祝贺"康康康"抢票成功！……

祝贺"康康康"抢票成功！祝贺"康康康"抢票成功！……

突然跳出的信息立马让饭局的另外两个晕头转向——康老师抢到了一千八百八十八元的门票，此刻，她无疑成为三个人中纠结最少动作最快的一个。李美丽赶紧咬牙切齿跟上抢了一张。细细又能说什么呢？巨额门票着实贵得肉疼，可两个姐妹去意已决，自己也不能拖她们后腿。

桌上添了三瓶冰镇啤酒，三缕白烟从瓶口升腾出来，水滴顺着瓶壁缓缓流下，三个女人满怀期待地注视着服务员打开瓶盖——

去海边！一次多么激荡人心的伟大旅程，成年以后她们基本上都没再有过这样充满激情的远行时刻。对其中的两个人来说，财富指引着她们前进，那里怎么会只有阳光、沙滩、大海？最炫目的当然是肖老板上天入地的宏伟目标和独辟蹊径的致富法宝。无论花费多大的气力，她们都心甘如饴。而对于康老师来说，这样的激情不太充足，但见到尼禄也算不小的动力。

黄头发的服务员吃力地端上来一份巨大鲜红的剁椒鱼头，鱼睁大眼睛盯着桌旁的三个人。她们便不再说话，端起倒满冰啤酒的杯子碰了一下，各自送到嘴边试探着抿了一小口。服务员看出她们不怎么会喝酒，就断了劝酒卖酒的心思，寂寥地朝吧台走去。

她们很快就尝到酒的好处，话也多起来，从充满光明的远方聊回到眼前。三个女人很快密谋达成了一个主意：带萨尔文去海边！它是属于大海的，该去看看真正的故乡，顺便见识一下她们的伟大圣境。

　　小城离她们住的地方不算太远，坐上高铁两个半小时就能抵达。"心颐"给全国各地来的亲人们安排了当地最豪华的酒店。康老师她们一走进门就被大堂正中央立着的雕像吸引了。雕像是照着《美神的诞生》制作的，但应该来自附近的城乡接合部，她的头和身子的比例有点不协调，石材看起来也粗糙得很。美神脚下蜿蜒着一条鹅卵石铺成的小路，喷泉的水流从这里涌向前方的鱼池。背景是一整面浅金色浮雕，画面的中央被游动的大鱼和海龟所占据，四周则爬满了各种各样的鱼虾贝类。

　　一进房间，康老师先把萨尔文从硬挺挺的包里拿出来，她专门给鱼缸配了个不大不小的盖子，周围一圈拿透明胶封住，又在盖子上戳了几个小洞。鱼缸摆在阳光明媚的窗台上，不远处就是人声鼎沸的海滩，虽说这海比照片里差太多，但看上去和萨尔文也算般配。

　　"心颐"的队伍比她想象得庞大太多，报到的人群从早上延续到晚上，围聚在一起挤满那张画着巨大红色 Logo 的桌子。不过里面明显女的更多些，年轻女性的比例就更高。康老师散步时就在想这个问题：男的呢，那群男人为什么不喜欢这个伟大的事业呢？

　　一千八百八十八元的门票里包含三个重点项目和其他一些零碎活动，这三大重头戏用印在海报上的话来说就是——"改变你，改变你全家！"王细细和李美丽一下子被手里的海报激扬起来，说得多好啊，改变——从里到外，由上到下。

　　第一个全员参与的项目是"说出你的故事"，有点类似以前各大电视台都喜欢的那种情感倾诉类节目，也很像美剧里戒毒戒酒机构惯常的桥段。活动一开始，大家每十五个人组成一个小组，手腕上戴着统一颜色的塑料手环，胸前别着和 APP 同款的徽章围成几十个圆圈。

　　"朋友们，说出你们的故事吧！和你们的亲人讲讲，你们怎么来到'心颐'，加入我们这个大家庭的！"一个温柔的女声从宴会厅的扩音器里传出来，大家都四处张望，传说中的肖老板和代言人并没有出现。

现场顿时有些聒噪，几十个组的诉说同时开始了。说着说着，第五组突然传出了一阵哭泣声，康老师起先有些怀疑自己的听力，但很快她就确认了这声音的来源，一个身穿棕色套裙的胖女人正隐忍地抽泣着。更多的哭泣和哀叹加入了这起先并不显眼的动静，声音越来越响亮，逐渐汇聚成宴会厅后方的主流，紧接着又蔓延到四面八方，瘟疫一样无法阻挡。康老师瞠目结舌地环视四周，一张张面孔开始扭曲、变形，数不清的嘴巴一开一合地动作，成千上万只眼睛在流泪，还有数不清的鼻孔正发出怪异的抽动声。

李美丽的嗓门在这杂乱无章里如雷贯耳。她说，我以前就是个特别普通的人，日子也过得没什么意思，自从加入"心颐"之后，这辈子都不一样了，还有这么多亲人朋友。"我们一定能改变命运，不光改变自己！还能改变别人！改变世界！我是个能改变世界的女人！"李美丽又经典重现了那个舞蹈动作，两只手一上一下在胸前比画，说到激动时还向后方踢出一条腿，那个动作堪称她人生的巅峰，以至于一只黑色高跟鞋没跟上她的节奏飞了出去。

康老师没看见尼禄，这些小组分成的圆圈不光盛满了这个宴会厅，还占据了隔壁三个大厅，她有些失落但又很快打起精神，即将轮到她讲述自己的故事了——怎么也得编上个冠冕堂皇听起来高明一点的。

有个晚上举行了一场热闹的篝火晚会，晚会的中心是一团看上去怎么都不会熄灭的火把。主办方有先见之明地做了包场安排，大家松散地围坐在海边上，等待着厨师摆好栈桥上的自助餐盘。厨师们从这些端着红酒威士忌的人中走过，脸上一副见怪不怪的神情，每到夏天，这个酒

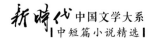
店总接待一批又一批这样的团客，他们喜欢坐在沙滩上胡说八道，反正这世界上莫名其妙的人和天上的星星数量差不多。

康老师没忍住给尼禄发了个微信，文字改了几遍才发送出去，问他愿不愿意看看萨尔文本尊。隔了十几分钟，一条信息弹出来，尼禄说他的狗病了，所以这次就没法见面了。康老师眼里的灯都灭了，本来准备好和他分享的东西全都卡在手机里，她没再回任何一条消息，趁人不注意溜回了房间。

月光之下，一群人正围着篝火歪七扭八地唱歌跳舞，甚至谈不上什么舞蹈，只要保持一个圈就算圆满，康老师惦记着自己的那个圈，她有些懊恼自己的冲动。萨尔文早就饥肠辘辘，龟甲的一侧被月光照出了铠甲的光泽，这光泽此刻竟然给了她一丝安全感，它不光护卫着自己，也护卫着面前的"康康康"。

李美丽和王细细都没注意到康老师早早离开了，她们又被拖进了新的群组——心顶会，据说这是"心颐"的高阶卖家才能进入的群组。新群组里的红包都五百元起步，两个人装模作样喝着葡萄酒，精力全集中在抢红包上。红酒有什么值得喝的？酸涩得不行，还是红包来得实惠。

年会的最后一个重头戏——"红毯金典"终于来了，两天前群里已经通知，组委会将按照不同的级别给大家发放着装，女士统一晚礼服，男士则是西装衬衫领带。当然，Party 结束后这些东西都得哪儿来的回哪儿去。所有人都开始期待自己的行头，毕竟这些要走红毯的模特基本上还都是头一次穿正装。

一件金色无袖的晚礼服送到王细细手里，裙子的腰身收得紧致，裙摆微微张开像个喇叭，无数闪闪的亮片点缀其间，她对着镜子迫不及待地试穿，尽管素面朝天，镜子里的那个人却完全陌生，她觉得那个人有点神奇，有点好看，以前在电视上见过很多这样的女人，学校里也有不少这样的女人。但她，从来不是。

康老师拿到手的就普通了些，甚至还不如李美丽那件宝蓝色的短袖及膝礼服裙，她的这件看上去不怎么能登台走秀，乳白色的布料软塌塌勉强织成一件裙子，领口处镶着的暗花金边分明是十年前小商品市场里卖的货色，袖口还有几道看不出颜色的痕迹。她决定穿自己的衣服去，那条买了几年的小黑裙怎么也比这个强太多了。

王细细和李美丽一下午都忙着做面膜化妆。在康老师看来，她们的妆容已经浓郁得上台唱戏都过火几分，但两个人还是互相鼓励着把嘴唇涂得更加红艳，令人多看几眼都不由得害怕起来。

肖老板坐着加长的黑色轿车来了，身旁坐着身着浅蓝色长裙的代言人萨萨。他站起来朝人群孔武有力地挥了挥手，挥到的最高点只比萨萨高一头左右。仿佛一颗炸弹丢进人群，尖叫声从一点连成一线瞬间成片爆发，挥手的肖老板和萨萨天神降临一般让人们如痴如醉。

一个个穿着礼服的男男女女走上红毯，这其中的绝大多数没有任何这方面的经验。他们用尽全身力气屏气凝神，特别要吸收本来突出的小腹，挺直微驼的脊背，还有没穿过几次高跟鞋的女士走起来颇有些胆战心惊，生怕一不小心被拖地的裙摆绊倒。细细好像完全没有这方面的困扰，虽然她也第一次穿这样隆重的衣服鞋袜，但好像天生就能驾驭这套装扮，走到红毯上还有工夫学着明星的样子招手致意。她甚至无师自通地学会了对着镜头停几秒钟再往前走，两道年久失修的眉毛因为画得黑重也不显年月，她满怀真情地陶醉在这十几米红毯中。

短，实在是太短了！

红毯通向一条金光闪闪的大道，这路的终点是财富、和谐、幸福、温暖……至少肖老板在舞台的黄金分割处就是这么说的，他竭尽全力地号叫，否则现场密密麻麻的人头都没法听清并且记得这真谛。舞台上方的彩色顶灯不停地转动，几道追光的光柱不停打下来。台上的气氛热烈非凡，又有几个人不知从哪里钻出来站上去了，还有个坐着轮椅的年轻姑娘被推上台去。肖老板做了个暂停的手势，人群从沸腾中逐渐平静下来，话筒低了几个身位传给轮椅上的女孩。她开始讲自己的故事，康老师正给尼禄发微信东拉西扯，没留神听她到底说了什么，等再抬头时台上的人都已经泣不成声了，蓝色的萨萨蹲下来抱住轮椅上的姑娘。

不知什么时候，细细也冲到台上去了。

康老师仔细听了几回，才听懂她的嘶喊："我可以，你们为什么不可以？"

"可以！""可以！"喊声一浪接一浪，仿佛巨雷在暴风雨中炸响，远处海浪阵阵，透过窗户传进来。一时间雷声与浪声交相辉映，仿佛能把人的心脏震碎。

康老师再也受不住这激动和吵闹，跌跌撞撞地逃回房间。

萨尔文仿佛感受到了这个夜晚的躁动，一反常态地四处碰壁，它以决绝的姿态一次次撞向鱼缸的圆弧形玻璃，清脆的声音在静谧的夜里格外清晰。

它是想回家了吗？康老师想象着萨尔文的脑电波。一定是的，它感到了大海的气息，它应该回去了……

她捧起那只小小的鱼缸朝海边走去。月亮照在无垠的海面上，远处几条还没歇息的渔船不动声色地驶过，天空中几颗不知名的星星正照耀着大地万物。她小心翼翼地走到那水与沙的分界，一个浪打过来，又一个浪跟上，海的咸和湿扑面而来，她把鱼缸倾斜着歪在金褐色的沙粒中，萨尔文从那圆形的口径里爬行而出，冲着近在咫尺的大海奋力划行。

再见了，萨尔文。

再见！

康老师看着它变成一个小小的黑点，身体一丝一丝变得柔软、细腻，她躺下来，就这么一直安静地躺下去了……